深夜儿科室

笑晨曦 著

四川文艺出版社

图书在版编目（CIP）数据

深夜儿科室/笑晨曦著. —成都：四川文艺出版社，
2020.1（2023.1重印）
ISBN 978-7-5411-5493-5

Ⅰ. ①深… Ⅱ. ①笑… Ⅲ. ①长篇小说—中国—当代
Ⅳ. ①I247.5

中国版本图书馆 CIP 数据核字（2019）第 231981 号

SHENYE ERKESHI

深夜儿科室

笑晨曦　著

出 品 人　张庆宁
责任编辑　金炀淏　彭　炜
内文设计　史小燕
封面设计　闻江文化
责任校对　段　敏

出版发行　四川文艺出版社（成都市锦江区三色路 238 号）
网　　址　www.scwys.com
电　　话　028-86361802（发行部）　028-86361781（编辑部）

排　　版　四川胜翔数码印务设计有限公司
印　　刷　三河市嵩川印刷有限公司
成品尺寸　168mm×238mm　　　　开　本　16 开
印　　张　22.5　　　　　　　　　字　数　420 千
版　　次　2020 年 1 月第一版　　　印　次　2023 年 1 月第二次印刷
书　　号　ISBN 978-7-5411-5493-5
定　　价　56.00 元

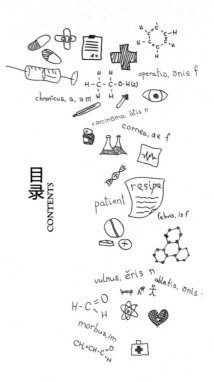

目录
CONTENTS

Chapter 1 不受待见的相遇 ///

晨曦穿破云层，洒向大地，宣告黑夜的结束。街道上，车流和人群开始增多，繁忙的一天又开启了。然而，S市医院的儿科住院部繁忙的工作从未因白天和黑夜轮转有所改变。

"楚医生，你不是说换血就有救吗？为什么孩子死了？"一位蓬头垢面的新手妈妈带着婆婆和老公冲进医生办公室。

楚连翘刚从手术室出来，深邃的眼眸充盈着红血丝，棱角分明的脸庞有着挥不去的疲惫。

"我们已经尽力了。"楚连翘靠坐在椅子上，声音透着淡淡的忧伤。

"楚医生，我们送来的时候还好好的。"又瘦又黑的男人眼中含着泪，搀扶着自己伤心欲绝的母亲。

家属丧子之痛他能理解，可他心中也有怒，也有痛。怒火涌上楚连翘的喉咙："那叫好好的吗？孩子送来的时候已经昏迷了，而且……"

楚连翘还没说完，老太太像一只发疯的野兽扑向楚连翘，疯狂地撕打："你还我孙子，还我孙子！"

楚连翘第一次遇见如此疯狂的病患家属，当场愣住。办公室内值班的医生和护士见状立刻冲过来，努力制止老太太疯狂的举动。

可谁想到死去孩子的爸爸和妈妈拦在老太太身边，不准任何人靠近。

"我妈已经七十岁了，有高血压和心脏病。你们把她吓犯病了，死了，谁负责？"男人大声嚷嚷。

别看老太太满脸褶子，如一棵枯萎的老树。可她的攻击力堪比一只狂犬，抓、咬和打样样不落下。不一会儿，楚连翘的白大褂和衬衣全部被扯开，脸上和胸口都留下了老太太赫赫战绩。

同事们看见这一幕想要冲上去帮忙，可又碍于男人刚才的话语，显得有些犹豫。

"拍视频。"胖乎乎的护士长掏出手机。

"老婆，那是杀死儿子的凶手。"男人提醒神情恍惚的女人。儿子可不能白没了！

女人猛地一怔："拍什么拍？颠倒黑白啊！"她如母夜叉附体，抢过手机，扔在地上，踩了几脚。

"你，你怎么能这样啊？"护士长看着摔碎的手机，怒火噌噌上升。

"怎样？医院杀人，还不让说啊！你们害死我儿子，还把我老婆吓出产后抑郁，就连我妈也被吓病了……"男人嘶吼着。

"别瞎说，医院救死扶伤，可没害你儿子，吓你老婆。凡事得讲证据。"护士长领头反击。其他同事磨牙霍霍，想要帮忙，却又碍于医院管理制度。

"证据？当然有证据！你们说过有救的。否则，我干吗把孩子送到医院来，还住NICU，还答应换血……是你们不负责，是你们抢救不够尽心。"男人瞪向楚连翘，"特别是这个楚医生……我儿子得的就是黄疸。那么多新生儿出生都有黄疸，怎么我儿子到医院治疗黄疸，就死了。你们医院太黑了！医生只认钱，钱收了还不好好治疗。一个小小的黄疸居然让一个没满月的孩子突然死亡！这是医疗事故。你们还我儿子，还我公道！"

"对，还我孙子！"老太太一边号哭，一边扭打得更加厉害。

"够了！"楚连翘忍无可忍，推开老太太。

老太太跟跄后退几步，猛地又想到什么，跌坐在地上，哀号："什么世道啊！医生杀人了，医生打人了。你这个狠心的畜生，杀了我的孙子，干脆连我一起杀了吧……"

老太太的哭号声很大，引来不少住院部的患者和患者家属围观。老太太见状哭得更加厉害，不停地数落着楚连翘的罪状。在她描述下，楚连翘仿佛一个恶魔，故意利用各种昂贵医疗设备折磨新生婴儿，最后导致婴儿受不了过度医疗而死亡。

"我杀人？到底是我杀人，还是你们杀人？"楚连翘被老太太的哭闹声吵得头疼，语气越发不耐烦，"特别是你！"

楚连翘如鹰般的眼睛瞪向老太太，吓得老太太忘记哭闹。

"我记得，这个患儿是在本院出生的。患儿出生第二天，黄疸值就达到了警戒线。当时，我们就建议把患儿送进NICU治疗。孩子的奶奶当场就臭骂我们一顿，认为医院骗钱，嚷着黄疸高晒晒太阳就好。最终，你们不顾医生阻拦，强行为产妇和患儿办理了出院。"楚连翘扫了眼孩子的家属，"你们扪心自问，到底是谁不负责？"

患儿家属的眼底掠过一丝尴尬，并未反驳。

楚连翘吐出一口长气，继续说："患儿被你们再度送回来的时候已经昏迷了。这时候，我说过什么？患儿已经从新生儿黄疸转为胆红素脑病，必须立刻实施新生儿换血术，才有可能挽救生命。可患儿奶奶说了什么？她坚决不同意，认为换血术是邪术，医院想要偷新生儿的血。"

"可我们后来同意了啊！而且我们考虑期间，我儿子一直住在 NICU。"男人咆哮着，却略显底气不足。

楚连翘冷笑一声："NICU 不是万能的。胆红素脑病的病死率高达 50％－75％。你们不断拖延治疗时间，最后又把患儿死亡的责任推到我身上。这算是推脱责任以求心安，还是故意到医院碰瓷？"

"胡说八道！虽然我们经济条件不够好，但是我们是很珍惜孩子生命的，不会拖延时间。你信不信我告你？"男人叫嚣，可他老婆却低头默默流泪，而他妈双眼猩红地瘫坐在地上。

"告呗！就算告，我还是要继续说。"楚连翘截下男人欲出口的话语，继续说，"依照患儿患病的情况，哪怕救活也有很大概率留下后遗症。比如：智商低、运动不协调、耳聋、脑瘫，等。患儿奶奶说过什么？她说，如果患儿活下来会是残疾，那么还不如死了。你和你老婆还年轻可以再生。"

"可他不一定是残疾，而且就算是残疾也是我和我老公的宝贝。我老公身体不好，我们可是费了很大力气才怀上他的啊！我的孩子就这样走了，走了……"女人冲上前，抓住楚连翘的衣袖，"楚医生，是不是当初我们早一点接受治疗孩子就不会死？是不是当初我听从你的安排让孩子住院接受黄疸治疗，他就不会得胆红素脑病？"

"是！"楚连翘坚定地回答。

"我明白了。我们走！"女人怨恨地看了眼老太太。

"可是——，医院还没为我们儿子的死负责。"男人面露难色。他们不是说好的不能让儿子白白没了吗？

"啪——"！女人忍无可忍给了男人一耳光："你没听见楚医生说的吗？医院没责任。是妈……宝宝被发现黄疸值偏高的时候，我就建议住院。宝宝不吃奶的时候，我也建议马上到医院来。可妈怎么说？说我娇气，说娃娇气，说——"

"真是我害死了孙子？"老太太抓住女人的手。

女人想给予肯定的回答，却被男人制止："你打我可以，怎么能对妈发脾气呢？"

老太太得不到答案，只能转望向楚连翘。

"他刚出生的时候只是患有病理性黄疸。及时治疗，不会有生命危险。"楚连翘还记得第一次为婴儿看诊时，婴儿那双好奇的大眼睛。那个小婴儿是多么渴望活下来，看看新奇的世界啊！可惜，他太小，无法自己决定生死。

"你是医生，怎么能这么不负责任地说话呢？妈，老婆……"男人还想奋力反击，偏偏自己的老婆和妈都在默默流泪，完全不响应他的召唤。

"该说的我已经说了。你们要告我也好，告医院也好，随便！"楚连翘怒火中烧，咆哮道，"现在，请你们出去！"

"你——，你这种无良医生等着被告吧！"男人词穷，又找不到帮手，只好搀扶着老太太，骂骂咧咧地离开。

随着他们离开，围观的人也随之散去。医生办公室恢复了宁静。楚连翘的心一下空了，神情复杂地望着门外空荡荡的走廊。

"楚医生。"护士长走到楚连翘身边，"楚医生，你伤得蛮严重的。你还是去外科看看，顺便让那边的医生为你开个诊断证明。对了，那个老太太还咬伤了你。你得打个狂犬病疫苗。"护士长越想越气，忍不住骂了一句，"这家人真是属狗的！"

楚连翘看了眼墙上的钟："这点小伤不碍事。八点还得查房。我去换身衣服，准备查房。"说完，楚连翘找出放在办公桌里备用的衣物，离开办公室。

清晨的儿科住院部传来早餐的叫卖声，显现着患儿家属匆匆的身影。楚连翘承载着患儿死亡的包袱缓慢前行，直到看见散落在走廊上的阳光。

今天的天气似乎很好！楚连翘望着窗外橘红色的旭日，努力发挥自制力，强迫理性回归。

"这不是第一次，也不会是最后一次。"楚连翘深呼吸，努力说服自己。

突然，一道紫色的身影从他眼前直线闪过。紧接着，尖叫声响彻医院大楼。

紫色的！刚才抓挠他的老太太就穿着这种颜色的衣服。

难道——

楚连翘的瞳孔微微放大，忙把头探出窗外。

刚才对他又打又骂的老太太躺在冰冷的地上，瞪大眼望着他，微张的嘴巴似乎说："楚医生，我为孙子偿命了。你呢？"

楚连翘心跳加速，盯着从老太太后脑勺流出的鲜血，眼前只剩一片猩红。

"这属于创伤后应激障碍。"

虽然沈泽生年近六十岁，但是保养得宜，花白的头发和眼角的皱纹不过是为他增加了岁月的魅力。此刻，他悠闲地靠在沙发上，端着一杯盖碗茶，笑望着楚连翘。

"沈老，这句话你说了不止一百次。心理学类的书我常看，你的课我也常听。我也算半个心理医生了。"楚连翘坐在沈泽生对面。他去胡子拉碴，挂着一件腌菜般的T恤，头发油腻得能刮下一层油……浑身散发着俗称男人味的汗臭。

"道理你都懂，可实际呢？你还是晚上睡不着。"沈泽生浅呷一口茶，竹叶青的清香在嘴里绽开，让沈泽生显得更加慵懒，"你得配合我找到真正的病因，然后勇敢面对，解决它。"

"人都死了。怎么解决？或许，我该换个环境吧！我在宾夕法尼亚大学的导师给我发来邀请函。他最近在做一个项目，邀请我过去当他助手。如果我去了，就不用再面对病患，说不定就不失眠了。"楚连翘半躺在沙发上，浑身散发着懒散。

"也行，只要对方实验室肯为你晚上开工。"沈泽生笑得像弥勒佛。

"有你这样给患者看病的吗？"楚连翘感觉暮气沉沉的灵魂被用力戳了一下。真疼！

"你算是我的病患吗？"沈泽生保持微笑。

楚连翘看了眼桌上的病历本："那是什么？"

"你给钱了吗？"沈泽生耸动双肩。

"我给钱还来得及吗？"楚连翘打心底感谢沈泽生。

当年他离开S市，回到南京，失眠非常严重，极度依赖药物，偶尔还出现幻觉和幻听。如果他没在机缘巧合下遇见沈泽生，并且接受心理治疗，恐怕他早患上重度抑郁症。哪还有机会和沈泽生坐在这里喝茶，谈失眠。

"你说呢？"

沈泽生的话刚落，门外传来狗叫声，以及女人的尖叫声。

什么情况？楚连翘和沈泽生面面相觑。

沈泽生猛地想到什么，从沙发上弹起来："我，我女儿提前回来了。"

"那个学儿科的闺女？"

"废话。我就这么一个宝贝女儿。"

此刻，狗叫得更欢，尖叫声也更大了。

"克罗米只爱美女哦！它叫得这么欢，你女儿肯定很漂亮。"为了治疗楚连翘的失眠症，沈泽生提议楚连翘养只狗。楚连翘去宠物市场转了一圈，领了只金毛回来，却没想到这只金毛对母狗毫无兴趣，反倒对漂亮的女人非常热情。

"可她怕狗!"沈泽生急忙冲出去。

"美人啊!"楚连翘毫无生机的眼瞳染上一丝好奇,跟在沈泽生身后,离开书房。

Chapter 2 菜鸟医生半夏 ///

一人一狗正在奋战着。沈半夏长发齐腰,穿着粗线毛衣,配搭长达脚踝的灯芯绒长裙……加上一张粉嫩的娃娃脸,看上去像十六岁的高中生。而那只金毛狗热情地摇晃尾巴,拉扯沈半夏的长裙,灵动的双眼仿佛在说:"美女和我玩呗!"

"走开,走开!不要扯我的裙子。"沈半夏的娃娃脸皱成一团,仿佛刚出炉的包子。

克罗米摇晃着大尾巴,发出开心的叫声。它听从沈半夏的指令,放弃拉扯沈半夏的裙子,改成前肢搭在沈半夏身上,热情地舔舐沈半夏的脸蛋。

"啊——"沈半夏吓得闭眼尖叫。

"克罗米过来。"沈泽生企图唤回克罗米。

然而,克罗米无视沈泽生,继续围着沈半夏展现热情。

"爸,救我!"沈半夏睁开眼,求助。

"好,闺女别怕。"沈泽生推了推楚连翘,"管好你的狗!"

楚连翘吹响口哨:"克罗米回来。"

克罗米低鸣一声,不舍地蹭蹭沈半夏,回到楚连翘身边。

楚连翘揉揉克罗米的脑袋,打量沈半夏。包子脸、普通的五官、平凡的身材……至于气质也一般般。

"沈老,你的亲闺女?"虽然沈泽生年近六十岁,可他的长相和气质完全算是中老年里的帅哥,不难推断他堪比港台明星的青年岁月。

沈泽生每次提及女儿时,总是一脸兴奋和赞叹。这让楚连翘一直认为沈半夏长得倾国倾城,堪比某位当红明星。可现在一看——路人甲啊!

"你是怀疑我爸?还是怀疑我啊?"沈半夏气呼呼地嘟着嘴,更像包子了。

"哦,原来是你在你妈肚子里太贪吃,忘记区分优劣基因。"楚连翘拍拍克罗米的脑袋,"克罗米,看来我不能总在清晨带你遛弯啊!大清早的,你看见的不是卖早餐的大姐，就是跳广场舞的大妈，有碍你正常审美观。"

"你的意思是我长得丑？"沈半夏磨牙霍霍。

"有集父母优点于一身的人，就有集父母缺点于一身的人……遗传学挺复杂和神秘的。"楚连翘含蓄地表达。

"那你肯定属于后者。还有，我吃你家大米了，还是蹭你家 Wi-Fi 了？轮得到你在这指手画脚。"沈半夏绕过克罗米，来到沈泽生身边，"一股酸臭味。爸，我知道你心肠好，但也不能把流浪汉带回家啊！"沈半夏亲昵地挽着沈泽生。

"我？流浪汉？"楚连翘眼里的懒散一扫而空，"抱歉，你口中的流浪汉，正是你爸亲切的邻居。而且，你爸一直在吃我买的大米，蹭我的 Wi-Fi。"

"爸，他说的是真的？"沈半夏摇晃沈泽生的胳膊。

沈泽生保持着弥勒佛似的笑容："搭个伴。我负责买菜，他负责买米。我一个人住……闺女，你咋哭了啊？"

沈半夏像只小仓鼠似的耸耸鼻子："爸，我回来了，不走了。我陪着你，你以后不会孤独和寂寞了。"沈半夏靠在沈泽生的肩膀上。

"傻孩子。你总归是要嫁人的，怎么可能陪我一辈子？"沈泽生搂着沈半夏的肩膀。

"我不嫁人，一直陪着你。"沈半夏坚定地说。

"闺女，人要向前看。"沈泽生心疼地叹气。

"嗯，所以我回来了。我要陪你一辈子。"沈半夏像小时候那样在沈泽生怀里蹭了蹭。

"呵，戏精啊！"楚连翘的冷笑声打破沈泽生和沈半夏的亲昵交流，"别给自己加戏了。你不在的时候，你爸不知道多自在，多开心，多潇洒。他没课的时候，经常带着克罗米去广场遛弯，认识不少中老年单身美少女。最近，他还在学拉丁舞。他可是大赞那个教拉丁舞的老师气质好、模样好、身材好……最重要的是和他一样丧偶，儿女不在身边。"

"没有，绝对没有！"沈泽生慌张地辩解。

"爸，妈去世已经二十多年了。我支持你黄昏恋。要不，你带我去见见那位老师？"沈半夏认真地说。

"别听小楚瞎说。我和那位老师只是谈得来的朋友。我这辈子除了你妈，不会娶其他女人了。"沈泽生转移话题，"快中午了，我去做饭。你和小楚聊聊天，一会儿饭菜就好了。"

"别！"沈半夏和楚连翘异口同声说。

"你家闺女难得回来一趟，你们父女好好聚聚。我带克罗米去遛弯，见见世面，提高一下审美。中午在外面吃！"楚连翘带着克罗米离开。

克罗米一步一回头地望着沈半夏，发出可怜兮兮的低鸣声，期盼着沈半夏把它留下。可沈半夏无法接受克罗米的热情，畏畏缩缩地躲在沈泽生身边，巴望着克罗米和楚连翘早点离开。

可楚连翘走到门口时，忽然停了下来，回望沈半夏："小仓鼠姑娘回见，欢迎吃我家大米，蹭我家 Wi-Fi。"

沈半夏好不容易平息的怒火，瞬间飙升："滚——！"

楚连翘发出朗朗笑声，关上房门。然后，楚连翘愣住了。他刚才做了什么？他居然出现了开心的感觉，还笑出声了。要知道，自从发生那件事情后，他再也没有过开心的感觉。

"有趣。"楚连翘的嘴角微微上翘，带着克罗米下楼。

沈半夏盯着紧闭的房门气得吹胡子瞪眼："爸，你怎么能吃那个渣男的大米，还蹭他的 Wi-Fi?"

"我一个人住，他也一个人住。两个孤寡的男人……"

两个孤寡的男人？沈半夏瞪大眼，放声尖叫："什么乱七八糟的东西。从现在开始，你不是一个人住，是两个人住。待会儿，我们吃完饭，就去开网，买大米。从今以后，我养你。"

"闺女，不是你想的那样的。小楚是好人。你不在的时候，他帮了我不少忙，而且我也没亏待他啊！我给他……总之，你别因为第一印象就主观地判定他人。情绪是生理唤醒、认知评价和行为及表达反应带来改变的复杂模式。主观情绪会从心理和身体误导你对事物的正确认识。闺女，控制好你的前额皮质，三思而后行。"沈泽生劝解。

"不用三思而后行。这人就是一个烂到无极限的毒舌渣男！"沈半夏一边走向厨房，一边摆手拒绝沈泽生的劝解，"你也别继续说教。我是你闺女，不是你学生。我学的是儿科，不是心理学。"

沈泽生叹气。事急则缓，事缓则圆，圆通圆满。有些事，真还急不得。

"好好好，我的好闺女，好夏夏。爸不当唠叨的怨父。我给你打下手，尝尝你的黑暗料理有没有提升。"沈泽生跟着沈半夏进了厨房。

"什么叫黑暗料理？我那是厨艺不熟。你放心，我最近专门下载了一个 APP，苦练厨艺。虽然厨艺还没达到色香味俱全，但好歹味道不错。"沈半夏信心满满地说。

"苦练厨艺啊！谁吃过你做的菜？"沈泽生试探问。

"室友的猫。"沈半夏得意地说。

沈泽生正想表扬沈半夏一句，转念又觉得沈半夏的话有歧义："你室友的猫不吃猫粮吗？"

"猫粮吃光了。室友还没来得及买。因此，我给那只猫做了糖醋排骨。"沈半夏翻看冰箱，正好在冷冻室找到排骨，"有排骨。我今天就大显身手给你做份糖醋排骨吧！"

"猫吃排骨？真稀罕。"沈泽生看着被沈半夏扔进炒锅的冻排骨，打了个寒战，"那只猫至少有一天没吃东西了吧？"

"你怎么知道？那只猫两天没吃东西了。我炒份排骨本来准备自己吃，结果全被它吃光了。连猫都爱吃我做的排骨，可见我的手艺多棒了吧！"沈半夏点燃炉火，开始制作糖醋排骨。

用没解冻的排骨直接炒！那只猫没被沈半夏毒死吧？沈泽生一个箭步冲上前，关掉炉火，抢过锅铲："闺女，你路途辛苦了。你回来第一顿饭，还是由爸来做吧！"

"没事。我……"

沈泽生成功阻止沈半夏抢锅铲的举动，并转移话题："对了！医院通知你什么时候上班？"

"下午报到，晚上上班。"沈半夏回答。

"刚上班就让你去住院部值夜班？"沈泽生心疼地问。

"我被分到急诊儿科。"沈半夏小声说。

"可你应聘的不是急诊儿科啊！"沈泽生的声音顿时提高好几分贝。

"爸别担心。这是临时安排。他们答应等过段时间急诊儿科不忙了，就安排我到其他科室。"沈半夏越说声音越小。

"你信吗？目前，我国儿科医生缺口大约是 86000 名。自从二胎政策放开，儿科医生缺口更大了。你应聘的那家医院，最近至少需要提前三天预约才能挂到白天儿科门诊的号。那些挂不到白天门诊号的家长都冲向急诊儿科。据我所知，你们那家医院已经累跑和累病好几个急诊儿科医生了。"沈泽生哭笑不得。

"爸，凡事不能只看表面。儿科医生短缺的现状正在改善。"沈半夏解释。

"怀胎还要十个月呢，更何况培养一名医生。你以为母鸡下蛋，'咯咯'两声就有了。"沈泽生挥动锅铲，"你这丫头入了儿科的坑，恐怕跳不出来了哦！"

"你别说那么悲观好吗？"沈半夏撇嘴。

"不是悲观，是事实。你真不考虑考博，换个专业？"沈泽生舍不得宝贝女儿工作太辛苦。

"不要！我就喜欢儿科。那些粉嫩的小朋友多可爱啊！而且我的导师和带我的师傅都表示我非常适合当儿科医生。你瞧，我医师资格证都到手了。你安心吧，我绝对能成为新医生中的黑马！"沈半夏又大又圆的眼瞳忽然亮了起来，像星辰般迷人。

沈泽生拍拍沈半夏的肩膀，露出笑容："既然认准了就加油吧！争取早日成为一名合格和成熟的儿科医生。"

"你放心，我专业知识扎实，又有丰富的实习和见习经验，很快就能独当一面。"沈半夏拍胸脯保证。

"闺女，不是我爱泼冷水。你毕业后，直接留校附属医院。虽然你在见习期有看诊，但毕竟有师傅领着。你经验少，性格又单纯，还容易头脑发热……距离独当一面还早着呢。我只希望啊，你别在这里上班没几天，就哭着辞职不干了。"沈泽生搂着沈半夏的肩膀，"不过，就算辞职不干了，也没关系。爸养你！"

"爸，我可不是当年那个傻丫头了。我读研的这几年，年年拿奖学金，多次被评优。就连找工作，也好几家医院抢着要我了。虽然那件事差点毁了我，但最终让我获得新生。你瞧，我现在打得过流氓，骂得过瘪三，换得了灯泡，扛得动大米……强着呢。爸，你放心，以后我养你。"沈半夏踮起脚，反搂住沈泽生，"你以后啊，就跳跳广场舞，谈谈黄昏恋，安度晚年吧！"

"闺女，我今年五十八岁，不是八十五岁。这才踏入中年，距离老年早着呢。"沈泽生咧开嘴笑。

"所以啰，年轻的老爸什么时候给我找个妈回家啊？"沈半夏乘胜追击，"要不你把那位拉丁舞老师带回家吃顿饭？"

沈泽生被口水呛住，连续咳嗽好几声："别听小楚瞎说。做饭，做饭！你除了想吃排骨，还想吃什么？"

沈泽生打开冰箱，避开沈半夏的目光。翻找食材那刻，他的眼里淌过浓浓的伤痛。

妈去世真的只是因为车祸吗？沈半夏看着父亲落寞的身影，长年累积的好奇心又涌了上来。但她懂，不该问的不问。

"玉米有吗？"沈半夏顺着沈泽生的话题。

"有。常年备着，就知道你爱吃。"

接下来的时间，沈半夏毛毛躁躁地给沈泽生打下手，沈泽生则是发挥精湛厨艺，做出一桌色香味俱全的菜肴。

吃完午饭后，沈半夏半点不闲着，把裙子换成牛仔裤，急匆匆地拖着沈泽生跑去办理宽带业务，又去超市买了十斤大米回来。

"我的小公主，咋就变成了汉子？"沈泽生一边看着沈半夏把大米倒进米缸，一边咕哝。

不过，或许这是个好事吧！他毕竟会老去，无法保护沈半夏一辈子。

"你说什么？"沈半夏倒完米，拍拍手，站起来。

沈泽生笑弯了眉："我是说，米也倒进米缸了，安心了吧？"

"不安心。"沈半夏一想到楚连翘贱贱的笑容，火气又噌噌上升。

"不安心也没办法了。你看看时间！"沈泽生把手机递给沈半夏。

"快四点啦！"沈半夏感到脑袋里响起一道炸雷，"我得立刻赶去医院。我听说急诊科主任超级严格。"说完，沈半夏冲出厨房。

"闺女，头发，衣服！"沈泽生看着沈半夏乱糟糟的马尾辫，又看见她随意的毛衣和牛仔裤。惨不忍睹！

"天啊，差点忘了！"沈半夏转个弯，冲进卧室，换了一套职业装，又冲回客厅，"怎么样？"沈半夏放弃平时爱穿的小白鞋，穿上三寸高跟鞋。

"还行。就是头发有点乱。"沈泽生看着沈半夏毛糙的头发，以及素颜的脸蛋，"还有你第一天报到，要不要考虑画个淡妆？"

"化妆品在包包里了。头发和化妆都在路上搞定。老爸，拜拜。祝我好运！"沈半夏一溜烟地冲了出去。

"闺女，好运！"

Chapter 3 病患是上帝 ///

沈泽生倚靠在门框上，看着关闭的电梯门，不由回想沈半夏读研之前的公主岁月。

直到，"当"！电梯声惊醒沈泽生。

"沈老等我啊!"楚连翘牵着克罗米,走出电梯。

克罗米兴奋地挣开绳索,冲进沈泽生的家,狂奔一圈没找到沈半夏,失落地趴在门口。

"做梦吧!送闺女呢。"沈泽生假笑两声。

"她去医院报到啦?"楚连翘问。

"对,和你同一家医院,同一个科室。你可得多帮我照看她。"沈泽生说。

"这个问题值得思考。"楚连翘走进沈泽生的家,横躺在沙发上,"沈老,今晚吃什么?"

"就你这颓废的葛优躺,还想留下来吃晚饭。从今天起,我可是有 Wi-Fi,有大米的人了。你还想像以前那么少爷,没门儿!"沈泽生想到沈半夏办的无线网和买的大米,底气十足。

"最近急诊儿科很忙啊!依照咱们张主任的尿性,加上你闺女那单纯的劲……今晚,她铁定和我一起上夜班,以后还会有许多许多夜班。你是想……"

沈泽生无视楚连翘喋喋不休的唠叨,弯腰在他头顶闻了闻:"妈呀,还真有股酸臭!去去,洗澡,刮胡子……否则,从今以后别想在我家蹭饭。"

"闺女回来就嫌弃我了。你良心不痛吗?"楚连翘拒绝起身。

"良心能当饭吃吗?我闺女和她妈一样,最讨厌邋遢的男人。你这身臭汗,还有至少十天没洗的头发,一个月没换的衣服……难怪她说你是流浪汉。我看连流浪汉都不如,你简直……"

楚连翘一跃而起:"够了!我又不和你闺女结婚。我干吗要按照她的喜好?她是你闺女,又不是我闺女。"

沈泽生没吭声,只是伸出手指向大门。

楚连翘看了眼大门,又看了眼沈泽生:"你赢了。"楚连翘叹口气,不情愿地走进厕所。

孤男寡女同值夜班,值得期待啊!沈泽生听着厕所传来的流水声,放声大笑。夸张的笑声惊得楚连翘的手一滑,香皂掉在了地板上。

沈半夏努力地在繁忙而拥堵的城市中奔跑,好不容易赶在五点之前找到急诊科主任张博。张博是位清瘦的中年男人,戴着银色边框的眼镜,看上去温文尔雅。

真亲切,完全没想象中的严肃和压抑!沈半夏站得笔直,微笑地倾听张博教导,心中的职业热情空前高涨。

"今晚就让你上班会不会太匆忙呢？"张博微笑着问。

"没事。我家就住在南京，距离医院也就一小时左右的路程。今晚就上班没问题的。"沈半夏用力点头。

"那就辛苦你了。急诊儿科刚好有名医生因为私人原因辞职了。麻烦的是，我市正处于流感高发期，儿科病患特别多。你能主动站出来分担压力，不错啊！责任心强、认同感强、职业素养高……加油啊，小沈！我看好你。"张博靠在椅背上，满意地看着沈半夏。

沈半夏听着张博的称赞，反倒心虚了。毕竟，她才拿到医师资格证，看诊经验不足。就算她再胆大和热血，也无法掩盖她是菜鸟医生的事实："张主任，今晚值班医生该不会只有我一个人吧？"

"当然不会。每天来急诊儿科看病的患者好几千人了。白天我们通常会安排三位医生看诊，晚上两位。今天和你一起值夜班的楚医生是一名非常优秀的主治医师。你如果在工作中遇上什么难题或者拿不准的病症，你找他就可以了。"张博看出沈半夏的不安，进一步鼓励沈半夏。

沈半夏认真地点点脑袋："好的。我会努力向他学习的。"

"年轻人有干劲，有激情，很棒！医院就需要你这样朝气蓬勃的新鲜血液。"张博十指交叉，话锋一转，"不过，你也算是一名正式医生了。你遇事尽量自己解决，别轻易地去找楚医生，懂吗？"

"我明白。儿科工作强度大，我会努力自己解决的。"沈半夏实习期就待在儿科，深知儿科高强度的看诊压力。

"也不是这个意思。算了，你先去吃饭吧，吃了饭就去换班。我安排人给你开通管理系统的权限。"张博欲言又止。

沈半夏懵懂地点头，离开。接下来，她在医院周围逛了一圈，随便吃了点东西当晚餐，又买了块面包准备当夜宵。然后，她按照张博安排，换上白大褂，穿过安静的普通急诊科，来到儿科急诊区域。

虽然沈半夏早有心理准备，但看着密密麻麻的人群，听着鼎沸的人声，还是被惊了一跳。急诊儿科候诊室面积远比不上儿科，看诊医生数量也没儿科多，但病患却和儿科差不多。

理论上，急诊儿科应该收治病症比较急，甚至可能危及生命的病人。不过，现在大部分拥有急诊儿科的医院都会收治在儿科没挂到号，转向急诊儿科投医的病患。

这样一来，遇上流感高发期，通常急诊儿科接诊数量高达上千人，病人等待就医时间长达四到八小时，医生更是经常加班，甚至二十四小时忙不停。

面对急诊无法确保及时就医的情况，这家三甲医院根据国际上通行的"急诊分级办法"安排就诊的先后次序，确保最危重的患者能最先得到救治。

急诊一级：患儿生命体征不稳定，须立刻进行抢救。例如：心搏骤停、惊厥发作、呼吸衰竭、休克、一级创伤、严重烧伤、大出血、基础疾病急性发作等。

急诊二级：患儿生命体征不稳定，短时间内可能变成为一级的病人，须尽量在十五分钟内接受处理。例如：严重意识障碍、中度呼吸困难、中重度脱水、开放性骨折、累及血管和神经的外伤等。

医院为一二级的病人提供绿色通道，让他们快速到达急诊抢救室，安排医生立刻救治。

急诊三级：患儿清醒、生命体征变化轻微。例如：高烧、轻度呼吸窘迫、轻度烧伤、骨折、中度哮喘、既往抽搐、中度脱水及肺炎。

三级患者通常需要按分诊排号等候，但如果有病史提示病情会在短期内恶化，或者忽然升为二级，就需要医生立刻处理。

急诊四级：患儿生命体征稳定。例如：中低烧、呕吐、腹泻但无脱水症、轻微创伤。

四级患者是完全需要按照分诊排号等候的。

其实，儿童急诊病例中有超过八成属于三级和四级范围。不过，每个孩子都是家庭里面的宝贝。大人生病可能会拖，会去药店随便买点药，但孩子稍有风吹草动，全家总动员直冲医院。哪怕明知道孩子可能只是常规感冒发烧，等待数小时，也只能获得几分钟看诊时间，却心甘情愿地等候就医，只为从医生口中得到一句专业的回答。

沈半夏看着堪比菜市场吵闹的候诊区。一个患儿至少有一个家长陪伴，大部分是两个家长，甚至不少患儿家属数量高达四个以上。而患儿从刚足月的婴儿到十四岁的青少年都有。他们有的病恹恹靠在家长怀里，有的痛苦号哭，有的奔跑着和其他患儿玩耍……这里充满着病痛带来的痛苦的同时，也充满着爱。

"加油，沈半夏！"沈半夏深吸一口气，微笑着踏入急诊儿科区域。

家长们看见穿着白大褂的沈半夏，眼前瞬间亮了。有些家长甚至忍不住问分诊的护士，是不是医院看患儿太多，临时增加了医生。

"不是。这是换班的医生。"护士的话刚落，家长的眼神又变暗了。

沈半夏走向换班的护士："你好，我是沈半夏。"

"沈医生，我叫孙婷婷，是临时被叫到急诊儿科协助分诊的护士。张主任已经通知我们了。你今天接王医生的班，等里面患者出来，我就带你进去。"孙婷婷化着淡妆，长得眉清目秀，"那个——"

孙婷婷顿了顿，靠在沈半夏耳边，低语："沈医生，你第一天上班，还没来得及做你的名牌。不过，你的管理系统权限已经开通了。这是你的用户名和密码。"

孙婷婷把写有用户名和密码的纸条塞给沈半夏。她想了想又说："沈医生，算我多嘴。你最好别让患儿家属知道你是刚拿到医师资格证的新医生。毕竟，儿科医患纠纷特别多。明明只是个小感冒，个个家长却恨不得让专家看诊。"

"我懂。你的好意我收到了，谢谢。"沈半夏冲孙婷婷眨眨眼。

话毕，王医生的门诊办公室的房门被打开了。一位年轻妈妈抱着六个月大的婴儿出来了。

患儿妈妈轻拍宝宝的肩膀，松了口气。

"怎么样？"患儿的爷爷和奶奶却紧张地拥上去。

"爸、妈没事。医生说了是感冒，开了药，让我们拿药回去吃。三天以后没好转再来。"患儿的爸爸随后走出门诊室。

"可小宝反复发烧了，现在都烧得睁不开眼睛了。真没事？要不，我们去给医生说，住院观察吧！"患儿奶奶忧心忡忡。

"妈，医生说了小孩反复发烧很正常，叫我们别担心。按时吃药观察就好。"年轻妈妈显得有些疲惫。

"什么医生啊？我们排了六个小时，几分钟就打发了，还说发烧正常。我找他理论去！"患儿奶奶撸起衣袖，作势冲进门诊室。

孙婷婷急忙拦住患儿奶奶："你们看完病了，还是去拿药吧！后面还有很多患儿等着呢。"

"哪有几分钟就看完病的。我们现在要求住院，快速为孩子退烧。我宝贝孙女才六个月大，反复发烧，她怎么受得了。"患儿奶奶强势地咆哮。

"孩子最高烧到多少度呢？"沈半夏善解人意地问。

"你是医生？"患儿奶奶问。

"对。换班时间到了，我准备和王医生换班了。"沈半夏摸了摸患儿的小手。

孙婷婷见沈半夏拦下了情绪激动的患儿奶奶，立刻安排其他病患进入王医生的门诊办公室。下午排了三百个号，现在才看到二百多。今晚又得很忙，很忙了。

"小宝超级可怜啊！早上醒来就开始流鼻涕和打喷嚏，然后开始发烧。刚开始我也不知道多少度，反正温度很高。孩子她妈不负责说，在家里观察一下，先用物理退烧。那怎么行？万一我家小宝烧成傻瓜怎么办？年轻人就是不懂。我当机立断让孩子父母请假别上班，带到医院来看病。小宝第一次生病可不能马虎。我们横跨了整个城区，好不容易赶到这家号称本市数一数二的医院。结果，儿科不给挂号，逼我们来看急诊。急诊能有好医生吗？我带着小宝换家医院，结果还是没号。折腾来折腾去，也只能到这里看急诊了。我们好不容易挂了急诊的号吧，居然没办法立刻看。急诊还让我们等了六个小时。你说这算什么急诊啊？好不容易看上了，他就开了点药……"患儿奶奶叽里呱啦说了一大堆，没有一句回答了沈半夏的问题。

沈半夏耐心听完，转向孙婷婷："分诊的时候有给患儿量体温吗？"

"有。送来的时候测的39℃，没有惊厥症状。王医生给患儿开了布洛芬，让患者排队等候……"

患儿奶奶打断孙婷婷的话："39℃多高啊！居然不让我们立刻看病，开点退烧药就打发了。太不负责了！孩子烧出问题他负责吗？更大的问题是退烧药吃了，烧暂时退了。可就在十多分钟前，孩子又发烧了。你们医院是不是卖假药啊？吃了退烧药还发烧。"

"冷静，家长。宝宝第一次生病，你们能及时送到医院就诊，确保宝宝得到专业和妥善的治疗，这点做得非常好，对宝宝非常负责。不过，有些注意事项，我得从医生的角度提醒一下家长。宝宝从母体里带来的免疫力只有六个月，因此宝宝六个月之前很少生病。六个月左右，宝宝在妈妈体内带出来的抗体就会消失。这时候，由于宝宝的抵抗力与免疫力都还没有发育好，因此就容易生病了。我很能理解家长担忧宝宝的心情。可这次生病只是个开始，以后在宝宝的神经系统和免疫功能发育完善之前，孩子会比较容易生病，而且容易发高烧或者出现服药退烧后体温又迅速回升的现象。家长遇见这种问题别担心，孩子生病带来医院就诊就行。医生会根据孩子的年龄和具体病情，给予孩子最无害和最有效的治疗。"沈半夏露出温和的笑容，耐心地解释。

"你这样说我就明白了。不过，小宝什么时候能够完全退烧啊？"患儿奶奶的怒火稍稍降低。

"按照王医生开的药吃吧！宝宝体温低于38.5℃且没有发烧抽搐，以物理降温为主。衣服不要穿太多，睡觉不盖过厚的被子，让孩子处于凉爽、通风但不寒冷的环境，多给孩子喝水，使用退热贴等物理降温方式降温。在采取物理降温方式的同时，如果宝宝体温持续升高超过38.5℃，视情况给宝宝吃布洛芬退烧。不过，你们一定要记住布洛芬每次用药时间间隔得超过六小时，服药以后多饮水。三天之后，如果还在反复发烧，就重新挂号看诊。"沈半夏握着患儿的手，逗了逗患儿，"这个小宝贝一看就是妈妈母乳好，家长带得好的小可爱。我相信在药物和她自身抗体的双重努力下，很快就能痊愈。"

"这才像医生啊！哪能光开药，不解释。你要解释我才懂，才放心。两三分钟看一个病人那怎么行？"患儿奶奶露出笑容，亲切地握着沈半夏的手，"姑娘，你叫什么名字啊？下次，我孙女生病，我带她找你看。"

Chapter 4　传说中的楚医生 ///

真是好兆头，还没上班就得到了患儿家属的认可。

沈半夏露齿笑开："我叫沈半夏。今天第一天上班，以后会在急诊儿科待很长一段时间，请多关照。"

"啊？实习医生。我就说急诊哪有好医生！"患儿奶奶的笑容瞬间消失，嫌弃地冷哼一声。

"我不是实习医生。实习医生是不能单独接诊的。我有正规的医师资格证。"沈半夏解释。

患儿奶奶无视沈半夏，转向抱着患儿的儿媳："你待会儿去预约挂号，找个儿科专家。明天重新带小宝去看病。我们家就这一个孩子，怎么能把她宝贵的生命交给急诊医生呢？人家都说，实习生啊，医术差的啊，新人医生啊……都放在急诊科。这是让我们用孩子宝贵的生命给他们练手了！"

沈半夏尴尬地愣在原地。虽然她理解患儿家属心情，但是面对这样毫无根据的羞辱，依然让她感到难堪和愤怒。偏偏，她穿着白大褂又不能把负面情绪宣泄出来，只能努力维持僵硬的笑容，看着患儿奶奶骂骂咧咧离开。

而其他患儿家属也忍不住多打量沈半夏几眼，默默记在心底——待会儿尽量别让沈半夏看诊。甚至，有些患儿家长向孙婷婷打听另一位值夜班的医生是不是也是第一天上班。

"大家别担心。晚上有两位医生看诊，一位是沈医生，另一位是楚医生。我们会按规矩，随机分配看诊医生。请大家相信医院的招聘规则。每一位看诊医生都具有高超的医术和医德，会给予患儿最佳治疗方式。"孙婷婷微笑以对。

"啊？又是楚医生值班。"有个患儿妈妈露出尴尬的笑容，眼珠溜溜地转了几圈。

最后，她趁着沈半夏还没进入门诊室，一个箭步冲上前，抓住沈半夏的手，"沈医生，规矩之外，也讲人情。你刚才态度好，解释简单易懂，医学知识扎实……我家孩子就是感冒发烧，待会儿你给我看诊好吗？我一看你就觉得面善，亲切。你可不能拒绝我。"

"这——"沈半夏面对这个与众不同的患儿家属有些手足无措。

"就这样说定了。规矩我懂，我还是按照排号来，绝不插队。"患儿妈妈冲额头贴着退热贴的儿子招招手，"豆豆过来。"

年龄四岁左右的小男孩顶着红彤彤的脸蛋，跑过来，抱住妈妈的大腿。

"谢谢，沈阿姨。"

小男孩乖巧地点点脑袋："谢谢，沈阿姨。"

患儿妈妈不等沈半夏说话，双手握住沈半夏的右手："谢谢，沈医生满足我们无理的要求。我就是觉得你亲切，把豆豆交给你特放心。"

"啊？"今天她算是开了眼界，世界上果真什么家长都有。沈半夏无力再推脱，只能点点头："好吧。待会儿见！"

沈半夏抬头一看候诊室的挂钟，时间接近六点了。

糟糕，她还准备早点换班，在前辈面前争表现。现在显然晚了！

沈半夏望着紧闭的诊室大门，心中无比焦躁。

一分钟后，患儿和患儿家属从诊室出来。沈半夏连忙推门而入。

"王医生不好意思，我来晚了。"沈半夏双手合十，道歉。

"你就是新来的医生？沈、沈半夏？"王泽宇长着一张娃娃脸，戴着黑框眼镜，身材微胖。

"对。王医生好记性。第一天上班，请多关照。"沈半夏伸出右手。

王泽宇站起来，与沈半夏友好握手："挺清秀的姑娘啊！咋就这么想不开，跑到急诊儿科上班？"

沈半夏愣了好一会儿，善意提醒："王医生，你和我同科室了。"

"错，你是自投罗网，我是被迫上岗。"王泽宇取下眼镜拭擦，"去年，我在另一家医院当儿科医生。那段时间，孩子天天吵夜，老婆产后情绪不稳天天吵架……我觉得儿科实在熬不下去了，想换个岗位，可原单位老大不给。我随意翻看招聘，发现这家医院招心电图医生。虽然我从来没干过这个科室，但我脑子一热，认为自己学习能力强，投了简历。没想到，我居然顺利通过，被通知面试。面试也很顺利。老婆为了奖励我离开儿科，还专门让丈母娘专门给我做了麻辣小龙虾。"

王泽宇咂吧嘴巴，叹气。

"那你怎么又跑到急诊儿科来呢？"沈半夏迫不及待地询问。

"别急啊！让我回味回味那几天的幸福生活。"王泽宇重新戴上眼镜，紧握拳头，愤恨地说，"我来医院报到，才被告知因为我临床工作年限比较久，儿科待的时间长，碰巧现在急诊儿科缺人，让我来暂时支援几天。谁想到几天变成几个月。现在，我都支援了一年，还没成功脱身。套路啊，满满的套路啊！"

王泽宇喘口气，不待沈半夏吭声，又说："更可怕的是——真不爱，可以辞职。关键我对这行又爱又恨。我已经忍痛舍弃过它一次了，可命运又把我拉扯回来了。我能离开吗？外面上百患儿和家属能让我离开吗？妹子，这种复杂的心情你理解吗？"

沈半夏一脸懵懂。

"哎，你这种热血新人肯定不理解。过去五年里，急诊儿科有一名医生猝死，三名得癌症，两个抑郁症……你知道我每天面对一堆二胎，自己却连二胎都不敢要的感受吗？不敢生，不敢死啊！"王泽宇的双手放在心脏位置。

"咚咚咚"，敲门声响，孙婷婷打开门，探头而入："王医生交接完了吗？患儿家属在催。"

"马上。"王泽宇拍拍沈半夏的肩膀，"妹子，儿科坑深，跳进来就爬不出去了。考虑好啊！要知道医院风光无限，唯有儿科是深渊。"

"前辈别真把自己当成心电图医生。真不喜欢儿科，脱下这身白大褂出去啊，又没谁拦着你！"虽然王泽宇说的是儿科现状，但沈半夏听了就是觉得心里不爽。那种感觉仿佛一位家长听见老师把自己的孩子数落得一无是处。

王泽宇愣了愣，哈哈大笑。"妹子看来儿科是你真爱啊！"他伸出右手，"那我还能说什么？欢迎入坑。"

原来王泽宇叽里呱啦说那么多，是在试探她啊！她太冲动了。

沈半夏握住王泽宇的手，尴尬地笑了笑："前辈，我刚才太冲动了，不好意思。"

"自家人不说两家话。再说，我刚才说的都是真的。我这人——刀子嘴豆腐心。你也别叫前辈、王医生了，怪生疏的。喊我王哥，或者王大嘴。"王泽宇脱下白大褂，收拾东西。

"前……王哥，你放心，我是真爱儿科，我会努力的。"沈半夏热血地说。

"嗯。你这么热血，铁定比我强。不过，别说当哥的不提醒你，别听主任瞎吹捧，尽量少值夜班。那个夜班专业户可不像我这样，他是真的……"王泽宇话刚说了一半，手机响了。他一看"皇后娘娘"，连忙接听："喂，老婆想我了？"

"下班没？该不会又要加班吧！"

"没，老公一言九鼎。说今天不加班，绝不加班。我在路上了，有点堵车，一会儿就到家……"王泽宇温柔地和老婆聊了好一会儿，直到那端结束通话，才放下电话："妹子，哥得赶回家了。回见！"

说完，王泽宇一溜烟地跑出诊室。

"话才说了一半。"沈半夏对那位和她一起值夜班的医生深感好奇。

"咚咚咚"敲门声再次响起，孙婷婷探头，笑问："沈医生可以看诊了吗？楚医生表示一个人看诊忙不过来。"

楚医生？晚上和她一起值夜班的医生。虽然她对楚医生超级好奇，但现在显然不是满足好奇心的时候。

沈半夏深吸一口气："没问题。你叫号吧！"

经验不足，态度来补。

儿科作为一个"哑科"，大部分患儿无法自主描述症状，只能依靠家长代为描述。可家长由于心情着急，因此描述病情的时候往往说了一大堆，也未必有准确和有用的信息。沈半夏看诊的时候，抱着一颗理解的心情倾听患儿或患儿家属的病情描述，从中提取自己需要的信息。实在提取不全，她再耐心询问。

不仅如此，她在为患儿检查身体的时候也极度有耐心，患儿稍稍感觉不适和抗拒，她就停止检查，逗乐患儿，等患儿心情好一点，再继续检查。

她温柔而仔细的看诊态度，赢得患儿和家属一致好评。不过代价是，她一小时仅看诊了三名病患。

"你们放心吧，吃完药孩子很快就能退烧。"沈半夏微笑着送走带着三岁孙女来看病的奶奶和爷爷。

两位老人谢过沈半夏，带着孩子慢吞吞离开。

好累！沈半夏来不及伸懒腰，房门被推开了。不过，走进来的不是患儿和家长，而是孙婷婷。

"咦？婷婷，你没换班吗？"沈半夏好奇地问。

"同事生病请假了。我顶替她的班，和你们一起值通宵。"孙婷婷走到沈半夏身边，欲言又止。

"你找我有事？"沈半夏问。

"我，我，我替楚医生传话。"孙婷婷尴尬地笑了笑，"楚医生一定要让我原话转告。他说，要谈心去心理科，别在急诊儿科磨蹭。"

沈半夏顿感脑袋一片轰鸣，心中说不出的委屈："我是不是看得太慢呢？"

"不……有一点慢。"孙婷婷想安慰沈半夏，可想到外面几百号病患，不得不实话实说，"一个小时内，楚医生看了十多个病患，而你就看了三个。嗯，外面患儿和家长意见很大。他们从下午排到现在，饭还没吃。"

"我知道了。我会努力加快速度的。"沈半夏鼻头酸酸的，眼睛红红的。

"其实，你第一天上班，已经表现得很好了。我第一天上班的时候，看见那么多患者都急哭了。你别把楚医生的话放在心上，他那人就这性格。"孙婷婷安慰沈半夏。

"我明白。谢谢你的安慰。我也的确有问题。患儿多，看诊慢。不仅加大同事看诊压力，还拖延了患儿看诊时间。我不能因为自己是新人，就为自己找借口。我会加油的！"沈半夏深吸一口气，露出笑容。

"你没问题的。"孙婷婷离开，继续安排看诊。

不过，沈半夏由于看诊经验不足，依然被患儿和家长影响看诊节奏。不管她怎么努力提升看诊速度，依然是接近二十分钟看诊一名患儿。

"咚咚咚"敲门声又一次响起，孙婷婷探头而入，笑容尴尬："沈医生，打扰一下。楚医生说，儿科不是花鸟市场，不需要乌龟。"

"好的。我努力加速。"沈半夏觉得自己像犯了错的学生。

十分钟以后，沈半夏正在和患儿妈妈聊如何提高孩子抵抗力的问题。孙婷婷又探头而入："沈医生，楚医生逼我说的！他说，如果我不原话转告，他就罢工不看诊了。"

她已经很努力了，那个楚医生怎么还催啊！

"你说。"沈半夏从牙缝挤出。

"他说，沈乌龟别把头缩在龟壳里，伸头看看外面。医院不是用来给你养老的。"孙婷婷小声说。

丢脸、愤怒、憋屈……负面情绪的火焰从沈半夏的胸腔直冲脑袋。

患儿妈妈看了眼沈半夏被气得通红的脸孔，默默地低下脑袋。

三岁多的患儿毫无心机地指着沈半夏的脸庞，笑嘻嘻地说："沈阿姨，你的脸变猴子屁股了。"

患儿妈妈一惊，连忙捂住孩子的嘴巴："不好意思，孩子不懂事。"

"没错。小朋友说得一点都没错。我属猴，不属龟。婷婷，你就这样回答他。"沈半夏磨牙霍霍。

孙婷婷点头，关上门。沈半夏深呼吸，重新挂上笑容："家长，我们继续聊。"

"不，不用了。下次，等沈医生有空再聊。我会按照你说的，下载一些育儿的APP，多收集一些资料，从运动和饮食方面增强孩子抵抗力。"患儿妈妈抱起孩子，"我们先去拿药了。谢谢你，沈医生。"

沈半夏看着离去的患儿和家长，深感歉意。那一刻，不知为何楚医生和楚连翘的模样在她脑海里重合在一起。

"啥运气啊！不到二十四小时就遇见两个极品毒舌男。"虽然沈半夏嘴里抱怨着，但心中开始总结经验，准备加快看诊速度。

"沈阿姨。"沈半夏之前遇见的小名叫豆豆的患儿推门而入。

"沈医生，终于轮到我们了。"豆豆妈牵着豆豆的手。

"请坐。"

沈半夏正要看诊，房门忽然被踢开："医生救救我的孩子。"

Chapter 5 群体医闹事件 ///

身材高大的男人抱着一个穿着粉色羽绒服的幼童，出现在沈半夏的门诊室。

"医生，我家萌萌呕吐、腹泻、发烧，需要立刻看诊。"男人声音洪亮，如同熊吼。

沈半夏和豆豆妈惊得愣了愣，豆豆直接吓哭了。

"爸爸，痛。"萌萌爸怀里的患儿呜咽着说。

"别怕，爸爸保护你。"萌萌爸更紧地抱住萌萌，再次看向沈半夏，"医生求你了，让萌萌先看行吗？她都快拉脱水了。"

萌萌爸眼里闪着泪花，嗓音有些嘶哑。

"不好意思，豆豆妈。这个患儿情况紧急，能让她先看吗?"萌萌爸眼里的伤痛打动了沈半夏。

"这——"豆豆目前高烧39℃，温度还在持续升高。豆豆妈担心豆豆，可看见男人怀里的小女孩，又倍感可怜。

她抱起豆豆。豆豆的身体很烫，可哭声很大，精气神还算不错。她陪豆豆再等一会儿，问题应该不大吧！

"豆豆，我们出去再等一小会儿。"豆豆妈一边安抚豆豆，一边离开门诊室。

"谢谢。"萌萌爸说完后，连忙抱着萌萌坐下，"医生，萌萌妈妈出差了。我一个人在家带娃。我把她从幼儿园接回来，吃完晚饭没多久，她就吐了，没多久就嚷着肚子不舒服，然后就拉肚子……我来之前发现她没精神，一摸额头滚烫，应该发烧了。我给老婆打电话，她说可能是外卖不干净，孩子食物中毒了，让我赶紧把孩子送到医院来。"

"家长不要急。"沈半夏没能从家长话语中提取多少有效信息。她摸摸萌萌的额头，"目前体温是多少度？"

"不知道。"萌萌爸回答。

"分诊的时候没量体温？"沈半夏耐心询问。

"需要分诊吗？"萌萌爸一头雾水。

"你没挂号？"病患来到急诊科需要先到医导台分诊，然后按照分诊挂号，再到相应科室看诊。

"没有。萌萌这么痛苦，我想先看病，后挂号。不可以吗？"萌萌爸反问。

"当然不行。你没挂号，患儿的资料就不会录入系统，我就没办法开单检查和开药。"沈半夏回答。

"可我小时候看急诊都是先看病，后挂号。至于检查和开药，你可以直接手写啊！"萌萌爸理所当然地说。

"医院使用医疗系统管理病患信息已经好几年了。你第一次陪孩子看病？"沈半夏好奇地问。

"我以前是当兵的，常年不在家。全靠我老婆和我丈母娘带孩子。"萌萌爸羞愧地挠脑袋，"不过，我现在退伍了，可以多陪孩子和老婆了。"

"这样。你把孩子放这里，我先给她测体温，做基础检查。你去挂号。"

沈半夏的话刚落，萌萌就号啕大哭："爸爸不走，不走！"萌萌就像小树懒似的紧抓着萌萌爸。

"好好。爸爸不走。"萌萌爸轻拍萌萌的肩膀，"我带着孩子去挂号吧！"

沈半夏点头："行。你出门先找孙护士拿支体温计给萌萌夹在腋下，然后再去挂号。"

萌萌挂号期间，她可以挤时间给豆豆看病。那孩子高烧，还有点咳嗽。她得看看孩子的喉咙，听听他肺部的声音。假如她无法确诊豆豆是病毒性感冒，还是细菌性感冒，那么她还得让豆豆验血。

可谁想到，萌萌爸刚把萌萌抱起来，萌萌"哇"一下，又吐了。

"别怕，别怕，爸爸在。"萌萌爸手忙脚乱地拍着萌萌后背，"沈医生，这怎么办啊？"

沈半夏愣了愣。她也不知道怎么办啊！她又不是神医，看一眼就能治病。

"注意，别让呕吐物呛入气管。"面对萌萌爸毫不专业的抱娃姿势，沈半夏忙抱过萌萌，让萌萌坐起，把头侧向一边。

过了一会儿，萌萌吐完了。她看了眼沈半夏，"哇——"又哭了："爸爸，我要爸爸。痛，好痛，我要妈妈，妈妈。"萌萌不断地扭动身体，挣扎。

"别哭，别哭。哭容易引发呕吐。"沈半夏急忙把萌萌还给萌萌爸。

可萌萌回到爸爸怀里，并没止住哭声，反倒哭得更厉害了。她一边哭，还一边嚷嚷着要妈妈。

"妈妈不在，你要我说多少次。妈妈出差了，这周都不在。"萌萌爸急了，说话声音提高了几度，吓得萌萌愣了愣，哭得更大声。

"爸爸坏，我要外婆，外婆。我好痛，好痛。呜呜……"

"医生怎么办啊？要不，你先开点药。我记下来，出去买。你先把萌萌的病治好，我再去挂号。"萌萌爸彻底手脚无措了。

"我没确诊萌萌的病因，不能乱开药啊！再说，这药吃下去也不可能立刻就好了。"沈半夏猛地想起读书的时候选修过推拿课，"我先给她推拿一下，试试缓解疼痛，稳定一下情绪。"

沈半夏抓起萌萌的右手，用拇指和食指揉动外劳宫穴："外劳宫穴位于手背的第二、三掌骨之间，掌指关节后半寸处，按摩外劳宫穴具有祛风通络、活血止痛的功效，能缓解治疗腹痛、手背红肿发痛、小儿脐风。"

萌萌爸听得似懂非懂，但依然认真地点了点脑袋。

沈半夏揉了三分钟后，萌萌的叫嚷声逐渐小了，情绪也稍稍平复。沈半夏让萌萌爸把萌萌放在诊查床上，搓热手，为萌萌进行摩腹按摩。萌萌的腹疼得到缓解，渐渐接受了沈半夏。

"萌萌，爸爸去帮你挂号。阿姨在这儿陪你，给你揉肚子好不好？"沈半夏试探问。

萌萌看看沈半夏，又看看爸爸，显得有点犹豫。

"爸爸一会儿就回来了。萌萌没挂号，阿姨就没办法给你看病，肚肚就会一直痛。"沈半夏又搓了搓手，放在萌萌的小腹上，力度适当地推拿。

萌萌不仅感到腹痛缓解了，就连呕吐感也减轻了："爸爸，那你快点回来哦！"

"好，一分钟爸爸就回来了。"萌萌爸焦急地冲了出去。

沈半夏松了口气，认真地为萌萌按摩。

这时候，豆豆妈抱着豆豆闯进来："沈医生可以继续看诊吗？豆豆高烧，吃了布洛芬也没退下去。"

豆豆脸蛋红通通的，嘴皮干干的，精神萎靡地靠在妈妈怀里。

"多少度呢？"沈半夏刚放松的心，又提到了嗓子眼儿。

"体温计量的 39.3℃，再加 0.3℃，39.6℃了。我已经给他喝了大量水，还把毛衣给脱了，也换了退烧贴……体温降不下来啊！"豆豆妈看着豆豆眼里的血丝，急得直跺脚。

"我先检查一下，然后去验血。"

沈半夏刚抽回萌萌肚子上的手，萌萌就翻了个身，抱住沈半夏的手臂，号啕大哭："不要走，阿姨不要走。"

"你乖乖躺一会儿。阿姨给哥哥检查一下，马上回来。"沈半夏摸摸萌萌的脑袋。

萌萌像只无尾熊似的攀着沈半夏："不要，不要。阿姨，痛，痛。揉！"

沈半夏无可奈何地看着萌萌，豆豆妈也无可奈何地看着萌萌。而豆豆难受得连大声说话的力气都没了，只能紧抓着豆豆妈妈的衣服，迷迷糊糊地喃喃："妈妈，妈……"

豆豆妈听得心里难受，咬牙抗议："沈医生，豆豆不能等了。"

"可是，萌萌……"沈半夏看看萌萌，又看看豆豆。两个孩子都需要她，可她分身乏术。沈半夏脑袋一片乱哄哄，觉得自己就像没有气阀的高压锅，随着不断升温，随时会爆炸。

"砰——"房门撞击墙壁的声音，惊醒陷于矛盾挣扎中的沈半夏。

"医生，我挂号回来了。我还带来了萌萌的同学们。我挂号的时候遇见了他们，他们和萌萌症状一样，你给萌萌看了，就给他们看一下吧！"萌萌爸冲进门诊室。

门诊室门口汇聚着十多个家长，以及哭闹肚子疼的孩子。沈半夏看着黑压压的人群，本来就乱哄哄的脑袋，直接乱成一锅粥。

孙婷婷更是冲上来说道："沈医生，忽然来了好几个呕吐和腹痛的患者。他们好像互相认识，要求立刻看诊。可是——"

"有什么好可是的！我们情况危急。我们的孩子都是同一家幼儿园的，现在都上吐下泻，肯定是幼儿园的食物不干净，导致孩子食物中毒。食物中毒是要危及生命的，当然要立刻看诊！"一个胖乎乎的女人抱着孩子，霸道地挤进门诊室，瞪了眼豆豆妈，"看什么看？急症优先。你出去慢慢排号。"

豆豆妈本来就很着急，再被这个蛮横的家长一训，火冒三丈："来这儿看病的谁不急呢？凭什么谁横，谁先看。号到我了，凭什么我不能看，要让你们看。当真是好人不能当吗？还是你们孩子才是人，我孩子就不是人了？"

"我们急啊！食物中毒是会死人的。"女人嚷嚷。

幼儿园的其他家长附和，都想插队先看诊。

人多欺负人少啊！豆豆妈急了："食物中毒？确诊了吗？没确诊就别瞎说。再说了，上吐下泻有危险，高烧就不危险吗？高烧会死人的！烧坏脑子你负责啊？"

"你这女人怎么蛮不讲理啊！"女人指着躺在诊查床的萌萌，加大音量，"萌萌都能提前看诊，我们孩子和萌萌症状一样，肯定能提前看诊。医生都没反对，你在那儿瞎嚷嚷做什么？这里是医院不是菜市场。"

"你——"豆豆妈看了眼豆豆，又看了看其他孩子，只能憋在心中把对方骂了一百遍，"我从来不和没素质的人计较，懒得骂你。不过，好人我当一次够了。我可以让萌萌先看，可其他人请按照医院规定排号。"

豆豆妈冲到沈半夏面前："沈医生快给豆豆看病。"

"凭什么啊？先给我家壮壮看。"胖女人仗着体型优势挤开豆豆妈，无视萌萌，把孩子硬塞给沈半夏。

壮壮看上去四岁左右，可体重不轻。壮壮妈把壮壮硬塞给沈半夏那刻，她只觉得被人忽然丢来二十公斤的哑铃，手一滑，壮壮跌坐在地上。

"哇哇哇——"壮壮摔得不重，却被吓了一大跳。

"你，你居然把我儿子摔了。"壮壮妈瞪大眼，"啪！"甩了沈半夏一巴掌。

巴掌力度很大，沈半夏脚下踉跄，身体偏向一边，压向萌萌。她为了不压着萌萌，只能强行改变方向，跪在地上。

"壮壮妈太过分了吧！"萌萌爸冲上前，护住萌萌。

这是她第二次被人甩耳光。第一次是被方心怡。当年她年少嘴拙，明明是被抢男友，却被方心怡硬扭曲成抢人男友，还让方心怡一巴掌打蒙了。

这一次，她可不能像上次那样。"够了！"沈半夏站起来，抬起右手，准备回抽对方。可当她的目光落在身上的白大褂时，她的右手僵在空中。

她是医生，穿着白大褂的时候就必须严守医生的职责，不能与病患和病患家属发生正面冲突。沈半夏深呼吸，努力控制自己暴走的情绪。

"怎么？你把我儿子扔在地上，还想打我。来啊，来啊！"壮壮妈推了沈半夏一掌，哭号着，"没天理啊，医生打人了啊！救命啊！"

沈半夏退无可退，被壮壮妈堵在墙壁角落。这人无理取闹的本事堪比方心怡啊！沈半夏想到方心怡，怒火就噌噌上升，恨不得脱掉白大褂，打对方一顿。

而这一刻，候诊室的患儿家属和幼儿园的患儿家属也闹了起来。候诊室的患儿家属们等了好几个小时还没让患儿看上病。幼儿园的患儿家属刚来，无视分诊安排，非要插队立刻看病。两边矛盾如同遇见火星的鞭炮，噼里啪啦一阵吵闹，任谁也拦不住。

孙婷婷领着几个护士劝架，却没想到越劝，患儿家属吵得越厉害。火爆场景持续升温，大有从吵群架变成打群架的趋势。

"怎么办啊？"孙婷婷想向沈半夏求助，可沈半夏的诊室挤满了患儿和患儿家属，她根本挤不进去。

孙婷婷转向楚医生的诊室。诊室大门紧闭，患儿和家属在里面待了十分钟还没出来。这明显不符合楚医生的看诊风格。除非是楚医生借看诊躲避门外的医闹。不过，这很符合楚医生的性格。楚医生向来是急诊儿科最浑水摸鱼和最难相处的医生。那种自私自利的人怎么可能管同事和医患的事！无奈之下，孙婷婷考虑要不要给急诊科主任张博打个电话？

"砰"！房门撞击墙壁的巨响声，惊得所有人愣住，望向响声处。

Chapter 6 楚医生的规矩 ///

楚连翘一手撑着诊室的木门，一手插在衣兜里，清冷的目光扫过候诊室的患儿家属。他高大的身材，配搭上愤怒的表情，由内而外散发的强大气场倒是镇住了候诊室所有的人。

"吵什么吵，直接打啊！打赢了留下看病，打输了直接挂急诊普外。"楚连翘的声音不大，却噎得所有人不知道如何回应。

"放弃啦？"楚连翘见没人回应他，转向孙婷婷，"孙婷婷，按照之前的分诊，继续叫号，看诊。"

楚连翘说完，看了眼沈半夏的诊室。患儿家属和患儿里三层外三层地堵住诊室门，楚连翘的目光根本无法跃过他们看见诊室内的情况。

要进去看看吗？毕竟，她是沈泽生的女儿，楚连翘挑挑眉。可他又不想多管闲事。

"啊——，医生打人了，打死人了！"壮壮妈的尖叫声响起。

那个暴力女该不会真揍了患儿家属吧！她才上班第一天，就不想干了？楚连翘推开人群，挤进沈半夏的门诊室。

"如果推一下，也算打人，你去告好了！"沈半夏一直恪守医生职责，任凭壮壮妈指着鼻子大骂，也不还口和还手。

直到——

萌萌被壮壮妈的吵闹吓哭了，再次呕吐。沈半夏急了，忍不住推壮壮妈，冲向萌萌。结果，壮壮妈一屁股坐在地上，嚷嚷着被沈半夏打伤了。

沈半夏懒得理会壮壮妈，顶着红肿的脸，再次为萌萌看诊："体温更高了，呕吐物也看不见食物了。萌萌肚子疼得还厉害吗？"

"痛，想拉屄屄！爸爸，要拉屄屄，拉屄屄。"萌萌在萌萌爸怀里翻滚。

"我立刻开单，检验大便和血。待会儿，萌萌拉肚子的时候，你记得取便样，送检。你们等待化验结果期间，别忘记找孙护士拿支体温计放在萌萌的腋下测量五分钟。"沈半夏冲到电脑前，迅速开单。

"谢谢，医生。"萌萌爸抱着萌萌道谢。

"应该的。"沈半夏摸摸萌萌的脑袋，"萌萌乖，配合检查。"

"阿姨，陪！"萌萌紧抱沈半夏的手臂，哭闹叫嚷，"肚肚痛，揉揉。"

"你先去检查，阿姨待会儿帮你揉好不好？"沈半夏尽量安抚，可萌萌哭闹着坚决不放手。

"噗——"响声从萌萌身下响起的同时，臭味溢了出来。

"拉屄屄了，呜呜……爸爸臭……阿姨……"萌萌抓着沈半夏的手不放，继续哭闹。

萌萌爸为难地看看萌萌，又哀求地看向沈半夏："医生，你看萌萌这情况……你能不能陪萌萌去办手续，做一下检查……孩子这样，我也没办法。你看她妈又不在，我一个大男人，什么都不懂。你就做好事，帮帮忙！"

萌萌抱着沈半夏的手臂，泪眼婆娑地盯着沈半夏："阿姨陪，萌萌痛痛。"萌萌一边说，还一边向沈半夏怀里蹭。

"这——"沈半夏看着萌萌可怜兮兮的表情，母爱泛滥，心都融化了，"好。"

"好什么好！你是她妈，还是想当她妈啊？"楚连翘惊雷般的声音响起。

沈半夏惊了一跳，看向楚连翘："你怎么在这儿？"

他不该是科技宅男吗？为什么穿着白大褂，出现在这里？

"你 cosplay 啊？"沈半夏脱口而出。

"就你这大脑回路，该去脑科做检查了！"楚连翘走向沈半夏。

楚连翘心情很糟糕，气场冷得像移动的冰块，吓得沈半夏向后缩了缩："你，你想干吗？"

183 厘米的楚连翘面对 160 厘米的沈半夏，占据绝对优势。他气势凌人地俯视沈半夏："沈乌龟，医院不是学校，更不是做秀场。急诊儿科本来就够忙，够乱了。你二十多分钟看一个病人，我已经对你忍无可忍了。现在更过分，居然想给病患当妈。麻烦你发挥你泛滥的母爱之前，先看看你身上的衣服。你要去当妈，先脱掉它再说！"

萌萌吓得松开了沈半夏的手。虽说萌萌爸是退役军人，但依然被楚连翘的冰场气势惊得退后一步。

而沈半夏被吓得双腿发软，下意识想认错。可她开口前一秒，耳边猛地响起楚医生让孙婷婷转告的那些尖锐的话语。

这个犀利毒舌男就是隔壁的楚医生！他和她爸关系好，因此他有很大的概率知道她在这里上班。假如他真的知道，那么他还说出那么刻薄的话语。这完全是故意针对她！

沈半夏越想越气，直接被楚连翘刻薄的表情引爆，失去了理智。

"别说那么冠冕堂皇！你不就是嫌弃我看诊慢，加大了你的看诊压力吗？可我那叫仔细、认真和负责。医生最重要的职责是什么？救死扶伤！我努力让每一个病患感到舒适和贴心有错吗？你不爽我，别和我搭档啊！"沈半夏踮起脚跟，伸出食指用力戳动楚连翘的胸膛，愤怒咆哮。

"对，我就是嫌弃你看诊慢，拖后腿。公立医院就这样，人手少，病患多，没时间磨蹭。你想在一群兔子里当乌龟，不觉得可笑吗？20 分钟一个病患。一天 24 小时，1440 分钟。你就算不吃饭，不睡觉，也就能看 72 个病患。现在候诊室，下午的号还有 20 个没看完。晚上的号已经排到 150 号以后了。你可以 24 小时不睡觉，病人能等你 24 小时吗？你想用时间来换舒适和贴心，来公立医院做什么？出门右转，步行 30 分钟。直接去那家挂号费 2000 的私立医院上班啊！"楚连翘越骂气焰越高，"你看看外面差点打起来的患儿家属。如果不是你的犹豫和纠结，会导致这样的局面吗？"

"我的确看诊慢，可我已经提速了。现在十多分钟就能搞定一个患儿。而且，我可没乱接诊，完全遵从'急诊分级办法'，为生命体征不稳的病人展开绿色通道。"沈半夏越说声音越小。

楚连翘看了眼被吓得忘记哭泣的萌萌："候诊室上吐下泻的患儿至少有 20 个。这个病患没拉脱水，没意识不清，还有力气抱着你号哭。哪一点符合优先就诊原则？"

"可她很痛，很可怜。"沈半夏低垂着脑袋。

"这里哪一个患儿不难受，不可怜呢？沈乌龟想当医生就收起你泛滥的同情心！"楚连翘看着沈半夏可怜兮兮的模样，以及红肿的半边脸，涌到嗓子眼儿的一千字怒骂又退了回去。

楚连翘扫了眼围堵门诊室的患儿家属和患儿，思考要不要替沈半夏收拾烂摊子。

"我——"感性让沈半夏想要继续回怼楚连翘，可理性告诉沈半夏自己真做错了。沈半夏一时半会儿不知道该如何面对楚连翘，更不知道该如何收拾目前的局面。

直到——

"豆豆别吓妈妈。你怎么啦？医生，医生……"豆豆妈的尖叫声，打破了僵局。

楚连翘和沈半夏立刻冲向豆豆妈。豆豆失去意识，瘫软在豆豆妈怀里，身体不停抽搐，吐出黏液。

"别急，豆豆妈别急！"沈半夏嘴上安慰着豆豆妈，可脑海一片空白，忘记该立刻采取怎样的措施。

"放到诊查床上去！"楚连翘指挥豆豆妈，让豆豆侧躺在诊查床上。

"清理嘴里的呕吐物及黏液。"楚连翘一边解开豆豆的衣物，一边吩咐沈半夏。

沈半夏回过神，忙按照楚连翘指挥，清理豆豆嘴里的东西，避免吸入窒息。

"给他嘴里塞点东西，防止他咬伤舌头啊！"豆豆妈看见豆豆紧闭的牙关担忧地说。

"你是医生还是我是医生？"楚连翘一边依次为豆豆检查呼吸、头颅、瞳孔和皮肤，一边询问豆豆妈，"以前发生过惊厥吗？高烧多少度？烧了多长时间？有无服用退烧药？"

"这是第一次，他 20 分钟前 39.6℃。现在，他的身体比刚才还烫。我估计有40℃。今天早上 8 点左右开始发烧的，第一次测量 38.7℃。我给他服用了布洛芬和抗感冲剂，烧暂时退了。中午 12 点又开始发烧了，体温 38℃。我给他洗澡和贴了退烧贴，继续服用了抗感冲剂。我不太放心，等他午睡起来后，就带他到医院来看病了。对了，40 分钟前，他体温从 38.5℃冲到了 39.6℃，精神也变得不太好，我又给他吃了一次布洛芬。这一次没有退烧。楚医生、沈医生到底怎么回事？以前高烧一吃布洛芬准退烧啊！豆豆不会烧成脑膜炎了吧？会不会有生命危险？"豆豆妈急得浑身发抖，直冒冷汗。

"说完病情就闭嘴，不要影响我看诊。"楚连翘挂上听诊器，把听诊头放在豆豆心脏位置，监听豆豆心跳情况。

过了一会儿，楚连翘放下听诊器，瞪了眼沈半夏："你还愣在这儿干吗？高烧惊厥立刻联系抢救室啊！"

"哦！我马上去抢救室，让他们准备抢救设备。"沈半夏急忙向外冲，却被楚连翘抓住手腕。

"你医生还是护士？这种情况下丢下患儿，跑去抢救室？"楚连翘的语气不善。

"是你叫我去的。"沈半夏小声反驳。

楚连翘瞪了眼沈半夏："还嘴硬。联系抢救室需要你亲自跑吗？找孙婷婷啊！"

"哦！"沈半夏准备去找孙婷婷，却发现手腕依然被抓住。暖暖的温度从手腕窜进她的心房，引发心脏加速跳动，血液直冲脸蛋，"放、放手。"

楚连翘的耳垂出现一抹异常的红，却故作镇定："明白了，就去办。"他松开手，继续照顾豆豆。

沈半夏挤出人群，找到孙婷婷，让她联系抢救室。接着，沈半夏又回到诊室，希望能帮上忙。

沈半夏看着抽搐的豆豆，回想到豆豆妈抱着豆豆焦急地找她看诊那幕。虽然她特别不爽楚连翘的态度，但是楚连翘说得对。

她真的错了！遇事不分轻重缓急，还把医患关系处理得一团糟。如果她能好好安抚萌萌，在豆豆高烧不退时及时看诊，豆豆根本不会烧到惊厥。

愧疚和自责包裹着沈半夏，眼泪不受控制地涌出来："对不起，豆豆妈。我错了，是我害得豆豆高烧惊厥。你刚才来找我的时候，我就该立刻给豆豆看诊。全怪我没妥善安排好看诊时间，延误了豆豆的病情。"

或许，她不适合当医生，特别是儿科医生！沈半夏的眼泪越掉越厉害。

"医生，这不怪你。怪我。是我强迫你先给萌萌看诊的。我没想到发烧会这么严重。"萌萌爸向豆豆妈道歉。

"现在说这些有什么用？我也没想到这么严重。否则——"豆豆妈看了眼楚连翘，"我宁可去找楚医生，也不花时间等你了。"

她不就是想抱怨他面对感冒的老四样吗？看喉咙、听肺部、验血、感冒冲剂。大多数感冒都这样啊！他还能变个花样看诊吗？楚连翘一本正经地说："感冒不容小视。"

"是我没引起重视，对不起，真的对不起！"沈半夏不断地哭，不断地道歉。她想要做点什么弥补过失，可又不知道该做什么。

"眼泪能当药吗？"楚连翘确定豆豆病情在继续恶化后，转向沈半夏。

"啊！"沈半夏被吓得忘记哭泣。

"小儿高热惊厥持续两分钟还没停止，该怎么办？"楚连翘如同对学生实施面考的老师。

沈半夏站得笔直："保持呼吸道通畅；酌情给氧；监测生命体征；酌情退热；使用地西泮注射液静脉注射或直肠灌入。"

此刻，孙婷婷带着推床、抢救室的护士和氧气包，驱赶围观人群，进入门诊室。

"给氧！"楚连翘吩咐沈半夏。

沈半夏急忙为豆豆套上氧气："好了！"

沈半夏等待楚连翘下一步指示，却不料楚连翘反盯着她："发什么呆呢？快把患儿送抢救室啊！"

"不是你去吗？"沈半夏傻了眼。

"他又不是我的病患。"楚连翘耸耸肩。

"可——"沈半夏顿了顿，说，"这种时候没必要分谁的病患吧！"

理论知识她都知道，实际上手操作也做过。可真要单独操作……她怂了。沈半夏身体不受控制地发抖。

楚连翘看着发抖的沈半夏，冷哼一声："学医8年白学了！连个高热惊厥都搞不定？女人果然不适合当医生，只会纸上谈兵，母爱泛滥。"

此话一出，楚连翘不仅得罪了沈半夏，还得罪了在场所有女性。大家叽叽喳喳地为沈半夏争辩。

"我不过是尊老爱幼而已。你当真以为我怂了。直男癌，注孤生！"沈半夏被气得忘记害怕，指挥护士把豆豆挪到推床上，吩咐抢救室的护士准备药品和设备。

豆豆妈想到楚连翘刚才说的话，一肚子窝火。可她想到沈半夏是菜鸟医生，又十分担忧。

"楚医生，我……"

楚连翘根本不给豆豆妈提出请求的机会："他不是我的病患，不归我管。"

"睚眦必报。你算男人吗？"话刚出口，豆豆妈就后悔了。她有求于楚连翘，怎么能被他一点就着？可话已经说出去了，似乎没有回旋的余地了。真的要把豆豆交给沈半夏呢？她看上去比楚连翘还不靠谱。

"当然算。他可是直男癌晚期患者。"沈半夏激动地握住豆豆妈的双手，"豆豆妈，你放心把豆豆交给我。这一次，我一定会还你一个活蹦乱跳的宝贝。"

"这——"豆豆妈看着抽搐减轻，但脸上苍白的豆豆。豆豆的病情不能拖！"好吧。"豆豆妈点头。

沈半夏立刻指挥护士挪动推床，快速地冲向抢救室。而豆豆妈也跟了过去。

其他患儿和家属目送豆豆离开后，继续待在原地谈论刚才的事情，丝毫没有离去的打算。

"一股屎味，真臭！"楚连翘捏着鼻子，指着东张西望的萌萌爸，"说你呐，你孩子拉了一身，都不去清洗一下吗？"

"刚才那个医生叫我带孩子去检查。"萌萌爸解释。萌萌则躲在萌萌爸怀里瑟瑟发抖，仿佛楚连翘是一只会吃人的老虎似的。

"孩子拉了一身，你不去清理。医生喊带娃检查，你不去缴费。你反倒有空闲留下来看热闹。你是她亲爸吗？还是觉得自己娃病得太轻，无关紧要？"楚连翘的声音不大，却字字诛心。

"你这人说话怎么这么难听啊！"虽然萌萌爸抱怨楚连翘态度恶劣，但不可否认楚连翘的确把他骂醒了，让他重新找回当兵时的冷静和果断。

他抱着萌萌用最快的速度前往缴费，接着验血和验便。等待化验结果期间，他带萌萌外出买了新裤子和湿巾纸，为萌萌清理拉脏的地方，更换裤子。最后，他问孙婷婷要了体温计为萌萌测量体温。

当然，萌萌爸为萌萌奔波的时候，并不知道楚连翘在急诊儿科继续发威。

"你，你，你……"萌萌爸离开后，楚连翘指了一堆人，"想看戏电影院买票，想打架出去打，想看病出去排号。这里是医院不是菜市场！"

"医生，我家壮壮食物中毒，需要立刻看诊。"如果有第二选择，壮壮妈绝对不想找楚连翘看诊，可现在儿科急诊室只剩下楚连翘这一个医生。

楚连翘打量壮壮："生命体征稳定不符合优先看诊条件，出去排队吧！"

"我这是食物中毒！非常危险。"壮壮妈咆哮。

"是什么病，我说了算，不是你。有意见，不想等，换家医院看呗！"说完，楚连翘离开沈半夏的门诊室。

"你这什么态度，信不信我告你！"壮壮妈指着楚连翘的背影大骂。

楚连翘无视壮壮妈，走到孙婷婷面前："你当了三年护士，就这点本事？"

楚连翘轻蔑的眼神让孙婷婷窝火，可偏偏他说的话是事实。孙婷婷看着乱哄哄的候诊室，愧疚感涌了上来。

"我的时间很宝贵，经不起浪费。麻烦你拿出点专业精神，严格按照医院的'急诊分级办法'分诊，不要像沈乌龟那样滥用同情心。"楚连翘说完，头也不回地走进门诊室。

虽然孙婷婷被气得鼻头发酸，眼睛泛红，可也被楚连翘激起满满的战斗力。她深吸一口气，同几个护士一起，泼辣地划分看诊顺序，让候诊室重回正轨。

Chapter 7 生命勿言对不起 ///

夜深了，星光在天空绽放着微弱的光，路灯在地面点亮宛如银河的异彩。医院门诊大楼漆黑一片，住院部仅有值班室的灯还亮着，而急诊大楼依然灯火辉煌，宛如深夜里最明亮的星辰。

沈半夏忙完抢救，返回急诊儿科。急诊儿科的人依然很多，但井然有序。不少患儿家长盯着楚连翘的诊室大门，表情像吞了苍蝇似的难看。这中间就包括抽了沈半夏一耳光的壮壮家长。

沈半夏走到孙婷婷身旁，低声问："还好吧？"

"非常好。我和楚医生一起上班好几次，从没想到他这么厉害！"孙婷婷竖起大拇指，"那些刁蛮的患儿家属被他治得服服帖帖的，都按规矩老实排队，还不敢大声喧哗和抱怨。"

"这么强！"沈半夏瞪圆眼。

孙婷婷点头："不怕投诉的医生战斗力的确不可小视。"

沈半夏扫了眼等待看诊的患儿和家属，不舍地叹气："哎，我得看诊。你回头有空，好好和我八卦八卦。"

"没问题。"孙婷婷比画出"OK"的手势。

沈半夏打开诊室大门，准备继续看诊。却不料，壮壮妈冲过来，拦住沈半夏："医生，我家壮壮食物中毒，必须立刻看诊。"

虽然她刚才被壮壮妈甩了耳光，但患者为大。沈半夏正准备接诊，楚连翘的恶魔面孔跃入她脑海。刚才，她就是同情心泛滥，提前接诊了萌萌，导致豆豆高热惊厥，以及患儿家长们差点在急诊室打起来。

沈半夏打了个寒战，急忙收起同情心："麻烦家长按照医院规定排号就诊。"

"可我家壮壮食物中毒，情况危急。你要知道，他刚才又吐了一次。"壮壮妈争辩。

沈半夏望向壮壮。胖乎乎的壮壮靠在壮壮爸怀里，不断地讨要糖。

"危不危急，护士会分辨。麻烦家长按照她的安排带患儿就诊。"沈半夏委婉拒绝，准备继续接诊。

"你这恶毒的女人！"壮壮妈再次向沈半夏甩耳光。

幸亏，沈半夏及时发现，避开。

沈半夏还没来得及吭声，壮壮妈就开始带着哭腔地嚷嚷："我，我不就是碰了你一下吗？你居然拒绝给我孩子看病。你这是公报私仇。"

"碰，还是打？事实为证。需要我去外科验伤，报警吗？"又差点被打！她妈辛苦把她生下来，她爸辛苦把她拉扯长大，她辛苦地学医 8 年，就是为了让人打吗？沈半夏窝一肚子火："还有，我从未拒绝给你孩子看病。外面一堆患儿等着就诊，麻烦你按号排队。我理解你的心情。你家儿子是你的宝贝，外面的患儿同样是他们家的宝贝。"

"我儿子是食物中毒，情况危急。他们能比吗？"

壮壮妈撒泼的话语引起候诊室患儿家长的公愤。有个患儿的外婆站起来，指着壮壮妈的鼻子就吼："你能不能闭嘴，让医生快点看诊。你儿子是不是食物中毒，医生检了才知道。不过，情况危不危急，大家都看着的。真危急会不停地闹着吃糖吗？依我的经验看，他哪是食物中毒，压根儿就是吃多了。"

"你又不是医生，你瞎嚷嚷什么！他们幼儿园好多孩子都上吐下泻，这不是食物中毒是什么？"壮壮妈无计可施，干脆耍赖，"老公把壮壮抱过来。我们情况危急需要先看！"

"这位家长，你不能耍赖啊！"沈半夏争辩。

壮壮妈步步逼近："什么耍赖？别瞎说。我们急，必须先看。"

"急不急不是你说了算，医院规定摆在那儿了。"孙婷婷和沈半夏并肩而站，"而且，楚医生说了，集体上吐下泻是个大事件。他需要掌握所有患儿的情况，综合判定。因此，麻烦你排队，到楚医生处就诊。"

"凭什么啊！我花钱来看病，想看哪个医生就看哪个医生。"壮壮妈挥动双手撒泼，"医生居然拒绝患者。你们是想上微博热搜呢？好啊，我帮你们上！我老公在媒体工作，社会关系好着呢。"

沈半夏和孙婷婷被壮壮妈逼得步步后退。

"战斗力太强。我们跑到楚医生那儿躲躲？"母老虎般的壮壮妈让孙婷婷心生恐惧。

她们现在跑过去，铁定被楚连翘当笑话。沈半夏想到楚连翘的恶魔面孔，再看壮壮妈的泼妇面孔，顿时勇气暴涨。

"好啊，我正愁刚上班知名度不够。你发啊！我脸上还伤着了，正愁没地方诉苦，正好通过微博宣传一下儿科医生的苦楚。"沈半夏停止躲避，挺胸抬头，反逼壮壮妈，"你想提前看诊是吗？没问题。你去找排在你前面的患儿家长们签个认同书。我立刻给你的孩子先看。"

"别想了。我们第一个不同意！"刚才怒吼壮壮妈的老太太为沈半夏鼓掌。

其他人也纷纷表示不同意让壮壮先就诊。

壮壮妈见斗不过患儿家属们，只能逼迫沈半夏："你是医生怎么能耍赖呢？"

"耍赖的是谁，大家心知肚明。家长请你不要打扰我看诊。"沈半夏向孙婷婷递了个眼神。

"308 号，田甜请到急诊二室就诊。"孙婷婷立刻安排患儿。

田甜的家长带着田甜，立刻进入沈半夏的诊室。沈半夏深吸一口气，关上房门，接待患儿和家长。

壮壮妈看着紧闭的房门，气得咬牙切齿，破口大骂："什么态度啊！我一定会去投诉你。"

"我要是你，就不在这家医院看了。"怒吼壮壮妈的老太太冷笑一声。

"什么烂医院，什么烂医生。不看了，不看了！"壮壮妈准备拖上自己老公和儿子离开，但转念一想，壮壮幼儿园的大部分孩子都在这里就诊。她换家医院岂不是势单力薄，不好找幼儿园讨要赔偿。顿时，壮壮妈像泄了气的皮球，坐回候诊椅。

"妈妈，我晚上还没吃糖。我要吃糖！"壮壮扑向壮壮妈，讨要糖吃。

一肚子火的壮壮妈给了壮壮一巴掌："吃吃吃！成天只知道吃！你都食物中毒了，咋还想吃。"

一波又一波的病患拥进来，沈半夏不仅得一遍又一遍地问诊和检查，还得回答患儿家长的各种疑问。更头疼的是她不太会控场，常常被孩子的哭声和家长的问询声淹没。几个小时下来，沈半夏感到头晕目眩、口干舌燥、嗓子沙哑。她超级口渴，却只敢抿一小口水。她担心喝多了要上厕所，耽误看诊时间。

"咦？婷婷。"沈半夏强撑精神看诊，却没想到迎来的是孙婷婷。

"暂时看完了。最后一个患者，我安排给楚医生了。"一直在外面维持秩序的孙婷婷声音有些嘶哑。

"终于没人了。我不仅耗尽了洪荒之力，还透支了生命力。"沈半夏趴在桌上。

"这才第一天。"孙婷婷走过来。

"是啊，才第一天……以后咋活啊！"沈半夏翻白眼。

"省点精神，喝口水再说。"孙婷婷被逗得笑出声。

沈半夏"咕咚"几声，把杯子里的水一饮而尽。"爽！"她放下杯子，好奇地问，"楚医生那边怎样？"

孙婷婷愣了愣，说："还是老样子啊！话少，速度快。无非就是开单检查，根据检查结果开药。"

"他是机器看诊，还是人看诊啊！"沈半夏吐槽完，继续追问，"我是想问今天幼儿园集体腹泻，到底是不是食物中毒？"

"哦，这事啊！这事还真奇。我来这家医院工作三年多了。集体食物中毒和集体轮状病毒感染的病例，我都遇见过。可像这次这种既有食物中毒，又有轮状病毒，还有消化不良的病例，我还真是第一次遇见。对了，还有几个疑似装病的。"孙婷婷眉飞色舞地说，"楚医生也不知道是真厉害，还是瞎猫遇上了死老鼠。他那看单治病的方法，还真在这事上起到了极大的作用，没让一例误诊。"

沈半夏正想插嘴，孙婷婷又激动地说："不过，他的做法也让不少家长不开心。特别是那个壮壮妈。她一直认为孩子食物中毒。结果，楚医生根据检查结果判断，壮壮没有食物中毒，也没患轮状病毒，甚至连肠胃炎都不是。他是长期吃多了，外加装病。壮壮妈不服气，当着楚医生面大骂，非要让楚医生判定她儿子食物中毒。你猜楚医生怎么做？"

沈半夏好奇地看着孙婷婷，感觉整个精气神都被勾起来了。

"楚医生打开诊室大门，当着候诊室患儿和家长的面说：'幼儿园的食物问题，有关部门该怎么检查，该怎么罚，那是有关部门的事。可你不能趁机诈骗。诈骗是要判刑的，你不怕，我怕！'那一刻，他浑身散发着浩然正气。当场就有患儿和家长为他鼓掌。"

"可惜了。我忙着看诊，没看见！"沈半夏拳击手掌。

"精彩的还在后面。壮壮妈当场被气得面红耳赤，接不上话。可谁也没想到，楚医生的撒手锏还在后面。"孙婷婷喘口气，又说，"楚医生又说：'家长请注意，你儿子是人，不是猪。请别学黑心商家在卖猪前使劲给猪塞饲料。'楚医生话刚落，立刻引起哄堂大笑。我现在想起来，还忍不住笑。"

"他真这么说？"沈半夏难以置信。

"我发誓，这绝对是原话。"孙婷婷一边笑，一边说。

沈半夏笑得捶桌子，顿时觉得洪荒之力又回来了："绝了！刁蛮泼妇配搭毒舌医生。哈哈哈哈……我能想象壮壮妈当时那副吞了苍蝇似的表情。"

"那表情的确像吞了苍蝇。不过，泼妇战斗力确实超乎想象。她立刻表示楚医生侮辱了他们全家的人格，要把楚医生告到开除为止。"孙婷婷止住笑声。

沈半夏也渐渐收住笑声："就一句话而已。虽然毒了点，可是事实。她该不会真有那么大的能量，告到楚医生下课吧？"

"你有担心我的闲心，不如担心一下自己吧！"楚连翘的声音响起。

"我行得正坐得端有什么好担心的。"沈半夏望向依靠在门框上，手拿一瓶矿泉水的楚连翘。

"说得比唱得好听。今晚的大混乱是谁引起的？还有，我和别人搭档最多11点就进入空闲期了。可和你……现在已经凌晨1点了。你知道你的龟爬行为让患儿多受了多少苦吗？又给我带来多少麻烦吗？主任说找了一个优异的医生回来帮忙。我看他找的不是帮手，是个祸精。明天，我得和他好好谈谈。"楚连翘口说干了，拧开矿泉水喝了一口。

"我是新手经验不足，处理问题方式确实有问题。可你也不能挑刺啊！"沈半夏握拳。

"我可没挑刺。"楚连翘勾起一抹恶作剧似的笑容，"对了，还有件事忘记告诉你，壮壮妈除了要投诉我之外，还要投诉你。我把投诉方式告诉她了。我估计现在远方已经收到投诉信息了。我是老油条不怕。你可是菜鸟医师……啧，你明天该不会哭着鼻子回去啃老吧？"

"你，你怎么能把投诉方式给她！"沈半夏急得眼圈都红了。

像她这种缺乏工作经验，处于试用期的新医生，绝对是一告一个准。天啊！她才上班第一天就要被开除。昨天她还大言不惭地说养老爸，难道今天开始就要靠爸养？沈半夏脑袋乱成一团糨糊。

"我不给她，她也能查到啊！不如主动点。"楚连翘就像揪女生头发的初中男孩，看着沈半夏着急的模样，洋溢着恶作剧得逞的喜悦，"后悔啦？是不是觉得，早知道息事宁人，让她多打你一耳光，再提前给壮壮看病？对了，你还得在病历上按照她的要求写上——食物中毒。"

刚开始沈半夏的确有点后悔自己只图一时嘴快，没有安抚好患儿家属情绪。可当楚连翘用讥讽的话语说出后面的语句时，沈半夏脑海里浮现出壮壮妈霸道的泼妇面孔。

"我才不向恶势力低头。不后悔，哪怕丢了工作也不后悔。我可是有职业操守的医生！"这一刻，沈半夏觉得自己就像一位慷慨就义的勇士。

楚连翘拍响双手："说得好。走，巡房去！"

"啊？"沈半夏的脑子一时没转过弯。

"你该不会想从现在开始撂挑子不干了吧？就算被开除那也是天亮以后的事。你现在还是一名急诊儿科医生。有点职业操守好吗？沈乌龟！"楚连翘挑刺道。

"我……我刚才居然还同情你会被投诉。我真是瞎了眼，像你这种毒舌男，哪里值得同情！我要是被开除，一定拉你垫背。"沈半夏被楚连翘激得战斗力猛增。

"儿科缺人，急诊儿科更缺人，夜间急诊儿科尤其缺人。你拖我垫不了背。"楚连翘笑眯眯地回击，"再说。我可是名校毕业，有丰富看诊经验的主治医师。沈乌龟看职场剧的时候别光看霸道总裁爱上我，琢磨点职场规矩出来！"

楚连翘看着沈半夏气得像热腾腾的包子似的脸蛋，心情一路高涨。他趁着沈半夏爆发之前，又添了一句："还愣着干吗？跟我巡房去。你要知道前辈带你去留观室巡房，可是极佳的学习机会。你要心存感激地鞠躬道谢。"

"阿里嘎拓！"沈半夏像穿和服的少女似的行礼，挤出笑容，"前辈，这样算不算有礼貌？"

"勉强合格。"楚连翘看着迎面走来的沈半夏满意地点头。

谁知道，沈半夏走到他身边，一掌推开他："好狗不挡路！"

"你——"

沈半夏不等楚连翘反驳，抢着说："你什么你。我都一快被开除的人了。我还讲什么职场规矩？婷婷，我们走，巡房去！"

孙婷婷本着女性同胞统一战线原则，急忙地绕开楚连翘跟了过去。楚连翘望着逐渐远去的沈半夏和孙婷婷，不怒反笑了。

Chapter 8 深夜职场第一课 ///

深夜的儿科输液室笼罩着宛如钢丝上行走的寂静。为了给孩子提供安静的休息环境，家长们尽量减少说话和走动。哪怕必须说话和走动，他们也把嗓音压得低低的，把脚步放得轻轻的。

沈半夏和孙婷婷到来时，家长们疲惫的双眼亮起激动的光芒，特别是病情尚未好转的家长立刻冲上前，向沈半夏反应病情。沈半夏一一解答家长的询问，又一一为病情尚未缓解的患儿再次看诊。特别是今晚那几个病情严重的患儿，沈半夏对照他们的检查和诊断报告，观察他们目前状况，再次确定患儿病情。

沈半夏走着走着，来到豆豆的病床边。豆豆安静睡觉了，红彤彤的脸蛋也转回正常肤色。此刻，豆豆妈和豆豆爸都守在病床边，密切注意豆豆的病情。

沈半夏再次向豆豆妈道歉，没想到的是豆豆妈不仅没有责备沈半夏，反倒感谢她及时而有效地抢救了豆豆。沈半夏和豆豆妈聊了几句，又再次提醒他们明天带豆豆去神经内科排查癫痫或脑炎。然后，沈半夏离开，继续巡房。

沈半夏和孙婷婷巡房回来，已经是凌晨两点多。她们正巧看见两个家长抱着患儿急匆匆地从楚连翘诊室出来。

"哟，乌龟爬回来了啊！"楚连翘抬头瞬间，正巧看见沈半夏，"我正好肚子饿了。你去外面买两份夜宵吧！"

"不好意思。我没有给你买夜宵的义务。其次，我有面包加餐，不需要外出买夜宵。"沈半夏气呼呼地回击。

这男人真够 low！嘴贱不说，还仗着比她早工作几年，欺负新人。

"我也不好意思。两份夜宵没你的份儿。一份是我的，一份是孙护士的。按照工作职责，孙护士忙完看诊高峰期后，就可以回护士工作站休息，没义务陪你巡房。可她却体贴地陪你巡房。你是不是该感谢她呢？"楚连翘十指交叉，身体靠在椅背上。

沈半夏微微一愣，满是感激地看了眼孙婷婷。"我是要感谢婷婷。请她吃夜宵是必须的。不过，我没义务伺候你！"沈半夏瞪向楚连翘。

"你就错了。我比她更值得你感谢。先不提今晚我替你分担了多少患者,你刚才巡房的时候,不多不少又来了十个患者,全是我看的。你是不是该感谢我啊?"楚连翘不等沈半夏气呼呼地回嘴,又抢先道,"这件事,你不感谢我也 OK。可下面的事,你必须感谢我!待会儿,我继续值夜班,你去医生休息室睡美容觉。"

楚连翘态度陡变,让她去睡觉,自己值守?这事咋听起来那么不真实呢。按照他惯有的渣男行为不是该美其名曰锻炼她,让她值守下半夜,而自己去睡觉吗?

难道——

他是在给她挖坑,在她看诊失误和态度不佳的罪状上再多添一条——擅离职守?一定了!

"我不困。我继续值班。至于你,休想在我这儿骗夜宵。"沈半夏气呼呼地拉上楚连翘诊室的大门。

"其实,你没必要继续值班。楚医生是出了名的夜猫子,专上急诊儿科的夜班。而且,他通宵,其他医生下半夜睡觉。这也是深夜儿科室的惯例。"孙婷婷安抚沈半夏。

沈半夏挠挠微显凌乱的头发:"是我反应过度了吗?"

"有点。不过,楚医生对你态度也有问题。平时他是嘴贱,但不会贱到珠穆朗玛峰的高度。"孙婷婷想了想说。

"扑哧"!沈半夏笑出声:"婷婷,你说话真有趣。"

"这叫苦中作乐。"孙婷婷伸懒腰,"你也别太担心患儿家属投诉的问题。楚医生刚才也说了,儿科缺人,急诊儿科更缺人,夜间急诊儿科尤其缺人。现在急诊儿科实施 24 小时三班轮转都很难。你来之前,急诊儿科的医生们已经连续一个月没休假,还经常加班。我看除了夜班奇葩楚医生之外,其他人都处于崩溃边缘了。这也是你才报道第一天,就安排你值夜班的原因。按照以往规矩,你这种新医生是不会安排夜班的。你安心吧,依照目前急诊儿科人手奇缺的情况,医院是不会轻易放走任何一名儿科医生的。"

"谢谢你,婷婷。在我第一天上班就给了我超多的帮助!"沈半夏感动地说,"你忙到这么晚也饿了吧!我请你吃夜宵。"

"别,这几天我正减肥。这顿夜宵还是等我减完肥再吃吧!"孙婷婷打哈欠,"我困了,去睡会儿。你也别有心理负担,困了就休息去。有楚医生这只夜猫子在。"

"好的。"沈半夏送走孙婷婷,回到诊室。

先不提楚连翘那脸有多么讨打,单她是职场新人这一条。哪有前辈不休息,自己跑去休息的道理呢？

沈半夏面对空荡荡的办公桌，有点后悔没随身带一本专业相关书籍。导致她这种时候只能掏出手机，趴在办公桌上，不学无术地刷微博。

虽然沈半夏上班不到十小时，但她上班后的每一分钟都是高强度工作。以至于，她稍稍放松，困意就席卷而来。

"吱——"轻微的推门声响起。楚连翘走进诊室。

沈半夏趴在桌上，睡得正香，连口水顺着嘴角流出都不自知。

"真是只猪！"楚连翘忍不住笑出声，随手锁上房门。他一转身，正巧碰见一对抱着孩子看诊的夫妻。

"到我办公室来吧！"楚连翘把家长和患儿引到自己办公室。

夜已过半，急诊儿科终于退下繁忙的外衣，进入安静的小憩。有病患的时候，楚连翘看诊。没有病患的时候，楚连翘就翻阅办公桌上的英文医学书籍。那本书不知被楚连翘翻阅了多少次了，书页的空白处被楚连翘写满了密密麻麻的笔记。

"快六点了。"楚连翘看了看手表，把疲惫的身体靠在椅背上，闭上眼。

那一刻，他感到大脑的世界瞬间变成一片血海，跳楼老太太的面孔从血海里冒了出来。她瞪大眼，直直地望着他："楚医生，我为孙子偿命了。你呢？"

楚连翘猛地睁开眼，大口喘气，睡意全无。那件事情，他回想了很多次。老太太没文化，愚昧无知，耽误了患儿治疗，的确有错。

可他呢？堂堂宾夕法尼亚大学医学院毕业的优质博士生，具有丰富看诊经验的主治医师，儿科主任的最佳候选人……他拥有一连串耀眼的头衔，以及专业的医术。他是唯一有机会用专业知识和身份阻止一切发生的人，可他并没有做到。他明知道患儿病情必须接受治疗，却放任患儿家属带患儿离开。此后，当患儿再度入院的时候，他又没立刻实施抢救，而是等待患儿家属考虑和商议。

表面而言，他的所作所为不属于医疗事故。他按照医院规定，如实告诉患儿病情，尽力对患儿进行治疗。

因此，当患儿家长向院方索赔的时候，医院上下都替他抱不平。他也一度否认两条生命从他眼前流逝带来的心理影响，认定自己无错。

直到——

患儿妈妈出现，给了他一巴掌："你扪心自问，两条生命面前，你真的毫无过错吗？"

那一刻，他的大脑像遭遇雷击似的。他读医时候的誓言、患儿和老太太死亡的画面在他脑海里轮播。

"我庄严宣誓：我会奉献自己的一生为人类服务。我会给予我的师长应有的崇敬和感恩。我会凭我的良知和尊严行医救人，病人的健康将会是我首要的顾念。我会尊重所有病人的隐私，即使在病人逝去之后。我会尽力维护医业的荣誉和高尚的传统，视同事为我的手足。我不容许让年龄、疾病或残疾、宗教、民族、性别、人种、政见、国籍、性取向、社会地位或任何其他因素的偏见介于我的职责和病人之间。我将给予人类生命最大的尊重。我即使在威胁之下，也不会利用我的医学知识去危害人权和公义。我郑重地、自主地以我的人格宣誓。"

誓言说得容易，可他做到了吗？他的眼前一片血红，才想起患儿和老太太死亡的表情中除了绝望外，还有对生的渴望。

医生救死扶伤，凭良知和尊严行医救人，应当给予人类生命最大的尊重。可他毕业这几年做了什么？他表面看上去竭尽全力救治患儿，可他实际上做的不过是就病治病，把每一次疑难杂症的成功治愈当成事业上的勋章，把每一份生命的逝去当成无可避免。

他的自信变成自负，他把自己当成上帝，他要求身边所有人听他号令。一旦患儿家长出现对他否认的声音，他就放弃看诊，让患儿和家长后果自负。

"后果自负"，还要他这个医生做什么？他根本没有维护医业的荣誉和高尚的传统，根本不配当医生！

医学生的誓言像一道枷锁捆住了他。从那天开始，楚连翘只要一闭眼就会出现老太太的问责。

他连续五天零睡眠。医院的同事们只是以为他被患儿家长闹得神经衰弱，连医院领导都出面安慰他别压力过大，院方会公平公正处理好一切。

唯有他知道他的失眠是因为愧对老太太和患儿死亡带来的。医者不自医，他走不出精神的囚牢。最终，他不顾院方挽留，毅然辞职，来到南京休养。

可失眠并未随着他辞职而远离。实在没办法，他开始服用安眠药和抗抑郁药物。虽然药物能够帮助他入睡，但却无法解决他闭眼就看见老太太的幻觉。他只能加大用药量。长此以往，他不仅没缓解失眠问题，反倒造成严重的药物依赖症。

那段时间，他活得生不如死，却又没勇气自杀，只能期盼哪天因失眠或是药物过量猝死。可迎接他的不是猝死，而是某日傍晚他忽然发现安眠药和抗抑郁药物都没了。药店是买不到这两类药的，唯有专业医生才能开。

他出于对药物的严重依赖，不得不前往私人诊所碰碰运气。然而，他并未找到需要的药物。反倒在回来的途中药瘾发作，让他浑浑噩噩返回住所。可他迈出电梯那刻，实在走不动了，只能靠着墙壁不停地哆嗦。

幸运的是，沈泽生发现了他，把他捡回了家，给予他专业的心理治疗。在沈泽生的帮助下，他渐渐克服了对药物的依赖。失眠症虽未痊愈，但很少再出现24小时零睡眠。

再后来，他听从沈泽生建议重新回到医生岗位。夜间急诊儿科的工作奇迹般的进一步缓解了他的失眠症。即使夜间他依然无法入睡，一闭眼就能看见老太太，可到白天老太太会随着自然光越变越模糊，让他在光线最强的时候睡三四个小时。

不过，新的问题又出现了。他丧失了自信心，判断病症和开药变得缩手缩脚，生怕出现一点医疗失误。他想过辞职，但一想到工作带来的睡眠福利，又失去了辞职的勇气。经过他和沈泽生讨论和搜寻，终于想到了提升楚连翘自信心的方法——医疗仪器检查。

西医不同于中医。西医辅以大量的医疗仪器检查，并通过仪器检查结果提高确诊的正确率。仪器检查结果不会说谎，自然也就能降低误诊和漏诊问题。

然而，这个方法在让楚连翘得以继续行医的同时，也让他变得越发平庸。当他遇见仪器检查结果无法准确判断的病症时，哪怕他推测可能是某种疾病，他也不敢开口断症。他只能把患儿推给一同值班的其他医生，又或者给患儿开一些缓解症状的药物，等待天亮转到儿科去看诊。

他很讨厌这样的自己，但又无可奈何。他就像癌症晚期患者，有着极强的求生欲，也有着极强的求死欲。

"唯有死亡才能让我解脱吧？"楚连翘叹息的同时，脑海里猛地跃出沈半夏的包子脸。他死寂的心湖仿若忽然被投下一颗石子，掀起一圈圈涟漪。

"去看看她。"楚连翘想到沈半夏睡得流口水的模样，忍不住轻笑出声。

他抑郁一扫而空，离开诊室，敲响沈半夏诊室的大门。

"啊！"沈半夏从美梦中惊醒，看了眼手机上的时间，吓得弹跳而起，"完了，完了。我居然一觉睡到天亮！"

沈半夏看着紧闭的房门，惊吓进一步升级："下半夜不会一个患者都没有的。难道他们敲门时，我没听见？还有这房门怎么被锁上呢？难道我梦游时候锁上的？"

沈半夏思绪乱成一团麻，偏偏敲门声越来越大。沈半夏不得不冲过去，打开房门。

刹那，楚连翘玩味的表情撞进沈半夏视线，惊得沈半夏失控朝他眼眶挥出一拳。

Chapter 9　冤家进行时 ///

楚连翘来不及躲闪，硬生生地接了沈半夏的暴击。他低呼一声，捂着眼睛哀号。

沈半夏倒吸一口气，连忙道歉："对不起，对不起！"

"对不起有用吗？"楚连翘抬头，冷哼一声。

"没用。不过，好像不严重了。"沈半夏盯着楚连翘堪比熊猫的黑眼圈，"在你黑眼圈的掩盖下几乎看不出。"

"还嘴硬！你知不知道你的所作所为极有可能断送一位年轻医生的职业未来？"楚连翘扶着门框，盛气凌人地俯视沈半夏。

沈半夏缩了缩头："只是有一点儿瘀青和充血，真的不严重。"

确实不严重，剧痛感来得快也去得快。不过，他可不想这么轻易地放过她。

"虽然你读的是儿科不是眼科，但好歹基础的医学常识有吧？医生能通过看上去不严重断症吗？"楚连翘指着眼睛，义正词严地说。

"我不仅有专业的常识，还有……"丰富的生活常识。这伤势怎么看都不严重，楚连翘的行为完全像碰瓷啊！

后半段话语，沈半夏在心中咆哮，也只敢在心中咆哮。不仅是因为楚连翘看上去很凶，而且是她不由分说地给了楚连翘一拳。罪证还挂在楚连翘的眼眶上。

"我去眼科挂了号，下班带你去眼科检查。"沈半夏小声说。

"不用！"楚连翘摸出车钥匙丢给沈半夏，"我眼睛疼，不适合开车。你开车送我回去。"

"你就笃定我有驾照哦？"沈半夏看着车钥匙，猜不透楚连翘话中的意思。

"我不仅知道你有驾照，还知道你科三考了两次。第一次考挂是因为把油门当刹车。"楚连翘理所当然地说。

"那次是我太紧张了。第二次考试，我就顺利通过了。你别小瞧我。上次我们去四川玩，我还充当司机开了一段山路……"沈半夏说了一堆自证驾驶技术不错的话语，才猛地想起自己被楚连翘玩味的表情带歪了重点，"你怎么知道我连考了两次？"

"你想想我和你爸的关系。"楚连翘仿佛和沈泽生同龄人似的，老气横秋地说。

"他还和你说了我什么？"沈半夏抓狂。

"你猜？"楚连翘似笑非笑地反问。

"被狗咬？"沈半夏试探问。

"邻居家的狗正在啃骨头，你还去摸它，活该被咬。被咬了第一口，还不接受教训，继续摸，活该被咬两口。"

"剖腹产？"

"某傻瓜一度把'剖腹生'的，理解为'泼妇生'的，到处嚷嚷自己是泼妇生的。谁纠正，还跟谁急。"

"生日蜡烛？"

"某傻瓜过生，听信闺蜜所言，以为蜡烛也是蛋糕做的，拿起蛋糕就向嘴里塞。你这么蠢还能平安长大，真是个奇迹。"

沈半夏跺脚狂叫："该不会连大学那件事都说了吧？"

沈泽生和楚连翘的亲密程度远远超乎沈半夏的想象。既然他把她从小到大的窘事和楚连翘分享了，那么很有可能把她大学被劈腿的事情也说了。那事是她心中最深的伤，哪怕现在回想起来也觉得刺痛。她真的想把它当成秘密，深深埋藏。

"什么事？"楚连翘反问。

沈半夏忙捂住嘴："没事！"

"没事就是有事。"沈半夏眼里掠过的一丝痛楚，让楚连翘放弃追问，"不过，我也没心思关注你那些蠢事。下班时间到了，你收拾一下，准备换班。"

沈半夏点头，随即举起车钥匙："喂，你的钥匙。"

"你拿着开车送我回去。"楚连翘说。

"不太合适吧！"沈半夏撇嘴。

"有什么不合适的。我们住一起。"楚连翘顺口说。

"谁住一起呢？"王泽宇的声音忽然响起。

"我……"

沈半夏连忙踩了楚连翘一脚，阻止他继续扩大误会："我们准备一起下班。"

"不对啊！明明说住一起。"王泽宇露出恍然大悟的表情，"哦，你们早就认识。你们是情侣。恭喜，恭喜！"

"别瞎说。我在昨天之前根本不认识他。就算天下男人死光了，我也不可能和这种直男癌晚期患者在一起。"沈半夏恶狠狠地瞪了眼楚连翘，继续撒谎，"我们住在同一个片区。刚才他不小心撞伤了头，我考虑要不要发挥人道主义精神送他回去。"

"头伤呢？这问题可大可小啊！"王泽宇关切地看向楚连翘，"咦？没看见头部有撞伤的痕迹，倒是眼睛……"

王泽宇警惕地看向沈半夏。楚连翘眼睛上的瘀青该不会是沈半夏的杰作吧？如果是，到底是楚连翘欺负沈半夏被揍了，还是沈半夏是个暴力女呢？王泽宇的内心顿时上演好几场悬疑侦探剧。

"别瞎想了。赶紧换班。我饿得厉害，要回家吃饭。"楚连翘打断王泽宇猜想。

"放心吧！我是不会耽误你回去享受爱心早餐的。真好奇，你的那位十佳女友到底是何方神圣？居然能容忍你常年夜班。她该不会也是上夜班的吧？"王泽宇的好奇心一波赶上一波。

"原来你这么喜欢夜班啊！是我耽误你奉献了。待会儿，我就给主任说我们换班！"楚连翘一本正经地说。

"别，楚哥，楚大神，千万别！我要真换班了，回家估计不只是跪键盘，而是跪玻璃碴了。你行行好，可怜可怜我这新晋奶爸吧！"王泽宇双手合十哀求。

楚连翘坚定地回答："不行！你对夜班那么好奇，我怎么能不满足你的愿望。"

"谁对夜班好奇呢？"他只是对楚连翘的私生活好奇。不过，南京男人能屈能伸。楚连翘说他错，他就错了呗！

"楚大神，我嘴贱。我不该八卦你的私生活。你女友是在夜场上班，还是上夜班，关我屁事……"话刚说了一半，王泽宇就被自己脱口而出的语句镇住了。

沈半夏也猛吸一口气，替王泽宇捏了把冷汗。楚连翘则是面无表情地冷哼一声。

内心有戏也不能说出来啊！夜场，夜场，夜场……这不是找死吗？

"啪！"王泽宇重重给了自己一巴掌："楚大神，我错了。像大神这种黄金优质单身男，女友只能可去夜场玩，怎么可能在夜场上班。不对，半夜三更去夜场玩都不该。我就是想表示她在夜场……不对，夜晚上班真辛苦！女人啊，熬夜多了老得快。"

"的确，女人熬夜老得快。沈乌龟以后的夜班你顶上吧！"楚连翘看向沈半夏。

沈乌龟？王泽宇愣了愣，才反应过来楚连翘指的是沈半夏。

急诊儿科招人难，但他们好歹是三甲医院，还是有不少医生不畏艰难来应聘，或者接受到儿科轮转。

当初招人，他们可是舍弃了不少有经验的医生，集体举双手选定沈半夏这个菜鸟医生到急诊儿科任职的。这中间除了沈半夏学历和医术这两块的硬指标达标之外，还有个心照不宣的重要原因。

沈半夏年轻精力旺，体力好，还是单身。这样一来，他们可以多给沈半夏安排加班和夜班。毕竟，沈半夏来之前，急诊儿科的医生除了楚连翘之外，都结婚了。有了家庭顾虑的东西就多了，不可能像单身那样独自选择未来的生活。

"沈小姐，不，沈姑娘，沈美女，可怜可怜我家才几个月大的宝贝。你肯定不忍心想看见那么小的婴儿失去爸爸吧！我老婆说了，我没成功脱离儿科岗位，已经够让她愤怒了。不过，看在女儿的份上暂时原谅我。可我如果经常夜班，她铁定跟我离婚。你肯定干不出毁人婚姻这种事对吧？"王泽宇哀求。

"王哥家里孩子小，负担重，我能理解。我还年轻，白天和晚上睡觉没区别。我可以多上一点夜班，而且如果你实在有困难，我可以和你换班。"沈半夏露出善解人意的笑容。

"真的啊！那我就先谢谢了。"王泽宇乐得手舞足蹈。

"一点小事，别客气。"沈半夏回答。

"我果然没看错人！"王泽宇激动地拍拍沈半夏的肩膀。

楚连翘怎么看怎么觉得扎眼，就像自家的白菜被猪拱了似的。

"走了！"楚连翘抓住沈半夏的手腕，把她拖离王泽宇的身边。

"我，我包还没拿。"沈半夏嚷嚷。

"快去拿啊！"楚连翘像指挥奴隶劳动的奴隶主似的。

沈半夏本想反驳，可又怕楚连翘继续嚷嚷，让王泽宇误把他们的邻居身份，当成同居身份。她只好忍气吞声，迅速地回办公室拿包，跟随楚连翘前往停车场。

旭日照亮整个南京，驱赶初春夜间刺骨的寒冷。沈半夏很少开车，再加上不熟悉路，一路开得战战兢兢。还好六点多的南京城如同刚苏醒的闺秀带着宁静的慵懒，一路上车流量不大，在楚连翘鄙视声中，沈半夏总算安全把车停在了小区车库。

沈半夏拭擦额头冷汗，把车钥匙丢给楚连翘："我叫你去看眼科，你不愿意。你让我把你送回家，我也送回来了。我们两清了。"

楚连翘掂量着钥匙，笑而不语。

沈半夏的心脏提到嗓子眼儿。他该不会又在盘算什么阴谋诡计吧？

"回家。"楚连翘锁上车，走向电梯。

沈半夏愣了愣，却不得不跟上去。他们是邻居，又是同事，抬头不见低头见。她总不能为了避开楚连翘，不去上班，还要求她爸学孟母三迁吧！

"再忍忍，待会儿就能分道扬镳了。"沈半夏忍不住小声咕哝。

楚连翘站在电梯角落，看着一层层上跳的数字，眼角微微上翘。沈半夏看着楚连翘玩味的表情，不确定刚才她的咕哝到底有没有被楚连翘听见。

不过凡是对方没表示的，她就当没听见！沈半夏打哈欠，计划回家后立刻倒头大睡。

"当！"电梯门打开瞬间，沈半夏胡乱挥挥手，离开电梯，快步走到家门前。却未料到，楚连翘跟了过来。

"你为什么跟着我？"沈半夏瞪了眼楚连翘。

"吃饭啊！每天早上都这样。"楚连翘理所当然地说。

难道沈泽生就是传闻中楚连翘心灵手巧的女友？沈半夏越想越觉得有可能。昨天，沈泽生说过楚连翘单身。可医院却传闻他有一个天天给他做早餐的女友。

这个最佳女友人选除了她爸，还有谁啊？

沈半夏顿时火冒三丈："那是以前，从今天开始没饭吃。"

他们非亲非故，她凭什么要和楚连翘共享老爸？

"你说了，不算。"楚连翘拿出手机，给沈半夏看聊天记录。

"早饭做好了，带夏夏回来吃饭。"这是沈泽生发给楚连翘的信息。

"你但凡有一点儿孝心，就别只懂恋爱自由，不懂交朋友自由。"楚连翘语重心长地摸摸沈半夏的脑袋，"姑娘，你是成年人了，别总像个讨不到糖吃就耍赖的小屁孩。"

这话听起来有道理，可怎么想怎么觉得不对劲啊！

沈半夏一边冥思苦想，一边翻找门钥匙。可她把包翻了个底朝天，也没找到钥匙。

"我来吧！"楚连翘推开正准备敲门的沈半夏，拿出钥匙准确地打开房门。

"你怎么会有我家的钥匙？"沈半夏的眼睛瞪成"二筒"状。

"你爸给我的。"楚连翘把钥匙圈套在食指上转圈。

"我知道。我是想问……"沈半夏的话刚说了一半，猛地感到小腿肚痒痒的。她低头一看，克罗米正在磨蹭她的小腿。

"狗，啊——！"沈半夏惊恐尖叫，下意识向身边求援，抱住楚连翘。

Chapter 10 大肉包的怨念 ///

沈半夏越叫，克罗米越激动，前肢一抬，搭在沈半夏身上，伸出舌头欢快舔舐。沈半夏吓得全身发软，手臂挂在楚连翘的脖子上，直嚷救命。

楚连翘本来还想让克罗米逗逗沈半夏，但看见沈半夏吓得眼泪哗哗，又想到沈半夏小时候有被狗咬的恐慌经历……开玩笑也得有个限度，他和克罗米还想长期在沈家蹭饭呢。

"克罗米趴下！"楚连翘瞪了眼克罗米。

克罗米低鸣一声，老实地趴下。它不懂像它这么可爱和帅气的狗，为什么会有美女不爱它？一定是她没感受到它的美好。下一次，它得更热情地展示它的可爱和帅气。

虽然克罗米已经离开沈半夏，可沈半夏的恐惧还没远去，一直以为克罗米还在攻击她。

直到——

沈泽生听见沈半夏的尖叫，走了出来。他看着紧抱着楚连翘的沈半夏，脸露喜色："虽然小楚的确不错，但闺女你好歹矜持一点。你们才共度一夜，就在一起了。会不会太快呢？"

"我和他？"沈半夏猛地惊醒。她面对和楚连翘足以交换呼吸的距离，慌乱地松开手："你占我便宜。"

楚连翘高举双手，摇晃脑袋。

"闺女是你搂着他，不是他搂着你。"沈泽生提醒。

沈半夏看了眼楚连翘，脸蛋瞬间红得像熟透的番茄："我被狗咬过，怕狗。他利用狗吓我，怎么不算占我便宜？"

"我本来不想吭声的，但你也不能颠倒黑白的。你就像白骨精似的有什么便宜好占？倒是像我这种穿衣显瘦，脱衣显肉的身材……啧啧，你是想占我便宜，故意扑过来的吧！"楚连翘夸张地挑挑眉。

"就算你家没镜子，你好歹拿出手机自拍看看。你这连美颜都无法掩盖的黑眼圈，加上竹竿似的身材也敢自诩——穿衣显瘦，脱衣显肉。"沈半夏故作呕吐状，"幸亏我还没吃早餐。"

楚连翘向沈半夏抛了个夸张的媚眼，解开大衣纽扣："要不我脱衣给你瞧瞧？"

"流氓！你不嫌丢人，我还嫌辣眼睛了。"沈半夏捂住眼睛。

楚连翘发出得意的笑声，拍拍克罗米的脑袋，带着克罗米回家。

"闺女不用蒙眼睛了。小楚带狗回家了。"沈泽生拍拍沈半夏的肩膀，"以前是爸疏忽了，知道你怕狗，却没想过替你治疗。你放心，怕狗也算病，爸能治。"

"我不怕狗，我只是怕狗和我亲密接触。这事不用治，这辈子不养狗就行了。对了！你也别替人养狗。"沈半夏故意大声嚷嚷。

"吃饭，吃饭。"沈泽生避而不谈，把沈半夏接回家。

沈半夏看着放在餐桌上的三副碗筷，醋意如同火山般喷发。

去他的交朋友自由。家本来就不是个讲道理的地方！

她气呼呼地瞪圆眼："爸，为什么要给他做早饭？"

"多一副碗筷而已。闺女大气点。你从小心善，就当爸在收养流浪狗。不对，流浪猫。"沈泽生忙递了个大肉包给沈半夏，"你的从小到大的最爱——金陵大肉包。"

"他又不是流浪猫。"沈半夏捧着大肉包，想到沈泽生天天给楚连翘做早饭，鼻头就泛酸。凭什么要让她爸伺候楚连翘呢？

"你不知道我第一次遇见他的时候，他就像流浪猫。"话出口，沈泽生才惊觉楚连翘不仅是他的忘年之交，还是他的病人。他作为心理医生，不应该透露病人的情况。

沈泽生笑笑，忙转移话题："你快尝尝金陵大肉包，还是不是以前的味道。"

"爸别转移话题。他和我们非亲非故，凭什么在我们家蹭饭？"沈半夏忍住大肉包的诱惑问。

"这——"他总不能说，他不仅和楚连翘投缘，而且觉得楚连翘很适合当他老沈家的女婿吧！

"这个问题好！因为我让你搭了顺风车，还没收你车钱啊！"楚连翘像回到自己家似的，自在地在餐桌前坐下，拿起大肉包咬了一口，冲沈泽生竖起大拇指。

难道他强迫她送他回家是套路？沈半夏气呼呼坐下："我以后不坐你的车不就行了吗？"

"不行！"沈泽生和楚连翘异口同声说。

"闺女，年轻女性独自出行很危险。最近都报了好几起年轻女性独自出行出事的新闻了……"沈泽生焦急地劝导。

"我自己开车,总行了吧?"沈半夏理解沈泽生的担心,但就是不想和楚连翘有过多瓜葛。

"就你那旁若无人的驾驶手艺。车毁人亡的概率比遇见坏人的概率至少高十倍。你要不想把你爸吓出心脏病,或是白发人送黑发人,还是放弃这个不靠谱的想法吧!"楚连翘吃完肉包,满足地喝了口豆浆。

"闺女,我只剩你了。"沈泽生看了眼挂在客厅的全家福。

全家福上,年轻貌美的沈妈妈甜蜜地依偎在沈泽生怀里。而他们中间放着刚出生的沈半夏。

沈半夏低垂脑袋。沈泽生的意思她懂。她没满百天,一场交通意外就夺去了她妈妈的生命。从此,沈泽生又当爹又当妈把她拉扯长大。她对沈泽生而言,不仅是全部,还是超越生命的存在。

"你但凡有点孝心,就别让你爸担心。"沈半夏没回来之前,他和沈泽生的早饭通常是面包或馒头。可沈半夏一回来,就有超级难买的金陵大肉包吃。

这生活档次因为沈半夏噌噌上升不止一个档次啊!他怎么能让沈半夏把他屏蔽呢?

"以后,但凡你上夜班,我就送你回来。嗯,送你上班也成。车费也别给了,包吃就行。就这样决定了。"楚连翘拿着大肉包继续啃,"都是成年人,你也别矫情了。你要觉得我碍眼,直接坐后排,把我当司机就行。"

金陵大肉包果然名不虚传。肉包不仅汁水丰富,肉馅还不肥不腻。咬上一口,韧性十足的面皮,沾着肉的汤汁,在嘴里爆开,回味悠长。

沈半夏还想拒绝,可看着沈泽生忧心忡忡的面孔,又看看楚连翘一脸的无所谓。她还真觉得自己有点矫情。

"好吧!"

沈泽生这辈子为她付出了太多太多。她怎么能因为自己看楚连翘不顺眼,就要求沈泽生远离楚连翘呢?

再说,只要她在急诊儿科上班,就不可能避开夜班。医院距离地铁站还有一定距离,她早晨六点独自前往地铁站,确实不太安全。

她就当楚连翘是只狗吧!未来她和楚连翘相处的日子,她权当治疗恐狗症了。

"爸,吃饭!"沈半夏拿起肉包用力咬了一口。满满的肉香在嘴巴里爆开,还是儿时的味道,还是那样好吃。

沈半夏两三下就把肉包吃完了，伸手又去盘子里拿，却未想到与楚连翘的手撞个正着。指尖相触的刹那，两人自觉一道酥麻的感觉传入体内。沈半夏更是感到心脏如同锤击鼓似的跳动起来。她忙缩回手，低头掩饰微烫的脸蛋。

当沈半夏调整好情绪再次抬头的时候，她惊讶地发现装包子的盘子空了。而楚连翘的嘴里叼着一个包子。

"你是二师兄转世啊？这么能吃！"如果她没记错，楚连翘至少吃了三个包子。

这可是肉包界的爱马仕，比一般包子重50%的金陵大肉包。早饭吃一个不饿，吃两个可以饱到中午，吃三个直接撑得走不动路。

"这才第四个。"楚连翘打了个饱嗝，"不过，你这一提醒我倒觉得饱了。你没吃饱吗？"

抢她爸，还抢她的大肉包，梁子结大了！沈半夏怨念十足地盯着楚连翘手中的大肉包。

"别以为长得像狼，就真把自己当狼了。来，小哈！剩下的给你吃。"楚连翘把半个包子放回盘子。

"啪"！沈半夏重重地拍响桌子。

沈泽生惊恐地看向沈半夏。楚连翘不紧不慢地拿起半个包子："你不吃？那我就勉强撑下去吧！想想常年战乱的非洲人民想吃蔬菜包都没得吃。不要浪费。"

她哪里不想吃呢？她对金陵大肉包的战斗力高达两个，用力撑撑能吃两个半。现在，她才吃了一个，正处于馋虫被高高吊起的阶段。

可属于她的包子却被楚连翘啃了一半，他还过分地把她比喻成哈士奇。

"滚！"这里是她家，她凭什么要忍他？沈半夏双手撑着桌面，站起来。

"女人果然不能上夜班，容易上火。"楚连翘喝了口豆浆，把大肉包咽下。

也是奇怪了！自从他严重失眠后，他的胃口一直不见好。平时的战斗力最多一个包子，遇见味道好的最多也就两个。可今天他居然一边看着沈半夏暴走，一边吃了四个。

"好像是有点撑。吃太撑不易运动，容我休息一会儿。"沈半夏不愧是长了张包子脸，自带食欲，"沈老把电视机遥控器给我。我看看早间新闻。"

"好。"沈泽生离开餐桌，寻找遥控器。

"你，你们……"沈半夏跺脚，咆哮，"爸——，有人欺负你闺女，你都无动于衷吗？"

沈泽生一怔，连忙放下遥控器，两三步来到楚连翘面前，拧住楚连翘的衣领：

"滚!"

楚连翘睁大眼,竖起大拇指:"不愧是女儿奴。服了!"

"当然。我就这么一个宝贝。你,立刻滚!"沈泽生咆哮完毕,靠在楚连翘耳边嘀咕,"真惹火她,以后都别想来蹭饭了。"

"好,我滚。"楚连翘慢悠悠地站起来,拍拍沈泽生肩膀,"自求多福。"

"你,你什么意思啊?"沈半夏的目光搜索整个房间,都未能找到可以当武器赶人的东西,只能继续靠吼增加气势。

"字面上的意思。"楚连翘露出坏坏的笑容,"沈乌龟,晚上见!"说完,他麻溜地离开沈家。

"爸,你认识的是啥人啊!我还没坐他的车就被他气得半死,我真坐他的车还不得被气得没命。我,我不要坐他的车。"沈半夏指着紧闭的房门。

"闺女消消气。"沈泽生搂着沈半夏的肩膀,把她摁回座椅,"不就是四个大肉包吗?我锅里还留着四个。你想吃多少,爸管够。"

"你又用这招。每次我生气,你就用好吃的转移话题。你就不能有点新意吗?"沈半夏想到金陵大肉包,气消了三分。

"要新意做什么?最重要的是好用。"沈泽生蹲下身体,握住沈半夏的手,"夏夏,爸同意你上晚班时的上班时间,不一定和小楚一起走。但是,早上下班一定要坐他的车回来。不要让爸为你担心好吗?"

沈半夏看着沈泽生两鬓花白的头发,听着沈泽生语重心长的话语,仿佛又回到了读初中的时候。

那时,沈泽生教学任务重,又面临职称评审,对沈半夏的关心自然就少了一点。正处于叛逆期的沈半夏认为沈泽生不爱她了,自暴自弃地走上打架斗殴路线。直到有一次,她在厕所抽烟被老师逮住,被迫请家长。她以为回家以后,沈泽生一定会暴打她一顿。然而,沈泽生从学校回来,只是像今天这样蹲下身体,握住她的手,为他对她近期的疏忽道歉。那天,他们谈了很多,大部分内容她都忘记了。可她记得沈泽生说的最后一句——不要让爸为你担心好吗?

沈半夏想到那段往事,眼眶红了,认真地点头:"好。可你也得答应我,天天给我做好吃的。"

这回答和十多年前如出一辙啊!他的闺女总是如此容易满足。沈泽生站起来,拍拍沈半夏的脑袋:"没问题。你乖乖坐着,等我端大肉包。"

说完,沈泽生乐滋滋地走进厨房。沈半夏望着沈泽生的背影,眼眶更红了。他们的谈话似乎未变，可时间却未因记忆而停止。她长大了，沈泽生老了。她只愿未来的路还很长很长，足够她和沈泽生并肩走很久很久。

Chapter 11　菜鸟人生进行时 ///

沈半夏的人生有两件事不能被打扰：第一吃饭，第二睡觉。沈半夏睡觉前，专程告诉沈泽生自己一觉能睡到下午，让沈泽生中午不用为了她赶回来做饭，上完课在学校吃饭。

"我下午才有课。"沈泽生望着关上的房门叹口气，"得，既然不用去菜市场采购，我备课去！"

就在这时候，沈泽生的微信声响了。沈泽生打开手机，看了眼。

楚连翘的留言——中午吃什么？

沈泽生笑了笑，回了一句——面条。

【你就用面条招待你家闺女？】

【她在睡觉，中午不吃。】

【她一定是属猪的。】

【错，她属羊。美羊羊知道吗？】

【我还灰太狼了。中午我请你吃羊蝎子吧！你想喊外卖，还是出去吃？】

【这话听起来咋像骂人了。】

【我洗洗睡了。】

【你不是午饭后才能入睡一小会儿吗？现在才吃完早饭。过来，今天一对一教学。】

然而，沈泽生的留言如同沉入大海的石子，毫无响应。沈泽生只好把手机装回兜里，走进书房备课。

虽然沈半夏有过高强度工作的实习生涯，但是那毕竟是跟着老师做事，前后都有老师兜着，再累再苦也不过是身体上的疲乏。昨天的夜班是沈半夏第一次真正意义上的独立看诊，精神和身体都紧绷到极致，哪怕下半夜她睡了一会儿，也无法完全修复她身心的疲惫。沈半夏倒在床上，身心达到真正的放松，转眼就睡着了。

直到——

刺耳的手机铃声响起。职业习惯让沈半夏一股脑儿地坐起来，抓起手机："喂，你好。"

"小沈，下午四点来我办公室一趟。"

沈半夏的脑袋蒙了一下："你谁啊？"

"我的声音你都听不出来吗？我都亲自打电话给你了。"

"你是——"沈半夏脑袋里蹦跶出急诊科主任张博的名字，可转念一想，张博是男的，电话里面的声音是女的。而且这个开场白不正像新闻经常提及的电话诈骗手段之一吗？

沈半夏的起床气连带被骗怒火噌噌上升，对着电话一阵怒吼："中国有九百多个行业，行行出状元，你偏偏不选，非要当骗子。你不觉得活着浪费空气，死了浪费土地，自焚浪费汽油，撑死浪费粮食，触电还得交电费……你说你活着干吗？快去挖坑把自己埋了吧！"

沈半夏正想切断电话，却未料电话那端爆发出一连串笑声。沈半夏愣了愣，看向来电显示——百消丹。

百消丹的真名叫白晓丹。她是沈半夏从小到大最铁的闺蜜，目前在沈半夏所在医院的心脏外科住院部当护士。

"百消丹，你居然整蛊我！不仅如此，还把我从美梦中拖起来整蛊。这简直比骗子还罪恶滔天。你知不知道打扰人睡觉堪比毁人姻缘，断人钱财！"

"你有姻缘吗？有钱财吗？"

话不长却正中软肋！沈半夏只能忍气吞声："算你狠。有事启奏，无事退朝。本宫还要睡，睡够一万年。"

"你昨天来医院上班，为什么不告诉我？"

"因为昨天很忙，我还没愣过神就上班了。"

"呸，你是不敢告诉我吧！我们之前是怎么商量的？最多只能在急诊儿科待半年。这个要求你和张主任提了吗？"

白晓丹语气不善，吓得沈半夏缩了缩脑袋，编制谎言安抚："提了。没同意，急诊儿科严重缺人。不过，张主任说等急诊儿科不忙了，就按照我的意愿把我安排到其他地方。"

"一年 365 天，急诊儿科一年 366 天都在忙。请问你准备哪天不忙？"

"呃，你算错了。既然一年 365 天，那么哪来的 366 天在忙？"

"多的那天是患儿家属添上的。"

沈半夏一直觉得自己这几年通过锻炼，大大丰富了语言能力，变得伶牙俐齿。可她一回南京先是遇见毒舌男楚连翘，再是面对闺蜜白晓丹……沈半夏算是看清自己的能力有待提升，不得不甘拜下风。

"那个事已成定局了。我们见面再聊。你容我先睡一会儿。我还没睡醒，脑袋嗡嗡响，思维不清晰。"她惹不起，躲得起啊！

说完，沈半夏准备挂断电话。

"等等。我找你还有另一件事。"白晓丹声音提升十个分贝，阻止沈半夏挂断电话，"你既然回来了，约个时间你、我和徐默然一起聚一聚。"

"好啊！时间你定。"沈半夏打哈欠。

"好啊，今晚聚。你有时间吗？"

"呃——，我得看看医院的工作安排。"沈半夏想到昨天得罪那位壮壮妈，有些悲观地说，"说不定还真有。"

"怎么呢？"白晓丹听出沈半夏的语气有点不对劲。

"没事。"一切都源于猜测。事情没成定局前，沈半夏不想让白晓丹替她担心，"刚上班各种不稳定，等我调整好状态，我就和你们约。我困得很，继续睡了。拜——"

沈半夏切断电话，看了眼时间，打了个哈欠，倒下继续睡。

可她刚睡着，电话又响了。

沈半夏的起床气被点燃，抓起手机直接接听："喂！"

"小沈，下午四点来我办公室一趟。"男中音的声音在电话那端响起。

又来这招！沈半夏看了眼来电显示——陌生来电。

这事只剩下两个可能性。第一、白晓丹没玩够，找他人整蛊她；第二、骗子来电。不管是哪种可能性，都足够在沈半夏的起床气上再添一把火。

骂回去？太低级了。

沈半夏灵机一动，放柔声音："不要，人家晚上才去。"

电话那端愣了愣，又说："晚上我不上班。"

"那不正好。难道你晚上约了别的狐狸精？说，她是谁？"沈半夏忍住笑意，娇滴滴地说。

"不好意思，我可能打错电话了。"沈半夏以为对方会挂断电话，可对方只是沉默了一小会儿，又说，"没错啊。你是沈半夏吗？"

"对啊！死鬼。"

"那你知道我是谁吗？"

"知道啊！"

"你确定？我是张博。"

沈半夏沉默了三秒，又看了眼来电显示，手一抖挂掉了电话。

"骗局？还是真的？"沈半夏盯着手机屏幕，脑袋里乱成一团糊。

这时候，手机短信提示音响起，屏幕弹出一条消息。

【下午四点来我办公室一趟。张博。】

"难道是真的？"沈半夏顿时惊得睡意全无，连忙给白晓丹打了个电话。

白晓丹发誓，绝对没找人捉弄沈半夏。沈半夏的心顿时凉了一大截，只能寄希望来电是电话诈骗。

可她越回想刚才的通话内容，越想越觉得对方的声音像张博。

沈半夏的睡意被吓得全无，可她还抱着最后一点希望，期盼着来电是诈骗电话。她想了好一会儿，觉得自己需要一个知道张博手机号码的人，确定手机号码来源。

可她刚到医院，还没机会和同事互留联系方式。怎么办？沈半夏抓狂地挠脑袋，猛地她的脑海里浮现出楚连翘的模样。

她是急诊科的新人，楚连翘不是啊！楚连翘一定知道张博的手机号码。虽然她和楚连翘不对盘，但此刻顾不上那么多了。沈半夏披了件外套，冲出家，敲响楚连翘的房门。

楚连翘患有严重失眠症，对外界声音特别敏感。第一声敲门声响起时，他就醒了过来。

"谁啊？"忽然的惊醒让楚连翘感到脑袋如针刺般疼。楚连翘一边敲打脑袋，一边打开房门。他看见沈半夏愣了愣，还来不及开口询问，就被沈半夏一把揪住衣服。

"张主任手机号码是多少？"

"哪个张主任？"楚连翘的脑筋一时没转过弯。

"急诊科张博主任。"沈半夏着急地问。

楚连翘报出一串号码。沈半夏急忙对照手机来电显示，两个号码一模一样。

"完了。"沈半夏像泄气的皮球。

"发生什么事了？"楚连翘好奇询问。

"我把张主任当成电信诈骗犯了。"沈半夏随口吐出。

"然后呢?"楚连翘的好奇心被吊得高高的。

"我——"沈半夏正要吐露刚才的经历,猛地想到自己和楚连翘不怎么友好的关系,"我为什么要告诉你?"

沈半夏想要摔门离开,却被楚连翘拦住:"别急,让我猜猜。能让你主动上门询问张主任的手机号码,这事绝对不是挂掉电话那么简单。这事应该是张主任打电话找你,而你把他当成骗子,然后你戏要了他。你该不会——"

楚连翘故意拖长声音,利用心理学突破沈半夏的心理防御壁垒。

"不要说,不要听。"沈半夏捂住耳朵,大声尖叫。

"你真那样做呢? 天啊,你完蛋了!"楚连翘继续引诱沈半夏吐露真相,"不过,根据我对张主任的了解,这事还有挽救的余地。你快详细说说,或许我能帮你。"

沈半夏的心理防线被击溃,苦着脸讲述了刚才的经历。

楚连翘一边在心里笑开了花,一边辛苦地维持着严肃的表情。直到沈半夏讲完所有的经历。

"扑哧"! 楚连翘实在憋不住,笑出了声。

"很好笑吗?"沈半夏皱眉,跺脚。

"不好意思。不过,实在太好笑了。你居然假装和张主任有染。他可是超级正派的人物。你变成狐狸精约他晚上见时,他的表情一定像便秘一样难受。哈哈哈哈……沈乌龟,你真是天才,居然能想出这么损的招数。太搞笑了,真可惜我刚才没在场,否则一定录下来,发到网络平台上。这事一定火……"楚连翘笑得前俯后仰。

沈半夏越听越冒火,越听越发觉楚连翘根本没猜到她做了什么。楚连翘刚才一连串看似什么都知道的话语,不过是引诱她说出真相,方便嘲笑她。

这男人简直是渣男中的战斗机!

"混蛋!"沈半夏怒火中烧,抢起拳头,扑向楚连翘。

毫无防备的楚连翘再次被沈半夏击中眼眶。而那个位置碰巧就是早上被沈半夏攻击的位置。

"你这女人怎么这么野蛮啊? 还总打同一个地方。"楚连翘捂住眼眶,哀号,"这么凶,难怪没男友!"

沈半夏顿时像被踩了尾巴的猫炸了毛,朝着楚连翘另一边眼眶又是一拳。

"哎哟!"楚连翘捂住双眼,"你怎么还来?"

"你见过只有一边黑眼圈的熊猫吗? 左右对称,才能被称为熊猫眼啊!"沈半夏拍拍双手，"来，松开手，让姐瞧瞧完不完美？"

"你比我小好吗？沈小妹。"楚连翘继续捂眼抱怨，"完了，眼睛疼得睁不开。万一被你打瞎了，你负责我后半生啊？"

"负责。我天天推你出去乞讨，要回来钱就给你吃饭和看病。要不回来，你也就别回来了。"沈半夏看着楚连翘哀号的模样，心情指数直线攀升。

然而，楚连翘的战斗力超乎她的想象："哦，我懂了。难怪从我们第一次见面开始，你就不断地欺负我。你的目的就是嫁给我，负责我后半生。热情的女人我见多了，可没见过你这么狂热的。用生命来恋爱，不得不佩服啊！怎么办，我有那么一点点被你感动了？"

"呸！你也不照照镜子，就你这衰神模样，全天下男人死光了，我也不会考虑你。"沈半夏的心情如同遇见股灾的股票陡然跌停，更窘的是她感到有个毛茸茸的东西在她腿上蹭蹭。

她打了个寒战，低头看去。克罗米一边摇晃尾巴，一边磨蹭沈半夏，求关注。当沈半夏看向它的时候，它更热情地卖萌，仿佛在说："没关系。全天下的男人死光后，你可以考虑我。万一我变成了人了呢"

沈半夏吓得跳起来，尖叫一声，冲回家，关上门。

"可恶。骂不赢我，就让狗来欺负我！我，我怎么这么衰，遇见的都是渣男。"沈半夏不由想到前男友，各种委屈涌上来，哭得稀里哗啦。

而另一边，楚连翘拍拍克罗米的脑袋："你又吓着她了。"

克罗米无辜地看向楚连翘，水灵灵的眼睛仿佛在说："像我这么帅气的狗向来都是女人的最爱。怎么可能吓着她？一定是你的毒舌神功吓跑了她。主人，沈家姑娘不错，你可要把握机会。"

"你也觉得她不讲理啊？我也觉得。"楚连翘答非所问。

克罗米无奈地低鸣两声。

"不过，挺有趣的。"楚连翘瞪着一双熊猫眼，看着被沈半夏用力摔上的房门，"你说，我要不要去关心一下被你吓跑的邻居呢？"

楚连翘正在犹豫的时候，手机铃声响了起来。他取出兜里的手机，看了眼：张主任——果然，我和沈半夏都被投诉了。

楚连翘意味深长地轻哼一声，接听电话。

Chapter 12　第一次职场危机 ///

沈半夏哭号完，用冷水洗了洗脸。几年前，她遭遇渣男劈腿后，明白两个道理：哭号没有任何作用，向旁人讲述自己有多么悲惨也没任何作用。

她冷静下来以后，想了又想，觉得事情以及发生，不能假装没发生。最终，她拿起手机给张博发了一条短信，道歉同时讲明自己以为是朋友开玩笑或者骗子来电。

然后，她蹲在手机前，等待张博回短信。可她足足等了半小时，也没见张博回短信，倒是她肚子饿得咕咕叫。

沈半夏怀着一颗忐忑不安的心，到厨房觅食。她看见沈泽生贴在冰箱上的便条。

【夏夏，电饭煲里热着你最爱的肉包、千张结、菜饭，睡醒记得吃。爸爸上课去了。有事电话联系。】

沈半夏的眼眶瞬间湿了。沈泽生由于工作的原因不能时刻照顾沈半夏，因此沈半夏从小就和沈泽生保持着便条留言的习惯。哪怕后来手机通信便利了，只要沈半夏在家，他们父女依旧保持着便条留言，告知彼此去向的习惯。

"回家真好。"沈半夏取下便条，返回卧室，拿出一个蓝色的纸盒。这个纸盒里装着沈泽生写给她的便条。沈泽生也有一个粉色的纸盒装着沈半夏写给他的便条。

沈半夏打开纸盒，盒子里的便条如同一只只振翅欲飞的蝴蝶，仿佛动作稍大就会惊飞它们。

"时间过得真快，得换个更大的纸盒了。"满盒的便条温暖了沈半夏忐忑不安的心。她似乎回到那个沈泽生出差，她独自在家的夜晚。她抱着满盒的便条入睡，一点儿也不害怕。

"人生琐事吃饭最大。"沈半夏合上纸盒以后，重新回到厨房。

沈泽生的厨艺向来无可挑剔，沈半夏一口气吃了两碗饭。第二碗快要吃完的时候，沈半夏的短信铃声响了。沈半夏打开一看，是张博的来信。

【刚才在开会。事情可以理解，但以后注意分辨真假。别忘记下午四点到我办公室来一下。】

沈半夏心跳如雷，高兴地跳起来："必须加餐，吃三碗饭！"

沈半夏吃完饭，洗完碗，忙着换了身衣服出门。她关上房门，就听见楚连翘的开门声。

"把自己裹成熊，这是去哪里啊？"楚连翘穿了件中长的呢大衣，看上去有几分男装模特的味道。

沈半夏被楚连翘惊艳了一下，但随即进入防御状态："哟，熊猫眼这么快就消失啦？需要我再给你添上一双吗？"

楚连翘吓得后退一步："这么生猛！张主任接受你晚上邀约了？"

"呸，张主任才不像你这样没正经。"沈半夏不想被楚连翘破坏好心情，按了电梯按钮，准备离开。

楚连翘快步跟了过来："你是去医院吧？我送你。"

"我有腿。"沈半夏警惕地看了眼楚连翘。

"你走过去，还不得深夜了。"电梯门打开那刻，楚连翘抓住沈半夏的手腕，把她拖进电梯。

"流氓啊，你放手。"沈半夏甩手，踢腿，攻击楚连翘。

楚连翘高举双手，贴着电梯站立："流氓总比狐狸精好。你看看时间。如果没我送你，你能确保四点钟赶到张主任办公室吗？张主任最恨人迟到。更何况，你今天是去挨骂的。"

"你怎么知道？"沈半夏总觉得楚连翘是黄鼠狼给鸡拜年没安好心。

"你难道忘记昨晚我善意的提醒吗？"楚连翘居高临下地看着沈半夏，"投诉！"

"还真告啊？"沈半夏苦着脸。

楚连翘点点脑袋："直接告到院部了。刚才院长主持各科室主任开会，貌似把这事作为重点讨论议题。你真厉害，才上班第一天就上会了！"

沈半夏的脑袋"嗡"炸开花："完了，上班第一天就给医院惹事。我铁定被开除！"

"别急，这事也不是没回旋余地。"楚连翘说。

沈半夏充满期望地看着楚连翘："你有办法？"

楚连翘含着笑意走向沈半夏。沈半夏被惊得步步后退，直到贴着电梯壁站立。楚连翘一手撑着电梯壁，低头俯视楚连翘："讨好我啊！说不定，我能帮你求情。"

沈半夏愣了愣，一拳击向楚连翘。楚连翘偏头，躲开攻击："还好，我早有准备。"

"是吗？"沈半夏咧嘴笑笑，抬起高跟鞋的酒杯跟，用力踩向楚连翘的右脚。

楚连翘顿时面部扭曲地抱脚低号。

"差点被你骗了。你以为医院是你家开的？"刚好，电梯到达负一楼。沈半夏拍拍手，离开电梯。

"喂，站住！"楚连翘一瘸一拐地离开电梯，抓住沈半夏的手臂。

恰逢停车场有其他人取车，还有保安巡逻。大家充满八卦心地看向楚连翘和沈半夏。

沈半夏的脸蛋红得像晚霞，尴尬地挣扎："你要做什么？放手！"

"不放。既然你对我做都做了，你得负责！"楚连翘可怜巴巴地说。

"负你个大头鬼。我明明什么都没做！"沈半夏压根没注意楚连翘话里的歧义。

"你敢说你没做？你明明在我身上留下了不可磨灭的证据。"楚连翘信誓旦旦地指了指脚。

其他人恍然大悟地看着沈半夏。实在是人不可貌相啊！谁能想到这样娇小的江苏女人能把八尺高的帅哥玩弄于股掌之间……又或者他们其实不是情侣，而是某种交易。

现代社会什么都缺，唯独不缺娱乐精神。当场就有人拿出手机，想要录下这惊奇的一幕，放在社交平台。

沈半夏再神经大条，看见有人拿出手机准备拍摄时，也觉得不对劲了。

"放手啊！"沈半夏用力挣扎，却难以挣脱楚连翘刚健有力的大掌。实在无法可想的情况下，沈半夏只能服软："你想怎么样？"

楚连翘把车钥匙丢给沈半夏："送我去医院。"

"又赖我开车。你简直是……"

沈半夏一堆骂人的话语还没来得及出口，就被楚连翘拉了一个趔趄，差点倒在楚连翘的怀里。

"还不走。医院的事情还没解决，又想当网红呢？"楚连翘盯向准备拍视频的人。

"这有什么好拍的。"沈半夏嘴里嚷嚷，动作却丝毫不慢地走向楚连翘停车的地方。

"疼！"楚连翘借脚伤为由，表示难以跟随沈半夏的步伐。

沈半夏不想留下来当人娱乐对象，只能认命地提议："我扶你吧！"

"那就麻烦你了。"楚连翘像《红楼梦》里的林黛玉似的，把身体大部分重量压在沈半夏的身上。

上百斤重量砸得沈半夏差点一屁兜坐在地上："你该洗洗，准备出厂了。"

"承蒙夸奖。健身的钱可不是白花的。"楚连翘假装听不懂沈半夏把他比喻成猪。

"你真没听懂我在说什么？"楚连翘的答非所问，让沈半夏有种被臭豆腐噎住的感觉。

楚连翘背着沈半夏笑了笑，机智地转移话题："你再磨蹭干脆今天别去医院了。"

沈半夏微微一愣，拿出手机看了眼，惊得丢下楚连翘，打开车门，跳上驾驶座。

"完了，完了。铁定迟到！"沈半夏慌得全身发抖，用了好一会儿时间才把钥匙插进钥匙孔，启动汽车。

沈半夏看了眼单脚跳上副驾驶的楚连翘："时间来不及了。我得开快一点，你坐好了。"说完，沈半夏左手握着方向盘，右手挪动挡位。

正当沈半夏准备开动汽车时，楚连翘忽然一手握住沈半夏放在挡位上的右手，一手拉起手刹："别松刹车。"

"流氓啊，你信不信我告你骚扰！"沈半夏怒吼。

"你挂错挡位了。"楚连翘为了生命安全，紧抓着沈半夏的右手。

沈半夏低头一看。天啊！她真把前进挡，错挂在倒车挡上了。如果不是楚连翘发现得早，她松刹车，再猛踩脚油门，铁定撞墙。今天他们也别开车去医院，直接躺着进医院了。

"不好意思，慌了点。立刻纠正。"沈半夏急忙换挡。

"别，停车！"楚连翘抓住沈半夏的右手，把挡位推回停车挡。

"又怎么呢？时间宝贵。"沈半夏焦急提醒。

"正是因为时间宝贵，为了我们的生命安全，我来开车。"楚连翘解开沈半夏的安全带。

"你，你不是脚受伤了吗？"她捅的娄子已经够大了，不想再迟到被认为态度不端正。

"这是自动挡的车。我左脚受伤，不妨碍开车。"楚连翘绕到驾驶位，打开车门，"你想不迟到，立刻下车。"

沈半夏下车，快速地坐到副驾。楚连翘快速地启动车，熟练地把车开出停车场。

楚连翘开车没毛病。他路况熟，驾驶技术好。路上，楚连翘好几次踩着绿灯最后几秒，飞驰通过十字路口。最终，楚连翘在三点五十分把车停在了医院的职工停车区。

一切都很顺利，可沈半夏总觉得哪里不对劲。

"我知道本人很帅，可你也不用盯我一路啊！"楚连翘解开安全带，下车。

沈半夏也跟着下车。当她看见楚连翘的双脚时，她终于想到楚连翘不对劲的地方了。

"你又骗我！"沈半夏指着楚连翘的右脚，"我踩的是你右脚，不是左脚。你不是伤重吗？为什么能开车？"

"你记错了。是左脚，不是右脚。"楚连翘继续糊弄沈半夏。

"我没得老年痴呆。楚连翘，我算是见过 low 的，但是没见过比你更 low 的。逗我很好玩吗？"沈半夏气得牙痒痒。

的确很好玩！楚连翘心中念叨，却不敢承认："冷静。张主任还在等你。"

"回头找你算账。"沈半夏看看时间，小跑冲向张博办公室。

楚连翘则仗着腿长优势不紧不慢地跟上。这一刻，他行走如风，压根没有受伤姿态。

"楚连翘，我再信你，我就是猪。"沈半夏瞪了眼楚连翘的右脚，愤愤不平地说。

"除了人，你是什么，我都能接受。"楚连翘说。

沈半夏停止奔跑，撸起衣袖："你当真以为我不敢揍完你，再去找张主任？"

"距离四点还有三分钟。"楚连翘挑挑眉。

"你……算你狠。"沈半夏指指楚连翘鼻梁，掉头狂奔。

"跑慢点，别摔成狗了！"楚连翘看着沈半夏的背影哈哈大笑。畅快淋漓的笑声如同旭日照进楚连翘黑暗的心房，为阴冷的心房带来丝丝暖意。

沈半夏一口气冲到张博办公室门口，却忽然失去敲门的勇气。

"真要笑对开除？"壮壮妈、孙婷婷和楚连翘的面孔在沈半夏脑海里轮播。哪怕有孙婷婷的安慰，可她一想到壮壮妈的威胁和楚连翘的提醒心底就拔凉拔凉的。

"不敢敲门啊？"

楚连翘的声音猛地在沈半夏耳边响起，惊得她跳起来："你在这做什么？"

"他也约了我。"楚连翘的双手环抱胸前。

"原来你也被告了！也对，你的态度比我恶劣多了。说不定，我是被你牵连。"受罚的道路多了名同伴。沈半夏的恐惧减轻不少。

"你能和我比吗？"楚连翘的嘴角微微上翘，"如果你不敢，那我先进。"

"等等。"沈半夏的身体贴着房门，拦住楚连翘的去路。

无论结果如何，她都得让张博知道事实真相。她可不能给楚连翘嚼舌根和推脱责任的机会。

"我先……"沈半夏的话语还没说完，忽然房门被打开。

沈半夏没站稳，直接仰倒。

开门的张博下意识后退一步。楚连翘迅速上前一大步，抓住沈半夏。沈半夏成功避免摔倒的尴尬，却未能避免身体靠在楚连翘怀里的尴尬。她看着楚连翘，心跳加速，脸色潮红，四肢无措。

"咳咳——"张博轻咳两声，打破尴尬的寂静。

沈半夏像受惊的兔子，忙跳出楚连翘的怀里。

这事明眼人都知道是场意外。张博也不好说什么，只能假装没看见："沈半夏，你进来一下。"

沈半夏很想向张博解释刚才发生的事情，可是千头万绪完全不知道从何解释。张博不提及，她也只好像做错事的学生，低着脑袋，态度端正地跟在张博身后。

"随手关门。"张博提醒。

"好的。"沈半夏转身那刻，正撞上楚连翘欠扁的笑容。

沈半夏磨牙霍霍，冲楚连翘狠狠瞪了一眼，关上房门。

Chapter 13 祸福相依 ///

张博不足十平方米的办公室，堆满了书、文件、奖杯和奖状。而这么小的空间他还挤出一块靠窗空地培植多肉，还养了几条红色的热带鱼。

"坐!"张博顺手给鱼丢了几粒饲料。

"哦。"沈半夏的双手放在腿上，坐得笔直。

"我一直以为你是个安静而温柔的姑娘，却没想到你上班第一天就被投诉。而且对方还找了关系，直接把投诉信发给了院长。真行! 创造了急诊科的纪录。"张博笑着说。

沈半夏分不清张博笑里的含义，紧张地低头认错："对不起，主任。我上班第一天就给你惹麻烦了，实在是对不起。"

"对不起有用吗？"张博盯着沈半夏。

沈半夏思考片刻，摇头："没用。不过，我上班第一天就连累主任被批评，实在心有愧疚。我也很想用行动来弥补，可是事已至此也没有挽回的余地了。我已经做好接受一切处罚的心理准备了。主任，你宣布吧！"

"你先看看这个。"张博挪动电脑屏幕，展示壮壮妈的投诉邮件，"她发送院长的同时，也在网络写了一封声文并茂的微博。不得不说，她的文笔很好，戳中医患矛盾要害，引起了轩然大波。"

投诉邮件主要从四个方面怒骂沈半夏是一个医疗水平不够，态度恶劣，丧失医德的垃圾医生：第一、沈半夏没有医德，态度恶劣地怒骂他们，还拒绝给壮壮看诊；第二、沈半夏医疗水平不够，壮壮是食物中毒，沈半夏却当积食处理；第三、沈半夏故意挑起患儿家属矛盾，害得昨晚患儿家属差点在急诊科打架；第四、沈半夏故意拖延看诊时间，害得昨晚一个高烧患儿惊厥。

投诉信的字里行间问责医院为什么拿患儿宝贵的生命给沈半夏这种滥竽充数的新人医生练手？她还一口咬定沈半夏要么是医院高层的关系户，要么是医院高层的小情人。

"这人怎么颠倒是非黑白啊！"沈半夏觉得自己就像是气阀被堵住的高压锅，下面遭到火焰的不断加热，偏偏上面没有出气口，满腔怒气随时会爆炸。

"医院联系了她。她表示宽宏大量不要赔偿，只要你和楚连翘公开给她道歉，把壮壮误判的诊断书从积食改成食物中毒。这事就能了结。"张博转述。

"道歉？就算是道歉也该是她给我道歉。"沈半夏拍桌子，站起来，"我承认，昨晚的确由于我的看诊技巧和经验不足，导致一名高烧患儿没得到及时治疗，忽然发生惊厥。这是我的错。可她说的其他三个方面的投诉，我并不认可。"

"年轻人冷静一点。"张博企图安抚沈半夏。

沈半夏怒火中烧："这事没办法冷静，哪怕是被开除，我也得说。这是诬告，冤枉！首先，我从头到尾没给壮壮看诊，判诊壮壮是积食的是楚连翘，不是我。其次，要论态度恶劣谁能赶上壮壮妈？我被她打了一耳光，当场脸都肿了。我，我……可惜我忙着看诊没留证据。再加上我皮肤修复能力好，今天消肿看不见了。还有，虽然我昨天有接手一个疑似食物中毒的患儿，可我并没有挑起患儿家属矛盾。"

沈半夏越想越委屈，眼泪跟着滚了下来："张主任，我知道这些年医院高挂服务的旗帜，无论出了什么问题都站在患者角度考虑，把患者视为弱势群体。可这事我真没错，也不可能像壮壮妈道歉。她爱怎么样就怎么样，是非公道自在人心。不，哪怕她能颠倒是非，我也问心无愧……我大不了不干医生这一行。"

"冷静。我话还没说完，你就哭得稀里哗啦，还嚷嚷放弃医生职业。你忘记当初入职宣誓呢？年轻人不要看上去铜墙铁壁，实际揣着一颗玻璃心。医生这行本来就是高风险，你面临的是生与死的较量，这点委屈算什么？"张博扯了几张抽纸，递给沈半夏。

沈半夏接过抽纸，哭得更凶了："张主任，我什么都可以忍，可就忍不了委屈。凡事难道不该讲证据，讲道理吗？凭什么因为她是患儿家属，就把她放在弱势群体的位置？医院还没调查询问。凭什么就认定错全在我这边？还要我道歉，让我乱写病例。我不服！哪怕你们开除我，也不能因为她的胡说八道开除我。"

"我又没说要开除你，你怎么总提开除呢？"张博拍拍沈半夏肩膀，示意她坐下，"年轻人不要冲动，听我把话说完。"

"你也算运气好。不仅创造了上班第一天收到投诉信的纪录，也创造了上班第一天收到表彰信的纪录。院长收到投诉信的同时，院方行政部门也收到了两封关于你的表彰信。其中一封，刚好是高烧惊厥的患儿家属。她并不认为你是延迟看诊导致患儿惊厥，反而夸奖你在患儿发生惊厥时，处理及时，抢救恰当，表扬了你的医术和医德。另一封是食物中毒的患儿家属。他对你的看诊态度和方式提出赞扬，表示昨晚如果不是你帮忙，他的女儿肯定得不到及时有效的治疗。"

两封表彰信！沈半夏的心情像坐过山车似的瞬间从低谷攀升至顶峰："这是豆豆妈和萌萌爸写的吧！"

张博微笑着点头："这两个家长都非常认可你的看诊方式，认为你不仅能给予患儿最恰当和最全方面的治疗，还能通过一系列详细问诊和解答安抚患儿和患儿家属的情绪。他们希望其他医生都能向你学习，尽可能把看诊工作做细做深，让患儿享受到更长时间的诊疗，让患儿家属对患儿病况不仅能知其然，还能知其所以然。关于这一点，院长当着所有科室主任的面对你提出了表扬，要求各科室开会的时候认真学习这两封表彰信的精髓，改进工作态度和方式，把每位患者当成至亲对待。"

"听这意思是不用开除，也不用道歉呢？"沈半夏心情雀跃地问。

张博点头："除了这两封表彰信之外，你还得感谢一个人。壮壮妈在微博上除了大骂你之外，还大骂医院草菅人命。她在网上大大呼吁，孩子的生命脆弱，病情复杂，儿科哪怕再缺人，也不应该让经验不足的年轻医生看诊。能给患儿看病的医生至少得副主任医师及其以上级别。如果医生人手不足，那么就该花钱招人，招不到人就应该延长医生上班时间。"

"谁不是从年轻医生成长起来的？再说，延长医生上班时间，她倒想医生 24 小时不休息。可就算医生是机器人也得充电吧！她就不怕医生电量不足，误诊吗？也对，她当然不怕。误诊了，正好大闹医院，要求赔偿。你看她的解决诉求里面专门提到，要求把积食改成食物中毒。这是想搭顺风车，要求幼儿园赔偿的节奏啊！"沈半夏一听见"壮壮妈"三个字，就气得跳脚。

"冷静。你要时刻记住你的身份是医生。你冷静想想，作为一名医生而言说一些毫无根据的话妥当吗？"张博板着脸说。

沈半夏低头想了想："对不起，是我太冲动了。不过，我实在是太生气了。医生也是人啊！张主任，你也是医生。你懂我的意思，对吗？"

"懂。可有些话心里想想可以，但不能说出来。特别是你穿上白大褂的时候，说好听点你是救死扶伤的医生，说难听点你就是一台机器。你需要控制情绪，理性地面对每一名病患，针对他们病况做出最佳治疗方案。你刚工作不久，遇见的病患太少，某些特殊情况就更少，未来的路还长着呢……你要真想做一名优秀的医生，那么首先得学会控制情绪，理性面对一切。"张博稍做停顿，又说，"比如，待会儿壮壮妈又带壮壮来看诊。你接不接？"

"当然接。可我也得按照医院规定，该排队就得排队，该是什么病就写什么病。我是医生，接待病人，不接客。"沈半夏毫不犹豫地说。

"瞧瞧，前半段还说得像模像样，后半段充满情绪。你抽空多看点情绪管理的书，多向前辈学习。对了，楚连翘就算了。"张博捏捏鼻梁，"我这是说到哪里了？"

"管理情绪。"沈半夏回答。

"不对。我是在给你说壮壮妈发微博的事，却被你忽然插话带远了。我们继续。"张博调整情绪，继续说，"本来院方迫于舆论压力，准备把你调离现在的岗位，让你跟着儿科主任学习一段时间。可今天下午舆论风向忽然逆转了。"

"这么给力？"沈半夏瞪圆眼。

张博点头说："有个自称患儿家属的网友在跟帖下发了几张你被打肿脸的照片，以旁观者的角度详细地讲述了昨晚事发经过。对方不仅有依有据地证明壮壮妈为满足私欲颠倒黑白，还赞扬你医德很高，即使被壮壮妈蛮不讲理地扇了耳光，也没同她计较和闹腾，反倒为了患儿着想，带伤坚持看诊。他有依有据的跟帖激发了网友的热血，也让昨晚带孩子看诊的更多患儿家长站了出来，证明你是一位有耐心和医德的好医生。最终，网上从对你骂声一片，变成对壮壮妈骂声一片。"

她昨天只是忙得忽略了伤势而已；哪有那么高尚？不过，赞美的话语人人爱听。她也不例外："张主任能不能把网址给我一下？"

张博丢给沈半夏一计白眼："年轻人戒焦躁。壮壮妈已经删帖，关微博了。这事也算是过去了。"

"总有热心网友截图吧！"沈半夏挤眉弄眼地讨好道，"主任，你就好人做到底，顺便把那两封表彰信也拿出来，让我看一眼。我只拍照不带走。"

"我只是转述你就乐得快跳起来了。我真把那些东西给你看，你还不得骄傲得直冲云端？小沈，这是偶发事件，也算是你运气好。如果没那两封表彰信和那些热心网友，你轻则被开除，重则医生职场路到此结束。你的职场路才开始，要严肃对待这些问题，从中吸取经验教训。当然，优秀的地方也得好好保持下去。年轻人戒焦躁，医生理性至上。"张博表情严肃地敲击桌面。

"哦。"沈半夏不以为然地瘪瘪嘴，"不过，也没那么严重吧！壮壮妈的言论明显是颠倒黑白。"

"自古以来，除了公道自在人心之外，还有众口铄金。你也算新新人类，网络有多么发达，舆论影响力有多大，我相信你比我更清楚。医生这个职业就像我们身上穿的白大褂，容不得半点污点。年轻人光一腔热血，满心善良，还不够……遇事多用用这里。"张博指指脑袋，"再理解不了，回去问问你爸！"

"我爸？你认识我爸，知道他是心理学教授？"沈半夏好奇地问。

张博愣了愣，连忙又说："你爸又不是人民币，凭什么要人人认识？我只是想表示，缺乏生活和工作经验，应该多向长者请教。多学习，少走弯路。好了，时间不早了。你准备一下，上班吧。你的上班时间表已经发你邮箱了。今天，还要辛苦你上夜班。从明天开始按照正常的轮班。"

"好的，我先出去了。谢谢，主任教导。"沈半夏站起来，向张博鞠了一躬。

"去吧！你出去的时候，把楚连翘叫进来。"张博挥挥手。

"好。"沈半夏转身离开。

她打开房门，空荡荡的走廊并未看见楚连翘的身影："还真是老油条，等候时间都要找个地方休息一下。"

"你说谁呢？"楚连翘的声音从沈半夏左侧飘出。

沈半夏被惊了一跳，看着悠闲靠着墙壁的楚连翘："你干吗躲在这吓人？"

"我在等人，不是吓人。"楚连翘上前一步，"沈乌龟被开除没？"

沈半夏向来不爽楚连翘的身高优势带来的压迫感，她后退一步，踮起脚："就算真要被开除，那也是你，不是我。我可是有两封表彰信，还有一群热心网友支持。我可是创纪录了，上班第一天就收到表彰信被称赞态度好、有医德。谁优谁劣？群众的眼睛可是明亮的！"

"瞧你那嘚瑟模样！才被表扬两句就以为乌龟变兔子了。真以为看诊慢是优点呢？"楚连翘冷哼一声。

"什么叫看诊慢？我那叫认真负责，让患儿和家长宾至如归。"沈半夏抬起下巴。

"才上班第一天，就把偶然当必然了。你还真是一只单纯的菜鸟。看在今早大肉包的面子上，我免费给你上一课。身份决定看问题的角度。特别是医生这行，身份界线清晰，角度差异大。你满足一方，必定失去另一方。自古诸事难两全，择重与急，选之。"楚连翘的手搁在沈半夏的肩膀上。

沈半夏听得似懂非懂。她看诊态度和方式得到患儿家长认同。这证明她看诊方式很好。她处处为患儿和家长着想。这也符合医生誓言。她怎么想也觉得自己没毛病。

可为什么楚连翘偏偏说她单纯，还一本正经教育她？就连张博似乎对她也不是完全认可？她的工作方式真的存在问题吗？沈半夏似乎觉得自己触碰到了那个矛盾点，但她又不愿意掀开面对。

"很感动吧？感动就对了。明天早上让你爸做碗鸡汤馄饨报答我就行！"楚连翘拍拍沈半夏的肩膀，"对了，记得告诉他准备醋碟，我不要葱花。"

"滚，我爸又不是你家厨子。"沈半夏脑袋里乱哄哄的，没心情和楚连翘斗嘴。她打落楚连翘的手，"张主任找你。你再不进去，估计他得出来抓人了。"

"你都没被开除，他找我也最多唠叨几句。"楚连翘开门前，回头看了眼沈半夏，"对了！你有空跟着你爸学学心理学，帮助别人，也帮助自己。"

"我心理没毛病。"沈半夏怒怼。

楚连翘一脸无辜地盯着沈半夏，愣了好一会儿，才推门走进张博办公室。

Chapter 14 理想与现实的冲撞 ///

沈半夏和楚连翘的对话如同一阵风吹过即逝。沈半夏怀着欢快的心情，一边解决晚饭，一边根据关键字在微博中搜索壮壮妈发帖的痕迹。还真有手快的网友保存了微博内容和部分跟帖，并且发布到网络。毫无疑问，这些截图转帖下又是一番热议。这些跟帖对沈半夏的赞美居多，哪怕偶尔出现几个偏激的骂贴也很快被其他网友给怒怼回去。

沈半夏看着这些帖子，脸上笑开了花，特别感谢那位发布她被打照片的网友。沈半夏努力回想昨晚的情况。当时场面混乱，又事发突然，似乎没有人想起拍照。而网上这些照片角度明显是偷拍。再看看照片上她惊讶和呆滞的表情，应该不是发生在她刚被打的时候，而是她和楚连翘吵架的时候。

难道这个人最初的用意是偷拍她和楚连翘吵架，后面又觉得过意不去发了她被打的照片？可也不对劲啊！这些照片没一张把楚连翘拍进去了。

到底是谁拍的？沈半夏冥思苦想，也没答案。最后，她吃一份萝卜端子，外加一碗馄饨，满足地打了个饱嗝去上班。

今天和沈半夏换班的是一位白发苍苍的老太太。对方话不多，任凭沈半夏使出浑身解数套近乎，对方也只是告诉沈半夏自己姓秦。

沈半夏面对严肃的秦医生，仿佛看见了中学时代的教导处主任。她自讨没趣地笑笑，配合秦医生交接换班。

接下来的看诊时间里，沈半夏除了忙，还是忙。不过，她想到两封表彰信和微博的那些留言，浑身就充满干劲，看诊越发仔细。她看诊速度最快也是十五分钟以上，慢一点的直到三十分钟以上。更别提中间还穿插一些拿着检查结果找她复诊的患儿家长。

而今天分诊的护士显然没有孙婷婷给力，导致沈半夏经常面对一群家长带着患儿围攻的情况。

"不急，不急。你们心情我理解，我们按照顺序来。"沈半夏被一群家长吵得脑袋嗡嗡响。

"对，按照顺序来。医生，我孩子的检查报告出来了。你帮忙看看！"一名家长把验血报告，放在沈半夏的桌上。

"要看也是我们先看。我们先来，而且我也是看报告！"另一名家长不服气。

"我记得你。你们的号在我们后面。按照顺序，我们先看！"

两名家长吵了起来。而还有一名家长抱着患儿坐在椅子上："这排序的方式不对吧！我们按照叫号，都进来看病了。你们忽然闯进来，影响我们看诊。要我说，无论怎么排序，也该是让我们先看完，你们再找医生。医生快给我们看看，我家孩子发烧。"

"我家也发烧，来之前都快 40℃了。医生，你快看看报告，到底是什么原因引发高烧？"顺序号靠前的家长把验血报告塞进沈半夏手里。

"凭什么？我们也是来看报告的，我们先来。"另一个看报告的家长，拿起桌上的报告，也塞给沈半夏。

沈半夏焦急地看着争吵的三位家长，努力了好几次也插不进话。

"你们懂不懂什么叫先来后到？我们先进门诊室。你们直接闯进来，打扰我们看诊已经很过分了，还要求比我们先看诊。当真觉得我一个女人带着孩子来看病，好欺负是吗？"等待看诊的家长气红了脸。

"谁欺负你了。我是在讲道理。我号比你靠前。"

另一个家长附和说："对，我们是来看报告的，具有优先看诊权。"

"遇见蛮不讲理的人，我简直有理说不清。医生，我们先到，必须先看！"等待看诊的家长推开另外两位家长的检查报告，带着患儿挡在沈半夏前面。

另外两个家长也急了，带着患儿也向沈半夏面前挤。

"不要急。一个个来，我都会看的。"沈半夏面对来势汹汹的家长，吓得不知道该先接受谁就诊。

沈半夏拿不定主意，三位家长都想优先看诊。诊室外焦急等待看诊的患儿家长，见久等没人出来，忍不住推门看。他见诊室内乱成一锅粥，急忙叫上家人带着患儿，挤进诊室。

沈半夏的诊室彻底变成了闹闹哄哄的菜市场。她不仅没办法给患儿们及时看诊，还引发一群患儿家长的怒火。

"冷静点，一个个来，不要急，我都会看的……"沈半夏努力安抚大家情绪，可家长忙着争论看诊顺序，谁也不理她。

沈半夏透过人群缝隙，眺望门外的分诊护士。分诊护士忙着协调要求从沈半夏名下，换诊到楚连翘名下的患儿，根本抽不出精力帮助沈半夏。

沈半夏看着吵得面红耳赤的家长，听着患儿的哭闹声，心生绝望。她只想好好看诊，认真看诊，安静看诊……为什么画面从温馨的儿科门诊室，变成了吵闹的菜市场？

更绝望的是，当楚连翘得知自己接诊的患儿有部分是从沈半夏那边分过来时，他拒绝为沈半夏分担看诊压力。

分诊护士只好继续让家长带着患儿等候。焦急候诊的家长看着比自己晚到的患儿进入楚连翘的候诊室看诊，对看诊的不满顿时到达顶峰，找分诊护士闹了起来。

分诊护士无力阻拦，只能眼睁睁地看着更多的家长和患儿拥入沈半夏的诊室。

"沈医生，楚医生不愿意替你看诊。"分诊护士充满歉意地说，"后面，我会尽量多给楚医生安排患儿看诊，减轻你这边的压力。"

换句话说，她没办法帮沈半夏解决目前被患儿围攻的难题。

她看着受到病痛折磨的孩子，心急如焚。她很想帮他们看诊，早一点帮他们摆脱病痛的折磨。可现实情况是她先看谁，都会被其他家长围攻。她不想让任何一位患儿和家长感到不快。

怎么办？沈半夏恍然觉得自己似乎站在了悬崖边，稍稍后退一步就会粉身碎骨。

突然，一名哭闹的高烧患儿呕吐起来。更严重的是，他的呕吐物回流堵住了气管。

"医生，医生怎么办啊？"家长手忙脚乱。

"给我！"沈半夏拨开人群，接过孩子，采取海姆立克急救法。

她一只手捏住患儿颧骨两侧，手臂贴着患儿的前胸，另一只手托住患儿后颈部，让其脸朝下，趴在自己膝盖上。

沈半夏在患儿背上用力拍打好几下，患儿终于把呕吐物吐了出来，"哇"地哭出声。

"谢谢医生，谢谢。"家长接回患儿，连连道谢。

沈半夏还没回答"不用谢"，就被家长们再次围攻。沈半夏面对乱哄哄的场面，想到刚才被呕吐物噎住的患儿。昨晚，豆豆惊厥的画面涌出沈半夏脑海。

小儿患病病症急，变化快。眼前这群家长不断闹腾，楚连翘又不帮忙看诊。她被拖着一直没办法看诊，指不定出现几个高烧惊厥、腹泻脱水、喉炎梗阻……的患儿。

沈半夏越想越恐慌，拍桌子站起来："安静。"

在场所有的人都被惊得愣住，望向沈半夏。

沈半夏被这么多人盯住，有些慌了神，说话哆哆嗦嗦起来："看诊需要安静。你们这样闹下去，扰乱了我的思维，我很容易出现误诊。"

"你不是没看诊吗？"有个家长说。

"没看诊更麻烦。"沈半夏有些紧张，还好思路清晰，"孩子的病症变化快。我看诊不及时很容易高烧惊厥、腹泻脱水、喉炎梗阻……这些状况分分秒秒都是有生命危险的。"

家长们紧张地抱住自己的孩子，急忙检查他们的病况。

"看诊，我们都是来看诊的啊！不过，这看诊顺序……"家长扬扬手中检查报告，

"医生，你来安排吧！我们听你的。"

"我？"沈半夏有点胆怯。她不想让任何一位患儿和家长感到不快，可现状是她只有一双手。

沈半夏扫了眼诊室内的患儿，一咬牙说道："一名患儿最多让两位最了解他病况的家长陪伴，进来看诊。至于看诊顺序，看病的和看报告的交叉来。看报告的在门外排队，看病的等着叫号。你们到门外排队去，给我营造一个安静看诊，减少误诊率的环境，可以吗？"

大部分家长带着患儿离开。转眼间，诊室只剩下最初争吵的家长。

"你们怎么还不走？"沈半夏好奇地问。

"等着看诊。"患儿家长齐声说。

"我只有一双手。"沈半夏生怕他们再度吵起来，又说，"这样吧！看病的患儿和家长留下。看报告的家长带着患儿出去排队，等待待会儿看诊。"

等待看病的家长满意了，开心地抱着孩子坐在椅子上，等待候诊。

另外两位等着看报告的家长有些犹豫。刚才争吵的主要内容，很大一部分是集中在他们谁先看报告的问题上。现在，这个问题依然没有解决。

"看报告加开药，也就几分钟的事。谁先谁后真有那么重要吗？看看孩子吧！如果没有刚才的争吵，他们早看完病，吃药休息了。"沈半夏耐心劝说。

两位家长对视一眼，抱着各自的患儿离开门诊室。

沈半夏抿了一小口水，继续看诊。接下来的时间，除了楚连翘让分诊护士催了沈半夏几次提高看诊速度外，其他的顺利进行着。

随着时间一点点进入深夜，急诊儿科室慢慢从嘈杂进入了安静。临时分诊护士忙完晚高峰后，默默离去。沈半夏觉得肚子饿了，拿出饼干补充能量。可她刚拆开包装袋，房门被推开了。

"麻烦等一下。"沈半夏以为是带孩子看病的家长，连忙把饼干塞回包里，准备接诊。

"别藏了，有好东西拿出来大家分享。"楚连翘大步走到沈半夏面前。

"是你啊！"沈半夏紧绷的神经彻底松了下来，靠着椅背休息。

楚连翘毫不客气地从沈半夏的挎包里，拿出饼干吃。

"你这人太没礼貌了吧！我又没同意你吃。"沈半夏抱怨。

"我这叫合理收取报酬。"楚连翘觉得沈半夏买的饼干特别香，吃完一块，又拿了一块，"你也是遇上我不和你计较。否则以你那龟速的看诊速度早被鄙视了。"

"你又不是没鄙视我。"沈半夏说。

"我光鄙视，没行动啊！你要知道我今晚帮你分担了几十个患儿。你区区一袋饼干能报答我的大恩大德吗？"楚连翘靠坐在办公桌上。

"三五分钟的诊疗怎么把看诊工作做深做细？儿科可不是儿戏。"两封表彰信和诸多网友的留言支持更加坚定了沈半夏的看诊方式。

"我下午说的那些话没听明白？还是被表彰捧得飘飘然呢？你是在患儿人满为患的公立医院，不是挂号天价的私立医院。"楚连翘忽然有点后悔昨晚和今天下午的所作所为了。

自从有资格带新人以来，他第一次对菜鸟医生宽容，却没想到反被对方教训了。谁想又忙又累超负荷运转啊？谁不想给患儿和家长带来宾至如归的感觉？服务至上的概念，开大会的时候领导次次提及，可现实满足消除医患矛盾的条件吗？……大家都体谅患儿的痛苦，患儿家长的无奈，谁来体谅他们这些医生的无奈？

楚连翘越想越气："你是悲天悯人的医生同时，也是个有思想的成年人。咋还活在童话世界，不睁眼看看现实呢？所有医生都像你这样龟速看诊，恐怕家长早把医院给砸了。"

心情不好，吃东西也不香。楚连翘把饼干扔回给沈半夏："不吃了。你好好反省吧！"

"反省什么？院长都认同我的态度。私立医院能做好的事，公立医院就没办法实现吗？我看了两天的诊，家长把医院给砸了吗？什么没办法实现都是偷懒的借口！"沈半夏反驳。

"你不觉得你的口气很像壮壮妈吗？"楚连翘冷笑一声，离开。

"喂，我话还没说完了。"沈半夏望着楚连翘远去的背影，无力地垂下手臂，"三五分钟看诊，哪可能做完基础检查的同时，收集全患儿病况？"

沈半夏瘫坐在椅子上。她算了一下看诊时间，无论家长再怎么配合医生，她的看诊时间也至少需要十分钟，更别提有些患儿家长说一大堆话，结果没几句对患儿病况有用。更何况，她在大多数看诊过程中不仅要安抚患儿，还要安抚家长。

分分秒秒都是时间啊！她已经非常努力提高看诊效率了。沈半夏想到楚连翘嫌弃她看诊慢的话语，眼圈猛地一下红了，倍感委屈。

Chapter 15　世界处处无善意 ///

壮壮妈引发的网络风暴如同风中的尘埃，很快就飘散了。沈半夏上班第一天就收到表彰信的事迹被作为楷模进行全院学习。接下来的一个月时间，医院狠抓各科室医生的医风医德。

沈半夏在赞扬声中，充满激情地工作着，越发坚信十多分钟乃至三十分钟以上的看诊时间是必需的。表面上，没人说什么，可暗地里，急诊儿科越来越多的医生不愿意同沈半夏一起上班。不仅如此，沈半夏上班期间，候诊室发生了好几起患儿家长吵架事件。

这一系列事件，沈半夏并未把它们和自己联想在一起。她依然勤勤恳恳上班，认认真真看诊，累到下班时嗓子干涩犯疼，回到家直接瘫倒在床上。上班近一个月，她就瘦了十斤。

而她认为最难搞定的楚连翘，这一个月内完全没招惹她。他遵从和沈泽生的约定，当沈半夏上夜班的时候，负责地送沈半夏下班回家。平时他在出门或是在沈家吃饭遇见沈半夏时，仅仅客气地点点头，完全像个哑巴。

沈半夏没被楚连翘荼毒，反倒觉得不习惯。她好几次想问楚连翘咋忽然从毒舌男变成哑巴男，可她想了又想总难以开口。

时间忙碌而一成不变地流逝。当沈半夏好不容易适应现有的工作节奏，准备拿第一个月工资请朋友和沈泽生吃饭。某天，沈半夏下班时，张博又一次找沈半夏单独谈话。

沈半夏没多想，准时达到张博办公室。张博看着沈半夏，表情凝重而严肃。

张博不说话，沈半夏也不好吭声。办公室气氛异常压抑，导致沈半夏有些坐立不安。

"也不知道是我思想太落后，还是你们这代走得太快。"张博盯了沈半夏好一会儿，才缓缓开口，"上班一个月，引起投诉两次，表彰两次，医患纠纷十起。沈半夏，你是医生，不是运动员啊！真不断地追求纪录，刷新纪录了？"

"我只被投诉过一次啊，还有医患纠纷是什么鬼？"沈半夏身体前倾，瞪圆眼，"主任，我又被诬告呢？你可要为我做主啊！"

"行了。把表情收收，眼睛瞪得像恐龙，怪吓人。"张博挥挥手。

沈半夏嘟嘟嘴："十起医患纠纷，我都不知道的事。哪知道别人是怎么编造的？"

"急诊科谁不成天累得像狗呢？这么累，还投诉你。不是实在无法忍受你，谁会牺牲休息时间劳神写投诉信？"张博说。

张博的话在沈半夏脑海里炸开。她发挥职业习惯提取话里的信息："你的意思是，我不仅被投诉了，还是被同事投诉了。是不是楚连翘？我就说了这一个月他怎么默不作声，原来是憋大招啊！"

张博顿生恨铁不成钢的感觉："医院又不是宫斗剧，哪来的那么多陷害诬告？而且，投诉的人也不是楚连翘。小沈，你是怎么回事？怎么出了问题不从自身找答案，反倒朝别人身上泼脏水？"

"我——"她也不知道怎么的，想到楚连翘就来气。现在知道告她的不是楚连翘，她的心一下跌至深谷，连说话的力气都没了。

张博十指交叉，语重心长地说，"小沈，我一直觉得你是个不错的孩子。性格好，做事细心，学习能力强，很适合做儿科医生……但是工作单位，不是学校。学校讲究'育'，工作讲究'做'。我不知道你在见习医师时期经历过什么，但从你现在的工作状态看来你的师父们对你保护得真好。以至于你毕业一年多也未能从'育'的状态，过渡到'做'。'做'不仅是做事，还包括做人懂吗？"

"我除了得罪过楚连翘，好像没得罪过其他人吧？他们找我帮忙，我从未拒绝。"无论是谁找她换班或是替班，她都一口答应。大家都说她是善良的好人。

张博和蔼地看着沈半夏，又说："可你帮忙带来的好感，并不能抵消给大家带来的麻烦。有时候，你做得多，不代表获得多。急诊儿科向来吃的大锅饭，患儿以就近原则安排。这必然会造成能者多劳。谁看得快，接诊量就大。设立这个制度的目的是让患儿能够尽早就诊。而急诊儿科的同事们看诊速度差不多，向来也很理解这个制度。"

"嗯，我也很理解这个制度。我以前所在的医院，急诊儿科也是采取这种看诊制度。"沈半夏依然没发现自己到底哪里没做对，导致被投诉。

"这个制度本来没问题，可你的出现导致问题出现了。热心的同事给你做了个统计。你看诊的平均速度在二十分钟左右。这还不包括你给大部分患儿看报告和开药的时间。其实，大家都知道，无论哪个科室最佳看诊时间最少要十分钟以上。特别是儿科，这个众所周知的'哑'科，医生不仅要进行看、听、摸的基本检查，还要听患儿家长讲述孩子的患病情况，脑袋还得同步将收集到的信息进行运算整合，圈出患儿可能患有哪类或哪几类疾病……看诊过程非常复杂。谁都知道，儿科最佳看诊时间在三十分钟以上。目前，不少私立医院也要求儿科医生对每名患儿的看诊时间不得低于三十分钟。"

沈半夏在张博换气片刻，激动地接话："对，我也是这样想的。我们要做到仔细看诊，还要安抚患儿和家长，甚至要向家长解释患儿可能患有的疾病……这些都需要时间。我平均二十分钟看一个患儿已经是极限了。我也很累啊！"

"我话还没说完，你瞎激动什么？这世上最笨的人就是自己又忙又累，还把周围人全得罪了——瞎忙活。小沈，如果你是在私立医院，你的看诊方式没问题。可这是人满为患的公立医院。你二十分钟看一个患儿，马不停蹄看诊二十四小时。你能看诊多少个患儿？"

"七十二个患儿。"楚连翘帮沈半夏算过这笔账。

"数学倒是挺好的。"张博不给沈半夏插嘴的机会，又说，"你知道急诊儿科一天有多少人挂号？最少的时候五百人，多的时候一千多人。我们最高纪录，24 小时接诊过两千多人。按照你这速度，急诊儿科是该多安排医生，还是和普通儿科一样实行预约挂号？假如多安排医生，医生从哪里来？假如预约挂号，是不是排不到号自认倒霉？又或者，你让家长把患儿的病况拖到一、二级，危及生命危险再来看诊？"

"我没这么想过。"沈半夏羞愧地低下脑袋。她没有想过，又或许不敢去想。

"可你这样做了，还让同事们替你分担工作，替你背锅。你 20 分钟看诊一个患儿，得到院方高层的赞赏，得到患儿和家长的表扬……这件事表面看上去没问题，可实际上你是没完成你的基本工作量。你没能及时看诊的患儿到哪里去了？全压到其他同事那去了。功劳被你领了，辛苦全在别人处，谁会开心？不仅这样，你给分诊护士也带来了困扰。按照你的看诊速度，给你安排的患儿多了，患儿和家长等得不耐烦。那十起医患纠纷，有一多半就是这样来的。你看完一个，护士安排一个，与你一起上班的同事又不开心。因为你变相加大他们的工作强度和医患矛盾。"张博叹口气，"现在投诉你的同事不止一人。他们没人愿意与你一起上班了。甚至，有人还建议你辞职，去私立医院上班。你说怎么办？"

"我真没想那多，我真不是故意的。我只是想把工作做好。我也感到自己看诊慢，好像给大家带来一些麻烦。我也在努力提高看诊速度了。可你也说了，儿科医生有那么多事要做，我总不能不闻不问盲诊吧？医生这行稍有不慎，性命攸关啊！"沈半夏急得如热锅上的蚂蚁，却又毫无办法。

"事情也不是完全没有挽回的余地。"张博想了想，"你当见习医师的时候，难道没有和师傅一起出门诊？"

"有。可是，我基本在住院部。而且我之前上班的医院，儿科也没这么忙。主任，我真的想留下来。我也很想和同事处好关系。我真没有争表现的想法。我，我，我该怎么办啊？"沈半夏的眼圈红了，眼泪簌簌而下，"我真没用是吗？这点小事都做不好。四年前这样，四年后还是这样。"

"丫头，我都说了事情有挽回的余地。你急什么急？你是新人，对待老同事的态度也算不错。大多数人也明白你不是真心想抢功，只是你的看诊方式确实不太适合我们医院的现状。大家到我这里来投诉，而不是直接越级告到高层。他们的意思是希望你能醒悟，有所改变和提高。总有种看诊方式，既能做到准确判诊，让患儿和患儿家长安心和放心，还能缩短看诊时间。"张博安抚道。

"我再怎么提高，也不可能三五分钟完成所有检查以及判诊啊！主任，误诊是会出人命的。"沈半夏的脸蛋皱成一团，像刚出炉的大肉包。

"别人可以，你怎么就不行呢？我看你就是绕不开三五分钟看诊的心理坎。我们医院的急诊儿科除了你之外，都是实力强大的老医生。秦医生是主任医师退休后被医院返聘的，具有博导资格；楚医生是毕业于宾夕法尼亚大学的医学博士，曾是上海某医院的明星医生，特别擅长诊治儿童心脏问题及新生儿患儿；宋医生毕业于国内名校，目前正在攻读博士，发过不少核心期刊的论文；王医生也是名校毕业，看诊经验长达十年……"张博把急诊儿科所有医生的履历都讲了一遍，镇住了沈半夏。

"别以为这些名号都是虚的，那可是实打实经过时间和实践考验的。你抽空多向他们请教一下看诊技巧，提高一下看诊效率。还有，你爸不是心理学教授吗？你也多向他请教学习。病患也是人，有人的地方就需要心理学。"张博见沈半夏不吭声，又加了一句，"年轻人需要梦想，但梦想不能背离现实。"

张博的意思够明白了，她再不提高看诊效率，只能离开这家医院："我会努力试试的。"

张博点头："除此之外，你还要记住，常规病情快中求稳，紧急病情细中求稳。提高看诊效率绝不是乱诊、误诊、盲诊……医生是和阎王抢人，容不得半点马虎和随意。"

沈半夏呆滞地点头。她从毕业累积到现在的激情和热血在这次谈话中被残忍地浇熄。什么是对，什么是错，她分不清了。未来的路该怎么走，她迷茫不知所措。

张博看见呆滞的沈半夏，安慰了几句，才让沈半夏离开。

"希望你能早点找到属于自己的路。"张博望着逐渐关闭的房门，拿起手机打了通电话。

另一边——

沈半夏神情恍惚地回到诊室。她仿佛在浓雾中迷路的旅人，不仅失去了方向，更失去了向前的勇气。

刚完成一轮看诊的王泽宇站起来，在沈半夏面前打了个响指："怎么呢？你看上去状态很不好。被主任骂了？"

"我——"沈半夏硬生生地把眼泪逼了回去，"没事。"

根据她刚才和张博的谈话，除了楚连翘没投诉她，其他和她一起上过班的急诊儿科医生都有可能投诉她。其中包括王泽宇。

如果这位随时笑呵呵的大哥哥也投诉过她，那么王泽宇此刻的话倒有些明知故问。居心何在？她不敢猜测。

"没事。王哥，你继续接诊吧！我先走了。"沈半夏拿起包，转身离开。

现在，她急需找个安全和安静的地方，躲起来好好想想。

"等一下。"王泽宇拦住沈半夏，"真没事吧？"

"没事。"沈半夏倔强地挤出一丝笑容。

"那能不能麻烦你一件事？"王泽宇挠头，略显尴尬，"明晚，我丈母娘请客。我老婆要求我必须出席。可明天轮到我值夜班……我们能不能换一下呢？"

沈半夏望着王泽宇，不知道该不该答应。

王泽宇连忙又说："半夏最善解人意，一定能理解我这种新晋奶爸的苦恼，对不对？"

她可以理解王泽宇的苦恼，可谁理解她的苦恼？

沈半夏也不知道哪来的勇气，张口就问："王哥，你也是投诉人之一吧？"

"没有的事。我像那种人吗？"王泽宇望着沈半夏真挚地对视，语气软了三分，"前几天，主任问我你的工作情况。我就据实说了。你为人善良，看诊细致，极讨患儿和家长喜欢。唯一的缺点就是看诊速度有点慢。不过，这个缺点不是大毛病，可以改。"

"那么，王哥是愿意和我同一时间段上班的吗？"沈半夏又问。

"主任是让你找搭档啊？我呢，绝对是愿意和你上同一个班的。不过，我们不能只看理想，不看现实。你看诊速度慢，我看诊速度也不快。我们一起搭档，不仅会引起另一个同事极大不满，还容易引发医患纠纷。假如你是患儿家长，你带着患儿从早排到晚，也没能给患儿看上病。你会是什么心情？王哥建议你找个看诊效率高的同事搭档。你看上谁不好意思说，就给哥说。哥替你去说。"王泽宇尴尬地回答。

"我明白了。"沈半夏如同穿着沙滩裙站在冰天雪地的哈尔滨，凉到了骨子里。她拿着挎包，木讷地走向门外。

"半夏，哥绝对是一片好意。你可别误解我啊！"王泽宇确实有点小心思，可绝对没有给沈半夏穿小鞋的想法。

她也没误解，只是看清了事实。职场哪有纯粹的善意？不过，王泽宇的选择也没错。毕竟，日常生活中没人会选择损己利人。

只是，她心里还是很凉，很难受。王泽宇和其他同事有想法为什么不直接和她说呢？她想不通，真的想不通。

王泽宇正犹豫着要不要追上去，继续解释。突然，他的手机响了。他拿出手机，接听："喂，老婆。"

电话那端，王泽宇的老婆在追问王泽宇换班的事情。

"哦，那事啊！"王泽宇看沈半夏的表情，就知道换班的事情黄了，甚至以后他都很难找沈半夏换班或者替班，"不行。我明晚得值班，能不能换在中午吃饭？"

王泽宇之前向老婆承诺一定能换班成功，现在却又说没办法换班。他的老婆顿时火冒三丈，在电话那端骂骂嚷嚷。

"时事不同。老婆，你别气，你理解一下。我这也是没办法啊……"王泽宇努力安抚老婆。

可电话那端根本不听他解释，闹得更厉害了。沈半夏停下离开的步伐，想了又想，最终回头："明天我们换班。"

"啊？"突如其来的惊喜炸得王泽宇愣住了。

"明天我上夜班。"沈半夏生怕自己后悔似的，刚说完就急匆匆地离开了。

王泽宇望着沈半夏离去的地方，升起股旭日般的暖意："老婆，我换班成功了，明天如约而至。我先上班了。"

Chapter 16 最亲密的发泄 ///

车水马龙的街道，川流不息的人群，人声鼎沸的闹市……繁华的南京在沈半夏的眼中如同一幅画，而她像是站在画外的人，画里再热闹也无法为她带来一丝温暖。

"爸！"沈半夏耗尽力气打开房门。

客厅空荡荡的，没有一丝人气。沈半夏又来到厨房。冰冷的厨房没有一丝烟火气息。沈半夏突然想起，沈泽生不仅今天下午有课，晚上还有讲座。

"全世界似乎只剩下我了。"沈半夏晃悠悠地走进卧室，蹬掉鞋，裹紧被子，"睡觉！睡醒了一切都好了。"

她闭上眼睛开始数绵羊，可她脑海里浮现的不是绵羊，而是同事们的模样。她越想越烦，一个鲤鱼打挺坐起来："还让不让人活啊！"

说话的同时，她的肚子响起饥饿的抗议声。"气也该气饱了，怎么还会觉得饿呢？"她愤怒地拍拍肚皮，"迟早肥成猪！"

沈半夏一边对自己骂骂嚷嚷，一边打开手机寻觅外卖。她越看越饿，什么都想吃，反倒不知道点什么。

突然，外卖点餐画面被来电显示替代。"百消丹。"沈半夏点击接听，语气不善地说，"喂！"

"哟，这声音听起来怎么像鞭炮啊！谁把你点炸啦？"白晓丹戏谑。

"把我点炸的多了去。快到饭点了，你打电话过来请客啊？"沈半夏像在南极迷路的旅人惊奇地发现了同伴。

"哟，大忙人有空了。终于准备组局了？不过，算起来也该你请我吧！你的第一个月工资不需要还房贷，不需要养老人，不拿来花了岂不浪费？"白晓丹笑嘻嘻地建议。

"行！今晚你有空吗？"沈半夏正愁满腔郁闷没地方发泄。

"有。不过，你答应得这么干脆，真是我家半夏？"白晓丹愣住了。

"要不，换你请客吧？"沈半夏磨牙。

"No！这些年你仗着读书，可没少在我和默然身上骗吃骗喝。好不容易盼到你毕业了，你也不回南京。现在，你好不容易回南京了，你还继续骗吃骗喝，于心何忍?"电话那端，白晓丹捧胸哀号。

"行了，别在那演戏了。我今天请你们吃大餐。你叫上默然，我们老地方见。"沈半夏和白晓丹约定好见面时间和地点，切断电话。

"打起精神来，吃吃喝喝又是新的开始!"沈半夏用力深呼吸好几下，甩开被子，跳下床，开始精心打扮。

有人说，失恋的女人身体永远比心灵最先治愈，而治愈的征兆就是开始重视自我打扮。虽然沈半夏并非遭遇情感失败，但工作上的受挫，对她而言和失恋差不多。她需要一场治愈之旅。

她化了一个精致的彩妆，换上温雅的粉色呢大衣，穿上时尚的短靴，拿着流行的单肩包，大步踏出家门。

可沈半夏怎么也没想到开门瞬间，正撞上等电梯的楚连翘。她下意识地缩头，准备在楚连翘发现她之前，退回屋内。却不料，楚连翘的后脑勺仿佛有眼睛似的，忽然回头，瞅见正准备关门的沈半夏。

"嗨!"沈半夏硬着头皮打招呼。

楚连翘看着盛装打扮的沈半夏愣了愣。柔顺的长发随意垂落在双肩，象牙白的皮肤在淡雅彩妆地装扮下显得吹弹可破，水灵灵的大眼睛宛如星辰……此时的沈半夏真应了那句玉不琢不成器。

"干吗?"沈半夏被盯得浑身不自在。

"没干吗，只是有点惊讶。"楚连翘走到沈半夏面前，继续打量沈半夏，"平时没见你打扮，没想到你打扮起来真像……"楚连翘话没说完，露出意味深长的笑容。

"很像陈妍希对吗？我好几个朋友都说我像她。"沈半夏露齿微笑。

确实很像。可他怎么会大方承认呢？啧啧，沈半夏打扮得这么漂亮，都让他忍不住逗逗她了。

"错！你不打扮像大肉包，稍稍打扮像灌汤包。没有想象中胖了!"楚连翘一本正经地说。

她收回这一个月以来总想和楚连翘多说几句的想法。像楚连翘这种一开口能把石头气活的男人，只要不是受虐狂，最好有多远躲多远。

"开口包子，闭口包子。这么喜欢包子顿顿吃包子得了。"沈半夏用力甩上房门，想要绕开楚连翘去按电梯。

"这是个好主意。要不，你替我买？南京有好几家包子铺的包子特好吃。反正你晚上又不上班，去买一份小笼包送到医院，给我当夜宵吧！"楚连翘拦住沈半夏，打趣说。

"让开。我可没那空闲时间，你想吃自己点外卖呗！"沈半夏推开楚连翘，冲向电梯。

"这么忙？去相亲吗？"楚连翘出乎意料地紧张。

"相不相亲，关你什么事？"沈半夏按下电梯下行键。

"我和你爸是好友。现在，人模狗样的骗子特别多，我可得替你爸审视审视。"楚连翘找了个说服沈半夏，也说服自己的借口。

沈半夏踏进电梯："你都三十几岁了，还没女朋友。有那闲心替我操心，不如替自己操操心吧！"

沈半夏用力按下关门键。楚连翘不由分说地挤进来。

"你进来做什么？"沈半夏瞪大眼。

"电梯又不是你家承包的，只能你乘坐。公共财产懂吗？"楚连翘笑眯眯地说。

"行，你这么爱坐，就把它当摩天轮慢慢坐。我，我走楼梯。"沈半夏拦住正在关门的电梯，气呼呼地冲向楼梯间。

"哎——，何必呢。"楚连翘看着沈半夏气呼呼的脸蛋，心情直线上升。

而沈半夏一边下楼，一边抱怨："我神经病啊！好好电梯不坐，偏穿着七寸高跟鞋走楼梯。电梯不是我私人财产，也不是他私人财产啊！"

在沈半夏的骂嚷声中，对工作的不快迅速消减，对楚连翘的不快迅速上升。特别是当她从十多层楼走到一楼时，猛然想起她要避开楚连翘，只需要避开楚连翘乘坐的那趟电梯。

"我就是一个神经病。"沈半夏欲哭无泪地盯着电梯大门。

沈半夏和白晓丹约定的地方是他们小时候常去玩的地方，后来改建变成了非常繁华的商圈。虽然那个地方地铁可以直达，可现在正值地铁超级拥挤的高峰时段。沈半夏费了好一番功夫，才成功挤达目的地。不过，她付出的代价是衣服皱巴巴、头发乱哄哄、小腿抽筋……更郁闷的是，她还没出地铁站白晓丹就打电话催她。沈半夏只能强忍高跟鞋带来的不适，苦逼地赶往白晓丹提及的咖啡厅。

咖啡厅闹中取静，冷色调的装潢时尚而富有艺术感，浓郁的咖啡香仿若时间魔法让整个咖啡厅处于时间静止状态，充满活力的绿植如同空间魔法把整个咖啡厅和外界隔离开。

沈半夏赶到时，白晓丹和徐默然正坐在靠窗处喝咖啡。白晓丹穿着一身红色的羊绒大衣，亚麻色的卷发随意披散在身后，诱人的樱桃小嘴涂抹着时下流行的烈焰红唇……无论从哪个角度看，都很难把她与以甜美和温柔著称的白衣天使联想在一起。

徐默然长着一张娃娃脸，穿着一身棕色的翻毛大衣，带着银框眼镜……哪怕身高180厘米，看上去也如同高中生。白晓丹和徐默然坐在一起，如同姐姐带弟弟出来玩。然而，事实是徐默然比白晓丹大一岁。

"半夏，你这是从垃圾堆爬出来的吗？"白晓丹看着气喘吁吁的沈半夏笑着说。

沈半夏看着连头发丝都打整得一丝不苟的白晓丹和徐默然，有种女仆狂奔千里面见小姐和少爷的错觉："我这不是赶时间吗？谁像你有专车接送。"

"下次，你给我打个电话。不，我给你打个电话。我来接你。"徐默然不敢直视沈半夏，结结巴巴地说。

"我和你不顺路啊！否则，我会和你客气吗？"沈半夏笑嘻嘻地回答，"默然许久不见，你越发年轻了啊！"

"啊？要不，我换副眼镜，换个发型。"徐默然紧张地说。

"别，年轻多好啊！下至18岁，上至80岁，你可以老少通杀。干吗着急把自己变成中老年？"沈半夏逗乐徐默然。

"我不需要老少通杀啊！"徐默然激动地看了眼沈半夏，又急忙低头，"太年轻，我怕被人当成弟弟。"

"那倒是。"沈半夏看着徐默然微红的耳根，露出恍然大悟的表情，"你有女朋友么？"

"没有！"徐默然猛地抬头看着沈半夏。

"那有暗恋对象么？"沈半夏盯着徐默然。

徐默然的脸蛋瞬间红得像刚出炉的蒸螃蟹，猛吸一口气，张嘴想说些什么。可下一秒，他吐出一口长气，又低下脑袋。

沈半夏豪爽地拍拍徐默然的肩膀："对方是谁？给我说说，姐替你参谋参谋。"

"你比我小半岁。"徐默然欲哭无泪。他暗恋沈半夏十多年，周围的朋友都知道这事，唯独沈半夏不仅没发现他对她别样的感情，还总把自己当成大姐姐时刻关注他的恋爱生活。

"可我看起来比你老啊！从小到大，别人都说你是我弟了。"沈半夏不以为然。

"从我初三身高飙升到1.7米以后，就没人说了。"徐默然辩解。

沈半夏朝着徐默然的后脑勺，拍了一巴掌："真当自己大了，敢顶嘴了。"

"我没有。"徐默然看向白晓丹求助。

"好了，半夏。你还当默然是十多年前的矮瘦萌，随便欺负呢？人家现在可是身高 1.8 米的高富帅。你认真看他一眼好吗？"白晓丹示意徐默然站起来。

徐默然急忙站起来，展示自己高挑的身材。

"瞧瞧，这身高差。"白晓丹看着仅达徐默然肩膀的沈半夏，"你老实服个软，当个萌妹子，接受照顾不行吗？"

白晓丹为了增加说服力，拍拍徐默然的胸口："我家默然那可是名副其实的年轻有为。明明是个富二代，偏偏要当拼二代。不过，再谦虚也无法掩盖他的才华和帅气。徐总知道吗？目前，我市超火的建筑设计师，拥有自己的独立工作室。"

沈半夏微眯着眼，打量眼前两人："难得百消丹这样夸奖他人。啧啧，有情况。老实交代，你们什么时候在我不知道的情况下，变成一对儿的呢？"

白晓丹一惊，穿着十寸高跟鞋的腿一软，急忙攀着徐默然的肩膀防止跌倒。徐默然慌张地摆手，急忙解释："我和她不是一对儿，真的不是一对儿。你要相信我啊！"

"对！全世界男人死光了，我也不会选他。"白晓丹蹬腿，抬头。

"你们那么紧张做什么？我又不是来抓奸的正室。"沈半夏一脸无辜地看着白晓丹和徐默然。

白晓丹和徐默然对视一眼。他们多希望沈半夏的表情里有那么一丁点儿吃醋。

白晓丹无奈叹气："服了！沈乌龟。"

"乌龟？你在哪里听到的？"一提到乌龟，沈半夏就想到楚连翘，火爆情绪就跟着窜出来。

"你从小到大反应慢半拍，不是乌龟是什么？"白晓丹品味沈半夏眼中的怒火，"一提乌龟，你就炸毛。难道有隐情？说，还有谁叫你乌龟？"

白晓丹的八卦雷达未免太发达了吧！沈半夏心跳加速，神情闪烁。"还有谁？我爸呗。"为了防止白晓丹深挖，沈半夏转移话题，"你们饿不饿？我好饿啊！走走走，找地方吃饭。"

"饿，怎么不饿。给你打电话那会儿就饿了。不过，为了你的大餐。我专门空着肚子。"白晓丹激动地挽着沈半夏的手臂，"大餐吃什么？西餐、海鲜、日本料理……"

她本来是打算请他们吃海鲜的。可是，从她出门遇见楚连翘开始，到一路狂奔到这里……她工作上的不快似乎削弱得差不多了。

沈半夏摸摸并不充盈的钱包："烧烤自助。"

"这也算大餐？你咋不说请我们吃大排档呢？"白晓丹抗议。

"行啊！我们去吃大排档。地方你们选。"沈半夏认真点头。

"沈医生。你是医生，不是学生。你看我们穿得这么时尚，适合吃大排档吗？亏你说得出口。"白晓丹戳向沈半夏的胸口。

沈半夏连忙用手挡："再戳没了。我刚上班，还是效益最差的儿科。工资还没你高。"

"还是我请吧！"徐默然插嘴，"西餐、海鲜、日本料理……地点你们选，我出钱。"

"不行！"沈半夏和白晓丹同时拒绝。

"你想请客，以后有的是时间。今天好不容易逮着机会，庆祝我们家夏夏入职一个月，还能继续留在医院。这客必须她请！"白晓丹改戳为拍。

"你是说我没被开除，值得庆祝吗？"沈半夏觉得一群乌鸦从头顶飞过，"万一，我下个月被开除咋办？我总得留点失业基金。"

"呸呸呸，乌鸦嘴。你可是要当王牌儿科医生的人。怎么能这么没志气？"白晓丹看着沈半夏脸色有异，又想到最近听见的一些八卦，生出不好预感。可她又不好直白地询问沈半夏："走吧，烧烤自助！哼，你还欠我一顿大餐。这事我可记下了。等你发奖金的时候，必须补上！"

还能熬到发奖金吗？沈半夏尴尬笑笑。

Chapter 17 不是努力就够了 ///

三人吃烧烤，向来是徐默然负责烤，沈半夏和白晓丹负责吃。别看白晓丹一副时尚潮女的打扮，就以为白晓丹吃得少而精。事实上，她和沈半夏均属肉食类吃货。她们一起吃饭，堪比武林高手对决，出手不仅快，还招招凶猛。而通常她们势均力敌，倒也抢得欢脱，吃得畅快。

不过今天，沈半夏的功力突飞猛涨，不仅抢得狠，还吃得快。白晓丹看着沈半夏不断地向嘴里塞各种肉食，仿佛回到几年前沈半夏失恋那会儿。那天，沈半夏也没哭，只是拖着她出去吃烧烤，一个劲地向嘴里塞肉。

"好吃吗？"白晓丹忽然食之无味。

"好吃。"沈半夏夹起一块烤肉，放在生菜上，再加两片蒜和少许青椒，裹成一个卷，塞进嘴里。她一边用力咀嚼，一边催促徐默然："你倒是烤快点，没肉了。"

"你慢慢吃，还多呢。"徐默然在烤盘中间倒入一盘肥牛，娴熟地刷油和翻面。

被沈半夏需要的感觉真好。徐默然满足地笑着，嘴角斜上方出现两个漂亮的酒窝。

妖孽啊！白晓丹看着徐默然的酒窝，心跳不由加速，夹起一块肥牛就塞进嘴里。

"狡猾。"沈半夏没注意徐默然的酒窝，只注意了锅里的肉少了一块。她急忙启动筷子，冲向锅里的肥牛。

徐默然慌张地抓住沈半夏的手腕，看向白晓丹："还没熟，吃了会拉肚子。"

"我肠胃好。"白晓丹绝不会承认自己被徐默然的酒窝电了一下。

"我肠胃也不差。"沈半夏跟风。

这两人都不是亏待自己的人，更不会为减肥而断绝肉食。可每次她们聚在一起，无论吃什么，总要相互哄抢，直至撑到连一滴水也喝不下去。

"还当自己是小孩了。"徐默然又好气，又好笑，"生肉怎么能吃？坐好，烤熟再吃。"

"你——行！厨师最大。"沈半夏想要回归座位，可手被徐默然牢牢抓着，"不过，你不松手。我怎么回去？"

"我……"徐默然这才注意从掌心传来的嫩滑触感。顿时，他的脸又红了，霸气全消，"对，对不起。"他抽回手，像做错事的小学生般低垂脑袋，坐得笔直。

"我才想表扬你几句，你咋又打回原形了。徐总，这样不行啊！"白晓丹暗示徐默然不主动点和霸气点，永远追不到沈半夏。

可这话到了沈半夏耳里却成了另一种意思："对啊！你总这样内向羞涩，遇见喜欢的女人怎么办？"

"暗恋呗！万年备胎。"白晓丹恨铁不成钢。

"那怎么行？我家默然这么优秀，怎么能当人备胎。我们必须是男神的命！"沈半夏给徐默然打气。

"听见没？主动点，徐男神。"白晓丹挤眉弄眼。

表白吧！不表白，沈半夏永远不知道。"半夏，其实我……"

"哎呀，默然快点，肉煳啦！"沈半夏看着正在碳化的肥牛，打断徐默然的话。

"哦，马上好。碳化的就不要了。我做新的。"徐默然急忙抢救烤盘里的肥牛。

"我家默然最棒啦！"沈半夏接过徐默然递给她的肥牛，"对了，你刚才想说什么？"

"没什么。闲聊。"沈半夏打断的不仅是徐默然的话，而是徐默然好不容易累积的勇气。徐默然第 101 次预备告白，再次宣告失败。

"你们真让人着急。我受不了，我要喝酒。"白晓丹转身去拿啤酒。她拿了三罐啤酒，自己留下一罐，其他的分给徐默然和沈半夏。

"我待会儿还要送你们回家，就不喝了。"徐默然拒绝。

"谁要你送呢？喝了酒就喊代驾，或者打的。这么磨叽，你还是不是男人？"白晓丹替徐默然拉开易拉罐。

"他不喝，我替他喝。吃了这么多肉，正口渴了。"沈半夏拦截白晓丹递给徐默然的啤酒，一口气喝了半罐，"舒坦！"

"你平时不喝酒的。"徐默然心疼地说。

"这算是平时吗？我们三人难得聚会。我高兴！"沈半夏把剩下半罐喝完，打开新的一罐，"来，百消丹。小不点儿不喝，我们喝。"

"小不点儿都说出口了。你答应我，不再喊我这个外号的。你喝醉了。"徐默然欲哭无泪，"别喝了。口渴就喝果汁。我给你拿。"

"回来！"沈半夏拦住徐默然，"吃烧烤就要大口吃肉，大口喝酒。你是别人家的孩子，什么都优秀，我可不是。我初中那会儿，可是学校里的大姐大……"

"来，敬大姐大，敬往事。"沈半夏不至于喝醉，但肯定有点晕。毕竟，沈半夏是出了名的一杯倒。

"来，喝！"沈半夏一口气又喝了半瓶。

"你怎么还起哄了？你又不是不知道她酒量差。"徐默然看着沈半夏因酒精而泛红的面孔，生气地瞪向白晓丹。

"你懂什么？永远只看表面的万年备胎。"白晓丹愤怒地喝下一罐啤酒。

她当这两人的朋友真苦。一方面，要想办法开解职场受伤的沈半夏；另一方面，还要指导情场永远惨败的徐默然。关键他们还不理解她的苦心。

白晓丹仰望天花板。宝宝心里苦啊！老天爷，你这是在惩罚我狠甩三任前男友吗？

"来，干了！"白晓丹心里郁闷，拖着沈半夏大口喝酒，大口吃肉。

徐默然无奈地看着沈半夏和白晓丹，默默地按照白晓丹吩咐去拿酒。几罐酒下肚，白晓丹攀着沈半夏的肩膀，开始抱怨工作。沈半夏眼圈一红，跟着诉说工作的不顺心。她不明白她已经竭尽所能地做出最大的努力，为什么得到的不是掌声，而是投诉？

白晓丹陪着沈半夏骂着。徐默然认真地听着。那一刻，徐默然真正地理解了白晓丹的苦心。

"对不起。"徐默然拿起一罐啤酒，"半夏，来！我陪你喝。"

"小不点儿喝什么酒，蹲一边喝牛奶去！"沈半夏搂着白晓丹的肩膀开始新一轮诉苦。

徐默然苦闷地盯着手里的啤酒。他心里也苦啊！真想拉开易拉罐，喝个痛快。可是，他喝了酒谁送她们回去呢？徐默然叹口气，放下啤酒，继续烤肉。

随着沈半夏和白晓丹一罐又一罐的酒下肚，两个人的话越来越多。她们从工作不顺，聊到恋爱不顺，聊到生活不顺……一直聊到餐馆打烊。

徐默然结了账，左手扶白晓丹，右手扶沈半夏，举步维艰地离开餐馆。

"不错啊！坐享齐人之福。"白晓丹喝高了，脚步有些飘浮，意识处于半清醒。

沈半夏挂在徐默然身上，抬头看一眼徐默然，傻笑一下："不错，长大了！"

有了沈半夏的赞美，徐默然浑身都是力气，步伐也更加稳健。白晓丹看着憋足劲表现的徐默然，坏笑一下，像沈半夏一样把身体大部分重量交托给徐默然。

徐默然猛感左臂一沉，看了眼白晓丹。白晓丹醉眼迷离，毫无日常的女王气息，倒像只呆萌的狐狸。

"醉傻了！"徐默然咬牙，双臂发力，幻想自己是手提石锁的武林高手，艰难地迈进电梯。

好不容易，徐默然拖着白晓丹和沈半夏来到地下停车场，按开车锁。徐默然看着左右两美女犯难了。

他可不是超人，无法实现单手把她们抬起来，扔进车里。他只能充当搬运工，一个一个地把她们安放在车里。可先搬定谁呢？

"笨！"白晓丹把徐默然的为难看在眼底，"这种时候当然是见色忘友。"白晓丹推开徐默然，靠在车门上。

徐默然生怕沈半夏听见，急红了脸："嘘，半夏在呢。"

"在又怎么样？男未婚，女未嫁。"白晓丹看了眼醉成一摊泥的沈半夏，又瞪向徐默然，"喜欢一个人十多年都不敢表白。你算不算男人？"

"我怕。"他怕被拒绝后，她疏远他，最终连朋友都没得做。

"你不说永远是 No，说了还可能得到 Yes。如果我是你该多好啊！那样我早表白了，她也不会遇见那个渣男了。"白晓丹心情复杂地望着徐默然。

"是我的错。我没守护好她。"那时候，徐默然在国外读书。当他从白晓丹口中得知渣男事件时，渣男早已消失。沈半夏封闭自己，苦舔伤口。当天他就订了机票回国，可登机前一刻，沈泽生打电话阻止了他。沈泽生担心，徐默然贸然回来，带来的不是安慰，而是伤口撒盐。因为，沈半夏失恋的事情只告诉了沈泽生和白晓丹。

"你名不正言不顺怎么守护？真是猪脑袋。"说完，白晓丹摇摇晃晃地离开。

徐默然一看急了，连忙把沈半夏安放在座位上，追向白晓丹："你去哪？"

白晓丹看向抓住她手腕的手掌，脑袋里不合时宜地冒出一句。手掌白皙，手指根根如葱，真好看！

随即，她摇头甩开。"妈的，真喝高了！"白晓丹企图摆脱徐默然的手掌，"傻啊！我在给你们制造独处的机会。我打的回家！"

"制造机会也得分时候。你都喝成这样了，我放心你一个人回去吗？走，跟我上车。"徐默然表现出难得的强势。

"我一个人能行。别小瞧我的酒量。我只是多喝了那么一点，又不是真喝醉了！"白晓丹继续挣扎，可徐默然把她抓得牢牢的。

"喝醉的，永远不会说自己醉了。平时什么事都可以让着你，唯独这事不行。万一，你出了事，我们怎么和叔叔阿姨，以及半夏交代？"徐默然坚决不放手。

"哪有那么多万一？"白晓丹抗议。

"乖，别闹了。你再闹，我就——"徐默然霸道地握住白晓丹的双手，俯视白晓丹。

"就这样？"白晓丹踮起脚跟，回瞪。

"就——"徐默然气势瞬间软下来，"别闹了。算我求你行吗？车里还躺着一个，万一醒了，还得乱跑。你就算无视我，也得想想半夏。明天，她要是知道我让你打的回家。她还不得怨死我啊！"

"嘿嘿，我就知道你打着小算盘了。"白晓丹乱跑的芳心总算停了下来，可不知道为何某个角落泛起浅浅的苦涩，"好吧！为了我们的半夏，我就勉为其难。"白晓丹任由徐默然牵着，摇摇晃晃走向车。

沈半夏倒在后座睡着了。白晓丹坐在副驾，酒劲上涌，不一会儿也睡着了。徐默然按照沈半夏和白晓丹的住所路线，先送沈半夏回家。

到了沈家的地下停车场，徐默然给沈泽生打了个电话。沈泽生一听沈半夏喝醉了，焦急地冲下来接女儿。徐默然面对沈泽生的询问，如同因犯错被老师叫进办公室的小学生，低垂脑袋，紧张而不知所措。

还好，白晓丹及时醒来："对不起，沈叔。怪我拖着半夏喝酒了。"

"不怪你。谢谢你们送她回家。"沈泽生打开车门，准备带沈半夏回家。

"半夏不是故意喝这么多的。她心情不太好，没注意就多喝了两杯。"白晓丹揉揉乱糟糟的头发，冲下车，"沈叔，醉酒的人体沉。你别累着了，我们帮你。"

白晓丹给了徐默然一倒拐。

"对，沈叔。我来！"徐默然抢着帮忙。

"一起吧！"沈泽生不得不服老。刚才，他想横抱起沈半夏，却差点闪了腰。

徐默然尽心尽力帮忙，可全程都不敢直视沈泽生。从小他总觉得沈泽生的眼睛能看透人心底的秘密。而他暗恋沈半夏的事早就被沈泽生看穿。至于，沈泽生为什么不和他挑明？他觉得只有一种可能——沈泽生不喜欢他。这个悲伤的答案也成为他不敢轻易向沈半夏表白的枷锁之一。

徐默然和沈泽生相互不语，白晓丹故意和沈泽生搭话，缓解尴尬的气氛。当他们把沈半夏安置好后，白晓丹本想找借口留下来喝杯水，促进一下徐默然和沈泽生的关系。却不料，徐默然主动提议离开。沈泽生顺水推舟逐客。白晓丹只好和徐默然一起离开。

白晓丹出了沈家大门，愤怒地踩了徐默然一脚。

"我又没惹你，你干吗踩我？"徐默然哀号。

白晓丹冲进电梯："我受够你这只猪了。活该，单身一万年！"白晓丹按下电梯关门键。

"等我！"徐默然忍痛，挤进电梯。

接下来的时间，无论徐默然怎样和白晓丹搭话，白晓丹都冷着脸，一声不吭。哪怕徐默然死缠烂打地送白晓丹回家，白晓丹也没给他好脸色。

"判死刑也得有证据啊！"徐默然可怜兮兮地看着走进家门的白晓丹。

"知道猪怎么死的吗？笨死的！"白晓丹重重地关上门。

徒留徐默然盯着紧闭的房门，迷茫地挠脑袋。

Chapter 18 姑娘不要随便喝酒 ///

夜看似很短，却又很长。梦里，沈半夏看见和听见的全是各种指责和嘲讽，甚至她久未梦见的前男友也跳出来蹦跶。梦醒，沈半夏头疼欲裂，恶心想吐。她难受地爬起来，冲进厕所，呕吐。酒吐出来了，乱糟糟的食物也吐出来了……那味道别提多难闻了。更痛苦的是，沈半夏的胃依然难受，头更加疼了。

她爬到客厅找水喝，发现沈泽生体贴地把醒酒药、酸奶、保温瓶和放着小米粥的焖烧杯放在餐桌上。

"爸！"沈半夏的眼睛瞬间红了，朝沈泽生的卧室看了眼。

卧室门敞开着。沈半夏借着微弱的光线，看见沈泽生背对她，似乎睡得很沉。

"还好睡了。"要不然，她会觉得更加愧疚。沈半夏喝了点小米粥，用温水吞下解酒药。她默默发誓，以后再也不喝酒了。

沈半夏折腾完这些以后，觉得胃疼和头疼都有所缓解。她再看了眼沈泽生的卧室，关上灯，返回卧室睡觉。

而她不知道，她刚躺下，沈泽生就坐了起来。他宝贝闺女因工作不顺而买醉，他怎么睡得着？沈泽生望向沈半夏卧室的方向，思考该如何开解和帮助沈半夏。

第二天，沈半夏梦见自己在暴雨里狂奔，惊醒了。她一睁眼，哪有什么暴雨啊，只有一只狗正在舔她的脸蛋。

"啊——"沈半夏缩进被子里，惊恐大叫。

克罗米热情前扑，继续卖萌。沈半夏用被子把自己裹成茧，滚下床。克罗米以为沈半夏在和它玩游戏，拉扯被子一角，阻止沈半夏离开。沈半夏吓得松开被子，逃向客厅。

楚连翘正在与客厅相连的餐厅，享受着小米粥和馒头。沈半夏看着楚连翘优哉的表情，气不打一处来："管管你的狗！"沈半夏狂奔至楚连翘身后，抓着餐椅靠背瑟瑟发抖。

"你不动，它就不会追你。你越跑，它越觉得你在和它玩。对不对，克罗米？"楚连翘似笑非笑地说。

克罗米蹲坐在地上，热情摇尾巴回应。

"你就瞎起哄吧！它能听懂人话就不会来追我了。"沈半夏敲打疼痛的脑袋，"真倒霉。昨晚没睡好，头正疼着，就被它吵醒了。"

"克罗米是催你去上班了。你再不起床，收拾吃东西，下午怎么接班？"楚连翘嗅见从沈半夏身上飘出的酒味，扭头看向沈半夏，"真臭。瞧你这副醉鬼的模样。昨晚，到底喝了多少啊？"

沈半夏自己嗅了嗅，不满抗议："我半夜起来漱口和换衣服，哪有那么臭？"

楚连翘打量沈半夏，嘴里不停发出"啧啧"声："你家是没镜子，还是镜子坏了？就你这状态待会儿去医院，你到底是去当医生，还是当病人？我劝你请假吧！"

"请假？"沈半夏像狐狸似的微眯着眼，"你帮我代班？"

"那得看某人用什么讨好我。"楚连翘拽拽地说。

"我就知道你没安好心。"沈半夏打了个哈欠，"我的事就不用你瞎操心了。我和王哥换班了，我上晚班。也就是说，我还有时间再补一觉瞌睡，洗个澡，慢慢去上班。"

"他又找你换夜班？"楚连翘挑挑眉。

"我乐意。"沈半夏盯了眼克罗米，"管好你的狗。否则——"沈半夏潇洒地做出手刀状。

克罗米见沈半夏一动，连忙站起来，蹭向沈半夏。

"别，别过来！"沈半夏再次紧贴楚连翘闪躲。

"你做什么？男女授受不亲啊！"楚连翘躲闪。

沈半夏像八爪鱼似的缠住楚连翘："我都不介意你吃我豆腐，你介意什么？快，把你的狗赶走。"

楚连翘正要开口叫克罗米蹲下，却不料沈泽生的声音飘了出来："闺女，你让他吃你豆腐。你们俩——"

"不是你想的那样。"沈半夏刚松开楚连翘，克罗米立刻贴上来。沈半夏只好再次扑向楚连翘。

虽然楚连翘是克罗米的主人，可克罗米从不过度热情地扑向楚连翘。或许这就是同性相斥？楚连翘无辜地看向沈泽生。

"女孩子不该矜持点吗？"沈泽生端着一盘清炒的蔬菜，看傻了眼。

"真不是。全怪那条讨厌的狗！"沈半夏发誓，一定要找个相克的物种回家对付克罗米，以报被追之仇。

楚连翘看了眼沈泽生憋笑的表情，深知误会大了，连忙瞪了眼克罗米："克罗米，坐下！"

克罗米收到主人指令，心不甘情不愿地蹲坐地上，不悦地低鸣。

"真的很臭。麻烦离我远一点。我早上才洗了澡，换了衣服。"楚连翘生怕被沈半夏误会，忙捏着鼻子驱赶沈半夏。

"洗个澡，换身衣服了不起吗？臭男人，天生就臭。我三天不洗澡，也比你香。"沈半夏松开楚连翘，故意骂骂嚷嚷缓解尴尬。

沈泽生深谙心理学，又熟知沈半夏和楚连翘的性格，明白有些事还不是急追猛打的时候。他端着菜，笑呵呵地走过来："既然起来了，洗漱一下，吃了饭再继续睡。"

"我——"沈半夏看着沈泽生眼里的担忧，把涌到嗓子眼的拒绝又咽了回去，"好。"

她忍着头疼，乖乖地去洗漱。

楚连翘看着沈半夏远去的背影，低声询问沈泽生："请问有个深谙心理学的爸是什么感觉？"

沈泽生丢给楚连翘一击眼刀："我爸不是学医的。不过，你可以去采访我家夏夏。"

"免了！我可不想被她喷死。"

楚连翘想夹一筷蔬菜，却不想沈泽生一脸严肃地挪开装蔬菜的盘子："小楚，我家夏夏是非常温柔和贤淑的好姑娘。"

真是那样，你会用口粮威胁我吗？楚连翘假笑两声，却不敢揭穿。毕竟，民以食为天，为了口粮什么不能忍？

楚连翘用力地点头："是位非常温柔和贤淑的好姑娘。我一定努力拓展人脉，给她寻觅一位年轻俊杰当男友。现在，你可以把菜放下了吗？"

"谁娶了我家夏夏，那是他的福分。年轻人要惜福啊！"沈泽生拍拍楚连翘的肩膀，放下装蔬菜的盘子。

楚连翘夹了一筷蔬菜，就着馒头吃。"好吃。沈老，如果你嫁女儿，附带赠送岳父，一定有很多人抢着要你家闺女。"

沈泽生给沈半夏舀了一碗小米粥："这就是我的人生目标啊！我怎么能忍受我女儿婚后点外卖呢？"

"把脸皮厚当优点，你不脸红吗？"楚连翘刚喝进嘴里的粥差点喷出来。

"脸皮厚又怎么会脸红呢？"沈泽生一边给自己舀粥，一边一本正经地反问。

"高！我服了。"楚连翘竖起大拇指。

"你不服，又怎么会你是学生，我是老师呢？这一个月，我光忙着夏夏的事，都没和你好好聊聊。待会儿，夏夏睡着后，我们到书房聊聊。你的病症好不容易有那么一点儿好转，心理治疗不能停。"沈泽生喝了一口小米粥，露出满足的笑容。

楚连翘端粥的手僵在半空，直到看见沈半夏从厕所出来，才急忙地说了一句："好。不过，地点改在我家。"然后，他忙低头喝粥，装作什么都没发生。

沈泽生把楚连翘反常的举动看在眼里，对沈半夏招招手："闺女，来，喝点粥，吃点蔬菜和馒头，养养胃。"

"好。"沈半夏看了眼蹲坐在地上，可怜巴巴望着她的克罗米，惊魂未定地绕了一大圈，在沈泽生旁边坐下。

昨晚吃的那些烧烤，早被沈半夏折腾空了。她强悍的胃除了有稍微不适外，更多的是对饥饿的抗议。青翠欲滴的蔬菜、浅黄的小米粥和雪白的馒头无不让她食指大动。不一会儿，她就干掉了三碗小米粥、一个馒头和许多蔬菜。

"胃舒服多了！"沈半夏捧着胃，满足地打嗝，"还是家里好。"

"你这么能吃，还没变成大胖子。真是奇迹！"关键是楚连翘看见她吃，胃口也跟着变好了。这一个月，他一直稳定的体重居然长了两公斤。他去健身的时候，健身教练专门叮嘱他注意一下饮食。

"如果我没记错，某人应该喝了三碗小米粥，吃了两个馒头。"沈半夏从牙缝里挤出，"关键还是来我家蹭的饭。吃别人家的饭特别香，对吗？葛朗台。"

楚连翘看了眼默默喝粥，故意屏蔽他和沈半夏的沈泽生。这是摆明不管事啊！因此——

"沈小姐，这年头专职司机是很贵的。"楚连翘又夹了一筷子蔬菜。他刚才明明觉得吃撑了，可和沈半夏说上两句，他又觉得可以再吃点。

"我就上夜班回来时，才乘坐你的车。这才几次，就抵得上一个月的饭钱吗？你当我家用的是毒大米、地沟油、僵尸肉……垃圾食品和佐料吗？"沈半夏跷起二郎腿，女王霸气十足。

楚连翘放下筷子，笑眯眯地回望沈半夏："我上班和下班的车任你搭乘啊！是你不愿意，爱挤地铁。怪谁？"

"我——"沈半夏气呼呼地鼓起脸，女王气势全消。

"闺女！"沈泽生忽然插嘴，"不能让他占便宜。最近物价又涨了，柴米油盐可贵了。你坐地铁不但挤，还花钱。乘他的车，把钱节约下来买菜。"

"对哦！"沈半夏点头，但立刻又摇头，"我天生和他犯冲，干吗还要多乘坐他的车，自己找气受。而且，他一直上晚班，我三班轮换着走。坐地铁又怎么了，挤一挤就当锻炼了；花钱又怎么了，少买一块巧克力就够了；走路多又怎么了，步数多一点正好做公益。"

"你高兴就好。"楚连翘不愿意承认，心中莫名的失落感，"我吃饱了。遛狗去！"

"我吃得有点撑，陪你去吧！"沈泽生想趁机和楚连翘聊聊，确定一下楚连翘的病症近期的变化，以便指定后面的治疗计划，"夏夏，碗留着和我回来洗。你去睡吧！"

"所有瞌睡都被某人和他家的狗吓没了。你去散步，我洗碗吧！"沈半夏站起来，收拾碗。

陶瓷碗相碰发出的脆响，如同她的心空荡荡的。她看着正在穿外套的沈泽生，猛地想到昨天和张博的谈话。她咬咬下唇，开口："爸，你什么时候有空，我想和你聊聊。"

沈泽生微微惊讶地看着沈半夏。他没想到，她这么快有勇气和他谈及工作的不快。

"我下午有课。你晚上又得上班。现在……"

"两个大男人一起遛狗，太辣眼睛了。算了，你们去散步，我去遛狗。"楚连翘挥手打断沈泽生，带上套上狗绳的克罗米离开。

沈泽生看着楚连翘的背影，露出感激的笑容。然后，他转身拍拍沈半夏的肩膀："我去洗碗。你去吃点头疼药，再打扮打扮。我要让那群跳广场舞的大妈大爷见识一下我家闺女有多么的萌萌哒。"

"爸，你当我是六岁小孩了。萌萌哒，亏你想得出来！"沈半夏"扑哧"笑出声。

"我的公主殿下，可不要小瞧自己哦！"沈泽生抬起沈半夏的手臂，转了个圈。

那一刻，沈半夏仿佛回到了自己六岁，那段无忧无虑的岁月。

Chapter 19 无解的现实命题 ///

旭日初升，繁花似锦，车水马龙……一切都宣告着春的气息。秦淮沿线鸟语花香，古香古色的风情如同误闯闹市的古画卷，带着仙境般的绝美，以及沁人心扉的安宁。

沈半夏心中有事，一路走来心神不宁，却又沉默不语。沈泽生与沈半夏并肩而行，静待打破沉默的机会。他们缓缓走着，时不时有晨跑的人从他们身边穿过。

沈泽生看着那些充满生机的晨练者，感觉自己抓住了某种契机："夏夏，我记得你小时候我经常带你到这附近晨跑。"

"对啊！我小时候身体不好。你告诉我要多锻炼，多吃肉。"沈半夏看着远去的晨跑者，心中有种道不明的怅然。

"身体是革命的本钱啊！有钱没钱，生病都得花钱，还自己受罪。身体好，少花钱，就变相地在赚钱。"沈泽生微笑着引导沈半夏，"你还记得，你小时候耍赖不想跑步，我说过什么吗？"

"你那些歪理邪说，我怎么可能忘？中考那会儿，所有同学都埋头苦学，学校连体育课都停了。你却天天押着我跑步。我想回去复习，你却偏说，学习怎么有身体重要？学习好，身体差，容易早卒。身体好，学习差，可以搬砖。"沈半夏想到中考前夕，沈泽生想尽办法把她拖离书桌，外出跑步的记忆，忍不住笑出声。

"你现在还觉得是歪理邪说吗？"中考那会儿，沈半夏压力过大导致低血糖，失眠多梦，连经期都推迟了。他不拖着沈半夏利用跑步解压，别说考场超常发挥，甚至正常发挥都难。他甚至怀疑沈半夏在考试前期，精神就直接崩溃了。

他现在带的学生正在对历年高考前的考生心理压力进行调研。根据研究表明，近几年考生的承压能力在下降，每年都有很多考生因考前压力过大患上心理疾病，有些则是心理影响身体导致身体患病。

"当然是歪理邪说了。"虽然事后沈半夏知道了沈泽生的良苦用心，也得益于跑步减压考试超常发挥，可她就是不愿意承认这是沈泽生的功劳。或许是因为小时候沈泽生因为忙工作忽视了她，导致她对沈泽生的工作，有种天生的排斥感："你看我长大了，身体倍棒，可搬砖还是没人要啊！"

"你也好意思说身体倍棒。你有多久没锻炼呢？你回家足足一个月了，除了上班，就是宅在家，吃吃喝喝，加睡觉。和猪有什么区别？"沈泽生开玩笑。

"工作多累啊，回来只想躺。"沈半夏面对沈泽生嫌弃的表情，又加了一句，"好啦！我回头找家健身房，定时健身。"

"健身房不仅花钱，空气还污浊。哪有室外好？走，跑步去！"沈泽生看着沈半夏眼里正在减少的惆怅，深感欣慰。

"现在？"沈半夏看着自己长发披肩，中长款大衣，牛仔裤……唯有那双小白鞋勉强达标，"我画着淡妆，穿成这样，不合适吧？"

"又不是比赛，还规定着装。我看你上班快迟到的时候，穿着高跟鞋都能跑，这会儿怎么不能跑呢？"沈泽生围着沈半夏跑了一圈。

沈半夏有些犹豫："你怎么知道我穿高跟鞋狂奔？你跟踪我，还是楚连翘那张大嘴说的？"

"这还用跟踪和谁说吗？你是我生的。你的性格，加上你出门的时间，我用脚趾都能想出来你狂奔的画面。"沈泽生拍拍沈半夏的肩膀，"快点，动起来！"

好吧，尊老爱幼是中华民族的美德。沈半夏瘪瘪嘴，懒散地跑起来。

"这也算跑步。"沈泽生捏捏沈半夏的脸蛋，"这肉嘟嘟的脸赶得上小时候了。难怪小时候，大家都叫你包子。要不，以后我继续叫你这个名字？多形象啊！"沈泽生加快奔跑的步伐。

"你是不是我爸啊！说好了，不许再提这个名字。我哪像包子呢？我这是时下最流行的苹果脸。现在有这脸型的女星都很火，懂吗？"沈半夏冲到沈泽生身边，气呼呼的反驳。

"你也不瞧瞧别人多瘦，你多胖啊！那脸型在别人脸上就是像苹果一样可爱，可在你脸上就是像大肉包一样多肉。闺女买个秤每天称称，这一个月你长得没十斤也有八斤吧！再这样发展下去，只有养猪场养得起你。"戳心的话刚说完，沈泽生立刻加速狂奔。

"你是我爸，还是我仇人啊！"沈半夏愤怒跺脚，追向沈泽生。

沈泽生一身运动装束，加上长期锻炼，奔跑起来一点儿都不费力。沈半夏作为资深宅女，长期缺乏运动，没跑几步就气喘吁吁。可沈泽生那些戳心的话，加上沈半夏对自己长胖的觉悟，支撑沈半夏一路狂奔。

半个小时后，沈半夏大汗淋漓，洪荒之力全部耗尽："真的再也跑不动了。"包裹着沈半夏的负面情绪似乎顺着汗水流了许多出来，身体也跟着轻盈了许多。

"等着。"沈泽生笑呵呵跑开，很快买了两瓶矿泉水回来。

"爸，你真厉害。"沈半夏拧开瓶盖，喝了一大口。

"那是。我可得锻炼好结实的肩膀，让你靠一辈子。"沈泽生拍拍肩膀，"走，找个地方休息一会儿。"

沈泽生领着沈半夏轻车熟路地找了一个面朝秦淮河的靠椅坐下。

"心情好点了吗？"沈泽生直接破题。

沈半夏先是愣了愣，然后点头。有个研究心理学的爸真是无以言表的酸爽，什么事情都逃不过他的眼睛。

"说吧，有什么事情想问我？"就她那点单纯的大脑回路，他哪需要用心理学应对？不过，在自家闺女面前想要维持父权高度，就必须保持适当的神秘性。

"我就是有点事想不通。"沈半夏耗尽得不仅是体力，还有满满的负面情绪。当她整个人静下来，思绪也变得清晰了："你觉得最理想的看诊时间最少要多少分钟？"

沈泽生想了想说："心理科面对的病症复杂，这个时长不好圈定。不过，如果你是问其他科室，理论而言最少要十分钟以上。因为医生必须要完成看、听、摸的基本检查，还要倾听病人说明病症。而医生在倾听和检查的同时，还得对收集的信息进行运算，圈定病人患病的范围。如果你想问的是儿科，那么这个看诊时长就会更长。毕竟，儿科又被称为'哑科'，想从患儿嘴里问出病情很难，而且还容易被患儿父母的意志左右。更别提遇见婴儿患者。因此，据我所知业界传闻儿科最佳看诊时间应该是三十分钟左右。如果遇上复杂的病症，看诊时间就更长。儿科患者生命脆弱，病情变化快，凡事需要精打细算，容不得半点马虎。"

沈半夏连连点头："对啊！既然最佳看诊时间是三十分钟左右，为什么偏要压缩到三五分钟完成看诊？看诊时间匆忙，就容易出现误诊。这不是对病患极不负责的！而且，就算医生能在三五分钟准确完成看诊，可也没时间向患儿和家长解释病情，更别说提醒患儿和家长在生病期间和日后生活中的注意事项。作为老师要教导学生知其然并知其所以然，那么作为医生为什么就不该让患儿和家长对病情达到知其然并知其所以然，消除他们的紧张不安呢？"

沈半夏丢出一连串问题后，感到闷在胸口那股怨气消散不少。

"你说的很对。不仅儿科应该这样，其他科室也应该这样。医生是个宁慢勿急的职业。医生有义务承担患者诊治，解除患者躯体和心理痛苦，向患者说明病情、诊断、治疗、预后等有关医疗情况，对患者隐私守口如瓶等。这一系列工作不仅需要医生具有高超的医术和医德，还需要时间来完成。"沈泽生点头认可沈半夏的观点。

"对啊！为什么现在医患关系这么紧张？不就是因为看诊时间短，沟通不良吗。我们只要放慢一点速度，改变一点态度，医患关系将大大不同。"沈半夏感觉满腔热血重新燃烧了起来。

"说得好！"沈泽生先是鼓掌肯定，然后抛出疑问，"你是不是觉得目前的工作单位，和学校老师教授的医生职责和信念完全不同？甚至，难以理喻。"

"不仅难以理喻。我已经努力做好本职工作，尽量多帮同事的忙，从不非议他人……可他们为什么要因为看诊时间投诉我？不愿意和我一起上班，逼我辞职。更可笑的是张主任居然接受了他们的投诉，还找我谈心。名为谈心，实则批评。"沈半夏的眼眶红了，声音饱含呜咽。

虽然当时她并没有过激地反驳张博，也没有事后找同事吵架，可那些委屈和疑问她全憋在心底。即使她可以因为楚连翘，因为白晓丹和徐默然，因为醉酒……暂时忘却，可那种被全世界抛弃的委屈和疑问不解开，只会在她心底发酵，如雪球般越滚越大，最后压垮她。

"你的委屈和难过我理解。"沈泽生拍拍沈半夏的肩膀，"不过，我有一个问题。你觉得一天接诊十个病患轻松，还是一天接诊一百个病患轻松？"

"当然是十个了。"沈半夏回答。

"对啊！既然一天接诊十个患者轻松，那么为什么有些傻瓜非要一天逼自己接诊一百个患者呢？"沈泽生微笑地看着沈半夏。

"因为——"沈半夏一时语塞。

"世间行业千百种，世间人性千百种。我们不排除有些医生的医责和医德有问题，但是大部分医生选择医生这个行业都遵从着医责和医德。你是觉得他们故意不履行医生的义务？还是觉得他们故意找累？又或者，他们都是一群傻瓜？"沈泽生的声音如同大提琴般具有安抚人心的魔力。

沈半夏的脑海里浮现出拥挤的候诊室："不是不想慢，而是慢不下来。"

"据我所知，大部分私立医院要求对患儿看诊的时长不得少于三十分钟。可为什么大部分患儿家长不选择私立医院，而是宁可待在你们医院排几个小时的队，接受三五分钟看诊呢？"沈泽生又问。

"私立医院的挂号费贵。"沈半夏回答。

"公立医院相对便宜的诊疗费，促使大部分患儿家长为孩子选择公立医院就诊。你觉得，医院面对每天成百上千的患儿该怎么解决这个难题？"

沈半夏冥思苦想，却始终想不出万全之策。

愿意面对现状就是好的开端！沈泽生道出沈半夏的心声："很苦恼？医院有几个选择。第一办法想办法减少看诊人数。那么公立医院可以像是私立医院那样提高挂号费，这样很多人会觉得贵放弃看诊。可那些家庭条件不算好的患儿怎么办？你让他们像大人一样，生病时随便在药店买点药。且不说这种办法误诊概率更高，患儿的用药剂量少了治不了病，重了那是会死人的。"

"医院是救死扶伤的。医疗门槛必须低，不能高。"沈半夏附和。

"第二个办法增加医生。可多少医生算够？运营成本、用医条件、国家政策……

方方面面原因导致医生不是自来水，水管想来多少就有多少。特别是你所在的急诊儿科，医生资源有多紧张，你还不了解？"沈泽生意味深长地看了眼沈半夏，"就你那资历，如果不是急诊儿科极度缺人，能进去吗？"

沈半夏瘪瘪嘴，垂下脑袋："我好像明白了。公立医院担负着满足民众医疗服务要求的社会责任。我们要尽量和尽快地满足患者看诊的诉求。我们不能任由患者慢慢排队，只能加快看诊速度。特别是儿科，患儿的病情变化快，身体弱，一旦患病不能拖。"

沈泽生笑眯眯地说："不愧是我的女儿，一点就通。现实和理想是有差距的。当我们无法改变现状的时候，就要学会适应现状。"

"可我还是想不通。加快看诊速度，不等于降低看诊质量啊！三五分钟看诊怎么可能完成基本的看诊流程？"沈半夏的眉头拧成了麻花。

"我不是儿科医生，这事你得请教小楚。"沈泽生回答。

沈半夏噘起嘴："他除了怼我，讥讽我，怎么可能认真回答我的问题？"

"你不问，怎么知道他不回答。小楚是一名非常优秀的医生，他绝不可能为了追求看诊速度，降低看诊质量。"沈泽生说。

"还真没看出来他哪里优秀。反倒，他经常被投诉态度不好。"沈半夏冷哼一声。

"闺女，不要戴着有色眼镜看人。"沈泽生戳戳沈半夏紧皱的眉头，"你别说爸不帮你。我给你推荐一本书《心理学与生活》。你别抗拒。无论你承不承认，心理学都无处不在。你学点心理学不仅能帮别人，还能帮自己。"

"爸，有你这个心理学高手在，我还需要对自己进行心理疏导吗？至于别人，我在急诊儿科工作，不是心理科。"沈半夏下意识拒绝。

沈泽生轻轻敲了敲沈半夏的额头："我都说了别抗拒。儿童心理学可是目前非常火爆的心理学话题。你了解患儿的心理，再给他们看病，岂不是更容易，更能提高效率。再更实际一点，你扪心自问，你现在看诊慢和患儿家属在你旁边叽里呱啦说一大堆，以及患儿不配合，有没有关系？"

"有。有时候要让患儿配合，要让患儿家属说出病情相关，真的很难。"沈半夏叹气。

"心理学可以帮助你。你只要把握了他们的心理就能反客为主，由你引导他们直接进入主题，避免浪费看诊时间。"沈泽生语重心长地说，"闺女，不要因为你有一个教心理学的爸，就抗拒心理学。你要想成为一名优秀的医生就要像海绵一样，吸收一切可提升自我的东西。"

沈半夏思考了好一会儿："我试试。现在患儿那么多，我的看诊速度完全无法适应患儿的数量。我不能总拖同事的后腿。不过，我绝不会为了追求看诊速度，而降低看诊质量。我相信绝对有一条路既能高质量看诊，又能高速度看诊。"

沈半夏斗志盎然地看着波光粼粼的秦淮河。

Chapter 20 都是夜宵的功劳 ///

夜带走白日的喧嚣。急诊儿科室在深夜十二点以后繁忙的工作告一段落，进入暂时的宁静。沈半夏喝了一大杯水，前往儿科输液室巡房。

沈半夏觉得今晚人品大爆发，前来看病的患儿不算多，需要输液的更少。那些患儿安静地躺在床上，患儿家长静静地守护患儿。沈半夏巡了一圈，返回诊室。长夜漫漫，谁也不知道下一刻会发生什么。沈半夏拿出《心理学与生活》，准备在没有患儿看诊的时候阅读。

她刚看了几页，门口就飘来楚连翘的声音。

"哟！刻苦学习了。"

沈半夏白了楚连翘一眼，低头继续翻书。

"走，巡房去。让本高手指导一下你这只菜鸟。"楚连翘打了个响指。

"我刚巡了。一切安好。"今天收诊的都是常规病患，哪需要指导。

"这就巡了啊！你也不叫我。"楚连翘涌现小小的失落。

"又不是组队刷副本。"沈半夏吐槽，"你觉得不放心，就再去巡一圈。有病患来了，我接待。"

"医龄很浅，口气倒很大。得，算我自作多情。我回去休息。"沈半夏被投诉的事情，沈泽生已经给他说了，让他帮忙多照看。他本以为沈半夏会找他谈心，又担心沈半夏不好意思，因此主动送上门。可现在一瞧，这小姑娘挺淡定的，压根没找他谈心的打算。

"拜。"沈半夏随口回应。

今天，她一直在思考如何找楚连翘聊聊看诊经验。甚至，刚才她还在思考要不要请楚连翘吃夜宵，顺带请教一下经验。可当她看见楚连翘自大的表情，听见楚连翘戏谑的声音，她的理智瞬间崩塌。

她才不想听这样臭屁的人吹嘘他的看诊经验！明天她去请教王泽宇和张博得了。

沈半夏心不在焉地翻书。

楚连翘见沈半夏真不搭理他，没趣地摸摸鼻头，准备离开。

突然——

"医生，医生，我孩子快不行了！"

哭喊声响起的同时，一个年轻男人抱着一名四岁左右的男童冲进沈半夏的诊室。而紧随他身旁的是一位泪流满面的年轻女人，以及一位头发花白的老太太。

这个画面和当年何其相似。老太太抱孙自杀的画面陡然浮现楚连翘的脑海，右手不受控制地颤抖。

"怎么了？"沈半夏指挥家长把患儿平放在诊查床。

患儿闭着眼睛，脸色偏黄，体温很高。

"反复高烧。来之前还尿血了。"患儿爸爸说。

"高烧昏迷？还是高烧惊厥？"沈半夏紧张地为患儿做基本检查，确定是否要立刻抢救。

"昏迷。不过，什么又叫高烧惊厥？"患儿爸爸说。

"不是昏迷，也不是高烧惊厥。是昏睡。"患儿妈妈插话。

"哪有那么多弯弯绕。昏迷就是昏睡三。"患儿奶奶穿着一件陈旧的棉衣，开口就是四川方言。

沈半夏有些尴尬，患儿看上去情况严重，可偏偏患儿家长提供的信息不一致。沈半夏对患儿进行进一步检查："患儿呼吸急促，心率增快，需要立刻给氧，送抢救室抢救。"

"不就是感冒发烧，咋个就要抢救？"患儿奶奶傻了眼。

"妈这事可不能乱讲。如果真是感冒发烧怎么会尿血呢？"患儿妈妈抚摸患儿的脑袋。

"我可没乱说。之前那家医院的医生这么说的。而且，娃儿注射退烧药以后，体温就降了。晚上才又发烧的。你给他吃了退烧药后，娃儿身上都没刚才那么烫了。娃儿生病好正常蛮，捂点汗，睡一觉就好了。你们偏偏要折腾到医院来，浪费钱。"患儿奶奶说。

"妈，娃儿都尿血了，哪正常了？医生咋说，我们咋做。钱哪有娃儿的病重要？"患儿爸爸搀扶患儿奶奶，由普通话转为四川话。

这时候，患儿缓缓睁开眼睛，艰难地抬起手："妈妈……冷……痛。"

患儿呼吸急促，声音有气无力，眼泪滚滚而下。患儿妈妈一听患儿叫她，急忙握住患儿的手，眼泪涌得更加厉害："别怕宝贝，妈妈在这里。别怕。"

紧接着，患儿妈妈转向沈半夏："医生救救我的孩子。无论花多少钱，哪怕砸锅卖铁，我们也医。"

"你疯了哦！娃是啥子病，她都没确定，就喊抢救。这明显是讹我们的钱。"患儿奶奶又说。

"妈，这是大医院，不是我们乡坝坝的小诊所。人家二十四小时病人不断，忙都忙不过来，哪可能图你那点治疗费。"患儿爸爸安抚患儿奶奶。

"这——"患儿奶奶把孙子的病痛看在眼里，疼在心里。可她一想到抢救得花很多钱，还不能确定病症，就觉得舍不得。

"妈，我知道你担心花冤枉钱。可我们不是医生，不能凭自己的想法去判定钱花得冤不冤。孩子都这样了，你看……"

患儿妈妈冷哼一声，打断患儿爸爸的话："这都什么时候了，你还顾及她的情绪。真是老婆没了可以再娶，儿子没了可以再生，唯独妈不能不开心。你这么在乎她，我们离婚，儿子归我，你和你妈过一辈子得了。"

说完，患儿妈妈紧握住患儿的手，哀求沈半夏："医生，别管那个没文化的老太婆。我是孩子的监护人，我做主。你该怎么治就怎么治。钱，我给。"

"老婆，我不是这个意思。孩子生病我也急……"

"你这个耙耳朵，下啥子话蛮！你这个婆娘歹毒得很，成天尽在挑拨离间。晨晨是我亲孙子，我一手带大的。我咋可能不疼娃儿蛮。"

"呜……我不要你们离婚。"

沈半夏无可奈何地看着吵得不可开交的一家人。她承认她刚开始误以为患儿高烧昏迷不醒，再加上她诊测到患儿心率过快。因此，她才做出立刻给氧，进行抢救的决定。

不管什么病，总得先稳定患儿生命体征，恢复患儿意识，不是吗？

现在患儿生命体征虽然不算稳定，但意识清醒。自然不需要抢救，只需要给氧，缓解心率过快，再进行进一步确诊。

"别吵了。"沈半夏看了眼呼吸困难的患儿，咆哮，"孩子都喘不过气了。没看见吗？孩子没昏迷，暂时不用抢救。可他呼吸困难，必须马上给氧。患儿家长同意给氧吗？"

"好。"三位患儿家长异口同声回答。

沈半夏立刻给护士站打电话，让他们送氧气袋过来。沈半夏趁等待氧气袋的时间，安抚患儿情绪，引导他尽可能吸入更多的氧气。护士为患儿按上氧气后，患儿的心率渐渐放缓。

"患儿什么时候开始生病的？有什么症状？"沈半夏为患儿做进一步的检查。

"昨天吃晚饭的时候，娃儿有点不想吃东西。"患儿奶奶抢着说。

"昨天晚上，我带他出去玩的时候，他有点流鼻涕。"患儿爸爸想了想说。

"不对。"患儿妈妈皱着眉头，"昨天下午，我去飞机场接你们回家的时候，就觉得孩子有点不对劲。"

"啥子叫不对劲？我把他带回来的时候活蹦乱跳的。在老家时候，他在田坝坝跑得高兴得很。你不就是看不起我们家是四川农民蛮，莫拿娃儿当借口，笑人得很！"患儿奶奶生气地说。

"我不是针对你。我真是嫌弃你们家，当初就不会嫁给他。昨天回来的时候，他精神不太好。这就是不对劲啊！"患儿妈妈争辩。

"我还精神不太好了。一大早就跑到机场去，飞机还晚点，累都要累死了。这哪算生病？"患儿奶奶推了推默不吭声的患儿爸爸，老泪纵横，"养个娃都是别个的，看到媳妇欺负自己妈，声都不敢吭。算了！我也懒得留下来惹人嫌。等娃儿好了，我就回去。你爱找哪个带，找哪个带。"

"你威胁谁啊？你不带我请人带呗。再不行，我辞职带！"患儿妈妈冷哼。

"老婆冷静一点……"

一家人又吵了起来，越吵越厉害。

患儿听见奶奶要走，情绪又一次激动起来："奶奶，别……"

患儿一激动，呼吸就跟着急促起来。

"冷静，冷静。"沈半夏一边手忙脚乱安抚患儿，一边加大给氧气。

可是患儿情绪非常激动，根本不听沈半夏安抚，抓住患儿奶奶就哭。患儿奶奶也跟着哭，一边哭，还一边指控媳妇心狠。患儿妈妈急了，认为患儿奶奶是在挑拨离间，想要分开患儿和患儿奶奶。患儿奶奶自然不愿意，开始和患儿妈妈抢夺患儿。患儿爸爸想要解决家庭纷争，可一个是自己妈，一个是自己老婆，帮谁都不是。

就这样矛盾进一步升级，大人吵得不可开交，患儿情绪异常激动。沈半夏正想开口制止家长之间的争吵，却未想到患儿在哭闹间弄掉了氧气管。

患儿哭闹声消失，脸色苍白，出现窒息征兆。

"别抢，别抢，氧气管掉了。"沈半夏一边嚷嚷，一边给患儿重新安装氧气管。

然而，患儿家长们根本不知道患儿正在生死一线，依然吵闹着。

"再吵人都要死了，谁也不用带了。"站在门口的楚连翘走了进来。

患儿家长猛地一惊，看向楚连翘。

"身为一名医生被患儿家长牵着鼻子走，问了快十分钟连病情都没问清楚。你是觉得病患命长，还是觉得自己医术高超？"楚连翘瞪了眼慌乱的沈半夏。

说来也怪，原本手忙脚乱的沈半夏被楚连翘冷冷瞪了一眼后，反倒冷静下来了。

"患儿情绪太激动，得用镇静剂，还是送抢救室，那里设备齐全。我们先把生命体征稳定下来。"虽然患儿家长暂停争吵，可彼此间依然剑拔弩张，不利于稳定患儿情绪。

"不行，我听说镇静剂会让娃儿变傻。我们不用！"患儿奶奶又一次拒绝配合诊治。

"你们连孩子生死都不管，还怕孩子变傻？"楚连翘快速为患儿检查。

患儿接上氧气后，呼吸急促再次得到缓解。不过，由于孩子情绪过于激动，因此供氧效果并不理想。

"管。"这次患儿家长倒是意见一致，纷纷表示要让患儿活下去。

"孩子听见没？他们不吵了，也不走了。他们会一直陪在你身边。"楚连翘轻轻地抚摸患儿的脑袋，"你不要着急，不要说话，用力呼吸。"

患儿用渴望的神情望向家长。

患儿家长面面相觑，认真地点头，纷纷保证会一直守着他。患儿在楚连翘的引导下，呼吸得到舒缓。

"暂时不用送抢救室。不过，目前患儿的生命体征特别不稳定，随时可能有窒息的风险。更麻烦的是，他到底患了什么病，我们都不知道。因此，我们暂时除了帮他缓解呼吸困难，不敢使用其他的医疗手段。至于他什么时候能够得到进一步治疗，就得看你们的表现了。你们都是成年人，如果真的爱他，就应该懂得什么时候做什么事。"楚连翘强大的气场，让患儿家长们冷静下来，进入他的看诊节奏。

"接下来，我问什么，你们答什么。我没问的，不要吭声。我需要在安静的环境中才能做出准确的判断，避免误诊。明白吗？"楚连翘得到患儿家长点头回应后，又说，"患儿妈妈，患儿目前有些什么患病症状？"

"莫名其妙反复发烧，还没有感冒症状。最高烧到40℃，我们给了退烧药……"

"停。"楚连翘打断患儿妈妈，"麻烦你简单明了地讲述一下。比如：高烧、尿血、呼吸急促……"

"哦,我知道了。高烧、尿血、呼吸急促、肚子痛、食欲差……对了,刚才他还说冷。"患儿妈妈简要地说。

"是不是还有嗜睡?"楚连翘追问。

"反复高烧肯定会想睡啊!"患儿奶奶抢着说。

"我没问你。你不需要回答。"楚连翘转向患儿妈妈,"患儿什么时候开始发烧?你们什么时候送医院的?我需要你像刚才一样简要而准确的讲述一下你们就诊经历,以及检查和用药情况。"

Chapter 21 前辈和菜鸟的区别 ///

"昨晚凌晨三点,我发现晨晨的体温偏高。当时测了 38.8 度,我以为是感冒,立刻给他吃了布洛芬、抗感颗粒和小儿氨酚黄那敏。用药半个小时以后,他的体温开始降下来。可是,今天早上九点他又开始发烧,再次给他服用布洛芬,可这次没能退烧。我和孩子爸在上班,没办法赶回来。孩子奶奶就把他带到附近诊所看病。"

患儿妈妈看了眼患儿奶奶:"医生说是感冒发烧,给他打了退烧针。然后,孩子就退烧了。不过,他精神特别不好,不想吃饭,一直昏昏欲睡。等我们下班回家又开始发烧。我们按照诊所医生的建议打了针,还做了雾化。结果,这次烧退了,却在晚上十点发现孩子尿血了。诊所医生开了什么药没对我们说明,我们也忘记问了。当发现孩子尿血的时候,诊所都关门了。我很担心孩子尿血是由于诊所医生用药不当导致的,赶紧让孩子爸开车把我们带到这里。我们在路上的时候,也就是半个小时以前,我发现孩子的体温又升高了。这次多少度还没量。"

患儿妈妈讲述的时候,楚连翘为患儿进行仔细的常规检查,并且把检查的结果和患儿妈妈提供的信息在脑袋进行运算。

"孩子的病应该不是用药不当引起的。在孩子尿血之前,你们有没有注意孩子小便的颜色?"楚连翘发现患儿不仅皮肤发黄,连巩膜也呈黄色。

患儿妈妈和患儿爸爸面露难色。患儿奶奶猛地抬头:"我想起了。早上他的尿发黄,颜色很深。到了中午,颜色更深了,有点像酱油颜色。"

"酱油颜色肯定有问题啊！你怎么不对我说？"患儿妈妈急躁不安地跺脚。

"我以为吃药引起的。而且，你们工作都忙，我不想吓你们。"患儿奶奶神色陡然一紧，"医生，娃儿的病严重不蛮？"

楚连翘对患儿的病有了初步的想法，但没确诊不敢透露："今天有排便吗？颜色是什么颜色？"

"有。中午拉了点，褐色。"患儿奶奶回答。

"家长去办理住院吧！"楚连翘收起听诊器说。

"孩子到底得了什么病？严重到需要住院。"患儿妈妈像紧绷的琴弦。

"还不能确定，需要住院进行进一步检查。"楚连翘回答。

"啥子病都不晓得。你就喊我们住院。这不是讹钱蛮！"患儿奶奶抗议。

楚连翘正准备吭声解释，沈半夏就抢着说："虽然诱因还无法确定，但患儿得的应该是溶血性贫血。"

"贫血？不可能。晨晨吃得营养得很，咋可能贫血。"患儿奶奶反驳。

"妈，你听医生讲，别老插话。"患儿妈妈下意识感到不安，"医生，这到底是什么病？"

"溶血性贫血是由各种因素导致红细胞在短时间内的大量溶解，超过机体代偿能力所发生的一种贫血。根据你的表达，晨晨应该是急性溶血性贫血。这种病通常发病急，病情重。主要临床表现为寒战、高烧、尿血、呼吸急促、全身乏力、嗜睡，有些还伴随着恶心、呕吐、腹痛等症状。严重的患者可能会发生急性肾衰竭，神志不清或昏迷，心功能不全等严重的病症。这种病治疗不及时，会有生命危险的。"沈半夏解释。

"你说一大堆，我听不懂。昨天从四川回来都好好的，咋忽然就有生命危险呢？你莫骗我没文化。"患儿奶奶急得口无遮拦。

楚连翘近几年非常依赖通过各种检查结果断症。虽然他心中断定患儿得了溶血性贫血，却未在看见检查结果之前不敢说出诊断结果。

不过，沈半夏已经给出了肯定性结论，他也只能顺着说："老太太，医院是救人的地方，不是讹钱的地方。老太太你去过高原，有过缺氧经历吗？"

"我儿子和媳妇带我去过稻城耍。我到了那边高原反应严重，晚上不吸氧根本没法睡。我们耍都没耍，赶紧回来了。"患儿奶奶不解地看着楚连翘，"这个事和娃儿的病有啥关系蛮？"

"假如患儿真是患有溶血性贫血，他现在就是在不吸氧的情况下，登上了比稻城还高的珠穆朗玛峰顶。而且他已经连续待了快 24 小时。你说他严不严重，有没有生命危险？"

楚连翘简单易懂的话语不仅让患儿家长记忆深刻，也在沈半夏的心中烙下深深的印记。她一直以为楚连翘是医院中庸庸碌碌的老油条，却没想到他的看诊方式如同一场技艺精湛的手术。

他强大的气场控制了整个看诊节奏，不仅简单、精准、快速地完成了听诊，还形象而通俗地解释了病症。

虽然她不理解楚连翘明明有了诊断结果，为什么不告诉患儿家长，偏偏要等检查结果，可她不得不承认楚连翘的医术、判断力、决策力和沟通力比她高了不止一个档次。难怪她爸要让她向楚连翘请教和学习。

正当沈半夏用敬佩的目光打量楚连翘时，她发现楚连翘的右手不受控制地发抖，笼罩他的强大气场也跟着消失。

"一定是我哪里没注意，否则娃儿咋可能得这种怪病。造孽哦！都怪我，咋个办嘛！"患儿奶奶急得老泪纵横，不断地敲击手掌。

楚连翘看着全身哆嗦的患儿奶奶，想到了那位跳楼自杀的老太太。

楚连翘的身体微微一怔，神情恍惚，说话哆哆嗦嗦："也不一定是这个病，还没检查了。就算是也不严重。他还没拉黑便，没有休克，没有急性肾功能衰竭……我们可以通过给他输血、碱化尿液、营养心肌等方式抢救他。不要担心，不要有负担，一定不要自责和害怕。没问题的，按照医生的安排来。他不会有事。"

"都要输血了，你还说没事。当真要死了，才算有事啊！呜呜呜。我家娃儿肯定没得事。"患儿奶奶扑上前，抓住患儿的手，"晨晨，你要撑住，奶奶陪到你哈。你放心，奶奶一定救你。哪怕把老家的地卖了，房子卖了，都救你。你一定莫得事。"

患儿奶奶回头看着吓呆了的患儿爸爸，用力推了他一掌："莽娃，你在干啥子？你没听见医生说的哈。晨晨现在待在珠穆朗玛峰，还没得氧气。你还不赶快去办住院手续。"

"要得，要得。马上去。"患儿爸爸用四川话回答，掉头就准备离开。

沈半夏连忙叫住对方："我还没开单子，你怎么办住院手续？"

患儿爸爸立刻退了回来，麻烦沈半夏快点办理。

沈半夏看了眼楚连翘，希望楚连翘能够继续处理这个病案。可楚连翘面无表情地站在一旁，完全没有插手的意思。

也对，这个患儿是她接诊的。楚连翘能强势介入，快速敲定患儿病症，已经算帮了她大忙了。

她是正式医生，又不是实习生。楚连翘没有义务，也没有必要，继续带她看诊。

"现在太晚了，先收急诊，进行血常规、尿常规、镜检红细胞和白细胞检查。这些检查结果出来以后就能进一步确诊，安排治疗方案了。"沈半夏一边开单，一边说，"比较麻烦的是确定发病的诱因，避免再次发病。"

患儿爸爸拿着单子，立刻去办理住院手续。沈半夏联系住院部，让住院部派人把患儿安全地转移过去。而这个过程中，楚连翘默不作声地关注着患儿奶奶。

接下来，沈半夏陪同患儿去了儿科住院部，楚连翘留在儿科急诊室候诊。那位跳楼自杀的患儿奶奶和这位来自四川农村的患儿奶奶交替出现在楚连翘脑海。楚连翘拼命地说服自己她们不是同一种人，不会做出相同选择。可他偏偏不受控制地担心患儿病情陡变，患儿奶奶受不了刺激自杀。进而，他再把这个责任怪在自己身上。

他越想越恐惧，不受控制地颤抖从右手传达至全身。

"医生，我孩子感冒发烧38.8℃。"一对夫妇抱着几个月大的患儿冲进门诊室。

楚连翘猛地回神，脸色苍白地看着患儿家长："你们把患儿抱过来。"

楚连翘强迫自己镇定，可他的脑海里全是挥之不去地两位患儿奶奶。他努力让自己注意力放在患儿身上，却无法控制颤抖的身体。

患儿爸爸看着直冒冷汗的楚连翘，担忧地喊了一声："医生，你没事吧？"

楚连翘放下听诊器，深吸一口气。他不能拿患儿的生命开玩笑，哪怕这位患儿看上去只是得了最普通的感冒。

"对不起。我忽然觉得身体不适，难以完成看诊。麻烦你们在候诊室等一下，让儿科急诊室另一位医生为你们看诊。可以吗？"楚连翘看着患儿家长犹豫的神情，又加了一句，"患儿挺精神的，问题不大。如果你们担心，我可以先开布洛芬给患儿退烧。"

"来之前吃过了。"患儿妈妈看着面色苍白的楚连翘，担心楚连翘因身体状态不佳而误诊，于是点头答应。

患儿爸爸甚至友善地加了一句："医生，你看上去状态特别不好。要不，你也去挂个急诊？"

"谢谢。我会考虑的。"楚连翘挤出微笑，乏力地靠在椅背上。

沈半夏那边，患儿家长在充分了解到急性溶血性贫血的高危性后非常配合。虽然检验结果还没出来，但沈半夏坚信患儿得的是急性溶血性贫血。患儿在等待检验结果同时，沈半夏安排护士先给患儿补充体液，扩充血容量，以维持有效血循环，促进肾脏排酸及排血红蛋白尿功能。

　　检验结果出来后，沈半夏根据检查报告确诊患儿患有急性溶血性贫血，而且患儿的血红蛋白只有 22g/L，几乎到了生命的极限。

　　沈半夏根据患儿病症安排合理的治疗方案，并确定白天转到儿科住院部进行进一步治疗。比较麻烦的是这个病的诱因比较复杂。病毒感染、某些药物、自身免疫性因素、物理性损伤、过度疲劳、寒冷或情感刺激等都可能导致发病。沈半夏和患儿家长聊了好一会儿，都没能确定发病诱因。

　　无奈下，沈半夏只能先让患儿家长陪伴患儿治疗，自己返回急诊儿科继续上班。回来的路上，沈半夏看见自动售货咖啡机。她想了想，买了两杯咖啡返回急诊儿科。

　　"医生，我孩子感冒发烧 38.8℃。"沈半夏刚到候诊室，患儿夫妇便带着患儿迎上来。

　　"楚医生没空？"楚连翘敞开着门诊室大门。从沈半夏的角度看上去，楚连翘正靠在椅背上闭目养神。

　　"那位医生啊！"患儿妈妈看了眼楚连翘，"他让我们等你。"

　　拒诊啊！这是什么操作？

　　沈半夏看着舒适靠着座椅的楚连翘，又看看为楚连翘买的咖啡，心中很不是滋味。

　　"进来吧，我给你们看诊。"沈半夏再三提醒自己医生素养，走进诊室。

　　此刻，患儿已经退烧。由于患儿月龄七个月，又没感冒症状。沈半夏怀疑患儿是幼儿急疹，并非患儿家长以为的感冒诱发高烧。

　　"你们说宝宝是突然高热，又无感冒症状。经过我检查，宝宝的生命体征和精神状态都正常。我怀疑是幼儿急疹。幼儿急疹又被称为婴儿玫瑰疹，是婴幼儿常见的一种急性发热发疹疾病，多发于 6 到 18 个月的婴幼儿。"沈半夏忽然想到楚连翘对患儿家长通俗易懂的解释方式，她顿了顿，把脑袋里的专业医学知识努力转化为普通人能理解的话语。

　　"根据调查，10 个宝宝里面有五六个孩子都会感染幼儿急疹，其中 6 到 12 个月的婴儿最为常见。因为宝宝在 6 个月以后，从妈妈们体内得到的抗体会越来越少，可自身免疫系统又没发育完善，因此很容易受到病毒侵犯感染疾病。虽然这种疾病来势汹汹，宝宝患病初期会在没有任何症状的情况下忽然高烧，体温最高可达 39℃ 到 40℃。甚至由于宝宝发病时，会伴随喉咙轻度充血，淋巴细胞偏高，咳嗽等症状，容易被误诊成病毒性感冒。"沈半夏解释。

　　"你说是幼儿急疹，可宝宝身上没有疹子啊！"患儿妈妈焦急地说。

Chapter 22 幼儿急疹惹的祸 ///

沈半夏打量着焦急而慌乱的年轻男女。他们看上去穿着时尚，年龄不到 30 岁。如果她没猜错这是对纯新手父母，而且他们极有可能像她一样是独生子女。

"家长别急，你听我解释。"沈半夏继续解释，"宝宝发烧的时候是不会出疹子的。它和病毒性感冒最大的区别就是热退疹出。幼儿急疹的发热期是三到五天。这期间宝宝会持续高烧，通常体温冲上 38.5℃精神状态就会变差，再加上患有幼儿急疹的宝宝年龄通常较小，持续高烧的症状看上去十分可怕，会让宝宝的家长们非常揪心和恐惧。不过，我们要知道幼儿急疹在医学上称为自限性疾病。它的意思是宝宝生病后不需要特殊治疗，很快就能自愈，甚至很少出现并发症。只要家长记住这点，稳定好自己和宝宝的情绪，做好日常护理。三到五天宝宝就会自行退烧，然后身上会出现粉红色的斑丘疹。这种疹子的直径大概两到五毫米，用手压就会褪色，松手又会变成玫瑰红色。孩子发疹期间不痛不痒。而一到两天的时间，皮疹就会消退，不会留下疤痕，也不会脱皮。"

"可是医生，病毒性感冒也会发烧啊！我家宝宝五个多月的时候就感冒过一次。那次刚开始也是发烧，也没明显的感冒症状。我们不是不信任你的诊断。可你刚才说了那么多，除了热退疹出，也没说出幼儿急疹和病毒性感冒之间的区别啊？而且，假如判诊错误，持续高烧会烧坏孩子大脑吧？"从患儿妈妈谈吐间，不难看出她的教养颇佳。

沈半夏愣了愣，生出东施效颦的感觉。楚连翘果然不容小瞧，那看似简单的答诊方式不是短期内能效仿出来的："其实在热退疹出之前，很难区分幼儿急疹和病毒性感冒。幼儿急疹属于马后炮式病症。不过，幼儿急疹高烧期间只要注意降温，是不会出现生命危险的。"

"既然难以区分，你怎么就断定是幼儿急疹呢？医生，你还是给宝宝验验血检查一下，确定宝宝到底患有什么病，再给我们开点药吧！你那句难以区分，听得我心里疹得慌。"患儿妈妈想了想说。

"孩子这么小，能不吃药还是别吃药吧！"她总不能告诉患儿家长她是凭借直觉和经验断诊吧！不过，患儿家长的疑问也没错。患儿才发病，的确很难区分到底是不是幼儿急疹。

沈半夏下意识想向楚连翘求助。可如果她连幼儿急疹这种小病，也求助楚连翘岂不是送上门讨骂。

再说——

沈半夏脑海里浮现出楚连翘闭目养神的画面。

楚连翘把病患留给她，是不是专门考验她啊？如果是楚连翘专门考验她，那么绝不可能把一个高危患儿，或者是病毒性感冒患儿，留给她啊！

沈半夏仔细想了想，又看看退烧后精神尚佳的患儿："这是幼儿急疹，没错的！我是医生，请你们相信我的专业素养。我的确可以给你开单检查血常规。可幼儿急疹从化验单看淋巴细胞会相对增高，和病毒性感冒的指标一样。这不是花钱，还让孩子受罪吗？至于你说开药；幼儿急疹除了需要减轻症状，防止高烧惊厥的退烧药剂，根本不需要其他药剂。你总不能让我诊断是幼儿急疹，却按照病毒性感冒治疗吧？我要真那样做是对你们和宝宝的不负责。"

患儿妈妈还有些犹豫。此刻，患儿爸爸握住患儿妈妈的手："医生，你是专业的，我们听你的，我们什么都不懂。平时照顾孩子的外公和外婆又有事回老家了。我们也是担心独自带孩子，没有照顾好孩子，导致孩子生病了，才格外着急。你说怎么治疗，我们就怎么治疗。"

"接下来的几天，是对宝宝的煎熬，更是对大人的煎熬。宝宝持续高烧是必然的，照顾这个重担就得落在家长身上。我说过了，幼儿急疹没有特效药。家长能做的只有在宝宝发病期间加强护理。"

沈半夏确定患儿家长处于"自己虽为父母但依然是宝宝"状态后，对患儿病情护理的解说讲得更为详细："第一、保持室内通风，减少外出避免交叉感染，让宝宝好好在家休息；第二、宝宝的衣物和被褥都不宜太厚，否则宝宝的体温不容易下降，还可能诱发高热惊厥；第三、宝宝出汗较多，家长要及时给宝宝擦去身上的汗，甚至更换衣物，以免着凉；第四、饮食清淡流质或半流质的食物为主，发病期间多给宝宝喂些开水、果汁或者菜汤，以利出汗和排尿，促进毒物排出；第五、勤给宝宝测量体温，如超过38℃就要采取洗澡、温水拭擦身体、退烧贴等物理降温手段。如果体温超过38.5℃，孩子精神萎靡，就得使用退热药剂减轻症状，防止出现高热惊厥。一旦宝宝出现高热惊厥，你们得立刻把宝宝送到医院。"

"医生，你说得太多和太快了。我记不下来。你再说一遍吧，我让我老公手机记录。或者，我们开录音。"患儿妈妈尴尬地说。

患儿爸爸立刻配合的拿出手机，打开录音功能。

沈半夏耐着性子又说了一遍，还特别加了一句："如果你们还不清楚如何护理，可以上网搜索'幼儿急疹的护理办法'。"

"好，我们明白了。谢谢医生！"患儿爸爸和妈妈连连道谢。

沈半夏表面镇定地看着患儿和患儿家长，实则心跳如雷。

幼儿急疹是极度容易出现误诊的病症。一方面，它可能被误诊为感冒。另一方面，未得过幼儿急疹的婴幼儿也容易感冒被误诊为幼儿急疹。甚至，其他诱发高烧的疹子也可能被误诊是幼儿急疹。

"我再为患儿做一下检查吧！"沈半夏不愿意给患儿开感冒药，以防把感冒当成幼儿急疹误诊。

因此，哪怕明知道再检查作用不大，她还是仔细地为患儿进行了全身检查。而她对患儿病症表现出的犹豫，让患儿家长刚返回原处的心脏，又悬到了嗓子眼。

沈半夏给患儿检查时，想到了见习时遇见的一起病例。有个六个月大的患儿第一次生病，高烧39℃。医生和患儿家长进行交流后，诊断为幼儿急疹。事后，家长把患儿带回家，按照幼儿急疹护理，等待出疹。可患儿烧了五天，还是没退烧。家长按捺不住，带患儿再度到医院就诊。医生发现患儿并非幼儿急疹，而是肺炎。

沈半夏非常担心眼前的患儿类似于那个病例，可她心中另一个声音又在坚定地说："沈半夏相信自己，一定是幼儿急疹。"

沈半夏犹豫再三，坚持了自己的诊断。只不过，这一次她在讲述病症的时候，声音微微发抖，神情犹豫不决："应该是幼儿急疹，但也有可能是其他病。特别是幼儿急疹和病毒性感冒之间，刚开始区别不大。因此，你们除了注意我刚才说的护理外，也要观察宝宝的其他症状。如果宝宝除了高烧之外，有了流鼻涕、打喷嚏、不断咳嗽等等感冒症状，又或者反应迟缓这类症状，你们别在家等出疹子了，立刻到医院再次就医。然后，有些宝宝退烧后不一定会出疹子，这个也不用担心。只要烧退了，不再发烧就行。最后，幼儿急疹一定是烧退疹出，而不是一边发烧一边出疹子。如果宝宝一边发烧一边出疹，或者烧起疹出，你们记得立刻带宝宝到医院就医。"

"医生，你用应该来给宝宝病情下定义，有些不妥当吧！"患儿爸爸看了看患儿，又看向沈半夏，"要不我们住院观察吧！这样方便医生能随时跟进宝宝病情，做出最有效的医疗方案。"

"幼儿急疹不需要住院，就算是病毒性感冒也不需要住院。你们还是回去观察吧！"沈半夏哭笑不得。

患儿妈妈摸摸患儿额头，握住患儿小手："老公，我们走。"

她眼中充满焦躁、担忧和不屑。这就是三甲医院吗？一个医生生病不接诊，一个医生对病症各种不确定。生病那位她能理解，可眼前这位……简直连实习生都不如。

世道险恶啊！连医院这么重要的地方都让不靠谱的关系户进来看诊，简直是拿人命开玩笑。

她惹不起还躲不起吗？这家医院不行，他们换家医院看。

患儿妈妈越想越气，恶狠狠瞪了眼沈半夏，抱着患儿离开。

"医生，不好意思。"患儿爸爸道歉离开。

沈半夏面对患儿家长的怒火，感到莫名其妙，却不得不应对："等一下家长，你们还有退烧药剂吗？需要我再开一点吗？"

"不用开了。"患儿妈妈笃然停下来，"我不会把我宝宝给你当不确定的试验品。我们换家医院再看。"

"不确定的试验品"七个字在沈半夏心中引爆。

"话不能这么说吧！我也是不想让宝宝受罪。既然宝宝有极大可能性是幼儿急疹，那么为什么要让宝宝验血，还要开感冒药给宝宝吃？是药三分毒啊！"沈半夏辩解。

"如果是幼儿急疹这样处理没问题。可你不确定啊！我们是来治病的，不是来猜病的。我们就这一个宝宝，拿来给你当试验品。如果你猜错病症怎么办？就算你和医院可以负责，受罪的是宝宝，痛苦的是我们。"患儿妈妈冷笑，"你这样的医生居然能出现在这家医院。我实在觉得惊奇和惊恐，甚至为让你看诊的宝宝们担心。"

"老婆这话有点过了吧！"患儿爸爸挽着患儿妈妈的手劝解。

"过不过，你让她问问她自己。我也是讲理的人。"患儿妈妈深吸一口气，瞪着沈半夏，"你摸着你的良心问问自己，你能确诊吗？"

"我——"这事真有误诊风险。

毕竟，发烧是身体有潜在感染或发炎而引起的一种临床症状。与发烧相对应的病有很多种。而孩子又这么小，根本不会描述自己的病情……她光凭借检查诊断，真的风险很高。

"我刚才检查宝宝的喉咙有炎症。这是感冒的症状，不过……"

患儿妈妈打断沈半夏战战兢兢的讲述："有感冒症状，你却偏要说宝宝是幼儿急疹。不是你的孩子，你就不拿他当条命吗？"

"我不是这个意思。我……"沈半夏感到自己给自己挖了个坑。面对患儿家长的质疑她还真不知道如何解释。

她可以选择退让，让患儿家长换家医院就诊。另一个医生要么判断和她一样，要么当感冒治疗。三五天后，患儿到底是感冒，还是幼儿急疹，自见分晓。

可是，她咽不下这口气。她那么替患儿考虑，不求受到家长的谢意，但至少不能被质疑，甚至嘲讽吧！

沈半夏一口气堵在胸口难以消除，又想到张博和沈泽生对楚连翘的肯定。

她除了相信楚连翘，并向他求助，别无他法！

"我这个小医生确实缺乏权威性，也不敢百分百保证宝宝得的就是幼儿急疹。可隔壁的楚医生是毕业于宾夕法尼亚大学医学博士。我邀请他过来和我会诊可以吗？"

"不太合适吧！"正当患儿妈妈犹豫时，患儿爸爸开口了。

那位楚医生刚才告诉他们身体不适，难以完成看诊。

"没有什么不合适，我去请他。"沈半夏以为楚连翘的故意拒诊让患儿家长感到不快。

她深知楚连翘的毒舌功力。甚至，假如她有第二选择，她压根不愿向楚连翘求助。

可她咽不下被误解的气，想要当场解决医患矛盾。

当然，如果真是她凭借直觉诊断错误，她也愿意担下这个失误。只要患儿不被误诊，早日康复，她愿意竭尽所能地做任何事情。

沈半夏满怀信念，走进楚连翘的诊室："你该不会睡着了吧？"

楚连翘听见沈半夏安然无恙回来后，对于溶血性贫血患儿的担忧减轻不少。

"又和患儿家长吵架呢？"当楚连翘睁开眼，看见活力四射的沈半夏时，仿佛看见划破黑暗的曙光，冰冷的心脏开始回暖。

"才没有。"沈半夏皱起眉，别扭地开口，"我想找你帮个忙。"

"哟，沈大医生居然找我帮忙。我没听错吧？"身心得到复苏，楚连翘忍不住逗乐沈半夏。

"你随便笑吧！我来之前就做好了被你嘲笑的准备。"沈半夏磨磨牙，又说，"我不会让你白帮忙的。虽然我很害怕克罗米，不过如果你帮这个忙，我就允许你上班的时候，把克罗米寄养在我家。"

"说说看，想让我帮什么忙？"楚连翘挑挑眉。

Chapter 23 真是闹腾的一夜 ///

楚连翘似笑非笑的表情，特别讨打。可沈半夏有求于楚连翘，只能忍气吞声。

"我刚才收了个七个月大的高烧患儿。现在患儿父母有些质疑我的诊断，我希望你能过去帮忙诊断。"沈半夏怕误导楚连翘的诊断，故意没提及自己的诊断结果。

"小小高烧就要会诊，不太符合行业规矩。不过，规矩不外乎人情，本着邻里和睦的原则，这个忙不是不可以帮。可光克罗米这件事，没办法体现你足够的诚意。"楚连翘咧嘴笑开。

她不知道楚连翘医术到底如何，但医德肯定等于零。

沈半夏面对楚连翘讨打的表情，在脑海中狠狠地甩了他一耳光。

"说！你还想我做什么？"她现在骑虎难下，只能委曲求全。

"我可是王牌医生，请我看诊的代价很高的。不过，我看在沈老的面子上，给你打个大折扣，勉强收你十顿夜宵吧！"楚连翘看着沈半夏气呼呼的包子脸，恐惧的情绪彻底消失。

"你咋不去抢？"沈半夏如同刚出炉的包子冒着热腾腾的蒸汽。

她想要讨价还价，偏偏楚连翘摆出一副随便你的姿态。她一边幻想着把楚连翘绑在座椅上鞭打，一边从牙缝中挤出："成交！"

"走，看病去！"楚连翘弹跳而起，精神十足地走向沈半夏的门诊室。

患儿家长难以置信地看着红光满面的楚连翘。这就是半个小时前，他们面对的那位感觉随时会晕倒的医生？

"或许是突发疾病呢？"患儿爸爸安抚处于震惊状态的患儿妈妈。

"患儿妈妈抱着患儿坐下吧！我给患儿好好检查一下。"虽然楚连翘没有笑，但认真而自信的表情充满让人信服的气场。

楚连翘的检查过程和问诊过程一样赶紧利落。检查完毕，刚好问诊完毕，仅仅用时三分钟。

"这是患儿第二次生病。患儿第一次生病是在月龄五个月的时候，病发初期除了高烧之外，并未有其他症状，看诊医生诊断为病毒性感冒。患儿服药期间，高烧消退，出现打喷嚏和流鼻涕。不过，药物对患儿病症有所缓解，五天以后患儿感冒痊愈。有了上一次的经验，这一次患儿高烧时，你们认为患儿是感冒引起的高烧。是这样吗？"楚连翘询问。

患儿妈妈愣了愣，回答："我们怎么认为不重要。医生怎么诊断才重要。否则，我们按照上次医生开的药，在家里服药不就行了吗？"

"说得有道理。孩子这么小，身体弱，病情变化快……有不舒服还说不出来。孩子生病，立刻带到医院，由专业医生诊治，是对他负责，也是对你们自己负责。我们本着负责的原则开单给孩子检查一个血常规吧！"楚连翘借用沈半夏的电脑准备下单。

又是开单化验！沈半夏嘴角抽搐，想到楚连翘看病标准三件套：检查、化验、开药。真怀疑是他给病人看病，还是机器给病人看病。

沈半夏看向患儿妈妈，以为患儿妈妈会像质疑她一样质疑楚连翘。

却未料，患儿妈妈用力点头，极度配合："我也觉得应该好好检查一下。我们家宝宝这么小，看病容不得半点马虎。"

说完，患儿妈妈还瞪了眼沈半夏，眼神仿佛在说："瞧，这才叫专业医生。"

沈半夏想要反驳，可目前处境又不容她多说什么，只能嘴角抽动得更强烈。

接下来，楚连翘开单，患儿家长带着患儿交钱验血。

"你一直都是这样看诊吗？"沈半夏待诊室只剩下她和楚连翘开口吐槽。

楚连翘的双手抖了抖，吐出两个字："保险。"

楚连翘担心沈半夏在这个问题上纠缠下去，看了眼办公桌上的两杯咖啡，转移话题："孝敬我的？"

"你老到需要孝敬吗？"沈半夏端起一杯喝了一口，"刚才路过咖啡机，顺手给你带了一杯。"

楚连翘端起另一杯闻了闻："医院的自动售货咖啡机。"

"嗯。味道还不错，可惜凉了。"沈半夏也不挑剔，一口气喝了大半杯。

"一股浓浓的奶精味，典型的速溶咖啡。这也叫可以？"楚连翘一脸嫌弃地盯着咖啡杯，"你经常喝速溶的吧？"

读医科的很少有人能维持长期的健康习惯。酗酒倒不至于！毕竟，稍稍有医德的医生都会远离这项干扰神经判断的物品。可为了减压不少人会选择烟、茶、咖啡等物品。当然，再健康一点的人会抽时间健身减压。

沈半夏选择的是咖啡。不过，她喝得不算多，一般熬夜或者特别忙的时候会喝一杯。她对咖啡也不挑剔，速溶就好。

"速溶又怎么呢？方便、实在、味道好。"沈半夏不仅一口气喝完手里的咖啡，还抢过楚连翘的咖啡喝了一半。

楚连翘上下打量沈半夏："难怪长成这样。速溶咖啡含有奶精，也就是植脂末。它所含的低蛋白与饱和脂肪酸不易被人体吸收，会长胖哦！"

楚连翘指向沈半夏的包子脸，又说："对了，还有患有心脑血管疾病，以及致癌的风险。喝得多，挂得快！"

知道是一回事，被人当面指出来又是另一回事。沈半夏拿着咖啡杯的手有点抖，恍然觉得自己喝下去的不是咖啡而是毒药。

"姑娘为了身体健康还是喝现磨咖啡吧！"楚连翘每次看见沈半夏丰富的表情，就觉得心情特好，"我家有许多国外寄来的咖啡豆，你明天中午请我出去吃大餐，我就送你几包。这笔交易划算吧！"

曾经很长一段时间，他偏爱每天饮用两杯咖啡，保持身心活力，抵抗工作压力。不过，这个习惯在他认识沈泽生以后，就戒掉了。毕竟，他患有严重失眠，不适合饮用具有刺激性的饮品。不过，他移民国外的父母并不知道他的现状，依然根据他以往的爱好定期给他寄送咖啡豆。

"弄了半天你又在骗饭吃啊！长胖又怎么？又没要你娶我。我就算长成一百公斤的大胖子，我也乐意！致癌怎么呢？你又是敲诈夜宵，又是敲诈大餐的，难道不知道外面不是使用地沟油，就是使用转基因油吗？甚至，食品原料也有安全隐患。要论致癌，你吃的那堆垃圾食品，比速溶咖啡致癌多了。本姑娘就是爱喝速溶咖啡，愿意被荼毒！"沈半夏坚定地把手中的咖啡一饮而尽，"砰！"把杯子重重地放在办公桌上。

楚连翘被吓得愣了一下，随即鼓掌："说得太精彩了！要不要再来一杯，我附赠。"

沈半夏打了个饱嗝，强撑严肃的表情："喝撑了，下次再来！"

"牛！"楚连翘竖起大拇指，爆笑出声。

"有什么好笑的？我——"

"医生。"

爷爷、奶奶、外公、外婆、爸爸和妈妈一共六位患儿家长站在门诊室门口，惊讶地看着高举右手准备发飙的沈半夏。

患儿爷爷清清嗓子，将期许的目光落在楚连翘身上："医生，我孙女严重吐奶，麻烦你给看看。"

患儿爷爷给患儿奶奶递了个眼神，患儿奶奶抱着患儿快步走向楚连翘。

"这是我的诊室……"沈半夏吐槽，却没有人理她。

患儿家长们把她当成空气似的，绕过她，把楚连翘团团围住。

楚连翘冲沈半夏眨眨右眼，露出得意的神情。接着，楚连翘收敛笑意一边检查，一边问诊。

患儿月龄仅有 1 个月零 8 天，纯母乳喂养，每日排便 5—7 次。凌晨十二点喝完奶以后就呈喷射状吐奶一次。家长断定为生理性吐奶，并未在意。可半个小时以后，患儿再次呈喷射状吐奶。家长们吓着了，立刻把患儿送到医院。患儿在前往医院的路上，又发生了一次吐奶。宝宝体温正常，吐奶前排的大便正常，吐奶后并未拉大便。

沈半夏发现楚连翘问诊的时候非常强势，患儿家长完全按照他的问诊节奏回答，基本上没有废话。

楚连翘对宝宝基本情况和发病情况有了初步了解以后，开始进一步询问病症："呕吐物有没有出现褐色或绿色？宝宝有没有边吐边咳嗽？"

"吐出来的东西只有奶。没有咳嗽。"患儿妈妈回答。

"不对，第二次吐奶后有点咳，但吐出来的东西都是奶。"患儿奶奶说。

"错。第二次吐出来的东西，好像有点绿色。第二次确实有那么一点咳嗽，但是第三次没有，第二次应该是被奶呛咳的。"患儿外婆看向自己老公，"我观察得仔细。不信，你们问孩子外公。"

"……"

每一位患儿家长都很关心患儿，可由于他们的过度关心，以及观察角度不同，反映的情况发生了分歧，彼此见发生了摩擦。

"我知道你们的意思了。"楚连翘强势喊停，"既然你们不明确患儿的病情，那么做个大便检查吧！先确定是否是肠道疾病引起的吐奶。"

"这没办法查吧！我们又不知道宝宝什么时候拉厄厄。"患儿妈妈尴尬地说。

"我开一支开塞露给宝宝。你们塞三分之一到宝宝的屁屁里，就能立刻拉厄厄。"楚连翘电脑录入病情完毕，准备开单检查和开药。

"等等。我孙女这么小，不能用开塞露。万一引起后遗症怎么办？"患儿爷爷阻止楚连翘开单。

"对啊！就算没有后遗症，这么小就塞屁屁多疼啊！你这医生怎么这么心狠。"患儿奶奶附和。

患儿奶奶刚说完，患儿外婆又准备接话。

"你们都决定好了，还来找我看病做什么？"楚连翘抢在患儿外婆吭声前说。

"医生，你这什么态度啊！我们是花钱来享受服务的，不是送上门给你骂的。"患儿爷爷生气地说，"你叫什么名字？信不信我投诉你。"

"我叫楚连翘。你想投诉我可以奉献地址。网址和微信平台都行。如果是线下投诉，急诊科分诊处就有投诉箱。"楚连翘顿了顿，"你们还要不要看诊？"

"我孙女的生命绝不能交给这种不负责的医生。"患儿爷爷指着楚连翘的鼻子骂。

其他三位老人附和，围着楚连翘骂。

"我们换家医院看，路上怎么也得耽搁半个小时，万一宝宝的病情发生变化怎么办？要不，听医生的吧！"患儿爸爸说。

患儿妈妈看着宝宝苍白的脸色，觅食的小嘴，心疼地说："我们同意。毕竟，他是专业的。你们看安安都饿了。"

患儿爷爷看了眼孙女，冷哼一声："让他看诊可以。但我们不用开塞露！"

"不用怎么拉屎屎？"楚连翘把患儿家长的怒骂当成耳边风，神情没有丝毫变化。

"那是你的事。你是医生就一定有办法，反正我们不用开塞露。"患儿爷爷大手一挥，固执地说。

虽然沈半夏对于楚连翘的被骂暗爽，但看见楚连翘和患儿家长的矛盾连续升级，又忍不住出来帮腔。

"不用开塞露也行。你们家宝宝既然每天排便5-7次，那么算算也快再次排便了。要不，你们开了大便检查单后，在候诊室等等，让宝宝自然排便？"沈半夏提议。

"也好。安安饿了，我给她喂点奶。"患儿未能及时得到喂养，哇哇大哭起来。患儿妈妈急忙从患儿奶奶手中接过患儿，轻拍患儿后背安抚。

楚连翘眉头一皱，正想开口。沈半夏却抢着说："宝宝已经有三次吐奶记录了。这次稍微少点，减轻肠胃负担。我们马上开单，你们快去缴费检查。"

患儿家长担心患儿拉大便的时候，他们还没办理好手续。因此，他们如来时那样，仿如旋风迅速离开。

沈半夏和楚连翘还没来得及喘口气，就吐奶患儿的病情聊上两句，之前验血的家长拿着化验单回来了。

楚连翘和沈半夏一起看了化验单。不出所料，化验单的结果直指幼儿急疹。

沈半夏的嘴唇动了动，看看楚连翘，忍住没开口。

楚连翘拿着化验单，看向患儿家长，信心满满地说："根据报告，外周血白细胞计数减少，而淋巴细胞分类计数增高。宝宝患的是幼儿急疹。"

楚连翘简要地说了一些日常护理注意事项，说完又加了两句："回家护理，如果四五天后孩子还是不退烧，再到医院来。当然，如果孩子出现发烧之外的其他病症，别犹豫立刻送医院。"

"不是确定是幼儿急疹吗，怎么还会出现其他症状？"患儿妈妈和许多新手妈妈一样，面对患儿的前几次生病都具有极强的敏感性。

"交叉感染。孩子患病期间减少外出，注意清洁卫生。"楚连翘又说。

"医生，我家里的退烧药不多了。你给我开点吧！"患儿妈妈言听计从，完全进入楚连翘的看诊节奏。

"行。孩子这么小，就不开布洛芬了。吃对乙酰氨基酚吧！"楚连翘快速开药。

患儿家长向楚连翘连连道谢，抱着患儿离开。

"感觉怎么样？"楚连翘右手食指敲击桌面，侧头看向沈半夏。

"心酸。"她诊断没错啊！他们不道歉她也就认了。为什么连句谢谢都没有？

"人性就这样。你是医生，做对是你本分，稍有差池那就是罪大恶极。"楚连翘稍做停顿，又说，"我很好奇。区区幼儿急疹怎么就引发了医患矛盾，让你舍得十次夜宵，来向我求助？"

Chapter 24 医生间的潜规则 ///

连续三起病例，虽然沈半夏不完全认同楚连翘的看诊方式，但不得不承认她这只菜鸟和楚连翘这位资深之间的差距。

宾夕法尼亚大学医学博士，曾任上海某家医院的明星医师，确实不是徒有虚名。即使此人嘴毒人贱，特爱占小便宜，可她沈半夏能屈能伸，不耻下问。

沈半夏做好自我心理安抚后，如实地讲述了刚才的经历。

"十次夜宵钱不会让你白花。我作为好邻居加职场前辈给你点拨点拨。这个患儿发烧不到六小时，耳后没摸到淋巴结，身上没有疹子……这不是教科书上的幼儿急疹。因此，到底是幼儿急疹，还是感冒，不到最后谁也没办法百分百确认。你的疑虑是正常的。"楚连翘嘴角微微上翘，似笑非笑。

"那你还说得那么肯定，这不是欺骗患儿家长吗？"沈半夏瞪圆眼。

"所以我后面加了一句，那是预防误诊的。沈乌龟，幼儿急疹是儿科中误诊率极高的病症。医生对于幼儿急疹早期患者，十个起码有七八个先按照病毒性感冒开药。你真觉得这些医生都是庸医，压根没看出患儿可能患有幼儿急疹吗？"楚连翘严肃地问。

"幼儿急疹的判诊标准并不难，只是容易和病毒性感冒混淆。可如果患儿第一次发烧，又没明显感冒症状，那么很有可能是幼儿急疹。"沈半夏觉得自己似乎触碰到了一个了不得的问题，只是她不愿意去戳破那张纸得到答案。

沈半夏不敢面对的答案，楚连翘一语击破："所以傻的显然不是他们，而是你。幼儿急疹是典型的马后炮疾病，不到最后谁也不能百分百确定，考验的就是大人。它不需要任何治疗手段，只需要防止高温惊厥。可万一不是幼儿急疹，而是感冒呢？医生无法二十四小时观察这类患儿的病情，家长不是医生，哪怕二十四小时观察也不一定能发现异样。对于婴幼儿感冒高烧拖三五天，中间不使用任何药物干预，它的后果即使是医生也不敢轻易断言。"

"我明白了。为了免责，为了预防这种可能出现的误诊。不少医生选择哪怕怀疑是幼儿急疹也先按照感冒治疗，反正幼儿急疹通常会伴随出现嗓子红肿，甚至有疱疹等感冒症状。他们开的病毒性感冒药物，也可以缓解这类症状。而且抗病毒的药物对患儿身体影响不大。"沈半夏找到了答案，可她的内心依旧呐喊，"可误诊就是误诊。幼儿急疹烧退疹出，怎么看也不像感冒啊！"

"发现又怎么样？最多被骂一句庸医。"楚连翘无奈地摊开双手，"儿科医生被骂的时候还少吗？至少，这种被骂的后果，比起把感冒当成幼儿急疹可能带来的后果，轻多了。因此，许多医生在无法完全确诊幼儿急疹时，会坚定地当病毒性感冒开药。"

沈半夏沉默了好一会儿，才缓缓开口："听起来很有道理。可我依然觉得是歪理邪说。就是因为有这么谨慎的医生，所以幼儿急疹被当成病毒性感冒治疗的病例远大于病毒性感冒被误诊成幼儿急疹。患儿家长才对医生诸多抱怨和责骂，进一步损害医患关系。"

"愚蠢的理想主义者。你只适合按照教科书看诊。"楚连翘叹气，摇头，"病人来看病，不是来做选择题的。你的不确定会吓死病人和家属。你知道医生面对病人最重要的态度是什么吗？"

"和蔼可亲。"沈半夏脱口而出。

"错！是坚决。医生最主要任务是治病救人。患儿家长带着患儿来医院，是来向医生求助的。你连最基本的坚决断诊都做不到，家长怎么信任你，怎么按照你的医疗方案对患儿进行治疗？就像刚才那名幼儿急疹患者，如果不是我重新挽回患儿家长的信任，他们肯定一边骂你，一边换家医院就诊。患儿是幼儿急疹还拖得起，可假如是其他危及生命的疾病呢？比如那位溶血性贫血的患儿。患儿换医院这段时间少则三十分钟，病情很容易急转直下，带来生命威胁。你看似爱心膨胀的救人政策，不是在救人，而是害人。呵，和蔼可亲。你当你是有求必应的菩萨吗？不对，菩萨也没有求必应啊！沈乌龟睁眼看看现实。"楚连翘从不认为自己是一个热心和善的人，换以前，他绝对不会如此有耐心地引导一名新医生。

诊断方式有问题怎么办？骂一顿。三观和他不一致怎么办？骂一顿。做事方式拖沓怎么办？骂一顿。

他向来只管用行动来展现他认为正确的医生形象，不管新人和实习生被骂后是有所领悟，还是心理崩溃。

楚连翘觉得自己没骂人，沈半夏却觉得自己被骂得脑袋发蒙："你让我缓缓。"

"乌龟这个名号，你背得还真是名副其实。"楚连翘觉得自己还没说够，继续说，"我今天算是见识到你为什么每次看诊把自己累得半死，哪怕最普通感冒也能看诊十分钟以上。你看诊节奏有严重问题。你态度不坚决，和蔼可亲的服务论调，直接让你丧失了把控看诊节奏的主动权。当人处于焦虑状态时，要么不说话，要么多话。患儿家长带患儿来看病时，通常处于焦虑状态，再加上他们极少受过专业的儿科教育，因此，讲述病情难免散乱且夹杂太多不准确，甚至存在迷惑性的言语。你是繁忙的医生，不是时间一大把的广场舞大妈。你需要用专业掌控看诊节奏，减少不必要的谈话。你读书的时候，老师应该教过你固定的问诊程式吧？"

"教过。可病人又不是固定的程序。按照教科书生病的病人是种幸福，遇上教科书式病人又何尝不是一种幸福。可往往儿科医生上辈子都是折翼天使，这辈子都没那么多好运。我尝试过控制节奏，可我控制不住啊！而且不让他们多说，我们又怎么可能更全面的了解教科书外的病情和病因呢？"沈半夏吐槽。

"所以，坚决而强势的态度很多时候是必要的。儿科医生面对患儿的时候是天使，可没让你对患儿家长也当天使啊！救人第一，不要给患儿家长不必要的幻想。我刚才已经说得够清楚了吧！你咋还一堆不切实际的为什么？累死我了。"楚连翘想喝口水冷静一下，却发现这里是沈半夏的门诊室，自己没带水杯过来。

"我只是觉得医生不是检验机器，不应该太机械化。可你说的好像又有道理。你容我想想。"沈半夏继续处于凌乱状态。

"你想之前能不能先订份夜宵。教了你这么长时间，不仅说得我口干舌燥，还饥肠辘辘。"楚连翘的左手放在肚子上。

沈半夏刚对楚连翘升起的敬意瞬间烟消云散："楚连翘，你能不能有点职业素养？"她和他讨论的是严肃的职场问题。他居然忽然跳开问题，嚷着要吃东西。这合适吗？

"职业素养和吃东西又不冲突。吃饱了思维还能更活跃。"楚连翘回答。

"不对吧！研究表明，人在饥饿的状态下能更好地思考。"沈半夏严肃地说。

"一项研究能证明什么？你饿得心发慌和手脚发软的时候，思考问题试试。趁着这会儿没病患，快点外卖啦！"楚连翘一本正经地胡说八道。

"这次点了，还剩九次。"不管怎么说她都欠他十次夜宵。沈半夏拿出手机，"想吃什么？"

"我看看。"楚连翘凑过去，盯着沈半夏的手机点外卖。

他们刚点完两份炒河粉，吐奶患儿的妈妈抱着患儿冲进来。

"医生，我刚喂完奶，还没来得及拍嗝，她又吐了。"

其他患儿家长紧跟在她身后。

"小心奶水卡住患儿喉咙，阻碍呼吸。"沈半夏忙上前几步，接过患儿，让患儿身体呈偏向倾斜状态，易于奶水自然流入肠道。

沈半夏根据患儿的哭声判断宝宝喉咙气管已经恢复后，再把患儿递还给患儿妈妈。

"医生，安安还没拉屁屁。你还是给我们开一支开塞露吧？她一直不拉，吃奶还吐。我很担心啊！"患儿妈妈一边安抚患儿，一边说。

患儿爷爷和奶奶还想拒绝，可想到患儿刚才吐奶的场景，忍住没说出口。

楚连翘立刻开药。患儿家长们再次带着患儿离开。

"看懂没？如果不吃奶，直接使用开塞露帮助排便，现在检查结果都出来了。"楚连翘挑挑眉，"医生需要的是如何最快确定病情，并给出有效的治疗方式，而不是善意地顺从家长的提议。沈乌龟，你本末倒置了。"

沈半夏低头不语，在心头矛盾地打了一个又一个结。

吐奶患儿检查和等待化验结果期间，沈半夏和楚连翘又接诊了两个患儿，都是深夜突发高烧。沈半夏继续消化之前谈话，楚连翘铆足干劲接诊。

到底怎么样看诊方式才是最好的？虽然沈半夏未能找到答案，可是楚连翘耍帅的看诊风格她倒是看懂了。

如同前面几例，楚连翘的看诊如同一场精湛的手术，从接诊开始他就占据绝对的主导地位，控制着整个问诊和检查节奏。

　　他对患儿家长的态度真的很强势，除了他需要了解的内容，一句多余的话也不准患儿家长说。患儿家长多说两句与病情无关的话，他就直接强硬地打断对方，表示对方严重干扰他思考患儿病情了。

　　至于患儿，楚连翘先是露出天使般的微笑善诱患儿配合检查。如果患儿哭闹不休，完全不配合，让他无法完成检查，他就改为恶魔的表情镇住患儿，吓得患儿乖乖配合。患儿倒是临时配合了，只是检查完成后，患儿通常扑在家长的怀里哭得昏天黑地。

　　沈半夏不完全赞同楚连翘的看诊方式，可不得不承认这样的看诊速度不仅快，而且收集的信息准确。沈半夏反观自己，不得不承认自己是新手村的菜鸟，需要学习的实在太多。

　　"叫声大神来听听。逗得我心情好，我给你机会抱大腿。"楚连翘看着沈半夏佩服的目光，自我赞美。

　　沈半夏感到额头印上三根黑线。论楚连翘最大的本事绝对不是医术，而是自恋。

　　"孔雀开屏。"要让她当着楚连翘那张超级自恋面孔去承认楚连翘是大神，需要脸皮像城墙一样厚，节操像空气一样看不见。可惜，她脸皮薄，且有节操。

　　"想当年，你知道多少人不惜一切代价想当我徒弟吗？甚至，不少美女主动求潜，我都不屑一顾。现在只是让你说两句好话，你居然嘲讽我。我再继续自讨没趣教你，那就不是你有病，而是我有病！"楚连翘鼻孔喷粗气。

　　"凭什么不教？我有付费的。"正巧外卖电话到。沈半夏接完电话，挥挥手机："付费的能和免费的一样吗？你就好好服务吧！"

　　沈半夏看了眼吃瘪的楚连翘，笑眯眯地离开，去拿外卖。

　　楚连翘看着沈半夏逐渐消失的背影，笑出声："如果当年的我遇见你，一根手指就把你灭了，还容得下你笑嘻嘻地蹦跶。"

Chapter 25 菜鸟大礼包 ///

　　沈半夏外出拿外卖的时候，吐奶的患儿家长抱着患儿，拿着化验结果，来到诊室。

楚连翘仔细看了看化验单："化验结果正常，没有肠道感染。先服用益生菌和维生素 B2 试试……服药后，如果宝宝继续吐奶，不必再次服药。先停止喂食六小时。六小时后，再吃药。方法和第一次一样。如果再次严重吐奶，带到医院来打个彩超，查查是不是肠梗阻或者幽门痉挛。当然如果病情出现新症状，比如便中带血、有感冒症状、发烧、腹泻等，也立刻带到医院，重新看诊。"

"医生，我们都按照你要求用了开塞露，进行了大便检查，你怎么还不能确诊？"患儿爷爷气急败坏地怒吼。

"确诊了啊！肠道功能紊乱引发的。我开了药帮助恢复肠道功能。不过，婴儿生病通常发病急，病情变化快，自己还说不出口。家长必须担负起第二医生的职责，仔细观察病情变化，有问题及时送医。明白了吗？"楚连翘察觉出这群家长里患儿爷爷是全家的主心骨，因此目光直视患儿爷爷有依有据地回答。

"明白了。"爷爷听得懵懵懂懂，不过"第二医生"四个字牢牢记在脑海里。

"明白了，就请带宝宝离开，取药吧！"楚连翘做出请的手势。

患儿家长们心里还是充满焦虑和着急，可他们目前没有第二选择，也只能按照医生说的做。他们还想问些什么以求安慰，可楚连翘如同冰块的表情，拒绝了他们的提问。他们只能抱着患儿，无奈地离开。

此刻，沈半夏提着夜宵，站在门诊室门口，刚好听见这几句。沈半夏面对愁眉苦脸的患儿家长想安慰几句，可家长们的注意力全放在患儿身上并未注意沈半夏，直接离开。

沈半夏走进门诊室，忍不住指责楚连翘："你怎么这么冷漠？现在又不忙，你就不能安慰家长几句，让他们不必担忧吗？"

"我是儿科医生，不是心理医生。还有，我的态度叫冷静和理智，不叫冷漠。"沈半夏的话刺中了楚连翘的软肋，让他火气不打一处来，"当我刚才说的都是废话。你也别研究如何提高看诊效率，直接辞职得了！圣母病晚期患者只适合当幼儿园老师，不适合当医生。"

"我只是同情他们。你换个角度替他们想想，家长从孩子一出生就操碎了心。婴幼儿生病往往承受的是身体痛苦，可家长承受着比病痛还重好几倍的精神痛苦。我们多安慰他们几句，就能降低这种精神痛苦，何乐而不为呢？"楚连翘在生气，沈半夏也在生气。两人之间的气氛剑拔弩张。

"你倒觉得有理了。可你知道吗？某些行业容得下感性，可医生行业感性就是毒药。你把情感带入治病，不仅会干扰你对病症的判断，还会干扰病患和病患家属对病情的判断。我的确可以花时间安慰他们不必担忧，患儿极可能只是肠道不适，服药睡一觉就不会再吐奶了。可万一病情并非如此呢？我的安慰只会让他们放松对病情的监控，甚至感性上忽略某些症状，最终耽误患儿就医。沈半夏，这条人命极可能在你安慰下没了。你担得起这个责任吗？"楚连翘认识沈半夏以来，语气从未像现在这样严厉。

沈半夏想到那性命攸关的可能性，吓得双眼含泪，身体不受控制地颤抖，无言以对。

楚连翘骂完后，愤怒的心情得到缓解，再看向如同受惊般小兽的沈半夏，忍不住心软。只是，自尊心极强的楚连翘不知道如何打破僵局。

直到，一股臭味从门诊室外飘了进来。

"医生，我家宝宝大便里面有血。"患儿妈妈捧着一张拉着大便的尿不湿冲进来。

随后，患儿爸爸抱着几个月大的患儿也冲了进来。

一时间，炒河粉发出的食物香味与大便散发的屎臭味交织在一起，让门诊室变得像臭豆腐贩卖摊点似的。

楚连翘和沈半夏同时把目光投向夜宵，露出尴尬的表情。不过，患儿出现，再尴尬食物也只能扔一边，看诊必须马上进行。

这个男患儿，八个月大，腹泻三天。第一天为有黏液黄色稀便，服用妈咪爱后，大便变为有黏液绿色稀便，今日凌晨腹泻加重，稀烂绿便中出现血丝黏液。上述症状，家长以为是服用妈咪爱导致的绿便，未引起重视，直到绿便中出现血丝黏液。

楚连翘经过初步检查，怀疑是细菌性腹泻，立刻开单让患儿检查大便。由于这个患儿本身就严重腹泻，楚连翘并未开开塞露辅助患儿排便。

等待检查结果期间，楚连翘又为前面几位患儿看了报告，开了药。沈半夏继续跟在旁边观察和学习。

很快，这名患儿的报告出来了。楚连翘根据检查报告诊断为细菌性腹泻，慎重地为患儿开了药，让家长为患儿补充水分和盐分，防止患儿脱水，又提醒家长疾病是动态存在，如果病情加重一定要及时到医院复诊。

患儿家长口中道着感谢，可心中依然焦虑地离开拿药。

楚连翘忙完这一个病患，炒河粉已经冷了，而诊室依然弥漫着细菌性腹泻患儿带来的屎臭味。

"还吃吗？"沈半夏指着炒河粉问。

"吃！我读书时还一边吃饭，一边观察解剖体了。这算什么？炒河粉又没沾上屎。"楚连翘豪迈地说。

"楚大神文明点行吗?"沈半夏在楚连翘的怒骂下,明白了楚连翘的良苦用心,态度也随之缓和,"这里不能离人。你先去休息室吃吧!"

"楚大神"三个字喊得楚连翘心花怒发:"这么臭,你也待得下去。真当是欣赏正宗的湖南臭豆腐啊?走,到我办公室去吃。吃完了,味也散得差不多了。本大神继续带你继续刷怪。"

"万一有人看诊呢。"办公室的味道确实难闻,沈半夏也确实很饿了。

"你当患儿家长傻啊!他们当然是看哪有医生到哪去。走吧,快点吃完还得去巡房。"楚连翘一手拎起炒河粉,一手拖着沈半夏离开。

两个人忙了一晚上,确实饿了。他们面对冷冰冰的炒河粉也不挑剔,狼吞虎咽地吃起来。楚连翘一边吃,还一边忆苦思甜自己学生时代。他详细地讲述了自己在国外读书时是如何在解剖室一边观察血淋淋的解剖体,一边吃着裹着浓浓番茄酱的意大利面。

楚连翘倒是越回忆越吃得津津有味。沈半夏却越听越不是滋味,似乎炒河粉变成了意大利面,诊室变成了解剖室……最终只吃了一半,就放下了筷子。

"沈乌龟怎么不吃呢?我记得你饭量比我还大啊!"楚连翘惊讶地说。

"听饱了。"沈半夏叹口气,"我待会儿饿,吃点饼干比较可靠。"

"呵呵,我忘记你是一直学内科的 Baby。"楚连翘意味深长地笑了笑。

"内科怎么呢?唯有内科才能扎根门诊室为病患终身看诊。"沈半夏明媚的眼珠溜溜地转了一圈,"不对啊!根据你的讲述,你求学履历上绝对有外科经历。你还是主任口中的名校高才生,过去医生履历也算丰富,怎么一直蹲守急诊儿科值夜班呢?"

楚连翘的右手微颤,一脸严肃地说:"怎么办?我最大的秘密都被你发现了。其实,我是吸血鬼,见不得阳光。"说完,他还故意做出吸血鬼准备吸血的经典动作。

沈半夏拍桌大笑:"你吸血鬼电视看多了吧!"

"哎,这年头说真话没人信。"楚连翘不想被沈半夏掀开内心的秘密,继续转移话题,"对了,那个疑似急性溶血性贫血的患儿晨晨怎么样呢?"

"生命体征稳定下来了,确诊为急性溶血性贫血。我也根据患儿病况制定了相应的治疗方案。天亮以后,我就把晨晨转诊到住院部去。"沈半夏回答。

"晨晨奶奶的情绪还好吧?"楚连翘的十指紧扣。

"老太太知道晨晨病情严重后,非常自责。不过,她媳妇倒没和她继续吵了,反而温柔地安抚老太太。一家人团结一致了。"沈半夏想到从争吵变成和睦的患儿家长,露出开心的笑容。

"那就好。急性溶血性贫血的诱因很多，确定诱因了吗?"楚连翘悬在心中的担忧，总算完全消散。

沈半夏焦虑地说:"没有。我详细询问了晨晨的整个发病过程，并没发现可能引发急性溶血性贫血的原因。无法确定诱因，就无法告诉晨晨家长注意事项，避免下一次病发。可我的确找不出来。"

"这几天，晨晨有吃蚕豆吗?"楚连翘问。

"你怀疑晨晨是食用蚕豆引起的急性溶血性贫血? 不可能啦! 这个问题我问过。晨晨妈妈爱看育儿文章，从某些文章中看到蚕豆本身含有一定毒素，八岁以下的儿童最好不要吃蚕豆，容易中毒。她一直没给晨晨吃蚕豆，也不准家人给晨晨吃蚕豆。因此，晨晨绝对没有吃和蚕豆有关的食物。"沈半夏摆手否决。

"这么轻易地排除一种可能。沈乌龟，你这种思想是很容易误诊的。"楚连翘善意提醒，"晨晨奶奶说的是四川话，应该是四川人。她在和晨晨妈妈争吵时，提过昨天才和晨晨从农村老家回来，下飞机后晨晨精神不好，半夜开始发烧。这个老家应该就是四川农村。按照时节，现在正好是四川农村蚕豆开花的时间。小孩子在乡间玩耍，难免吸入花粉，诱发蚕豆病。"

"有道理! 蚕豆病不一定是食用蚕豆，蚕豆花粉也是诱因。"沈半夏慎重地想了想，竖起大拇指，"大神不愧是大神。不仅听懂了四川话，还能联想到蚕豆开花。我都忽略了这一点。"

她不仅是忽略，还基本没听懂晨晨奶奶的四川方言。因此，她从晨晨奶奶身上收集到的患儿信息等于零。

"你都身心崇拜地叫我大神了。我就送你一份新手大礼包吧!"楚连翘看着沈半夏星辰般的眼瞳，身心如同沐浴阳光般温暖，"晨晨回来时，只有无精打采这一个症状，可从昨晚开始病症迅速加重。而这期间，如果按照你说的晨晨并未接触蚕豆。那么是什么导致他病情加重呢?"

"你怀疑患儿家长有人撒谎?"沈半夏惊讶地瞪圆眼。

"不排除这个可能。还有一种可能，晨晨无意中接触了樟脑丸之类的东西，加重了病情。毕竟，这个时节有不少家庭开始收拾冬天衣物了。不少人还喜欢在衣服里放置樟脑丸防虫、防蛀、防霉。"沈半夏正在沉思时，楚连翘话题陡然一转，"河粉，你还吃吗?"

沈半夏愣了好一会儿，才跟上楚连翘的新话题:"不吃了。"

"那我们去巡房，再问问晨晨的发病细节。"楚连翘快速地收拾餐盒。

儿科是哑科，看病和警察破案没什么两样。医生断诊不能放过任何一个可能性。

沈半夏也意识到问题的严重性，拎上楚连翘递给她的餐盒，跟着楚连翘前往病房。

医生巡房时，若有病人前来看诊。分诊处会根据患者的病况，安排患儿在候诊室等候，又或者前往病房找医生。

楚连翘和沈半夏向分诊处打过招呼后，就急匆匆前往病房了。沈半夏提着一颗悬着的心，想要先去找晨晨的家长谈话。可楚连翘却拖着沈半夏像往常巡房那样，按照病床顺序巡了一遍。

巡完以后，楚连翘又来到晨晨的病床边。晨晨正挂着液体，扩充血容量。晨晨的家长们焦急地守在一旁。

"患儿家长麻烦出来一下。"楚连翘面无表情地说。

晨晨的家长们点头，跟着楚连翘离开病房。

Chapter 26　人性与仁心的抉择 ///

深夜的病房走廊只有夜灯还亮着，那荧绿的颜色为寂静的病房区域再添一份冰冷。

"医生，晨晨的病变严重了么？"晨晨妈妈焦急地询问。

"严不严重，得看你们的配合程度。"楚连翘的神情谈不上凶狠，但绝对和温和不沾边，"你们仔细想想，周围有没有亲戚患有蚕豆病？有些地方又称蚕豆黄，或者胡豆黄。"

"我没有。我爸妈也没有。至于其他亲戚……妈，你听过蚕豆病吗？"晨晨爸爸看向晨晨奶奶。

"没听过。不过，胡豆黄我晓得，吃了胡豆后全身发黄。我们乡坝坝有人得过这个病。不过，我们这边亲戚没人得过。"晨晨奶奶盯向晨晨妈妈，"儿媳妇，我从到这个家就没见你吃过胡豆。你该不会有这个病哦？"

"妈。"晨晨妈妈的声音陡然拔高，眉头微微皱了一下，迅速恢复了平静，"我怎么可能有这个病？我只是讨厌蚕豆的味。你不是也讨厌牛羊肉的味吗？"

晨晨奶奶想到刚才晨晨妈妈贴心安慰她的画面，直爽地道歉："儿媳妇，不好意思哈！我这个人没文化，想到哪里说到哪里。你晓得，我们家都爱吃胡豆，你又不吃。我炒菜的时候，连豆瓣酱都不准我用，就小心眼了。妈给你道歉。"

"妈，我知道你有口无心。没事的。"晨晨妈妈摩挲手掌，后退一步，"对了。我想起来了。我有个远方表叔，好像有蚕豆病。"

沈半夏露出恍然大悟的表情，正想开口，却被楚连翘拉动手腕制止。

"晨晨妈。"楚连翘凝视晨晨妈妈的双眼，严肃地说，"事关晨晨的健康和生命。请你再认真想想，和晨晨血缘亲密的蚕豆病患者是谁？"

"那位表叔啊！"晨晨妈妈躲开楚连翘的目光。

"麻烦你当着晨晨的面说一次。"楚连翘步步逼近。

晨晨妈妈看向病房里的晨晨，眼眶瞬间湿了。

"是我，满意了吧！"晨晨妈妈的心理防线崩溃了，哭吼着，"可那又怎样？晨晨从出生到现在都没吃过蚕豆，也没接触过樟脑丸。他不可能得蚕豆病。"

"你……你冷静一点。"楚连翘面对崩溃的晨晨妈妈，呼吸猛地收紧，那些有条有理的询问和解说从嗓子眼退回腹中。

糟糕，老毛病又犯了！

楚连翘及时地把沈半夏推上前："考核你的时候到了！"

沈半夏不疑有他，模仿楚连翘的问询方式，接着说："可你忽略了现在正是四川农村蚕豆开花的季节。晨晨在乡间玩耍，难免会吸入花粉。"

晨晨妈妈仿若被人当头一棒，双腿发软向下瘫倒。幸亏，晨晨爸爸及时扶住她："老婆，小心！"

"老公——"晨晨爸爸的温情让晨晨妈妈觉得更加羞愧，"我骗了你和妈，害了晨晨……对不起！"

晨晨爸爸把晨晨妈妈搂在怀里安慰："没事。现在告诉我也不晚。你别担心，医生都说了晨晨没事的。现在，我们知道你的情况，又知道了晨晨发病的原因，以后注意别让他吃蚕豆制品就行了。这比那些被蚊虫叮咬严重过敏的人情况轻多了。不就是不吃蚕豆吗？你别担心，我以后陪着你不吃蚕豆。"

"老公！"晨晨妈妈哭得更厉害，但是身体回暖，不再颤抖。

反倒是晨晨奶奶露出恐慌的表情，抓住沈半夏的手臂问："医生，得胡豆黄的人是不是完全不能吃一点点胡豆，也不能接触樟脑丸？"

沈半夏对晨晨奶奶浓郁四川方言的问话，听得一知半解，不得不向楚连翘求助。

楚连翘的状况刚恢复一点儿，又被晨晨奶奶恐慌的表情拖入深坑。他努力把自己目光集中在沈半夏身上，让自己去研究沈半夏丰富的微表情。

沈半夏以为楚连翘又在捉弄她，假装不经意地用力踩了楚连翘一脚："楚医生，患儿奶奶问你了。"

沈半夏说得一本正经，却不知狡黠的神情从她眼角溜了出来。那眼神就像一只小狐狸好不容易从主人那里骗到了鸡腿一样可爱，甜得楚连翘心头一暖，恐慌消除大半，思维重归正常。

"当然不能。蚕豆病是不能吃胡豆和接触樟脑丸的。"楚连翘坚定地回答。

"完了，完了。是我害了晨晨。"晨晨奶奶用力给了自己几个耳光。

晨晨爸妈惊了一跳，连忙制止晨晨奶奶自残的行为。

晨晨奶奶紧抓住晨晨妈妈的双臂："儿媳妇，我真的不是故意的。我不晓得晨晨有胡豆黄。我，我今天早上吃怪味胡豆的时候，晨晨缠着要。我看他生病不舒服，就给他吃了两颗。早上看完医生，我看烧退下来了。隔壁王婆婆喊我去超市买东西。我带着晨晨就去了。王婆婆买樟脑丸的时候，我让晨晨帮王婆婆拿了一下下。我真的没想到这么严重。都怪我，是我害了我孙子。"

晨晨奶奶懊恼地跺脚，自责地又想打自己。

"妈！"晨晨妈妈用力抱住晨晨奶奶，阻止她继续自残，"这不能怪你，都怪我。是我没有对你们坦白，也没告诉你们晨晨可能遗传我的蚕豆病。我……我甚至在晨晨尿血那刻，就想到了他可能是蚕豆病发作，可我偏告诉自己不可能。甚至，医生都确诊晨晨是急性溶血性贫血那刻，我还在隐瞒。我，我才是真正鬼迷心窍那个。我怎么能拿晨晨的生命去隐瞒我的蚕豆病史。我现在回想起来，才觉得自己好可怕。我的自私自利，差点害死了我最珍贵的宝贝……"

晨晨妈妈和晨晨奶奶抱在一起痛哭流涕。她们既在自责，又在安慰彼此。最后，晨晨爸爸也加入自责的行列，表示自己给予晨晨妈妈的安全感不足，才导致晨晨妈妈一直不敢告诉他病史。

楚连翘看着晨晨家人相互安慰彼此的画面，鼻头泛酸，心中添暖。那位跳楼自杀的老太太的身影首次在他脑海里变模糊。

"你们也别自责了。蚕豆病没你们想象的恐怖。现在真相大白了，晨晨的病情之所以这么严重，主要是先在老家接触了蚕豆花粉，然后又吃了蚕豆，接着还接触了樟脑丸。这三样叠加加速了他的病情恶化。不过，你们换个角度想，病情急速恶化，让你们及时把晨晨送到医院治疗。总比病情发展缓慢，送医延迟，带来更严重后果好。"沈半夏红着眼安慰晨晨家长，"晨晨的病情已经控制住了。他在医院继续接受治疗，很快就能恢复健康出院。"

"真的蛮？晨晨很快就能活蹦乱跳出院？"患儿奶奶期盼地说。

"假的。"楚连翘瞥了眼沈半夏，严肃地说，"晨晨能不能顺利恢复健康，还得看接下来的治疗情况，病情变化，以及家长的临床护理。毕竟，病情是动态发展的，未来是变好，还是变坏谁也不清楚……"

楚连翘开始强调蚕豆病的临床护理。患儿需要严格按照医嘱注意保暖，卧床休息，限制探视人员。病房内要定时开窗通风，保持病室空气新鲜，避免呼吸道感染。由于黄疸对皮肤的刺激，患儿常出现肌肤瘙痒，需要加强皮肤护理，每天予温水擦浴一次，并剪短患儿指甲，避免抓破皮肤。除此之外，每日口腔护理两次，鼓励患儿多饮水，大小便后及时清洁。

饮食方面，患儿除了立刻停止进食蚕豆或蚕豆制品之外，应该以高蛋白、低脂肪、高碳水化合物的食物为主，可多摄入抗氧化剂丰富的新鲜蔬菜和水果。比如西红柿，黄瓜，胡萝卜等。

说完这些，楚连翘又再次叮嘱晨晨家长在晨晨住院期间一定要协助医护人员，做好晨晨病情变化的监测工作，防止合并感染。

楚连翘的表情严肃，举止沉稳，语气严谨，听得晨晨家长们肃然起敬，认真记录楚连翘提醒的注意事项，只是越听越担心，脸色越来越恐慌。

沈半夏实在看不下去了，插嘴："你们也别太担心。楚医生是负责地把患病的所有可能性，以及可能产生的病情变化，都告诉了你们。这是以防万一。晨晨妈妈是蚕豆病患者，应该有丰富的治病经验。蚕豆病没你们想象的那么恐怖，你们按照医嘱做好护理工作，以及晨晨安抚工作就好。其他的交给我们，我们一定会尽最大的努力减轻晨晨患病痛苦，以及让他早日康复出院。至于出院后……"

沈半夏提醒患儿家长，蚕豆病的发生与遗传有密切的关系，患儿除了禁食蚕豆及其制品外，还应避免食用薄荷、维生素 C、维生素 K3 等，忌服有氧化作用的药物，可以多吃红枣之类的富含造血物质的食品。日常生活中，要防止患儿接触樟脑丸、冬青油、颜料、牛黄等，尽量避免接触杀虫剂，约束患儿不要去种蚕豆的地方等等。

"晨晨出院的时候，医生还会开列一个禁食药品清单，再次提及注意事项。你们只要做好预防工作，晨晨会和其他孩子一样健康长大的。"沈半夏的安抚成功消减了患儿家长思想顾虑和恐慌心理，让他们重新树立战胜疾病的信心。

"楚医生，沈医生，你们放心。我们一定会主动配合治疗。我有经验知道怎么护理，也知道以后需要注意什么。我会照顾好晨晨的。"晨晨妈妈握住晨晨奶奶微颤的手，"妈别担心，蚕豆病看起来恐怖，可只要做好防御工作，发病的概率并不高。而且，这种病随着晨晨年龄增长，身体抵抗和免疫力进一步加强，发病概率也会进一步降低。你第一次给我做回锅肉的时候，我不知道豆瓣酱含有蚕豆，吃了但也没发病啊！"

"对哦！你第一次去我们那里也是这个季节，到处都开着胡豆花，你也没发病。"晨晨奶奶渐渐停止颤抖，拍拍晨晨妈妈的手背，"儿媳妇，你多给说几遍要注意些啥子。我以后一定注意，坚决不让晨晨接触他不能接触的东西。"

楚连翘和沈半夏看着和乐融融的一家露出欣慰的笑容，又嘱咐了几句，离开病房区域。

他们返回门诊室的路上，沈半夏回想着刚才的楚连翘的问诊过程，对楚连翘心生佩服之余，添上几份好奇。

"你是怎么知道晨晨妈妈在撒谎的？"沈半夏望向楚连翘的侧脸。

昏暗的廊灯落在楚连翘的侧脸上，把他棱角分明的五官衬托得更加帅气，而那微微扬起的嘴角，仿佛一道阳光为那冷峻的面孔添上春日般的暖意。

那一刻，沈半夏看得有些痴了，心脏不受控制地加速跳动。

"想知道答案吗？"楚连翘嘴角的笑意更浓了，看得沈半夏心跳再快两拍。

"你懂的。按照我的身份地位，肯定不会接受自动售卖机里面的东西。"楚连翘看了眼不远处的自动售卖机，伸出五根手指，"至少得五个金陵大肉包。"

"五个你吃得完吗？"沈半夏面红如火。

"吃不完，我可以喂克罗米啊！"楚连翘刚说出口，又后悔了，"不对。你还是用六个金陵大肉包交换吧！你一次买三个，请我吃两顿。"

沈半夏微扬起下巴，冷哼一声："你不回答算了，我回家问我爸去。他可是心理学教授。"说完，沈半夏甩开楚连翘，快步向前走。

楚连翘连忙追上去："行为心理学是讲究现场实战的。他又不在现场，能告诉你什么啊？你求我啊，求我可以给你打五折的。"

沈半夏停下来，回头笑开："你长得丑，倒想得美。"

"错！专家说，长得美的人，往往才想得美。"沈半夏决定不问了，楚连翘反倒像猫抓心似的难受，"算了，看你今晚态度还算恭敬的份上，我就再送一个大礼包。儿科是哑科。你无法从病人口中得到准确的病发和病情资料，就意味着你从旁人处获得的资料可能不全，甚至存在无意或者刻意的隐瞒。无论是哪种隐瞒都有可能带来误诊，造成无可挽回的后果。把儿科看诊比喻成警察破案毫不为过。不仅如此，我们破的案子还是最严重的人命案。因此，你光研究病症是无法成为一名合格的儿科医生的，你还得具备心理学常识。刚才，晨晨妈妈再次提及晨晨病情的时候，她的动作和表情都做出了她在撒谎的提示。稍微懂一点行为心理学的人，都不难判断她在撒谎。沈乌龟，这答案满意吗？"

楚连翘注意到了晨晨妈妈的微表情和动作，可她却一点儿都没注意，下意识认为患儿家长的提供的资料百分百可靠和全面。

现在想想，自我保护是人的天性。当我们面对会可能对自己造成伤害的局面，谁又不会下意识地选择隐瞒或撒谎呢？谁又敢说这辈子没有隐瞒和撒谎的行为呢？

沈半夏再次感叹，只要能忍受楚连翘的自恋和毒舌，确实能在楚连翘身上学到很多医生应该具备的东西。

"哎，是医生与是合格的医生，中间的路还长着呢。"

楚连翘拍拍沈半夏肩膀："菜鸟加油吧！你在看《心理学与生活》的同时，看看保罗·埃克曼的《说谎》，会对你有帮助的！"

沈半夏用力地点头，梦想的激情在心中燃烧。她顺着楚连翘的目光，望向窗外，墨黑的天际泛起深蓝色的亮光。

"今天，你学有所得吗？"楚连翘的声音仿若大提琴般悦耳。

"嗯。我知道我看诊问题在哪里了，也知道了提升方向。谢谢！"沈半夏认真地回答。

"别客气。真要谢我，很简单。天快亮了，沈老也快起床晨跑了。"楚连翘看向沈半夏，笑意盈盈，"你快给沈老发个微信，就说你想吃街尾小吃店的豆浆和油条，让他买来当早餐。"

沈半夏瞬间石化，心中千言万语翻滚，涌出口却汇成一个字："滚！"

"姑娘家脾气这么爆，谁敢要？你想想，我刚才回答问题的报酬本来该是金陵大肉包的，现在我换成接地气的豆浆和油条，你捡了多大的便宜啊！你难道不感动，不该道谢吗？"

"楚连翘，我再把你当个正经人，我就不正经。"沈半夏愣了愣，发现自己说错了话，"呸呸呸，我说的是什么啊！今天，我绝对是吃错药，脑子抽了！"

沈半夏懊恼地跺脚，跑开。

楚连翘脸上的笑容更浓了。人与人啊，保持点距离比较好。他和沈半夏的最佳距离就是他怼她一句，沈半夏就秒变电暖器"小太阳"，热力十足。

Chapter 27 全科室最善良的菜鸟 ///

虽然沈半夏不完全认同楚连翘的看诊方式，但是她不得不承认楚连翘在医术方面，确实有许多值得她学习的地方。

沈半夏一边看书学习，一边改变自己的问诊方式，尝试把问诊时的主动权掌握在自己手里。

这样一来，她发现看诊速度提升显著。以前，她面对一名普通的感冒患儿，看诊时间最快也在 10—15 分钟，现在她可以控制在 6—10 分钟。

而且她不仅缩短了看诊时间，还减少自己在看诊过程中的疲劳度，提升了看诊质量。当问诊主动权在她手中，她可以从专业角度清晰而明确地从家长口中提取的患儿病情信息。这比任由家长杂乱地描述一大堆，从中寻找和收集有用的信息，轻松而又有条理，得到的信息准确度较高。

不过，她依然不认同楚连翘锋利手术刀般的问诊方式，她觉得这会增加患儿和患儿家长的恐慌指数，并不利于病情。因此，哪怕她明知道和蔼可亲会影响看诊速度，她也依然坚持着，努力为患儿和患儿家长带来更好的看诊体验。

时间就在沈半夏努力成长中一天天过去。那夜幼儿急疹患儿家长熬不过孩子持续高烧，在孩子高烧第三天的时候再次看诊。这次接待他们的是王泽宇，王泽宇一听之前是楚连翘接的诊，直接摸耳后，发现了淋巴结，态度坚定地判断为幼儿急疹。患儿父母忧心忡忡地再次带孩子离开。

那位蚕豆病的患儿晨晨住院一周后，健康出院。出院的时候，他们全家带着患儿专门前往急诊儿科感谢沈半夏和楚连翘。楚连翘常年上夜班，自然是和患儿一家错过了。可沈半夏刚好在上班。当她看见健康的晨晨，被自己感动哭了。那一刻，她的职场荣誉和满足感得到了极大地提升。

急诊儿科室持续忙碌着，大部分患儿家长看过一次诊以后，再没出现。没有反馈的反馈对医生就是最大的欣慰。

转眼一个月过去了，沈半夏的看诊速度依然是急诊儿科最慢，但已经抵达大家可以容忍范围。她像块海绵似的认真地向科室其他同事学习，愉悦地接受同事们的换班请求，还主动承担大家不愿意面对的加班工作。虽然大家对她看诊速度颇有微词，可这种微词放在急诊儿科的"淡季"，完全被沈半夏善良的光芒掩盖了。

"沈乌龟，你现在可是整个急诊科有求必应榜首啊！真牛啊，从入职以来一直高居话题榜榜首。你不兼职当个女主播实在是浪费你这网红体质。"楚连翘一边开车，一边闲侃。

又一个月的训练让沈半夏对楚连翘的毒舌体质进一步免疫，不再抗拒乘坐楚连翘的车："本姑娘天性善良，人见人爱。哪像你人际关系稳定垫底。"

"我这叫坚持原则。"今天楚连翘和沈半夏同值夜班。不过，下午四点急诊科召开紧急会议，因此他们吃过午饭，稍作休息就前往医院。"看在今晚夜宵的份上提醒你一句。待会儿开会时，最好保持沉默，别被主任几句话撩得热血澎湃，瞎点头。"

"你知道开会内容？"沈半夏好奇地问。

楚连翘搁在方向盘上的手抖了抖："估计就你不知道。陈医生怀孕了。"

"太好了。陈姐一定超级高兴。不过，怀孕以后就不能太劳累，更不能加班和上夜班了。回头，我得提醒她一下。有什么难处让她提出来，大家替她分担一下。"沈半夏笑脸如花。

楚连翘忍不住侧头看了沈半夏一眼："我忘记你是真傻了。现在陈医生不加班和上夜班，那么她以前的加班和夜班工作落在谁头上？还有，女人怀孕意味着什么？产假。而休假不意味着辞职，因此医院不会再招人。她休假时间的工作又落在谁头上？不用我说得更明白了吧！"

"你很奇怪了。女人怀孕减轻工作量，生孩子休产假，这些不都是情理当中的事情吗？对哦！忘记你是直男癌晚期患者。你不怀孕生娃，就当全世界的孩子都是自己蹦跶出来的。不过还好，我们科室的其他同事没你这么自私，他们都有家室，应该都能理解陈姐的难处。产假也就几个月，她的工作大家帮忙分担一下，时间很快就过去了。"

"呵呵，你如果在宫斗剧里估计活不过十分钟。等着看戏吧！我听闻陈医生因为工作太累出现先兆性流产，需要请假两周。"楚连翘冷笑两声。

"啊？这么严重。她可得好好养养身体。陈姐也算是高龄孕妇了。这种时候，她应该再多请假两周，好好养养身体才对啊！"沈半夏忧心忡忡地说。

"呵呵！"楚连翘又冷笑两声。

"笑什么笑？你这人太恶心了。陈姐发生这种事情，你怎么能冷漠到一点同情心都没有？太可怕了。还好，我们科室其他人不像你。"沈半夏看着楚连翘毫无表情的面孔，生出跳车的冲动。

楚连翘踩了一脚油门："沈乌龟，希望人性如你想象中的那样纯良。"

"走着瞧！"沈半夏憋了一肚子的气，期盼着会议早点召开，让科室里的其他人好好教育一下楚连翘。

今天的会议在急诊科的会议室举行。一年前，新大楼修好之前，医院所有科室的办公室和会议室都连在一起，号称办公会议一条龙，有利于节约空间和时间。其实，大家心里都明白，这样的布局是因为医院用地有限，办公资源紧张。

自从新大楼修好，不仅医疗环境得到大大改善，连办公环境也有大大改善。虽然各科室大部分医生还是在大办公室里办公，不过各科室主任有了独立办公室，会议室也和办公室分开了。最重要的是医院为医生们专门建立了有按摩椅的休息室。

下午四点钟，急诊儿科除了留下秦老太太坐诊，其他医生都来参加会议了。

张博先向大家传达了上级精神，又让大家分别总结了一下近期工作。接着，张博提到本次会议的重点话题："昨天陈澄医生值夜班的时候，忽然下体出血，经检查早孕5周+，先兆性流产，需用药保胎及卧床静养。她请假半个月，我批了。不过，急诊儿科一直人手缺乏，加上她才六个医生，刚好满足三班轮转需求。她请假期间，势必人手不足，得辛苦大家加加班。"

除了沈半夏之外，其他人都默不作声，避免和张博目光接触。

"谁家都难免有意外。大家相互理解，主动一点，说说能帮陈澄分担多少工作。医院也是讲人性的地方，我们会先按照大家的意愿进行加班安排，实在不行再进行协调。"张博笑得像弥勒佛似的。

"秦老太太没来开会，是不是意味着她不用加班？"宋医生在急诊科的资历最长，向来是科室内敢说敢做的典范。

"你也叫她老太太了。她那把身子骨能答应医院返聘，到全医院最忙的急诊儿科帮忙，已经是非常给力了。你还让她加班，也不怕老太太猝死在门诊室啊？"张博委婉地告诉大家答案。

"我也是快五十的人了，心脏不好，还有高血压。我每周值一天夜班，已经是拼命硬撑了。老张，小陈的情况我非常理解，也非常同情。我哪怕熬进抢救室，也得帮这个忙。陈医生请假的半个月，我就不轮休了。"宋医生的双手搁在心脏位置，露出难受的表情。

"宋医生都表态了，我们这些晚辈必须跟上。虽然我孩子还小，老婆有点产后抑郁。陈医生的状况我非常理解。我申请陈医生安胎这半个月不休假，大不了回家跪键盘。"王泽宇豪情壮志地说。

"上个月忙，我们科室好像只有加班，没人休假了。这个月，你们好像也就休了一天假。这种加班解决不了问题吧！王哥，宋哥，你们也是有老婆和孩子的人，是最能体谅陈姐难处的。这种时候，大家一起帮帮忙吧！每个人分担一点，半个月很快就过去了。"大家的反应让沈半夏心里拔凉。她看向张博，主动表态："主任，我主动申请加班。加班时间配合科室安排。我是单身，又年轻，多安排几次加班也没关系。"

宋医生和王泽宇顿时一惊，同时瞥了眼沈半夏，长叹了口气。楚连翘也看了眼沈半夏，无可奈何地笑了笑。

张博热烈鼓掌："瞧瞧，虽然小沈来得最晚，但对医院多有认同感，对同事多有爱心。大家能处于同一家医院，同一个科室，这就是缘分，应该像家人一样相处。人这一辈子谁不会遇见困难呢？一人搭把手，也就过了。小宋，你才四十多岁，正值男人黄金时代。我这快六十岁的人还没吭声了，你好意思说自己体弱多病吗？小王，家里谁没点难处。你家那点事克服一下。如果你爱人有意见，我给她打电话说明情况。"

宋医生和王泽宇低着头，沉默不语。

"大家如果没意见，我就按照常规安排加班时间了。"张博速战速决。

宋医生脸色一变，急忙说："等等，主任，话是这样说，但不是这个理啊！小沈资历浅，不知道我们科室情况。虽然两周时间不算长，大家忍忍就过了。可小陈的情况是请两周病假保胎，还是请两个月病假保胎，还真没办法确定。就算是两周，九个月后她得休产假。按照国家规定，至少得四个月。我理解当母亲不易，也非常认可母亲的伟大。可这世上不是只有孕妇不易啊！我当医生二十多年了，全身都是毛病，也需要理解和帮助啊！小王家孩子还小，也需要陪伴啊！小楚天天夜班，黑眼圈浓得像熊猫，都奔四的人还没女朋友，也需要关心和帮助啊！天天都在吼爱院如家的口号，可家是不会把人当牲口用的。我可不想有一天院方送锦旗到我家，恭喜我英年早逝。"

王泽宇听得感触万千，用力鼓掌。直到张博瞪了眼王泽宇。王泽宇才察觉自己感情不合时宜地外放了，连忙十指紧扣，尴尬地低下脑袋。

"说得有道理。那你的意思是？"张博微笑点头，认同宋医生的说法。

"招人啊！你也说了急诊儿科人手紧张。我们现在就六个人轮三班。谁想休假，另一个人就得加班。白天患儿多，还得多开一间门诊室，又有人得加班。就算是机器还讲究充电和养护了，更何况是人。"宋医生说。

"嗯，有道理。这事我会向上级反映的。不过，就算是立刻招人，新人也没办法立刻到岗。眼前问题总得先解决，不是吗？我理解大家的辛苦，也不想让大家加班。可现状就这样，我们待在医院一天，就得尽职尽责地解决问题，对吗？大家放心，待遇和奖金问题，我会多为大家考虑，多向上面提建议。其他的，大家有什么苦，都可以向小宋一样说出来。说完以后，我们继续解决问题。"张博的话迎来的不是热烈讨论，而是一片沉默。

宋医生、王泽宇和楚连翘都是职场老将，自然明白张博慷慨激昂的话语，无非是老生常谈。说了也没用，不如省点口水。

沈半夏作为热血的职场菜鸟，哪怕工作苦点和累点，但在梦想的激励下，还真没苦水可吐。

张博见没人发言，看向王泽宇："小王，你说。"

"我啊——"王泽宇不愿意当出头鸟，看向宋医生，"宋哥，你是待在急诊儿科时间最长的前辈，最能代表我们发言。"

Chapter 28 善良得有点锋芒 ///

大家的目光集中在宋医生身上。宋医生向来是急诊科的清流，没有再上升一步的打算，医术尚可，资质足够深厚，说话也就无所顾忌。

"我能说什么？给大家讲个真实笑话吧！去年急诊儿科扣除成本后，给医院创收1元。这1元还是四舍五入上去的。"宋医生笑了几声，又说，"主任，什么时候待遇和奖金和病人数量挂钩了，你再来激励我们比较合适。"

张博脸上的笑容有点挂不住了："我会把你的建议反映给院方，并且积极争取。小宋啊，你也是老医生了，心态要好！"

"全院其他科室医生都比我们轻松挣得多，我还能待在这里，我要心态不好早崩溃了。得了，有些话多说无益。反正民主又民主不了。我的身体情况摆在那，您老看着安排吧！"宋医生把球丢回给张博。

"宋哥身体不好，我家庭情况也复杂。主任就行行好，体谅一下。要不，主任从儿科借个医生来支援一下？"王泽宇一脸苦楚地拜托张博。

"借过了。儿科主任拒绝了。说起来，虽然急诊儿科归在急诊科，但你们和儿科关系最亲密。他们的难处你们比我清楚。"张博在科室行政主任这个位置上干了不少年了，深知松弛有度原则。

这种时候，老将该抱怨和发泄的都说得差不多了。接下来，需要用新鲜血液刺激一下这潭死水。

张博看向沈半夏，露出招牌笑容。却不料，他刚要开口，却被楚连翘抢着说："既然大家都在谈难处，我也谈谈吧！我一年365天，至少有350天在上班。这里除了夜班之外，还不时根据科室需要白天加班。全院各科室什么时候来个黑眼圈比赛，我相信没人比得过我。要不，我把夜班贡献出来，大家一起轮班得了？"

沈半夏知道从她到这里上班至今，楚连翘就没休过一天的假，却没想到楚连翘全年上班时间超过她的想象。

"好啊！常年黑白颠倒地上班，身体会受不了。"沈半夏就事论事。

楚连翘的目光从宋医生和王泽宇身上扫过。他们目光闪躲，不敢和楚连翘对视："你们呢？"

王泽宇继续沉默。宋医生想了想，说："小楚啊，你的好宋哥我记得。你总上夜班，也是非常辛苦的。这次应急加班，你的加班时间肯定不能超过我和小王，对吧？"

宋医生看向王泽宇。王泽宇连连点头，附和。

"谢谢宋哥体谅。不过，你们少加班，我也少加班。那么谁加班？"楚连翘看向沈半夏，其他人也看向沈半夏。

"我是没问题。"新人多做点也是应该的，而且多接点诊，见识多，医术增长得也快。不过，她再有三头六臂也不可能把陈澄的班全顶了吧！

宋医生和王泽宇松了口气。楚连翘却感到一口血堵在胸口。他说这么多前情铺垫是为什么？还不是帮沈半夏出头。她倒好，一口答应，也不瞧瞧自己有多少斤两。

最气的是沈半夏毫无争取之意，他却不能见死不救："年轻人说话，斤两不重，口气倒蛮大的。你答应得爽快，能把陈医生的班全顶了吗？你初生牛犊不怕虎，敢点头答应。我们敢让你接吗？在场的各位都是医生，也深知我们科室的情况。大家扪心自问，在保证看诊质量的前提下，一天上两个班，能撑几天？我们是救死扶伤的医生，不能拿病人的生命开玩笑，也不能拿同事的生命开玩笑。你们觉得呢？"

宋医生和王泽宇面露难色，却不得不承认楚连翘说得有道理。可他们日常工作已经够繁重了，面对这场额外加班的任务，真心想尽量少接。而且，现在接多少加班，直接和陈澄休产假的加班挂钩。他们都是老江湖了，可不相信张博真能为急诊儿科增加人手。两人在心底权衡以后，继续保持沉默。

下面的人可以各自打小算盘，张博作为科室主任却得方方面面权衡利弊："小楚说得有道理。关起门是一家人，大家什么话都可以说，什么抱怨都可以讲。医生这行压力本来就大，儿科医生压力就更大了。大家可以骂我，也可以骂医院。不过，大家发泄以后，还是得面对现实。小楚说个提议。"

"我哪有主任运筹帷幄的本事。提议不敢当，不过我可以表个态。未来半个月，我除了继续上夜班和不轮休之外，还可以顶三到四次白班。虽然顶班的时候一天只能休息六小时很辛苦，不过急诊儿科室一体的，真要出点事谁都脱不了关系。我就勉为其难吧！"楚连翘冷着脸说。

宋医生和王泽宇面露难色。虽然大家对楚连翘的性格颇有微词，但是任谁都佩服楚连翘包揽了急诊儿科近二分之一的夜班的行为。大家都知道上夜班时间长，突发事件多，看诊风险高……这种苦差事资深医生向来是尽量少排。

楚连翘刚到医院就豪气地承包了一个夜班名额，还坚守下半夜的岗位，让同班医生能够去休息室睡几个小时。这样的行为大大降低了大家的辛劳，堪称急诊儿科夜班救星。

不过，楚连翘对于自己常年上夜班这事，从未表现得非夜班不上，时不时在各种场合提及，其实自己也可以上白班。

楚大神可以承包二分之一夜班；楚大神可以承包下半夜的看诊；和楚大神一起上班医疗事故率为零……种种好事让大家无法离开楚连翘的夜班时光，对他冷漠的态度和刻薄的话语容忍度奇高，公共场合谈及也是吹捧为主。

现在楚连翘主动承担三到四次加班。这听起来不多，可掐指一算。他们四人，每人加班三到四次，就把陈澄的班给顶上了。

宋医生和王泽宇面面相觑，心中感叹——好计谋啊！急诊儿科最苦最累的人都站出来顶班了，他们还能说什么？

不过，这种慷慨奉献的精神似乎不符合楚连翘的风格啊！以前，谁有事找楚连翘顶班或者换班，楚连翘都是直接拒绝的。难道张博提前找楚连翘谈话，说服了楚连翘。然后，他们一唱一和在他们面前演戏？

宋医生和王泽宇猛吸一口气，看向张博。张博对楚连翘的回答非常满意，露出弥勒佛似的招牌笑容。

姜果然是老的辣！宋医生和王泽宇露出恍然大悟的表情。

"楚哥都表态愿意加班了。我当然得跟上。不过，我家孩子还小，希望各位体谅一下，把我加班时间安排在白天。"王泽宇抢在宋医生之前发言。

现在的年轻人各个狡猾得像狐狸。刚才还看沈半夏不顺眼的宋医生，忽然觉得沈半夏非常可爱："我年纪大，身体不好。比不上你们这群年轻人。不过，急诊科是一家，急诊儿科更是大家里的小家。家里兄弟姊妹出事了，我这个大哥哥自然得挺身而出。我主动加班三天，尽量排在白天吧！"

"排剩下的班我就上吧！我可以全上夜班。"沈半夏跟着表态。

"半夏真是一个善良的好姑娘。"王泽宇一边吹捧，一边在心底打着小算盘。

"可不是，年轻就是好。想当年，我刚上班那会儿，遇上集体食物中毒事件，连熬三天 24 小时不睡，也是精神抖擞的。现在啊，老了，不中用了。急诊儿科的未来是属于你们这些年轻人的了。特别是小沈啊，简直是量身为急诊儿科打造的，人美心善。主任啊，你给上级说，招新人得以小沈为标杆……"宋医生吹捧人的技术和他吐槽的技术一样高。

王泽宇和宋医生的赞美让沈半夏感到美滋滋的，对王泽宇和宋医生推脱少加班的意见一扫而空。

楚连翘面无表情地看着一切，心中吐槽：甜言蜜语都是坑。被人挖坑等她跳，她还不自知。真该在"沈乌龟"中再加一个字，变成"沈猪乌龟"。

张博看着表面和睦的急诊儿科，暗赞自己提前找楚连翘谈话的行为。他对大家又说了几句无关紧要的事情，宣布散会。

散会后，楚连翘和沈半夏去医院食堂吃饭，准备接班。吃饭时，楚连翘忍不住提醒沈半夏："没有锋芒的善良就是愚善。"

"什么意思？"沈半夏一头雾水。

"字面上的意思。沈猪乌龟！"楚连翘翻了个白眼，"再送你一句：量力而行。"

"我……"

楚连翘看着沈半夏迷茫的表情，又加了一句："不用问，还是字面上的意思。你结合会议带给你的现实教训，想一想。如果你还理解不了，那么只能靠现实给你更深刻的教育了。"

"会议结果不是挺好的吗？"虽然开会过程让人有点失望和生气，可结果是好的。沈半夏把宋医生和王泽宇的拒绝和推脱，全当成一种发泄压力的吐槽。

"沈猪乌龟，一切才刚刚开始了。"他和她相处才两个月，就被她的单纯气得快爆炸了。楚连翘再次感到答应沈泽生照顾沈半夏是今生做出的最错误的决定，"不吃了。"

楚连翘端起仅吃了一半的餐盘离开。沈半夏看着楚连翘逐渐远离的背影，耸耸肩膀："莫名其妙。"

三天后，沈半夏终于领悟到楚连翘那两句话的意思了。只是领悟是一回事，真正做到又是另一回事。当宋医生心脏不舒服让她帮忙顶班的时候，她善良地答应了。当王泽宇表示小孩生病请她顶班的时候，她犹豫了一分钟，觉得不好意思拒绝，又答应了。

这样一来，她上了一个二十四小时通班。早上六点下班后，在医生休息室睡了几个小时，胡乱地吃了点饼干，十二点钟又去接班。

今天的患儿特别多，沈半夏拖着休息不足的身体，强打起精神看诊。不过，她坐诊没一会儿，就发现身体不大对劲，往常到快下班才出现的头晕目眩，提前出现了。不仅如此，她喝了一大杯水，却依然觉得口干舌燥，嗓子嘶哑，恶心想吐。

患儿太多，容不得她多想。沈半夏强忍不适继续看诊。不过，沈半夏为了防止精神状态不佳带来误诊，因此看得特别细致，看诊速度锐减，20－30分钟才能完成一个患儿看诊。

沈半夏的低效，很快引来与她同一时段上班的秦医生的不满。当秦医生被众多患儿压得喘不过气的时候，她忍无可忍地让当天参与临时分诊的孙婷婷给沈半夏带话，让她提高看诊速度。

"我知道了。"沈半夏的嗓子火辣辣地疼。她想喝水，可杯子里的水早被她喝光了。她没时间去倒水，只能抿抿嘴唇，艰难地咽下唾液："帮我叫下一位患儿吧！"

沈半夏深吸一口气，想要打起精神提高看诊速度，却不料引发的是一阵寒战和翻滚的呕吐感。沈半夏忍无可忍，捂住嘴巴，冲出门诊室，冲向厕所呕吐。

沈半夏吐完，精神好点了，可寒战感却更浓了。她看着镜子里憔悴的自己，摸摸额头："糟糕，感冒发烧了。"

那一刻，她很想请假回家，喝点稀饭，吃点药，好好睡一觉。可她知道想象只能是想象，候诊室还有近百名患儿等着她了。他们中间不少患儿的病症比她严重多了。

"不就是小小感冒吗？沈半夏，你可以的。"沈半夏捧起冷水，洗了洗脸，返回急诊儿科。

"婷婷可以继续叫诊了。"沈半夏努力让自己看上去很健康。

然而，她憔悴的脸色无法掩盖她的病态。孙婷婷没有为沈半夏排诊，跟着沈半夏进了诊室。

"什么事？"沈半夏主动开口。

"我把你刚才的事告诉了秦医生。秦医生让我问你是怀孕，还是生病呢？"孙婷婷关心地问。

"我还没男朋友呢。"沈半夏尴尬地扶额，"只是一点小感冒。"

"可看上去有点严重。秦医生还说了，如果是生病，撑不住就请假，病人是看不完的。"孙婷婷摸摸沈半夏的额头，"这温度绝对是 39℃。你还是请假去看病吧！这里不用担心，秦医生可以先撑着。主任可以联系其他医生临时顶班。"

秦医生的外冷内热，孙婷婷的暖心关怀，感动得沈半夏热泪盈眶。

"谢谢你们。不过，外面患儿那么多，我走了会不安心的。再说，我这已经是顶班了。宋哥心脏不舒服，王哥小孩生病，陈姐请假保胎，那尊楚大神估计正在补觉……叫谁来都有困难，我撑撑吧。如果晚上还这样，等患儿少的时候，我就让楚大神顶住，我去看病。"沈半夏故作轻松地说，"我就有点嗓子疼，没你想得严重。"

"你啊，真是处处为别人考虑，过度善良。"不少患儿等了三个小时以上，许多患儿家长的情绪正处于暴走边缘。沈半夏不走，最多被抱怨看诊慢，一旦离开很容易激发医患矛盾，导致医闹事件。

医务人员真难，儿科医生尤其难！孙婷婷同情地看着沈半夏："有什么我可以帮你的吗？"

沈半夏看着空荡荡的杯子，犹豫了一下说："如果方便帮我接杯水，拿个医用口罩。"

患儿正生着病，抵抗力差，再被她交叉感染，病上加病就麻烦了。

"没问题。"孙婷婷拿起沈半夏的杯子离开。

Chapter 29　无法避免的误诊 ///

身体疲惫和感冒的双重折磨下，沈半夏随着时间推移身体状况越来越差，偏偏急诊儿科并未因夜幕的降临而降低繁忙度。

沈半夏像陀螺似的忙到晚上十点，仅喝了半杯水。她感到饥肠辘辘，偏又毫无胃口，再加上工作繁忙，干脆放弃啃剩下的半袋饼干。

"医生，我家芽芽不舒服。"患儿妈妈带着一个八九岁的女童出现。

被称为芽芽的女童嘟着嘴，像无尾熊似的攀在妈妈的怀里。沈半夏示意芽芽妈抱着芽芽坐在下，开始常规问诊："芽芽，你觉得哪里不舒服？"

"嗓子疼。"芽芽的声音嘶哑。

她也嗓子疼，声音嘶哑。除此之外，她的脑袋还像石头一样重。什么时候患儿才能少一点啊？她觉得自己必须去急诊科拿点药吃。

沈半夏感到身心都迈向低谷，却咬牙强撑，微笑着为患儿检查。

"阿姨，你为什么戴口罩？"芽芽好奇地问。

"阿姨有点不舒服。芽芽乖，张开嘴让阿姨看看。"沈半夏拿着压舌板说。

芽芽非常配合，乖乖地张开嘴，让沈半夏检查。

"扁桃体肿大，有些发炎。体温多少？"沈半夏咽下口水，努力让自己嗓音正常一点。

"38.2℃"芽芽妈妈回答。

"来，芽芽打个电话。"沈半夏对芽芽进行肺音听诊，检查结果正常。

"阿姨，你的手怎么比我的还烫？"芽芽的好奇心再次战胜嗓子疼痛。

沈半夏笑笑没有回答，继续问："芽芽还有哪里不舒服吗？"

芽芽这么大的孩子能够较为清晰和准确地描述病症，看诊难度相对较低，用药剂量和药品也相对宽松。

"嗓子疼，说话疼，吞口水也疼。"芽芽一脸痛苦地回答。

"别担心，小问题。链球菌性咽喉炎，嗓子并没看见脓点，吃点药就好了。"沈半夏望向芽芽妈，"芽芽吃过青霉素吗？"

"吃过，不过敏。"芽芽妈回答。

"家里就这一个小孩吗？"沈半夏一边开药，一边问。

"还有个弟弟刚满两岁。爸爸在家带弟弟，我带芽芽来看病。"芽芽妈战斗经验丰富，紧张地追问，"我记得这种病要传染，需要两个孩子相互隔离吗？"

"尽量隔离。如果条件不满足，两个孩子在家尽量都戴口罩，避免传染。这几天，患儿的私人用品也和大家隔离一下。"沈半夏看着一脸恐惧的芽芽，安慰道，"芽芽不要担心。病毒引发的疾病都有传染性，需要避免感染他人。你从小到大得过许多次病毒性感冒，几天就好了。"

"嗯。"芽芽性格外向，有许多话想说，可她觉得嗓子更疼了，呼吸也有点急促。

"病情应该会在两到三天内好转。如果没有好转，或是没有退烧，记得来复诊。"沈半夏提醒芽芽妈。

"我会注意的。"芽芽妈谢过沈半夏，抱着芽芽离开。

沈半夏看着远去的芽芽和芽芽妈，心中忽感不安。如果是楚连翘看诊，一定会让芽芽做检查，然后确诊。

"真有必要检查吗？"沈半夏心中另一个声音又冒了出来，"芽芽症状那么明显，检查属于没必要的等待吧！这种时候，早点服药，好好休息，才真的能缓解痛苦。"

沈半夏不自觉地把自己的感受，投影在芽芽身上。她喝了口水，清空脑海里对芽芽的诊断思绪，面对下一名患儿。

转眼一个小时过去了，患儿潮减退，候诊区域渐渐归于平静。

"医生！医生！我的孩子昏过去了！没呼吸了，没呼吸了！"高分贝的呼救声在急诊室外响起。

这声音好熟悉！不安感像潮水般袭向沈半夏。刚喝了口水的沈半夏来不及戴上口罩，快步冲出门诊室。

芽芽妈抱着失去意识的芽芽无助而慌乱地求救。沈半夏连忙迎上去："怎么回事？"沈半夏想要检查芽芽的生命体征。

可芽芽妈用力推开沈半夏，不允许她靠近芽芽："滚开，你这个庸医！不要靠近我的孩子！你说芽芽没问题，是小病。可怎么就忽然昏迷了，没呼吸了。"

沈半夏本来就处于头重脚轻的高烧阶段，被芽芽妈用力一推，脚下踉跄几步，差点摔倒。不过，她眼里只剩脸色苍白的芽芽，顾不得芽芽妈的态度，以及自己的身体状况。

"没呼吸了？不应该啊！链球菌性咽喉炎是不会这样的。你让我检查一下。"沈半夏再次扑上前。

"你这恶毒的女人没听见我说的吗？不许碰我的孩子。"芽芽妈如同面对老鹰的母鸡，发狂地保护着芽芽。

"我没恶意的……"沈半夏感到天摇地晃，抓着候诊椅背，强撑着。

芽芽妈发疯似的怒骂沈半夏，坚决不让沈半夏靠近芽芽半步。

孙婷婷冲上来帮忙："家长请你理智点。你不让沈医生靠近，沈医生就没办法给孩子检查和了解病情，也就无法给孩子安排抢救。这样的行为不仅没办法救孩子，反倒会延误孩子最佳治疗时间。"

"我，我……"芽芽妈看了眼脸色苍白的芽芽，吓得全身发抖，"我换个医生。我不要她给孩子看，叫其他医生来。"

"去叫楚医生。"性命攸关。现在最重要的是如何尽快地对芽芽进行检查和抢救。

沈半夏呼吸急促，眩晕感还在持续。

理智告诉她，现在她应该尽量保持不动，等身体的不适感稍稍退却，立刻去看诊。可她实在担心芽芽的病况，也很想知道到底是什么原因导致芽芽病情陡变。

甚至，有道尖锐的咆哮声从她内心深处窜出："沈半夏，你误诊了。你怎么能误诊呢？你是个庸医。你害死了芽芽。"

沈半夏心中充满罪恶和羞愧感。她难以面对误诊这个最大的可能性，双腿哆嗦着靠近芽芽妈，哀求道："你让我看一下芽芽，给她做一下基本检查好吗？"

"不！"芽芽妈紧搂着芽芽，仿佛沈半夏是会夺走芽芽生命的死神。

"芽芽妈，我绝不会伤害芽芽的。"沈半夏绝望的眼泪涌出来。

另一边——

孙婷婷推开楚连翘门诊室房门时，正好撞上开门的楚连翘。芽芽妈吵闹的声音很大，楚连翘在诊室内听得清清楚楚。他快速为看诊的患儿开单检查后，快步冲了出来。

"楚医生——"孙婷婷不了解芽芽的病情，不知道该如何描述芽芽目前身体状况。

楚连翘的目光从沈半夏身上掠过，看向昏迷的芽芽。芽芽脸色苍白，双眼紧闭，对芽芽妈的摇晃毫无反应。

楚连翘一个箭步冲上前："把孩子交给我。"

芽芽妈看着楚连翘的白大褂仿佛看见了天使，把芽芽递给楚连翘同时，哀求："医生，芽芽没呼吸了，求你救救她。"

楚连翘把芽芽放在候诊椅上，置于平卧位，取头低脚高位，迅速检查芽芽的瞳孔、脉搏、呼吸等。

"呼吸浅，心跳弱，意识丧失……生命体征不稳，立刻送抢救室。"楚连翘打横抱起芽芽，吩咐孙婷婷，"叫个急诊室的医生过来，准备气切手术。"

"我过去帮你。"沈半夏急迫地抓住楚连翘的手臂。

楚连翘感到从沈半夏掌心传来的滚烫温度，正想开口询问沈半夏，却不料芽芽妈猛然用力推开沈半夏："不要碰我的孩子。"

"我……"沈半夏感到冷汗直冒，两眼发黑，四肢无力，软倒昏厥。

围观的患儿和患儿家长看见这幕，有人尖叫，有人大喊。芽芽妈看着昏厥的沈半夏，有些害怕，又有些愧疚。

正要离开急诊儿科的孙婷婷停下奔跑的步伐，回头看见沈半夏软倒在地上，又跑了回来。

“楚医生，怎么办？”孙婷婷慌了神。

楚连翘克制住放下芽芽，为沈半夏检查的冲动：“她是不是在发烧？”

“沈医生从下午就开始高烧，并伴随诸多感冒症状。可她一直坚持看诊，没有吃药。”孙婷婷回答。

“她今天下午和晚班连上，我估计她连晚饭都没吃。应该是低血糖时脑供血障碍引起晕厥。你替我电话联系抢救室和气切手术医生，你留下来照顾她。”楚连翘抱着芽芽大步走向抢救室。

虽然芽芽妈紧张得双腿发软，但依然咬牙跟上楚连翘的步伐。她是母亲，在芽芽生死一刻，她绝不能倒下。

孙婷婷一边按压沈半夏的人中穴，一边联系抢救室和气切手术医生。她的电话还没打完，沈半夏就缓缓睁开了眼。

沈半夏并没急于坐起来。她用力深呼吸，微微活动四肢，等她感到身体并无大碍，才挣扎着想要站起来。

“别急。”孙婷婷做完最后的安排，搀扶沈半夏，坐在候诊椅上，“我叫急诊室推个轮椅过来。你得去看病。”

“不用。我能撑住。楚医生去抢救室了。这里还有这么多患儿，我得为他们看诊。”沈半夏的脸庞因高烧泛起异样的绯红。

“不用，不用！”立刻有患儿家长拒绝。

其他家长附和，纷纷让沈半夏赶快去看病。

沈半夏担心这群等候的患儿再出现像芽芽那样的病情突变，想要谢绝患儿家长的好意，坚持为患儿看诊。

不过，沈半夏因感冒导致大脑反应迟缓，孙婷婷可没有。她从患儿家长的表情和语气中，算是听出来患儿家长真正用意。

“你安心休息吧！这批患儿家长是不会让你看诊的。”孙婷婷靠在沈半夏耳边低语。

“哦！”沈半夏心情低落地回应。

她反应再迟钝，也明白这群家长的意思了。他们担心她误诊，也担心她和患儿发生交叉感染。

“从楚医生到这里上班开始，夜间急诊就没出过问题。你现在需要立刻看病，好好休息。”孙婷婷拍拍沈半夏肩膀，“我去推轮椅。”

“不用。我好点了，可以走。”虽然沈半夏全身疲软乏力，但咬牙站立还是可以的。

"我扶你。"孙婷婷搀扶沈半夏离开。

候诊室的家长们面对沈半夏的离去，反倒松了口气。急诊儿科的挂号单上只有显示候诊序号，没有显示看诊医生。现在楚连翘去抢救患儿了，那么按照规矩楚连翘返岗之前，患儿都应该由沈半夏看诊。但有了芽芽这个前车之鉴，他们是真不敢拿孩子的生命开玩笑。

孙婷婷找了个护士到急诊儿科顶替她的班，然后陪沈半夏挂号看诊。沈半夏高烧39.6℃。急诊科的医生为沈半夏做了检查以后，确定为病毒性感冒，建议她服药请假回家，卧床休息。

沈半夏不放心被送进抢救室的芽芽，又想到急诊儿科最近人手紧张，不适合请假。因此，她选择下猛药，输液快速退烧。

这种方式有点急功近利。医生给患者看病时，通常不会采取这种方式。不过，这些年医院人手紧张，当医护人员没条件休假，却生病的时候，通常会给自己开猛药。急诊科医生十分理解沈半夏，按照沈半夏的要求开了药，建议沈半夏输液期间休息一会儿。

沈半夏在病痛和劳累双重攻击下，刚输上液就睡着了。可她睡得不太安稳，杂乱的梦境里全是芽芽的哭声和芽芽妈的骂声。

一觉醒来，沈半夏发现自己的汗水把衣服都湿透了。不过，她的体温恢复正常，液体也输完了。她看看时间，已经凌晨三点了。

"芽芽。"沈半夏想到那个充满痛苦的梦，慌忙地离开病床。

她心里非常着急，却又怕影响到周围病人的休息，只能选择放轻脚步快走到护士站。沈半夏询问护士，芽芽在哪个病床。值班护士翻查记录，却没发现芽芽入住的记录。

沈半夏的心悬到嗓子眼，惊恐得全身发抖，可医生的本能又告诉她必须冷静。她颤抖的右手抓住颤抖的左手，用力深呼吸。

沈半夏的医生本能渐渐控制住她的生理反应。她假设自己是抢救医生，并给芽芽进行了气切手术，那么成功完成抢救以后，会把芽芽送到哪里？

"EICU！"沈半夏得出答案以后，立刻前往 EICU 区域。

EICU 是英文 Emergency Intensive Care Unit 的缩写，中文译名急诊重症监护室。急诊科收入院的危重病人会在这里进行抢救，然后病情稳定后再转诊。它为急诊抢救而生，给危重病患者带来生存的机会。

沈半夏任职的医院 EICU 的面积有篮球场大小，里面整整齐齐地放着许多病床，以及许多可移动的机器。这里永远是急诊科最忙碌的地方。24 小时，机器在不停运转，医护人员在不停忙碌。它和 ICU 一样是无菌病房，患者家属只能在规定时间，按照规定着装，才能进这里探视病人。

沈半夏并非 EICU 的工作人员，也不是芽芽的主治大夫，按照医院规定她没有进入 EICU 探视的权利。不过，她只想确定芽芽是不是在这里，以及想和芽芽妈谈谈。至于谈什么？她没想好，可她就是想谈谈。哪怕芽芽妈像刚才那样打她和骂她。

沈半夏一边走，一边想象着和芽芽妈见面的情节。可她没想到，看见的是在最靠近 EICU 区域的椅子上睡着的芽芽妈。她红着眼，默默地看着芽芽妈，心中思绪万千。

Chapter 30 再见壮壮妈 ///

深夜的急诊儿科室安静而清冷，蓝色的候诊椅空荡荡的，电子显示屏上一个患儿的名字也没有。两间门诊室的灯一灭一亮，熄灭那间仿若夜晚收拢花瓣的醉浆草，明亮那间仿若夜间绽放的昙花。

沈半夏离开 EICU 以后，回到急诊儿科。她想向楚连翘询问芽芽的病情，可越靠近门诊室，她越害怕得想要退却。即使这样，她仍然强迫自己，走向楚连翘的诊室。

楚连翘诊室的大门敞开着。他坐在办公桌前，翻看着一本字典厚的医学类书籍，时不时还在书籍上做着笔记。他思索时，眉心会微微轻蹙，引得浓密的眉毛微微上扬，宛如深潭的眼眸微微眯起，珊瑚色的嘴唇微抿……冷峻的脸庞更加棱角分明，散发出让人炫目的性感。

沈半夏如同犯错被叫到教导处的学生，手足无措地站在诊室前，却不敢进去。楚连翘感到门口有人，放下笔，抬起头，看向沈半夏。

沈半夏抖得更厉害了，生怕楚连翘毒舌功力大开，犀利地大骂她一顿。同时，她内心深处又矛盾地希望楚连翘大骂她一顿。这样她心里或许会好受点。

然而，楚连翘看着她，嘴角微微上翘，眼里含着柔光："还发烧吗？好点没？"

医生白袍加身，加上那张含笑的俊脸。沈半夏仿佛看见一朵圣洁的昙花正趁着夜色缓缓绽放。沈半夏仿佛回到小时候，和沈泽生守着昙花绽放的那夜有些兴奋、激动、喜悦……陶醉。

"没发烧了。好多了。"沈半夏好不容易才找回自己的声音，"今晚谢谢你。"

"口说无凭。明天让沈老炖只老母鸡补补吧！"楚连翘笑得更灿烂了，只是那身昙花般的仙气烟消云散了。

"我感冒了，不能吃鸡。"沈半夏说。

"不是给你吃，是给我吃。上半夜，我一个人看诊可累了。"楚连翘敲打肩膀，"你得补偿我。"

"我是病人。"沈半夏从牙缝中挤出。

天啊，她简直眼瞎了！怎么会把楚连翘看成昙花？他应该是专门散发尸臭味的腐尸花才对。

"病人喝稀饭就行了。我大发慈悲，回家的路上找家早餐店，给你买三块钱的稀饭，够你吃一天了。对了，你的药里面应该有消炎药，只喝稀饭吃药伤胃。我再给你买两个大馒头。"楚连翘看着惊呆的沈半夏，"感动吧！的确该感动。我都被我自己感动了。我居然自己掏钱请你吃饭，真是对你太好了！"

沈半夏被激得火冒三丈："楚连翘，人要脸，树要皮。我真没见过比你还要不要脸的。自恋狂、直男癌、毒舌男……你全身每一个细胞都符合渣男标准。你要能娶到老婆，我跟你姓！"

"这可是你说的。"楚连翘抓到沈半夏字眼里的毛病，心情更舒坦了。

沈半夏看着楚连翘脸上嘚瑟的笑，顿时像被踩了尾巴的猫跳起来："我，我说什么了我？"

楚连翘正想点明，诊室外传来孩子的哭声。

沈半夏和楚连翘的身体猛地绷紧，敛住笑容，望向声音源头。

在年轻小护士带领下，沈半夏第一天看诊时遇见的壮壮妈抱着肉嘟嘟的壮壮出现了。壮壮上身穿着长袖 T 恤加夹克，下身却穿着一条短裤，右手和膝盖以下均染着鲜血。

"怎么是你？"壮壮妈看着沈半夏惊呼，"我们不要你看。"

说完，壮壮妈掠过沈半夏，看向诊室："还有你。"

壮壮妈的声音透着绝望。她上次不满意沈半夏和楚连翘的诊断，故意投诉他们，并且在网上大放厥词。本来院方已经准备和解，只要她撤销微博，就可以按照她的要求得到补偿和道歉。可谁知道冒出一个吃瓜群众干扰了她的计划，让沈半夏从失职医生变成医界新秀。反倒是她让她老公动用关系宣传那篇微博的事情，害得她老公差点被开除。

不仅如此，幼儿园知道她强迫医生判定壮壮食物中毒的事后，园方软硬兼施地让她给壮壮转学。

转学就转学吧！反正那家幼儿园的确是几个中班的小孩因为下午吃了变质的蛋糕引发的食物中毒，还有六个小孩是因为交叉感染轮状病毒引发的腹泻。这种管理不严的烂学校，她才不稀罕！

壮壮妈以为转学是件很简单的事情，可谁想到她联系的幼儿园统统拒收壮壮。她动用关系打听，被告知本市大部分幼儿园都知道她企图让医生在病历上作假，敲诈幼儿园。现在，没有幼儿园敢接收存着这种心思家长的孩子。

可她那是敲诈吗？明明是医生无能检查不出壮壮是食物中毒而已。壮壮妈争辩，可没人听她的，拒收就是拒收。无奈之下，她只能把孩子送到一家招生困难的幼儿园。只是那家幼儿园的环境和师资较差，老师纯属是看孩子，而不是教孩子。

壮壮非常不喜欢新的幼儿园，天天嚷着不要上学。可壮壮父母天天忙工作，哪容得下壮壮的抗议。不过，新的幼儿园差劲是事实。夫妻二人商量，下学期等微博风暴被遗忘了，再托关系给壮壮换家幼儿园。

就这样壮壮被强迫在新的幼儿园就读，壮壮妈在对沈半夏和楚连翘的怨念中继续生活。直到今天的凌晨两点多，壮壮要求上厕所。壮壮父母实在困得慌，让壮壮自己下床去上厕所。壮壮上完厕所，又感到口渴，跑到餐桌去拿水杯。可水杯放在桌子中间，他个子矮拿不到。于是，他搬来一个板凳，站在板凳上，踮着脚跟拿水杯。

壮壮年龄小，肢体微控力不强，再加上偏胖，水杯没拿到，反倒把桌上的花瓶打碎了。壮壮吓了一大跳，从板凳上跌倒，落在碎花瓶的玻璃碴上。

壮壮父母被摔破花瓶的声音和壮壮的哭声惊醒。他们连忙冲到客厅，打开灯，看着多处出血的壮壮吓了一大跳。壮壮看见父母，情绪更加激动，挣扎着站起来。可小孩子哪知道避开玻璃碴，他越挣扎玻璃碴对他造成的伤害越大。壮壮妈看着壮壮赤着双脚站在玻璃碴时，才惊恐地回过神，一个箭步冲上前，把壮壮抱离玻璃碴。

壮壮妈看着满身是伤的壮壮，也不知道该先给他哪个伤口止血。壮壮疼得不停号哭。壮壮爸慌张地去拿外伤药品包。

"伤口太多，我们没办法处理。我们得去医院。"壮壮妈当机立断。

不过，最近最好的医院也就是上次她闹事的医院。她看着壮壮仅仅犹豫了一秒，就决定送到那去。可壮壮爸碍于面子，坚决不同意送。

"我给钱治病，他们还能拒诊吗？"壮壮妈骂了壮壮爸一顿，独自带着壮壮前往医院。

壮壮妈抱着壮壮来到分诊处，分诊护士安排壮壮妈挂急诊普外的号。可壮壮妈认为急诊普外是给成人看病的，无法把握孩子的用药剂量，以及选择合适的治疗手段，要求挂急诊儿外。

如果是在白天完全可以满足壮壮妈的需要，直接由急诊科转诊到小儿普外就行了。然而，这是在凌晨三点，急诊科根本没有小儿普外。壮壮妈骂骂咧咧一番，去挂了急诊儿科的号。分诊处担心壮壮妈的行为延误壮壮治疗，因此派了个护士跟过来。

壮壮妈一路上都在想如何让壮壮在医院获得最好和最快的治疗，但她怎么也没想到面对的医生是和她有极大矛盾的楚连翘和沈半夏。

这病到底要不要在这家医院治疗？又或者，接受护士建议把壮壮带到急诊普外治疗？壮壮妈看看壮壮。

壮壮流了好多血，不适合换医院。送急诊普外？儿童的病儿科治疗，没道理换科室。

"你给我孩子治病。"壮壮妈把壮壮塞给沈半夏。

这一次，她留了个心，确定沈半夏接稳才松手："你可别想报复，我会全程录像。你敢对壮壮有丝毫的医疗不当，我立刻发网络，上省卫生厅告你。这一次，谁也保不住你。"

这啥态度啊！沈半夏打心底讨厌壮壮妈。不过，作为医生不能拒诊，更没公报私仇这个说法。医院什么最脆弱？人命。什么最重要？还是人命。

不过——

"你这是外伤，得送普外啊！"沈半夏无可奈何地回答。

虽然急诊儿科被称为小儿全科，可这个全科主要是指内科全科，看诊范围包括小儿消化、小儿呼吸、小儿神经、小儿遗传代谢与内分泌等。壮壮明显是外伤，需要清创、包扎、缝针等外科医疗手段。

"可他是小孩啊！小孩子怎么能接受成年人的治疗？"壮壮妈拿出手机，开始拍摄，"你们上次误诊，我大人大量不追究。这一次，我是给你们弥补错误的机会。你必须用最快、最好、最无痛的办法治好壮壮。"

沈半夏看着壮壮妈的手机就来气。她是医生，不是杀手！她的职责是无论对方的身份地位，只要生病就得救治。就算壮壮妈一巴掌把她打骨折了，再次面对壮壮的时候她也得尽心尽力救治壮壮。

"壮壮妈，不管你是发网络，还是要告我。我都得说，我是学内科的，不是普外的。普外那些治疗手段，我就在上课的时候听过，根本没上手练过。再说了，你看门诊室里，哪有能治疗外伤的医疗器械？你有时间拖着我闲扯，还不快点把壮壮送到普外去。"

楚连翘担心沈半夏吃亏，走到壮壮面前，看了看壮壮的伤势："壮壮伤势不重，可伤口多。啧啧，脚底和膝盖的部分伤口还嵌入了玻璃碴，该多疼啊！壮壮才四岁，生命脆弱。你这样拖下去会有生命危险的。"

壮壮妈吓得哆嗦，手机差点掉在地上："我，我想一下。"

壮壮妈非常担心壮壮的身体，可又怕沈半夏和楚连翘故意不给壮壮看诊，毕竟他们之间有严重过节。

她打开手机百度，搜索相关资料。一分钟后，她继续对准沈半夏拍摄："我要求从儿科转诊到急诊普外。沈医生，你把壮壮抱到急诊普外。楚医生，你也跟过去。我可是查了的，清创和包扎都是小事情，最重要的是给孩子用药的剂量和药品。那群普外医生没学过儿科，根本不清楚怎么给孩子看病开药。待会儿，他们负责处理伤口，你们负责开药。我会全程拍摄，我家壮壮的命可贵重了，要是出了一点事，我要你们这家医院开不下去。"

急诊儿科和急诊普外联合看诊也不是没先例。以往，急诊普外遇上低龄患儿，顾忌到用药剂量和药品等复杂情况，会处理好伤口后，找急诊儿科配合开药。若急诊普外遇上重疾患儿也会找急诊儿科一起参与手术。不过，壮壮这种在急诊普外只能算轻伤的患儿，两个科室还从未聚在一起接诊。

楚连翘想要拒绝壮壮妈，可看着沈半夏又忍了。壮壮妈把壮壮丢给沈半夏容易，想丢出去就难了。毕竟，有人可以把自己当成是疯狗到处咬，可你不能把自己当成狗回击。

"走吧，我跟你去。"楚连翘示意沈半夏把壮壮交给自己。

"我去吧，得留一个人接诊。"沈半夏恍然觉得，壮壮妈手里拿的不是手机，而是手枪。壮壮妈不是带娃来看诊的，而是来抢劫的。她、楚连翘和壮壮才是一家人，而且还成了壮壮妈手里的人质。

"你资历太浅，我不放心。他我也不放心。我们家壮壮的命容不得半点闪失。你们一起吧！休想耍花招，我可是认真盯着的。"楚连翘给壮壮看诊的事情，壮壮妈记忆犹新。

那天看诊后，她发微博前专门查了楚连翘的经历，没挑出一点儿毛病，因此才选择着重攻击沈半夏。她可以相信楚连翘医术高明，可那态度不敢恭维。而且，沈半夏这种菜鸟医生通常不敢对患儿使坏，可楚连翘就不一定了。她听说楚连翘这类的资深医生对患儿使坏，可以做到不留痕迹。

楚连翘直接抱过壮壮："患儿体重超限，你又生着病，就不怕再次晕倒，把患儿摔骨折？"

"她敢！"壮壮妈瞪大眼，手机镜头给了沈半夏一个特写。

沈半夏看着空荡荡的双手，一时不知道如何回话。

壮壮妈愣了愣，猛地反应过来。现在，壮壮在楚连翘手里，她该监视的是楚连翘，而不是沈半夏。她连忙转移镜头，录制楚连翘。

"瞧瞧！你要真没抱稳，把患儿摔了。她还不得砸了这家医院。"楚连翘冷哼一声，抱着壮壮走向急诊普外。

Chapter 31 不用麻药的手术 ///

小护士回到分诊处，按照楚连翘的吩咐假如有儿科病患看诊，就到急诊普外喊人。楚连翘抱着壮壮前往急诊普外的同时，观察着壮壮的伤势。沈半夏紧跟在他身旁，安抚着患儿。壮壮妈拿着手机，跟着他们身后，一丝不苟地拍摄着。

不知情的还以为，楚连翘和沈半夏是夫妻带着孩子来看诊，壮壮妈是记者随行记录着这感人的一幕。

深夜的医院宛如敞开大门的冷库，急诊普外也不例外。只要不遇上重大事故，这个点都是普外值班医生睡觉的时间。楚连翘和沈半夏到达普外后，迎接他们的是一个新来的实习医师。

实习医师不认识楚连翘和沈半夏，可看着他们那身白大褂、工作牌和壮壮，直接误以为他们是本院的"神雕侠侣"医生夫妻组合，孩子半夜出了事临时送医。

"孩子这么小，你们应该留一个人在家。怎么能一起值夜班呢？太危险了！"实习医师好心地说。

"我，我们不是。"沈半夏感到一股热血直冲大脑，炸开。

楚连翘经验多，脸皮厚："患儿妈在后面录像了。我们是被她押来会诊的儿科医生。你快去把今晚值班的主治医师叫来看诊。"

实习医师做任何医疗处理都需要带教医师授权。医院急诊普外的夜班配置通常是一名住院医师，一名主治医师，实习医师若干。

壮壮身上的划伤大部分已经自己凝血，比较严重的有膝盖两处和脚底数处嵌入玻璃碴的地方。这种伤势通常让住院医师处理就行了。不过，楚连翘深知壮壮妈的脾气，这事没经验丰富的主治医师出面估计很难摆平。

这也是深夜时刻，换成白天，楚连翘真想让张博亲自出面，见识见识壮壮妈的厉害。

"这——"实习医师本想拒绝。这么晚去叫醒主治医师看诊轻伤患者，铁定会被骂得狗血淋头。可他看了看拿着手机录像的壮壮妈，机智地想到楚连翘的用意。

孩子只是小伤，偏要拖着儿科医生会诊。这个患儿家长恐怕是医闹行家。"我马上去。"实习医师一溜烟地冲到休息室叫人去。

不一会儿，主治医师来了。他看看壮壮妈，识趣地开始查体，询问事故缘由。

壮壮妈隐瞒了自己贪睡让壮壮自己上厕所的事，只说壮壮调皮趁他不注意打碎花瓶，摔在了碎花瓶的玻璃碴里。

"三更半夜玩花瓶。壮壮，你真调皮啊！"楚连翘知道壮壮妈在撒谎，开玩笑似的说。

"呜呜……没有，我没玩花瓶。妈妈在睡觉……"

壮壮妈紧张地打断壮壮："你们是医生，不是警察，问那么多做什么。赶快救人！"

"患儿多处被划伤，大部分伤口较浅，已经止血，进行清创处理就行了。比较重的伤势集中在下半身……"主治医师看着壮壮光溜溜的双腿，"他睡觉不穿睡裤吗？"

"小孩体热。"壮壮经常半夜上厕所。有时候，她懒得陪壮壮去，都让壮壮自己上厕所，只穿条小内裤，方便孩子自己脱和穿。

"穿条睡裤，也不至于伤成这样啊！"沈半夏忍不住吐槽。她最近睡觉还在盖薄棉被了。近期昼夜温差大，孩子又有起夜需要，只穿条短裤起夜，很容易受凉的。

"我亲生的孩子，怎么对他才是最好，我最清楚。"壮壮妈说。

主治医师偷偷地翻了个白眼，继续检查："膝盖的两处和脚底的数处伤口需要清理玻璃碴，膝盖的两处伤口需要缝合。处理这些伤口时需要打麻药。"

"我们不打麻药！麻药会影响伤口愈合的，还会影响智力。什么烂医院，不打麻药就不能处理伤口吗？"壮壮妈表示自己在微信上看见过好几条孩子在医院缝针时打了麻药，随后发现孩子记忆力下降的新闻。

"不打麻药可以处理伤口，但是很痛。"主治医师说。

"能有多痛啊！我生孩子的时候还没打麻药了，还不是一样生了。你赶紧给壮壮医治。"壮壮妈嚷嚷。

沈半夏想到自己小时候磕破脑袋，到医院缝针的经历。那次，她打了局部麻药，还是觉得痛。她实在不敢想象，壮壮不打麻药清理玻璃碴和缝合伤口该有多疼："壮壮妈理智一点。现在的麻药使用很安全的。你看，我们儿科外科每天不知道要进行多少手术。这些手术都需要使用麻药的，甚至不少手术使用的是全麻。术后，也没听说谁智力受到影响。壮壮只是小的缝合手术，使用的麻醉药剂量很小，更安全。"

"你们能保证百分百安全吗？如果行，你们三个给我写个保证书，盖上医院公章。我就同意你们操作。"壮壮妈说。

壮壮妈这种亲妈之爱，真不敢恭维。沈半夏叹口气，又说："任何麻醉都是有风险的，但那只是特别小的概率。你不能因为那特别小的概率，就无视孩子的痛苦吧！你能不打麻药，就拔牙吗？我知道你爱壮壮。正是因为爱，所以才要更多为他思考。不打麻药……"

壮壮妈不耐烦地打断沈半夏："孩子能和大人比吗？忍一时之痛，享长久健康。壮壮可聪明了，以后要读清华北大。可不能被你们这些只看钱的庸医，耽误了未来。行了，别耽误治疗了。我的孩子我做主，我们不打麻药。我说得还不够清楚吗？"

壮壮不知道麻药是什么意思，不知道不打麻药会对他带来什么影响，只知道全身都在疼，不断地哭闹着。

"尊重患儿家长的意见。"楚连翘淡淡地说。

"可是——"沈半夏还想再劝劝。

普外的主治医师却打断沈半夏："患儿的伤势得尽快处理。尊重患儿家长意见。家长快去办手续吧！"

壮壮妈去缴纳清创和缝合费用的时候，主治医师吩咐实习医师准备清创和缝合的器材。

这种手术虽小，可不使用麻药直接操作。主治医师还是头一遭遇上，再加上患儿是个四岁儿童，不得不加倍注意！

壮壮妈回来以后，主治医师说："家长把孩子抱住吧！待会儿，我处理伤口的时候会比较疼，你一定要抱紧患儿，别让患儿乱动，进一步撕裂伤口。如果你改变主意，决定使用麻药，在我缝针前可以告诉我。"

壮壮妈准备接过壮壮，可她刚伸出手就后悔了："楚医生抱着壮壮处理伤口吧！我还得拍摄。"

壮壮妈觉得那位普外医生没赚到麻药的钱，心中肯定不爽。待会儿，他给壮壮处理伤口的时候，难免故意刁难壮壮。她得继续拍摄，威慑医生给予壮壮最好的治疗。如果这些医生还是我行我素，她好歹有告他们的证据。

"拍纪录片啊，挺好的。你待会儿记得发给我一份。"楚连翘一本正经地说着戏谑的话。

壮壮妈下意识地护住手机："我拍摄着你们的举动。你们最好认真和负责地给壮壮处理伤口。否则，这就是你们医疗事故的证据。我是不懂外科，网上懂的人可多了。"

"你干脆开直播间吧！你肯定能成网红。"壮壮妈可以拒绝壮壮处理伤口，但医生不能拒绝。楚连翘吐槽完壮壮妈，又对壮壮说："壮壮，医生叔叔帮你清理伤口会很疼。你忍着点。"

沈半夏还想劝壮壮妈用麻药，可她还没来得及开口，壮壮妈指着楚连翘的鼻子大骂："我录下来了。你是在误导和威胁我家孩子。"

楚连翘冷笑一声。

沈半夏咽回劝说的话。壮壮妈的脾气如同茅坑里的石头，无论此刻她说什么，壮壮妈都只会认为他们不是为患儿考虑，而是想为医院创收。

"我来抱壮壮吧！"沈半夏只能用另外一种方式减轻治疗即将对壮壮带来的疼痛。

"女人力气小。你就一边待着去吧！"楚连翘冲壮壮笑了笑，"壮壮好好配合。叔叔会抱紧你的。"

壮壮似乎预感到即将有不好的事情发生，哭声从抽泣变成号哭："我要妈妈，我要妈妈。"

"别动。"楚连翘按住壮壮的四肢。

"你就不会轻一点啊！"壮壮妈怒吼一声，然后转向壮壮安抚："男子汉别怕。妈妈在这里监督他们，防止他们干坏事。"

主治医师暗骂壮壮妈一句，叫上实习医师和自己一起处理壮壮的伤势。实习医师负责处理已经止血的伤口，主治医师负责处理有玻璃碴和依然在流血的伤口。

壮壮在清创过程中疼得哇哇大叫，拼命地扭动和踢打。楚连翘为了防止壮壮伤口撕裂，以及保障清创顺利进行，用力地固定壮壮四肢，减低挣扎的幅度。

"妈妈抱，我要妈妈……叔叔是坏人……好痛……我不要……"壮壮哭号着向壮壮妈求助。

壮壮妈的心揪在一起，可又不敢放下手机："我都叫你们轻一点了，你们还这么用力。想赚麻药的钱想疯了吧！你看都把他疼哭了。你们信不信我马上把视频发微博，找大 V 转发，让你们被医院扫地出门。"

"清洗伤口时，我们是不会用麻药的。这就算疼了，待会儿取玻璃碴的时候更疼。楚医生，你按住了。待会儿，无论患儿多疼，我们都得找到所有玻璃碴，并且全部取出。不能让他的疼白受了。"主治医师说。

楚连翘默默地点头，摸摸壮壮的头："忍住。"

如果伤口中的玻璃碴没清理干净，会影响伤口愈合，甚至导致感染。壮壮的年龄小，免疫系统发育不全，感染导致危及生命的风险大大高于成年人。

主治医师无视壮壮妈的怒骂，在实习医师的协助下，开始清理膝盖的玻璃碴。壮壮疼得号哭，拼命挣扎。楚连翘用尽全力控制壮壮的双脚，尽量让壮壮的膝盖处于静止状态，方便主治医师清理玻璃碴。

"呜……妈妈……呜……救我……"此刻壮壮的眼中所有穿白大褂的人都是要吃他肉喝他血的恶魔，唯一能求助的只有妈妈。

可壮壮妈拿着手机拍摄着壮壮的治疗情况，根本腾不出手给壮壮一个拥抱。壮壮奋力挣扎，举起拳头，疯狂地击打楚连翘："坏人放开我！"

壮壮年龄小，可体重重。小小拳头如同一块块石头不断地击向楚连翘。

"别动。"楚连翘的双手和双脚正在努力控制壮壮的下半身，只能任由壮壮击打他。

"你还可以选择打麻药。"实习医师不忍心地说。

沈半夏在一旁干着急，明知作用不大，还是加入劝说："壮壮妈选择麻药吧！这刚开始处理就疼成这样了。待会儿，还得处理脚伤和缝针。"

"我生娃缝针的时候没用麻药也没觉得多疼啊！一定是你们故意用了让壮壮疼的药，故意用让壮壮疼的手法处理伤口。你们到底会不会处理伤口？"壮壮的惨叫声听得壮壮妈心里瘆得慌，指着主治医师大骂，"你区区一个主治医师技术肯定不行。你让副主任医师来。不，我要找主任医师、你们急诊科的主任来给壮壮处理伤口。"

主治医师忍无可忍，停止处理："好啊。你把孩子抱回去，查查中意我们医院哪位医生，网上预约他的号吧！"

"我——"外伤又不是感冒，还能待在家里观察一下，再考虑送医院。壮壮的伤势熬不到明天，而她又不会处理，"你是医生怎么能说这种话呢？看病救人是你的职责，你没拒诊的权利。你好好处理壮壮的伤口。他再嚷疼，我到你们院长那告你去！"

"家长，我不是麻药。"主治医师忍住满腔怒火，继续给壮壮处理伤口。他处理的手法很快，想要尽早地取完所有玻璃碴，缩短壮壮的痛苦。

"你轻点。"壮壮妈见主治医师依然我行我素，只能鼓励壮壮，"壮壮想想关羽。他伤得多重啊，为了不影响智力，刮骨疗伤的时候连麻药都不打。你看看他多勇敢。你再想想妈妈我，生你的时候那么痛，还是没打麻药。加油，壮壮是最厉害的男子汉，忍忍就过来了。我们长大要读清华北大，不能被这小小的疼痛难倒。"

Chapter 32　何为医者仁心 ///

关羽刮骨疗伤不打麻药，根本不是关羽或是华佗的选择好吗？那是《三国演义》的作者罗贯中的选择。凭什么用杜撰的故事，加上家长的臆想，让孩子承受可怕的疼痛？

沈半夏再次苦口婆心地劝说壮壮妈："壮壮妈，我从儿科医生的角度建议你使用麻药。权威医学杂志《柳叶刀》在 2015 年 10 月发布了一项国外顶级研究成果：出生 60 周以内婴儿手术时，随机接受全麻或局麻，追踪观察两年后，他们的神经发育状态没有差异。也就是说，无论是全麻还是局麻，对儿童智力发育不会有影响。相反，孩子可能因为承受痛苦的过程太难熬，带来永久的心理障碍。"

"你这人烦不烦，总劝我使用麻药。麻药的制药公司到底给你们了多少回扣啊？"主治医师处理完壮壮膝盖的伤口松了口气，壮壮妈也跟着松了口气，"你看没打麻药，膝盖的玻璃碴不也处理完了吗？"

"控制好他的双腿。"主治医师懒得理会壮壮妈，开始处理壮壮脚底的玻璃碴。

奇葩年年有，今天特别渣！楚连翘很想让沈半夏别再劝说壮壮妈，可此刻的条件不允许他实现言论自由。楚连翘看了眼壮壮妈的手机，加大力气困住壮壮："想要少受罪，就别动！我们会尽快处理完伤口。"

"呜呜……坏人放开我，放开我！"四岁的壮壮根本无法在剧痛下按照楚连翘的指令进行。他只认为他所有的痛苦都是楚连翘和主治医师带来的。他对他们既讨厌又害怕，可妈妈为什么不来救他？难道手机比他还重要？

壮壮的情绪崩溃了。主治医师还没开始处理脚底的玻璃碴，他已经哭得撕心裂肺，外加更加用力挣扎。他身上有好几处止血的伤口，在他挣扎下再次流血。

"按住，按住。"主治医师面对疯狂挣扎的壮壮，难以继续治疗。

成年人面对幼童的优势是力气大，可幼童胜在骨头软和灵巧。楚连翘感觉怀里抓了一条泥鳅。无论你抓住他哪儿，他没被抓住的地方就会拼命挣扎。

壮壮趁楚连翘喘气的空闲，让一只腿和双手脱离楚连翘的控制。壮壮下意识认为，只要逃离楚连翘怀抱，就不会疼了。

"快来帮忙！"楚连翘对壮壮妈说。

壮壮妈犹豫了一秒，推了推沈半夏："你发什么呆？快去帮忙啊！"

"有你这样为人母的吗？"沈半夏忍无可忍，瞪了眼壮壮妈，"你不心疼他。我来！"

沈半夏冲到壮壮身边，把壮壮的双脚护在柔软的小腹，忍住壮壮怒踢的疼痛，抚摸壮壮的脑袋："你看没人伤害你。医生叔叔已经停止治疗了。不会疼了，不会疼了。乖别动，伤口又裂开了，越踢越疼。"

沈半夏眼神示意楚连翘放松对壮壮的控制。楚连翘放松力道，轻轻地搂壮壮的胸，防止他跌落。壮壮哭闹好一会儿，发现真没人继续伤害他，伤口也不像之前那么疼了，也就不闹了。

"打麻药吧，后果我承担！"沈半夏怒视壮壮妈，一改温柔婉约的语气，"不管用什么借口，严重的疼痛都不该让低龄儿童承受。它不仅影响治疗效果，还会带来诸多并发症，甚至是致命的。'要疼死了'这话在医学上绝非危言耸听。壮壮妈，你是壮壮的监护人有权利选择治疗方式，但壮壮不是你私有财产，你没权把他往死路上逼。你所谓的生孩子没打麻药，关羽疗伤没打麻药，都是狗屁的谬论。你有本事现在划自己一刀，不打麻药直接缝合试试！"

壮壮妈没想到如同软柿子的沈半夏，竟会冒出如此犀利的话。一时间，她竟不知道如何反驳。

"别再说为壮壮好的空话了。你真为他好，就该在他疼痛难熬的时候来安慰他，而不是拿着手机在那瞎拍。你要真怕我们报复，故意制造医疗事故。你就不该带他到这里来看诊。这样至少不会延误壮壮的治疗时间，更不会让壮壮在痛苦的时候没人安慰。甚至……假如你心中没有怀疑的种子，说不定就接受了局麻。壮壮也不会这么痛苦。"沈半夏怒吼完毕，拭擦壮壮额头的冷汗，"你不是要麻药百分百安全的保证吗？我写，我签，总行了吧！"

"沈半夏，这不符合规矩！"楚连翘抢着说。

没有一个医学研究可以用少年儿童尤其是新生儿作为实验对象，只能从已有的临床数据中进行回顾性的研究。因此，儿童麻醉一直在争议声中前进。

虽然儿童因为手术麻醉会变笨的说法缺乏根据，但是儿童的各个器官发育还不完善，身体代偿功能较成人差一些，麻醉风险系数自然比成人要高。

现在沈半夏要给壮壮妈零风险的保证，不仅不符合麻醉风险研究结果，还不符合行规。人体构造复杂而神秘。哪怕医术再高明的医生也无法给予病人百分之百的安全保证。

此刻，沈半夏为了一个患儿，居然要破坏行规。楚连翘不知该说沈半夏是初生牛犊不怕虎，还是怒骂她蠢。

沈半夏知道楚连翘是在好意提醒她，没必要为了奇葩的患儿家长，挖坑把自己埋了。她写安全保证书就是违规操作。无论患儿治疗结果如何，只要有人拿着这份保证书告她，她铁定被开除。

她明白后果的严重性，可她忍不住啊！她认为，医生不能仅仅关注治疗结果，还要重视治疗过程。

她不能眼看着患儿遭受不必要的剧痛，而置之不理："虽然不符合规矩，可我也不能眼睁睁看着壮壮因为他妈妈的无知受苦啊！这才清理了膝盖玻璃碴就疼成这样。脚底的玻璃碴比膝盖还多，扎得还深，清理起来比膝盖还疼。这些处理完后，还有比清理玻璃碴更疼的缝针。壮壮妈，你当壮壮是哪吒转世吗？就算是，也没必要剔骨还父，削肉还母吧！"

"妈妈，我疼，比扎玻璃碴还疼。妈妈……"壮壮把沈半夏的话听懂了大半，哭泣着向妈妈伸出双手。

壮壮妈红着眼，冲上前，抱住壮壮："妈妈不是舍不得花钱，是为了你好。哪怕有医生敢写保证书，可不怕一万只怕万一啊！妈妈就你这么一个宝贝，万一出了事，妈妈受不了。我也没听说过谁没打麻药，疼死的。"壮壮妈越说越小声。

"壮壮妈，患儿虽小，但也是独立的人。他没道理为你过于谨慎的态度和担心买单。你站在家长的角度，从'我为你好'出发，漠视他的感受已经够久了。此刻，如果你连疼痛都要漠视，那么你真的不配为人母。"沈半夏想了想，又加了一句，"我作为一个陌生人，不对，我是被你甩过耳光，被你发微博诬陷的'仇人'。我都看不下去你担心风险概率极小的局麻，而选择让壮壮承受'痛死'的感觉……我都敢为'仇人'的孩子写保证书，你还瞎操心什么呢？到底，壮壮是我的孩子，还是你的？"

　　壮壮不知道麻药是什么东西，可在大家反复提及下，他大概明白麻药能缓解他的疼痛。

　　不过，他想使用麻药，必须他妈妈同意。壮壮拿出平时讨糖的本领，卖萌哀求："妈妈疼，要麻药，麻药……"

　　壮壮妈想了好一会儿，咬咬牙："使用可以。你必须写安全保证书。"

　　"那还是别使用了。"楚连翘气沈半夏缺乏自我保护意识，"自己的孩子自己抱着医。"楚连翘把壮壮塞回给壮壮妈。

　　"我们不能做不符合规矩的事情。"主治医师出于保护同事的角度出发，帮腔道。

　　壮壮抱着壮壮妈的脖子，继续撒娇要求使用麻药。

　　"别听他们教唆。他们不写，就是不敢。不敢的意思就是风险很高。你还小不懂，这是妈妈在保护你。"壮壮妈抱着壮壮的同时，还不忘打开手机拍摄，"不打麻药继续医治。"

　　"慢。我没说不写啊！"她好人做到底，就把壮壮当自己孩子吧！至于，壮壮妈事后会不会拿着保证书告她，她已经顾不上了。沈半夏让实习医师拿来纸和笔，快速地写下保证书，按照壮壮妈的要求签名和按了指印，"你该办理麻药手续了吧？"

　　"这就是证据。"壮壮妈生怕被人抢走，贴身收藏保证书。她看了眼不断哀求她的壮壮，前往缴费和领取麻药。

　　"你不该这样做的。不值得！"壮壮妈离开后，主治医师叹气说。

　　沈半夏微笑着抚摸壮壮的头："我见不得患儿受苦。"

　　"医生在看病过程中带入个人情绪是大忌。"这年头什么人都多，唯独滥好人太少。主治医师不认同沈半夏的做法，但不否认被她对病患的纯善感动。

　　"谢谢教导。"沈半夏温柔以对。

　　瞧瞧，多么温柔贤淑啊！可为什么她对他偏偏走泼妇路线？楚连翘黑着脸："别被她表面的温顺给迷惑了。谢谢教导的后半句是——我就是不听。她就是一个固执的滥好人。不管你怎么劝她保护自己都没用。"

　　"谁说的。正确的建议我都听进去了的。只是……"沈半夏不知道该怎样描述心中的迷茫。她凝视壮壮：医者父母心啊！

　　"药到了，快处理吧！"壮壮妈打断沈半夏的思索。她担心壮壮的病情，也担心她不在的时候这群医生做出伤害壮壮的事情。因此，她用最快的速度缴费和拿药。

　　主治医师接过药，熟练地进行局麻。他考虑到壮壮妈蛮横的性格，在等待麻药发挥作用时特意说："待会儿处理伤口时，可能出现两种情况。第一、患儿对麻药吸收不好，还是有少许疼痛的感觉；第二、虽然患儿感觉不到疼痛，但是他会出现神经防御下意识觉得自己该疼，然后出现抗拒治疗的动作。"

主治医师看向继续拍摄的壮壮妈："为了预防以上两种情况发生。我需要患儿家长抱紧孩子，做好安抚工作，控制好他的四肢。"

"哼，你们的小算盘别以为我不知道，想让我停止拍摄，没门！我花钱看病，是来享受医疗服务的。你们有义务为壮壮提供优质的治疗，解决可能出现的问题。至于鼓励，我可以边拍边鼓励。"壮壮妈握拳给壮壮加油，"壮壮加油，勇敢点！等你处理完伤口，妈妈给你买一大盒巧克力，随便吃。嗯，明天等你放学后，带你去吃肯德基。"

"壮壮妈，壮壮需要在家静养一段时间，等伤口完全愈合再下地走路。这段时间不适合上学，饮食方面易清淡，不适合吃肯德基。还有，虽然壮壮已经四岁了，可是依然不易摄入大量巧克力。毕竟巧克力里有咖啡因，脂肪含量高，容易蛀牙，甚至诱发腹痛。"沈半夏知道此刻说这些话不太合适，但是仍然没能管住嘴。

果然，一石激起千层浪。壮壮开始闹腾着讨要巧克力和肯德基。壮壮妈觉得自己的权威受到侵犯从而攻击沈半夏的提醒毫无科学根据。

主治医师见机会难得，赶紧给楚连翘使了个眼色，开始医治壮壮。

沈半夏很想怒骂好心被雷劈，但是看了眼身上的白大褂忍住了。她默不作声地帮助主治医师处理壮壮的伤口。

壮壮全身心投入到讨要肯德基和巧克力中，完全没注意医生正在从肉里挑出玻璃碴。主治医师快准狠地挑完他脚底的玻璃碴，再迅速地完成膝盖伤口的缝合工作。

"好了！"主治医师完成最后的包扎工作后，吐出口长气。

"这就好了？"壮壮妈连忙回放这段视频。视频中，除了医生们尽心尽力为壮壮治疗伤势外，就剩下壮壮的哭闹声和她教育沈半夏的声音。壮壮妈连忙按下暂停键，转移话题："壮壮下来走几步，感受一下。"

"不行。"主治医师拒绝，"处理好伤口，不代表伤口已经愈合。壮壮在伤口愈合前，活动双腿都得小心，更别提走路。"

"小心伤口撕裂。"楚连翘如释重负把壮壮交给壮壮妈。

壮壮妈接过壮壮："伤口什么时候能愈合？"

"每个人体质不同，愈合时间不同，跟进观察吧！待会儿，你带壮壮打一针破伤风。急诊儿科的医生会给壮壮开一些内服的药。我会给壮壮开三天的换药单，你记得每天带壮壮来换药。记住，伤口愈合前一定不能沾水，饮食清淡为主。"主治医师仔细交代。

"这么麻烦啊！"壮壮妈抱怨医院工作效率低下。

主治医师把壮壮妈的话当成耳边风，照常开单："打完破伤风针就去急诊儿科开药。"

"想多赚一笔挂号费啊！壮壮是外伤，你医治的就在你这开药。"壮壮妈即刻又想到儿童用药种类和剂量的问题，又说，"不过，这得由儿科医生开单。"

"这不符合规矩。我不能让别人用我的系统开单。你快去缴费吧！"主治医师直接拒绝。

沈半夏添了一句："你放心，转诊是不需要再挂号的。"

"你以为我心疼挂号费。哼，我真要心疼这点钱就不会带壮壮来治病，在家自己处理就行了……"壮壮妈又一次展开泼妇骂街模式。

楚连翘听烦了，故意用模棱两可的语句说："我得提醒你，破伤风针一般要在 24 小时内打上，打得越晚效果越差。被玻璃划伤不致命，感染了破伤风却是致命的。"

壮壮妈微颤一下，抱着壮壮就去缴费打针。

"楚医生厉害！"主治医师竖起大拇指。

"过奖。"楚连翘和主治医师闲聊几句，叫上沈半夏返回急诊儿科。

Chapter 33 **接受不完美的完美** ///

楚连翘的白大褂在壮壮的挣扎下变得如同腌菜般皱巴巴，微微下垂的肩膀在清冷的灯光映照下尤显疲惫。

沈半夏看着楚连翘下巴处的抓痕，心生怜悯："你下巴被抓伤了。我去要点药给你擦擦。"

"小伤，没事的。"楚连翘摸摸下巴。

"都见血了。你等着。"沈半夏快步跑回急诊普外，要了根蘸碘酊的棉签，又急匆匆回到楚连翘身边，"你弯弯腰，我给你擦。"

楚连翘微微愣了一下，眼里含着笑，把脑袋凑到沈半夏触手可及的地方。沈半夏身上散发的淡淡甜香，让楚连翘想到小时候吃的桂花糖。

"你用的香水是什么牌子的?"沈半夏认真处理伤口的同时,在楚连翘身上闻见股淡淡的青草香味。

"嗯?"楚连翘从不涂抹香水。倒是他以前手术任务过重的时候会抽烟解压,然后严重失眠那段时间他有过酗烟经历,但从他接受沈泽生治疗开始他就戒掉了烟。

真好闻!沈半夏面对心猿意马的心跳有些慌张:"你是中国人。怎么出国留学了几年,没把国外绅士风度带回来,反倒把擦香水的习惯学会了。你不觉得娘娘腔吗?"

"又犯傻了。医生上班期间是不能用香水的,特别是我们这种儿科医生。香水会影响某些病人的病情,还会影响医生对病人体味的判断。"因此,沈半夏散发的香味不是香水味。会什么哪里散发的味道呢?楚连翘进一步靠近沈半夏。

沈半夏心跳进一步加快,脸上也染上了绯色。"处理完了。"她不敢细想,迅速处理伤口,后退一步,"我们快回去吧!壮壮应该打完破伤风针了。"

"哦。"楚连翘有些失落地挺胸抬头,返回急诊儿科。

楚连翘刚坐下,壮壮妈就带着壮壮进来了。她向来天不怕地不怕,唯独面对楚连翘有些犯尿。可奈何楚连翘的光辉履历一条条列在网上,她想来想去还是找楚连翘看诊放心一点。

楚连翘在患儿问题上向来不马虎,不管个人恩怨如何,认真地根据患儿的个人情况开出最适合患儿的药物:"三天以后,根据急诊普外医生的意见复诊。不过,你也可以选择到儿外重新看诊。"

"我会的。明天,壮壮的病情没好转,我就带他去儿外看。至于你们,等着被投诉吧!"壮壮妈摸摸沈半夏写的保证书。

"随便。不过,事实证明壮壮的局麻非常成功,也有效的辅助了他清理伤口和缝针。沈医生的保证书可以还给我了吧?"楚连翘盯着壮壮妈的手按住的地方。

壮壮不了解大人的世界,却能感到沈半夏真心对他好:"妈妈,我喜欢沈阿姨。她对壮壮很好。"如果没有沈半夏的保证书,妈妈肯定不会让他用麻药。

"别被她骗了。治病救人是她的本职工作。"壮壮妈说完,又看向楚连翘,"你休想从我这拿走保证书。麻药对人体的影响可不是当时就能看出来的。"

"行。你喜欢留,就留下来给壮壮当传家宝吧!"楚连翘话锋一转,"对了。我们加个微信吧!我对你今晚录制的视频很感兴趣。你发我一份呗?"

壮壮妈嗅到了阴谋的味道,下意识后退一步:"休想。那可是你们对待病患态度恶劣的证据!"说完,她抱着壮壮离开。

壮壮看着楚连翘下巴的抓伤,心中升起淡淡的难受,离开前向楚连翘挥挥手:

"谢谢，楚叔叔。"

壮壮真诚的谢意如同最佳止疼药注入楚连翘体内，让楚连翘感到被壮壮弄伤的地方似乎不那么疼了。楚连翘冲壮壮俏皮地眨眨眼，继续对壮壮妈说："既然是证据发我一份，我帮你发网络。"

壮壮妈的身体猛地一抖，抱着壮壮小跑离开。

楚连翘在壮壮妈慌张逃离后，忍不住放声大笑。沈半夏在旁边办公室听见后，好奇地跑过来："怎么了?"

"保证书没帮你要回来，不过恶心了对方一下。"楚连翘左手撑着下巴，似笑非笑地看着沈半夏，"沈乌龟怎么办啊? 壮壮妈保证书在手，随时可以告你，一告一个准。后悔吗? 你尽心尽力帮壮壮减少痛苦，可壮壮妈不仅还一个谢字都没有，还各种质疑你。"

"我又不是人民币，做不到人人爱。她想怎么样就怎么样，我问心无愧就行。如果真遇上被告，那我也只能自认倒霉了。不过，我只要想到壮壮最终使用了局麻，没疼得死去活来，留下心理阴影，我就很开心了。"沈半夏笑得像朵小雏菊。

"用自己的职业生涯赌患儿的一时舒坦，也只有你这种傻白甜会做这样的选择。沈乌龟，我算是服了你!"楚连翘叹气。

沈半夏调皮地耸耸肩膀："我知道，我在你们眼中就是茅坑里的石头。关键是还很难甩掉对吗?"

"哟，没想到头脑还挺清晰的。"楚连翘的表情由轻松变为严肃，"壮壮的事，我不知道对错，可我佩服你为壮壮付出的勇气。然而，芽芽的事情，你确实做错了。最大的错误不是误诊，而是你的自不量力。"

"我明白，我高估了自己。作为一名医生无论身体状态多差，在看诊的时候都应该保持绝对的清醒。可我却没做到，我……"沈半夏眼圈红了。

"你还是错了。你误诊的源头是你自以为善良地答应别人长时间加班，以及生病的时候高估自己继续上班。沈乌龟，送到你这来的不是一只只送进屠宰场的猪，而是一条条鲜活的生命。你硬抗接近 40℃ 的高烧看诊，不仅是对自己的不负责，更是对病人的不负责。因此，你发生误诊绝不是偶然，而是必然。"楚连翘的眉心轻蹙，"芽芽得的是急性会厌炎，而不是链球菌性咽喉炎。急性会厌炎是会要命的，还好芽芽妈送返及时。"

"我差点成了杀人凶手了。"沈半夏恍然觉得那双白皙的双手染满了鲜血，"对不起，我真的不是故意的。可我是医生怎么能犯错? 那是人命啊! 当时我为什么不仔细一点呢？她说嗓子疼，我就检查了一下喉咙，根本没向急性会厌炎方向思考。我这么马虎，不配做医生吧！"沈半夏笼罩在愧疚的乌云中。

楚连翘面对全身哆嗦的沈半夏，即将出口的犀利话语变得温和起来："完美的诊断和治疗是每一位医生、病患和病患家属的愿望。可是世界上连最精密的机器尚且有一定的出错概率，更何况是生来就不完美的人类。虽然医生以完美来要求自己——绝对不能做出错误的诊断，但我们仔细思考，真有保证完美诊断的办法？我们扪心自问就明白，没有谁找到那个办法。可为什么从没人为医生治疗的'失误率'划分标准？那是因为我们医治的是人命。病患和病患家属是无法容忍失误率存在，哪怕失误率仅仅是十万分之一。行内流传着一句话：没有误诊的医生，不是真正的医生。"

"我怎么没听过？"沈半夏的嗓音有些呜咽。

"因为你是菜鸟啊！当你经历了误诊，经历了死亡，还依然能穿着白大褂坚守岗位，你才算是一名真正的医生。误诊并不光荣，但也不是世界末日。最重要的是正面面对误诊，从其中学习并教于他人。就像我这样。"楚连翘尝试开解沈半夏。

"你也发生过误诊？"沈半夏难以置信地瞪圆眼。

"一名工作五年以上的儿科医生，几乎没人敢说自己没犯过错。比如：诊断错病症、开错药、给错药的剂量等。我刚入行的时候，曾经把一名阑尾炎患儿当成普通的腹痛治疗。此后，也曾有过幼儿急疹当成感冒治疗的经历。这些错误很糟糕，甚至让我羞于向他人提及。不过，我跟着你爸学习了心理学后，我懂得了重新面对医生犯错这件事。我是医生，但同时我也是一个人，我会尽量避免犯错，但也难免会犯错。我为此感到对不起，但我会尽力从中学习并教导他人，减少犯错的概率。"楚连翘微笑着吐露心声。

"你真能坦然面对你犯过的那些错？"道理是这样没错，可她很难迈过感性那关。

"不能。我也很想告诉你我可以做到。然而道理谁都懂，如何调节心理靠自己。我对于过去的某些错误，至今感到孤独、羞愧和彷徨。"楚连翘的眸色染上一层浓浓的悲伤。他很想坦然地说出引发他严重失眠的秘密，但他又羞于开口。

沈半夏低头想了好一会儿："我不会放弃儿科医生这条路的。虽然我最初选择它，并非我很爱它，但是我在读研过程中真正地爱上了它。无论前面有多少困难，我都会努力克服。我知道，现在的我在你们面前是一个很 low 的菜鸟，但我会努力成长，一定会成为一名合格的儿科医生。"

"加油，茅坑里的臭石头。"楚连翘吹响口哨。

"你就不能积点口德，给我留点美好想象吗？你刚才明明……算了，一切都是错觉。"楚连翘总能在她稍稍对他有点改观的时候，给她致命一击。

不过，医术高超是楚连翘的特点，毒舌同样也是他的特点。

"我已经看在沈老的面子上对你够容忍和善待了。否则，你早哭着逃离医院了。哼，要是我早几年遇见你，才懒得费这么多口舌了。你知道我的时间多金贵吗？"以前的他从未想过求同存异，只接受完全服从。

不让他百分百满意怎么办？滚！他每天病人那么多，手术那么多，才懒得费时间和口舌，手把手教导他人。

"反正吹牛不花成本，你就吹吧！"沈半夏对楚连翘的过去萌生兴趣，准备回头向白晓丹深入八卦。

楚连翘笑而不语。现在的他和以前相比简直像咸鱼。如他所说道理谁都懂，可要走出去得靠自己。而他走不出去，因此他在遇见沈泽生之前医术全废，遇见沈泽生后好不容易恢复一半医术。现在，他能坐在这里给患儿看诊，得到大多数患儿、患儿家长和同事的认可，他已经很满足了："再过两个小时就要换班了。你还在生病，去休息一会儿吧！这里交给我。"

沈半夏想要拒绝，可她的身体确实疲惫到极致："好，这里辛苦你了。不过，我离开前，你能不能给我讲讲芽芽的病况。我想去下班后去看望芽芽。无论她和她的家人是否原谅我，我都想对他们道歉。"

"随你。小心别把感冒传染给别人了。"楚连翘开始讲述芽芽的病况。

芽芽找沈半夏看诊时，属于急性会厌炎早期，症状和链球菌性咽喉炎相似。沈半夏直接诊断后，芽芽妈拿完药打的带芽芽回家。半路，芽芽的病症忽然转重，会厌高度水肿，引发呼吸困难昏迷。幸亏司机给力，及时把芽芽送回医院。

由于芽芽呼吸特别困难，出现窒息征兆。楚连翘对芽芽进行气管切开术。手术完毕后，芽芽成功苏醒。不过，此时芽芽身体还很虚弱，生命体征并不稳定，会厌部位依然高度水肿。楚连翘开了药后，把芽芽送进 EICU 进行治疗和监护。

"她目前病情有好转吗？"沈半夏追问。

"命是保住了。如果病情不发生突变，24 小时候应该能转到普通病房进行下一步治疗。如果恢复得好，一周后进行气切口缝合。"楚连翘说。

"命保住了，可治疗过程痛苦啊！喉咙消肿前不能说话，不能吃饭，不能自己咳痰。吸痰会引发咳嗽，会咳到全身抽搐。不能吃饭，就得依靠营养液维持身体需要。芽芽还是个孩子啊！"沈半夏愧疚地说。

"收起你的圣母心态，就算你没误诊，算算时间，她也一样会遭遇病情陡变，照样会切气管。只是，如果你没误诊，芽芽会在医院发生呼吸困难，能得到最快的救治，不会那么危险。"楚连翘理智地说。

"唉——"沈半夏就芽芽病情和楚连翘又聊了一会儿，才身心俱疲地返回诊室，躺在诊查床睡觉。

直到闹钟响起，沈半夏才慌忙地跳下诊查床，整理头发和衣服，做好换班的准备工作。

沈半夏顺利完成交接后，专程看了看隔壁的诊室。秦老太太坐在里面，楚连翘已经离开。沈半夏想着半夜楚连翘对她说的那些话，鼓起勇气走向 EICU。

芽芽妈站在 EICU 门外，焦急地张望，等待探望时间。

沈半夏深吸一口气，走上前："芽芽妈。我……"

芽芽妈抓住沈半夏的手腕，打断沈半夏准备已久的歉意："沈医生，你来得正好，你能带我进去看看芽芽吗？"

沈半夏愣了愣。"抱歉，现在不是探望时间，我也不能进去。"沈半夏看着芽芽妈担忧的表情又说，"你不用担心，芽芽的病情已经控制住了。只要不出现突变，24 小时后，芽芽就能从 EICU 转到普通病房进行治疗。"

"那就好。我待会儿就去给老公打电话，让他安心带二宝。对了。我还得给芽芽班主任打电话，芽芽今天没办法去上课……"芽芽妈唠唠叨叨地说着，话里没有半句是对沈半夏的责备。

沈半夏更加感到自责和愧疚。"对不起！"她红着眼对芽芽妈鞠躬道歉，"是我的马虎导致芽芽没有得到及时的治疗，害得芽芽差点没命。"

芽芽妈盯了沈半夏好一会儿，才说："我本来很恨你的。你说芽芽的病不重，只是咽喉炎。可她回家的路上却呼吸困难，晕了过去。那一刻，我以为她没了呼吸，我以为她死了。我恨死你了！如果芽芽没能抢救过来，我想无论楚医生怎么解释，我都会恨你一辈子。可芽芽抢救过来了，楚医生也从专业角度为我讲述了急性会厌炎。再加上，你为了减轻看诊压力，减短患儿等待时间，带病坚持工作……我觉得哪怕我感性上责怪你，在理智上也应该原谅你。只是我求你，以后别再带病工作了。每个孩子都是一个家庭的命根，容不得有半点差错。"

沈半夏泪流满面，复杂的心绪在脑海里翻滚，千言万语在出声那刻汇成两个字："谢谢！"

"别谢我，去谢楚医生。没有楚医生从专业角度的解释，我想我会恨你和告你误诊。"芽芽妈说。

楚连翘居然替她打圆场？沈半夏感到诧异的同时，升起股甜甜的暖流。

"楚医生，你来巡视病人吗？"

突然，EICU 接班护士的声音响起。楚连翘尴尬地从走廊拐弯处走出来，回答说："我来告诉患儿妈妈一些注意事项。"

说完，楚连翘一本正经地走向芽芽妈，告诉芽芽妈在芽芽完全康复前的护理注意事项。而这些注意事项在芽芽转到普通病房后，她的主治医生会告诉芽芽妈。

芽芽妈听完后，连连向楚连翘道谢。楚连翘回应几句，叫上沈半夏离开。

"你别自作多情。我可不是来等你的，只是刚好路过。"楚连翘板着脸说。

"哦。"沈半夏偷笑。

所谓面恶心善，说的就是楚连翘这种人。

Chapter 34　努力成长的菜鸟 ///

沈半夏和楚连翘回到沈家，沈泽生就发现沈半夏脸色不对劲，急忙迎上前嘘寒问暖。当他得知沈半夏昨晚高烧晕厥后，连忙让沈半夏回房休息，熟练地端饭拿药伺候。

不仅如此，沈泽生还吩咐着楚连翘帮他忙东忙西，协助伺候沈半夏。楚连翘一脸的抗拒，却又不得不从。沈半夏看着楚连翘咽下苍蝇的表情，裹着被子咯咯笑出声。

"区区小感冒还要让人伺候，真是废物。"楚连翘把水杯塞到沈半夏手里。

沈半夏尚未说话，沈泽生就夸张地叫嚷："什么叫小感冒？每年死于感冒的有多少人，你知道吗？而且，夏夏高烧晕厥，你知道这有多严重吗？"

"这不是醒了吗？还活蹦乱跳的。凌晨还有精力对战奇葩家长。她就小小的病毒性感冒，就算不吃药，一个星期到半个月也好了。"楚连翘行医时间长了，有些问题也看开了。对他而言，除了威胁生命的病，其他都是小病。

沈泽生气急败坏地踩了楚连翘一脚："你还是人吗？枉我平时对你那么好。夏夏高烧晕厥，现在又开始发烧了。你摆着一张死人脸，我也懒得说了。现在居然还说这些风凉话。你高烧晕厥一个给我看看！你知道重感冒有多难受吗？我可怜的闺女。"

沈泽生转身对沈半夏嘘寒问暖，沈半夏撒娇应对。

"啧，不知道的还以为你得了绝症。简直是巨婴加巨婴家长。小病当绝症，儿科的医患关系能不紧张吗？"楚连翘的话语里弥漫着酸味，"她饭吃了，药也伺候完毕。总该轮到我们吃饭了吧！"

"吃吃吃，我真是养了只猪。"沈泽生叹气抱怨，"你这么不负责，我怎么放心把闺女交给你？"

"沈老，你没发烧吧？咋交代临终遗言了。"楚连翘惊了一大跳。

"呸呸，别瞎说。我前几天才看了我爸的体检报告，身体倍棒，再为祖国奉献十到二十年毫无问题。不过爸，我哪怕半身不遂，也不需要他照顾。我还想多活几年。"沈半夏嫌弃地瞥了眼楚连翘。

"一周后，我要到北京去参加一个为期半个月的学术交流会。"沈泽生握住楚连翘的双手，"到时候，夏夏就交给你了，你一定要把她养得白白胖胖的。如果我回来她缺斤少两了，拿你是问。"

"你当我是养猪专业户啊！她是四肢健全的人好吗？"楚连翘想要抽回手，却被沈泽生牢牢抓住。

沈半夏坐起来抗议："爸，我又不是小孩，我会照顾自己的！而且，你指望成天在我们家蹭吃蹭喝的他照顾我？哼，长期以来是我们在照顾他好吗？"

"我们？你倒会向自己脸上贴金，区区感冒就躺在床上不得动弹的废物。明明是沈老在照顾我们，而不是你和沈老照顾我。吹牛也不打草稿！"

楚连翘和沈半夏又吵了起来。沈泽生看着你来我往互怼的两个人，露出欣慰的笑容。志趣相投、活力四射、职业相当……配对率妥妥的99.9％点九啊！

处于感冒发烧状态的沈半夏战斗力大打折扣。她和楚连翘没怼几句，电量完全耗尽，躺在床上喘气。楚连翘准备趁机发出绝杀技能，却被沈泽生拖出去吃早餐。

心有不甘，又有什么用？楚连翘则化不甘为食欲，对着稀饭包子发起进攻。沈半夏用被子蒙着脑袋，裹着战败的不甘，昏昏沉沉进入梦乡。

或许是沈半夏到家以后身心彻底放松了，感冒症状变本加厉地折磨着沈半夏。一整天，她都是昏昏沉沉的，胃口全无。楚连翘看着她半死不活的状态，怼了她两句，警告她留在家里，别外出害人。然后，楚连翘不顾沈半夏反对，给张博打电话，替沈半夏请假。张博一副恍然大悟的口气，批准了沈半夏的病假。

"奇怪？感冒又不是疑难杂症，他干吗做出一副恍然大悟的模样。"楚连翘是按下免提键和张博进行通话的，所有谈话内容一字不漏地落入沈半夏耳朵里。

沈半夏扶着额头，嗓音嘶哑地说："我不是反对请假，我是反对你替我请假。我们就是邻居关系，你凭什么替我请假啊？你这样做，张主任肯定误会我们的关系了。"

"你是指他误会我们是情侣？"楚连翘似笑非笑地看着沈半夏。

沈半夏认真地点头。嗓子太疼，不适合多说话。

楚连翘拍响桌子，哈哈大笑："这简直是我听过最好笑的笑话。谁会找只娇气的乌龟猪当女友啊？安心吧！我替医院其他女医生或者护士请假，都可能被张主任误会。唯独你……哈哈，他怎么可能误会？他最多诧异，我这种独行侠怎么会替人请假。"

沈半夏磨牙霍霍，不顾疼痛的嗓子，反驳："我没你说得那么不堪吧！我称不上美人，但好歹身材匀称，模样可爱。哼，倒是你……凡是身心健康的现代女性都不会找你这种直男癌晚期患者当男友。活该单身一辈子！"

两个人围绕着婚恋问题又吵了起来。沈泽生看着忽然有了活力的沈半夏笑笑呵呵。直到沈泽生的手机响起，他看了眼来电显示，神秘兮兮地溜回房间接电话。

"他从不会背着我接电话。"沈半夏的注意力被沈泽生转移。

"他也不会背着我接电话。"楚连翘好奇地望着沈泽生紧闭的卧室房门。

"该不会是那位拉丁舞老师的来电吧？"沈半夏惊呼。

"小声点！黄昏恋通常比较脆弱，需要呵护。"楚连翘捂住沈半夏的嘴巴，"这事我回头查查进展。不过，你该不会反对你爸谈恋爱吧？"

手和唇相触的温暖让沈半夏愣了愣，羞涩地挪开楚连翘的手："这些年他又当爹又当妈辛苦了。我不反对他再婚。"

楚连翘激动地凑到沈半夏面前，手掌搁在她肩膀上："懂事。来，我们好好合计合计。别看沈老平时很能会聊天，可在男女问题上他可是个雏，超级害羞。"

"雏？那我是从哪来的？"沈半夏的眉毛上挑，"难道你的经验丰富？"

"我——"楚连翘的耳根微红，自我鼓吹，"当然！"

男人怎么能不行？！

医院还是那个24小时永不停歇的机器，沈半夏还是那个热血的追梦少女。当大家担心沈半夏笼罩在误诊的罪恶感中难以自拔时，沈半夏微笑着加倍小心和努力地工作。

表面看上去，她已经完全战胜了自己的负面情绪，再次热血地奔跑在行医道路上。实际上，那些罪恶感只是被她深埋在心底。她除了每天都会去看望芽芽，还和自己做了一个约定：如果我加倍努力做到不再犯错，那么自责声请自动消失吧！

因此，她看诊越发谨慎，为了配合诊断，她给患儿开单检查率明显上升。特别对于嗓子疼痛的患儿，她总会怀疑对方是不是患有会厌炎。

芽芽出院那天，沈半夏的感冒彻底痊愈了。她下了夜班，和楚连翘吃了早饭，带着芽芽最爱的小猪佩奇玩偶，去住院部恭喜芽芽出院。

芽芽看见沈半夏和楚连翘特别开心，尤其对沈半夏倍感亲切。不过，芽芽大病初愈，气管又动过手术，需要多休息，不易多说话。沈半夏和芽芽说了几句，就转向和芽芽家人聊天。芽芽家人通情达理。芽芽住院后，沈半夏的所作所为，芽芽家人记在心里，早就原谅了沈半夏，芽芽妈还和沈半夏成了朋友。

楚连翘看着这一幕，没有多余言语，可嘴角微微上翘。

"楚叔叔笑起来真好看。"芽芽把小猪佩奇递给楚连翘，"叔叔，你救了我。我长大可以嫁给你吗？"

大家愣了愣，转而哈哈大笑。

"不可以吗？那我让沈阿姨嫁给你好了。"芽芽又说。

沈半夏的脸蛋瞬间红得像苹果。楚连翘耳根泛红，假装镇定地揉揉芽芽的脑袋："嗓子疼，少说话。"

芽芽失落地抱着小猪佩奇，低下头。

沈半夏上前，蹲下身体，握住芽芽的手："楚叔叔是毒舌糟老头。芽芽是公主，以后要嫁给王子的。"

"楚叔叔很帅啊，不是糟老头。不过，他总是板着脸，没有沈阿姨亲切。所以，沈阿姨嫁给楚叔叔，分一半笑容给他，他就更帅了。"芽芽笑开了花。

楚连翘和沈半夏对视一眼，尴尬地愣住。

芽芽妈见冷场严重，连忙打破尴尬，转移话题，询问芽芽出院后的注意事项。

"芽芽的主治医生会告诉你们的。"楚连翘不经大脑地说。

沈半夏瞥了眼楚连翘，站起来，与芽芽妈亲切交谈。楚连翘像雕塑似的站在一旁。芽芽对楚连翘挤眉弄眼，楚连翘虽没回应，但暗中观察芽芽身体恢复情况。

沈半夏和芽芽妈聊完后，芽芽妈去办理出院手续，沈半夏和楚连翘离开。

"中午想吃什么？我下厨。"沈半夏心情很好，准备亲自下厨。

"也不看看你那鬼样。鸡窝头、熊猫眼、憔悴脸……中午我叫外卖吃，你睡觉吧！别精气神不佳，晚上又误诊了。"楚连翘打量着疲惫的沈半夏。

"光说我，你还不是一样。"沈半夏的好心情大打折扣。

"芽芽说我帅！"楚连翘自恋地整理衣服。

沈半夏做出夸张地呕吐动作："那是因为你是她的救命恩人。你家没镜子，我可以借给你。你的夜班后遗症比我严重多了。"

"为广大患儿服务，我光荣。"楚连翘精神抖擞地说。

"啧啧，真是臭不要脸。"

两个人一路聊着，经过医院大厅。楚连翘摸摸衣兜，发现车钥匙忘在诊室了。他只好让那个沈半夏去停车场等他，自己去诊室拿钥匙。

沈半夏没有楚连翘斗嘴，疲惫感涌上来。她打着哈欠，抓挠油腻的头发："睡了觉起来得洗个头。"

沈半夏神情恍惚地走向停车场方向。直到，她无意中撞上了某人。

"对不起。"沈半夏道歉。

被撞上的人是个三十来岁，身材修长的男性。对方的五官拆开单看没有一个出众，但拼凑在一起却耐看，并且散发出真诚可靠、老实刻苦的气息。

"沈半夏！"对方喜上眉梢。

好熟悉的声音！沈半夏瞪大眼，抬起头："陈金宝！"

沈半夏的身体微微发颤，不是喜遇旧识的惊喜，而是惊吓。

"我说过多少次了。别叫这个名字！我早就改名叫陈建毅了。"陈建毅板着脸，怒责沈半夏。

"哦！"沈半夏习惯性示弱。

这个男人化成灰她都记得。他是她的学长，曾经的恋人——原名陈金宝，大二时改名陈建毅。

他们是在大学图书馆相遇的，陈建毅正在读硕，沈半夏是名大四学生。陈建毅对沈半夏一见钟情，随即展开木讷却真诚地追求。

陈建毅来自一个偏远农村，为了供他读大学，家里砸锅卖铁，姐姐还为了获得相对丰厚的彩礼供他上学，嫁给一个残疾人。他的这些遭遇非但没让他变得自卑，反倒让他更积极、阳光、成熟和努力。

当陈建毅吃了一个月的咸菜和馒头，在沈半夏生日那天买下某网红店的蛋糕时，沈半夏答应了他的追求。刚开始交往的时候，陈建毅对沈半夏很迁就。沈半夏知道陈建毅经济条件不好，平时出去约会都抢着付钱。可她每次结账后，陈建毅都显得很不开心，认为有损男人的尊严。

后来，沈半夏为了减少这些矛盾，把外面的聚餐，改为食堂的帮忙打饭菜，送到陈建毅寝室。这样一来，虽然陈建毅依然不好意思，但至少不会刺伤他的自尊心。

陈建毅很有上进心，沈半夏本是一名佛系学渣，可为了能追赶陈建毅的脚步，她毅然报考了本校研究生，甚至为了提高被录取的可能性，专门报考了收分最低的小儿内科。

沈半夏复习考研那段时间，陈建毅认为约会会减少沈半夏的复习时间和效率，毅然减少了他们两人见面的时间和次数。

沈半夏为了他们幸福的未来，听从陈建毅的建议努力学习考研。可她怎么也没想到，当她拿着录取通知书去找陈建毅报喜时，却没想到看见的是陈建毅正在她为他租下的出租屋内，同他导师的女儿方心怡滚床单。

他们被她抓奸在床，却丝毫没有羞愧。反倒是方心怡起床打了她一巴掌，反咬她劈腿伤害了陈建毅，还信誓旦旦地拿出她、白晓丹和徐默然的合照，认定徐默然就是她的奸夫。

Chapter 35　再见前男友 ///

这是最劣等的谎言！

沈半夏向陈建毅解释。却不料，陈建毅和方心怡站在一条线，怒骂沈半夏是个绿茶婊，咬定上个月徐默然和白晓丹找她玩时，亲眼看见沈半夏和徐默然去开房。

可那次，明明是徐默然和白晓丹来玩，没地方住，她陪他们去找宾馆。徐默然还很豪爽地订了两个房间，沈半夏和白晓丹一间，徐默然单独一间，方便第二天一早三人继续出去玩。

沈半夏看着陈建毅和方心怡唱双簧的表情和动作，明白再多的解释都是无用。她只恨自己瞎了眼，把山鸡当凤凰。

陈建毅说分手就分手吧！沈半夏伤心地接受分手事实离开。可她怎么也想不到，陈建毅和方心怡会满学校造谣，她劈腿徐默然，把陈建毅塑造成苦情戏的男主。

碧血双贱！沈半夏很想跳出来解释，可她被陈建毅伤得遍体鳞伤更没有解释的力气，更何况那时候的她真正的嘴拙，完全不是方心怡的巧舌如簧。沈半夏把自己关在寝室里，过着行尸走肉般的生活。

直到，白晓丹和沈泽生把她拖出抑郁症的泥沼。她才真正地觉悟贱人遍地走，何必争雌雄。人得为自己活着！

陈建毅不是看不起她吗？她要获得比陈建毅更优秀。沈半夏毅然投入硕士学习中，从学渣变身为学霸。她读研和见习的优良战绩，让所有人都觉得她从失恋中站起来，摆脱了陈建毅带来的恋爱阴影。可她知道，哪怕不爱，偶尔想起他时，依旧有着锥心刺骨的疼。

如同现在，她再次见到他，她不是如幻想那样还给他一巴掌，而是害怕得想要挖个地洞逃跑。

沈半夏憔悴的面庞和萎靡的精神，在陈建毅眼中都是过得糟糕的表现。陈建毅想到自己国外心脏外科博士毕业，加入人才引进计划，选择在这家医院心脏外科就职，前途不可限量……诸多优势叠加，让他后背挺得直直的，脸上尽是春风得意的笑容。

"你是来看病的？我听闻我出国留学以后，你过得不太好，精神出了点问题……抑郁症？现在还没好吗？真的抱歉。虽然当时你劈腿了，但是我作为男人不应该做得那么决绝。这都怪心怡……算了，不提她。我大人有大量，不能见老同学落魄。"

沈半夏过得越糟糕，就越能证明他当年选择的正确性。陈建毅仔细地打量沈半夏，心情飘到了云端："你要去哪个科室看病，我去打个招呼。"

"神经病。"沈半夏只想快点逃离。

陈建毅抓住沈半夏的手腕："你可别不信。虽然今天是我第一天上班，可我是被作为优秀人才引进到心脏外科的。院长对我评价很高，每个科室肯定会给我几分面子。"

"放手。我没病！"沈半夏努力摆脱陈建毅，却被陈建毅牢牢拉住，"倒是你，几年不见倒是从未改变。不，变本加厉。"

陈建毅脸色一冷，从牙缝里挤出："沈半夏，你居然敢骂我？真是狗咬吕洞宾，不识好人心。哼，你会来求我的！"

"我求你干吗？我心脏又没毛病，就算有也不会找你看诊。"沈半夏和陈建毅拉扯间，引来了不少人驻步围观。沈半夏倍感尴尬，"放手！"

"再不放手。我喊非礼了！"沈半夏焦急地嚷嚷。

陈建毅认为，你曾经是我的所有物，这辈子都是我的所有物。他见当年乖巧的沈半夏居然不听话了，心中怒火中烧："哼，要非礼，当年就把你非礼了。你怎么还是和当年一样不识好歹？你知不知道现在医生多值钱，特别是像我这种海归。多少人指望和我搭上关系，我都爱理不理。我看在当年情分上，不计前嫌帮你，你居然要嚷非礼。也不照镜子看看，就你这……这形象你喊喊看，别人信你，还是信我。"陈建毅故意炫耀着左手腕的名表。

当年！他居然敢提当年！沈半夏的怒火达到了极致，用力踩了陈建毅一脚，成功甩开陈建毅的手："在我情绪失控之前滚！"

"你这野蛮的女人居然敢踩我的鞋。真是几年不见越变越 low。"陈建毅为了凸显自己的身份地位，第一天上班把自己最值钱的全穿在了身上。

这双鞋是为了方心怡带他去参加同学聚会买的，换算成人民币小一万。

"谁 low 了，我……"沈半夏心情慌乱，满腹的反驳话语到了嗓间，又不知道如何开口。

她还没准备好再次见面，而且是在这种情况下。她连正眼都不敢看他，只想逃。可陈建毅又像几年前在学校那样先声夺人，好多双眼睛盯着她。如果她像当年那样逃了，又会被误会吧！

沈半夏紧握双拳，仿佛身陷冰窟。她拼命地告诉自己不可以退缩，要如多年来反复想象的那样痛揍贱男人，再把他和方心怡的奸情公之于众。自己则像女王一样转身，开启华丽人生。

可她做不到啊！明明不爱了，心还是习惯性如刀割，胆子依然如鼠。

"无话可说了吧！女人啊，要认清现实。你想说的都是谎话，当然说不出口。哎，过去的事就让它过去吧！我大人大量，不会计较那么多的。"陈建毅看向沈半夏的左手无名指。

没结婚啊！陈建毅的心跳加速："我是个很念旧情的人。不管你做过什么，见你这些年过得不好，还越来越 low，我看着难受。半夏，我会帮你的。"

陈建毅想握住沈半夏的手。他记得那双手像沈半夏性子一样软软的。

"啪"！沈半夏后退的同时，一只大掌插入，打落陈建毅不轨的手。

"干吗？大庭广众下想非礼啊！"楚连翘强势拦在沈半夏面前。楚连翘比陈建毅高半个脑袋，气势上占足了优势。

"我非礼她？我和她的关系需要非礼吗？"陈建毅故意暧昧地说。

"你和他什么关系？"楚连翘扭头询问沈半夏。

楚连翘出现那刻，沈半夏仿佛感到一股阳光洒落在她跌落的冰窟里，让她不再那么孤单和寒冷。

"前男友。"沈半夏从牙缝里挤出。

"前任啊！"楚连翘故意大声说，"那就是曾经有关系，现在没关系了。你长得人模狗样，看上去也不像文盲啊！听不懂'前任'的意思吗？"

围观的人对陈建毅指指点点，让陈建毅倍感尴尬。

"我和她的事不用你管。"陈建毅努力维持自己的形象。

"别叫那么亲切。我家半夏和你没半点关系。"楚连翘仔细打量陈建毅。

陈建毅文质彬彬的长相中透着一股刚毅和老实，一看就是非常刻苦和努力的人。不过，他银色边框眼镜后面的眼瞳隐隐透着一股隐晦。

初看大多数人会认为那是一种谦卑，可仔细品味，那明明是小人才有的算计。

楚连翘继续向下看。陈建毅的左手无名指虽没戴戒指，却有长期戴戒指留下的戒印。楚连翘露出嘲讽的笑意："倒是你，明明都结婚了。还故意取下婚戒，招惹我家半夏做什么？你哪来的自信，以为'前任'两个字值钱？"

楚连翘的话同时在陈建毅和沈半夏的心里炸开。

沈半夏从楚连翘的身后探出头，看向陈建毅左手。陈建毅受惊，忙将左手藏起来。不过，他的慌张的动作恰恰证明了他的心慌。

原来当年传闻是真的。陈建毅和导师的女儿方心怡结了婚，才获得了公派留学的名额。

沈半夏的心先是"咯噔"一下，又生出诸多恶心。

陈建毅又没预知能力，肯定不知道她今天会出现在这里。根据她对陈建毅的了解，陈建毅不会专门取下婚戒，跑来勾搭她。

今天是陈建毅第一天上班，而他在上班前取下了婚戒……这意味着什么？呵呵，他想装单身贵族，勾搭同科室的医生和护士啊！

真恶心！从楚连翘身上传来的温暖，不仅让沈半夏冷静下来，也给予了她直面陈建毅的勇气。

她正眼打量陈建毅。几年不见，他并未像她想象中落魄不堪，反倒更添了一种成熟男人的魅力。不过，也不知道是他学习太苦，还是其他原因……他眉心刻出一个深深的八字，发间有无法掩盖的白发。

一个大胆的猜想从沈半夏脑海里蹦跶出来。虽然陈建毅娶了导师的女儿方心怡，但是婚姻和仕途并没想象中的如意啊！否则，哪来的那么多苦大仇深，早生华发？

沈半夏想到这里，心情陡然好转。

她上前一步，挽着楚连翘的手臂："陈金宝，我给你介绍一下。这位是毕业于宾夕法尼亚大学医学院的博士楚连翘，擅长小儿心外和新生儿疾病。他本人天资聪慧，跳级读书，二十七岁就获得了博士学位。然后，他拒绝了国外高薪工作，专程回来报效祖国。对了，他的父母都是高知，目前在美国定居。不过，本市也有好几套房。他们说只要我和他结婚，房子随我选。你猜得没错，他就是我现任男友！感谢你当年的劈腿成全。"

当年，沈半夏作为女友，对陈建毅的关心可谓是无微不至。陈建毅看上去自信，实际上非常自卑。虽然他常把自己出身不好，要加倍回报父母和姐姐挂在嘴巴，但是沈半夏知道，其实他很排斥他的原生家庭。

他认为自己的付出和收获从来不成比例，而把不成比例的原因归咎于原生家庭。可他无法选择出身，亲人们的恩情重重压在他肩膀上，让他成为极度自信和自卑融合在一起的矛盾体。

"你——恬不知耻。"沈半夏的话在旁人听来无非是炫耀男友本事大，可陈建毅听起来却字字锥心。楚连翘拥有了他梦寐以求的一切。

如果不是原生家庭的拖累，他何必委屈自己娶方心怡那个泼妇。

沈半夏本来说得毫无底气，生怕楚连翘澄清。可楚连翘仅仅微微一愣，就微笑着握住她的手。这让沈半夏勇气倍增，仿佛回到带着高富帅男友去参加陈建毅婚礼的梦境。

"他未婚，我未嫁。最重要的是我们认识时他没女友，我没男友。这怎么算恬不知耻呢？倒是你，为了出国留学和导师的女儿上床……你知道你的同学和后辈提到你都说哪四个字吗？卖身求荣。"沈半夏终于把这几年回荡在胸中千万遍的话语说出口了。

这一刻，她就像在炎热的夏天喝下一瓶冰镇可乐，每一个细胞都在叫嚣——爽！

"你，你胡说八道！"陈建毅毫不犹豫抛弃乖乖女沈半夏，顺水推舟娶了方心怡这个卫校毕业生。就是为了从少奋斗十年，变成少奋斗三十年。方心怡是他导师的女儿，他导师是国内胸心血管外科的知名教授。导师的名气不如沈泽生有名，但是专业对口，手里握着公派出国留学的名额。

当年，他理论学习成绩前茅，但动手能力普通，真要按照综合能力排位，他是无法获得公派出国留学资格的。可巧就巧在，方心怡来找方教授的时候，对他一见钟情，继而伸出橄榄枝。

一边是少奋斗十年，还得看沈泽生愿不愿意帮忙。一边是少奋斗三十年，只要狠甩沈半夏，再娶了方心怡，就能立刻获得公派出国留学名额。傻子才选择和沈半夏玩单纯恋爱游戏。

他先用欲拒还迎的手段获得方心怡锲而不舍的追求，然后再一副相遇恨晚却又碍于沈半夏无法在一起的态度，激发方心怡无论如何也要和他在一起的决心。为了给自己留条后路，他的本意是脚踩两只船，直到他出国留学那天再给沈半夏写一份声文并茂的情书，让沈半夏等他五年。

五年后，选择再联系沈半夏，还是永不联系消失，那还不是他一句话的事。刚开始一切都按照他的计划走，可谁想到沈半夏忽然来找他，撞破他和方心怡在一起。

抓奸在床！这事可大可小，沈半夏抓着闹，那就是他人品有问题……他那出国留学名额本来就不确定，沈半夏一闹绝对没了。

他正处于惊恐状态时，方心怡给了沈半夏一巴掌，颠倒黑白地闹起来。他见沈半夏示弱，也跟着闹起来。

事后，由于方心怡极力宣传，沈半夏的一再退让隐忍，他的配合演出，总算将劈腿事件的主角从他变成了沈半夏。

再加上，他当着导师和师母的面对方心怡深情表白求婚，以及在他安排下，方心怡假装怀孕，对他出身颇有意见的导师答应了把方心怡嫁给他，也在即将发表在核心期刊的论文上加上他的名字，让他顺利获得公派出国留学名额。

虽然他心安理得地带着陪读夫人方心怡出国留学，但是他心里明白劈腿事件是他人生最佳的转折点，同时也是最大的定时炸弹。

婚后，方心怡的公主病变本加厉，对他各种挑剔，聊天内容全是围绕消费享乐……他能说什么？他的前途掌握在方家手里，唯有沉默不语，减少待在家里的时间。

不过，他的沉默不语换来的不是家庭和睦，而是方心怡的更多抱怨和怒骂。每当这时候，他分外想念懂事的沈半夏。只恨当初自己太不谨慎，导致计划未能顺利进行，否则，他现在还可以在网络上和沈半夏联系，找找安慰。

忍吧！谁叫他出身不好，想要获得成功就必须比别人付出更多。在国外，他一边隐忍，一边奋斗，计划着博士毕业后，回国接岳父的班。

谁知道，岳父的一通电话断了他的希望。他只好厚着脸皮向方心怡诉苦，方心怡又去找岳母哭求。在岳母的枕头风攻势下，岳父通过关系，替他联系了这家医院。

方心怡通过岳母打听了。岳父和医院院长关系很铁，他进来以后只要好好工作，前途无量。陈建毅踏进这家医院那刻，看着医院大门，忍不住幻想十多年前后，他将成为这家医院最年轻的院长。现在，他先订个小目标，成为心外的科室主任。

只是，他的小目标还没开始实施，就遇见了沈半夏。更可恨的是乖乖女沈半夏在一个徒有其表的烂男人支持下，居然敢讥讽他。

陈建毅很想跳脚大骂沈半夏贱人，可现在不比刚才没人注意他和沈半夏。陈建毅扫了眼围了三圈的吃瓜群众，拼命地安抚额头暴起的青筋。

他一边在心里怒骂沈半夏千万遍，一边露出痛心疾首的表情："公道自在人心。

我不同你一般计较。虽然当年你追我不成，反而污蔑我，但我不计较。以前我是你学长，现在我是这里的医生，你需要帮助依然可以来找我。"

又玩学校那套？沈半夏的委屈涌上心头，心痛得无以复加。她拼命地深呼吸，想要辩解。可陈建毅对她带来的如同凌迟之刑的伤害，让她仅仅偶尔梦见都会疼得从梦里哭醒。她又怎么能作为证据，理性地告诉大家他在撒谎呢？

楚连翘握住沈半夏颤抖的手："没错，公道自在人心。对于生怕被人发现已婚状态的人面兽心者，懒得理会。毕竟人兽殊途。半夏，我们走！"

骂得好！字字解气！不愧是骨灰级的毒舌男。楚连翘掌心传来的温暖，让沈半夏生出从未有过的甜蜜。

陈建毅无力反驳，却又不甘心，唯有涨红着脸重复四个字："胡说八道！"

楚连翘一直握着沈半夏的手，直到打开车门："上车。"

沈半夏微微一怔，回过神，连忙坐在副驾位置，绑好安全带。

楚连翘一如既往地发动汽车，开往回家的路。

沈半夏凝视着楚连翘棱角分明的侧脸，抿了抿嘴唇："谢谢。"

"谢什么？"楚连翘稳稳地握着方向盘，仿佛陈建毅根本没存在过似的。

"你开去菜市场，我去买三斤小龙虾。中午给你做麻辣小龙虾。"沈半夏豪气地说。

"懂事！沈老出差后，天天吃外卖，吃得我都想吐了。"楚连翘忘记沈泽生的提醒，乐滋滋地把车驶向附近的菜市场。

沈泽生的厨艺足以开一家私房菜馆。沈半夏是沈泽生的女儿，必然深得沈泽生的真传，厨艺就算比不上沈泽生，至少也有沈泽生一半强吧！楚连翘脸上的笑意更浓，期盼着中午能吃到正宗的川味麻辣小龙虾。

Chapter 36 吃货的厨神误区 ///

透明的塑料袋里装着三斤张牙舞爪的小龙虾。它们不像即将下锅的食物，倒像穿着铠甲，拿着武器的勇士。

"你真能搞定？"楚连翘盯着沈半夏吞咽口水的动作。

"应该可以吧！"沈半夏撸起衣袖，却没有把手伸进塑料袋的勇气。

"你确定你能用牙刷清洗小龙虾全身，还能用剪刀剪开小龙虾的甲壳?"楚连翘指向小龙虾耀武扬威的钳夹。

"这——"沈半夏胆怯了。

楚连翘微微一笑，拿起剪刀，正想表示剪刀也是刀，他作为医生对拿刀的事情很在行。却不料，沈半夏灵光一现，拿出手机找出洗衣机洗龙虾的视频，向楚连翘炫耀:"手洗小龙虾多麻烦啊!你瞧，我在某视频网站看过——机洗小龙虾。"

"你确定可以?"楚连翘看着手中的剪刀，有点失落。

"许多人点赞和留言了，一定没问题。你出去休息一会儿，等着吃麻辣小龙虾吧!"沈半夏夺过楚连翘手中的剪刀，把楚连翘推出厨房。

然后，沈半夏一股脑地把龙虾倒入洗衣机。她甚至为了洗得干净一些，特地加入了小苏打和白醋。接着，她按下清洗键，开心地按照食谱步骤准备制作麻辣小龙虾的调料。

半个小时以后，楚连翘带着克罗米出现在厨房。克罗米盯着洗衣机的方向，猛地竖起耳朵，冲向洗衣机咆哮，仿佛它面对的不是洗衣机，而是一只巨型怪兽。

"哟，克罗米也想吃小龙虾啊!"沈半夏一边剪干辣椒，一边笑嘻嘻地说。

"你还在洗小龙虾?"楚连翘露出同克罗米一模一样的表情。

"对啊，还没到时间。"沈半夏随口说。

"你该不会选择的智能洗衣模式吧?"楚连翘露出狡黠的笑容。

"没错啊!"沈半夏顿了顿，扔掉剪刀和辣椒，发出刺耳的尖叫，"洗涤、漂清、甩干……天啊啊，我都做了什么?难怪我觉得洗衣机发出的声音有点奇怪。原来是小龙虾在做最后的挣扎!等着，我来救你们。"

沈半夏无视克罗米，冲向洗衣机，拔掉电源。洗衣机不响了。克罗米也不叫了，转身扑向沈半夏。

"连你也欺负我，我看起来很好欺负吗?"沈半夏一屁股坐在地板上，哭了起来。

克罗米愣了愣，更加热情地扑向沈半夏。沈半夏不如以往那般激烈地反抗克罗米的攻击，反倒想到今天的遭遇，哭得更大声了。

她本来以为世界这么大，一辈子再也不会遇见陈建毅这个渣男。可怎么想得到，陈建毅兜兜转转的居然和她到了同一家医院。

他们刚见面，陈建毅就如同以往那般颠倒黑白地贬低和羞辱她。如果不是楚连翘出现帮她，她就和以前一样被陈建毅踩在脚底。

她真恨自己！这些年，她拼命把自己训练成女汉子一枚，本以为再见陈建毅一定能给对方一计暴打。却没想到，他们再次相见，他还是一如既往地垃圾，她也一如既往地软弱。

这些年的训练都白做了？沈半夏拉扯头发，敲打脑袋。

难道克罗米把沈半夏吓疯了？楚连翘一惊，连忙唤回克罗米，让克罗米待在客厅不准进来。

楚连翘走到沈半夏身边，蹲下身体，摸摸她的脑袋。沈半夏抬头看着楚连翘，本以为楚连翘出声安慰她。

然而，楚连翘伸手，打开洗衣机的门。

一股难以言表的咸腥味扑面而来，小龙虾残破的尸体安静地躺在洗衣机里。楚连翘目光所及的地方，别说一只完整的小龙虾，甚至连一块完整的肉都找不到。

"这是机吃小龙虾吧？"楚连翘终于明白沈泽生出差前，为什么再三强调宁可三餐点外卖，也绝不让沈半夏进厨房。

这简直是厨神的反面——厨魔啊！

沈半夏盯着洗衣机愣住。此刻，她觉得应该延续刚才的委屈和自责，可那堆残破的小龙虾让她悲壮到爆笑出声。糟糕的负面情绪也随着笑声开始消散。

"沈半夏，你真笨得像猪。怎么能按照洗衣服的方式洗小龙虾。"楚连翘一边帮沈半夏取出洗衣机里的小龙虾，一边说。

"你能不能别叫我猪？很伤我的心。"沈半夏嘟着嘴，眼睛红了。

"好的。佩奇！"楚连翘一本正经回答。

沈半夏微微一愣，扑向楚连翘一阵暴揍，揍完以后心情得到了彻底清洗。她撩头发，站起来："甩干功能启动了好几次。小龙虾废了，洗衣机也废了。我去联系收废品的人卖掉得了。"

楚连翘被沈半夏撩头发的动作撩了一下，盯着沈半夏粉嫩的脸蛋，忘记接话。沈半夏被楚连翘盯得有些心慌，抢起拳头，打破寂静："说好。这事到此为止，你不准告诉我爸！否则，我让你看不见明天的太阳。"

楚连翘惊醒，配合地捂住曾经被沈半夏袭击的眼睛："你就会凶我。有本事，你去凶……"

"不准提那个人的名字！"沈半夏粗暴地打断楚连翘。

"不提就不提。就算我不告诉你爸这事，你爸能看不出洗衣机被换过吗？"楚连翘伸展腰部，站起来。

"我会买一模一样的牌子和型号，再买个洗衣机套把它遮起来。不掀开洗衣机套看，谁知道新旧?"沈半夏说。

楚连翘竖起大拇指："高! 没想到在造假方面，你倒聪明。"

"我才懒得和你一般见识。"虽然楚连翘半句安慰的话语都没说，可是沈半夏感到隐晦的心情彻底消失了。

真是奇葩的安慰方式! 偏偏还非常受用。

"小龙虾没了，不过调料还在。不如，我拿出冰箱里的肉，做个水煮肉片?"沈半夏觉得自己应该好好感谢一下楚连翘。

"别，女侠。你还是联系收废品的抬走洗衣机吧! 午饭我来做。"楚连翘夺过沈半夏的围裙，把沈半夏赶出厨房。

"克罗米在客厅。"沈半夏抗议。

"克罗米进来。"楚连翘把克罗米叫进厨房，然后反锁厨房门，坚决抵制沈半夏再踏入厨房半步。

四十分钟后，白如雪的米饭、红艳艳的水煮肉片、黄红分明的番茄煎蛋汤和绿油油的清炒时蔬出现在餐桌上。

沈半夏看得食指大动，抓起筷子一边向嘴里狂塞水煮肉片，一边赞叹："好吃，太好吃了!"

"米饭没包住，喷出来了。"楚连翘看似嫌弃地说着，嘴角却微微上翘，显示着好心情。

"哪有?"沈半夏满桌找自己喷出的米粒，直到发现楚连翘正在偷笑，"好你个楚王八居然骗我!"

楚连翘看着沈半夏嘴里喷出的白色物体，手疾眼快地挪开水煮肉片："这次是真的出来了。"

沈半夏盯着呈抛物线落在桌上的米粒，瞬间血气上涌，脸红得像猴子屁股。

突然，沈半夏的手机铃声响了。沈半夏手忙脚乱地取出手机接听。

她还没说话，手机那端就传来白晓丹的尖叫声："半夏，出大事啦!"

"医院发生什么事呢?"白晓丹惊慌失措的声音直接让沈半夏想到本市爆发了某种的集体事件，需要大量医生到医院支援。

"医院没事，你有事。我看见陈金宝那个王八蛋啦! 他居然没横尸国外，还跑到我们科室当医生了。哼，海归博士。你没瞧见他那得意的模样。我呸! 要不是刚好有个患者输完液叫我，我当场就冲上去给他两耳光了。"白晓丹语速极快地说着。

"别，你可别犯原则性错误。没必要为一只畜生丢了工作。患者打不得，同事同样打不得。"沈半夏知道白晓丹仗义，生怕她冲动吃亏。

"你真的是沈半夏吗？王八归来，还和你同一家医院！你怎么能这么淡定？"白晓丹尖叫。

医院是个很封闭的地方，内部发生点什么事，一个小时内就能传遍全院。医院又是个很开放的地方，每天来来往往人比商场还要多，只要医护人员不在场，无论发生什么事都像大风一样刮过即逝。

沈半夏和陈建毅相遇的事情恰好没有医护人员看见。因此，那段精彩的相遇随着围观者一起离开了医院。

"我今天早上就遇见他了。"沈半夏提及陈建毅，胸口顿感闷得慌。

"你怎么不打电话给我？我直接冲下来帮你抽他。"白晓丹再次尖叫。

那种情况，她哪有时间给白晓丹打电话，更何况——

"我知道你仗义，但怕你仗义到局子里。为了一只畜生没必要为难自己。不过，你放心，贱人自有……"沈半夏看了眼楚连翘，把即将出口的"贱人"咽回去，"大神收！楚大神在言语上帮我抽了他。"

"楚大神！是你找我打听的那位急诊儿科医生楚连翘吗？你算是找对帮手了。全院上下毒舌功力他称第一，没人敢称第二。说来听听，他是怎么把陈贱男骂得哑口无言的？"白晓丹的声音很大，沈半夏的手机音量又是全开放。

白晓丹的言语一字不差地传到楚连翘耳中。不过，楚连翘仿佛没听见似的，把水煮肉片放回桌上，继续轻松自在地吃饭。

沈半夏心虚地吞咽口水："回头告诉你。我这有点事，回聊。"说完，沈半夏直接挂断电话。

白晓丹盯着断线的手机转怒为笑："拒聊楚连翘，又专程问我打听楚连翘。那么答案只有一个——她和楚连翘在一起。"

白晓丹愣了愣，转而又尖叫起来："不对啊！她和楚连翘在一起了，我家默然怎么办啊？不行，不行。我得赶紧让默然加快脚步。"

白晓丹连忙给徐默然打了个电话通风报信。

另一端——

沈半夏握着手机的手隐隐出汗。她见楚连翘对她和白晓丹的聊天毫无反应，决定装乌龟："这饭菜真好吃。"

沈半夏的筷子伸向水煮肉片，却不料，楚连翘直接挪开。她又把筷子伸向炒时蔬，楚连翘继续挪开。她又去拿勺子，决定来个汤泡饭，楚连翘直接抢了勺子。

"你什么意思啊！虽然你出了厨艺，可原材料是我提供的，吃饭地点和器具都是我的。你凭什么不让我吃呢？"沈半夏气呼呼地放下筷子。

"找人调查我啊？我就说，你今天面对那个垃圾人，你怎么把我的履历背得那么顺溜。"楚连翘炯炯有神的眼瞳盯得沈半夏毛骨悚然。

她能告诉楚连翘她不仅对他的光辉事迹好奇，对他拥有光辉事迹偏坚守急诊儿科夜班更好奇吗？说出真相，她没被楚连翘打死，也会被骂死吧！沈半夏赔着笑脸，决定找个谎话蒙混过关，可谎话不是她家的大米，明确待在那里不动啊！

"怎么，暗恋我？"楚连翘对沈半夏抛媚眼，眉宇间那似笑非笑的神情让人分不出真假。

沈半夏的脸蛋瞬间红得像块正在燃烧的煤炭："怎、怎么可能？你患有直男癌、毒舌癌、自恋癌……谁会喜欢被全世界女人唾弃的男人？"

"我怎么不知道我有这么多毛病？倒是医院替我说媒的人不少，还有护士给我半夜送温暖。"楚连翘像只老谋深算的狐狸。

"你是说前任医院吧！反正没人证，你就胡诌。"沈半夏把手当扇子狂扇。

"错，是现任。就连秦老太太也给我说过媒。其他热心人就不一一列举了。至于护士，嘿嘿，我也不指名点姓了。有不止一个护士半夜到诊室找我……"

"下流。"沈半夏激动地打断楚连翘。

"吃夜宵，送温水。下流吗？嘿嘿，该不会你某片看多了，想岔了。也对，虽然胸平，但女性特征尚在，又缺乏男友，难免需要慰藉。"楚连翘露出一副老司机的模样，"你不是第一个暗恋我的人，也不是最后一个。我看你这么可怜，勉强允许你暗恋吧！"

沈半夏由煤炭转回火山，站起来掀桌子。可餐桌是实木制成，根本掀不动。沈半夏只能改掀为拍："我这辈子见的人多了，还是头一遭看见猪八戒把自己当成唐僧的。楚光棍，你还是照照镜子，把刚才的话收回去，送给自己吧！三十多岁的男人连个女朋友都没有，真以为眼圈黑就能当国宝吗？"

这才是他熟悉的沈半夏啊！不过，他们之间好像怼得有点过度。

楚连翘心中反省，口中却图一时嘴快："哟，骂人不带脏字啊！这么厉害怎么不去怼那个垃圾人？难道你对他还抱有幻想。"

"嘭"！沈半夏把全身力量压在桌子上，瞪着猩红的眼睛："再提他，我可真翻脸了！"

"不提不代表不存在。同一家医院，今天不见，明天见。"楚连翘的胸腔犯闷，窜出一丝酸楚。

不爱了，伤还在，痛还在！沈半夏涌出恐慌的泪："那就等明天再说。"

"你不能永远当乌龟。"楚连翘忍不住刺激。

"你不是一直叫我沈乌龟吗？他在心脏外科，我在急诊儿科。更何况……"她可以申请多值夜班啊！沈半夏知道在同一家医院，彼此一辈子不再碰面的可能性很小。可她现在心很乱，能躲就躲，缓缓再说。

"遗忘伤口只会让伤口烂得更深，更疼。"楚连翘说。

沈半夏颓废地坐在椅子上："我是真不爱他了，连恨都不像以前恨了。我就是恶心，害怕……你就不能安慰我，暂时别欺负我吗？"

楚连翘盯着沈半夏好一会儿，走到沈半夏身边，递上抽纸："我一直在安慰你啊！"

"哪有？你一直在骂我，怼我。就你本事大！"沈半夏拒绝抽纸，抓过楚连翘手臂，把鼻涕和眼泪全蹭在上面。

"我的衣服很贵的，很贵的！"楚连翘嘴上嚷嚷，却主动把手臂凑得更近。

Chapter 37 菜鸟的倔强坚持 ///

和前男友在同一单位工作怎么办？辞职走人！别傻了，前男友属于过去，未来属于自己。她的离开只会成全王八装人。

沈半夏想通了这点，就打起精神继续和楚连翘上班。不过，她明白哪怕她有成为女强文女主虐杀渣男的梦想，也没女强文女主的心性。她就是一只乌龟，看上去有着坚硬的壳，可遇事却只敢躲在壳里。

她为了把自己和陈建毅再见的概率降低到接近零，选择多值夜班。就连她和白晓丹偶尔食堂约会的项目，也被她狠心取消。她还特别嘱咐白晓丹，既然陈建毅没认出白晓丹，就别冲到陈建毅面前自揭身份。

白晓丹笑她懦弱。她低头默默承认。

楚连翘激将她。她低头默默承受。

她有时候会想，为什么她不能把对怼楚连翘的勇气用在陈建毅身上呢？要论可怕，楚连翘绝对是魔王级别的大BOSS，陈建毅顶多算守门级别的小BOSS。

可她偏偏怕陈建毅，就是不怕楚连翘。她想不通为什么，只能先躲起来再说。

急诊儿科和心外科没在同一栋楼。沈半夏步步小心地断绝和陈建毅一切相遇的可能性，倒还真在一个月内和陈建毅再无交集。

"沈乌龟，一个月了。你掩耳盗铃的游戏也该结束了吧？"楚连翘看着如同出洞觅食的小老鼠的沈半夏。

"这才不是掩耳盗铃，是未雨绸缪。"沈半夏紧张抓着车门，谨慎地向四周打量。

楚连翘不耐烦地把她拽离车门："绸缪复合，还是复仇？得了吧！两项都不适合你。复合？除非你天生自带M特性。复仇？瞧你这没志气的模样，再遇也是被踩的对象。"

"我——"沈半夏吸气想反驳，却发现楚连翘字字真理，"我就没第三条路选择吗？"

"有啊！把垃圾人扔出生命。"楚连翘提议。

"我扔了啊！"沈半夏皱眉。

"还不够干净。既然不爱，又没办法复仇，那么就把他当空气。"虽然沈半夏最近努力装作和以前一样，可楚连翘和沈泽生都看出沈半夏有心事。那份心事无关爱和不爱，而是烙进骨髓的心理阴影。

"就算是空气，也是臭的空气。能忽略吗？"沈半夏的嗓音略显低沉，"我知道你想骂我不争气，我天天这样骂自己。其实，我再见他之前。我也以为自己再见他时，能很硬气地给他一巴掌，把他给我带来的伤害统统还给他。可是，真实情况是我看见他就像以前一样害怕和恐惧，根本没办法向面对你这样。那天如果不是你替我出头，又支持我反驳……我肯定又被他虐成渣渣了。我知道我的心理有问题，正在努力改变，可尚未完成改造前，我不敢想象再遇会发生什么啊！因此，我只能躲。"

"躲不是避风港，是罂粟。"楚连翘的双手放在沈半夏肩膀上，目光难得正经地凝视沈半夏，"沈半夏，未来除了你，再也没人能伤害你。开启新人生吧！"

"这不早开启了吗？我以前是娇滴滴的公主，把周围人对我的付出都视为理所当然，总认为某天属于我的王子会代替我爸爸继续维持我娇滴滴的公主人生。可分手后，我与过去的自我割裂，支教、当志愿者、暑期工、独自旅游……我做了一切让我成长的事情。这不，我变成了……"

"肉包吃货！"楚连翘抢着说。

"呸，是新时代女汉子。"沈半夏抡拳攻击楚连翘。

楚连翘揉搓被沈半夏重击的胸口："这就对了。你都远离公主路线了，哪还需要骑士和王子。你下次见到垃圾人就像打我这样打他就行了。"

"可我看见他就尿啊！"沈半夏说。

楚连翘靠在沈半夏的耳边说："我就牺牲小我成全你吧！你下次看见他再害怕，就把他幻想成我。"

沈半夏认真地打量楚连翘："貌似这个办法可行。"

"我就开个玩笑，你还真信？"楚连翘哇哇抗议。

"信，楚大神说的必须信。要不，你来伪装垃圾人让我试试？"沈半夏笑出声。楚连翘总能在她情绪低落的时候，奇迹般地让她心情好转。

"陈建毅！"楚连翘猛地收敛笑容。

沈半夏缩缩脑袋，躲在楚连翘身后："哪里？"

"尿包！"楚连翘爆笑出声，大步走向急诊儿科。

沈半夏一边追打楚连翘，一边前往急诊儿科。

俗话说，情场失意，赌场得意。沈半夏不赌，但职场得意。连续几次紧急事件后，沈半夏职场运气大大好转，业务能力在努力学习下也有显著提升。至于手握沈半夏保证书的壮壮妈也没再出现。不过，她听急诊普外那位主治医师说，壮壮妈最后一次带壮壮来换药的时候，壮壮不仅感谢了他，还感谢了她和楚连翘。壮壮妈当场沉默了。

对于壮壮妈那种极度自我的人而言，沉默就代表谢意吧！沈半夏甜滋滋地想着，开启了忙碌的夜班工作。

晚上十点以后，候诊室的人数直线下降。十一点半，楚连翘和沈半夏完成了晚高峰的所有看诊。

楚连翘推开沈半夏诊室的房门："我去巡房。"

"我守株待兔。"沈半夏和楚连翘配合得越来越默契。

"行。晚饭没吃饱，记得点夜宵，我要吃汉堡。"楚连翘毫不客气点餐。

"好的，乔治。"沈半夏把一个月前楚连翘送给她的话，还给楚连翘。

"牙尖嘴利。"

楚连翘还没离开急诊儿科范围，就听见惊慌的喊叫声和急促的脚步声。

"医生，救救我的孩子。"泪流满面的年轻妈妈抱着两岁多的女童，冲到楚连翘面前，"咚"一声跪下。

孙婷婷紧随患儿妈妈，也跑了过来。

"怎么回事？"楚连翘扶起患儿妈妈。

"没呼吸了，心跳也没了。"孙婷婷委婉地说。

"没！暖暖还活着，我听见她刚刚喊我妈妈。"暖暖妈哀求楚连翘，"医生求你救救她，求你了。你们抢救吧，多少钱我都给，求你们了！"

"不要急，不要摇晃患儿，你跟我进来。孙护士，你叫上沈医生，一起过来。"楚连翘领着暖暖妈进入诊室。

"患儿失去意识前发生了什么事？"楚连翘让暖暖妈把暖暖放在诊查床上。

暖暖妈不舍地放下暖暖："我睡着了。她从床上滚了下去，后脑勺刚好撞在了她平时玩的积木上。我醒来时，她就在床下。我怎么叫她，都叫不醒。不过，她有呼吸的，哪怕很浅，可我能感觉到。"

"伤了后脑？"楚连翘在暖暖后脑发现了碰撞留下的痕迹。撞击导致颅内损伤？

"对，肯定是这样。都怪我。暖暖爸出差，我带孩子太累，直接和孩子一起睡着了，没有收拾床下的玩具。"暖暖妈哭喊着，"暖暖，你快醒醒啊！你不能丢下妈妈。"

楚连翘眼眸里闪过一丝犹豫，继续对暖暖进行检查。此刻，沈半夏和孙婷婷都赶过来了，随时候命。

楚连翘用听诊器听暖暖心跳，又用电筒照了照暖暖的瞳孔。楚连翘面色凝重地摇头："呼吸没了，心跳也没了。没有抢救的必要了。"

暖暖妈盯着楚连翘愣了好一会儿，猛地抓住楚连翘的手："不，不可能！医生，求你救救暖暖。你看她身体还是软的，怎么可能死了？我不怕医药费高。哪怕卖房子，借高利贷，我也要救她。你，你给她电击，输氧，开刀取瘀血……求你快点，把所有抢救办法都用上。只要暖暖活着，花多少钱，受多少苦都行。只要她活着，哪怕手术有风险，有后遗症我也认了。求求你，只要救活她，怎样都行。"

"你——"那一刻，暖暖妈着急的面孔仿佛变成了那位跳楼老太太，导致楚连翘呆滞片刻。

沈半夏想帮忙，却又不敢贸然行事："什么情况？"

"按照患儿家长说的，后脑撞在积木上，没了呼吸。"孙婷婷尽职地安抚暖暖妈，"你的心情我理解。可没呼吸，瞳孔也放大了，你叫我们怎么抢救？"

"没法救了。真的吗？"暖暖妈盯着楚连翘，希望从他眼中看见一丝希望。

楚连翘的手冰凉，哪怕被暖暖妈拽着，也难以控制地微颤："沈医生，你去检查看看。"

沈半夏急忙来到暖暖妈身边，按照楚连翘之前所做的检查步骤检查一遍。

"心跳没了，瞳孔也确实放大了。对不起！"沈半夏看着暖暖妈伤心欲绝的表情实在不忍，"不过，既然撞了脑袋，要不还是做个 CT 检查？"

"好，检查，马上检查。暖暖，你要坚强一点，坚强一点。只要你活着，怎么样都行。"暖暖妈撕心裂肺地哭吼着。

这种情况没必要做 CT 检查。不过，既然沈半夏建议做，患儿家长也有这个意愿，那么权当安抚患儿家长情绪，就做吧。

"那就检查吧！孙护士安排推床，联系 CT 值班医生。"楚连翘看向暖暖妈问，"家长，你有挂号吗？"

"没有。我去挂号！"暖暖妈抱着暖暖冲了出去。

"别急，把患儿放下啊！"沈半夏在暖暖妈身后叫嚷。

暖暖妈像没听见似的，抱着暖暖跑得没了踪影。孙婷婷去安排推床和联系 CT 值班医生。

"随她去吧！这种时候，当妈的随着孩子一起死的心都有，理智不了。"楚连翘叹口气，"让她多抱抱孩子。她的心情或许好点。"

"真的没希望了吗？"浓浓的伤感包裹着沈半夏。

"这话不该出自医生的口。"楚连翘努力稳定自己的情绪，让自己不要去想那位跳楼的老太太。

与以往不同的是，他控制自己不去想，老太太的身形倒真模糊起来了。取而代之的是，沈半夏眼里浓浓的悲伤。

"这是你第一次接触死亡患儿？"楚连翘问。

沈半夏点点脑袋："实习和见习的时候见过。不过，那时候老师为主，我们一旁看着……和现在是不同的。真的撞一下积木就死亡了吗？会不会有我们疏忽的地方？"

"沈医生，注意你是医生。冷静和理智为上，感性只会阻碍你的诊断。你应该明白，这个患儿的情况没必要进行 CT。"楚连翘提醒沈半夏。

"我知道。可你看暖暖妈那么痛苦，你不让她尝试救的过程，怎么让她接受失去的结果？暖暖还那么小。"沈半夏心情沉重地说。

"狡辩。"楚连翘正想说什么，暖暖妈跑进诊室。这一次，她的怀里没有暖暖。

"医生快开单。暖暖在推床上，等着进 CT 室。"暖暖妈喘着粗气。

楚连翘询问暖暖姓名后，快速开单："你去缴费。我和沈医生去 CT 室。"

"好。"暖暖妈快如闪电又离开了。

"我们去 CT 室?"沈半夏疑惑地问。CT 室有专门负责医生,他们去不符合规矩。

"暖暖这种情况,我们得过去打个招呼。"楚连翘说。

"我好像又给你找麻烦了。"沈半夏拍拍脑袋。

"知道就好。"楚连翘拍拍沈半夏肩膀。他和沈半夏相处久了,心似乎也变软了。

两人快速赶往 CT 室,专程向 CT 医生解释了暖暖的情况。刚说完,孙婷婷带着一位护士,旁边跟着暖暖妈,推着暖暖出现了。

"护士帮忙把患儿推进去检查,其他人留在外面。"CT 医生说。

暖暖妈不舍地抓住暖暖的手,抚摸暖暖的头:"暖暖坚强一点,妈妈在外面等你。脑袋里有瘀血取出来就好,不要怕。妈妈会一直陪着你。"

沈半夏感到鼻头酸酸的,眼里充盈着泪水。她上前安抚暖暖妈:"暖暖妈,你让孩子进去检查吧!"

"我——"暖暖妈忽然情绪失控摇晃暖暖,"暖暖,你一定要醒来,一定要醒来。知道吗?你走了,妈妈也不想活了。"

"别这样。你让暖暖进去检查。你在这里有其他亲人或者朋友吗?我们打电话让他们来陪你。"沈半夏安慰。

"不用了,我只要暖暖陪。"暖暖妈用力地抱着暖暖,"医生,你让我陪暖暖进去检查好吗?"

"这不符合规矩。"沈半夏歉意地说。

"你就破例一次。你看暖暖这么小,她独自进去会害怕的。"暖暖妈抽泣着说。

沈半夏看向暖暖。白皙的肌肤、精致的五官、黝黑的头发……她还那么小,就这样逝去呢?沈半夏心中无比伤感,忍不住伸出手触碰暖暖的脸蛋。

突然,她发现一丝浅浅的风拂过她的手指。

Chapter 38 暖暖的奇迹 ///

"好像有呼吸了。"沈半夏急忙对暖暖进行生命体征检查。

"暖暖,加油。妈妈在这里。你要活着,听见没,一定要活着。"暖暖妈握着暖暖的手嘶喊。

沈半夏检查完毕，含着泪看着楚连翘："真的有呼吸了。楚医生，你来看看。"

这是生命的奇迹。沈半夏生怕自己投入太多感情，导致检查失误。

楚连翘急忙上前，认真地检查一遍。"是的，有生命体征了。"楚连翘的声音激动得发颤，可努力维持着表面的冷静和理智，"患儿有生命体征还算稳定，可以先在CT室进行检查。检查完毕后，麻烦孙护士把患儿送去病房，我们进行进一步确诊。"

暖暖妈被巨大的喜悦冲昏了头，激动得不知道说什么，只是连连点头把暖暖交给孙婷婷。孙婷婷在CT医生指挥下，把暖暖推进CT室。

"暖暖活了，活了。"暖暖妈流下喜悦的泪水，拿出手机一一回复未接来电。

沈半夏眺望着CT室大门，期盼着检查结果。

"沈乌龟过度投入感情了。"楚连翘在沈半夏耳边提醒。

医生游走在生死边沿。虽然他们的任务是尽量让患者活下去，但是医生不是阎王能断人生死。生是他们的希望，死是他们无法避免的结果。

暖暖是幸运的，奇迹般地再次获得生命。可未来一定会存在不幸的患儿，沈半夏迟早得面对幼小的生命的逝去。而且如果沈半夏一直坚守在医生岗位上，此生她将不止一次面对死亡。

死亡是医生的另一道心理大敌，感性投入越多越难迈过去。偏偏沈半夏是一个非常感性的人。她对待患儿如同己出，太容易和患儿家长发生共鸣。

按照以往，他会告诉她，你不适合当医生。可现在他不确定了。如果不是沈半夏的坚持，可能他会让暖暖妈离开。暖暖妈伤心欲绝离开后，可能迎来暖暖忽然有了呼吸，睁开眼喊妈妈。但另一个极大的可能是暖暖有了呼吸，却被暖暖妈忽略了，然后暖暖没得到及时抢救，而失去生命。

他不得不承认，沈半夏挽救了他的误诊。不过，感性不是每一次都能遇见暖暖这种情况，更多的是面临重病患儿时候的犹豫，以及对于患儿死亡的恐惧。

楚连翘看着沈半夏含着喜悦之泪的眼眶，不由担忧起沈半夏未来的医疗之路。

沈半夏鼻头酸酸的，把楚连翘的提醒和以往老师的教导联想在一起。"我知道有问题，可就是控制不住。"沈半夏看着又哭又笑的暖暖妈，反思自己波澜起伏的内心，"我们回去吧！"

她继续待下去，会投入更多感情。她是医生面对的病患不止暖暖一个，不能把所有的心绪都放在暖暖身上。

沈半夏揉揉鼻子和暖暖妈打过招呼后，走向急诊儿科。她在内心给自己打气，努力地想要纠正此刻的状态，却不知从楚连翘的角度看上去，她微微驼背，充满迷茫和不安。

"下班后，送你一件礼物吧！"楚连翘与沈半夏并肩走着。

"这么好？"沈半夏蝶翼般的睫毛扑腾扇动两下，仿佛受惊的蝴蝶。

楚连翘凝视沈半夏的面庞呆滞一秒，急忙挂上痞子般的笑容说："我听说我们小区附近开了一家一人三百多的海鲜自助。明天中午你请我去吃呗？"

"一人三百多，你咋不去抢！"沈半夏摇头，拒绝继续和楚连翘聊天。

"绝对物超所值。"楚连翘加快脚步。

"真的？什么东西？"沈半夏停下脚步，好奇地看着楚连翘。

楚连翘嘴角微翘："秘密。不过，你绝对满意。"

"秘密？还绝对满意。"沈半夏想了想，摇头拒绝，"算了。你这么抠门的人，会送我超过三百多的礼物？我怎么想，怎么都觉得不可能。荷包要紧。"

"你可以先看货，后付款。"楚连翘又说。

"这么大方？"沈半夏实在想不到，又不逢节，又不过生的，楚连翘为什么要送东西给她，还是会让她花钱请客的东西？不过，楚连翘确实勾起了她的好奇心："好吧，看着你这么真诚的份上，我就勉强接受了。"

"勉强啊？那还是算了吧！我也懒得好心地把那么珍贵的东西送给你了。"楚连翘耸耸肩，走开。

沈半夏看着楚连翘离去的背影，感到再次被戏弄了。可她的好奇心已经被楚连翘高高勾起，难以放下："喂，你不能这样啊！你都答应了送礼物给我。怎么能不讲信用反悔？"沈半夏跺脚，追上前。

一番讨价还价下，楚连翘勉强接受先收沈半夏50元订金，看了礼物再决定请客与否的条件。

"抠门。"沈半夏微信转账给楚连翘时，看着楚连翘乐滋滋的表情，忽然觉得自己亏了。

楚连翘收下微信转账："你看见东西，就知道我有多大方了。"

楚连翘拍拍沈半夏的肩膀，回到门诊室。沈半夏叹口气，也回到门诊室。等待暖暖CT结果期间，沈半夏接诊了一名高烧患儿。

楚连翘拿出一个笔记本，记录着暖暖这一特殊病例。他刚写了几句，暖暖妈拿着CT报告出现了。

"暖暖苏醒没？"楚连翘停笔，抬头问。

"醒了。不过，还很虚弱。孙护士说，现在还没确诊，暖暖不易随便移动。她把暖暖推到病房了。我着急，就先把 CT 报告拿过来给你看看。"暖暖妈把 CT 报告递给楚连翘，"CT 医生还说没问题。真的没问题吗？"

楚连翘对着灯光，仔细看了 CT 扫描片。"颅内没有出血症状。孩子进入假死状态不是最初猜想的头部撞击积木引起的。"楚连翘收起 CT 扫描片，"走，我们去看看暖暖。"

"好。"暖暖妈带着满腹疑问跟在楚连翘身后。

楚连翘前往病房前，专门看了眼沈半夏的门诊室。沈半夏还在接诊。于是，楚连翘给沈半夏发了条微信，让她接诊完后，到病房找他。

楚连翘和暖暖妈到病房时，暖暖正哭号着找妈妈。暖暖一见暖暖妈到了，不顾孙婷婷阻拦，挣扎着从病床上爬起来："妈妈抱！"

暖暖妈抱着暖暖："宝贝，妈妈不是让你躺在床上，配合护士阿姨吗？"

"妈妈不在了，妈妈不在了。"暖暖在暖暖妈怀里磨蹭，哭得嗓子都哑了。

孙婷婷拿着氧气管站在旁边，无可奈何地说："患儿精神稍微恢复后，就嚷着找妈妈，不配合检查。"

"没事。有力气哭号，就证明生命体征较为正常。先让暖暖妈把暖暖的情绪稳定下来。我们再进行进一步检查也不迟。"楚连翘一边等候，一边思索到底是什么导致暖暖假死，又是什么导致暖暖从假死状态苏醒。

"暖暖醒了啊！"沈半夏出现的时候，看见暖暖靠在暖暖妈怀里低泣。

暖暖像只怯生生的小奶猫，从妈妈怀里探出脑袋好奇地打量沈半夏。

"这是沈医生，那是楚医生。没有他们，你……"暖暖妈想到暖暖失去呼吸那幕，心脏就猛地揪疼，抱着暖暖亲吻，"还好你没事。太好了，宝贝。妈妈能再次听见你的声音太好了。我就知道你活着。你怎么可能舍得妈妈离开。"

"妈妈我在啊！不哭，不哭。"暖暖不知道妈妈在害怕什么，却贴心地抱着妈妈，为她拭擦眼泪。

"妈妈太开心了，太开心了。暖暖在真好。"暖暖妈抱着暖暖又亲吻了好几下。

过了好一会儿，暖暖妈和暖暖的心情都平复下来了。楚连翘对暖暖进行详细检查，包括测量体温和验血。

"体温 38.5℃。孩子昏厥之前发烧了吗？"楚连翘拿着体温计，感觉自己捕捉到一个关键信息。

"不知道。我没用体温计测量。昏厥后，我抱着她来医院的路上没觉得她身体烫。"暖暖妈握着暖暖的手。

楚连翘看了看体温计，又说："患儿有高热惊厥史吗?"

"有。暖暖八个月发烧的时候，第一次发生高热惊厥。后来，我们一直很小心关注高热惊厥，暖暖只要感冒就跑医院。不过，暖暖一岁四个月和两岁的时候分别发生过一次高热惊厥。暖暖这次是头部撞上积木昏厥，我来医院的时候就没告诉你们暖暖有高热惊厥史。"暖暖妈好奇地看向楚连翘，"难道暖暖昏厥不是撞上积木引起的?"

"有可能是暖暖高热惊厥引发不适，导致她无意识滚下床，摔倒在积木上。因此，你发现的时候，误以为暖暖是被积木撞了头失去了生命体征。其实，暖暖可能是高热惊厥引发呕吐，呕吐物堵塞了呼吸道引发了窒息。"沈半夏推测。

"有这个可能。不过，目前检查结果都还没出来，沈医生的猜测只是可能性之一。我们还是等报告出来以后再说。由于，患儿被积木撞了后脑，又发生过晕厥，以及目前处于高烧状态……暂时留院观察吧!"楚连翘看着靠在暖暖妈怀里的暖暖，"患儿有高热惊厥史，我先开药给患儿退烧。家长要密切关注患儿情况，如果患儿出现不适要及时通知护士。当然我们也会密切关注患儿。"

"我会注意的。"暖暖妈对楚连翘和沈半夏连连道谢。

楚连翘和沈半夏微笑着离开。楚连翘去给暖暖开退烧药，沈半夏进行夜间巡房。等沈半夏返回急诊儿科时，暖暖的血常规报告出来了。暖暖妈把报告递给楚连翘，询问暖暖病情。目前没有其他患儿，沈半夏心怀关切地走进楚连翘的门诊室。

"根据报告，结合暖暖体温和扁桃体情况，患儿应该是病毒性感冒。"楚连翘松了口气。

"真的是呕吐物堵塞了呼吸道引起了窒息?"暖暖妈追问。

"非常有可能。你来医院的途中给患儿做过什么抢救措施?"楚连翘好奇地问。

"没有啊!"暖暖妈一脸茫然地说。

"我看见你有好几次用力摇晃暖暖。"沈半夏插嘴。

"对! 暖暖没有了呼吸和心跳。我非常慌张和担心，可我不知道该做什么，只能不停地摇晃和呼喊她。"暖暖妈想到刚才惊心动魄的经历，眼泪又涌了出来。

"如果患儿是脑部受创引发的晕厥，你这样摇晃她只会让情况更严重。"楚连翘看着被吓得愣住暖暖妈，话锋一转，"不过，庆幸的是患儿显然不是脑部受创引发的晕厥。你又给予了患儿第二次生命。"

"我?"暖暖妈有些难以置信。

"是的。你的坚持和执着救了暖暖。你把暖暖送来的时候，我们只知道暖暖后脑有撞伤，根本没想到暖暖可能是高热惊厥引发窒息。如果不是你一直摇晃她，让堵住她呼吸道的呕吐物松动，恢复了呼吸，那么暖暖真的会因为窒息时间太长而失去了生命。这是生命的奇迹，也是你给她的奇迹。你是暖暖的天使。"沈半夏眼里含笑解释。

"真好，真好。我把她留下了。"暖暖妈再次喜极而泣。

"别高兴得太早，患儿的烧还没退。家长得继续跟进观察。如果患儿服药一个小时后无法退烧，那么就得打针。还有，虽然 CT 扫描片显示目前患儿脑部正常，可是人体是非常玄妙的。我们会安排患儿留院观察 24 小时。家长都需要注意观察患儿有无恶心呕吐，头晕头痛等症状。哪怕稍后出院了，家长也要留心观察至少三天……"楚连翘一边开药，一边提醒暖暖妈注意事项。

"好，好。我会注意和按照要求照顾好暖暖。谢谢你们，真的非常感谢你们。"暖暖妈向楚连翘和沈半夏深深鞠躬，然后离开拿药。

沈半夏看着暖暖妈离去的方向，激动的心情久久不能平复。

"很开心，很有成就感吧？"楚连翘说。

"如果每个重病患儿都能有奇迹发生就好了。"沈半夏眼里充盈着期许的亮光。

"这个梦不能做。奇迹就像买彩票中大奖，你中过几次？"楚连翘问。

沈半夏愣了半刻："买过几次，一次未中。"

"这就得了。别做梦了，好好看书，好好研究病历，提高技术水平，比做白日梦来得稳妥。"楚连翘说。

"知道了。"期许和现实又不冲突，有必要这么严肃吗？果然男人来自火星，女人来自水星，说话频道完全不一致。沈半夏瘪嘴。

"学习之前，先帮我点个汉堡，外加一对炸鸡翅。忙了这一圈，饿得快眼冒金星了。"楚连翘夸张地趴在桌子上。

"人家的胃叫胃，你的胃叫胃 PLUS。"沈半夏一边念叨，一边拿出手机点外卖。

楚连翘看着沈半夏不快的表情，露出狐狸般的笑容。

身边有一个随时在发光发热的人体太阳的感觉真好！

Chapter 39 诺兹多姆的爱 ///

　　夜班医生如同夜精灵般随着太阳落下而出现，随着太阳升起而离开。沈半夏对着从高楼大厦间探出头的太阳，泪眼婆娑地打着一个又一个的哈欠。

　　"这模样就像鸦片瘾犯了。"楚连翘一边开车，一边打趣沈半夏，"得了，为了不被警察拦着查毒，你还是睡会儿吧！"

　　"不行。你熬了一夜肯定也瞌睡瘾犯了。我得陪你聊天，免得你疲劳驾驶睡着，撞上栏杆。"沈半夏重重地打了个哈欠，"我可不想才出医院，又被拖回医院。"

　　"安吧！这条路我开了几千遍，闭着眼睛也能开回去。"楚连翘看上去精神疲惫，却在眼里寻不到一丝睡意。

　　沈半夏侧头看着楚连翘眼里的血丝："你倒奇怪了。顶着黑眼圈，天天夜班，不困吗？"

　　"困啊！不过，晚上睡不着还不如上班。"楚连翘随口说。

　　"你患有失眠症？"沈半夏惊讶地问。

　　楚连翘握着方向盘的手失控地移动一下，车身顿时在地面画出一条弧线。楚连翘连忙收敛心神，把车身移回来。

　　"早上车少，你也不能玩漂移啊！"沈半夏心魂未定地拍拍胸口。

　　楚连翘不吭声，继续开车。

　　沈半夏想到车身失控前发生的事，好奇地追问："你失眠很严重？好像是了。我每次夜班回去吃了早饭倒头就睡。你还要去遛狗，锻炼……你每次都是午餐后才睡觉。你每天最多睡四到五小时，甚至更少？"

　　楚连翘感到秘密被窥视，心情烦躁地瞪了眼沈半夏："怎么，想转行当侦探？晚上睡不着，这是现代人的通病。有什么好奇怪的？根据调查统计，各界的精英人士向来睡得少，做得多。只有像你这种披着人皮的猪才需要十个小时的睡眠。哼，浪费生命。"

　　沈半夏被楚连翘阴冷的表情吓了一大跳："我就随便聊聊，有必要这么严肃吗？

神经病。"

楚连翘不吭声，继续冷着脸开车。沈半夏揉揉酸楚的鼻子，备感委屈。可楚连翘不回话，她又不可能跳起来怒骂。她只好扭头看向窗外，一路无言地来到小区车库。

"喂！"沈半夏见楚连翘下车没叫她，急忙地跳下车。

楚连翘锁车同时，看向沈半夏，依然沉默不语。

尴尬凝固在沉默中。沈半夏和楚连翘彼此相望，却无言以对。

"喵——"

轻微的猫叫声如同一粒击向湖面的石子，击破静若湖面的寂静。

"有，有猫。"沈半夏堵在胸口的话语终于有了去处，顿感舒坦。

"哦。"楚连翘心不在焉地回答。

"叫声很无助了。我去看看。"沈半夏竖着耳朵聆听并不连贯的猫叫声。

楚连翘看着沈半夏寻找的背影，愣了一会儿，总算回过神："它就叫了三声。你从哪听出来的无助？"

"女人第六感。"沈半夏终于在一辆越野车下的排水道旁发现一只虎斑狸花猫。

这是一只小奶猫，有着圆圆的脑袋，尖尖的耳朵，宝石般的大眼睛，以黑色为主的斑纹皮毛……远远看去它就像一个毛茸茸的圆球。

"喵——"它奶声奶气地叫着，急于把爪子从排水道的缝隙中扯出来。可它爪子的部分皮肉卡在了排水道残破的铁丝网里，任它拉扯得血肉模糊也难以摆脱。

"这第六感居然准了！你要能发挥在工作中，铁定能当神医。"楚连翘围观小奶猫。

"愣着做什么？来帮忙啊！"沈半夏跪在地上，解救小奶猫。

"你不是害怕长毛的动物吗？"楚连翘蹲下身体，观察小奶猫受伤情况。

"谁说的？我只是怕狗。"沈半夏纠正。

"狗和猫有区别吗？"楚连翘愣住。

"区别可大了。狗会攻击人，猫不会啊！"沈半夏被狗咬过，留下严重心理阴影。可猫在她眼中一直保持着温顺可爱的形象。

瞧，这只猫！毛茸茸、肉嘟嘟的多可爱。沈半夏伸出手，想要尝试解救小奶猫。小奶猫警惕地露出尖尖的牙齿，挥动没被困住的爪子，阻止沈半夏靠近。

"这就是不会攻击人的猫？你一本正经胡说八道的功夫真厉害！"楚连翘看着张牙舞爪的小奶猫，想到蹲坐在地上摇尾巴的克罗米，那才是温顺可爱的代表吧！

"它是只受伤的流浪猫，自然会敏感一点。我和它聊聊，它就不会害怕，攻击我了。猫最通人性了。"沈半夏瞪了眼楚连翘，然后转向小奶猫，"小猫咪别怕。我是来救你的。你瞧，你被铁丝网卡住了，没有我的帮忙，你就算挣脱了也会严重受伤的。外加，你上面还有一辆汽车。如果车主启动车的时候，没注意你在车下，有可能从你身上碾压过去。"

"你说这么多，它能听懂吗？"楚连翘看着全身毛竖立，吓唬沈半夏的小奶猫。

"克罗米能听懂你说的话，小猫咪怎么就不能听懂我说的呢？小猫咪，有人觉得你笨。来，我们给他有力回击。"沈半夏伸手再次靠近小奶猫。

小奶猫瞪着楚连翘叫了一声，收起竖立的毛，任由沈半夏抚摸。

楚连翘露出惊讶的神情。

"瞧，它多配合。"沈半夏扭头，向楚连翘炫耀。

小奶猫也看向楚连翘，神情和沈半夏一模一样。

"啧，神奇。"楚连翘进一步靠近小奶猫，想要帮忙。却不料，小奶猫再次张牙舞爪起来。

"你离远一点。"沈半夏驱赶楚连翘，然后趴在排水道前，进行小奶猫解救工作。

楚连翘有些吃味地摸摸鼻头，站起来。不过，他想到克罗米卖萌的可爱模样，又得意地笑了，盘算着待会儿回家让克罗米刺激一下沈半夏。

沈半夏为了解救小奶猫在车底各种姿势翻滚，侧躺、趴着、弓背……丝毫没有淑女形象可言。

楚连翘看了眼沈半夏七分牛仔裤，小声嘀咕："幸好是牛仔裤。"

沈半夏猛地回头，盯着楚连翘。楚连翘心中一惊，猜想沈半夏是不是听见了什么。

"你发什么呆啊！过来帮忙。"沈半夏的女汉子气息外放，"堂堂七尺高的男人，像个小脚女人似的站在一旁看着。"

"我身高八尺，不止七尺。挥之即去，呼之即来，也就我才这么老实了。"楚连翘再次蹲下，"需要我怎么做？"

排水道下的铁丝网部分断裂，露出锈迹斑斑的锋利铁丝。小奶猫的腿就卡在这些铁丝中间。他们想要解救小奶猫，就得抬起排水道盖，掰开铁丝，把小奶猫移出来。

"趴下，把排水道盖抬起来一下。"沈半夏说。

"趴下？"楚连翘看向自己浅蓝色的 T 恤和米色的长裤。

"现在的男人比女人还磨叽。衣服和裤子弄脏了，回头给你洗。"沈半夏瘪嘴。

"行！"楚连翘趴下，靠近排水道盖。

小奶猫面对楚连翘，失控地叫嚷和挣扎起来。

"叫什么叫，我又不抓了你炖着吃。"楚连翘没好气地说。

"你温柔点，吓着它了。"沈半夏安抚小奶猫的脑袋，开始说服教育。

小奶猫先冲着沈半夏卖萌娇叫，然后转向楚连翘张牙舞爪。

"笨猫。"楚连翘无视小奶猫，抬起排水道盖。

沈半夏一边安抚小奶猫，一边拉扯困住小奶猫的铁丝。可铁丝太粗，加上部分铁丝已经刺入小奶猫的皮肉里，哪怕沈半夏使出吃奶的劲也难以掰开铁丝。反倒沈半夏每次挪动铁丝都让小奶猫伤上加伤，疼得它凄惨叫嚷，用力挣扎。

"别动，一会儿就好了。"沈半夏急得满头大汗。

"再折腾下去，它的腿就废了。"楚连翘阻止沈半夏继续和铁丝做斗争。

沈半夏盯着铁丝，想了想："那我在这守着。你回家拿个铁钳，把铁丝剪开。"

"哪用那么麻烦。你抬着排水道盖，我来弄。"楚连翘示意沈半夏和他换个位置。

"你能行吗？"沈半夏和楚连翘换个位置。

楚连翘丢给沈半夏一记卫生眼，靠近小奶猫。可小奶猫如临大敌地冲着楚连翘张牙舞爪。

"继续叫，继续动，反正受伤的又不是我。就你这模样，还卡得难以动弹，能吓唬谁？真以为长着虎斑就是老虎？"楚连翘冷哼一声。

小奶猫似乎听懂了楚连翘的话语，夹着尾巴盯着楚连翘动也不动。

"识时务者为俊杰。"楚连翘看了眼小奶猫，又看看沈半夏，顿生"物是人形"的感觉。他眼底泄出一丝柔情，小心翼翼地掰开困住小奶猫的铁丝，扩大小奶猫活动空间。

"怎么办？有几根铁丝扎入它肉里了。"沈半夏看着小奶猫被鲜血染红的皮毛，笃感心惊肉跳。

"虽然你不是兽医，但最基本的医学常识人和兽通用。你才下班不到一个小时，大脑就留给医院了吗？"楚连翘找好角度，干净利落地把小奶猫的爪子从铁丝上拔出来。

猫咪惨叫一声。沈半夏猛吸一口气，表情和小奶猫一模一样："你就不能温柔点吗？"

"难不成我还回医院给它挂个号，开支麻药回来？"楚连翘抱着小奶猫，爬出车底。

沈半夏也跟着爬了出来。小奶猫软躺在楚连翘手里，腿上的鲜血顺着爪子滴落。

沈半夏说："流了好多血，我们得赶紧给它清创包扎。"

"包扎完，要送医院，打破伤风吗？"楚连翘奚落说。

"破伤风？"沈半夏恍然大悟，"我就说了一句，你就怼我两句。你怎么这么小肚鸡肠啊？也对，你是毒舌加直男癌晚期患者。"

"喵——"小奶猫抬头呼应，露齿撕咬楚连翘。

楚连翘急忙避开，拎着小奶猫的脖子，递给沈半夏："真是不懂感恩的小家伙。不过，我大人大量不和畜生计较。来，带回去好好包扎。"

小奶猫明知不是楚连翘的对手，却拼命想要攻击楚连翘。那模样就像执剑对付恶龙的英雄。

"真乖。"沈半夏接过小奶猫。

小奶猫用头蹭蹭沈半夏的手，卖萌地叫着。

"有眼无珠，也不看看谁救你的。"楚连翘没好气地说。

小奶猫扭头不理会楚连翘。沈半夏笑呵呵地抱着小奶猫回家。

"你准备收养它？"楚连翘看着沈半夏如获至宝的表情说。

"嗯。名字我都想好了，诺兹多姆！"沈半夏眉眼间露出狡黠的笑意。

"《魔兽》里的青铜龙王？传闻克罗米是诺兹多姆的直系子嗣。就这小母猫想当克罗米的爸。你没魔怔吧？"楚连翘敲了下诺兹多姆的头，又在诺兹多姆攻击他之前迅速地缩回手。

"克罗米是龙族公主。你那只狗还是公的，你没魔怔吧？"沈半夏怼回去。

小奶猫似乎很喜欢自己的新名字，伸出粉嫩的舌头舔动沈半夏的指尖。

"啧啧，谄媚。回去看克罗米怎么收拾你。"楚连翘和诺兹多姆天生不和。

"别吓它。"沈半夏想到克罗米热情的模样打了个寒战。

克罗米是只成年金毛，诺兹多姆是只小奶猫。它们无论年龄和体型都相差一大截，克罗米不会欺负诺兹多姆吧？沈半夏紧抱着诺兹多姆，发誓无论怎样都要护住诺兹多姆。

楚连翘看着沈半夏担忧的模样，嗯瑟地笑着，加快两步离开电梯，打开沈半夏家的房门。

"汪——"克罗米看见沈半夏激动地冲到门前献媚。

沈半夏吓得忙躲在楚连翘身后："爸，你怎么不拴住克罗米？"

沈泽生看着紧挨着楚连翘的沈半夏，故作懊恼说："哎呀，我忙忘了！克罗米快过来，别吓唬夏夏。"

"一边待着去，沈乌龟把你爹带回来了。"楚连翘冲克罗米挤眉弄眼。

"和一只小奶猫计较，你的心眼真是比针尖还小。"沈半夏见克罗米蹲到沙发边，抱着诺兹多姆走出来，"爸，帮我把医疗箱找出来，我得给诺兹多姆清洗伤口。"

沈泽生看着沈半夏怀里的小奶猫倍感亲切："名字都取好了，你准备养它？"

"不可以吗？"沈半夏下意识护住诺兹多姆。

"可以。闺女想养什么都可以。"沈泽生找出医疗箱，拿出碘酊和棉签递给沈半夏。

"没志气的女儿奴！"楚连翘微仰着下巴，眼睛不自觉地看向诺兹多姆。

"是啊！我是全世界最幸福的女儿奴。恐怕某人未来连女儿奴都没得当，只能当建设银行。"沈泽生帮助沈半夏处理诺兹多姆的伤势。

克罗米偷偷摸摸地靠近诺兹多姆，盯着诺兹多姆的眼睛闪亮得像月亮旁边的金星。

Chapter 40　神秘的持续发烧 ///

人生有时候就像自带神转折的喜剧。克罗米最大的爱好就是捕捉一切毛茸茸的东西，带到楚连翘面前炫耀。平时，楚连翘带克罗米散步，常常能收到克罗米捕捉麻雀献宝。楚连翘以为克罗米对待毛茸茸的诺兹多姆，一定会像对待麻雀那样。

可谁想到，克罗米居然对诺兹多姆一见钟情，有好吃和好玩的全部献给诺兹多姆，还任由诺兹多姆在自己身上打滚。楚连翘不得不感叹，儿子养不家啊！沈半夏则笑眯眯地看着很少骚扰她的克罗米，多次表示带诺兹多姆回家，是她今年最明智的决定。

吃完早饭，楚连翘让沈半夏到他家去一趟。沈半夏明知道楚连翘抠门，却控制不住心跳，期待着楚连翘给予的礼物。

楚连翘带着沈半夏来到书房，拿出一个密码笔记本："老伙计。"楚连翘深情地拍拍笔记本，递给沈半夏。

"这就是价值 300 的礼物？"沈半夏狐疑地接过笔记本。

"我还觉得换亏了。300 太便宜了，至少 30000。"楚连翘随即说出笔记本密码。

"你干脆去抢银行好了。"沈半夏按照密码迅速地打开笔记本。

笔记本有一多半没写，但写过的纸张微微隆起，被翻过许多次。沈半夏浏览笔记本内容仅三秒，就被里面的内容吸引住了。

"300元超值吧？"楚连翘抢回笔记本。

"值。"沈半夏眼巴巴地望着笔记本。

那是一本"死亡日记"，记录着楚连翘从第一次实习到现在经历过的所有死亡病例，以及楚连翘经历这些事的心路历程。

这是一位医生宝贵而私密的医学秘籍，堪称无价之宝。

"300元，我待会儿就微信转账给你。快把笔记本给我。"她一页都没看完就说道。

"不该是你请客吗？"楚连翘掂量着手里的笔记本。

"我才到医院不足半年，哪能和你这个海归医学博士的收入相比？一个人300，两个人600。能省300算300。"沈半夏望着笔记本咽口水。

"原来是这样算账的。成，你给我转600。"楚连翘拿出手机。

"你怎么坐地起价啊？说好300了。"沈半夏着急地说。

"一人300，两人600。没错啊！我本来打算我请客，你给钱。既然你不想吃，那么我节约300，何乐而不为呢？快给钱，一手交钱一手交货。"楚连翘催促。

东西是别人的。她心里再不爽，也得认了。600就600，她好歹能吃300。这么高档的自助餐，她还没享受过了。不过，既然600都出了，也不差300。到时候，她叫上沈泽生一起去。

"甭想收钱。下个月，我过生。请你和我爸去吃大餐。"沈半夏伸手讨要笔记本。

"不愧为乌龟，抠门手段一流。"楚连翘嘴上抱怨的同时，把笔记本递给沈半夏。

沈半夏爱不释手地抚摸笔记本："这对我来说是珍宝。"

她没真正接诊过死亡患儿，没有直面死亡的经历。楚连翘的"死亡日记"正好能弥补她这个不足，让她能提前学习经验，调整心态。

"不能给，只能借。最多一周，必须归还。对了，只准看，不准复印和抄录。"楚连翘露出学霸式表情。

"知道了，楚大神。谢谢你，我会珍惜这次机会的。"沈半夏快速翻动着笔记本。她猛地发现笔记本的后半部分，有撕毁的痕迹，"怎么缺三页？"

楚连翘愣住，嘴角不由自主地微微抽动一下。被他撕毁的三页记录着为困扰他至今的胆红素脑病患儿从就诊到死亡的经历。

事已成往事，心病难消除！

"我觉得写得不太好，就撕掉了。"楚连翘胡乱找了个理由搪塞。

"哦。"沈半夏的注意力集中在笔记本上，并未注意到楚连翘不自然的表情。

"你一时半会儿也看不完，慢慢回去品味吧！我有点困了，想睡了。"楚连翘下了逐客令。

沈半夏抱着笔记本，喜滋滋地回到家。

日子一天天过着，看似三点一线的生活，随着诺兹多姆的到来有了改变。

以前，楚连翘回家，克罗米还会热情地迎接他。现在，楚连翘回家，如果克罗米在沈半夏家，那么克罗米只顾着和诺兹多姆玩耍，看也懒得看楚连翘一眼。如果克罗米在楚连翘家，那么克罗米立刻冲出门，去挠沈半夏家门，急迫地想和诺兹多姆待在一起。

沈半夏看着楚连翘吃醋的表情，看着诺兹多姆对楚连翘张牙舞爪的模样，除了收获了更多笑声，也减少了对陈建毅的恐惧。

楚连翘借给她的"死亡日记"，不仅让她感同身受地接触到国内外儿科的急重症病例，还让她体会到了楚连翘艰辛的从医历程。

她感觉自己更加靠近楚连翘，也变得更加理解楚连翘。甚至，有时候她会恍然觉得，楚连翘的毒舌和颓废是一种伪装。她渐渐产生一种窥视楚连翘真正内心世界的渴望。

转眼，一个多月又过去了。沈半夏在满腔热血外，多了份实事求是的稳重。她对待同事和患儿一如既往地热情和善良，但也懂得如何友善地表达拒绝。她的善良多了份锋芒后，非但没被大家嫌弃，反倒得到大家认可，进一步融入急诊儿科。

对于陈建毅，虽然她和陈建毅在同一家医院，但随着她对楚连翘的改观，陈建毅在她心中的身影越来越模糊。

"等一下。"楚连翘一脸严肃地拦下准备接班的沈半夏。

"什么事?"沈半夏紧张地看着楚连翘。

"晚上夜宵订炒饭吧！有四川泡菜那家。"楚连翘说完，挥挥手，"好了，我们分头接班吧！"

"才吃了晚餐，就想夜宵。妥妥的乔治。"沈半夏瞪了眼楚连翘，走进急诊室和王泽宇换班。

当忙碌已经成为工作常态，不是工作压垮你，就是你适应工作。沈半夏幸运地属于后者。她坚持着给予患儿高质量看诊的同时，努力把控看诊节奏，提升看诊时间。

不过，沈半夏显然还是受到了上次急性会厌炎误诊带来的影响，给患儿开单检查的次数多了。特别是对嗓子不舒服的患儿，她都会加倍仔细地看诊。

看诊、夜宵、学习、看诊……沈半夏一如既往地从傍晚工作到清晨。五点半的时候，沈半夏伸个懒腰，活动腰部，准备换班。

"医生，我孩子持续发烧，我来看看。"神情憔悴的妈妈抱着一岁左右的孩子，出现在沈半夏的门诊室。

她的身旁是孩子的爸爸，牵着一位五岁左右的女童。她身后跟着一位四十多岁的妇女，拿着文件袋。

这是一个典型的二孩家庭！

沈半夏的目光在两个孩子间扫过："哪个孩子看病？"

"弟弟。"妈妈按照沈半夏安排，抱着患儿坐在看诊椅子上。

患儿月龄九个月，小名满满。十三天前，他在和姐姐希希一起玩耍的时候，误吞了一颗花生米。事发后，保姆张姐使用了海姆立克急救法，以及用手抠嗓子，都没能把花生米吐出来。张姐本来觉得吞了花生米并无大碍，可满满喝奶就吐。张姐担心满满被异物卡住了，因此给满满妈打电话，让她请假回家，带孩子去看病。

第一次，满满妈带满满去了常去的儿童医院。医生建议满满妈做儿童喉镜。检查结果并未发现异物。医生发现满满扁桃体发炎，就开了一些消炎药给满满。张姐担心花生米在满满肚子里，会给满满带来不良影响。医生表示，最多消化不良腹泻。到时候，花生米会拉出来，让他们安心回家。

回家后，满满进食不再呕吐，但食欲不佳。半夜，满满开始发烧。大家以为满满感冒了，因此第二天又带满满去了医院。

医生检查以后，认为满满发烧是感冒引起的，食欲不佳是扁桃体发炎和喉镜损伤了会厌引起的。医生开了感冒药和退烧药，让满满妈带孩子回家继续观察。

接下来三天，满满吃药效果并不佳，持续发烧和厌食。希希似乎被满满传染，也感冒发烧了。满满爸妈在公司和家里两头忙，心力交瘁。张姐不分日夜非常卖力地照顾两个孩子。

希希烧退了，开始咳嗽。满满继续发烧，喉咙开始有了痰。满满爸妈商量带着两个孩子，换家医院看诊。可张姐表示满满爸妈有些过度担心了，孩子感冒需要一个康复过程，按照医生吩咐吃药，注意避免交叉感染和衣物厚薄就好。满满爸妈实在太忙，看见两个孩子精神状态好，就同意了张姐的提议。

又过了三天，满满依然不见好，喉咙的痰更多了，发烧也是时高时低。满满妈觉得不对劲，换了个医生，给满满和希希看诊。

医生检查后，认可了前面那位医生的断诊，给满满和希希分别开了药。由于满满扁桃体炎症较重，还专门给他开药做雾化。并且，医生嘱咐家长给两个孩子戴口罩，尽量减少两个孩子接触的时间。满满妈担忧地又把孩子带回了家。张姐一路上宽慰满满妈，表示回家给满满和希希熬冰糖梨子水，多给两个孩子喝水，感冒就能好得快。特别是满满多喝水，拍背部能帮助他排痰，痰排出来就好了。

两天后，希希病情明显好转。满满病情恶化，除了持续高烧，喉咙的痰更多了，吐奶次数增加，食欲变得非常差。天黑偏逢连夜雨，张姐家的老人忽然生病，张姐必须得辞职回老家。满满爸妈手中的项目都进行到关键时刻，根本没办法请假回家带娃，重新请保姆又一时半会儿找不到可靠的。满满妈劝说下，张姐终于同意再带三天。

今天就是第三天，张姐买了八点钟的火车票回老家。满满妈请假回家带娃。可早上五点的时候，满满忽然高烧到 39.2℃，呼吸急促。前三次的看诊经验，让满满妈不再信任之前的医院。因此，她准备挂沈半夏任职医院的儿科。可今天的号全满了，她想要给满满看诊起码得再等三天。无奈下，她趁着张姐还在，能多个帮手，带着全家到这家医院看急诊。

"来，满满，让阿姨给你打个电话。"沈半夏对满满进行肺部听诊。

正常的呼吸音如同春风吹动树枝时发出的柔和且清爽的响声。吸气较长和响，呼气较短和静。

满满呼吸的声音则响度偏弱，音调低钝，分布不均匀……沈半夏在听诊过程中听见了水泡声——湿啰音。

"阿姨再看看喉咙。"沈半夏拿着压舌板，检查满满的喉部。

满满感到不适，哇哇哭闹。满满妈抱着满满安抚，沈半夏趁机看清满满扁桃体情况。扁桃体明显发炎，但红肿得并不厉害。

目前看上去像是感冒引起的肺炎："我看看满满之前的检查报告。"

沈半夏接过张姐递给她的文件袋，仔细翻看满满每一次的检查报告，又问了满满最近的服药情况。

"检查报告和病症都像是感冒。"沈半夏的眉心打着蝴蝶结。可如果是感冒，满满经过那一连串有效治疗以后，没道理一点好转都没有，反倒病情恶化变成肺炎。

"肯定是感冒。我带过的孩子至少有二三十个，他们稍微打个喷嚏我都知道怎么了。你们别担心。孩子生病，有时候会总不见好。更何况，你们家两个孩子，很容易交叉感染。特别是小的，抵抗力弱。医院是病患集中区，你们总不相信医生的话，反复跑医院，只会更容易让孩子发生交叉感染的概率更高，更不容易康复。"张姐热心地说。

"满满扁桃体发炎并不严重，但是肺部有杂音。可能患有肺炎，需要进一步检查。"沈半夏盯着喉镜检查报告说。

"没那么严重吧？我看他就嗓子发炎，外加痰多。"张姐慌张地说。

"肺炎会引发严重吐奶？我凌晨加班回来，给他喂了一次奶，他全吐了。今天早上，给他喂了一半也吐了。医生，他十多天前吞的花生米会不会还卡在喉咙上？"满满妈担忧地说。

"不会。花生米能够通过消化道，随着大便一起排出体外。"沈半夏回答。

"听见没，这可不是第一个医生这样说了。你们这些年轻人啊，成天疑神疑鬼的，过度担心了。满满就是感冒。"张姐再三强调。

"是啊，听医生的。"满满爸的大掌搁在满满妈肩膀上。

希希怯生生地看着沈半夏："阿姨，肺炎是什么病？我弟弟会好吧？"

"肺炎就是肺部生病了，会好的。不过，目前我只是猜测，没有……"沈半夏的话还没说完，满满忽然呕吐起来。

沈半夏看着精神不佳的满满，心里闪过一丝疑虑，脑海里窜出芽芽窒息的模样："你们等等，我让另外一个医生来看看。"

Chapter 41 惊心动魄的检查 ///

沈半夏对楚连翘简练地说明了满满的患病经历。楚连翘一改吊儿郎当的常态，迅速地到隔壁诊室和沈半夏一起会诊。

楚连翘对满满进行了细致的检查，又看了满满之前的检查报告："喉咙和肺部肯定有炎症。不过，是不是感冒引起的不能确定。"

"我觉得不是感冒。可医生如果满满不是感冒引起发烧、厌食和肺炎，那么又是什么导致的？"满满妈紧张地问。

楚连翘想了想，微笑着向希希招手："小乖乖，弟弟吞花生米的时候，你和他在一起？"

希希缩头后退，看了眼张姐，低低应了声。

"你确定弟弟吞的是花生米？"楚连翘的目光如炬。

希希抓着爸爸的手，又向后缩了缩。

"是花生米。"张姐由于操劳而早衰的皮肤露出一条条沟壑。她激动地上前一步，挡在楚连翘和希希之间："那天都怪我。希希想吃花生米，我就拿了一些给她吃。可谁想到希希会趁我给满满热奶的时候，把花生米给了满满玩。满满抓着花生米就向嘴里塞。哎，满满爸妈，你们可千万别怪希希。她还小，哪里知道满满处于口欲期，拿着东西就喜欢塞嘴巴里尝尝。你们真的别怪希希，都是我看护不力。"

张姐自责地跺脚，扇自己耳光。满满爸妈看着张姐的模样不知所措。希希紧抓着爸爸的手，哭得稀里哗啦。满满听见姐姐哭声，也跟着哭了起来。满满爸妈回过神，一个安抚孩子，一个劝说张姐。

如此混乱的情况已经不适合继续询问希希。楚连翘的目光扫过患儿家长："患儿这几天大便情况怎么样？"

满满爸妈看向张姐。张姐看向满满回答："满满这几天吃得少，两天拉一次。大便正常。"

"颜色呢？"楚连翘凝视张姐。

"颜色啊！"张姐顿了顿，似乎在思考，"黄色。"

张姐一直望着满满，目光和楚连翘并未有交际。

"患儿爸妈没注意患儿大便颜色吗？"楚连翘看向满满爸妈。

"我最近加班比较多，没遇见满满拉厄厄。"满满爸回答。

"最近，我和老公工作很忙。白天和晚上都是张姐在照顾他，张姐比较清楚。"满满妈认真想了想，"对了！昨天早上，我收拾厕所里面垃圾口袋的时候，看见一张尿不湿上的厄厄好像是黑色的。"

"不是黑色，是深棕色。我想起来了，不是黄色的大便。不过，那是吃药导致的。上次，医生有开一种化痰的糖浆，颜色是深棕色。"张姐抢着说。由于她着急辩解，目光从满满身上移开，正好和楚连翘撞个对着。

她看着楚连翘肩膀抖了下，目光立刻移向满妈妈，哆哆嗦嗦地说："满满妈，是我该死。满满的大便颜色居然都记错了。哎，真是老了，不适合带孩子了。对不起，对不起……"说着，说着，她又要扇自己耳光了。

满满妈忙阻拦："张姐，你别自责了，你已经做得很好了。满满出生后，不是你帮我带他，我都不知道怎么办。特别是这十多天，我们公司和家里两头忙，实在顾不过来。全靠你没日没夜地帮忙照顾孩子，我对你感激还来不及呢。"

张姐激动地握住满满妈的手："谢谢，谢谢。你们是好人，你们全家都是好人。"

"好人也会生病啊！"楚连翘打断张姐，继续谈满满病情，"患儿生病，吃药不见效，反而加重病情。这事肯定得查，得明白了病因，才能给出最合适的治疗方案。除了验血之外，直接拍个环形CT看得清楚些。"

"没问题。"满满妈的注意力重新回到楚连翘身上。

"满满妈。"张姐忽然紧抓着满满妈的手，由于用力过猛，疼得满满妈低呼一声。她连忙松开手，连连道歉，又说，"满满妈，拍片和CT都有辐射，会伤害孩子大脑的。特别是CT，我听说很贵的，而且要先把孩子麻醉了才能检查。前面那个医生不是说孩子是肺炎吗？要不，我们就抽血确定一下，按照肺炎治疗吧！"

为了孩子的病再贵也得查。可辐射和麻药……满满爸妈对视一眼，显得有些犹豫。

"要不——"肺炎没必要打环形CT，可如果肺部的炎症不是感冒引起的呢？沈半夏看向楚连翘，默契地想到另一个答案。楚连翘是在怀疑满满吞下的不是花生米。

不对！沈半夏看着楚连翘严肃的表情。这不是在怀疑，基本确定了。否则，他可以选择便宜的胸透拍片，确定孩子肺炎情况，以及排查有无异物。他完全没必要一开始就选择昂贵的环形CT。

"所有医疗检查设备的辐射都在安全范围内，不会给满满大脑带来损伤。这点你们不用担心。再说，导致满满肺部有炎症的原因谁也说不清。如果我们不深入检查，贸然用药效果肯定不好。"沈半夏配合楚连翘劝说，"你们看，满满发烧有十多天了，你们也看了不少医生，病情一直不见好转。难道你们就不想查出导致病情越来越严重的原因吗？"

满满妈正想点头，张姐抢着说："你能保证检查环形CT，一定能查出病因？"

楚连翘露出无奈的笑容："医生没办法做百分百的保证，只能看见检查结果，再做可能性预估。"

"这是在坑钱。这家医院没医德，而且这又是急诊科，医生质量不佳。我们还是回之前的医院看病吧！"张姐靠在满满妈耳边咕哝。

沈半夏没听见张姐的话，却看见了满满妈眼里的迟疑，她劝道："来医院看诊就请相信医生。我们不是商品促销人员，没必要给你们推荐不必要的检查。家长看看孩子吧！他都持续发烧十天了。"

满满妈看看沈半夏，又看看满满，眼里的迟疑消失："检查。你们安排，我们立刻检查。"

"谢谢配合。"沈半夏开检查单。

"我带过的孩子至少有二三十个，经验比你们丰富多了。我跟你们说别检查，你们偏要检查，你们肯定会后悔的！我前些年带过一个非常机灵的孩子，就是用了麻药，做了CT傻了。你们这不是在给满满看病，是在害满满啊！"张姐急得像热锅上的蚂蚁，多次伸手想要抱走满满。

"我每天看诊的患儿不下百人，你经验丰富，还是我丰富？"楚连翘把张姐的表情记在心里，转向满满妈说，"张姐是保姆？她带孩子的时间比你们多？"

"是的。我和老公的父母都不方便带孩子。我们又工作忙，只能请保姆。不过，张姐经验丰富，带孩子也很仔细，心肠又好。我们和她就像一家人似的。"满满妈解释。

"挺好的。既然张姐带孩子时间多，那么最了解孩子病情的也就是她。在孩子病情确诊之前，请不要离开。我们稍后可能根据检查报告询问一些关于孩子的问题。"楚连翘嘴角泄出的笑意职业而冰冷。

"不行。我还要赶八点钟的火车。"张姐的右手猛地收紧握拳。

楚连翘看看手表："还不到六点，还来得及。我协调CT室，立刻给患儿检查。很快检查结果就能出来。"

"不是说还要验血吗？"张姐瞪大眼。

"先检查环形CT，后验血。环形CT检查报告出来后，大致就能判断患儿病因，不耽误你赶火车。"楚连翘嘴角的笑意更浓了。

"这样啊——"张姐的声音拖得很长，"还是不行，这里距离火车站很远。我行李多，手脚慢。再说，我还没换火车票。满满爸，把我放在后备厢的行李给我吧！我去搭地铁。你们有什么事情给我打电话。"

"家长开车来的啊！那更简单了，等检查结果出来，我们问诊完毕。麻烦家长开车送张姐去一下火车站吧！我们真的很需要张姐的协助。"楚连翘诚恳地说。

"行。孩子最重要，张姐，就辛苦你了。实在来不及，我帮你改签，费用我们来出。"满满爸说。

"不行啊！我必须赶八点的火车走。我跟家里人都说好了。你们问我的事，打电话也能说，为什么非要把我留在这里？我必须走，马上就要走。"张姐转身就要离开。

"行李都不要了吗？"楚连翘的声音不大，却冷得让人发颤。

张姐停下来，愣了片刻，跺脚撒泼："你们又不是警察，凭什么扣押我？信不信我报警。"

楚连翘的眉梢上挑，认真地点了点头："这点挺好。你报吧！反正我快下班了，正好陪你闹。"

满满爸妈迷茫地看着楚连翘和张姐。这是闹哪出？

"满满不会说话，说不清哪里不舒服。我们也不能猜病看诊啊！因此，这位长时间照顾满满的张姐就特别重要。而当面问诊比电话问诊更能做到仔细和全面。希望家长和张姐理解一下，我们都是为了给予满满最佳治疗方案，帮助他尽早康复。"沈半夏的声音如同盛夏的清风缓解了现场的炎热。

满满爸妈对望一眼，点头认可。满妈妈抱着满满安抚张姐："张姐，满满是你从我月子里就开始照顾的孩子。你对他感情深厚。满满生病，你也着急。你肯定希望他接受最好的治疗。你看这样行吗？我们尽快配合医生检查，帮你赶上火车。如果赶不上，我给你改签车票，或者给你买飞机票。我再给你五百元，作为耽误你回家的钱行吗？这钱，你拿给家人，相信他们会明白的。"

"这不是钱的事。"张姐急得像热锅上的蚂蚁，"反正我就是要走，马上走。你们把我放后备厢的行李给我。我不要你们送了，我自己走。"说完，她就去拉扯满满爸，让他打开车门。

"这还有时间，你急什么啊？"满满爸被张姐闹得头疼。

满满妈继续打感情牌，把满满凑到张姐面前："张姐，你就帮帮忙吧！你看满满都病得无精打采了。你要觉得钱不够，我可以再加点。要是，你家人不理解，我们可以给他们打电话。"

张姐看着满满显得更慌张了，她一把推开满满："孩子又不是我的，我没义务帮你们啊！我就一个拿钱干活的保姆。我现在不干活了，我要走，你们凭什么拦着。快把行李给我！否则，我……我直接把你们的车砸了。"

满满爸妈难以置信地看着张姐，显然没料到张姐说出这么绝情的话。

楚连翘趁着满满爸妈和张姐纠缠，把希希拉到一旁。

"希希没事吧?"楚连翘拿出一颗糖递给希希。

希希的眼神对糖充满渴望，但坚定地摇头："妈妈说，吃糖要长蛀牙。希希乖，希希不吃糖。"

"真懂事。"楚连翘揉揉希希的脑袋，"希希看见弟弟生病，难过吗?"

希希的眼睛瞬间红了："难过。叔叔，弟弟什么时候能好起来?"

"弟弟什么时候能好，需要你的配合。"楚连翘握着希希的手。

希希看了眼满满，用力点头。

"希希和叔叔拉钩钩，答应叔叔不撒谎，否则就像匹诺曹一样鼻子变长。"楚连翘勾起希希的小手指。

希希没吭声，眼里充满矛盾的疑虑。

正在这时候，张姐突然发现楚连翘蹲在希希面前，正在和希希聊天。她惊恐地冲向希希，想要抱走希希。

却未料到，沈半夏一把推开她："你想做什么？"

"你们想做什么？我们是带满满来看病的，又不是希希。"张姐眼尖地发现楚连翘手里的糖，"你给希希吃什么东西呢？"

"我没吃，我什么都没吃。"希希捂着嘴，瑟瑟发抖。

"你没吃，但他企图让你吃。好啊！我早就听说有些医生禽兽不如，会给小女孩吃奇怪的糖果，借检查身体为由，对小女孩做奇怪的事情。"张姐先声夺人，"满满爸妈，这医院可是吃人的魔窟啊，待不得。你们得赶快把满满和希希带走，否则后果不堪设想啊！"

"这大庭广众之下，当着孩子爸妈的面，外面还有无数监控。我们能把孩子怎么样？"张姐夸张的表现和必走的决心，让沈半夏更觉得张姐不敢让满满做环形CT。满满吞的肯定不是花生米，而是某种可怕的东西。

"对啊！张姐，你平时不是这样的。今天是怎么了？"满满妈也觉得张姐不对劲，但想得没楚连翘和沈半夏深。

张姐瞪向希希，沈半夏故意挪了挪位置，挡住她凶狠的目光。

张姐无计可施，转身就向外冲："行李，我不要总可以吧！"

"拦住她。"楚连翘厉声命令。

Chapter 42 藏在喉咙的秘密 ///

张姐就像一头被点燃尾巴的牛，疯狂地向门诊室外冲。沈半夏向前一扑，抓了个空。距离门诊室大门最近的满满爸抓住了张姐的衣袖，却由于态度不够强硬，被张姐强力挣脱开。

"别走！"沈半夏不服气，迈开脚步追出去。

张姐脚下生风跑得更快了。沈半夏不甘示弱直接脱下鞋，瞄准张姐头部扔过去。

"嘭"！张姐的后脑勺被砸中。她捂头，转身。

"你神经病啊！这，这是恶意伤人。"张姐一屁股坐在地上，哀号，"哎哟，我的眼睛看不清了，我的头好痛……"

沈半夏趁机追上前，拦住张姐外逃的路："肯定脑震荡了。我立刻联系医护人员给你检查一个脑 CT。"

"不，不用了。"张姐急忙站起来，"我还要赶火车，先走了。"

"别急，话还没问完呢。"沈半夏抓住张姐的胳膊，任由张姐挣扎，也不放手。

"你没权这样对我。放手啊！信不信我告你？"张姐又打又踹，急于挣脱沈半夏。

沈半夏绕到张姐身后，反锁张姐的手臂："等事情搞清楚。我自然会放了你。如果真和你无关，你要报警，或是告我，又或是索要赔偿……我都无条件接受。现在闭嘴，不要浪费时间。"

"什么事情啊？和我有什么关系。我要赶火车，你们别耽误我赶火车。"张姐继续装迷糊。

满满爸妈赶了出来，楚连翘还在和希希交谈。

"希希，有叔叔在，我会保护你，不要害怕任何人。你说实话，弟弟到底吞了什么？你想救弟弟，必须说实话。"楚连翘搂着希希肩膀，蹲跪在希希面前。

希希的目光从爸妈、弟弟和张姐身上一一扫过，最后落在楚连翘身上："玩具里的纽扣电池。"

她的声音如同小奶猫的叫声，音量不大，却一字不差地传入大家的耳里。

"不是的，不是的。她瞎说，瞎说！"张姐身体发软，跪在地上，却不忘为自己辩解。

满满爸妈难以置信地看向希希。希希全身直哆嗦，流下懊悔而恐惧的眼泪："对不起，对不起……我不是故意的，不是故意的。爸爸妈妈别不要我。我没想害弟弟，没有嫉妒他。真的。我会乖，你们别不要我……"

楚连翘心疼地把希希抱在怀里："别怕，爸爸妈妈是爱你的，怎么会不要你？"

"对啊！爸爸妈妈给你生个弟弟，是为了让这世上多一个爱你和保护你的人。希希，不要害怕。所有人都是爱你的。"沈半夏一边提防张姐逃跑，一边安慰希希。

"可张阿姨说，爸爸妈妈有了弟弟就不爱我了。而且，如果爸爸妈妈知道弟弟吞下的是电池，他们一定会打我，不要我，把我丢进山里喂大灰狼。呜呜……可我不是故意的。我也没想到他会吞下电池，我不是要害弟弟。"希希紧张地抓着楚连翘的白大褂，"张阿姨说，弟弟已经把电池拉出来了。叔叔，弟弟生病不是希希引起的，不是希希的错，对不对？"

楚连翘把希希抱得更紧。"别怕，没事的。"说完，他扭头看了眼惊呆的满满爸妈，"你们准备变身石像吗？"

满满妈首先回过神，把满满塞给满满爸，冲到希希面前："希希，你怎么会这样想呢？妈妈是爱你的。妈妈担心你一个人太寂寞，因此才决定再生一个。妈妈承认自己有私心，你是女孩，我就想再要一个男孩。可是，我绝对没想过只要弟弟，不要你啊！你是妈妈的小心肝，妈妈怎么舍得不要你啊？"

"可是，你们有了弟弟以后，天天围着弟弟转，都不像以前那样陪我玩了。张阿姨说，你们生我的时候，就想要个儿子，可生出来是女儿。你才又生了一个。第二个，你们终于生了儿子。因此，你们不爱我，只爱弟弟了。如果我再不乖乖听话，你们就不要我了。你们会让张阿姨把我送到她家去，让我去给她儿子当童养媳。我会像灰姑娘和白雪公主失去妈妈那样可怜，而且还没王子来救我。呜呜……妈妈我很想乖乖的，一直乖乖的。我也努力照顾弟弟和自己，可是我也不知道为什么弟弟会吞电池，更没想到弟弟会一直发烧。"希希压抑在心里的话和眼泪一起宣泄出来。

"不是这样的，希希在撒谎。这天打雷劈的小丫头哦！枉费我平时对你那么好，让你看电视，给你吃零食。你怎么胡说八道啊！"张姐捶打地面，慌张得有些口不择言，"满满爸妈，我平时是怎么对待这两个小家伙，你们是看见了的。我怎么会说那些话？亏待两个小家伙了？这，这是希希看电视学的。要不就是在幼儿园听其他孩子说的。我发誓，我绝对没说这些话。"

"没有。"希希着急地摇头，又红又肿的眼睛让她像极了掉进泥坑的小白兔。

满满妈细想，终于知道从满满出生后希希变得越来越乖巧和沉默的原因了。乖巧是表面的，沉默是真。

幸亏这事被揭露出来了，否则长此以往，希希肯定会随着年纪增长要么恨父母和弟弟，要么患上自闭症或者抑郁症。

满满妈愤怒地瞪了眼张姐。没想到张姐是双面人，当着他们面，对两个孩子照顾得无微不至，背着他们却为了降低工作量出言恐吓希希，强迫希希变得乖巧懂事，帮她照顾满满。

他们对她不薄啊！她怎么能这样对待希希？

满满妈紧握双拳，想要冲上去，把张姐那张看似老实的脸撕碎，看看那张脸皮下藏着怎样丑陋的灵魂……她会和张姐算账的，一笔笔账算清楚。不过，现在安慰希希最重要。

满满妈含着泪，抚摸希希的脑袋："妈妈知道，妈妈相信希希。自从有了弟弟以后，委屈希希了。对不起，宝贝。妈妈有了弟弟以后，照顾弟弟和忙工作太累了，疏忽了你。妈妈总觉得希希大了，能体谅妈妈了。对不起，宝贝。妈妈以后会注意。你不需一直乖乖的，不需要委屈自己，也不需要照顾弟弟。你只需要一直开心快乐生活下去就好。不管发生了什么事，妈妈都不会不要你。"

"是的。爸爸也爱你。不管有没有弟弟，爸爸都是爱你的。弟弟出生后，爸爸忽略了希希。爸爸向希希道歉。以后让爸爸、妈妈和弟弟一起疼爱希希。"满满爸抱着满满蹲在希希身边。

楚连翘收回双臂，松开希希。希希哭红了眼，看着妈妈和爸爸抽泣两声，扑进妈妈怀里："妈妈，爸爸。我爱你们，对不起！"

楚连翘露出欣慰的笑容，站起来，走向张姐："现在轮到我们报警了。"

"你还要坚称满满吞的是花生米吗？"沈半夏听见希希心酸讲述后，怒火如同火山爆发般上涌。

"满满是吞了电池。可你们听我解释啊！我隐瞒一切也是为了希希。你们别看希希长得乖巧，其实这丫头根子坏，平时总背着我折磨满满。满满根本不是误吞，是希希硬塞进他嘴巴里面的。我想阻拦，可是满满已经吞下去了。这几天，我担惊受怕哦！想尽办法想让满满拉出来，可是就没见到电池。"张姐泪流满面地看着满满爸妈。

"不是的。她明明说弟弟已经拉出来了，让我别告诉爸爸妈妈。"希希刚收住的眼泪又涌了出来。

"小孩子说的话不可信。我可没告诉希希拉出来了。"张姐继续辩解，"我一直想对你们坦白。可希希虽坏，却是你们亲生的。我担心说了你们也不相信，也担心你们责罚希希。我思来想去，也只能瞒着，私下想办法让满满把电池拉出来。谁想到，希希这个坏丫头反咬我一口。你们要相信我啊！我所做的一切都是为了两个孩子好。"

"张阿姨真没说。希希不是坏小孩，不是。"希希紧紧地抱住妈妈，小脸皱成一团。

满满爸越听越气："这些话，你对警察说吧！"满满爸打电话报警。

"我又没犯罪。你们凭什么报警？"张姐忽然发力，挣脱沈半夏，扑向满满爸，抢夺他的手机。

满满爸抱着满满，又要避开张姐的抢夺，只能躲闪，不能出击。

满满妈把希希交给楚连翘，扑向张姐。"你害了我两个孩子，还想怎样？"满满妈给了张姐一巴掌，"我是那么信任你，把你当成一家人。你怎么能这样对待他们？"

"他们好吃好喝的，我可没亏待他们。天地良心！虽然你们是东家，给钱请我，可我也是真心实意对待你们的。你也不想想你堵奶的时候，谁帮你开的奶。你和满满一起生病的时候，是谁照顾满满又照顾你。你加班的时候，是谁心疼你上班累，让满满跟着我睡。……我付出了那么多，你们咋就翻脸不认人呢？再说了，满满吞下的电池又不是我给的。"张姐捂着脸，眼里充满了怨恨。

"满满吞下电池后，你立刻告诉我们，我们不会怪你。如果你没在精神上故意误导希希，哪怕现在才发现满满吞了电池，我们也只会怪你隐瞒，不会这么恨你。可你的私欲太重了。你工作太累可以给我说。你想涨工资也可以给我说。你怎么能对希希说出那些话？你知不知道那些话可能会害了孩子一辈子。"如果她能多关心和关注两个孩子一点，事情不至于发展到这一步。满满妈恨张姐，也怪自己。

张姐像打蔫了的茄子，目光有些迷离。

"我会报警的，告你的。虽然我们不一定会能赢，但是我一定会通过法律渠道给你一个教训。"满满妈示意满满爸报警。

"我没违法。我又没用针扎他们，也没给他们吃安眠药。就连满满吞电池，也不是我干的。你们没权这样！"张姐想逃，但是大家把她逃跑的路线堵得死死的。

"有没有违法，警察说了算！"满满爸一手抱着满满，一只手打电话报警。

张姐连忙跪在满满爸面前，抱着他的腿："求求你，别报警。我知道错了。我不该恐吓希希，不该知情不报。你们看在我辛苦照顾两个孩子的面子上，别让警察抓我。"

满满妈从满满爸手里接过满满："晚了。你最好祈祷满满顺利取出电池。否则，你等着被告故意杀人吧！"

张姐吓得一身冷汗，瘫坐在地上："造孽哦！为什么会这样？"悔恨的眼泪疯狂涌出。

沈半夏见张姐的事情告一段落，走向满满妈："电池在满满身体里可能已经泄露了。情况非常危急，先安排检查吧！"

"你们安排，我们配合。请一定尽快手术，取出电池。"满满妈哀求。

"好。"沈半夏望向楚连翘。

"时间紧迫，直接环形CT。然后，你联系张主任，请他到医院，准备手术。"楚连翘当机立断地说。

"张主任?"沈半夏以为楚连翘会让她联系小儿外科。

"张主任就住在医院旁边的职工楼,又是消化内科的专家。孩子这么小,交给他做手术成功率高些。"楚连翘拍拍沈半夏肩膀。

沈半夏点头,立刻返回门诊室,安排满满的检查,以及联系张博。

一场和时间赛跑的手术拉开序幕。沈半夏安排下,医护人员对满满开启了绿色通道。很快,满满的检查结果出来了,张博也赶到了现场。

楚连翘目光如刀地盯着环形 CT 图像。沈半夏跟在楚连翘身边学习。

"情况怎么样?"张博询问。

"食道还没穿孔。不过,电池里的化学物质已经泄露,对食道形成环形腐蚀,导致食道壁变得非常薄。食道随时可能穿孔,导致气管食管瘘,甚至造成致死性大出血。"楚连翘冷静地分析。

"医生,赶快安排手术吧!求你们,救救宝宝。"满满妈的眼圈瞬间红了。

"立刻入院手术。我来主刀。不过,还得有个儿科医生配合。你给我当一助?"张博期盼地看着楚连翘。

"别,我还得赶着回家吃早饭呢。"楚连翘把环形 CT 图像递给张博,"您老来了,我就可以安心走了。至于一助,王泽宇正在上班。他主攻小儿消化……"

"主任你等等。"沈半夏打断楚连翘的话语,把他拉到一边,"你脑袋被门挤了。这可是千载难逢的机会,别人求都求不来呢。"

Chapter 43　坚守的白衣天使 ///

阳光穿过洁净的玻璃窗洒入病房。满满爸和张姐则跟着警察去了公安局。满满躺在雪白的病床上,安静地睡着。希希趴在病床上,睁大眼睛盯着满满,生怕一不留神满满就会消失似的。张博对着阳光研究环形 CT 图像。满满妈站在张博身边,焦急地等待着张博安排手术。

沐浴在阳光里的沈半夏和楚连翘靠得很近,投在地上的影子相互交织在了一起。

"你,你盯着我干吗?"两个人靠得太近,又被楚连翘似笑非笑地看着,沈半夏突然听见心跳加速的声音。

"千载难逢的机会，你去吧！"楚连翘说。

"我是儿内。机会再难得也去不了啊！"沈半夏的脸颊被染红，也不知是因为恨铁不成钢，还是心猿意马。

"我也是啊！"楚连翘看似不正经的戏谑，"机会是要留给需要人的。王泽宇正在努力冲副主任医师。"

"你博士毕业，从事主治医师工作早就超过了两年。你也该为你的副高职称准备一下了吧？"沈半夏想到从白晓丹那打听到的消息。

虽然楚连翘有过辉煌过去，但他到达本医院工作以后，不上手术，不写论文，不申请职称，不外出开会……和传说中高冷傲的完美医生完全不同。

如果一个人没经历过大的打击或者挫折，性格上是不会有这么大的改变。楚连翘到底经历过什么呢？沈半夏凝望楚连翘如同艺术品的五官，好奇心就像刚凿开的泉水，喷涌而来。

有些困境挣脱不开，就注定进退维谷。楚连翘眼底掠过一丝难以察觉的苦楚。

"对我的私事这么关心，难道你爱上了我？"楚连翘故意向沈半夏抛媚眼。

"自恋狂。我就看在饭友面子上多了一句嘴。你考不考职称，关我什么事。"沈半夏避开楚连翘火热的目光，胸口堵了口气。

楚连翘看着沈半夏微微嘟起的包子脸，换了个话题："你快考主治医师了，准备得怎么样？"

"那当然是按部就班，妥妥的。我可比一条咸鱼积极。"沈半夏怼了一句，堵在胸口的气算是消了。

"当然，你是我们科室的吉祥物——鸡血少女。"楚连翘见好就收，结束聊天，走向张博，"张主任，我和沈医生聊了一下满满的病情。我们觉得由你和王泽宇医生一起手术比较稳妥。毕竟，孩子只有九个月，食道窄小，又受到严重腐蚀，还伴随食道穿孔的风险。"

"行！我会立刻联系他，组建抢救小组，进行手术。"张博指着环形CT图像对满满妈说，"你看着这里，这个圆圈就是电池。它泄露的物质已经腐蚀了食道这些地方。食道周围毗邻气管、大血管等，目前患儿面临食道穿孔、出血和重金属中毒等问题。我们会立刻为患儿进行手术。不过，电池取出来后，患儿有70%的可能性会食道狭窄，终生只能进食流食。"

"如果不做手术呢？"满满妈恍然觉得身处冰窟，冷得全身发抖。

"死亡率100%。"张博严肃地说。

满满妈吓得后退一步，双手握着床栏，强力支撑自己疲软的身体："做，我们立刻做手术。"

"沈医生，你带满满妈去签字。楚医生，你联系王医生。我去准备手术。"张博说完，指挥科室医护人员，进行术前准备。

楚连翘拿着环形CT图像去找王泽宇，讲述满满病情。

满满妈看看满满，又看看沈半夏："沈医生，我们把满满放在这，万一他忽然醒了怎么办？"

"妈妈，我来照顾弟弟。"希希主动请缨。

"你们在这里照顾满满吧！我去准备《手术风险知情同意书》，待会儿拿过来给你签字。"满满妈无助的神情触动了沈半夏柔软的心房。

"谢谢你，沈医生。今天要是没有你和楚医生，满满真正的病因没这么早发现，我们也不可能走进希希的内心，更不可能截下张姐……现在又要麻烦你，可我真的也是没办法。"满满妈强忍已久的眼泪簌簌落下。

"别客气。这是我们该做的。"沈半夏安慰了满满妈几句，小跑去准备《手术风险知情同意书》。

大家分头行动的效率很高。没一会儿，沈半夏带着《手术风险知情同意书》来到病房，楚连翘和王泽宇沟通完毕也回到病房，张博和王泽宇在手术室等待满满。

满满妈盯着《手术风险知情同意书》里的手术潜在风险和对策："这是生死状啊！"满满妈跌坐在病床上，思绪乱成一团麻，冷汗直冒，连拿笔的力气都没有。

沈半夏的双手搁在满满妈肩膀上："满满妈，《手术风险知情同意书》是把手术可能存在的一切风险告诉你。这些风险存在，但不一定发生。你想想你生孩子的时候，不也让家属签了一大堆字吗？别怕，虽然满满爸没在这里，可希希陪着你。"

希希抱住满妈妈的腿，脸蛋在蹭蹭，望着满满妈说："妈妈！"

"满满也等着你。"楚连翘把笔递给满满妈，"女子本弱，为母则刚。"

"我签。"满满妈接过笔。可当她真要落笔签字那刻，她的眼泪不受控制地涌出，手也不受控制地颤抖："别抖啊！"

她的左手抓住右手，强把右手按在签字的地方，咬牙写下了这辈子最丑的签名。

接下来，医护人员把满满送进了手术室。满满妈抱着希希在手术室外等待。她的眼泪无法抑制地狂涌。希希慌张而无助地为她拭擦眼泪："妈妈不哭，没事的，没事的。"

"事情办完了，我们走吧！"楚连翘拍拍沈半夏肩膀。

沈半夏担忧地看着满满妈和希希，嘴巴动了动："我想留下来陪她们。"

"行，我去买点早餐。大人可以不吃，小孩不能饿着。"楚连翘说。

沈半夏抬头望向楚连翘："你不嫌我多管闲事，骂我没找准身份位置？"

"你已经多管闲事，把张姐送进局里了，也不差多做一件。"楚连翘平淡地说。

"喂，是我们，不是我。光我这只真善美的菜鸟哪能想到张姐有问题？"沈半夏踮起脚，伸长脖子。

"这话怎么听起来像是在骂我老奸巨猾？"楚连翘伸出手指掏耳朵。

"内心阳光的人一听就是赞美，只有内心阴暗的人才总质疑别人。"沈半夏深知楚连翘怼人功力深厚，见好就收，转移话题，"我去问问希希想吃什么？"

沈半夏快步走向希希，蹲在希希面前："希希，早饭想吃什么？"

"吃——"希希看向泪流满面的妈妈，双手捧着肚子，"我不饿，我陪妈妈。"

"不饿也要吃。"沈半夏握住满满妈的手，"你也吃点吧！医生只能治疗病患的疾病。病患想彻底康复，还需要家人的贴心照顾。后面的日子还长着。你有两个孩子要照顾，可不能病倒。"

满满妈看向希希。希希充盈泪珠的眼眶里，有着超越年龄的坚强，承受着这个年龄不该承受之重。她已经因为满满和工作，忽略了希希很长一段时间。她不能再继续下去。

满满妈抱紧希希。"妈妈不怕，妈妈还有希希。希希放心，弟弟会没事的。"满满妈深呼吸，"不麻烦沈医生帮我们买早饭了。请你帮我照看一下希希，我去买早饭。你和楚医生想吃什么，我一起买。"

"别客气。满满正在手术中，你作为监护人不方便离开，我去买吧！"沈半夏拍拍满满妈的手背。

满满妈看了眼手术室大门。"那就辛苦你了。谢谢。豆浆包子，或者牛奶面包都行。你看买哪样方便，就买那样。"她从钱包里拿出一百元，"这钱请你一定收下。我们麻烦了你们这么长时间，给我一个机会请你们吃早饭吧！"

沈半夏犹豫片刻，接过钱："这钱，我就收下给你们买早饭。剩余的钱待会儿退给你。不过，你别担心我们的早饭。我们自己买。你的心意，我们心领了。就这样说了！"沈半夏不给满满妈劝解的机会，扬扬手里的钱离开。

"沈医生——"满满妈叫住沈半夏，"你们对我们的好，我会牢牢记住的。"

"谢谢阿姨。"希希感激地看着沈半夏，又看向楚连翘，"还有叔叔。"

"有你们这些话，我就很开心了。"沈半夏快步走向楚连翘，"是不是啊？"

楚连翘感觉冰凉的心变得暖烘烘，困住心房的锁再次变得松动："不用客气，对症下药是医生的职责。至于其他都是顺手为之，我们并没刻意做什么。"

满满妈和希希被楚连翘的话噎住，不知道该如何继续话题。

"嘿嘿，他不太会说话。"沈半夏尴尬地笑了两声，用胳膊肘推推楚连翘，"去买早饭。"

楚连翘看了眼沈半夏手里的钱："别人都把钱给你，你却叫我去买。当我是外卖小哥啊？医院附近的早餐铺味道一般，包子馅来源可疑。你就别用三无产品荼毒小朋友了。不过，那家面包店是全国连锁，味道和质量还行。你去买点面包和牛奶吧！我要三明治和牛奶。"

"你就这样点餐？"沈半夏愣住。

"如果你愿意跑远点，我倒是知道有家豆浆和煎饼果子不错。"楚连翘答非所问，仿佛那句主动买早餐的话语没说过似的。

"真不知道哪句话得罪了你这位神爷。我这丫头天生命苦，只有跑腿的份。"沈半夏冲楚连翘做了个鬼脸离开。

她主动向满满妈请缨买早餐吗？他顺水推舟成全她。有错吗？没错。楚连翘目送一边走一边抱怨的沈半夏，暖烘烘的心房，多了一勺甜滋滋。

虽然沈半夏一路咒骂楚连翘缺乏绅士风度，但介于满满事件中楚连翘的出色表现，这趟腿她倒是跑得心甘情愿。

只是，沈半夏怎么也没想到买早餐回来的路上，居然在医院大厅和陈建毅再次偶遇。沈半夏想要躲开，却未料陈建毅看见她如同黄鼠狼看见鸡，双眼直发光。

"沈半夏给病人买早饭啊！你爸在哪个科室住院？我去打个招呼，让他的主治医生和护士多照顾他一点。"陈建毅穿着白衬衣和米黄色的裤子，手腕带着上次沈半夏见过的名表，一副二十年前海归人士的着装。

她应该唯唯诺诺，对陈建毅感到恐惧的。可她再次见面居然没有恐惧感，只有恶心感："你当医院是你家开的吗？就一个新进的医生而已。"

"我可是海归博士，院长钦点。"沈半夏轻蔑的表情如同利刃般刺入陈建毅心里，触动他自卑而敏感的灵魂，他忍不住把音量提高三度。

"那又怎样？还不是住院医师。"沈半夏哼了一声，轻笑。医院的心脏外科实力很强，收入可观，工作强度低于儿科，人手却多于儿科。陈建毅再高的学历和本事，也不可能一去就主刀。

陈建毅想要破口大骂，却又觉得和身份不符。他深吸一口气，打量穿着普通，面容憔悴的沈半夏。

他记忆中的沈半夏是个单纯的傻女孩。她毫无心机，他说什么，她就信什么。刚开始他觉得新鲜和方便，可时间一长他又觉得缺乏挑战性，枯燥无味。这也是方心怡出现后，他半推半就出轨的原因之一。当然最主要的原因还是方心怡身上有他需要的前程。

这些年，他不否认方心怡越强势，对沈半夏的思念也就越深。再次见面，他不断地向沈半夏示好，也是为了找个机会续上前缘。

然而，沈半夏失去了以前的乖巧，反倒变得牙尖嘴利，让他气得跳脚，又心痒难安。昨晚，他还梦见和沈半夏回到大学时光。

"你就不能好好说话吗？我只是暂时是住院医师，可我只要通过今年考试就能变成主治医师。再过几年，我就是副主任医师。到那个时候，我们科室主任正好退休，我就可以名正言顺地晋升科室主任了。你懂院长招我进来的深意吗？"

"想得挺美的，有问过同科室其他同事吗？"当年她真是眼瞎了，居然看上这只自恋到极点的凤凰男。

"我问他们做什么。我是作为人才引进来的，是储备干部，成为科室行政主任是迟早的事。可你呢？我走的那年听闻你放弃读硕了。现在是在医药公司工作，还是跟着你爸学心理学，又或是没工作？不过，你有个挂着名教授头衔的好爸爸，没工作他也能养你。倒是我，农村出身，不努力不行啊！不过自己努力赚钱，活得踏实。爸妈再好，也会老，也会生病，最终逝世。你娇生惯养惯了，得找条好的退路啊！"陈建毅和沈半夏的相处中习惯抬高自己，贬低沈半夏，达到改造沈半夏三观，让她乖乖听话的目的。

怒火在沈半夏胸腔翻滚，可破口大骂之前楚连翘的模样跳了出来。陈建毅 low，她在这里和陈建毅对怼岂不是也一样 low？她有必要把自己拉低到和陈建毅一样 low 吗？

"时间让我改变了很多，你却在原地踏步。"沈半夏轻蔑地哼了一声，离开。

"你，你什么意思？"陈建毅看着沈半夏远去的身影，心里像扎了根刺似的。他很想追上前大骂，却又觉得不合时宜，"神经病！几年不见，人没长变，脑袋倒出问题了。"他低声骂骂嚷嚷地赶往住院部。

Chapter 44 神医侠侣的绯闻 ///

手术还在进行中。希希坐在妈妈腿上，紧紧地抱着妈妈，希望温暖她冰冷的身体。满满妈时不时轻拍希希的后背，微笑地望着她，其他时候她都紧张地望着手术室大门。楚连翘安静地坐在一旁，目光散漫，仿佛和周围的环境融为了一体。

沈半夏拎着早餐出现，仿若驱赶阴冷的阳光："吃早饭了。"

沈半夏把热牛奶、面包和剩下的钱交给满满妈。满满妈连连道谢，沈半夏微笑着和满满妈闲聊几句，走向楚连翘。

"你也太磨蹭了吧！手术都快做完了。"楚连翘接过牛奶和面包说。

沈半夏坐在楚连翘身边："我刚才遇见陈建毅了。"

"他欺负你了？"楚连翘的表情如同保护诺兹多姆的克罗米。

"不算吧！反正我没吃亏。"沈半夏的眸色平静无波，"我一直很怕在医院在遇见他，甚至觉得再遇见要么继续恐惧他，要么会抽他。结果，这两样都没发生。我倒挺替他悲哀的。这些年一点都没变，还是那么 low，总想踩低别人，抬高自己。"

楚连翘认真地听着，把面包撕成小块，放进嘴里。

若换成他人，沈半夏会觉得娘，可这动作放在楚连翘身上，她竟觉得优雅。沈半夏被自己的想法惊了一大跳，她拍拍脑袋。

"你也觉得你脑袋进水了。"楚连翘忽然说。

"什么？"沈半夏愣住。

"你还有时间替他悲哀。你接下来是不是准备当一朵盛开的白莲花，救他于水深火热中呢？"楚连翘的话语中有着连自己都没察觉的怒气和醋意。

沈半夏瞪了楚连翘好一会儿，抬手触摸楚连翘的额头。

楚连翘一怔，连忙躲开："油乎乎的想干吗？"

"你没发烧吧？悲哀又咋了。每天世界发生着那么多天灾人祸，我都挺悲哀的。我要去拯救他们吗？我是想表达对他的不屑。OK？和他多说一句话，我都嫌拉低自己的档次。"沈半夏瘪嘴。

"这样啊！"楚连翘猛地觉得沈半夏瘪嘴的模样很可爱，忍不住伸出手想要来一记"摸头杀"。

"心眼太小了吧！我刚才可没真摸到你的额头。"沈半夏躲闪。

楚连翘愣了一秒钟："你想啥呢？我这是伸懒腰。一夜没睡，好累，好困。"

"你向来不是十二点以后才睡一会儿吗？"沈半夏说。

"我上班用脑过度，特别困行不？"楚连翘刻意伸了个懒腰，打了个哈欠。

"行。你是大神，反正我也怼不赢你。你想怎样都行。"沈半夏勉强笑了两声。

"口是心非。"楚连翘想伸手戳戳沈半夏的脑门，可想到手指撕扯面包沾染了油，又缩了回来。

沈半夏和楚连翘的日常对怼，被满满妈当真了。满满妈歉意地看向楚连翘："楚医生、沈医生，耽误了你们这么长时间，真是不好意思。你们回去休息吧！我和希希在这里可以的。"

楚连翘看向沈半夏："她没看见手术结果，回去也睡不着。你不用不好意思，一切都是她自愿的。至于我，只是陪等司机，我会找她结算陪等费用的。"

"原来你们是一对啊！神医侠侣挺好的。"满满妈露出恍然大悟的表情。

"不是不是，你误会了。我们是邻居，我搭顺风车而已。"沈半夏的脸蛋红得像小米椒，慌张地推动楚连翘，"我又没让你等，你回去啊！我赶地铁回去。"

"神医侠侣"四个字触动了楚连翘某处柔软的神经，可沈半夏慌张地推赶，让楚连翘刚上升的好心情像暴跌的股市直线下降："推什么推？你以为我不想走。现在正值上班高峰期，开车出去还不挤怀孕。"

"那不正好。回头我帮你接生，多添一辆汽车宝宝。"沈半夏习惯性回怼。

"妈妈，汽车也能生宝宝？"希希好奇地询问妈妈。

满满妈笑出声，冰冷的身躯稍稍回暖："叔叔和阿姨开玩笑呢。汽车又不是动物，没办法生宝宝。"

"哦。我还想让我们家的车也去挤挤，生个小宝宝给我和弟弟玩呢。"希希失落地低下脑袋。

"汽车不能生宝宝没关系。等弟弟好点了，我买辆遥控汽车给你和弟弟玩，可以吗？"满满妈揉揉希希的头顶。

希希开心地望着妈妈，眼里尽是亮闪闪的光："好啊！"她捧着妈妈的脸蛋亲了一口。

"我们家的希希真可爱。"满满妈亲了亲希希的额头。

　　沈半夏看着甜腻的母女，整个灵魂也跟着甜腻起来。她和楚连翘的八卦就像蒲公英的种子，随着风暂时从她心里消散了。

　　倒是楚连翘目光如刀地瞪了眼沈半夏，随即拿出手机打游戏。可无论他在游戏中怎样狂虐对手，沈半夏的辩解都像一根刺插在他的心房。

　　时间匀速流逝着，手术室等候区的时间却像被慢放的录像，明明一秒时间却宛如一年。从满满被送进手术室到现在不过一个多小时，可满满妈像等待了百年之久，面色越来越焦急。

　　"我刚才百度，这种手术的时间不长啊！怎么还没出来？"满满妈痴望着紧闭的手术室大门。

　　楚连翘把她当空气，她也不会自讨没趣。沈半夏看不透楚连翘心思，就来到满满妈身边，帮她带希希："你别着急。就算满满手术完了，也得等他苏醒过来，生命体征稳定了，才会推出来。"

　　"医生呢？医生做完手术总该出来报个信吧！"各种糟糕的想法瞬间塞满满满妈的脑海，"难道满满在手术过程中发生意外了？"

　　"医生做完手术出来报信，那是电视剧。手术室大门和医生进出手术室的地方不是同一处。"楚连翘把手机放进裤兜，站起来，"只要满满食道没穿孔，很快就有护士来通知你了。"

　　"万一食道穿孔呢？"满满妈屏住呼吸问。

　　"生死一线。"楚连翘的眼瞳布满星辰般的冷光，悦耳的声音偏像手术刀般冷峻。

　　满满妈吓得向后倒，沈半夏忙扶住满满妈："别吓人好吗？这手术是张主任做的，肯定没问题。"

　　"食道穿孔不是张主任能控制的。毕竟……"患儿只有九个月，吞下电池已经十三天，手术的风险很大。楚连翘在沈半夏哀求的目光中，把后半句话吞进肚子里。只是，傲娇的他实在不习惯这样做，嘴上忍不住抱怨："沈乌龟，你是医生。"

　　"我现在又没穿白袍。你也没有。"沈半夏言下之意是手术室外的人无权发言。

　　"越来越牙尖嘴利。"关键是他竟无言反驳。

　　沈半夏冲楚连翘做了个鬼脸。这时候，参与手术的孙婷婷出来了。

　　"张主任说得真没错，你还在这里等着呢。"孙婷婷取下口罩，走向沈半夏。

　　"反正下班也没什么事。"沈半夏迎向孙婷婷，"手术顺利结束？"

　　"嗯。"孙婷婷点头，看向楚连翘。满腔热血的沈半夏积极地关心患儿手术和患儿家长情绪，她觉得情理之中。可向来事不关己高高挂起的楚连翘也留下来等待手术结果，她倒备感惊讶了。

楚连翘被孙婷婷瞧得有些尴尬，画蛇添足地辩解："我安排患儿手术事宜导致延迟下班。与其在路上堵得慌，不如等会儿再走。"

楚大神专程向她解释……孙婷婷心跳猛地加速。不对，这是欲盖弥彰啊！孙婷婷敏锐地看向沈半夏。该不会楚大神在等沈半夏吧？听闻，他们住得近，沈半夏经常搭乘楚连翘的顺风车。孙婷婷感到自己似乎挖掘到了什么了不起的八卦，目光激动地在沈半夏和楚连翘之间移动。

沈半夏被孙婷婷盯得心里发慌，明明没犯错却恨不得找个洞藏起来。

楚连翘轻咳两声，打破尴尬的寂静："孙护士愣在那干吗？患儿家长等着你说手术结果呢。"

"是！"不怒自威。这才是她认识的楚大神啊！孙婷婷忙换上职业笑容，走向满满妈："患儿家长，手术很成功。患儿正留在手术室观察。万幸的是食道没穿孔，不幸的是腐蚀严重，建议直接送重症监护室。"

"满满从生下来就没离开我或者张姐。他醒来看不见我们，会一直哭的。我，我能进去陪他吗？"满满妈紧握双手，哀求。

"你的心情我们理解，可这不符合规定。重症监护室是无菌环境，不能随便进出。时间紧迫，家长想好了吗？"孙婷婷保持微笑。

"送，只能送。不过，他要在里面待几天呢？"满满妈急迫地追问。

"这个得看患儿恢复情况。家长想好了，麻烦跟我去签字。"孙婷婷做出请的手势。

满满妈心慌意乱地看着沈半夏。她异常恐惧，需要人陪伴，偏偏老公还没从公安局回来。

"满满这么小的患儿，手术完毕后大部分会送入重症监护室。你不用过度担心。满满恢复得好，二十四小时后就能出来。"沈半夏善解人意地又说，"反正我现在也没事，回家交通又拥堵。我陪你去签字吧！"

"谢谢，谢谢。沈医生，你真是好人。"满满妈的眼泪再次涌出。

"别客气。"沈半夏偷偷地看了眼楚连翘。

楚连翘无视沈半夏，淡然地说："我估摸再有十分钟就不堵车了，我先走了。"

"你不等沈医生了？"孙婷婷的八卦心暴涨。

"我又没做网约车业务，等她干吗？"楚连翘反问孙婷婷。

孙婷婷尴尬地笑笑。难道她误会了？"听闻，你们住得近。到十点之前交通都不会宽松，你可以发挥绅士风度送她回家。"孙婷婷说得胆战心惊。

"她那么胖，挤挤说不定能瘦点。走了！"楚连翘一边离开，一边看时间，"哎，还有十分钟。"

十分钟！那就意味着楚连翘会等她十分钟了。沈半夏雀跃地想。

孙婷婷八卦失败，叹口气："我还以为楚医生对你很特别呢。"

"哪有啊！不过是，我们上同一个班时，偶尔顺路搭过我几次。不过，我有付车资的。"楚连翘在她家蹭吃蹭喝就是车资。

"他这么吝啬？看起来不像啊！"院里有不少人给楚连翘介绍对象。她只听介绍人说过楚连翘傲娇，但没听说过他吝啬。

"葛朗台转世。走吧，我们赶快去办手续，别耽误满满治疗。"她只有十分钟的时间，坐惯了楚连翘的车，完全不习惯挤地铁了。

孙婷婷带着满满妈和沈半夏去办了手续。办手续的时候，满满妈接到满满爸的电话。他已经从公安局出来了，很快就能到医院。而张姐暂时被羁押。不管他们控告张姐能不能成功，至少张姐暂时得到了惩罚。

满满妈悬在嗓子眼的心落下一半，快速地办理了满满入住重症监护室的相关手续。沈半夏见事情暂时告一段落，也安心地同满满妈告别离开。

时值医院看诊和看望患者的高峰期，电梯如同负载过重的老黄牛缓慢地运行。沈半夏看看时间，距离楚连翘说的十分钟，还剩下不到三分钟。

"天，来不及了。"沈半夏迈开腿，跑向安全楼梯。

另一边——

楚连翘坐在驾驶座，车钥匙放在中控台，每隔几秒就烦躁地看看时间。

"还有一分钟。到时间，我就开车走。我才不要理那只多管闲事的乌龟。"楚连翘嘴上这样说，眼睛却不停地瞟向进入停车场的通道。

这是医护人员专用的露天停车场。目前并非换班时间，停车场除了一排停放整齐的车，极少看见人进出。

楚连翘盯着手表的秒针："还剩下三秒钟。我要等那只乌龟，我就是王八。"说完，楚连翘抓起车钥匙，启动汽车。

但他放在手刹上的右手，迟迟不见行动。直到入口处出现气喘吁吁的沈半夏。此刻，她一手拎着一只三寸高的凉鞋，狼狈地跑向楚连翘。

楚连翘愉悦地放下手刹，转动方向盘，驶向停车场出口。

Chapter 45 亮闪闪的锦旗 ///

沈半夏看着那辆加速驶离停车场的 SUV，郁闷的心情添上愤怒的火焰。她双腿虎虎生风，嗓音宛如洪钟："楚连翘，等等我！"

楚连翘从后视镜看见沈半夏疯子般的狂奔，如同揪住女生长发的熊孩子得意笑开，右脚从油门挪到了刹车。

"吱——"汽车滑行一米，停住。

沈半夏来不及收住冲势，扑趴在后备厢上。

"终于赶上了。"她生怕楚连翘开车跑掉，深吸一口气，连忙冲向副驾，打开车门，跳上去。

"你真的是女生吗？"楚连翘的眼神再次充满活力。

"当然了。我有穿高跟鞋。"沈半夏给楚连翘展示自己三寸高跟鞋，其中有一只后跟在她奔跑途中被她弄断了，"呵呵，鞋不太结实。"

"是你太野蛮了吧！你自诩女汉子，我还不相信。用鞋扔张姐、扭断鞋跟、光脚狂奔……你是真汉子。小的有眼不识泰山，佩服！"楚连翘以迅雷不及掩耳之势用手机拍下，沈半夏手拿破损高跟鞋的照片。

"你干什么呢？"沈半夏忙丢掉高跟鞋。

"留作纪念，心情不好的时候拿来爆笑两声。"楚连翘笑嘻嘻地收起手机。

"你当我是郭德纲相声啊？"沈半夏恨不能用眼神销毁手机。

"相声那是声音，你这是照片。怎么和相声相比啊？不对，你比相声搞笑。"楚连翘拍打方向盘，笑得特开心。

"我这是上了贼车吧！"她该去挤地铁。

"你是准备光脚去商城买鞋呢？还是光脚去地铁站？"楚连翘的目光落在沈半夏破损的高跟鞋上。

先不提丢人指数，光想想路上可能存在的尖锐物品，她就没勇气下车。"开车。"沈半夏低着脑袋，幻想自己是只缩头乌龟。

回家的路上没遇见一处红灯，楚连翘就盯着沈半夏的鞋狂笑。沈半夏郁闷地把鞋踢到楚连翘看不见的地方，把脚也藏起来，可依然止不住楚连翘的笑声。

沈半夏以为熬到小区停车场就解脱了，却未料楚连翘抵达小区而不入，把车驶向小区附近的商城停车场。

"做什么啊？"沈半夏狐疑地看着楚连翘。

"买点东西。"楚连翘把车钥匙丢给沈半夏。

"我怎么办？"沈半夏略显慌张地问。

"车里等着。"楚连翘挥挥手，离开。

沈半夏看着楚连翘渐渐远行的背影，负面情绪疯狂涌动。他以前都是直接回家，从不买东西。今天她鞋坏了，他偏来买东西。这是故意整蛊她吗？

沈半夏气呼呼地看着车钥匙，纠结要不要开车回去。

直到——

"嘭"！车门被打开。沈半夏惊了一跳，回过神。

"啰！"楚连翘把鞋盒塞进沈半夏怀里。

"这是——"沈半夏打开鞋盒，一双白色小羊皮的三寸高跟鞋映入沈半夏眼里，"这是送我的？"沈半夏的心跳加速，脸颊飞上两抹绯云。

"少说废话。穿上，我们去吃午饭，然后回家睡觉。"楚连翘看着满脸惊讶的沈半夏，又说，"还愣着做什么？你爸今天有课，没时间做午饭。我可没时间等外卖。"

沈半夏的心里五味俱全，怀着复杂的情绪穿上鞋，在楚连翘半拖拽中离开停车场。

别看楚连翘夜宵随意，炒河粉、汉堡、米线……轮着点。可他下班后的饮食选择堪称挑剔。

上次，沈半夏请客吃三百多的海鲜自助，沈半夏吃得眉飞色舞，最后捧着肚子，扶着墙走出去。可楚连翘吃得直皱眉，抱怨海鲜不新鲜，味道也糟糕，就选了点熟食勉强吃了几口。沈半夏报怨楚连翘挑剔，浪费钱。楚连翘却惊叹这些难以下咽的食物，沈半夏居然吃了那么多，感叹沈半夏被垃圾食品摧毁了味蕾。沈半夏气呼呼地反驳，楚连翘则说找机会让沈半夏尝尝真正的美食。

"你请客吗？"沈半夏看着装修别致而奢华的日式料理店。

"我不请客，你是不是准备站在门口当吉祥物？"楚连翘轻笑一声。

"看上去价格很贵。要不我们去吃烧烤？附近有一家烧烤自助，价格便宜，种类多。"沈半夏想到色香味俱全的烤肉，就觉得口水快流出来了。

"那家冻肉专卖店啊？"楚连翘挑挑眉，大步走进日式料理店。

沈半夏小跑跟上，还不忘低声问："你请客啊？"

"你爸从小没苛刻你吧？"楚连翘忽然插入看似无关的话语。

沈半夏愣了愣说："当然没。那是我亲爸！你问这个干吗？"

"我在想，为什么你身上会充满葛朗台的基因？"楚连翘说。

"葛朗台，那明明是你！你也不想想我们认识以来，家里和外面吃饭都是谁给的钱？"

现在并非吃饭高峰期，楚连翘和沈半夏进店后，所有服务员的注意力都集中在他们身上。沈半夏的声音不大，却穿透力十足。

大家听见后，目光瞬间集中在楚连翘身上。那富含鄙视的目光仿佛在说："没想到这个看上去文质彬彬的男人居然是个吃软饭的。"

楚连翘瞪了眼沈半夏，咳了两声："我请。你到底吃不吃？"

"吃！"楚咨嘗请客，哪有不吃的道理？沈半夏搓搓手，思索着该如何一次性吃够本。

楚连翘看着沈半夏如贪吃的小狐狸般的表情，不由露出宠溺的笑容："至于吗？像八百年没吃过饭似的。"

"嘿嘿，这种高档货只有小默默请客才会吃。"沈半夏在服务员引导下，来到一处有着浓郁日式风格的包厢坐下。

"小默默是谁？"楚连翘的神经瞬间紧绷。

"我弟。"沈半夏一边看菜单，一边回答。

亲戚啊！楚连翘松口气，心情持续变好："想吃什么，随便点。"

"这么好！你该不会是楚连翘的双胞胎兄弟吧？"沈半夏惊讶地盯着楚连翘。

"不想点啊！那我帮你点好了。给她来碗地狱拉面。"楚连翘伸手去抓沈半夏手里的菜单。

"我不吃辣。"沈半夏把菜单抓得死死的，迅速地点了一堆刺身、烤物和寿司，"我暂时就这些，不够再点。谢谢！"沈半夏松开手，露出心满意足的笑容。

"这些包括我的吗？"楚连翘拿着沈半夏的菜单，不知道该放下，还是递给服务员。

"才这点，我都不知道够不够吃呢。"沈半夏实诚地回答。

"佩奇，也只有自助餐适合你了。"楚连翘拿着沈半夏的菜单，选择了几样自己喜欢的。然后，他把自己的菜单和沈半夏的菜单叠在一起，交给服务员。

"才这几样。你够吃吗?"经过她观察楚连翘食量可是超越她的。

"够吃了。"楚连翘认真地点点头。

"待会儿,你可不能吃我的。"沈半夏像只护食的狐狸。

楚连翘盯着沈半夏没有回答。他以前食量不算大的,可每次和沈半夏吃饭总忍不住吃很多,食量日益增长。他回想刚才的点餐,似乎真的点少了一点。不过,那又有什么关系?菜上面又没刻沈半夏的名字,他可以抢沈半夏点的菜吃。

不一会儿,日式海草、刺身拼盘、和牛蒲叶烧、天妇罗、明太子……色香味俱全的料理一一上了桌。沈半夏面对一堆美食,拿着筷子大快朵颐。楚连翘看似斯文,却胜在手速,加入瓜分美食的行列。

"这是我点的。"沈半夏伸筷拦截楚连翘。

"这顿你付钱?"楚连翘笑眯眯地问。

沈半夏迅速地缩回筷子:"楚大神请吃。"

"谄媚。"楚连翘嘴上戏谑,心中却甜得像喝了一罐蜜。

沈半夏无视楚连翘,注意力完全放在美食上,趁着楚连翘吃刺身时,急忙把那唯一一只烤大虾放进自己的碗里,并暗赞自己聪明机智。

一场浪漫的日式料理硬生生被沈半夏和楚连翘吃出了枪林弹雨的感觉。然而,当他们抢完所有食物后,他们盯着空荡荡的盘子,总觉得胃里还少了点东西。

"再点个雪龙黑牛味噌火锅?"沈半夏试探问。

"再加一份日式煎饺?"楚连翘眼角含笑。

两人一拍即合,立刻叫来服务员,加了两份菜,开始新一轮的美食较量。

对于吃货来说,美食就是治愈一切的神药,特别是有一个和你同级别的吃货陪你一起吃。虽然楚连翘比沈半夏吃得挑剔些,但是他选的美食都是色香味俱全,好吃得能吞下舌头。自从楚连翘带着沈半夏开启味觉之旅后,沈半夏觉得自己的吃货级别得到提升,荷包受到了严重伤害。不过,她伤得心甘情愿!

转眼半个月过去了,楚连翘和沈半夏继续着对怼生涯,可两个人感情却在美食的影响下日益精进。

又一天,沈半夏和楚连翘一起上夜班。

"明天满满出院。下班后,你要和我一起去看望他,还是在停车场等我?"沈半夏随口问。

"夜宵吃上次那家上海馄饨。明天早上去看望满满,毕竟我是他的看诊医生。"楚连翘和沈半夏一同进入急诊儿科候诊室。

时值夏季，又是周五，急诊儿科的看诊患儿维持着正常状态。候诊室的座椅并未坐满，叫号牌上大约有十多名患儿的名字，大约等待十五分钟左右就能看病。

楚连翘和沈半夏走进儿科候诊室就看见张博站在门诊室外。他身旁还站着几个穿着便装的行政人员，其中一个手里拿着相机。

"该不会在等我们吧?"沈半夏有些激动，可她思来想去最近也没做什么大事。她看向楚连翘："难道你最近做了什么杰出贡献? 可我怎么不知道?"

"傻!"楚连翘轻笑一声，催促说，"走快点，别让领导等。"

楚连翘领着沈半夏快步上前："张主任什么风把您老吹来了?"

"好人好事风。"张博看看楚连翘，又看看沈半夏，"快去把白大褂穿上，然后出来。"

真有大事，还和她有关。沈半夏很想问张博发生什么事情了。可她看看张博身旁她并不熟悉的行政人员，又觉得不合时宜。她只能钻进自己的诊室，快速地穿上白大褂，再走出来。

"张主任，我换好了。"沈半夏看着笑得像弥勒佛的张博。

张博满意地打量沈半夏："年轻人有干劲，有前途。我果然没看错人!"

这么高的评价? 沈半夏受宠若惊。她以为她在张博心中的定位一直是惹事精呢。

很快，楚连翘也出来了。他一副荣辱不惊的模样，仿佛早知道即将发生的事。沈半夏打量着大家，恍然觉得自己就是误入狼群的哈士奇。

就在这时，满满妈挽着满满爸的胳膊，步伐小心翼翼地出现在急诊儿科候诊室。行政人员连忙用录像和拍照的手段，开始记录医患情深的场面。

"你们怎么在这里? 希希呢?"沈半夏惊讶地问。

满满爸妈同时松手，双手捧着一个红色筒状物的希希出现在沈半夏视线内。希希穿着白色公主裙，带着水晶发夹，背着一对天使翅膀。

"沈阿姨!"希希绽放纯真的笑容，跑向沈半夏。

沈半夏展开双臂，准备迎接希希。

可希希在她面前停住，扭头看向楚连翘："我要帅帅的楚叔叔抱!"

沈半夏尴尬地愣在原地。楚连翘长得不咋样啊! 为什么小女生都喜欢他?

"好。叔叔抱!"楚连翘炫耀地看了眼沈半夏，抱起希希。

"沈阿姨过来。"希希向沈半夏招招手，又一本正经地看着楚连翘，"楚叔叔、沈阿姨，我们全家有一份礼物送给你们。"

说完，希希打开手里的筒状物，露出一面送给楚连翘和沈半夏的锦旗。锦旗正中间写着"医术精湛，情暖人心"八个大字。

锦旗啊！她上班半年就收到了病人由衷感谢的锦旗。沈半夏感动得热泪盈眶，自豪感猛烈攀升。

"这份礼我们受之有愧。满满之所以恢复得这么好，全靠张主任和王医生的高超医术，住院部医生们的后续治疗，医护人员的细心看护，以及你们的贴心照料。"楚连翘语气和用词拿捏恰当。

天啊，楚毒舌居然说出了这么有深度的话！她都快怀疑她耳朵出现幻听了。沈半夏愣愣地看着楚连翘。

张博靠在楚连翘身边，低语："安心收下吧！你们来之前，家长已经把感谢全体医护人员的锦旗送来了。他们表示要给你和沈半夏一个惊喜。"

Chapter 46 半夜的心病 ///

锦旗是对一位医生医术和医德的肯定。他有多少年没收到锦旗了呢？锦旗火红的颜色如同初春的太阳一点点融化着他冰封的心房。

"确实够惊喜。"楚连翘从眼眶里溢出的笑意足以证明他有多开心。

"那天要不是遇见了沈医生和楚医生，满满的真正病因说不定还是找不出。这要是拖到食道穿孔，孩子就没了。真是谢谢两位！"满满爸由衷感谢。

"不仅这样，你们二位还帮我们解开了希希的心结，揭露了张姐的恶行。如果不是你们敏锐地察觉事情不对，我们失去的可能不止一个孩子。"满满妈摸摸希希的头，眼里闪烁着泪花，"更别提你们在我最无助的时候陪我等候手术，沈医生还陪我去办理术后手续。你们是我心中最棒的医生。"

希希连连点头："楚叔叔让我知道原来爸爸妈妈是那么那么爱我。我不用像张阿姨说的那样必须安静和懂事，讨好爸爸妈妈，照顾弟弟……叔叔，真棒。好帅啊！"希希亲了亲楚连翘的脸颊。

"希希真萌啊，真萌啊！"楚连翘笑开了花。

"那再亲一下。"希希又亲了一下楚连翘。

满满爸连忙把希希抱过来。希希对楚连翘的热情，就连他这个当爸的都没享受过："小孩子不懂事。"

满满爸妈又对楚连翘、沈半夏和张博说了由衷感谢的话语。候诊室的患儿和家长看见这幕，不少家长决定等着楚连翘和沈半夏上班了再看诊。家长觉得把患儿交给其他患儿家长认同的医生，比懵懂无知地胡乱找医生看诊好太多了。

接下来就是正式赠送锦旗的仪式了。

负责拍照的同事让楚连翘和沈半夏拿着锦旗站在中间，满满爸妈和希希靠着沈半夏站着合影。合影完毕，楚连翘把锦旗交给张博，麻烦他挂在科室的大办公室内。

张博趁机靠在楚连翘耳边说了一句："小楚啊，小沈不仅是你的福星，还是我们科室的福星。好好珍惜！"

楚连翘愣了愣，然后笑开。沈半夏第一天上班到今天的诸多事情迅速从他脑海里闪过。他除了深叹沈半夏的惹祸能力外，不得不竖起大拇指为她点上一个大大的赞。她不属于天才，却具有极强的成长性。可贵的是她不仅能不断反思自己和学习他人，还能坚持自己的梦想。他看着她一步步成长着，他似乎也不再原地踏步了。

"我脸上有东西吗？"沈半夏被楚连翘盯得浑身不对劲。

"中午吃的糖醋排骨，留了颗芝麻在嘴角。"楚连翘一本正经地胡说八道。

"天啊，刚才拍照的时候肯定拍进去了。咋办啊？"沈半夏欲哭无泪，满脸乱摸。

满满妈一旁轻笑："没有的。"

"楚连翘！"沈半夏气呼呼地找楚连翘算账。

"好好工作。"楚连翘像泥鳅似的溜进诊室。

沈半夏也不好意思耽误太长时间，同大家告别后，走进诊室换班。

急诊儿科的工作一如既往地繁忙和重复，大部分来看诊的都是腹泻、感冒和发烧。时值夏季，腹泻的患儿特别多。这个季节的腹泻多数是由进食未熟或变质食品，以及吹风扇或空调受凉引起的。

也不知是不是因为近来天气忽冷忽热的缘故，今天来找沈半夏看诊的腹泻患儿居然超过了感冒患儿。沈半夏敲击键盘开了不少益生菌、葡萄糖酸锌口服液、口服补液盐等帮助缓解和治疗腹泻的药物。

晚间十点时，看诊高峰期终于过去。沈半夏送走最后一名排队候诊的病人，打开一本儿科医学类书籍认真阅读和做笔记。

突然，半掩着的诊室房门被推开。孙婷婷焦急地探出头："半夏准备接车。患儿是一名十二岁男童，呼吸困难，伴随剧烈腹痛。救护车三分钟后到。"

"夜间接车不都是楚大神吗？"沈半夏惊呼。她仅是住院医师，没达到医院单独接车的条件。

"患儿家长点名要你抢救患儿。不过,你目前的身份的确不适合单独接车,叫上楚医生吧!"孙婷婷提议。

"也只能这样。等患儿到了看看情况再说。"沈半夏站起来,大步走向门外。

孙婷婷推开楚连翘的房门,简洁地说了一下患儿的情况。楚连翘听闻对方点名要沈半夏抢救,并未有一丝不快,而是揣着颗好奇的心,同沈半夏一起去接车。

路上,楚连翘忍不住和沈半夏低语:"对方怎么知道你今天上班?难道是你认识的人?"

"我看看。"沈半夏打开手机微信。

有些患儿家长看诊完毕后,会问她讨要微信号。她不好意思拒绝,就给了出去。大部分患儿家长事后会通过微信联系她,询问孩子后续病情治疗方案,或者病愈后护理方案。后来人多了,她就干脆建立了一个微信群,统一在里面解答。

群里的家长平时闲聊育儿经,遇上儿童健康方面的问题就单独找沈半夏。今晚群里很安静没有家长找她。

"没人找我。"沈半夏头也不抬地回答。

楚连翘从旁看了眼微信群名:"哟,果然是鸡血少女平时看诊还觉得不过瘾,玩起线上游戏了啊!"

"线上线下互动,不是互联网大趋势吗?这叫与时俱进。"沈半夏的眼角微微扬起,散发着满满的胶原蛋白。

"我忽然觉得老了,快被后辈拍死在沙滩上了。"楚连翘叹气,捧胸。

"这才不算什么。现在很多医院都专门组建医学团队,建立了类似线上解答平台,来弥补平时看诊时间较短、交流不足等问题。私立医院甚至还鼓励医生和病患采取线上线下多种联系方式,让医生全面地跟踪患者病情进展。"沈半夏点开微博,"我做见习医师的时候就建立了微博,推广一些基础的儿科知识。"

"我瞧瞧。"楚连翘不得不佩服沈半夏与时俱进的医学精神。

沈半夏的微博名字叫:儿科医生沈小白。

"我看看。"楚连翘抢过手机,仔细翻阅沈半夏的微博资料,"难怪上次壮壮妈闹事没把你人肉出来。你没用真名啊!而且注册地址也不是本市。呦,粉丝居然有五万多人。这有向大 V 发展的趋势啊!"

"这可是靠实力一点点累积来的。"沈半夏夺回手机,自豪地说。

"你该不会把今天值夜班的事发在了微博上吧?"楚连翘问。

"有。我对私信我的人，有时候也会提及我的真实姓名和看诊地址。"沈半夏急忙翻看消息，发现有位叫"大鱼小爱"的粉丝给她发了私信。

> 沈医生，我家孩子做作业的时候，忽然感到呼吸困难，腹痛难忍，并且很快意识变得模糊。我打了120，要求救护车把我们送到您所在的医院看诊。求您，救救孩子。

"还真有。我这算出名了吗？"沈半夏一边翻看手机，一边快步走到急诊接车处。

此刻，救护车由远及近开了过来。

"名医加油！好好抢救患儿。"楚连翘拍拍沈半夏肩膀。

沈半夏的心随着救护车的到来提到了嗓子眼："呼吸困难和腹痛难忍导致意识模糊会是什么病啊？我担心我HOLD不住啊！"沈半夏紧张地看着楚连翘。

"你放心大胆地诊疗，有我呢。我不行还有医院的各科专家当你后盾。"楚连翘露出真诚的笑容。

那笑容如同划破黑暗的晨曦安抚了沈半夏紧张的心绪。很快，救护车到了。医护人员把患儿从救护车上抬下来，放在平车上。

患儿爸妈也跟着下了车。患儿妈妈的目光在沈半夏和楚连翘身上停了一秒，冲向沈半夏，握住沈半夏的手："你就是沈医生吧！我是你的微博粉丝大鱼小爱，求你救救我的孩子。救护车来之前，他就意识模糊了。我喊他，他都不理我。我，我不知道是不是给他补习班报太多累的……你一定要救救他，求你了。"

"别急家长，我们会尽全力的。"沈半夏安慰了家长一句，同楚连翘一起跟着平车，前往抢救室。

路上，跟车的医生向楚连翘和沈半夏报告患儿基本情况。救护车到之前，患儿已经出现意识模糊和呼吸困难的症状。医护人员在救护车上为患儿进行了给氧，以及基本体格检查。医护人员给氧后，患儿呼吸并未得到有效改善。患儿的基本体格检查血压偏低，心率维持在每分钟62次。

"你先进抢救室给患儿做检查，进行抢救。我跟家长谈谈。"楚连翘若有所思地放缓步伐。

沈半夏点点头，跟随平车进了抢救室。两位患儿家长慌张不知所措地盯着渐渐关闭的抢救室大门。

"请问你们是患儿张明宇的父母？"楚连翘彬彬有礼地问。

张明宇的父母连连点头。

"由于患儿现在意识不清，不适合问诊。有几个问题我需要问你们，请据实回答。患儿有无心脏病史？"楚连翘严肃地问。

"没有。他从小只是身体有点弱，但没得过心脏病。"张妈妈摇头。

"最近一次生病是什么时候？患有什么病？"

"一个月前，是病毒性感冒。"张妈妈顿了顿又说，"我想起来了。那次生病以后他总觉得累，抵抗力不够好。可现在连着几场小升初考试，学习压力重，我除了在饮食上多注意些，也没其他办法啊！"

"患儿平时几点睡？"

"以前是十一点，这个月都是十二点。我们得准备小升初考试啊！可营养方面我挺注意的，我……"

楚连翘打断患儿妈妈："患儿病发前在做什么？病发时有什么症状？"

"做练习题。后天有场重要的小升初考试，报考那家中学的人挺多的，考题又难，我们不得不抓紧时间复习。晚上九点多的时候他说胸口不舒服。我以为他想偷懒。九点半的时候他又说呼吸困难，肚子疼。我正想教育他。可很快我发现他面色苍白，直冒冷汗，嘴唇发紫……我正想让老公开车送他去医院，他就意识不清，倒在了地上。"张妈妈恐惧地看着楚连翘，"医生，我是不是把孩子逼得太狠，才导致孩子生病的？他会不会有生命危险啊？"

"我们会尽力抢救的。"的确不排除患儿压力太大，导致抵抗力下降，引起病毒入侵……最终导致患儿发病。不过，患儿家长已经伤心欲绝，他再实话实说不是逼死人的节奏吗？

那位跳楼的老太太身影再次出现在楚连翘脑海。可这次，他心中的大半恐惧变成了同情和惋惜。

楚连翘又向患儿父母询问了患儿的过敏史，确定患儿无过敏症和药物过敏史后，又说："患儿待会儿可能要转科室，家长要做好准备。"

"沈医生不是正在里面抢救吗？你怎么忽然说要转科室？要转到哪里去？你凭什么做决定？……"张妈妈接连抛出许多问题。

"我只是推测，转不转我进去看看情况再说。至于我凭什么决定……沈医生是住院医师，我是主治医师，理论上我才是患儿的主管医生。"楚连翘回答完以后，转身进入抢救室。

按照他以前的习惯是不会告诉患儿家长不确定的决定，也不会说那么多与患儿病情无关的话。可近来，他似乎深受沈半夏影响，总爱在看病的时候添加些不确定的"废话"。不过，这些"废话"经过测试，还真有安抚患儿家长紧张和恐慌情绪的作用。

楚连翘想到沈半夏，嘴角不由溜出丝丝笑意。

沈半夏这只菜鸟，不愧为急诊儿科的吉祥物，倒是处处给人惊喜。

Chapter 47 儿科和心外的距离 ///

抢救室维持着有条不紊地忙碌，各类仪器运转，协助医护人员与死神抢夺生命。

"情况怎么样？"楚连翘对愁眉苦脸的沈半夏说。

"血压偏低，脉压差小于 20mmHg，窦性心动过缓……经抢救暂无生命危险。"沈半夏额头溢出颗颗晶莹剔透的汗珠。

"有无触及奇脉？"楚连翘对张明宇进行检查。

"没有。"沈半夏回答。

"立刻安排 X 光检查，让手术室做好手术准备，联系心外值班的副主任医师邱庆让他过来会诊……"楚连翘冷静地做出一系列安排。

医护人员立刻根据楚连翘的安排，展开一系列准备工作。孙婷婷叫上一名医护人员，同她一起把张明宇送去进行 X 光检查。

"你也怀疑是急性心包炎？"沈半夏问。

"准确说是急性心包炎引发急性心脏压塞。"楚连翘查看张明宇的心电图。

"要不要给患儿加一项超声心动图检查辅助确诊？"沈半夏根据教科书里的检查方案提议。

"患儿病情危急，等 X 光检查报告出来再议。我们把患儿目前有的检查数据和报告整理一下，准备去手术室和心外进行交接。待会儿，心外会视情况决定患儿是否需要进行开胸手术。"楚连翘一边吩咐，一边思考对张明宇最有效的治疗方案。

心包炎是由于心包脏层和壁层急性炎症引起的，过去常因为风湿热、结核及细菌感染引起，近年来病毒感染、肿瘤及心肌梗死后心包炎的发病率明显增多。而急性心脏压塞是心包炎最严重的并发症之一。典型的临床表现为急性循环衰竭，动脉压下降、脉压变小甚至休克。若医生能做好及时诊断和果断处理，大部分患者可以转危为安，甚至无须开胸手术。可若处理不当，可导致患者死亡或者呈植物人状态等。

沈半夏看着表情认真而严肃的楚连翘，忍不住猫抓似的好奇心发问："我记得你擅长小儿心外，前几年还在国内外核心期刊发表过不少这类论文。咱们急诊科有良好的手术条件，这手术你可以直接做吧。"沈半夏见楚连翘脸色有异，越说越小声。

楚连翘握着检查资料的手微微发抖，嘴唇抿成一条直线，沉默不语。

她说错话了！当沈半夏以为楚连翘不会回答的时候，楚连翘低声细语："现在，我做不了。"

"为……"沈半夏看着楚连翘眼里极力掩盖的痛苦时，好奇心沉入了心湖底部，"楚大神，这些琐事不劳您老出手，放心交给我这只菜鸟。您专心思考患儿病情。"

沈半夏谄媚的笑容成功地把楚连翘从痛苦的泥沼拔出来。他深吸一口气，半玩笑似的说："好好努力，早日成才！"

"是。"沈半夏见楚连翘眼底的痛苦驱散，心情也跟着上扬。

沈半夏和楚连翘收拾好资料，从抢救室转移到手术室。医护人员引导张明宇家长缴费，签同意书，以及更换等待地点。

不一会儿，完成 X 光检查的张明宇被推进手术室，X 光检查随行送到楚连翘手里。

"患儿什么情况？"中年老成的邱庆带着一名医生走进手术室。

邱庆和楚连翘是旧识，学术和病患常有来往。他对楚连翘的态度除了公事化的严谨，还带有老友间的轻松自在。

"心脏搏动普遍减弱，疑是急性心脏压塞。"楚连翘把 X 光检查报告递给邱庆。

转身瞬间，他和邱庆带来的那名医生视线撞个正着。

陈建毅啊！真是无巧不成书。楚连翘微微一愣，决定把陈建毅当空气，毕竟人命第一。

"你怎么在这里？"陈建毅没忍住心中的惊讶。

正在维持张明宇生命体征的沈半夏听见熟悉的声音下意识抬头。陈建毅！她心跳猛地快了一拍。

"沈半夏，你也在这里。"陈建毅难以置信地盯着沈半夏。

陈建毅是个野心勃勃的人，同时也是个很会来事的人。虽然他两次向沈半夏炫耀他的身份地位，以及光辉美好的未来，但是他在工作中却光芒内敛，利用自己农村子弟的身份凸显自己本分、刻苦、勤快和努力。他不仅懂得讨好现有的科室主任，还交好实力强大的副主任。按照他的说法，这是知己知彼百战百胜。

邱庆就是他目前交好的副主任，也是他未来主任竞争道路上最主要的对手。邱庆和陈建毅同是农村子弟，靠着天赋、努力和运气一路艰难奋斗成为心外科的副主任。在陈建毅对他刻意示好下，他顿生同病相怜的感觉，平时工作对陈建毅关爱有加。

楚连翘找他来急诊儿科支援，他也不忘带上陈建毅当一助，甚至准备引荐陈建毅给楚连翘。可他没想到向来稳重的陈建毅，居然一见楚连翘和沈半夏就失态了。

"大家都认识啊！挺好，手术配合能更默契。"邱庆出声打圆场。

"又不是凑一桌麻将，要这么多人干吗！"楚连翘刻意拦在陈建毅和沈半夏之间，挡住陈建毅投向沈半夏的目光，"老邱怎么什么人都往手术室带啊！你瞧他那呆呆的模样，也不怕他一个晃神把手术刀插进患儿的心脏。"

这话一听就知道哪怕楚连翘和陈建毅认识，关系也不和睦。邱庆尴尬地笑了两声："玩笑话术后说，患儿要紧。"

邱庆的话点醒陈建毅。他想到路上邱庆对楚连翘的赞誉，连忙把满腔怒火咽下去，露出讨好的笑容："楚医生的笑话真好笑，听闻你是小儿心外的权威。我碰巧对小儿心外有兴趣，以后多多交流。"

"这是手术室，不是商务宴会。"楚连翘无视陈建毅，转向沈半夏询问，"目前生命体征的各项指标？"

沈半夏看了眼意识不清的张明宇，静下心来，迅速而专业地汇报了张明宇的各项生命体征。

"动脉收缩压低于 80mmHg，心率减缓增快，建议立刻进行心包穿刺引流。"楚连翘对邱庆说。

邱庆上前对张明宇进行检查，陈建毅跟随在邱庆身边观察。

"动脉收缩压不算低。超声心动图做没？"陈建毅为了表现自己插话道。

"没有。"沈半夏不停提示自己注意专业素养。

"超声心电图是诊断心脏压塞的首选检查方法。这个都没做怎么确诊是急性心脏压塞？随便进行心包穿刺引流是有生命危险的。"陈建毅厉声斥责沈半夏，"立刻安排超声心电图检查。"

"患儿虽无心脏骤停，但意识不清，生命体征不稳，病情正在迅速恶化，盲目依赖超声心电图检查只会贻误宝贵的抢救时机。"沈半夏靠着楚连翘倍感勇气，学过的相关知识清晰地蹦出脑海，"楚医生是患儿的主管医生，患儿适合做什么由他决定。"

陈建毅听见沈半夏如此维护楚连翘，怒火瞬间吞没理智："他要真擅长这个领域就不会让我来帮忙了。"

"我找的是邱医生，不是你。"楚连翘冷冷地回了一句，转向邱庆说，"邱医生，你的意见呢？"

邱庆迅速地做完患儿体征检查，翻阅患儿的检查报告，说："就你那谨慎的性格，患儿有条件做心电图，你会不做？虽然患儿没有完全按照教科书生病，但是他的临床征象和 X 光特征大部分指向急性心脏压塞。我和你意见一致，立刻做心包穿刺引流。先保住性命再说。"

"手术室设备齐全。老规矩：你动手，我观战。"楚连翘做出请的手势。

"你什么时候给我一个观战的机会？"邱庆一边准备心包穿刺引流，一边问。

"会有机会的。"楚连翘把微微发抖的手藏在身后。

虽然他的动作很隐蔽，但是依然被关注他的沈半夏察觉。难道楚连翘患有某种疾病导致手指发抖无法手术了？可他吃饭使用筷子时，手并不抖啊！

沈半夏怀着满腹疑问，同楚连翘一起退离手术台。

邱庆开始接管手术台，指挥医护人员进行术前准备。心包穿刺是借助穿刺针直接刺入心包腔的诊疗技术，穿刺引流需要高超穿刺技术，具有一定风险。因为心脏不断地跳动，如果穿刺穿到了心脏，那么就会导致大出血，甚至危及生命。

不过，对于每个月经手的手术从未低于三十台的邱庆而言，从他工作到现在，心包穿刺引流做过的次数多得连他都记不清了。如果不是楚连翘指定让他做，他倒想留下一些不危及生命的步骤，让陈建毅练练手。

麻醉师对患儿进行麻醉。医护人员进行超声定位，确定心包液性暗区的多少、距离体表的深度和进针方向。邱庆选取位置在患儿体表做出标记，选择中心静脉导管，采用 Seldinger 导管法，按超声定位方向缓慢负压进针……那行云流水的动作如同茶艺师正在表演一场精湛绝伦的茶艺。

"这留我就行了。你回门诊室吧！估摸着，候诊室正有几个小 BOSS 等你去打呢。"此刻是邱庆的主场，楚连翘留下来无非是监测和维持患儿生命体征。沈半夏留下来，无非借机体验一下跨科室会诊，观摩一下心包穿刺引流。

"好。"急诊儿科无人值守确实是大问题。再加上，这里还有个她不愿意面对的前男友大 BOSS。

现在，大家专注抢救患儿，私事倒是放一边。等患儿抢救过来，谁知道那个渣男陈建毅会怎么出牌……想来想去，她现在离开是最稳妥的办法。

毕竟是文明社会，彼此做不到一笑泯恩仇，也没必要白刀子进红刀子出。

沈半夏感激地看了眼楚连翘，离开手术室。陈建毅对沈半夏瞧也不瞧他一眼，感到不快，却又不好在手术室多言多语，只能咬牙切齿地目送沈半夏离开。

沈半夏脱下绿袍，换上白大褂，松了口气。她想过很多种和陈建毅在医院再碰面的情况，可没一种是会在手术室见面。

庆幸的是，这次见面没有她想象中火爆。反倒她见楚连翘怼陈建毅，而陈建毅敢怒不敢言时，心中笑翻了天。

就为这点，今晚的夜宵必须是豪华大餐！沈半夏脚步轻盈地走向急诊儿科。

"喂！"突然，有人拍了拍沈半夏的肩膀，惊得沈半夏抖了抖。

沈半夏回头："百消丹你吓死我了！"

白晓丹穿着白色的护士服，未施粉黛的脸蛋如同含苞待放的茉莉花，透着一股淡雅的清纯。

"吓死正好。我直接把你推进手术室抢救。邱主任、楚大神、陈渣男，你想谁给你做心肺复苏啊？"白晓丹勾起沈半夏的下巴，那淡雅的清纯气质瞬间碎成一地渣。

"呸呸呸。"沈半夏自知怼不过白晓丹，转移话题，"你今晚不是值班吗？怎么跑到手术室来了。"

"还不是因为担心你。我听闻陈渣男被邱主任带下来支援急诊儿科了。我担心你和陈渣男碰面后，陈渣男完虐你啊！我下来帮忙打架了。"白晓丹皱眉，叹气，"可谁想到某人如沐春风似的走出手术室。怎么？陈渣男魅力无穷，又电着你了。"

沈半夏故作呕吐状："这才几个月没耍男朋友，怎么连眼光也倒退了。陈渣男有魅力？你从脚看出来的吗？"

"我们科室的小护士都这样说。陈医生温文尔雅、成熟稳重、浪漫幽默……十足的绩优股。"白晓丹刻意模仿暗恋陈建毅的护士。

"虚伪！又想骗小妹子了。"沈半夏愤怒磨牙，"知道几年前那部风靡全国的电视剧《蜗居》吗？里面的宋思明就是他这种男人。"

"我知道，小妹子不知道啊！不过，我已经把他已婚的事实宣扬出去了。"白晓丹笑颜中透出精明的神采，"下一步，容我挖坑让他跳，揭露他虚伪的真面目。"

"不愧是我的好闺蜜。一定记得好好潜伏，背后捅刀。"沈半夏攀着白晓丹的肩膀，开心地笑着。

"那是必须的。陈渣男非常狡猾，骗妹子的花招一套一套的。我这才把他已婚的事实散播出去，他就利用婚姻不幸勾搭妹子，居然还真有人上钩。"白晓丹想到科室某些眼界低的小妹子，心中怒火猛升，"算了，不说这些不愉快的。你刚才和渣男会面，没吃亏吧？"

"有楚大神在，吃亏的只会是他。"沈半夏的眉眼笑得像春日的迎春花。

"笑得这么浪。沈半夏，你沦陷了。"白晓丹挑挑眉，意味深长地说。

Chapter 48 相场亲压压惊 ///

沈半夏的脸如同六月的天，先是晴空万里，再是狂风大作，紧接着闪电和惊雷，再是乌云密布、暴雨倾盆。

"胡说八道。全世界的男人死光了，我也不会考虑他。"沈半夏的脑袋摇得如同拨浪鼓。

"傻，楚连翘不是男人吗？男人都死光了，他也死了。你只能考虑我。"白晓丹细细地打量沈半夏，"越想越觉得有可能。你前段时间还向我打听过他的详细资料。而且，你近来几乎没在我面前骂过他，反倒是经常提及你们出去吃饭。吃饭可是男女约会的重点项目了。"

"我和他是邻居，他和我爸又是忘年之交。我给你说过，他长期赖在我家吃饭。我爸同意，我也没理由反对啊！"沈半夏丝毫没注意自己着急解释的模样，实则是不敢面对的自我欺骗。

"我是说出去吃饭。"白晓丹画重点。

沈半夏的脸蛋更红了："我们都是吃货，搭个伴，寻觅美食，也很正常吧！"

"我也是吃货，默然也是吃货。你怎么不找我们啊？"白晓丹追问。

"那，那是因为我们常常不一个班，约起来不方便。"沈半夏继续为自己找借口。

"默然呢？你可以和他约啊！他随叫随到，还自带买单功能。"白晓丹见沈半夏越发慌张的模样，替徐默然暗叫不妙。

沈半夏愣了愣，又为自己找到借口："我怕约多了，耽误他找女朋友。"

"你就恨不得楚连翘打一辈子光棍？"白晓丹"扑哧"笑出声。

沈半夏一想到某一天楚连翘会牵着某个女人的手，郑重向她介绍那是他的女友，她胸口就堵得慌："他身上一堆缺点怎么可能找得到女朋友？他还是单身一辈子，对谁都好。"

这一次，白晓丹是明确地闻见了浓郁的醋味："他和你无冤无仇，你干吗咒他打光棍？"

"我心直口快，实话实说。"沈半夏实在无法面对慌乱的心绪，"急诊儿科还有一堆患儿等着我。我先去上班了！你在值班，别脱岗太长。"说完，沈半夏不等白晓丹回应，逃向急诊儿科。

白晓丹看着沈半夏快速离去的身影，不知道该替沈半夏开心，还是该替徐默然难过。

"我家小默然爱情之路真坎坷啊！"白晓丹沉沉地叹口气。

沈半夏在看见患儿那刻，总算把慌乱的心绪压了下来。只是，当一颗石子扔进湖里，哪怕它激起的涟漪消失，石子沉入湖底，可它依然在湖里永不消逝。

当沈半夏忙完患儿后，她和白晓丹的对白不由自主地又蹦跶出来，随之而来的还有楚连翘沉思时的侧脸。瞬间，沈半夏感到大脑充血，脸蛋烫得能煎鸡蛋。

"我真对楚连翘动心了？"沈半夏捧着滚烫的脸颊。

"谁是东欣？"楚连翘的声音出现。

沈半夏猛一抬头，差点和楚连翘的脸庞撞在一起。沈半夏惊得猛向后倒仰。座椅在她大力撞击下，向后翻倒。

楚连翘忙扶住座椅，稳稳地放回原处："做贼呢？"

"谁叫你突然出现。人吓人，吓死人。"沈半夏心虚地回应。

"是你做贼心虚吧！我都进来好一会儿，你都没发现。你没照镜子瞧你刚才的模样，那红彤彤的脸蛋就像高烧 40℃ 似的。"沈半夏刚才娇艳的模样宛如朵含苞待放的桃花，瞧得他心跳加速，忍不住多看了几眼，"东欣是谁啊？想他想得高烧。"

还好他没听全，误解了。沈半夏硬着头皮撒谎："一个患儿。"

"很棘手吗？急得脸红。"楚连翘一边关切地问，一边狐疑沈半夏思考病情也能急得那么娇艳。

"咳嗽，就是咳的时间有点长。解决了。"沈半夏担心楚连翘继续追问，连忙转移话题，"你那边穿刺情况怎么样？"

"当然是成功了。患儿情况已经稳定下来，转心外了。"楚连翘活动脖子，"忙了一晚上，肚子饿了，快点夜宵吧！今天我们吃清淡一点。我要一份皮蛋瘦肉粥，再加根卤猪蹄。"

"又是肉，又是猪蹄，过几天改名叫二师兄得了。"沈半夏训练有素地边点边怼。

"我天生丽质，长不胖。"楚连翘故意拨弄一下额头。

"天生丽质？你需要考虑去泰国改变一下性别了。"沈半夏故作呕吐状。

"我的性别，你不清楚吗?"楚连翘抛媚眼。

沈半夏的脸蛋"唰"通红："你，你流氓。"

"我怎么你了?"楚连翘一脸迷茫。

"吃你的大猪蹄子。"沈半夏叫嚷着，冲出诊室。

"猪蹄还没到，你还在上班呢。做什么去?"楚连翘追问。

"上厕所，违规吗?"沈半夏气呼呼地离开。

楚连翘望着沈半夏迅速消失的身影："今晚怎么感觉她怪怪的?"

沈半夏上厕所是假，逃离是真。白晓丹对她影响太大，导致她面对楚连翘太容易飘离方向。

沈半夏在厕所外的洗手台洗脸，想借助冰冷的水让自己冷静。可她抬头瞬间，依然被镜中面带桃色的自己惊了一跳。

"真被百消丹说中了?"沈半夏用力拍拍脸蛋，"不对！一定是我太长时间没恋爱导致的幻觉。"

沈半夏看着镜中的自己愣了好一会儿："相个亲，压压惊吧!"

前几天，她远在四川的小姨还说给她介绍个医药代表。她本想拒绝，可碍于亲戚面子，不好直接回绝，借口工作繁忙拖着。现在看来，这个相亲对象简直是为她量身打造的天赐甘露。

沈半夏点开微信里小姨的头像，先是问候长辈，表达深夜打扰的歉意。接着，她主动提出对医药代表很感兴趣，随时可以见面。

做好一切，沈半夏安心地把手机放回白大褂，返回急诊儿科。当她再次见到楚连翘时，摸摸兜里的手机，顿感踏实。

"拉完肚子，舒服了?"暂无病患，楚连翘也乐得清闲，靠在门框上，等待沈半夏归来。

"你好歹是高级知识分子，说话注意一下用词。"说话和放屁一样臭，这种男人是不会有女人喜欢的。沈半夏握着兜里的手机，对那素未谋面的医药代表，展开偶像剧似的憧憬。

医药代表原本模糊的面孔逐渐在她脑海里清晰。她细一想，那人居然是——楚连翘！

沈半夏打了个寒战。与此同时，她手机的微信提示音响了。

楚连翘走向沈半夏。沈半夏惊得连连后退，直至后背紧贴墙壁，无路可退。

楚连翘微微低头，青草般的气息刚好吐在沈半夏头顶："手机响了，不看一下吗？"

"哦！"沈半夏慌张地拿出手机。

天啊！小姨居然回话了，除了提醒她是大龄剩女外，还替她约了明天晚上见医药代表。

"谁的信息这么激动？"楚连翘很想抢过沈半夏的手机看看，可碍于个人隐私，只能装君子。

沈半夏吓得差点扔掉手机："没，没什么。"沈半夏与楚连翘对视瞬间，有种出轨被抓的错觉。

肯定有什么！楚连翘压抑着自己抢夺沈半夏手机的冲动。毕竟，他不是她爸，也不是她哥，更不是她男友……细想一下，他们之间最多称得上邻居和饭友。

楚连翘的表情如同逐渐冰封的湖泊，带着一种刺骨的绝美。沈半夏呆呆地望着楚连翘，唯一能做的只有紧贴墙壁。

楚连翘看着如同受惊的小兔子的沈半夏非常不爽。他讨厌这种无力掌控的局面。他和沈半夏的关系必须改变一下。

至于怎么改变？楚连翘的腰弯了弯，头低了低，呼吸从沈半夏的头顶挪到脸蛋。

那一刻，他们近得能听见彼此的呼吸声和心跳声。

突然，沈半夏手机铃声响了。

沈半夏惊得跳起来，头顶成功撞击楚连翘的下巴。外力冲击下，楚连翘的牙齿成功地咬住柔软的舌头，疼得捂嘴哀号。

沈半夏一边揉搓头顶，一边接听电话。外卖小哥熟悉而温柔的声音在电话那端响起。沈半夏看了眼心情极差的楚连翘，连忙打着取外卖的旗号，逃离现场。

楚连翘面对空荡荡的急诊儿科，心情非常烦躁。他烦躁的不仅是舌头被咬出血了，更烦躁他对沈半夏理不清的感觉。

楚连翘坐在候诊椅上，想要理清对沈半夏的感觉。偏偏，他越想越烦躁，越想越乱。到沈半夏拎着外卖回来时，他不仅没想清楚，反倒进一步变得烦躁不堪。

沈半夏看着浑身充满火药味的楚连翘，拎着外卖口袋，不敢靠近："外卖到了。你现在要吃吗？"

"吃！"楚连翘一说话，发现舌头钻心地疼。同时，一抹鲜血从嘴角流了出来。

"气吐血了?!"沈半夏瞪大眼。

"有点医学常识。被咬的，咬的。"楚连翘一说话，舌头就疼，却忍不住抱怨，

"别人家的小姑娘从小练舞蹈，你偏练铁头功。赔医药费！"

楚连翘舌头受伤，说话含糊不清。沈半夏竖着耳朵听，也只听清几个字。不过，楚连翘为什么会咬到自己舌头，这事她是清楚的。

"哟，嘴角的血更多了。你还是少说点话，休息一下舌头。要不别人还以为你是肺结核吐血了。"沈半夏强忍笑意，举起手里的外卖，"舌头有伤，不易吃重口味的东西。猪蹄还是我帮你吃了吧！这几天，你就喝点粥养养。"

楚连翘看着沈半夏的嘚瑟样，心中火焰烧得更盛，箭步上前，夺走外卖口袋："舌头受伤又怎样？我照吃。"

楚连翘为了示威，拿出口袋里的猪蹄，用力地咬了一口。瞬间，咸香的卤味如同一条蛇顺着楚连翘舌头的伤口，钻进楚连翘身体的每一个细胞。楚连翘疼得想哀号，可自尊心却让他强挤出笑容："真香！"

这两个字说得慢，沈半夏算是听清了。不过，她听见不只是"真香"两个字，还有楚连翘说话时痛苦的颤音。

"慢慢享用。"恍然间，沈半夏觉得楚连翘就像诺兹多姆，明明是只萌萌哒的猫，偏要把自己当成林中之王老虎，掩耳盗铃地维持着王者范儿。

楚连翘本想再咬一口猪蹄，勾勾沈半夏心中的馋虫。可他看着油亮亮的猪蹄，想到至今还没缓过劲的疼，实在下不去口。

"我休息，你通宵。"楚连翘指着嘴巴，缓慢地说。

她算是害楚连翘咬破舌头的元凶。该担责，她绝不退缩："这里交给我。您安心休息。"

楚连翘拿出沈半夏点的皮蛋瘦肉粥，拎着外卖口袋，挺胸抬头地离开，那模样像极了巡视领地的诺兹多姆。

楚连翘患的不仅是失眠症，还有恐惧夜晚一人独处的心理疾病。虽然这两项病症在沈泽生治疗下，以及沈半夏出现后，病症有所缓解，但至今尚未痊愈。

楚连翘吃完粥后，急忙去急诊内科拿了点辅助口腔伤口愈合的药物，然后回到了急诊儿科。沈半夏以为楚连翘不放心她独自挑大梁，专程回来协助她看诊。

然而，楚连翘看了她一眼，挤出两个字："休息。"楚连翘再一次高傲地离开。

沈半夏无奈地耸耸肩，在看书和看诊中一如既往地度过一夜。

第二天沈半夏刚回到家，就收到一条陌生电话发来的短信，表明他是她小姨介绍的相亲对象王明，约沈半夏晚上六点半在某西餐厅见面。

沈半夏看见短信那刻非常懊悔昨晚的冲动。相亲可以，但工作得第一啊！她今晚得值夜班了。沈半夏正想通知对方换到今天白天，或者她后天休息的时间见面。

可她正要发短信那刻——

"沈乌龟猫在卧室孵蛋吗？肉包凉了。"楚连翘结结巴巴的声音响起。

沈半夏心一横，删除拒绝的短信，发出一个字——好。紧接着，她打电话联系相关同事，把后天的轮休调到了今天。搞定一切后，她神清气爽地踏出卧室。

"哟，彩票中头奖呢？"楚连翘见脸上倦容一扫而空的沈半夏戏谑。

"物质。"沈半夏把晚上的相亲想得非常美好，认定相亲后就可以开展新的恋情，远离楚连翘对她的影响。

楚连翘看着笑得像勺蜜的沈半夏，心中警铃大响。

难道陈建毅联系她了？她被陈建毅的甜言蜜语打动了？他可不能让沈半夏被陈建毅那个人渣再毁一次！

"沈乌龟别那么天真。人渣是不会随着时间改变而改变的。"楚连翘说。

沈半夏盯了楚连翘好一会儿，笑出声："你该不会以为我对陈建毅那人渣还有意思？搞错没，我看着他都恶心。"

"你进出卧室不到十分钟。疲惫进去，春心萌动出来。没事才怪！"拐弯抹角的战略行不通，楚连翘干脆强攻。

"相亲算不算事？"沈半夏咬了口大肉包，满满的肉香味让她开心地眯起眼。

"相亲！"楚连翘含在嘴里的豆浆喷涌而出。

Chapter 49　居心叵测的相亲宴 ///

豆浆如雨滴般喷洒而出。沈半夏身手矫健地躲闪，成功避开了豆浆攻击。一桌子早餐却没那么幸运，或多或少沾染了楚连翘喷出的豆浆。

"你诚心不让人吃饭啊！"沈半夏面对一桌被毁的早餐，默哀三秒钟。

"你真要去相亲？"楚连翘激动地抓住沈半夏的手臂。

沈半夏点点头："这个问题需要惊讶吗？姑娘我岁月正好，不该去见识一下祖国的大好青年吗？"

"昨晚陈渣男没刺激你吧?! 怎么忽然一夜想嫁人想疯了？"楚连翘握住沈半夏手

臂的力道不由加重，"世道险恶。你要知道相亲男大部分是恐龙，还是带颜色那种。很危险的！"

"你抓痛我了。"沈半夏挣脱楚连翘，"我是去相亲，又不是陷入传销组织。哪有那么恐怖！再说，我又不是独身主义者，抽空去见识一下有为青年，总比待在家里发霉好。"

"有为青年？谁证明他是有为，还是发霉。你给我讲讲他什么来历，我给你参谋参谋。"楚连翘的脑袋乱哄哄的，直觉告诉他必须阻止沈半夏去相亲。

"医药代表，和我同一年，有房有车有地位……我小姨说典型的绩优股。"沈半夏还没和对方见面，已经直接把对方美化成某知名的偶像男星，"我已经请好假了。今晚就和他见面。"

"你难道不知道医药代表专出花心男吗？那可是比陈渣男更可怕的存在。我怕你有命去，没命回。"楚连翘紧张得连手心都溢出了汗水，"要不，我也请假。你别去相亲，我们去吃大餐。我知道有家法国菜特别正宗。我请客！"

美食！沈半夏双眼放光，内心动摇。可她看见楚连翘那双宛如星辰的眼眸，心跳加速的同时，让她坚定地拒绝："美食哪有相亲重要。毁人姻缘，是要下地狱的。"

"你就不怕见的是孽缘，迈入地狱的开始？"楚连翘的胸腔憋了一团气，理不清是针对沈半夏，还是针对自己。

"呸呸呸，我这相亲还没开始，你就咒我。你就这么不见待我啊！"沈半夏心里酸得难受。

"我是怕你被骗，为你好。"楚连翘感到心里有团不知名的火焰正在熊熊燃烧，"得！我就牺牲一回，陪你去。"

这话一出，沈半夏愣住，楚连翘也愣住。

"你说笑吧，我是去相亲。带你算什么？蹭饭？"沈半夏回过神，连忙摇头。

说出去的话如同泼出去的水，只能进行到底："我是为了一顿饭就能牺牲自我的人吗？你这么单纯，我担心你被骗。趁我后悔之前，快把地址告诉我。"

"神经。哪有带男性友人参加相亲的？"手机铃声响起。沈半夏一瞧来电显示——百消丹，"桌上的早餐，我是没办法吃了。你慢慢享用，我接电话。"

沈半夏拿着手机进了厨房，一边和白晓丹聊天，一边寻觅食物。

楚连翘看着沈半夏的背影愣了好一会儿，最终决定求助正在晨跑的沈泽生。

沈半夏为了晚上的相亲，随便吃了点早饭，就贴上面膜去睡美容觉。然而，她不知道她泄露出去的相亲信息让楚连翘、沈泽生、白晓丹和徐默然忙得热火朝天。

白晓丹在和沈半夏通话中得知沈半夏今晚要相亲，连忙套出相亲时间和地点。她和沈半夏的通话一结束，立刻联系徐默然，约上徐默然去阻击沈半夏的相亲。

楚连翘打着保护沈半夏的旗号，成功让沈泽生联系了沈半夏的小姨，从而得到沈半夏相亲的时间和地点。接着，楚连翘联系科室同事成功调休。最后，楚连翘心满意足去睡觉，准备迎接晚上的战斗。

没有吃药，也没累得精神恍惚。楚连翘却睡了这几年从未有过的安稳觉。以至于他一觉醒来，看见手机的时间都诧异了。

他居然从九点安稳地睡到上午四点。昨晚到今天也没发生特别的事情，他怎么就睡得这么踏实？

不对，今天有事。沈半夏要去相亲！他今天专程请假，帮助沈半夏慧眼识渣男。

难道是这件事导致他睡得很踏实？楚连翘认真思索，直到克罗米拉扯他的被子。

楚连翘摸摸克罗米的头："说不定，失眠症神奇痊愈了。"

楚连翘又看了眼时间，急忙起床，刷牙、洗脸、剃胡须……换了不下十套衣服，才满意地出门。

楚连翘到达沈半夏相亲地点，还不到六点。他找了个足够隐蔽，又能纵观全场的位子坐下来。

楚连翘点了份简餐，开始仔细打量环境："装修陈旧、服务员态度冷漠、咖啡透着股中药味……唯一可取的价格便宜。隔壁明明有更好的西餐厅，却选在这家。看来那个医药代表看中的就是便宜啊！图便宜的男人至少扣四十分。"

另一边——

沈半夏是被吓醒的。她梦见和一个看不清五官的男人相亲，接着甜蜜恋爱，然后浪漫求婚，最后走进结婚礼堂。当男人掀起她白色头纱时，她看清了对方面孔——楚连翘。楚连翘对她温柔一笑，低头吻上她。

她正陶醉在浪漫一吻时，楚连翘推开她，讥讽道："沈乌龟，你真好骗！"瞬间，楚连翘变成了陈建毅。方心怡从宾客席上冲上来，挽住陈建毅。方心怡和陈建毅一唱一和地讥讽她，而台下的宾客对她指指点点各种嘲笑。

沈半夏感到自己被全世界抛弃，站在台上无助地哭了。

直到，尖锐的猫叫声响起。

沈半夏被吓醒，发现满身大汗，眼角还挂着一滴眼泪。诺兹多姆关切地叫了一声，蹭蹭沈半夏的手臂，舔舐沈半夏的手指。

沈半夏把诺兹多姆抱在怀里，沉默好一会儿："只是梦，不必害怕，对吗？"

诺兹多姆甜甜地叫着，萌萌的模样惹人心暖。

"你真是可爱的小家伙。"沈半夏和诺兹多姆玩耍起来，直到收到小姨提醒她相亲别迟到的短信。

沈半夏一看时间，居然五点半了。她忙跳下床，手忙脚乱地打扮起来，赶在六点出门。还好，相亲的地方距离沈半夏家并不远。

六点半，沈半夏总算到达了相亲地点。

按照对方短信提示，找到医药代表王明。王明身高不足 180 厘米，体重却超过 180 斤。月饼似的脸庞上偏生出一双细长丹凤眼，微微一笑眼睛就只剩下一条缝。

"你迟到了。我喜欢守时的人，你得记在心上。"沈半夏正想和王明打招呼，却未料到王明说出句挑刺的话。

沈半夏打量王明。王明身上穿着带有 LV 标志的衬衣，带着一块浪琴的男士表。由于对方是坐姿，穿着什么牌子的裤子、鞋子和皮带，她看不清。可她明白对方这身装扮，是在向她展示自己有钱。

沈半夏坐下时，又看了看桌面。桌面上除了王明的 LV 手包和奔驰车钥匙外，连杯水都没有。

"王先生说笑了。你不也刚到吗？"沈半夏见王明第一眼，就想到再遇时的陈建毅，有种想转身离开的冲动。不过，她想到小姨的警告，只能耐住性子坐下。

"女人应该等男人，这是老祖宗留下的优良传统。"王明取出包中华烟和 Zippo 打火机，抽出根香烟，放进嘴里。

沈半夏皱皱眉。她讨厌烟味。更何况，这是禁烟的公共场合。

沈半夏正要开口提醒，一位服务员走了过来："先生，我们餐厅禁止吸烟。"

"你是新来的吧？我来了这么多次，也没听说你们餐厅不准吸烟啊！"王明一边抽烟，一边抗议。

"禁烟标志在那挂着。"沈半夏指着禁烟标志提醒。

"那又怎么样？顾客是上帝。"王明继续吸烟，呛得沈半夏咳了一声。

服务员面露难色："有位顾客说，你违反了《公共场所吸烟条例规定》第二十八条。如果你不听劝阻，继续吸烟，他就报警。"

"谁他妈这么多管闲事。"王明一边咆哮，一边把烟扔在地上。

餐厅开门做生意，万事和为贵。服务员踩熄香烟，把菜单递给王明。

"你们连杯水都没倒，就急着让我点菜给钱。什么服务态度啊？叫你们经理来。"王明拒接菜单。

"先生，您看菜单的时候，我给你们倒水。这两不耽误，不是吗?"服务员挤出笑容。

沈半夏接过菜单，露出歉意的笑容："你去倒水吧! 我看看菜单。"

服务员感激地看了眼沈半夏，转身为沈半夏和王明准备柠檬水。

"你怎么拆我的台啊? 第一次我就原谅你。你记住和我在一起，就得一切听我的。"王明一边说，一边又去拿烟。

虚张声势! 当自己男性荷尔蒙独一无二，女人见着就疯狂。沈半夏放下菜单，把椅子向后挪了挪，想要找借口离开。可这时，她的手机响了一声，跳出来自小姨的微信。

注意礼貌，好好相亲，别丢脸。

沈半夏惊叹小姨如有千里眼的同时，放弃掉头就走的想法。她决定了尊重小姨这位介绍人，把王明当成耍猴戏的，忍辱负重吃完这顿相亲饭。

王明把沈半夏的沉默当成服从，点燃烟。

"我听闻你是做儿科医生的。我以前也是。不过，我醒悟早，辞职做了医药代表。否则，我哪能有现在的成就。"王明故意把玩车钥匙，"你要是和我在一起了。我可以介绍你跳槽去私立医院，或者去做婴幼儿用品销售经理。那收入可是你现在的好几倍。"

沈半夏反复背诵小姨的提醒，终于把骂人的话咽了回去，从牙缝中挤出："王先生，这里禁止吸烟。"

"女人应该温顺听话。"王明不耐烦地说。

"《公共场所吸烟条例规定》第二十八条。"沈半夏接过服务员递过来的水杯。

"我刚才说的话没听懂吗? 有问题就得改，怎么连做人的基本道理都不懂。"王明熄灭香烟，继续自我感觉良好地说。

奇葩! 没想到微博上说的奇葩相亲男真的存在。生活果然是艺术的写照，而又高于艺术。

沈半夏看了眼小姨发的微信，决定惹不起，躲得起："抱歉，我没兴趣……"

她拒绝的话还没说完，白晓丹热情洋溢的声音响了起来："嗨，小夏夏。"

白晓丹画着精致的妆容，波浪卷的长发妩媚地披在肩上，淡粉色的蕾丝裙把她的肌肤衬得如玉般白净细腻，一双尖头恨天高尤显女人味。

王明看见白晓丹，双眼发亮，忍不住吞咽口水："这位是？"

"我是她的闺蜜。"白晓丹靠坐在沈半夏的座椅扶手上，露出柔情似水的笑容，"小夏夏，这是你的男友？"

"不是。"王明抢着说，"我们第一次见面。来，美女请坐。我叫王明，很高兴认识你。"

王明热情地伸出手，想与白晓丹握手。白晓丹却像没看见似的挽住沈半夏的胳膊："我和我弟来这吃饭，没想到凑巧遇见你。这真是缘分，不介意凑一桌，一起吃吧？"

"不介意。想吃什么随便点。"这才是女人啊，反观沈半夏，哪有半点女人味？王明一边吐槽介绍人的审美观，一边热情接待白晓丹。

"王先生真是大度。"白晓丹招呼站在餐厅大门口的徐默然，"默然，我遇见小夏夏了。我们和小夏夏凑一桌。"

徐默然穿着一身运动装，打扮休闲而阳光："嗨，半夏。"

徐默然是被白晓丹安排来破坏相亲的。虽然他不愿意沈半夏被相亲对象抢走，但是他又怕被沈半夏骂。因此，他看见沈半夏那刻气场很弱，表情很尴尬。

白晓丹恨铁不成钢，把徐默然拖到王明身边坐下。瞬间，徐默然和王明无论是长相，还是穿着都形成了鲜明对比。如果说徐默然是天上的仙鹤，王明就是地上的蛤蟆。

白晓丹很满意这样的对比，安心在沈半夏身边坐下。

"你们不用特意赶来，我能应付。"沈半夏压低声音对白晓丹说。

她刚才一个人可以拍拍屁股走人，现在多了白晓丹和徐默然自然不能随便离场。

"你能应付，可我能帮你瞬间揭开他的真面目啊！"白晓丹低声回了一句，然后叫来服务员点餐。

白晓丹是来搞破坏的，点的东西自然是专找贵而少的点。王明是这里的常客，深知这里菜品的价位。他听见白晓丹报的菜名，知道这一顿少说也得花一千元。

"可不能怠慢贵客。我常来这吃饭，知道什么好吃，我来点吧！"王明想要抢夺菜单。

白晓丹巧妙地避开，朱唇轻启，嗲嗲地说："可我就喜欢吃这些。王先生该不会连我这点小小的愿望，都不能满足吧？"

Chapter 50 世间渣男皆一样 ///

餐厅装修时，就考虑到情侣是西餐的主流客户。因此，餐厅专门为情侣设置了一片较为独立和私密的用餐环境。王明专门挑选了这样的卡座，方便和相亲对象一见钟情时亲密接触一下。

这倒也方便了楚连翘。楚连翘见沈半夏入座后，偷偷摸摸地把座位移到沈半夏旁边，方便偷听。刚才服务员口中那位要报警的客人，就是楚连翘。

他听见王明对白晓丹的殷勤，对王明的印象落入深渊。不过，白晓丹明显挖坑的话语，又让他变得兴致勃勃。楚连翘把勉强吃了三分之一的牛排，移到一旁，专心致志偷听。

"怎么会？就按照你喜欢的点。"王明被白晓丹电得晕乎乎的。

"王先生请客？"白晓丹冲着王明抛媚眼。

"当然。"美女的诱惑让王明很受用。

"听见了吧！当男人就要像王先生这样豪爽。"白晓丹看了眼服务员，翻到酒水那页，"今天心情好，开瓶酒吧！就它了。"白晓丹的纤纤玉指指向 2888 元的红酒。

"快去吧！"白晓丹怕王明发现后反悔，连忙合上菜单，还给服务员，"酒直接开了送上来，菜也催催。我饿了。"

王明没看见白晓丹指向的酒，沈半夏却看得清楚："不太好吧？"

"非常好。放心，他跑不掉。"白晓丹担心王明起疑心，对王明抛了个媚眼，"王先生真是有品位。这衣服、表和包加一起都 6 位数了。"

"还行。表我就爱浪琴，其他的我就爱 LV。男人怎么能活得没品位？"王明故意挺了挺肚皮，勾起车钥匙转了圈。

"哟，王先生还开的是奔驰啊！不知道是什么型号的呢？"白晓丹故意露出崇拜的目光。

沈半夏和徐默然相视而笑，白晓丹这坑是越挖越深。她不仅要王明腰包出血，还要狂踩王明的富贵心。

沈半夏默默祈祷白晓丹别玩太狠，否则事后她不好和小姨交代。

"奔驰 GLC。不贵，也就 60 万左右。今年等我再搞定几家医院，明年我就换车。"王明的车是为了彰显实力贷款买的，目前每个月还在利用多张信用卡苦苦地还贷款。

"准备换我弟那款奔驰 GLS 吗？那款性价比挺高的。也不贵，才 150 万左右。最近，我弟想换路虎玩玩，我就让他把奔驰 GLS 给我开。可他非说女司机开越野不安全，要给我买一辆玛莎拉蒂。你说这玛莎拉蒂又贵，又没越野拉风，我买来招人碰瓷吗？"白晓丹表情极度认真地撒谎。

沈半夏差点把嘴里的水笑喷出来。不过，为了稳住场面的严肃性，她硬生生地把水吞下去，结果呛得自己不断咳嗽。

王明轻蔑地看了眼沈半夏，转而讨好地看着白晓丹："对啊！女孩开越野才拉风。"

"王先生果然是我的知音。"白晓丹撒娇地看向徐默然，"默然，我没说错吧！男人中也就你不喜欢我开越野。"

说话同时，白晓丹在桌下踹了徐默然一脚，提醒他配合。

徐默然庆幸自己没有喝水，努力稳住场面："咱爸妈不也反对吗？你就安心开玛莎拉蒂吧！你再抗议，回头妈在你单位附近给你买套房，你玛莎拉蒂也别想开了。"

"住别墅多好。我才不要在市区住套房。"白晓丹故作刁蛮。

"我们家新开的盘，顶楼是跃层，两百多平方米了。"徐默然和白晓丹一唱一和。

王明猛吸一口气。他这是遇见富二代了？还是超有钱那种。

王明打量对他娇笑的白晓丹。他的好运来了，抓住这漂亮的妹子，人生少奋斗三十年。

"先生，你们的酒。"服务员端着一个托盘，上面放着 2888 元的红酒，以及四个晶莹剔透的红酒杯。

王明从对白晓丹的幻想中惊醒，看见托盘上的红酒时惊呆了。他经常到这里相亲，怎么会不认识那瓶号称镇店之宝的红酒？

"你送错地方了吧！"王明感到面部抽筋。

"没错，我点的。我平时喝的是拉菲，可这里没有，只好勉为其难点这瓶了。"白晓丹示意服务员把酒和酒杯放下，"王先生该不会是嫌这顿饭贵吧？"

王明顿感汗水浸湿了衬衣。当然贵了！虽然他喝过上万的酒，但那是应酬，公司给钱，日常生活是要精打细算的。

再说，他和眼前这位白富美八字还没一撇，就花四千多请客，值吗？王明心里打鼓。

玩人玩到这一步，也该给对方一个台阶下了。毕竟，这是沈半夏的相亲宴。他们不顾及王明的颜面，也得估计介绍人的颜面。徐默然做出请白晓丹和沈半夏吃饭的决定："王先生看上去似乎身体不适，要不先走？我们三人借这里小聚一下。这顿，我请。"

王明紧握奔驰车钥匙，谋生退意。

"默然别瞎起哄。王先生可是把六位数穿在身上，以后要和我出席各种宴会的人。区区四千多怎么会嫌贵？"明明是含有讽刺意味的话语，偏在白晓丹嗲嗲的声音中化为撒娇。再加上，白晓丹盯着王明轻咬红唇，勾得王明把车钥匙又放回了桌上。

为了少奋斗三十年，豁出去了！明天再去办一张信用卡。

"没错。相遇就是缘分。区区四千多能请你吃顿饭，超值了。我知道一家高档法国餐厅，明天我请你去尝尝。"王明权当白晓丹是他的相亲对象，"我们互留一下电话，加一下微信，方便以后联系。"

"不太合适吧！"沈半夏知道白晓丹是见王明人品差，又爱装，想为她出气。可她担心继续玩下去，事情揭开真相后，王明恼羞成怒找白晓丹的麻烦。

"没素质，我问你了吗？"王明看着沈半夏杯中的红酒，觉得2888的酒被沈半夏这种毫无价值的人喝下去纯属浪费，"你不是还有事吗？先走吧，我会和那边说的。"

"你——"沈半夏今天算是体会到——不吃羊肉空惹一身膻。王明算是和陈建毅一丘之貉，变着花样地没底线。

沈半夏真想拍拍屁股走人，可这样走又太没面子了。沈半夏瞪一眼王明。既然王明不识时务，那么介绍人的颜面不需要了，大不了被小姨骂一顿。

沈半夏把杯中红酒一饮而尽："王先生，你忘了今天你的目的是请我吃饭。他们只是偶遇，蹭饭。我也算半个主人，怎么能走呢？"

"对啊！你们不是在相亲吗？"白晓丹干脆把事实点破，进行最后的厮杀。

"和男人婆相亲？开玩笑吧！在介绍人哀求下，我只答应见她一面，介绍工作而已。这也算相亲？都怪我太有魅力，让她一见钟情，非要贴上来。"如果说沈半夏如同路边的小野花，那么白晓丹就是花园里最耀眼的红玫瑰。此刻，王明眼里毫无沈半夏，认定白晓丹才是他相亲的真正目标。

"需要我把短信公之于众吗？"遇见不要脸的，你又不能比他更不要脸。沈半夏心里堵得慌。

白晓丹想要掀桌子，可想到来这里的目的是破坏相亲，给徐默然提供表现机会。她忍住泼王明一脸酒的冲动，使劲地踹了徐默然一脚。

徐默然不擅长吵架，又见不得沈半夏受委屈，好不容易憋出一句："敢做不敢当，算什么男人？"

"我又没做，为什么要当？"王明主动拿出手机，给大家看他给沈半夏发的短信。

他一共就发了两条短信，一条介绍自己，一条约见面时间和地点。

"我哪想得到遇见的居然是结婚狂，也不照镜子看看。"王明转向白晓丹，讨好说，"我心中的女神应该像你这样完美。我们能在这里相遇，是三世修来的缘分。我们不能辜负上苍的恩赐，应该把缘分延续下去……"

实在是听不下去了！沈半夏、白晓丹和徐默然的手同时握住水杯，集体准备掀桌走人。

却不料，一只骨节分明的手握着水杯从隔壁桌伸过来。

"哗——"冰凉的柠檬水从王明头顶倾泻而下。

"谁倒的水？"王明打了个冷战，拍桌而起。

楚连翘站起来，精心打扮的他看起来比平时多了份阳光，挺拔的身材在王明面前尤显玉树临风。

"体温过高得降降温。"楚连翘绕过卡座隔间，来到王明面前，"狗学人叫两声，倒是新奇，可不停地叫不觉得吵吗？适可而止，差不多都散了吧！"

楚连翘抓住沈半夏微凉的手。冬日暖阳般的热度从楚连翘掌心传入沈半夏体内，抚平沈半夏心中的无助和难堪。沈半夏看了眼楚连翘，莫名地觉得踏实。

"你骂我是狗，还倒了我一头水。这就想算了吗？"王明气势汹汹地说，"我，我要报警。"

楚连翘轻笑一声："我指名点姓骂你了吗？你要把自己当狗，我拦不住啊！至于倒水，谁见我倒水呢？"

沈半夏、白晓丹和徐默然纷纷摇头。

"有监控，你跑不掉。"王明找了一圈，发现他们坐的位置是监控死角。

想要对付没底线的人，你就得比他聪明。楚连翘目光如鹰地扫过王明："我劝你还是别浪费警力，好好享受千元大餐吧！毕竟，几万元的手表都要不停炫耀的男人，收入也高不到哪去。我如果没猜错，车也是你贷款买的。车贷还得很辛苦吧？"

"胡说八道！我可是年收入百万的年轻才俊。怎么可能贷款买车？"王明被楚连翘踩中痛处，不自觉地提高音量虚张声势，"你信不信，我告你诽谤！"

"你有三高和脂肪肝吧？小心爆血管。像你这种重量级的东西，爆了血管恐怕没人敢靠近，医院也不知道该不该收……到那时多惨啊！"楚连翘越说，王明面部的猪肝色越重。

"你居然敢骂我是东西。你又……"

楚连翘直接打断王明的话语："对不起，我错了。你不是东西。"

沈半夏、徐默然和白晓丹笑得前俯后仰。王明脸上的猪肝色继续飙升："你，你和她什么关系？轮得到你跑出来捣蛋。"

楚连翘抓起沈半夏的手腕，狡黠地笑了笑："男女朋友关系。"

沈半夏瞪圆眼，心跳如雷，脸红似火。徐默然和白晓丹被惊得瞬间石化。

唯独，王明气得火冒三丈："你有男朋友还跑出来相亲。这是诈骗！"

"明明是介绍工作，偏要说成相亲。我看你人模狗样的居然是个骗子！"楚连翘故作愤怒地说。

沈半夏明白楚连翘谎称是她男友的良苦用心的同时，心中涌出不知名的失落。

事情闹大了，不少人好奇围观。由于楚连翘言语间一直压制着王明，又加上外貌讨喜，围观群众拼拼凑凑自然把楚连翘的话当真。

楚连翘见自己把事情闹到了高潮，递给沈半夏一杯水，露出鼓励的笑容。

沈半夏接过水，顺手泼向王明，用力挤出两滴眼泪："骗子！说好了介绍工作，你却想占我便宜……呜呜，幸亏我男友来得及时，否则后果不堪设想。"

"珍惜生命，远离骗子。夏夏，我们走！"楚连翘拖着沈半夏大步离开。

"站住！你们对我造成了严重的人身伤害，这事不能就这样算了。我要报警，让警察把你们抓起来。"王明拿出手机想要报警。

徐默然借机撞了一下王明。王明的手一滑，手机掉进了红酒杯里。

"可惜了2888的红酒啊！"沈半夏和楚连翘已经脱身。她和徐默然也得想办法快点离开，否则王明真要赖，这四千多的单还得他们买了。

"你，你撞我。"王明手忙脚乱地从酒杯中捞出最新款的 iPhone。

"是你自己手滑掉下去的，还想赖别人。我瞧，你不仅是个好色的骗子，还是碰瓷专家。"白晓丹知道徐默然嘴拙上前帮忙，"这种人还是离远点为妙。我们走！"

白晓丹挽着徐默然的手离开。

"不是这样的。你听我解释啊！"王明急忙去拉白晓丹的手，却被白晓丹躲开。

"没什么好解释的。群众的眼睛是雪亮的。骗子，离我远点。你再靠过来，我就告你骚扰。"白晓丹向徐默然使了个眼色，徐默然拦在王明和白晓丹之间。

王明见到嘴的鸭子飞走，心中除了对沈半夏的无比怨恨外，还心疼那一桌的菜和酒。

"事情闹到这一步，我也很无奈。日久见人心，你会明白我是真心的。"王明深情地凝视白晓丹，"哎，今天就算了。你们把这桌的账结了就走吧！"

Chapter 51 稍纵即逝的爱 ///

围观群众哗然了。白晓丹和徐默然惊呆了。

无耻到这一步，除了为他写个大大的服字，已经没有言语可以形容他。

"王先生，你说你请客了。我们怎么能抢你的单呢！"白晓丹自认自己毒舌功力没楚连翘高，同无底线的烂人纠缠下去，吃亏的终究是他们，"你也别和我客气了，有缘江湖再见。"

白晓丹急忙拖着徐默然离开。别瞧她穿着恨天高，可那步伐一点都不慢，堪比竞走运动员。

"别走，我们 AA 制。"王明急忙追上前，却在踏出餐厅大门前一秒，被服务员拦住。

"先生，你还没买单呢。"

"你别拦我啊！我正叫他们回来买单。"王明见白晓丹逐渐远去的背影，急得如同热锅上的蚂蚁。

"你们点菜的时候，我清楚地听见您说您请客。"服务员把账单递给王明，"4044元，麻烦买单。"

王明看见账单愣了愣，推开账单："东西又不是我点的。谁点的，你们找谁去。"

王明快速返回卡座，拿上东西准备离开。

"先生，你这是要吃霸王餐？"餐厅经理叫上餐厅所有服务员拦住王明的去路。

"这话怎么说的呢？吃霸王餐的是刚才跑掉的人。你们不拦他们，反倒拦我……这是赤裸裸的歧视。信不信我报警？"王明无法接受猎艳未遂，反要支付昂贵饭钱的事实。

"您不报警，我们也得报警。我们是小本生意，合法经营，经不起吃霸王餐。"餐厅经理拿出手机准备报警。

围观的群众对王明指指点点，讥讽和指责声不断。

王明见餐厅经理真要报警，连忙服软："得，我自认倒霉。钱，我给，但一定会把账单和店名拍下来，发网络，让全网民见识你们的天价菜单。哼，我还要告物价局。你们等着关门吧！"

王明愤愤不平地拿出一张信用卡，扔给餐厅经理。

"谢谢你替我们宣传。我们走的平价路线，不怕你宣传和告。至于那瓶酒，那可是我们老板的珍藏。你上网搜搜，售价上一点都没占你便宜。"餐厅经理立刻安排人刷卡买单。

王明看看围观的人，又看看那一桌菜，以及天价红酒。这里他是待不下去了，可他又舍不得放弃那桌价值 4044 的菜和酒。

"你们把菜都给我打包了，还有酒。"红酒还剩半瓶，其余的酒都在四只红酒杯里。王明想到 2888 的价格心痛难平："把杯子里的酒都给我倒进瓶子里。我要带走。对了，打包盒，你们可不能再收钱。我可是给足了 4044 元，是你们的贵客。"

"送你，打包盒都送你。"餐厅经理看着王明像看瘟神似的，立刻吩咐服务员用最快的速度为王明打包。

另一边——

楚连翘紧抓着沈半夏手腕，一路快步行走。直到穿着高跟鞋的沈半夏被鞋跟磨了脚，实在走不动了，楚连翘才停下来。

"脚很疼？"楚连翘臭着脸，语气很冲。

"废话！脚跟都起泡了。"沈半夏检查脚伤。

"很疼就长点记性。别瞎思春，跑去相亲。你瞧瞧那算是人吗？我多瞧他一眼都觉得恶心。你居然还能坐在那里和他谈笑风生，还点酒吃饭。"楚连翘怒火中烧。

楚连翘话中带刺，可出发点是担心她。沈半夏想到楚连翘替她出气的一幕幕，半点怒意也生不出来："从他点烟开始，我就想走。可这人是我小姨介绍的，我总得给我小姨几分面子吧！不过，他的无底线实在超出了我想象。点菜之前，我忍无可忍决定离开。可百消丹和默然出现了。这戏就被他们演下去。你以为我想和不是东西的东西吃饭吗？"

沈半夏的解释让楚连翘如同吃下一枚红心猕猴桃，从嗓子眼甜到身体每一个细胞，憋了一肚子的气消失得无影无踪。

"所以啊！没事好好工作，别瞎相亲。"

"人的一生除了工作，还有生活。难道你准备单一辈子？"沈半夏瘪嘴。

以前他觉得一个人挺好，可现在……楚连翘看着沈半夏，"是"字怎么也说不出口："感情的事情得看缘分。"

"我们上班忙成牛，下班累成狗，回家瘫成猪。缘分无中生有从天上掉下来吗？年轻人既然没打算单一辈子，就趁着自己花样年华积极一点。"沈半夏把长辈劝她相亲的话，赠送给楚连翘。

"相亲也没错。可你总得选点知根知底的对象，别听介绍人瞎吹嘘。你看刚才那位，也能算人吗？"楚连翘气势弱了三分。

沈半夏笑出声："哪有那么多知根知底的人。你该不会准备介绍医院的同事给我吧？"

"是个不错的提议。"医生夫妻档算是医院常见的婚姻模式。

沈半夏看着楚连翘认真思索的模样，心里五味俱全："谁啊？"

"这——"某道声音在楚连翘灵魂深处呐喊。他清晰地听见那个答案，可真要脱口而出那刻，他不知道该如何开口。他憋得面颊通红，努力深呼吸好几次，终于把那个答案推到了嗓子眼。

突然，他和沈半夏的手机同时响起，击碎楚连翘脆弱的勇气。

他们拿出手机看了看。虽然来电显示的号码不同，但同属于急诊科的座机号码。

大型急诊！

他们表情顿时变得严肃起来，很默契地拉开一段距离，接听电话。

一所小学集体用餐后，发生了疑似集体食物中毒事件。一百多名一年级学生出现了腹疼、腹泻和呕吐等症状。医院召集所有急诊儿科医生赶回医院，为这些孩子进行诊治。

"走，坐我的车。"楚连翘结束通话后，自然地抓住沈半夏的手腕，快步走向停车的地方。

沈半夏小跑跟上。奈何鞋子太磨脚，疼得沈半夏直咧嘴，跑起来有些颠簸。

楚连翘发觉异常，停下脚步："谁叫你臭美。活该！"楚连翘一边抱怨，一边半蹲在地上，握住沈半夏的脚踝。

"干吗呢？"沈半夏心猿意马起来。

"脚后跟被磨得血肉模糊了，你还穿。这么爱自虐？"楚连翘皱皱眉，强迫沈半夏抬起脚，脱下沈半夏的鞋子。

酥麻的感觉从脚底直冲大脑，激烈的心跳声让沈半夏只剩下呼吸的力气。

"拿好鞋。"楚连翘把鞋塞进沈半夏的手里。

沈半夏猛地回神，红着脸："光着脚没法走路啊！"

楚连翘蹲下身体，背对沈半夏："到我背上来。"

沈半夏的脸瞬间更红，心跳更快："不太好吧！我给鞋跟垫点纸，应该磨得就没那么厉害了。"

"少废话。医院一百多名患儿等着呢。你再磨叽，我一脚把你踹到马路中央去。"楚连翘催促。

沈半夏想到一百多名患儿，心一横，跳上楚连翘后背。楚连翘憋一口劲，站起来。

沈半夏第一次如此近距离地接触楚连翘。她没想到平时看上去瘦高的楚连翘的后背竟然宽厚，还有着即使隔着衣服也能感觉到的结实肌肉。

这算穿衣显瘦，脱衣显肉吗？沈半夏的脑海里浮现出一群脱衣显肉的男星照，手指好奇地戳动楚连翘的后背。

"老实点。你已经很重了。"楚连翘嗅着沈半夏身上传来的淡淡清香，感受着沈半夏温暖的体温。那一刻，他不由自主地心猿意马起来。

沈半夏慌张地收回手指，脸蛋红得像苹果。

天啊！她刚才在做什么啊？沈半夏盯着楚连翘的后背，吞咽口水。

接着，她用力摇头，极力甩掉脑海里楚连翘赤露上半身的模样。

不能再看，再想了！

沈半夏急忙把目光从楚连翘后背移开，猛地发现路人的目光都集中在她和楚连翘身上，不少女性还对她投来羡慕的目光。

如果她是楚连翘正牌女友，一定会幸福得如同女王接受路人所有的礼赞。可是，他们之间并非情侣。沈半夏低着头，笼罩在失落的心绪中。

直到，楚连翘把她背进一家运动鞋专卖店。

"这不是停车场！"沈半夏嗅着橡胶的味道，看着满屋的运动鞋和衣服，猛地惊醒。

"路过鞋店当然买双鞋了。否则，就算我把你背到停车场，你待会儿在医院怎么看诊？赶紧选双柔软的鞋走了。"楚连翘把沈半夏放在试鞋的座椅上。

果然一切只是为了看诊！沈半夏猛感鼻头酸酸的，弄不清到底自己在指望什么。她心慌意乱地随便选了双合脚的鞋，忍着脚后跟的疼痛，把楚连翘拖出鞋店。

"脚跟不疼了？"楚连翘见走路动作僵硬的沈半夏，眉头皱了皱。

"还好。车停在哪里？走快点。医院有一群患儿等着我们呢。"唯有脚疼才能淡化那莫名其妙的心疼。

"就在附近了。司机是我，又不是你。你拖着我瞎找什么？站在这别动，我开车过来接你。"楚连翘说完就走。

沈半夏看着楚连翘的背影，觉得他如同闪闪发光的星星，哪怕街上人再多她也能一眼认出他。

"其实，他除了毒舌一点，其他蛮不错的。"沈半夏捧着滚烫的脸蛋。

沈半夏站在街边浮想翩翩，楚连翘用最快速度找到车，开车来接沈半夏。一路上，两人无语，却怀着对彼此同样的怦然心动。

沈半夏所在的医院是南京市数一数二的大型综合医院，下级医院难以治疗的病患会送到这里来，集体性医疗事件首先考虑的送诊医院也是这里。

一百多名疑似中毒患儿不仅挤满了急诊儿科候诊室，还占据了急诊科一切能坐人的地方。陪他们看诊的不仅有学校老师，还有闻讯赶来的家长们。患儿的哭闹声、老师的安抚声、患儿家长的吵闹声……此时的急诊科如同节假日的超市，每个角落都闹哄哄。

沈半夏和楚连翘来到急诊科后，立刻找到张博接受调度。张博一改弥勒佛的形象，仿若一位征战沙场的将军严肃地调动着一切可调动的医疗资源。

"目前，疑似食物中毒的患儿已经突破两百名，而且不仅是一年级学生。我们医院容纳不下，已经联系其他医院接收患儿了。虽然患儿多，症状急，但我要求你们快而准地给予患儿最有效的治疗。我们要竭尽所能地避免患儿痛苦进来，同样痛苦离开。明白吗？"

楚连翘和沈半夏认真回应。张博给楚连翘和沈半夏开了两间诊室，让他们专门负责诊治疑似集体中毒事件的患儿。楚连翘和沈半夏换上白大褂，立刻奔赴临时诊室。

"看诊时警惕羊群效应。"楚连翘一边大步走着，一边提醒，"记得上次幼儿园腹泻事件吗？我们处理结果表明那天食用不新鲜蛋糕导致腹泻的患儿只有五名，再除掉感染轮状病毒腹泻的六名患儿，剩下的患儿是健康的。可他们在那天依然表现出腹部不舒服。"

"你是说这次事件发生在寄宿制学校，封闭的环境更容易引发羊群效应，让没有食物中毒的学生也感到自己食物中毒了？"沈半夏认真思索。

"没有检查结果无法下结论。不过，这种时候通常仪器检验比体格检查更能说明问题。"楚连翘已经做好验血和验便两大准备。

"哦。"

楚连翘见沈半夏一脸懵懂："你真理解到了吗？今天人多，症急，你可别在每个患儿身上花十分钟看诊。"

"说到底你还是嫌弃我看诊慢。"这次，沈半夏是真正理解到楚连翘的用意了。

"这是大实话。沈乌龟可别拖咱们急诊儿科的后腿。"楚连翘进入诊室之前，看了眼沈半夏的脚，"你也记得少走动。"

沈半夏愣了愣，回神时楚连翘已经进入诊室。沈半夏收敛心神，也走进诊室。

患儿一个又一个被送进来。有些患儿是老师陪伴，有些患儿是家长陪伴，但无一例外的是他们的精神都很差，捂着肚子直嚷嚷，甚至哭闹不止。

沈半夏以往遇见这类不配合的患儿通常会先安抚患儿，得到患儿配合后再对患儿进行体格检查。

今天，沈半夏想着楚连翘的提醒，以及外面还有许多类似症状的患儿。

急诊，急症，救命为主！

她咬咬牙，忍住自己的看诊习惯，用最快速度完成问诊和强制性体格检查，确定没有特别严重问题，就开单让患儿验血和验便。一套流程走下来，沈半夏总算完成科室内流行的两三分钟看诊。

Chapter 52 食物中毒背后的杀手 ///

接近凌晨的时候，沈半夏总算送走了最后一个患儿。她很惊讶，今天看诊的患儿里居然有三分之一根据检查结果判断都并非食物中毒。可他们或轻或重地都表现出恶心、呕吐和腹泻等症状。还有一点让她觉得很奇怪，食物中毒后会引起肠胃不适，合并肠道感染，引起白细胞增高。这些患儿的白细胞并不高，而那些没有食物中毒的患儿白细胞普遍偏低。

"发什么呆呢？我该换战场巡房了。"楚连翘站在门口，敲响房门。

"好的。"沈半夏站起来，可刚走了两步就疼得蹲下来，"血好像和袜子黏在一起了。你等我适应一下。"

楚连翘大步上前，抱起她，放在座椅上："有病就治，有什么好适应的。"他像变魔术似的拿出两张创可贴。

"你还有时间去买创可贴?"沈半夏伸手去拿创可贴,却不料楚连翘猛地蹲下身体,让她扑了个空。

"护士送的。"楚连翘不顾沈半夏退缩,脱下沈半夏的鞋。

沈半夏穿着买鞋时顺道买的白色棉袜。棉袜靠脚后跟的位置分别出现一小团猩红,仿若雪地里绽放的红梅。

"没时间去折腾辅助工具了。我脱袜子时,会有点疼,你忍着。"

沈半夏刚想点头,就被楚连翘冷不丁地把两只袜子一起扯了下来。

"不疼吧?"楚连翘快速为沈半夏贴上创可贴。

"疼。你一点心理准备都不给我。"脚后跟传来一阵阵抽疼,浸红了沈半夏的双眼。

"有心理准备更疼。先这样应急处理一下,回去后消毒,重新贴创可贴。"楚连翘随手拿起棉袜,准备为沈半夏穿上。

沈半夏红着脸夺过棉袜,结结巴巴地说:"不用了,我自己搞定。"说着,沈半夏迅速地穿好袜子和鞋。

楚连翘略显尴尬地使用快速消毒液洗手,静待沈半夏。

"贴了创可贴感觉好多了。谢谢!"沈半夏原地走了几步,羞涩地道谢。

"举手之劳。走,巡房吧!"楚连翘把消毒液递给沈半夏。

沈半夏想到创可贴的来源,忍不住冒了一句:"平时护士美眉的糕点和水果没少收吧?你可是医院公认的四大钻石单身汉之一。"

"还是排首位那个。"楚连翘笑嘻嘻回应。

沈半夏心中酸味更浓:"这有什么好炫耀的。你排首位的可不止这一项,还有臭脾气、直男癌、被投诉次数等。"沈半夏把消毒液扔给楚连翘。

"我有这么多毛病,还能如此受欢迎,证明我人格魅力大啊!"楚连翘把消毒液放回原位,故作潇洒地说。

"那只能证明瞎眼的太多。"沈半夏气呼呼地回应。

"你不就是其中之一吗?"楚连翘半真半假地戏谑。

沈半夏心里咯噔一下,脸颊发烫。"胡说八道。"她不敢面对内心的答案,只能或转移话题,"走啦,巡房。"

楚连翘连忙跟上。

虽然医院已经协调儿科住院部接收食物中毒患儿,也在急诊科输液室为食物中毒的患儿划分了专门的诊治区域。可医院的床位本来就紧张，再加上食物中毒患儿的数量摆在那里，让医院不得不在病房内外都加了床，对于状态较轻的患儿直接安排家长或老师带着患儿在座椅上输液。

患儿们痛苦的呻吟和哭闹声，加上家长们的担忧和怒骂声，混合在一起形成分贝极高的交响曲。病人输液区域理应安静，然而儿科可控因素太低，再加上今天有许多食物中毒的患儿加入，让整个输液区域的吵闹声直逼超市大减价的分贝。

最初，医护人员还想尽量降低分贝，可面对情绪激动的家长和情绪失控的患儿，他们除了闭嘴再无他法。

急诊儿科的医生们显然早适应了这种嘈杂的环境。他们分工有序地穿梭在患儿中，监控患儿病情，对患儿治疗反应性进行评估，对患儿进行问诊查体等。

幸运的是，虽然这场集体性中毒事件爆发突然，但总算让所有患儿得到及时有效的治疗，病情得以控制。大家巡视完毕后，找张博汇报工作。

张博听着大家的汇报一边点头，一边思索报告该怎么写。当大家汇报完以后，他说："谢谢大家一起努力给予患儿们及时有效的治疗。市长非常重视这件事，已经成立专案小组对此事进行跟踪调查。目前，学校已经把食堂的所有食物样本、相关用具、疑似中毒患儿的呕吐物等送去检查了。这种时候，大家切忌松懈，除了警惕今晚某些患儿可能出现病情忽然恶化，还要继续跟踪患儿病情变化，直到他们康复出院。这件事就拜托和辛苦大家了。"

大家连连点头称是。

"还有其他事情吗？"张博循例问。

沈半夏略作思考，说："我有个疑问。我在给患儿的验血单中发现大部分患儿白细胞有异常。不知道大家看诊的患儿中是否也存在这种现象？"

"理论上，食物中毒会导致白细胞上升，但是白细胞没升高或升高不明显，不能代表患儿不是食物中毒。毕竟，这些患儿便样和呕吐物的化验结果都指向食物中毒。"宋医生不以为然地说。

"可那些没有食物中毒的学生的白细胞普遍偏低。"楚连翘也发现了这个问题，但是他的思想固化在解决患儿食物中毒这个主题上。因此，他把疑问记在心底，并没有告诉张博。

沈半夏惊讶地看着楚连翘，看来他也发现了这个问题。可他为什么不告诉张博呢？

"嗯，的确有这个问题。虽然他们只是轻微偏低，但是大标本都偏低不太正常。

现在细想，那些食物中毒的患儿白细胞似乎也不够高。"秦老太太干了大半辈子的儿科，遇上的食物中毒事件少说也有上百例。

陈澄和王泽宇仔细回想看诊经过，点头认同秦老太太的意见。

"会不会他们除了食物中毒，还发生了另一件集体事件？"沈半夏灵光一现。

在场所有人猛吸一口冷气。沈半夏真敢猜，学校爆发集体性食物中毒已经属于很严重的事故，假如真再加上一个其他事故，后果不堪设想。

"另一个集体事件导致白细胞下降？"张博说话的声音有些发颤，"这不是没有可能。只是什么事情会导致白细胞降低呢？"

"我还没想到。不过，我们可以一起查查这所学校的官网，还有其他相关新闻，说不定会找到蛛丝马迹。"沈半夏的眼瞳亮闪闪的，释放着热血而认真的亮光。

"我们负责的似乎是医治食物中毒吧！"宋医生平安工作了大半辈子，不想捅马蜂窝。

"不行。"出乎所有人意料，一脸疲惫的陈澄摸着大肚子义愤填膺地说，"这关乎我们的下一代，不能就这么算了。查，必须一查到底。"

王泽宇看看陈澄的肚子，想到了家里的孩子，认真地点点头："对，我们是医生，发现病情，就要找到病因。"

"这不是疑似吗？我们又没证据，又不是警察。我觉得提醒学校自查会比较好。"宋医生尴尬地笑了笑。

"我们不是警察，可我们是医生啊！悬壶济世是我们的职责。我们既然发现了可疑病情，就应该去追查病因，在造成更加恶劣的后果之前解决它。"沈半夏心中燃起一团熊熊的战斗烈焰。

"这么凶做什么？我又没谋财害命。我只是想提醒各位，这件事情不是普通的感冒，误诊无非是多吃了几天药。这事说出去可是要掀起惊涛骇浪的。他们的白细胞看上去的确可能有那么一丁点异常，但是不能作为证据提交给有关部门啊！我们抓住一点可能性就到处宣扬，会让集体性事件雪上加霜。众口铄金，更何况是医生。我们不能做害人的事。"宋医生为自己的胆怯找了一个看似合理的借口。

而这个借口恰恰是许多老医生的心病。他们见过太多生老病死，经历过许多紧张的医患关系，理智和自保已经成为他们脑海里的固态思维。

秦老太太沉默了，王泽宇面露难色，陈澄欲言又止，张博静听评论。

沈半夏急得像热锅上的蚂蚁，却毫无有力证据反驳宋医生："你们的热血呢，热血呢？"

"宋医生说得看似很有道理。"楚连翘受到沈半夏的影响,冷哼一声,"如果他们的白细胞疑似异常就此打住,那么宋医生简直是救人于水火的活菩萨。可大家别忘了,还有另一种结果。如果沈医生推测是真的,那么随着时间的流逝,他们的白细胞会继续减少。很快,一场白细胞异常引起的集体事件又会爆发。活生生的上百条生命啊!到那个时候,在座的各位还能坦然面对今天的决定吗?各位都是有后代的,哪怕儿女长大了,还有孙子辈的。"

沈半夏忍不住为楚连翘鼓掌,其他人面露愧疚,默不作声。

张博面露喜色。沈半夏出现之前,楚连翘可是事不关己高高挂起的人。不对,事情关己,他也是能躲就躲。这次他却主动站出来说话,看得出来楚连翘真被沈半夏改变了。

"理性不等于冷漠。我很高兴今天能得到两位医生热血的回应。我们这个团队资深的医生偏多,从业时间长了就容易见惯生死,却淡忘大家成为医生的初衷。大家该醒醒了,认真地回忆和领悟医生誓言。"

"查吧!我一想到我肚子里的孩子,未来可能成为食物中毒和白细胞异常的孩子,我就气得发狂。"陈澄抚摸肚子,打破沉默,"我们就按照沈医生的提议,分头寻找可能导致学生们白细胞降低的原因。实在找不到,我们还可以借食物中毒事件,和学校进行深入谈话。"

"是的。这事在查到真相前,我们完全可以暗中进行。这就不存在陷害好人,对吧?"王泽宇立刻拿出手机。

"我确实犯了张主任说的错误,我向大家道个歉。我来查学校网站吧!"宋医生通过良好的认错态度,挽回一些颜面。

"我这个老太太多看两眼手机,眼睛就疼。我精神上支持你们,行动上配合分析。"秦老太太也站出来表态。

张博露出欣慰的笑容,再次为沈半夏加入急诊儿科的决定感到自豪。

外行人看热闹,内行人看门道。不一会儿,大家坐在会议室内,找出该校三月份启用新校区的新闻。大家顺着这条线索查下去,很快发现某些家长抗议该校区二月份才装修完,三月份就直接让学生进去学习和住宿。不过,校方回应表示,该校区已经由专业公司对甲醛进行清除,还提供了检测报告,表示一切指标达到可使用的安全标准,不会对学生们的身体造成伤害。

大家面对这条消息时,刚开启的热血被击得遍体鳞伤。

"我觉得这是重要原因之一,我们不能放过。目前,我国并没有官方部门对新装修的房屋进行安全监测。因此，除甲醛公司提供的安全报告，真实性有几分，不得不怀疑。虽然我们拿不出直接的证据证明学生们白细胞异常与刚建成和装修完就使用的校区有关，但是这并不妨碍我们的怀疑。"沈半夏拍桌而起。

"你的意思是？"张博意味深长地看着沈半夏。

沈半夏得到张博的回应，兴奋地说："我们可以从两个方面促使有关部门调查这件事。其一，我们以食物中毒为借口询问的家长，患儿们开学读书到现在有没有出现过头晕、哮喘、闻见异味等。其二，张主任可以暗示专案小组，食物中毒不仅是食物引起的，引导他们对该校区进行全面检查。我觉得这个检查甚至可以扩大，不仅查装修，还查学校派发给孩子们的一切用品。比如：被褥、校服、餐具等。"

大家再次猛抽一口气。沈半夏这不仅热血，而是胆大包天了。她到底是哪来的自信？

"你怀疑学校其他东西也有问题。证据呢？"张博追问。

沈半夏尴尬地笑了笑："呃，这是直觉。"

Chapter 53 儿科出了个沈大胆 ///

除了楚连翘和张博在认真思考外，其他人面面相觑。这么大的事情靠直觉去推动，不太稳妥吧？

楚连翘咳了两声，打破紧张的寂静："我觉得稳妥。假设学校某些人联合除甲醛的公司在检测数据上动了手脚，让学生入住不安全的校舍。这些良心被狗吃了的家伙那么胆大妄为，就不会在其他方面动手脚吗？"

张博的脑海里浮现出因病去世的女儿，深吸一口气，说："既然要查，就一查到底吧！大家放心去调查，但在事情查明真相前，不要告诉家长和患儿我们的担忧。不过，如果你们因为查这事，而对自身或是急诊儿科带来负面影响，一切问题，我担着。"

全院皆知，急诊科主任张博行事稳妥保守，向来不争不抢，不做激进的事情。该院资深的医生都知道，离婚后未再娶的张博曾是前任院长中意的接班人之一，可张博毫无晋升的意愿，直白地告诉院长他只愿待在急诊科一辈子。一场谈话后，前任院长惋惜地把他从候选人名单里划去。

这次，到底是什么刺激了张博让他做出如此激进的决定呢？大家看向沈半夏。

难道张博是在为沈半夏的未来铺路？也不对。沈半夏的简历是他们从众多简历中筛选出来，然后交给张博拍板的。而且，从沈半夏入职后的表现看，他们之前并不认识。大家通过眼神交流，谁也没猜到刺激张博的是多年前因患白血病去世的女儿。

张博又说了几句激励人心的话，然后宣布散会。会后，沈半夏主动申请留下来帮忙，其他人按照之前安排，该继续上班的上班，该回家休息的休息。毕竟，急诊儿科二十四小时都得有人坐诊，而坐诊人员就这六人。今天大家都耗在这里，明天谁来上班？

"你怎么不走？"沈半夏惊讶地盯着没有离开的楚连翘。

"儿科出了个沈大胆，医术不咋样，胆子比天大。我不留下来盯着你，万一你给急诊科捅了不可弥补的娄子怎么办？"楚连翘在沈半夏狐疑的目光下，故意拍拍裤兜，"我还指望着年底丰厚的奖金呢。"

"你就这么不相信我。"沈半夏嘟起嘴，露出可爱的包子脸。

"你有做出过让人信服的事吗？"楚连翘催眠自己，留下来陪伴沈半夏的原因是晚上也睡不着，独自待在家里容易胡思乱想加重心理疾病。

沈半夏想了想，咬牙跺脚："你等着。这次，我一定做成一件大事。"

"急诊儿科的特别奖金靠你了。"楚连翘看似不信任地戏谑着，心中却在为沈半夏鼓掌。

沈半夏受到激将，顿时浑身充满鸡血，冲向输液室。

沈半夏有种与生俱来的亲切感。这是沈泽生一直希望她学心理学的重要原因之一，而放在儿科能让她更容易获得患儿和家长的信任。

沈半夏借由调查患儿食物中毒的原因，旁敲侧击倒还真问出一些蹊跷的地方。比如：学校摆放在室内的绿植经常枯萎；学校经常使用香味浓郁的空气清新剂；学生呼吸系统的疾病率非常高；许多学生常感到眼睛刺疼；许多学生发生过皮肤过敏，且有部分学生一直没能根治等。

楚连翘和今天上夜班的两位医生也没闲着。他们和沈半夏一样，也借着巡房对患儿和家长进行旁敲侧击，调查到的情况和沈半夏差不多。

"你瞧，真相越来越接近我的推测了。"沈半夏一边喝咖啡，一边对低头玩手机的楚连翘说。

"干得不错！"楚连翘心不在焉地回了一句。

"这都什么时候了，还玩手机。"沈半夏心中窝火，凑到楚连翘身边。楚连翘正在和某人聊微信，看对方的头像应该是位女性。

沈半夏心中怒火高涨："大家都忙着调查，你却躲在这里和某人调情。你、你还是人吗？"

楚连翘迷茫地看着沈半夏好一会儿，眼里流出蜜糖般的笑意："哪，好好看看。"他把手机丢给沈半夏。

沈半夏慌忙地接住手机："败家啊！万一摔坏怎么办？"

"你赔呗。"楚连翘理所当然地说。

沈半夏看向楚连翘手机屏幕那刻，心脏咚咚地狂跳着。她似乎期待发现些什么，又害怕发现些什么。

"我比你聪明吧？"楚连翘的眸色间布满得意。

从楚连翘和某人的聊天记录看，某人应该是送食物中毒的患儿来医院的老师之一。部分聊天记录透露了对方对楚连翘有好感，想和楚连翘深入接触的愿望。可大部分内容围绕着本学期新校区启用后，教职工内发生的一些异常事件。

比如：教职工常向校领导反映办公室有刺鼻的装修味；办公室养的鱼经常死；好几位怀孕的女老师莫名其妙地流产；校内流传着负责学校基建和后勤的是董事长的情人等。

沈半夏看完后，倒吸一口凉气："出卖色相来打听消息。真是辛苦你了！"

"别说这么难听。是我个人魅力太大，深受未婚女性喜爱。你不觉得吗？"

楚连翘含笑地看着沈半夏。那笑容似深夜绽放的昙花，又像夜幕上的繁星，再次拨动沈半夏的心弦。

沈半夏着魔似的点头，却又立刻惊醒："是才怪！自恋。"她忙把目光从楚连翘身上移开，掩饰自己泛红的脸蛋和理不清的心慌。

楚连翘脸上的笑意更浓，眼里充盈着甜蜜。他眼中的沈半夏从热腾腾的小笼包成功变身为一朵舍苞欲放的白玫瑰，同样的鲜美，却又带着撩人的香味。

"我还加了个群。你看看。"过了好一会儿，楚连翘打破寂静。

沈半夏回过神，连忙把心思挪回手机："自动锁屏了。密码？"

"指纹解锁。"楚连翘并未接过沈半夏手里的手机，而是站在沈半夏身旁，手臂从沈半夏肩头穿过，伸向手机解锁。

近在咫尺的距离让沈半夏和楚连翘同时心跳加速，呼吸加重。楚连翘更是在沈半夏耳边闻了闻："真好闻。用的什么牌子的洗发水？"

"胡乱买的。"沈半夏慌张地拉开和楚连翘的距离，心不在焉地翻看楚连翘解锁后的手机。

楚连翘略显失望，把注意力重新返回学校事件："我加的是家长建立的私群，里面都是食物中毒学生的家长，没有老师。你看看他们的讨论。"

沈半夏认真关注家长的聊天记录。家长们除了讨论向学校索赔之外，还讨论学校日常管理。这所私立学校以教学质量著称，教学方面家长没一句怨言，可生活方面家长抱怨很多。

有些家长说，孩子在学校吃过发臭的肉；有些家长说，孩子拿到过发霉的面包；有的家长说，孩子的寝室里有老鼠；有的家长说，校服价格贵，质量却很差……其中有个家长提及学校发的床上用品质量不过关，他家孩子是易过敏体质，从开学开始总是过敏长疙瘩。刚开始，他们以为是季节性过敏，后来发现孩子的过敏总是反反复复。最终，他们把孩子的被褥全部换成商城买的，孩子才停止过敏的。

"你看这条完全符合我的猜想。这家学校也太黑心了吧！"沈半夏气得发抖。

"不是学校黑心，是某些人黑心。你再向前面看。"楚连翘靠在沈半夏身边，手指翻看聊天记录。

有个家长提及，她有个远房亲戚在学校后勤公司工作。那个亲戚开学前就提醒她，一定不要用学校发的床上用品，寝室房间的窗户一定要随时打开，教室内要想办法坐在靠窗户的位置等。她询问原因，亲戚表示新启动的校区难免存在安全隐患。

大家就这个问题展开讨论。有家长回答，她听闻后勤负责人才三十出头，长得美艳，善于打扮，浑身名牌超级耀眼……更关键的传闻是她不仅和董事长有染，还和校长不干不净。

接下来就是各位家长的各种怒骂，纷纷表示如果不是考虑到这家学校的中学口碑极好，想让孩子不输在起跑线上，为孩子小升初找条捷径，怎么也不会读这种上层风气败坏的学校。

不过，这些家长骂归骂，索赔归索赔，却没有一个人表示要让孩子转学。

"这么多安全隐患摆在面前，他们不仅不告发，还让孩子继续待下去。这命重要，还是前程重要？更何况，这学校也不保证他们以后就能考上清华北大啊！"沈半夏眉心紧蹙，实在猜不透家长的想法。

"当然命重要，可现在哪怕食物中毒也没死一个学生啊！因此，为了孩子前程，还得继续。"楚连翘叹气。

"非得闹出人命，才引起重视啊！真是鸵鸟心态，总觉得最坏的意外不会发生在自己身上。"沈半夏菩提般的眼珠转了转，"我们可以拿这些当证据，替他们告吗？"

"不行。不过，我私下联系了有亲戚在后勤公司的那位家长，拿到了她家亲戚的联系方式。我觉得这是个有效突破口。"楚连翘翻出对方的联系方式。

"我立刻打电话约他见面。"沈半夏把手机还给楚连翘，拿出自己的手机。

楚连翘抓住沈半夏的手腕："急什么急。现在是深夜了，对方肯定睡了。再说，你又不是警察，你这样贸然找到对方，能收集到你想得到的证据吗？虽然我们目前掌握的这些不能当证据，但是可以当线索。有关部门拿到这些线索，就能发挥他们的专业能力，顺藤摸瓜揭露真相，找出学生们白细胞低的真正原因。"

"有道理，我太冲动了，差点打草惊蛇。"沈半夏尴尬地挠挠头，冲楚连翘露出大大咧咧的笑容，"没想到你挺热血，挺厉害的。不愧是我爸的得意门生，是我以前误会你了。"

楚连翘愣住。

沈泽生的确说过，他在心理学方面很有天赋。不过，他学心理学是为了治疗自己的心理疾病。

至于热血？

他似乎从没拥有过热血。他学医是父母从小为他安排的路。幸运的是，他在这方面的确有天赋。他稍稍努力，加上家族渊源，他便轻松成为宾夕法尼亚大学医学院博士。后来，他开始追求荣誉和名利，学历和天赋让他顺理成章地成为国内儿童心脏方面的专家。

他的老师和以前医院的院长都夸奖他是为医学而生的天才，能用几年时间完成别人十多年，甚至几十年才能达到的成就。

如果没有发生那件事，那么他现在应该早就是副主任医师，儿科行政主任。再过几年，他会成为院长。再然后，他会追求更高的医学成就……曾经，他的人生规划中充满了名利。

可现在——

楚连翘目光深邃地看着沈半夏。

她让他真生出那么一点冲动和热血。这种感觉还让他感到非常棒！他觉得他终于越来越活得有趣，像个温暖的人。那困扰他已久的噩梦正在渐渐远去。

楚连翘面露微笑，手掌伸向沈半夏的脸颊。

沈半夏被楚连翘的笑容迷了眼，心乱得一塌糊涂，只知道呆呆地凝视楚连翘。

"我查到了！"王泽宇的声音打破了差点凝固的暧昧。

楚连翘抚摸沈半夏脸庞的手，硬生生地从脸颊移向头顶："头上有脏东西。"他取下臆想中的脏东西，扔在地上。

"谢谢。"沈半夏后退一步，目光闪躲。

王泽宇看了眼沈半夏，脱口而出："脸好红，发烧呢？"

"没。刚从病房过来，觉得有点闷和热。"沈半夏慌张地把手当扇子用。

王泽宇的心思没在沈半夏身上，也没继续追问。他兴奋地把他从患儿和家长处得到的异常信息告诉大家。不过，他调查的信息和沈半夏差不多。

"你们怎么都不惊讶啊？"王泽宇本以为这些信息足以让大家惊呼，却不料楚连翘和沈半夏连眉毛都没动一下。

"这些沈医生已经说过了。"楚连翘耸耸肩。

"来，喝杯咖啡。"沈半夏见王泽宇又渴又累，善解人意地买来杯咖啡。

"谢谢，嗓子正冒烟呢。"王泽宇道声谢，接过咖啡，一口气喝完。

"我的呢？"楚连翘看着沈半夏和王泽宇手中同款咖啡杯，觉得非常碍眼。

"你不是不喝咖啡吗？更何况这是速溶。"沈半夏说。

"可我喝水啊！他有苦劳，我苦劳功劳兼得。你不该善待吗？"楚连翘看向自动售卖机里的矿泉水。

明明是人高马大的成年人，心智却像讨糖吃的小孩！沈半夏心中抱怨一句，却屁颠颠地买水去。

王泽宇喝完咖啡，觉得自己就像久旱的庄稼终于迎来了雨水，精气神又重新活跃起来："楚大神难道你还有其他发现？"

楚连翘笑而不语，高冷傲范儿十足。直到沈半夏把矿泉水扔给楚连翘，逼得他手忙脚乱地接住矿泉水。

"有人出卖男色，收获当然颇丰。"沈半夏把楚连翘调查到的情况复述给王泽宇。

王泽宇听得一惊一乍，难以置信学校里藏着这么多猫腻，堪比一部悬疑探案大片。

Chapter 54 菜鸟的荣誉与危机 ///

大家把收集到的信息交给沈半夏整理，然后交给张博。第二天，大家为了让证据更可靠，还对住院的学生又进行了一次血常规检查。

不仅如此，张博还通过关系联系了其他接诊医院，查到那所学校昨天到医院看诊的患儿验血报告。

急诊儿科也没停止追查脚步，在沈半夏提议下，大家还真找出几个经常到他们医院看诊的患儿。

大家跟踪了这些患儿一年以来的看诊检查报告，还真从患儿近半年的验血报告中发现患儿白细胞正在缓慢降低。

在张博牵头下，大家把整理好的资料提交给有关部门。他们的质疑得到了有关部门高度重视，立刻展开深入调查。

一个多月后，调查结果对社会公布。校区在修建和装修过程中多处使用劣质材料，甲醛、苯及苯系物、TVOC、氨、氡等严重超标。不仅如此，学校派发的床上用品、书包和校服等也查出是使用劣质材料制成。特别是被子的内芯颜色苍白，褥子的内芯暗沉，跟棉胎的表层颜色差别很大。经过有关部门追查，发现这些棉被是由黑心棉制成。

事情一公布，即刻引起轩然大波，成为本市热议话题。相关涉事人员被捕，即将受到法律审判。在相关部门协助下，校方和学生家长代表进行谈判，对学生做出一定赔偿，并且把新校区的所有就读学生暂时迁回旧校区，对于想要转校的学生也给予了最大程度的政策支持。

一场白细胞异常的风波终于在急诊儿科全体医生努力下得到相对完美的解决。如果没有他们的先知先觉，又或者学校没有爆发食物中毒事件，谁也不敢想象当问题爆发出来的时候该是怎样恐怖的人间地狱。

学生、家长、相关部门……都对该院的急诊儿科赋予了极高的评价，并送来锦旗。医院把急诊儿科评为优秀团队，给予极高评价以及奖励。而沈半夏在急诊儿科全体成员的推荐下成为医院的先进个人，再次成为医院的风云人物。

可谁想到事业的顺风顺水除了迎来荣誉外，还有一场烂桃花。陈建毅也不知从哪来的男人自信，越想越觉得自己和沈半夏的医生 CP 很搭，觉得沈半夏在这几年一直在等他归来。

他瞒着正怀着八个月身孕的老婆方心怡，开始以同学的名义各种关心沈半夏。

刚开始，他从医院的内部通讯录找到沈半夏的手机号，开启短信关怀模式。他发的所有信息里没一句情话，只是像老友般的日常问候，回忆读书时代，外加天气转变提醒沈半夏穿衣、喝水和吃饭。

沈半夏忍无可忍，直接回了条短信让陈建毅别再骚扰她。结果，陈建毅直接打电话给她。她拒绝接听，没一会儿陈建毅又发了一条长短信痛骂沈半夏不知好歹。沈半夏气得立刻回骂，可按下发送键的前一秒，脑海里浮现出楚连翘的身影。

"无聊。"楚连翘一脸鄙视地看着她。

沈半夏打了个冷战，连忙将她和陈建毅的所有短信删除，再把陈建毅丢进黑名单。她做完一切后，感觉近日笼罩她的乌云消失，整个人也变得轻松起来。

"感谢某人，晚上请他吃饭吧！"沈半夏点开微信，联系楚连翘。

沈半夏以为自己做得这么狠绝，陈建毅的贼心也该就此打住了。可她终究低估了渣男的世界观。

陈建毅既然可以假装对她的伤害不存在，无视自己已婚身份，就可以自我催眠沈半夏的一切行为无非是想引起他的关注。沈半夏是爱他的，那是份不顾世俗也要和他在一起的爱。

陈建毅先是换了个手机给沈半夏打电话，沈半夏一听是陈建毅的声音，吓得连忙切断，再次拖入黑名单。陈建毅怒了，查到沈半夏上班时间表，直接到急诊儿科拦人。

虽然现在恰逢暑假，属于儿科淡季，但是急诊儿科外依然在排队，只是排队的人比前几个月少一点而已。

沈半夏刚送走一名患儿，微笑着迎接另一名患儿。可她怎么也想不到，闯进来的居然是陈建毅。

沈半夏惊得站起来，慌得想要冲到隔壁喊楚连翘。下一秒，她又反应过来，楚连翘上晚班，而她今天上白班。

"你来干吗?"无人可靠，沈半夏只能靠自己。

陈建毅本想破口大骂，但想到自己在医院的成熟温柔形象，只能忍住怒火："你的胃不好，下午记得加点餐。"

陈建毅拿出刚才某护士送给他的小糕点，递给沈半夏，准备迎接沈半夏感动的泪花。

却不料，沈半夏像躲瘟疫似的，又后退一步："神经病。拿走，别耽误我看诊。"

"你居然敢骂我。这什么素质啊？"陈建毅逼近沈半夏，压低声音说，"女人耍点小脾气，我可以包容。可你再这样不识好歹，别怪我不给你机会。"

陈建毅所说的每一个字都让沈半夏觉得恶心。

"你哪来的自信全世界只剩下你一个男人？陈金宝求放过。我都连续两次把你拉进黑名单。你怎么还不识好歹！我们已经是很古老的过去式。难道你要我当着门外患儿、家长和医护人员的面，宣告我当年瞎了眼？"

这事怎么能被外界知道？陈建毅的气势软了下来："不识好歹的是你，别后悔！"

"绝不后悔，只求别骚扰。"沈半夏看着陈建毅难堪的表情，腰杆挺得更直，"我的时间很宝贵，别耽误我看诊。出去！"

"你——"陈建毅盯着沈半夏，除了又气又恼外，还生出怦然心动。

自信而从容的沈半夏就像初升的太阳散发着温和而夺目的光芒，强有力地勾起陈建毅的征服欲。

"再不出去，我就只能请孙护士请你离开了。"沈半夏从牙缝中挤出。

陈建毅由怒转笑："你先看诊。其他事等你下班，我们慢慢聊。"

这人的脸皮怎么比城墙还厚！沈半夏愣了一秒："滚！"

"这世上没人比我更懂你。"陈建毅露出沈半夏曾经最喜欢的笑，转身离开。

可他不知物是人非，沈半夏再见那个憨厚的笑只觉得虚伪。

"人怎么能这么不要脸和自以为是？"

沈半夏吐槽时，孙婷婷推门进来："沈医生需要暂时停诊，去心外帮忙吗？"

陈建毅打断看诊，闯进来的借口就是心外有个患儿需要沈半夏协诊。

"不用。麻烦你继续喊号。"沈半夏调整情绪，微笑着说。

孙婷婷一边安排患儿看诊，一边猜想陈建毅来找沈半夏的真正原因。他们似乎认识，还发生了争吵。

沈半夏为防止陈建毅厚着脸皮继续骚扰她，专程申请和楚连翘一起上晚班。她提交申请给张博那刻，张博好奇地打听她和楚连翘的关系。当张博得知和楚连翘并非男女朋友时，又热心地撮合他们，害得沈半夏红着脸落荒而逃。

接下来，沈半夏上下班时对楚连翘的态度，如同克罗米对诺兹多姆紧紧地黏在一起。

楚连翘猜出原因，可沈半夏拒不承认。楚连翘也只好顺着沈半夏的心意，扮演好守护者的角色。

随着时间的推移，陈建毅再未主动出现在沈半夏面前，沈半夏也随之放松警惕。可谁想到，十多天后陈建毅忽然出现在校友群里，主动找沈半夏聊天。沈半夏拒绝加陈建毅微信好友。陈建毅却越战越勇，加入 QQ 校友群，通过 QQ 给沈半夏留言，诉说他的婚姻不幸，以及对沈半夏的情不自禁。

沈半夏不堪其扰，想屏蔽陈建毅，或者暂时退出校友群。却不料，陈建毅又发了一条消息，软硬兼施地威胁沈半夏若再次屏蔽他，他就直接来找沈半夏。他还特别强调，他所作所为只是想获得沈半夏的原谅，以及和故人叙叙旧。

沈半夏不想和陈建毅再见面，在想到最佳解决办法前，只能暂时不登 QQ，假装陈建毅不存在。可惜，她的内心并没有自己想象的强大。工作时，沈半夏还能一心扑在看诊上。下班后，她身边的人都发现她心中窝着一团火，脾气如同鞭炮一点就着。

沈泽生、楚连翘、白晓丹和徐默然都试图挖出原因，而沈半夏承认自己近期异常，却拒绝告诉大家原因，只让大家给她一点时间，她有能力独自解决这件事。

这一拖就是小半个月。

正值盛夏，哪怕是才清晨六点多也丝毫没有凉意。沈半夏和楚连翘下班后，看着红彤彤的太阳，急忙加快脚步，上车开空调。

"等等。"楚连翘刚启动车，沈半夏急忙叫停，翻找单肩包，"手机忘在办公室了。"

"这么热。我可不会陪你去拿。"楚连翘松开方向盘。

"我怎么敢让楚大神作陪呢?"沈半夏打开车门，离开车。

楚连翘望着沈半夏逐渐远去的背影，略显尴尬。他不过是想借由陪她拿手机的事，让她请他吃冰激凌啊!

沈半夏迅速地返回办公室，拿了手机就向停车场走。可她路过医院大厅的时候，正巧被来上班的陈建毅看见。

"夏夏。"陈建毅激动地拦住沈半夏的去路，"又上夜班啊!这样不行的，女人熬夜很伤身体。你瞧，这黑眼圈，这粗糙的皮肤……真让人心疼。"陈建毅一边说，一边靠近沈半夏。

沈半夏连忙闪躲:"关你屁事。你再继续骚扰我，我就告诉你老婆。"

"女孩子说话怎么这么糙呢? 你其实不用这么辛苦的。这不，还有我。"陈建毅激动冲上前，抓起沈半夏的手。

身体骚扰啊！沈半夏抬脚，准备给陈建毅暴击。然而，一道圆滚的身体忽然冲上前，狠狠地给了沈半夏一耳光。

"贱人居然勾引我老公！"

方心怡！这道常出现在她噩梦中的声音，她怎么会忘？沈半夏打了个冷战。

方心怡是家里的独女，长相虽一般但擅长打扮。当年她只要出现在校园里，必然引起一群男生行注目礼。她喜欢这种出风头的感觉，可对唾手可得的东西毫无兴趣。

当年她出现在实验室，她爸的学生不分男女纷纷向她示好，唯独正在做实验的陈建毅连看也没看她一眼。她一时气恼主动挑衅陈建毅，陈建毅不知道她是教授的女儿随口应付。旁人起哄表示陈建毅已名草有主，那个主的父亲和她的父亲一样知名。

旁人的起哄和陈建毅的态度激起方心怡的好奇心和征服欲。她对陈建毅亮明身份，发动追求攻势。陈建毅权衡利弊，琢磨方心怡的心思，欲拒还迎一番，拜倒在方心怡的石榴裙下。

后来，方心怡和陈建毅的事被沈半夏撞破。方心怡趁机摊牌，拉着陈建毅倒打一钉耙，硬生生地把沈半夏和男性朋友出去玩，说成沈半夏劈腿。自己和陈建毅则是沈半夏劈腿后，因安慰生情的白莲花。

当全校都在对沈半夏指指点点的时候，她得意扬扬地和陈建毅结婚，出国留学。可惜婚后的生活并没有她想象中那么光鲜美好。虽然陈建毅获得公费留学的机会，但是这笔费用只包括学费，不包括生活费。陈建毅出身贫寒，不仅不能让家里补贴生活费，反倒还得向家里寄钱。方心怡过了二十多年的公主生活，自然不可能出去工作。

他们在国外的生活费全靠方心怡伸手问家里要。方心怡要的次数多了，她的父母对陈建毅意见大，方心怡同样对陈建毅意见大。她们全家越来越看不起陈建毅，争吵和指责也就越来越多。陈建毅一方面痛恨方家，认为他们践踏了他的尊严，另一方面他又得继续依赖方家，为他提供生活费，维持他的虚荣心，以及未来的职场道路。

陈建毅继续忍气吞声，方心怡越闹越烈。随着方心怡以前认识的几个不如她的女生嫁给有钱有势的人，方心怡越发觉得自己当年的选择是错的。她不止一次想要离婚，可她又不敢离婚。她怕成为别人眼中的笑话。她只能一边寻求家里的支持，一边希望陈建毅出人头地。

好不容易，她熬到陈建毅博士毕业，自己也怀孕了。她原以为她爸会让陈建毅回去帮他，并让陈建毅继承自己的衣钵，陈建毅从此能一跃飞天。可谁想到她爸毅然拒绝陈建毅回去，只答应帮忙联系一家医院就职。

　　方心怡气恼，陈建毅好歹是海归博士，按照正规途径应聘国内大部分医院和医学院校都没问题，哪里需要她爸动关系安排。为此，她没少对家里发脾气。直到她妈给了她一笔回国的安置费，并承诺陈建毅在外面锻炼几年，等职称和资格都符合要求了，她爸会想办法让陈建毅继承衣钵。方心怡这才满心欢喜准备回国。

　　他们在国外的时候，方心怡不止一次畅想陈建毅学成归国的美好时光，唯独没想过她回国迎来的不是医生夫人的光鲜生活，而是婆婆进城的挑剔人生。她挺着大肚子闹过、吵过、怒过，可每当她遇见婆婆的一句——滚，为了维系表面光鲜的婚姻她只能忍气吞声，等孩子生下来再想办法赶走婆婆。

　　可她怎么也没想到，向来老实的老公居然在她挺着大肚子的时候出轨了。陈建毅频频表示加值夜班，可好几次值班回来她都闻见陈建毅身上有香水味。

　　方心怡怀疑陈建毅出轨，逼问陈建毅。陈建毅以香水味来自某位爱美的病人搪塞过去。方心怡不依不饶，要求去见那位病人，却被婆婆制止。婆婆破口大骂她无理取闹，吃穿用全靠陈建毅，还要耽误陈建毅的前程。

　　婆婆骂得方心怡毫无还手之力，只能用孕期过于敏感说服自己暂时服软。可没过几天，她在陈建毅衬衣上发现了口红印。她再次和陈建毅大吵一架。陈建毅不仅没承认，反倒骂她孕期激素分泌失调，产生了幻觉。更过分的是她婆婆也跟着起哄，不仅责骂方心怡疑心病重，还表示就算陈建毅真出轨那也是证明他男性魅力十足。

　　方心怡愤怒不已，吵闹着要离婚。婆婆拍双手赞成，陈建毅沉默不语。

　　方心怡摸摸肚子，觉得此刻离婚，遂了陈建毅和婆婆心愿。她除了肚子里的孩子，将一无所有。她不甘心，好不容易熬到陈建毅博士毕业，成为医生夫人，却要把一切拱手让人。她决定跟踪陈建毅，揪出缠上陈建毅的贱人。

　　果然，她跟踪来到陈建毅上班的地方，发现陈建毅和某个贱女人纠缠不清。只是她没想到那个贱女人就是沈半夏！

　　"疯子！"沈半夏难以置信地看着体重起码 75 千克的方心怡。

　　方心怡不仅变胖了一大圈，脸上还出现了妊娠斑，四肢还有明显的浮肿……如果不是方心怡那识别度极高的声音，沈半夏实在难把眼前这个肥胖孕妇和当年窈窕的美女重合在一起。

　　沈半夏准备回敬方心怡的手，抬起又放下："陈金宝，管好你的老婆。"

　　她没兴趣对孕妇下手，更何况是看上去过得并不幸福的孕妇。

　　"贱人，你还恶人先告状！当年，你想抢走我的幸福没成功，现在又卷土重来。你怎么总是阴魂不散？"往事如同电影般在方心怡脑海里播放。

陈建毅出轨让她愤怒不已，出轨对象还是沈半夏，这更让她怒火中烧。方心怡不顾自己有孕，扑向沈半夏，又抓又挠。

沈半夏被骂得一头雾水，看看方心怡硕大的肚子，只敢躲闪，不敢回敬："你神经病啊！阴魂不散的是你们，根本不是我。"

陈建毅知道怎么回事，却不敢承认。他看着疯狂的方心怡，又看看越来越多的围观人群，盘算着该怎样快速脱身。

Chapter 55 颠倒的前尘往事 ///

方心怡可算是维持着颠倒黑白的口才的同时，还吸取了婆婆骂人特色。她骂得极难听，还形象地把沈半夏描绘成一个用心极其恶毒的小三。

多年前，沈半夏抢她老公不成，记恨在心。多年后，沈半夏趁着她怀孕，想尽办法勾引陈建毅。沈半夏不仅想挑唆陈建毅离婚，还想谋害她肚子里的孩子。

方心怡泪流满面，极具感染力地讲述着自己的婚姻悲剧。可所谓，听者伤心，闻者流泪。就连沈半夏都差点相信自己就是方心怡口中恶毒的女人。而围观人群眼里是对方心怡满满的同情，对沈半夏咬牙切齿的恨。甚至，有人拿出手机拍视频。

沈半夏被众人的恨意惊了一跳，仿佛又回到陈建毅劈腿时光："你少胡说八道！我和你老公没任何关系。"

"什么叫没关系？所有人都知道当年你在学校的疯狂行为。可谁也没想到我们出国都没能避开你。你怎么那么阴魂不散？从国内追到国外，又从国外追到医院，趁我怀孕勾引我老公，还威胁他和我离婚……可怜我肚子里的孩子。贱人，看我不撕碎你这张脸！"方心怡再次扑向沈半夏。

沈半夏越听越气，想扇方心怡一记耳光，可目光看向方心怡的肚子时，她又心软了。

她只能想办法躲开方心怡的攻击。然而，方心怡肚子虽大，可身形灵巧。几次躲闪后，方心怡终于拦住沈半夏的退路，发动正面攻击。

"唰——"方心怡尖尖的指甲在沈半夏脸上留下血淋淋的爪痕。沈半夏疼得含着泪，直咧嘴。方心怡得意地看着自己的战果，再次发动攻击，大有定要让沈半夏毁容的气势。

沈半夏忍无可忍，捉住方心怡挥向她脸蛋的手："闹够了吧！别仗着你是孕妇就为所欲为。你说那些事根本不存在。就算你老公真出轨，那么对象也绝不可能是我。真是阴魂不散，我都躲回老家了。你们无敌贱人二人组怎么还是出现了呢？你怀孕了，我还不能还手。真是我上辈子欠你们的吗？"

方心怡看着沈半夏，忽然身体向下滑，哭得更大声："老公，她用力捏我。好痛，好痛啊！我的肚子，我的孩子。"

沈半夏连忙松手，后退几步。她只是阻拦方心怡的攻击，根本没用力捏方心怡。更何况，手和肚子有联系吗？当她是武林高手点穴杀人啊！

沈半夏还没来得及反驳方心怡，就收到一波眼神和语言攻击。围观人群不知前因后果，全凭天性同情孕妇，仇恨小三。大家对沈半夏指指点点，仿佛她就是现代的潘金莲。

陈建毅看着坐在地上的方心怡，心中有鬼，不敢上前。他连连后退，想要趁乱离开。

"干吗呢？老婆倒在地上，不搀扶，想跑啊！你这不是心里有鬼吗？"楚连翘久等沈半夏不见踪影，给沈半夏打手机也没人接，于是离开停车场寻找沈半夏。

结果，他刚踏进医院大厅就听见吵闹声，看见方心怡痛殴沈半夏。而陈建毅像只老鼠似的畏畏缩缩地躲在一旁。

"患者正在等着我，她没事的。"陈建毅只想逃离现场。

"老婆重要，还是工作重要？更何况，老婆的肚子里还有一个。"楚连翘把陈建毅拽到方心怡身边，"愣着干吗，快把你老婆给扶起来。"楚连翘冲着陈建毅的小腿肚，踹了一脚。

"你是谁？凭什么打我老公！"方心怡手脚麻利地爬起来，如同母鸡似的把陈建毅护在身后。

"我替你教训你男人了。在老婆怀孕期间出轨的男人如同过街老鼠人人喊打！"楚连翘挥臂造势，"大家说对不对？"

大家忙着看方心怡抓小三的热闹，都忘记一个巴掌拍不响，还有个奸夫在逃。大家看着躲躲闪闪的陈建毅，气不打一处来，纷纷响应楚连翘。

陈建毅盯着方心怡，脸上一阵红，一阵白。他想快速晋升，除了医术过硬，论文颇多，还需要足够的政治资本。家庭和睦，为人正派，也是重要的政治资本。

可现在，方心怡大闹医院，楚连翘跟着起哄，围观人群越来越多……他敢说，最多一上午的时间，他出轨的事情就会传遍医院的每一个角落。

如果这件事是假的，他还可以澄清。关键是他和心外的护士夏青禾真有道不清的关系。沈半夏或许能忍气吞声，但楚连翘却是不好惹的人。楚连翘和心外的关系交好，真揪着这件事不放，说不准还真能挖出他和夏青禾的事。

"不，我老公只是一时受到了蛊惑。全怪那个贱人！一定是她给我老公下了药，抓着我老公的把柄威胁他。"方心怡被陈建毅愤怒的表情吓了一跳，唯有把所有过错全算在沈半夏头上。

"哦，原来是这样啊！如果这事是真的，必须一查到底。事关一名医生的清誉，医院的荣誉。"楚连翘故意顺着方心怡的话说，"夫人不要急，我替你捋一捋。你是怎么发现你老公出轨的？"

"他经常替人值夜班，多次下班回来身上都有香水味。他说是给病人看诊时不小心染上的。可我又不傻，心脏病人极少使用香水，就算使用也不会抱着他不放，把香水蹭在他身上，让他回到家那股味还散不了吧！"方心怡在楚连翘引导下，分析得头头是道。

"非常有道理。"楚连翘认真点头，指向捂脸生气的沈半夏，"你知道她为什么会在医院吗？"

"这不明摆着吗？勾引我老公。"方心怡瞪向沈半夏，又想动手。

楚连翘移向沈半夏，防止方心怡再次殴打沈半夏。

"我算是见识了。小三出来勾搭男人，不好好打扮，反倒蓬头垢面。这明显是通宵没睡啊！"楚连翘的话语引起大家的注意。

沈半夏素面朝天，顶着熊猫眼，头发也被方心怡拉扯得乱糟糟的……那模样极像才从网吧出来的网瘾少女，丝毫没有小三的妖媚。

方心怡不愿意承认事实："哼，她这样才是真正用心险恶。我老公是理工男，我又是出了名的美女，一般的女人哪里勾得起我老公的兴趣。她这是故意把自己弄得可怜兮兮，博取我老公的同情。"

"你的想象力真丰富。不过，你猜错了。她是医院的医生，刚下夜班。医生为了病人考虑，是不能使用香水的。我很同情你，可你也不能见个女人和你老公说句话，就认定她是小三，挺着大肚子就打人！就你老公那长相和气质，也就只能是你眼中的万人迷。"

楚连翘的话语明里暗里都证明，沈半夏绝不可能是小三，方心怡殴打了一位同情孕妇的善良人。

沈半夏接到楚连翘的暗示，眼泪簌簌而下："她冤枉我，编造故事。不过，我是医生，我了解孕妇在生产前的焦虑，我怎么能过度刺激她呢？我只能由着她先发泄，等她冷静下来再辩解。"

沈半夏的话不多，字字真心和感人。那些录制了方心怡痛打小三视频的人纷纷删除视频，已经把视频发出去的人急忙发了辟谣声明，删除视频。

方心怡眼里闪过一丝尴尬，但立刻又找到仇恨点："不，事实不是这样的。大家别听他们一唱一和地胡说八道。就算她是医生，她上班时不能使用香水，难道下班就不能用？她读书的时候对我老公死缠烂打，还因为得不到我老公得了抑郁症。现在她又怎么可能放得下我老公？你这个毁人婚姻的贱人！"

方心怡再次扑向沈半夏。楚连翘见机行事，巧妙地拦在中间。

"滚开！你是谁，凭什么拦我？我要撕烂那个贱人的脸，让你们看看她的真面目。"方心怡如同一只凶猛的母老虎。

沈半夏躲在楚连翘身后，大声辩解："以前是以前，现在是现在。以前的我没有识别渣男的眼睛，现在还不允许我觉悟吗？陈金宝管管你老婆，孕妇是不受《未成年人保护法》保护的。"

"笨！"瞧方心怡的身手就知道她身经百战。瞧陈建毅的表情就知道他丝毫不关心老婆。

楚连翘一边阻拦方心怡，一边嚷嚷："陈医生，你老婆这样扰乱医院正常秩序也不是个办法。要不，我们到院长办公室谈谈？我相信公正廉明的院长定会查个水落石出，还你老婆一个公道。"

找院长！陈建毅心里咯噔一下，急了："不用了，她有点产前忧郁。"

"老公，不能这样轻易放过这贱人。"方心怡拽着陈建毅的胳膊，"像她这样作风不正的贱人就该被开除。我们去找院长，让他给我一个公道。"

楚连翘和沈半夏敢找院长主持公道，可他敢吗？他的仕途刚起步，可不能被方心怡给断送了。陈建毅给了方心怡一个响亮的耳光，甩开方心怡："发什么神经！"

方心怡捂着脸，震惊地看着陈建毅。其他人难以置信地盯着陈建毅。

陈建毅被大家盯得心虚，催促方心怡："挺着大肚子乱跑，也不怕危险。整天疑神疑鬼，也不嫌烦。立刻回家去！"

"你居然凶我，袒护那个贱人。"伤心、愤怒、怨恨……各种负面情绪紧裹着方心怡，钻心的痛从她小腹蔓延全身，"你以为读完博士，就翅膀硬了，也不撒尿照照你算什么东西？你能出国读博，是我求的我爸。你出国这些年的生活费，是我从娘家要的。就连你现在的工作，也是我求我爸安排的。你信不信，我让我爸收回一切！"

方心怡所说每一句都是事实，也都是陈建毅心中最不愿意面对的自卑来源。方心怡当众揭开，让陈建毅瞬间被愤怒占据了理智。

"啪"！陈建毅又是重重的一巴掌："我的一切是我靠自己努力换来的。"

一巴掌还不够，陈建毅还准备家暴方心怡。围观者一片哗然，却没人敢上前。

"你想做什么？她是孕妇，怀着你的孩子。"沈半夏急忙把方心怡拖离陈建毅的拳下。

"你产前抑郁胡说八道，我不和你计较。"陈建毅看了方心怡的肚子，"等生完孩子，离婚吧！"

"不，老公，你不能这样对我。"方心怡手忙脚乱地扑向陈建毅。

陈建毅手臂一挥，甩开方心怡。方心怡没站稳，连连后退，幸亏沈半夏出手搀扶，才避免跌倒。

"蛇蝎心肠的贱人居然教唆我老公和我离婚。你不得好死！"方心怡看清搀扶她的人是沈半夏，立刻转身揪住沈半夏又踢又打。

沈半夏急于闪躲，难免和方心怡发生肢体冲突。突然，方心怡双脚发软，跌坐在地上："肚子好痛！"她的脸色苍白，额头溢满汗珠。

"别急，别动，深呼吸。我给你检查看看。"沈半夏看着方心怡痛苦的模样，顾不得两人之前的仇恨，连忙上前看诊。

"恶毒的女人把我推倒在地上，还想继续下毒手。滚开！"方心怡挥手驱赶沈半夏，猛然她觉得身下有股水涌出。瞬间，她浅色的孕妇裙被染红，鲜血顺着她的腿流到地上。

方心怡看着鲜血吓呆了，嘴里只知道喃喃地求助陈建毅："老公，我流血了。怎么办？老公，救救我。"

耀眼的鲜血染红陈建毅的双眼，让他双耳轰鸣，大脑当机。

"陈金宝，你老婆早产了！"沈半夏见陈建毅一动不动，一耳光打醒陈建毅，"愣在这里做什么，喊产科啊！"

"你——"疼痛让陈建毅回神，也让陈建毅更加愤怒。

"你什么你。你老婆见红，早产了。你快联系产科啊！"沈半夏看着陈建毅脸上的手指印，在方心怡那里受到的憋屈一扫而空。

陈建毅看着方心怡身下的鲜血，知道事态严重，偏显得手脚无措："我没产科电话。"

"那你去陪她，我来联系。"沈半夏踹了陈建毅一脚，催促。

陈建毅没时间和沈半夏计较，慌张来到方心怡身边："这还没到月份，怎么就早产了呢？"

"是她害我，把我推倒的。"方心怡紧抓着陈建毅的手，憋住一口气，"老公，她想害我一尸两命。你要为我做主，救救我，救救孩子。"

陈建毅看着方心怡越流越多的血，胡乱点头答应。

Chapter 56 好人好心没好报 ///

方心怡在医院大厅看上去鲜血淋漓，仿佛下一秒就会一尸两命。然而，产科医生为方心怡检查完生命体征后，轻描淡写地让陈建毅准备待产包，让医护人员把方心怡放上推床，送去产科住院部。

方心怡哭闹着离开。陈建毅一边给自己妈打电话，一边前往心外住院部。围观人群见没戏可看，也就散了。

沈半夏松口气："真是被衰神附体，一大早就遇见渣男渣女。更窝火的是渣女居然是孕妇，让我有火也没地方出。不过，总算把她送去产科了。这事也算是结束了。"

"你倒指望着结束，我看闹剧才刚开始。"楚连翘摇头叹气。

沈半夏惊了一跳："她生完娃还会继续闹？"

"你是小三，她是原配。按照她母老虎的性格不让你名誉扫地，羞愤自杀，能放过你？"楚连翘算是明白沈半夏就是闹得厉害的纸老虎，方心怡才是真老虎。

"可她说的不是事实啊！"沈半夏想到当年方心怡颠倒黑白的本事，心慌得厉害，"不行，我要和她说清楚。我看见陈建毅就恶心。"

"她会相信吗？她只相信，她以为的事实。"楚连翘看着沈半夏皱成一团的包子脸，心疼地说，"要不，你去查事实吧？女人的第六感向来准确。陈建毅有99%的可能性出轨了。你揪出陈建毅真正的出轨对象，你就解脱了。"

"听起来有道理。不过，这不是毁人婚姻吗？更何况，她才生孩子。"沈半夏想到陈建毅甩开方心怡的狠绝模样，升起对方心怡的怜悯。

"那你准备当一辈子的替罪羔羊啊？"楚连翘弹了一下沈半夏的脑门，"沈乌龟，善良要分对象的。比如，你就应该对我更好一点，更善良一点。至于渣男渣女，我们不说落井下石，总得实事求是。真相摆在那里，最后别人怎么选择，与你无关。"

沈半夏认真地思索好一会儿，点头："兰因絮果。更何况，他们的结合未必是兰因。我已经为渣男渣女赔上了一段时间，不能再把自己搅进他们的烂泥坑。"

"这就对了。陈建毅一心事业，生活圈子复杂不到哪去。我估摸着他出轨对象很有可能是心外的。你的好友白晓丹不是在心外吗？她可是医院的娱记。你让她帮忙查，准能查出真正的小三。"楚连翘眉飞色舞地说，"沈乌龟，你报仇的机会来了!"

"是啊。"当年她在陈建毅和方心怡联手闹腾下，被认为是劈腿的渣女，成为全校讥讽的对象。她为那场感情几乎耗尽精力，甚至患上轻度抑郁症。

事后，她在父亲和朋友的帮助下站起来了。她努力改变和提高自我，就想着有一天再遇陈建毅和方心怡时，能够用高傲的姿态狠踩渣男渣女。

现在，陈建毅出轨，她复仇的最佳时机到了。她可以找出陈建毅出轨的证据，把她当年受的痛苦通通还回去。

这些年，她做过多少次复仇梦啊！她也一直坚信，这就是她前进的重要动力之一。可机会真的来了，她却并没想象中激动，脑海里反倒重复播放方心怡的大肚子。

"你怎么不激动啊?"楚连翘盯着沈半夏微蹙的眉头。

"我想到方心怡即将出世的孩子，激动不起来。"沈半夏叹气。

"圣母病！因果，因果，种什么因结什么果，幸与不幸都是自找的。关你什么事?"楚连翘的嘴唇抿成一条直线，显得非常不悦。

"孩子是无辜的。"儿科医生接触孩子成千上万，不是每个孩子都有一个幸福的家庭。而那些背负着心理和身体痛苦的孩子，通常都出生在一个不幸的家庭。

楚连翘气得又弹了下沈半夏的脑门："沈乌龟就你这圣母性格，还会吃亏。"

"疼!"沈半夏揉搓疼痛的脑门，"我又没说不查。我明白，善良的人更得学会保护自己。我这就给百消丹打电话。"

白晓丹在听沈半夏讲述过程中，爆发了好几次惊呼，打断了沈半夏好几次。当沈半夏全部讲完后，她和楚连翘一样激动地表示沈半夏复仇机会到了。她一定迅速地揪出小三，让方心怡和陈建毅成为斗狗场的狗，非得分个你死我活。

"不用那么惨烈。方心怡已经得到报应，老公不疼，还早产。"白晓丹说得激动，沈半夏听得心惊肉跳。

"报应才刚开始了，可不能这么轻易放过他们。"白晓丹咬牙切齿地咆哮，"你可别忘记当年受的苦，刚才挨的打。你念着别人是孕妇，别人念着你不是小三了吗?"

沈半夏被震得耳膜疼："我知道。这不让你查吗？"

"这事还得快点查，不仅查，还得拿出证据。否则，你就是那个真小三，等着被闹得鸡犬不宁，全院唾骂吧！"白晓丹理性分析。

"没那么严重吧！她生孩子去了，再来找我，怎么也得坐完月子。"沈半夏感到眼皮直跳。

"低估敌人战斗力，就是高估自己的智商。算了，反正你的智商也没多高。楚大神在你旁边吧？电话给他。"楚连翘在相亲宴上带走沈半夏以后，白晓丹陪徐默然喝酒喝了一夜。他们该谈的，不该谈的都谈了。

结果，徐默然放弃了沈半夏，白晓丹强吻了徐默然。酒醒后，他们有很多记忆断了片，唯独对那个吻记忆尤深。白晓丹想逃，却被徐默然壁咚强吻。接着，白晓丹稀里糊涂成了徐默然的女朋友。

"他在也能被你猜中。"沈半夏不知道白晓丹和徐默然成为情侣的事，权当最近大家工作忙所以白晓丹没组织三人的聚会，"哪，百消丹找你。"

楚连翘接过沈半夏递来的手机，同白晓丹商量寻找小三的事。他们敲定调查分工后，白晓丹又特意嘱咐楚连翘好好照顾沈半夏，提防方心怡闹场。楚连翘一一答应后，切断通话，带着沈半夏回家休息。

沈半夏美美睡了一觉，继续同楚连翘上夜班。这晚，沈半夏看诊虽忙，但是都是寻常疾病，算是累而不苦。第二天，沈半夏轮休，又美美睡上一觉后，同下午没课的沈泽生逛街吃饭。生活对沈半夏而言，平静而美好。

谁知道，第三天一切都变了味。

沈半夏上中班，起床后早餐和午餐二合为一，慢悠悠地赶着并不拥挤的地铁，迈着轻松愉悦的步伐去医院。却没想到，平时亲切和她打招呼的急诊科同事，今天要么绕着她走，要么目光里带着质疑和轻蔑。

沈半夏满腹疑问，正想找个人问问情况，忽然接到了白晓丹的电话。

"方心怡那个渣女果然是战斗力暴强的大 BOSS。"白晓丹劈头盖脸就是一句咒骂，不等沈半夏询问，她又继续说，"昨天我也休假没注意医院动向，今天一来就发现方心怡闹出大事了。你又一次成为医院名人，可这次是超级负面的。"

生孩子是个伟大而艰辛的过程。大部分产妇在面对十级疼痛时，除了哭闹和叫骂之外，脑海里只剩下一个念头——尽快把肚子里的孩子给生出来。

方心怡显然不属于这大部分产妇。她先是忍着疼给陈建毅打电话，陈建毅没接电话，她就忍着疼下床，想去心外找陈建毅。

方心怡羊水已破，宫开两指。产科医生为了方心怡和胎儿的安全，自然不准她离开。方心怡破口大骂产科医生，认定他们是被沈半夏买通的，想要谋害她和孩子。她闹着要见陈建毅，不在这家医院生产。

无奈之下，产科医生只好给陈建毅打电话，让陈建毅来安抚方心怡。陈建毅见是医院的电话，倒是接听了。不过，他表示马上要进手术室，没办法过来陪方心怡生产。

产科医生坚决表示产妇生产过程中必须有家属陪伴。陈建毅又表示，他妈马上就到，方心怡生产的一切事宜，全权交给他妈。

方心怡得知陈建毅不来陪她生产时，又开始破口大骂，骂的对象依然是沈半夏。她在极度疼痛下，还完整地编造了逻辑严密堪比宫斗大片的绿茶夺爱记。

故事里，她和陈建毅是共患难的痴情男女，沈半夏是见不得别人好的绿茶。沈半夏私生活混乱，读书时是学校出了名的公共汽车，考试全靠一路睡及格，就连考硕也全靠睡。不仅如此，沈半夏还最爱破坏真爱男女。比如，她和陈建毅。

虽然当初沈半夏用不干净手段把陈建毅勾上手，但陈建毅很快发现了沈半夏的真面目，在她仗义帮助下摆脱了沈半夏。可沈半夏见不得他们好，大闹学校想逼迫陈建毅退学。还好，陈建毅够优秀，她也够努力，他们用出国暂时摆脱了陈建毅。

不过，沈半夏不达目的誓不罢休，想尽办法联系和勾搭陈建毅。特别是知道陈建毅即将归国，提前跑到这家医院就职，等待陈建毅归来。陈建毅上班以后，沈半夏趁着她怀孕，对陈建毅下药，强迫陈建毅与她发生关系，并留下证据威胁陈建毅和她离婚。

方心怡声泪并下，讲得非常精彩，待产室的医生们好奇地听着，就连产妇们也听得淡忘疼痛。甚至有人还把她的讲述录下来，同仇敌忾地表示一定帮她发到网络上讨一个公道。

方心怡说着闹着，孩子没生出来，婆婆倒是来了。方心怡见到婆婆如同猫见到老虎，凶悍的气势全无，不敢提陈建毅出轨的事。反倒婆婆一会儿挑剔她早产，一会儿嫌弃她生得慢。

方心怡好不容易熬到宫开三指，疼得受不了想用无痛分娩，却被婆婆严厉拒绝。理由是，婆婆听闻无痛分娩会使用麻药，麻药会影响她孙子的智力。婆婆不仅坚决阻止方心怡使用无痛，还大骂方心怡只图自己安逸，想要谋害她的孙子。待产室的医生看不下去，想帮方心怡争取一下，可全都被婆婆骂了回去。方心怡不敢反驳婆婆，继续煎熬。

四个小时以后，方心怡已经疼得死去活来，却依然没能宫口全开，反倒胎心监测出现异常。医生提议剖宫产。方心怡感觉自己疼得实在受不了，激动地接受这个提议。可婆婆拒绝了这个提议，认为女人生孩子如同母鸡下蛋，没有生不下来的。

医生们希望方心怡为了孩子和自己的安全转剖宫产。方心怡试着和婆婆沟通，却不料婆婆劈头盖脸痛骂医生想要通过剖宫产多赚点钱，也顺带痛骂方心怡娇气，浪费钱。方心怡被骂后再次服软，继续尝试顺产。

幸运的是，方心怡又熬了一小时，胎心并未继续下降，宫口终于全开，被送进产房。又是一番生死煎熬，方心怡终于在凌晨生下一个女儿。

身心俱疲的方心怡开心地带着女儿离开产房。当她看见下班的陈建毅和婆婆时，流下激动而幸福的眼泪。然而，婆婆得知她生了个女儿后，先是质疑医生是否抱错了孩子。医生表示绝没抱错后，婆婆低骂一句，掉头就走。陈建毅看了眼女儿，对方心怡连句话都没留，急忙去追婆婆。

方心怡再次崩溃，把丈夫和婆婆对她的冷漠，全推给沈半夏。并编造沈半夏怀了陈建毅的孩子，是个男孩。因此，婆婆逼迫陈建毅和她离婚。陈建毅是个孝子，受到婆婆的威胁，对她和女儿冷漠。

她的控诉和孩子的哭声让听者伤心闻者流泪。好心人把这事录下来，再次发到网络。

第一个视频已经在网上掀起巨浪，让沈半夏挂上"世纪第一绿茶"的头衔。第二个视频直接在网上炸开，网友们各显神通不仅人肉出沈半夏全部信息，还叫嚷着要为方心怡讨回公道。沈半夏到达医院前，就有人组建了个群，在网上号召网友组队去医院看望方心怡，以及为方心怡讨公道。

"这两个视频深入已婚妇女的心，特别是那群丈夫存在出轨行为的主妇们。我潜入那个群了解到，群主已经召集了不少人，准备今天下午到医院来。这群人可不是善茬。她们不仅深恶痛绝小三，还有好几位有着恶打小三的丰富经验。小夏，来者不善，你请假躲躲吧！"白晓丹焦急地说。

"可我不是小三，方心怡在撒谎啊！"沈半夏顿了顿，又说，"如果我真躲了，岂不是印证我心虚。我就从假的变成了真的？"

Chapter 57 网络正义与暴力 ///

一边是白晓丹极度担心沈半夏的安危，一边是沈半夏极度忧心自己的清白。然而，情况危急，她们必须在焦急中快速找出合适的对策。

"有道理。"白晓丹刚点头，又摇头，"不对。人身安全第一，缓一缓再自证清白不行吗？"

沈半夏沉默了好一会儿："你还记得我读大学那次吗？我躲了。结果，我还有清白吗？如果不是陈建毅的同学嫉妒陈建毅公派出国留学，跳出来闹……恐怕至今我都是学校中流传的超级绿茶吧！不过，即使后来不少人看清陈建毅和方心怡的真面目，依然有人觉得是我对不起陈建毅在先。众口铄金，积毁销骨。其实，我无路可退啊！这种时候，我只能以身证清白。"

"明明都是假的。"沈半夏声音低沉，白晓丹听得难受。

"在这个比惨的世界，看客哪有那么多理智去区分真假？大家选择的不过是他们想得到的真相。你放心，我不再是以前那个玻璃屋的公主。我是女汉子，我能保护自己，等待真相。你担心我，就快点帮我揪出小三吧！"沈半夏忍着泪，努力让声音听起来轻快。

"去他的网络暴力。我有些眉目了，我听闻我们科室有个新进的护士和陈建毅走得特别近，我会尽快确定和找出证据的。你保护好自己，别太善良。要知道，我们不是警察，不用凡事讲证据。"白晓丹鼻头泛酸，用力吸了几口气，"对了，你别忘记联系楚大神。他的办法多，又和你同科室，真有什么事，他肯定能比我先赶到。说不定，在这种绝境中，他还有办法扭转乾坤。"

"安吧！该求助的时候，我会向他求助的。换班时间到了，我换班了。"沈半夏的情绪面临失控，急忙结束通话。

她表面轻松，可内心早开始哭泣和呐喊。她不明白，为什么又是她？为什么想要再次把她推入深渊的又是方心怡和陈建毅？而且，这一次他们似乎又成功了。

公道自在人心、好人有好报、苍天有眼……这些励志的俗语逗人玩的吗？沈半夏躲在没人的角落，回忆起往事，眼泪簌簌而下。

她刚哭了一分钟，手机闹钟响了。这个闹钟提示着她距离接班的时间只剩五分钟。

"还得上班呢。"沈半夏就像一只落水的小兔子，眼睛红通通，一身狼狈。

此刻，她特别想念楚连翘。这种时候，她需要楚连翘发挥他的毒舌功力，激发她退却的热血。

沈半夏幻想着楚连翘指着她鼻子大骂的场景。最终，她打了个寒战："犯贱啊！"

她擦去眼泪，快步走向厕所，洗了洗脸，强迫自己冷静下来，走向门诊室。

一路上，她很担心有一群准备朝她丢鸡蛋的吃瓜群众在候诊室等她；很担心急诊儿科的同事对她投来鄙视的眼神；很担心患儿家长拒绝她为患儿看诊……她想到了很多很多她无力面对的局面。

然而，她担心的一切都没发生。候诊室一如既往地人满为患；秦老太太一如既往地严肃而严谨；患儿家长一如既往地焦急……整个急诊儿科似乎开了保护罩似的，把除了疾病之外的事情都隔绝了。

"真好。"沈半夏松了口气，集中精气神开始看诊。

一个又一个患儿，相似又不同的疾病。全神贯注看诊的沈半夏早已把方心怡的事情抛诸脑后。

直到——

一个蓬头垢面，戴着口罩的女人抱着一个哭泣不止的小婴儿出现。

"家长不要急，抱着孩子坐过来，我给他检查一下。"沈半夏温柔地说。

"需要检查的不是她，是我。你给我看看我为什么这么命苦？"

熟悉的声音让沈半夏瞪大眼，惊讶地看着来人。

这个女人居然是方心怡！虽然她是顺产，可生完孩子才一天，就抱着新生儿跑出产房，对她和孩子的身体都不好。特别是，她带着孩子来的地方还是病毒横行的急诊儿科。

"你命苦，还是我命苦啊？这都多少年了，你怎么还不肯放过我。"沈半夏看向哭泣不止的小婴儿，"这不是新生儿该来的地方，你快回产科吧！"

"回去？我哪还有地方去。沈半夏，你这只披着羊皮的狐狸，我要让所有人看看你狐媚的真面目！"方心怡取下口罩，打开门诊室大门，跪在地上，"求求大家帮帮我和孩子！"

方心怡脸上有明显的巴掌印。这是她今天和陈建毅争吵时，骂婆婆重男轻女被陈建毅打的。围观人群可不这么想，第一反应就是方心怡被沈半夏打了。

大家先是同情地看向方心怡和孩子，然后震惊而愤怒地看向沈半夏。

沈半夏先是被方心怡脸上的巴掌印和下跪的行为惊住，随后被大家如滔天洪水般的目光吓得手脚无措。

"你起来。我又没怎么样你，跪什么跪。"沈半夏想上前搀扶方心怡，又怕被她趁机讹诈，一时进退维谷。

"你勾引我丈夫，教唆我婆婆，害我丈夫和婆婆嫌弃我和孩子。我家没了，孩子一出生就被奶奶和爸爸嫌弃。大家说，我该怎么办啊？"方心怡忽然转身，抱着孩子，跪爬向沈半夏，"我求求你，放过我们全家好不好？你有工作，又有很多男朋友。可我除了老公和孩子，什么都没有。求求你了，不要再招惹我老公行吗？"

沈半夏一边疑惑方心怡怎么忽然示弱，一边吓得连连后退。

"这事和我半点关系都没有。我躲你们还来不及，怎么可能招惹他？我发誓，就算你老公出轨，那个出轨对象也绝不是我！你冷静一下，不要再这么瞎闹。你才生完孩子，应该好好养身体。你孩子才出生，不应该到急诊儿科。"沈半夏实在骂不出口，只能劝导她。

"你别装了。我老公都默认了。我们在国外的时候，我就发现不对劲。他经常半夜上网，和你聊QQ。明明可以在国外找份体面的工作，却坚持要回国。回国后，明明可以回我爸那，他偏要到这里来……你真当我心瞎眼瞎吗？现在，你想得到的东西都得到了，求你放过我们全家吧！你是儿科医生，好歹存点善心。别让我的孩子刚出生就没了家。"方心怡和孩子越哭越厉害，围观人群愤怒的情绪越来越浓烈。

假的都是假的！为什么没有一个人能看明白呢？周围的一切压得沈半夏喘不过气。

"你不是心瞎眼瞎，你是心黑眼黑。求你告诉我，我到底哪里碍你眼了？我改。只求你发一丁点儿善心，放过我。我没你睁眼说瞎话的本事，也没对产妇动手的狠心。我真的不知道该怎么替自己证清白了。"沈半夏"咚"一声跪下，委屈的泪水疯狂涌出。

沈半夏的眼泪和痛苦无法叩开方心怡的心房，却让经常找沈半夏看诊的患儿家长们动容。沈半夏对待患儿和家长的态度，大家看在眼里，感动在心里。再加上，那个家喻户晓的学校贪腐案，官方宣传渠道表扬的是整个医院，可熟悉这事的人都明白急诊儿科出力最大，而急诊儿科中又是沈半夏出力最多。

这样一个善良的人真的会是方心怡口中夺人丈夫，毁人家庭的坏女人？沈半夏的眼泪如同一根根针刺进部分患儿家长的心房，激发替沈半夏打抱不平的声音。

"自己犯贱，还要装无辜。大家别被她蛊惑。狐狸精怎么可能在脸上刻上妲己两个字！大家想想，我是刚生了孩子的产妇，我但凡有一丁点儿办法会出现在这里吗？我和她又没杀父之仇，有必要用我和孩子的健康去冤枉她吗？……我是走投无路啊！"方心怡想到陈建毅狠绝的巴掌心如刀绞，看着那些由家人陪伴给孩子看诊的女人满是嫉妒。

"你们明白被小三整得失去婚姻和家庭的绝望吗？你们明白才生完孩子就被嫌弃的痛苦吗？你们有着幸福的家庭，没遭遇极品小三破坏，怎么知道我的痛？我恨。恨老天瞎了眼，恨自己没小三毒。"方心怡紧紧地抱着孩子，"谁能告诉我，我该怎么办？"

"那还不简单。小三如黄瓜，直接拍了！"一个身材微微发福，穿戴全是奢侈品的中年妇女破口大骂，"老娘最恨你这种小三。出来卖什么不好非要卖身，你真丢了你家祖宗十八代的脸。"

"沈医生快跑！"负责引流病患的孙婷婷拦不住情绪激动的女人，只能大声提醒沈半夏。

跑？门诊室大门已经被六个凶神恶煞的女人拦住。

沈半夏立刻想到这些就是白晓丹提及要替方心怡出气的女人们。难怪方心怡忽然变成秦香莲了。她是为了引起这群被老公背叛的女人们的同情，煽动她们群殴她。

"方心怡难怪你和陈建毅能凑成一对，同样地没下限，如同疯狗见人就咬。我认识你们简直倒了八辈子大霉了。"沈半夏连忙从地上爬起来，躲在办公桌后面，寻找自卫的东西。

面对一群连灵魂都封闭的女人，比秀才遇见兵还惨。那群可怜的女人们早把沈半夏妖魔化成无恶不作的小三。

"卖都算恭维她了。别人做小姐好歹是为了钱，她是为了什么呢？连小姐都不如！"另一个凶悍的女人磨牙霍霍。

"姐妹们还等什么呢？小三人人得而诛之。这种不要脸的小三，非得撕破她的人皮，露出她的畜生面孔，她才知道自己是谁！"领头的女人从她GUCCI包里拿出防狼喷雾，冲向沈半夏。

紧接着，六个目露凶光的女人冲进沈半夏办公室，扑向沈半夏。沈半夏见形势不对，举起椅子当盾牌，想要突围。

"她想跑，大家小心！"方心怡依然装弱势，抱着孩子靠墙躲着，可她的眼神却流露着压不住的兴奋和得意。

"放心，跑不了！"领头的女人经验丰富向沈半夏喷射防狼喷雾。

沈半夏屏住呼吸，用椅子抵挡。可这样一来，她的后背暴露在他人面前。

"死小三让你浪！"一个身材魁梧的女人揪住沈半夏的头发，绊倒沈半夏。

紧接着，六个人一哄而上。她们的眼中充盈着扭曲的快乐，幻想着被她们暴力对待的女人就是抢夺她们老公的小三。

完全弱势下，沈半夏只能蜷缩身体，尽量护住身体的要害部位，大叫救命。一方面，她祈祷着某些患儿家长能站出来帮她；另一方面，她祈祷着孙婷婷赶快把保安找来救她。

"干什么！不知道打人犯法吗？"

沈半夏期盼的人没到来，反倒熟悉的声音响起。

楚连翘！他上班时间没到，怎么就来了呢？沈半夏的眼泪涌出，全身很痛，却一点也不害怕了。

"小三不算人！"领头的女人无视楚连翘的阻拦，拿着防狼喷雾准备来一场近距离攻击。

"还打！"楚连翘抓住对方的右手，夺过防狼喷雾，"你家是开公安局的？你说不算人，就不算人，她有身份证的，享受一切公民权利。我已经报警。人证物证都在，你们每打一下，坐牢的时间就会更长。到时候，恐怕你们老公和小三孩子都生出来了，你们还在里面待着。尽管想想，一时的暴力如了谁的意？"楚连翘把防狼喷雾重重地摔在地上。

这群女人天不怕地不怕，唯独怕老公和小三双宿双飞。她们立刻停手，急忙后退好几步，仿佛刚才的群殴根本不存在。

"别听他的。他……"方心怡撞上楚连翘如狼般的眸色，吓得哆嗦一下，忘了满肚子的煽动话语。

沈半夏松开护着脑袋的手，望向楚连翘。真是他！他又一次在她最狼狈的时候出现帮她。沈半夏心中五味杂陈，恍然觉得自己变成了紫霞仙子，看见了身披金甲圣衣，脚踏七彩云的至尊宝来救她。

"楚……"沈半夏挣扎着想要爬起来。

"别动。"楚连翘蹲下身体，制止沈半夏，"小心内出血、脑震荡、骨折……好好躺在地上，避免伤势加重。待会儿自然有医护人员带你去验伤。"

"哦。"沈半夏身痛心暖地躺着。楚连翘话里的意思是让她安心待着，看他如何替她报仇啊！有人依靠的感觉真好。

"别想逃，人证物证都在了。逃逸罪更重。"楚连翘的目光从殴打沈半夏的女人们身上，移向方心怡，"刚生了孩子就有力气来抓小三，真行！"

Chapter 58 网络病网络治 ///

楚连翘竖起的大拇指，像一根尖刺插入方心怡的心尖。那根刺带着讥讽的毒素，入侵方心怡的每一个细胞。

"力气是被逼出来的。我宁可拖着小三死，也不愿让家庭破碎！"方心怡不仅小腹坠疼，还感到恶露溢出产妇卫生巾，向下流淌。

疼！全身都在疼，特别是生孩子的地方不断地发出抗议。她也很想躺在床上，接受老公和婆婆的照顾，可他们连瞧也不瞧她和女儿一眼。

比身体更疼的地方是心。身心的双重折磨让她萌生滔天的恨意。沈半夏！一定是她勾引陈建毅，教唆她婆婆，才让她失去该有的幸福。

"没错。小三和渣男都是过街老鼠人人喊打。不过，你抓错地方了吧！你老公的小三在心外科，你干吗跑到急诊儿科瞎闹。你和孩子可怜，那些等着看诊的患儿就不可怜？"楚连翘如同骑士般守护在沈半夏身边。

"胡说八道！我亲眼看见她和我老公纠缠不清。她不是小三，谁是小三？"方心怡面对处处维护沈半夏的楚连翘，气不打一处来，"你们这些男人都什么眼光？她明明是辆破公共汽车，偏成了你们眼中的限量版跑车。你知道她有多少个男人吗？你知道她私生活有多糜烂吗？你知道她在学校时的丑事吗？……和这种公共汽车在一起，你也不嫌脏。"

"说得你好像知道似的。根据《中华人民共和国刑法》第二百四十六条第二款规定，诽谤罪，是指故意捏造并散布虚构的事实，足以贬损他人人格，破坏他人名誉，情节严重的行为。如果你拿不出证据，刚才的话可构成诽谤罪了。待会儿，警察能顺路把你带走了。"楚连翘微微一笑。

方心怡听得心慌："大家都这么说。我又不是她的影子，这么私密的事情怎么可能拍到证据。"

"没证据，还乱说，还带着这么多人来群殴。这已经构成违法了。"楚连翘声音不大，字字有力，吓得方心怡等人直哆嗦。

风向在楚连翘的引导下渐渐变了。刚才群殴沈半夏的六个人露出不同程度的后悔，许多围观的人对方心怡露出鄙视。

方心怡面对不利情况，只能硬着头皮说："我没拍到证据，可我看见了。读书的时候，她背着男友和其他男人出入酒店。我们在国外的时候，我老公QQ上有给她的留言。我早产前，她还和我老公拉拉扯扯。今天早上，我和老公吵架的时候，我还质问他们的关系，我老公没否认。"

沈半夏"噌"一下坐起来："什么跟什么啊！我读书时所谓的劈腿，不过是我和朋友出去玩住酒店，同行的还有我一位女性朋友。倒是你和陈建毅明明是被我捉奸在床，反倒颠倒黑白，把我说成绿茶婊，把自己洗成白莲花。我都替你们害臊。"

方心怡急红了脸，可沈半夏说的全是事实。

有楚连翘撑腰，沈半夏越说越精神："还有，我被你们这对渣男渣女陷害后，我早把陈建毅的拉进黑名单，停用了那个QQ。鬼知道陈建毅联系的是谁。还有，害你早产的是陈建毅，不是我。前天，我回门诊室拿手机，出来被他拦住，说些奇奇怪怪的话。然后，你就冲上前给了我一耳光。我瞧你是孕妇没回击，你倒蹬鼻子上脸了。至于你老公没否认，难道就是肯定？你让他来对质啊！垃圾男！我当年真是被猪油蒙了眼看上他。现在，我真是叩谢你当年拯救之恩。"

一口气咆哮完，沈半夏感到胸口扯着疼，忍不住咳了两声。

"悠着点，你是伤员。"楚连翘拿起办公桌上的保温杯，递给沈半夏，再次看向方心怡，"你也别在那酝酿如何反击了。这又不是吵架比赛。出轨的事情想要捉奸在床，那得是人品爆发。我看，你现在缺的就是人品。不过没关系，除了人品，还有人。陈建毅正在上班，你把他叫下来，让他当面和沈半夏对质，事情不就水落石出了？我们人多势众，还能顺便帮你揪出真小三了。"

"这——"方心怡犹豫了，沈半夏看上去信心十足。难道陈建毅的出轨对象真不是她？可事情已经闹成网络热搜，要真查出小三不是沈半夏，她岂不是真构成诽谤罪了。

方心怡看向受伤的沈半夏，心一横："你们有能力颠倒黑白，却没能力毁灭事实。她就是小三，破坏我家庭幸福的小三。这事不需要找任何人对质。我发誓……"

"乱发誓是要遭报应的。"楚连翘打断方心怡的话语，"我们是医生，可不能拿鲜活的生命开玩笑。你别发誓了。我这就给陈建毅打电话。"

楚连翘立刻拨通陈建毅的手机，按下免提键："喂，陈建毅吗？我是楚……"

楚连翘自报家门的话还没说完，就被陈建毅挂断电话。楚连翘瘪瘪嘴，耸耸肩："这算是做贼心虚吗？"

"他的工作忙。"方心怡自始至终想的都是赶走沈半夏，继续在婚姻中委曲求全。

她放不下这些年的努力，放不下医生太太的身份。她已经想好了，女儿不讨老公和婆婆的喜欢，她就再生一胎。国家已经开放二孩政策，据说很快还会开放全面生育。如果第二胎还是女孩，她就再生第三胎。多生几个孩子总会有儿子的。

"一个新进的住院医生能有多忙？就算他是主任医生也不该放着刚生完孩子的老婆不管吧！走，我带你去心外找他去。"楚连翘的目光扫向方心怡请来助阵的六个打手，"一个巴掌拍不响。男人出轨，有多贱的小三，就有多贱的男人。走，我带你们撕渣男，灭小三。"

那六个女人受到楚连翘恐吓，听见方心怡毫无底气的指证，算是彻底冷静了。为首的女人尴尬地挤出笑容："打人犯法。"

"打她就不犯法了？"楚连翘的表情和声音冷得如同腊月的寒风。

其中有个女人哆哆嗦嗦地说："她是小三啊！你没看网上的视频，不知道她到底有多坏。我们看了视频气不过，替方女士出气。你看方女士抱着刚出生的小孩，多可怜。"

"是啊，真可怜。走，我带你们去找抛弃她的渣男，让渣男供出小三是谁。这要真是沈半夏，不需要你们动手，我直接把她打毁容。"虽然楚连翘和白晓丹一样怀疑陈建毅出轨的对象是心外的某位年轻护士，可是他暂时还没找到他们勾搭的证据。

不过，哪怕他没有证据，也不能让沈半夏受苦。反正他又不是警察，不需要凡事讲证据。

"这——"方心怡以前压得住陈建毅，是因为陈建毅一方面需要方家资助他读书，另一方面是指望着继承方父的事业。

归国前，方父拒绝陈建毅成为他的助手，让陈建毅记恨方父，对方心怡的态度也就不冷不热。

昨天，方心怡打电话告诉自己妈妈，她生了宝宝，让她妈来照顾她。结果，她妈告诉她，她爸被牵扯进校内一桩贪腐案，正在被调查。事情结果出来前，他们暂时走不开，没办法来看望和照顾她。

方心怡收到消息后，非常担心父亲，让陈建毅帮忙查查到底怎么回事。却不料，陈建毅听闻后，生怕被查出当年出国全靠方父运作，立刻和方家划清关系，对方心怡的态度更加恶劣。

倒是方心怡恍然发现自己对陈建毅付出太多，变得不舍和不敢离婚。她毫无离婚的想法，就不可能把自己和陈建毅的关系闹僵。

陈建毅极度好面子。上次，她一时激动说出陈建毅吃软饭的真相。陈建毅毫不留情地叫嚷离婚。如果她带着一群人去心外逼着陈建毅指证小三，那么后果极有可能是明天陈建毅就让她带着孩子净身出户。

她播种多年，好不容易盼着要收获，怎么能把一切拱手让人？她为了自己和女儿，必须忍！

方心怡看了眼正在熟睡的女儿，狠心地拧了一下她的屁股。孩子从睡梦中惊醒，放声大哭。

"宝宝饿了，我得给她喂奶。"说完，方心怡也顾不得身体的疼痛，抱着孩子一溜烟地逃走。

"帮她灭小三，她还跑！这不明摆着怕被告诽谤吗？"楚连翘一语点醒大家。

候诊室的患儿家长们连连点头。那六位义愤填膺的网民也对方心怡的诉苦视频产生了质疑。

"网络是个开放性平台，应该用来伸张正义，而不是纵容暴力。我相信大家都有一颗充满正义感的心，但请不要被有心人利用了你们的正义。我不评论是非黑白，但大家仔细想想事情来龙去脉。如果沈医生真是入侵他人婚姻的第三者。为什么落荒而逃的不是她，而是原配？"

大家皱起眉头，认真思考楚连翘的话。沈半夏望向楚连翘，心中充满暖暖的甜味。

楚连翘双手合十，诚恳地望着大家："我在这里拜托大家，请大家担起维护文明与道德的使命，保持理性和客观，在网上发表公平公正的言论。我们不能纵容网络暴力，更不能让好人受害。"

每个人都在反思，候诊室静得只剩下呼吸声。

"楚大神说得好。你就是我心中的偶像！"孙婷婷鼓掌，打破沉默。

大家回过神，纷纷为楚连翘点赞和鼓掌。那六个网民则羞愧地低下脑袋。

"沈小姐先去检查伤势，尽早医治吧！我会在这里等警察，并承担你所有医疗费用。如果你真不是破坏他人家庭的小三，我甘愿受到法律制裁。"领头的网民叹了口气。

"医疗费肯定得付。你们留下联系方式和身份证，等沈医生看完医生，我们自然会联系你们。至于警察……"楚连翘咳了一声，"你们走吧。警察来后，我会解释。你们也是不幸婚姻中的受害者，我们总不能在你们的伤口上撒盐。沈医生，你说呢？"

沈半夏点头，在楚连翘搀扶下站起来："脑袋有点晕，身上多处疼痛，你们下手可真狠。不过，我觉得应该没内出血和骨折。你们走吧！"

"如果是我们冤枉你，等我查明真相，我登门赔罪。如果你真是小三，下次我会扒光你的衣服游街。"领头的网民从包里拿出一张银行卡和身份证，递给沈半夏，并告知银行卡密码。

沈半夏愣住。楚连翘大方替沈半夏收下，还向另外五位讨要身份证和联系方式。另外五位磨磨蹭蹭地拿出身份证，留下联系方式，才跟着领头的网民离开。

"还是楚大神威武。"孙婷婷心怀崇拜地把手机还给楚连翘，"都录下来了。"

"谢啦！"楚连翘收好手机，转向患儿和患儿家长，"耽误大家看诊了。我会和沈医生尽快处理好私事，重新开始看诊。"

大家看着受伤的沈半夏，连连摆手，表示不着急。孙婷婷关上门诊室大门，待在候诊室维持秩序。

"哪，拿去。从头到脚好好检查。"楚连翘把银行卡塞进沈半夏手里，"为防止你心慈手软，身份证暂时由我保管。"

"皮肉伤而已。我买瓶红花油擦擦，再睡一觉就好了。"沈半夏弯腰想要扶起地上的座椅，却不料扯动腰部的伤，疼得直咧嘴。

"伤员就该歇着。"楚连翘扶起座椅，搀扶沈半夏坐下。

"待会儿警察来了，你准备怎么解释？"报警却没有肇事者，无疑是浪费警力。

"我哪有时间报警。我赶到的时候，正看见你被殴打，只来得及把手机交给孙护士，让她录视频。什么报警啊，什么犯法啊，都是吓唬她们的。不过，如果你准备告她们，我们现在报警，再去验伤。我有信心能把今天打你的人和方心怡都关进去。"楚连翘看着沈半夏手臂上的瘀青，气得怒火中烧，"衣服脱下来。"

"干吗？！"沈半夏紧抱双臂。

"白大褂脱下来，我看看伤势。"楚连翘嫌弃沈半夏行动太慢，直接上前扒白大褂。

沈半夏穿着T恤和短裤。衣服下的伤势看不见，单看露在外面的皮肤，瘀青不下十处。

楚连翘皱着眉，心疼而愤怒地抓住沈半夏的手腕："走，验伤去，这事不能轻饶她们。"

Chapter 59 热心网友再出场 ///

空气里弥漫着火药的味道，也有着蜜糖的味道。

沈半夏凝视楚连翘，心猿意马的心跳渐渐凝成语言，涌上喉咙："你是不是……"

"半夏！"白晓丹的声音打断沈半夏话语的同时，也打碎沈半夏的勇气，"听说你被打了，伤势怎么样？"

白晓丹冲到沈半夏面前，急匆匆地检查沈半夏的伤势。

"下手这么狠，把你当沙包啊！"白晓丹看着沈半夏身上的瘀青，眼睛红通通地瞪向楚连翘，"你怎么保护我们家半夏的？"

"我接到你的电话就赶来了。来的时候，她已经被揍倒在地，全靠我救她。"楚连翘高傲得像诺兹多姆。

沈半夏连连点头："全靠楚大神拯救，否则我铁定被打骨折，外加被骂得狗血淋头。"

"你被打得这么惨，不能放过她们。一定得验伤，告她们。"白晓丹气得发抖。

"不行！我们答应了不告她们，不能出尔反尔。"沈半夏连忙拿出对方留下的银行卡，"她们赔了医药费。"

"一点医药费就把你收买了。我知道你贪吃，什么时候还变得贪财呢？"白晓丹拍了一下沈半夏肩膀，刚好碰到瘀青处，疼得沈半夏咧嘴叫。

"这哪里是贪财。我本来不想收医药费，是楚大神让我收的。楚大神说了，她们也是不幸婚姻中的受害者，我们不能在她们的伤口上撒盐。"沈半夏向楚连翘求助。

"这话是我说的，可我没想到你的伤势这么严重啊！"他那样说是为了挽回沈半夏在网络上的形象，让更多的人能够在网络上替沈半夏说好话。

当然，这是他扭转网络风向的第一步。第二步，还不能全靠网友的觉悟。他需要一名理性的领头羊，以及许多羊群，改变舆论风向，揭露更多的真相。

"有多严重？都是一瓶红花油和一粒止痛药能解决的事。你们真心疼我，就帮我去买红花油和止痛药，等我下班后再替我叫辆车，送我回家。"沈半夏甜甜地笑开。

"没被打傻吧？还是灵魂换了人？"白晓丹摸摸沈半夏额头，"你读书那会儿，抽血晕血，打针哭闹，吃药怕苦……十足的公主范儿。现在怎么像是从战争年代穿越来的，没断手断脚不下火线？"

沈半夏尴尬地笑了笑，吐舌头："那是小时候。从小我爸又当爸又当妈，难免对我有些溺爱，我也就娇气了点。可我得长大啊！长大后，就明白世界哪有那么多岁月静好，不过是有人替我负重前行。他为我负重了半辈子，后面该有我负重前行，为他遮风挡雨了。"

"说的比唱的好听。你成网络红人，以及被打的事，要是被沈老知道，你说他会怎样？"楚连翘打断沈半夏的幻想。

"我得给他打个电话解释。还不能让他知道我受伤的事。"沈半夏猛地站起来，像热锅里的蚂蚁似的乱窜，"伤势好之前，我不能回去。你收留我吧？"沈半夏可怜兮兮地看着白晓丹。

"我——"白晓丹抿嘴唇。徐默然最近赖在她家，不太方便。

"小心伤势。"楚连翘把沈半夏拉回座椅，"靠你去解释，沈老早冲到医院了。我看见网上的消息后，第一时间联系沈老，替你解释了，让他别着急，我会帮你处理好这件事。至于，你身上的伤势确实不能被他看见。今晚，你就到我家住吧！如果有什么事情发生，你回家也方便。"

"我下班，我爸也下班。万一回去的路上被他碰见，更糟糕。你别瞧我爸看上去温文尔雅，从不会与谁得面红耳赤。可遇上我的事，他会秒变大恶魔，才不管什么自制力，什么不能被多巴胺操控。我失恋那次，亏得陈建毅出国了，否则我爸一定会打断他的腿。这要是被我爸知道他被打了，他绝对会找那些人算账，会把她们告进大牢。"沈半夏用力摇头。

"我记得你小时候被班上男生欺负，老师请来双方家长，想要化解矛盾。没想到叔叔看见你额头受伤了，冲上去把男生和男生的爸都打了一拳。你可是他的心头宝。"白晓丹准备待会儿给徐默然电话，让徐默然把放在她家的东西都搬走，"你还是暂住我家吧！"

"你家哪有我家方便。我待会儿替她上班，你带她去验伤、看病。我们不告别人，但该检查和准备的东西一样也不能少。然后，你替我送她回家。沈老下午有课，你们回去碰不见他。"楚连翘三言两语地安排好一切，把门钥匙交给沈半夏后，催促她们离开门诊室。

沈半夏在白晓丹陪同下，做了各项检查，又根据看诊结果拿了药，住进楚连翘的家。白晓丹本想留下来陪沈半夏，却被沈半夏拒绝。

"我吃完药就睡了。你留下来也没用，不如早点回去吧！"

白晓丹叹口气，恋恋不舍离开。

沈半夏送走白晓丹后，面对静悄悄的房间，孤独感涌了上来。

"克罗米和诺兹多姆就在隔壁相亲相爱了。"沈半夏幻想着在自己家里，吃完药，就准备睡觉。

楚连翘的卧室以白色和蓝色为主，装修简单而温馨，房间整齐而洁净。沈半夏躺在床上并未闻见想象中的汗味，反倒闻见阳光晒过后的清香味。

沈半夏打开空调，紧裹凉被，安然入睡。一觉无梦，沈半夏醒来时已是深夜，四周凝固着化不开的黑。

沈半夏打开床头灯，看了看手机时间，已经十一点了。断了网的手机屏幕没有网络信息和留言跳出，可显示有两条短信。一条是楚连翘的，一条是白晓丹的。

【地主家没余粮，专程点了外卖。方便面、饼干、蛋糕……诸多催肥食物，让外卖小哥放在门口。睡醒见留言，可伺机开门取之。小心开关门声惊动隔壁恶魔和猫狗！切记，勿念。】

楚连翘俏皮的留言让沈半夏笑出声，胃部的饥饿感催促沈半夏开门取食。沈半夏按照楚连翘的提醒，安全取回食物后，心情直线上升。

她盘腿坐在沙发上，泡了一碗方便面，拆开一袋薯片，享受人生。

"还没看白晓丹的留言。"沈半夏一边咀嚼薯片，一边打开留言。

白晓丹的留言很简单——

【有大事发生。睡醒后，立刻给我打电话！】

"方心怡和陈建毅又闹幺蛾子呢？"沈半夏心惊肉跳地拨通白晓丹的手机。

白晓丹接听电话，刚闲聊两句，忽然冒出一句："别闹！"

然后，沈半夏依稀听见电话那端冒出一句男人的声音，而且听声调似乎有点熟悉。

"你在家吗？"沈半夏好奇地追问。

"在，没在。我在外面玩。"

外面玩能这么安静？沈半夏心中狐疑追问："刚才那个男人是谁啊？"

"啊？男人……朋友。"

白晓丹刚说完，就出现猛地吸气声。紧接着，沈半夏听见男人被痛殴的低号声。

"你等等我。这里有点吵，我换个地方。"

沈半夏听见白晓丹的脚步声，以及关门的声音。

"那个男的是你新男友？"沈半夏询问。

"算，也不算。"白晓丹不想被追问，连忙转移话题，"说你了。你上网，看微博、微信、抖音……没有？"

"没。我才睡醒，看见你的短信，就给你回电话了。"沈半夏想到方心怡的哭号和大家的鄙视，心情再次烦躁，"心烦，不想上网。"

"你可以上网看看，现在论战可精彩了。楚医生把你被殴打的视频传上网，包括方心怡夹着尾巴逃跑的那段。网络上从对你骂声一片，开始有了质疑方心怡言论真假的声音。目前，至少有上千名网友在立证你的人品和医术。最让人吃惊的是上次发帖污蔑你的壮壮妈，居然也在声援你的行列。她挺厉害的，结合方心怡控诉你的视频和你被群殴的视频，挑选出方心怡语句的矛盾处，扩写了你反驳方心怡的话语，认定方心怡满口谎言。"白晓丹的语速很快，语气充满兴奋。

壮壮妈带着壮壮来看诊两次，每一次都和他们相处得不太愉快。壮壮被玻璃划伤那次，壮壮妈担心他们不尽心给壮壮医治，还专门拍了视频。她为了让壮壮使用麻药，还专门给壮壮妈写了保证书。

那个挑剔的女人居然在网上为她说好话！沈半夏感到惊讶，更感到惊喜："你没看错吧？"

"绝没看错。她那个微博号化成灰，我都认识。当然也有人质疑她的言论，认为如果你不是小三，为什么不直接和方心怡开撕。你没和方心怡开战，忍受被打，证明心虚。壮壮妈还真是个人才，直接怼回去，坚信你善良和正义到不屑当小三。你不怼回去是顾虑方心怡刚生产，以及她怀里的孩子。有人质疑你的善良，认为她是被请来的枪手。你猜怎么呢？"

"该不会有人翻出她的黑历史了吧？"沈半夏想到她刚上班，壮壮妈大骂她没医术和医德的帖子。那次，如果不是某位热心网友帮忙，她可能早就被迫离开医院了吧！

"你们怎么如此了解对方啊！不知道的，还以为你们是闺蜜。"白晓丹喘口气又说，"壮壮妈看见那篇被截图保存的帖子非常尴尬。不过，她也算给力，大方承认她冤枉了你。她还讲述了壮壮被玻璃划伤找你看诊的事情。她非常感谢你，为了患儿顶住她给予的压力，让壮壮使用了麻药，没让壮壮留下心理和身体阴影。我猜这也是她为了你出头的重要原因吧！"

沈半夏像吃了顿哈根达斯火锅，冰爽而甜腻的感觉充盈身心："所以说，好人有好报。"

"这次还真有好报。壮壮妈、满满妈、暖暖妈……好多患儿家长都站出来讲述你看诊的故事，相信你的人品，担心你的伤势。对了，还有你某位匿名的同事讲述了你如何从食物中毒患儿白细胞异常，挖掘出学校贪腐案的事情。这简直是不看不知道，一看吓一跳，你居然有这么多光荣事迹啊！你把这些帖子收集起来，年底报院部，铁定能成为本年度优秀员工。"

"有人相信我就好。"沈半夏心中阴郁一扫而空。

白晓丹那边忽然传来开门声。

"你等等。"白晓丹的语气有些不悦。

沈半夏听见话筒那端传来的争吵声。白晓丹似乎故意按住话筒，沈半夏听不清他们在吵什么。不过，沈半夏确定电话里的男声非常熟悉，待在白晓丹身边的人绝对是她认识的。

徐默然！

沈半夏圈定了声音的主人。可她转念一想又觉得不对劲，如果白晓丹身边的男人真是徐默然，她为什么不大方承认？

沈半夏来不及细想，白晓丹再次开启通话。

"两个大快人心的最新消息。第一个消息，当初在壮壮妈事件中为你力证清白的网友又出现了。他带来了一篇具有浓浓心理学气息的帖子，截图分析方心怡的微表情。结果就是方心怡在撒谎，撒谎，撒谎！"白晓丹喘口气，又说，"第二个消息，陈建毅读硕时候的同学出现了。他告诉大家，陈建毅为了公派留学的名额，劈腿勾搭导师的女儿方心怡。渣男渣女一直都是陈建毅夫妇，而你一直是传说中的傻白蠢。这一点，我也非常同意。"

"这样发展下去，我能洗掉世纪绿茶的称号吗？"沈半夏不敢面对大众的恶意。

"何止啊！根据我们推测，你最迟明天就能大翻身。对了，默然……默然在我们通话前，给我打电话。他说，为你洗白的网友里有水军的身影。他还看了上次壮壮妈污蔑你的跟帖截图，也有水军的身影。他猜测，那位两次为你证清白的热心网友应该就是雇佣水军的人，也是扭转舆论的人。"白晓丹停顿一下，"你说这位热心网友会不会是你爸？毕竟，他这次发帖学术气息浓厚，网上的喷子都找不出可以反驳的地方。"

"我爸的网络水平没这么强大。再说了，那位网友上次能替我洗白，是因为发了我被打肿脸的照片作为证据。我爸那晚又不在现场。"沈半夏和白晓丹一样好奇谁是那位热心的网友。

"愿意为你出头，还愿意为你花钱雇水军洗白，还好人好事不留名。这人和你关系匪浅啊！你猜会是谁呢？"

"我被壮壮妈打的那晚，是第一天到医院上班，只认识孙婷婷和楚连翘。难道是孙……"

白晓丹打断沈半夏："孙婷婷没那么强的心理学知识。"

"楚连翘的心理学知识倒比较强。可是不可能啊！他怎么有空替我洗白？特别是第一次。那会儿，我们还处于超级看对方不顺眼阶段，见面就把对方怼得体无完肤。他怎么可能帮我？"

Chapter 60 听听心的声音 ///

沈半夏心跳如雷，期盼着某种让她多次失控的答案，又担心是自己胡思乱想带来的幻觉。

"这证明他从第一次见到你就对你一见钟情。怼也是为了引起你的注意。"白晓丹说出沈半夏的心声。

沈半夏面红耳赤，感觉整个房间都是楚连翘的身影。

"做好事不留名，不是他的风格啊！"她的声调很低，心跳很快。

"我帮你打个电话问问？"白晓丹说。

"不。"沈半夏下意识拒绝，"还是我问吧！他白天救了我，不管是不是他都该感谢他。"

"我闻见春天的气息。"白晓丹窃笑。

沈半夏的双颊红得如鲜艳欲滴的番茄："春天早过了。倒是你，我没听见 K 歌的声音，反而听见了男人的声音。"

"那个——"白晓丹的语气慌张，"出来玩不一定在 K 歌。一群朋友出来玩，肯定有男有女。你，你别瞎想了。呃……"

白晓丹猛地吸了口气，随即破口大骂："你神经病啊！"

沈半夏再次听见男人被殴打的声音。"你们慢慢玩，我就不打扰了。"沈半夏说。虽然白晓丹不承认，但是沈半夏百分百确定白晓丹正在和新男友独处。

至于这个男人的声音为什么很耳熟？白晓丹为什么不承认对方是男友？这两个问题耐人寻味。

沈半夏挂断电话的同时，决定等方心怡的事情解决后，约白晓丹吃饭，好好聊聊她的新男友。

"现在——"沈半夏打开手机网络，鼓起勇气寻找关于方心怡和她的帖子。

沈半夏有了白晓丹告诉她的那些好消息做后盾，面对方心怡的哭闹，以及网友的怒骂，心情不再那么痛苦和愤怒。而每当她看见一条替她伸张正义的留言，就像被喂了一勺蜜，甜到心里。

她不知道是否因为受到白晓丹话语的影响，总不由自主地在每条留言中寻找楚连翘的身影。她越看越觉得那位以微表情心理学剖析方心怡视频的网友，非常有可能是楚连翘。

可奇怪的是为什么楚连翘不告诉她？要知道，楚连翘向来以敲诈她请客为乐。

"难道不是他？"沈半夏想要直接打电话询问楚连翘，又担心那位热心网友不是楚连翘，导致她和楚连翘出现尴尬的局面。

沈半夏想了好一会儿，决定不管那位热心网友是不是楚连翘，都送一份热腾腾夜宵给楚连翘，感谢楚连翘今天出手相助和收留的恩情。

半个小时后，沈半夏手机刚显示外卖已接收，楚连翘的电话就打了进来。

沈半夏手忙脚乱地接听电话，心慌意乱得只说出一个"喂"字。

"你订的外卖是不是送错地方了呢？"楚连翘的声音带着戏谑。

沈半夏沉默片刻："没，那是专程给你点的。谢谢你今天帮我。"

"我把你从群殴状态救下来，还发了孙婷婷拍摄的视频到网上。这么大的两份恩情，你一顿夜宵就把我打发了？"

这才是楚连翘的风格啊！斤斤计较。

"抠神怎么可能是网络英雄？"沈半夏不由自主地抱怨。

"虽然你不是美人，可也不能改变我是英雄的事实啊！"楚连翘猛地提高声音。

"此英雄非彼英雄。"沈半夏细想那位两次帮助她的网友发帖，论在场人员和专业方向只可能是楚连翘，可论行事风格，完全不一致。

沈半夏想得头疼，敌不过不断升级的好奇心，脱口而出："利用微表情心理学推断方心怡在撒谎的网友是你吗?"

"不是。"

楚连翘的回答让沈半夏松了口气,却又生出更多失落。

"可也算是吧!既然你发现端倪,我也不隐瞒了。发帖的人是我,内容是由我、沈老和他的学生整理的。上午,方心怡的视频就在网上传开。沈老通过学生知道了这件事。他忍住暴揍方心怡的冲动,请了假,拖着我一起分析方心怡的视频。不过,我们刚分析了一半,白晓丹给我电话,告诉我有人要去医院找你麻烦,我就赶往医院了。剩下的分析由沈老和他的学生完成。"

沈半夏心中五味俱全:"我又给我爸惹祸了。我借宿的事,他知道吗?"

"知道。否则,他早满世界找人了。这种时候,他最大容忍距离是一门之隔。"楚连翘的语气里充满自豪。

"总觉得对不起他,我还是回家吧!"沈半夏含着泪。

"别。他都装不知道,而且一个小时前已经睡了。你现在回去岂不是打扰他休息,也让彼此尴尬。毕竟,他这样做,又不告诉你,是想既减少你心理负担又能保护你。"

"你也是这样吗?"

"我可没那么多心眼,想做就做呗。"楚连翘脱口而出。

"因此,我们认识第一天,你就当无名英雄,在网上替我反击壮壮妈的污蔑。这一次,又和我爸利用心理学,揭露方心怡的谎言。"沈半夏仿佛听见房间内回响着自己的心跳声。

楚连翘沉默一会儿,又说:"这两件事情都被你发现了。我是不是可以光明正大要报酬呢?"

"你想我请你吃几顿饭?"楚连翘轻松的语气让沈半夏心生郁闷。

"这可是天大的恩情,几顿饭就能解决吗?"楚连翘放慢语速,字字铿锵有力。

"那你想怎样?难不成要我以身相许。"沈半夏气得咆哮而出。

楚连翘愣了一秒:"再说一遍。"

"那你想怎样?"

"后一句。"

"难不成让我……"沈半夏羞红了脸,后四个字怎么也说不出口。

"说啊!还有四个字。"楚连翘催促,沈半夏装傻。楚连翘只好再次开口:"你不重复,别以为我没听见。以身相许是可以的。"

"我那是……"

楚连翘打断沈半夏羞涩的辩解："什么都不用说了。我知道了，明早见！"

楚连翘切断了通话，沈半夏望着手机屏幕愣了好一会儿，忍不住大声尖叫。声音中带着羞涩、开心、不安……诸多情绪被浓浓的期盼包裹着。

"他的话什么意思？"沈半夏不确定楚连翘是否真想和她交往，却明白她对楚连翘的感情越来越深。

特别是她知道楚连翘就是帮她的网络英雄后，她更确定楚连翘就是她心中期盼已久的骑士。无论在什么情况下，他都能为她屠龙。

"明天。"沈半夏笑得就像熟透的水蜜桃。

沈半夏怀着心事，辗转反侧，熬到早晨六点。沈半夏实在睡不着，起来洗漱，吃早饭。她好不容易磨蹭到早上七点，可依然没见楚连翘回来。

"他在做什么呢？还不回来。"沈半夏心慌意乱地翻看手机。

然而，手机上的文字和图片似乎化成她看不懂的一群蝌蚪，让她心情越来越烦躁。

"我和他八字还没一撇，怎么身心全围着他打转呢？不行，我得找点事做，转移一下注意力。"沈半夏放下手机，开启大扫除模式。

沈半夏借宿之前，楚连翘让沈半夏把这里当成自己家一样。换句话说，这个两室一厅没有任何沈半夏不能去的地方。因此，沈半夏的打扫范围自然是整个家。

她把整个屋子清扫了一遍。楚连翘依然没回来。

"该不是出车祸了吧？"沈半夏拿起手机想要给楚连翘电话，可想到昨晚两人暧昧的谈话，又不好意思拨打电话，"再等等。"

沈半夏为自己倒了杯水，来到楚连翘的豪华书房。书房的面积只有十平方米，可书柜却占满三面墙壁。每一个书架上都放满了书，医学书籍占了三分之一，心理学书籍也占了三分之一，剩下的三分之一由历史、科普、励志……构成。

最让沈半夏吃惊的是《如何让自己开心》《孩子错不在你》《走出心理阴影》《对自己狠一点》……这类的心灵鸡汤书籍居然占据了书架的五分之一。

沈半夏把水杯随手放在书架上，拿出几本心灵鸡汤类图书翻看。这些图书的质量参差不齐，有些稍微有点医学知识和社会经验的人一看，就觉得写得天马行空，完全没有实用价值。

"风格不搭啊！难道是别人送的书？"沈半夏的注意力放在书籍上，丝毫没注意自己的胳膊正向水杯靠拢。

"哐"！水杯侧倒，滚了圈，落在地上碎了。大部分水流向书籍，浸湿好几本书。

沈半夏惊叫一声，顾不得收拾地上的碎玻璃，连忙取出被浸湿的书籍，想要尽量挽回损失。

她接连取出十多本书，慌忙擦干水，不让灾难继续蔓延。"怎么和他交代啊？"她苦恼地看着书架，惊讶地发现有个文件夹横放在书架里。

"他为什么在书后面藏着文件夹呢？"好奇心驱使沈半夏取出文件夹，"我只偷偷看一眼。"

她没想到当她翻开文件夹的时候被里面的内容和笔迹惊呆了。这是一份《心理病历》，从笔迹上看，诊治医生是沈泽生，从记录看，病人是楚连翘。

楚连翘有心理疾病！这八个字像板砖似的拍在沈半夏的脑袋上，复杂的情绪让她忍不住翻看病历。

她刚看了不到一分钟，楚连翘的声音响起："你在干什么？"

沈半夏惊了一跳，导致病历落在地上。

"我——"她回头望向楚连翘。

楚连翘嘴唇抿成一条直线，眼里充满愤怒，身体微微发抖。沈半夏脑海里储存了楚连翘诸多形象，有温柔、坚定、挑剔、吝啬……唯独没有现在这种阴冷得如同地狱爬上来的恶魔。

楚连翘扫了一眼病历，讥讽地说："日防夜防，没想到自己把贼引了进来。怎样？好奇心满足了，开心了？"

"不，不是你想的那样。我是不小心……"沈半夏急于辩解，却不知从何说起。

"那么隐蔽的东西都能发现，你真是够不小心的。喜欢看，你就慢慢看吧！"楚连翘眼里闪过一丝失望和痛苦，面无表情地离开。

"不要走，真的不是你想的那样。"沈半夏冲上前，抓住楚连翘的手腕，"我不是故意的，我只看了一点，我……"

"事实就是我有心理疾病，配不上你。你满意了！"楚连翘甩开沈半夏的手，大步离开，重重甩上房门。

"我——"沈半夏看着被楚连翘丢在地上的红玫瑰花束，以及金陵大肉包，"不是这样的！"

沈半夏蹲在地上，眼泪如同洪水般涌出。

红玫瑰的花语——我爱你。

金陵大肉包——她最爱的食物。

楚连翘带着这两样东西回来，是为了表白啊！可她做了什么？她无意中，加上好奇心驱动，看见了楚连翘的病历。

虽然她只看了几行字，可她毕竟看了。沈半夏看着破碎的玻璃杯和病历，心揪成一团，哭得更厉害。

她谋杀了自己的恋情！

沈半夏哭了一个小时，擦掉眼泪，吞下冰冷的金陵大肉包，捡起地上的玫瑰花。

"我该做些什么呢？"沈半夏思绪乱成糨糊，找不到答案的情况下，她选择打扫书房，把一切归为原样。

然后，她把门钥匙留在餐桌上，留下一张纸条。

【对不起，我不是故意的。如果你愿意听我解释，请给我一个暗示。】

"我只看见他有严重的失眠症。这点，他长期上夜班，我早就猜了个八九不离十。可我这样回答，他会相信吗？"沈半夏忐忑不安地带着玫瑰花束离开。

白天，沈半夏待在家里，打开房门，抱着纳兹多姆，望着克罗米，等待楚连翘回家。

太阳逐渐西移，楚连翘一直没出现，可距离沈半夏上班时间越来越近。

"没关系，他正在气头上，不回来也正常。今天我上夜班，他也上夜班。我可以找机会和他搭话。"沈半夏看看时间，稍做收拾，满怀希望前往医院。

沈半夏提前到达医院，故意磨蹭想要和楚连翘来场上班途中的偶遇。然而，她遇见的是王泽宇，而不是楚连翘。

"你今天上晚班？"沈半夏鼻头酸楚。

"对啊！楚大神临时有事，和我换班了。"王泽宇看着一脸失落的沈半夏，开玩笑说，"怎么和王哥搭档不开心吗？"

"开心。"沈半夏无精打采地说。

"小丫头，上班不足一年，怎么就变得和那群护士一样以貌取人。我哪里不如楚大神呢？"

"没了。王哥别多心，我生理期不太舒服。"沈半夏找了个借口搪塞。

"我懂。生理期就别逞强，少看几个患儿。看诊压力，哥替你担了。"王泽宇拍胸脯保证。

"谢谢。"沈半夏低耷着脑袋，拖着沉重的身体，同王泽宇前往门诊室。

Chapter 61 深夜的罕见急症 ///

医院不是创意机构，医生做的是精细而复杂的技术工作。他们具有知识更新快、职业风险高、需方有难不得拒绝、供方主导不能欺诈和社会责任重的职业特点。

虽然沈半夏心里像揣着一个蚂蚁窝，但是面对工作的时候还是习惯性地聚精会神，认真负责地工作。然而，没有患儿看诊的时候，那成千上万的蚂蚁就从她心里的蚂蚁窝爬出来，噬咬她的身心。

哪怕她听见孙婷婷告诉她，今天一早陈建毅就给方心怡办理了出院手续，也给自己请了一周的陪护假。而且，那篇微表情分析贴还在持续发酵，网上舆论已经转向支持她。

这些好消息都不能让沈半夏感到开心。她的脑海里不断重播着楚连翘望向她时的愤怒和绝望。

沈半夏熬不过内心的痛苦，凌晨四点给楚连翘发了一条问候微信。哪知道楚连翘删除了她的微信账号。

"太小气了吧！"沈半夏气得想打电话痛骂楚连翘，可调出楚连翘电话后，又没勇气拨打，"缓缓再说。"

谁想到缓了半个多月，沈半夏也没能和楚连翘见上一面。楚连翘像躲苍蝇似的躲着沈半夏，改变长期夜班习惯，同沈半夏上班的时间绝不一致，沈半夏待在家里的时候他绝不出现。

楚连翘的无声拒绝像根刺似的深深扎在沈半夏心里。虽然她没机会与楚连翘见面，但是她不愿把自己放进尘埃里，死皮赖脸地凑上去。

她坚信着内心的痛苦，会像上一次恋情一样，随着时间的流逝而淡忘。然而事情并没有她想的那么简单和容易，随着时间的流逝痛苦不仅没减轻，反倒日益加重，让她无数次在睡梦中哭醒。

半个多月的时间，沈半夏就瘦了一大圈。她面对大家的关心，还只能笑呵呵地表示最近在减肥。又一次值夜班，沈半夏的搭档依然是王泽宇。

沈半夏和王泽宇打过招呼后，拖着沉重步伐进入门诊室看诊。

繁忙是暂忘痛苦的良药，更何况是必须全神贯注地进行一件事。沈半夏从没像现在这样，希望患儿能一个接一个进来，不要让她空闲下来。

可急诊儿科再忙，到了深夜总有没患儿的时候。更何况，现在是秋天而不是冬天。沈半夏好不容易熬到清晨五点半，准备下班，迎接晨曦。

"医生，我女儿呼吸困难。"熟悉的声音响起。

沈半夏抬头一看。方心怡！

半个月不见，方心怡脸色苍白，眼眶凹陷……不知道是不是担心孩子病情的原因，眼神慌张而迷茫。

沈半夏还没回过神，方心怡就情绪激动地叫嚷："臭不要脸的女人居然还敢上班！你害了我不够，还害我们全家。今天，我非撕了你！"

方心怡发现抱着女儿，不方便攻击沈半夏，就把女儿放在办公桌上，扑向沈半夏。

"你疯了吧！你撒谎被揭穿还得意了。"方心怡不是孕妇，又没孩子当挡箭牌，沈半夏不再畏惧方心怡。

方心怡一只手抓住沈半夏的头发，另一只手袭击沈半夏的脸蛋。

沈半夏忍住拉扯头发的痛，一只手拦住方心怡的袭击，另一只手对着方心怡脑袋就是一巴掌。方心怡当场被打蒙。沈半夏趁机痛击方心怡拉扯她头发的手，逼迫方心怡松手。

然后，沈半夏一个扫堂腿，准备彻底制服方心怡。可她出腿瞬间，看清办公桌的女婴。女婴屏气发绀，似乎意识不清。

孩子生命有危险！沈半夏顾不得方心怡，冲向女婴。

方心怡以为沈半夏要伤害女儿，猛地发力再次抓住沈半夏的头发，踢膝攻击沈半夏的小腹。剧痛让沈半夏跪在地上。方心怡对准沈半夏一阵拳打脚踢。

"别打了。快救孩子！"沈半夏思索到底什么病，会导致女婴屏气发绀。

"别以为我不知道你的花招。敢动我的宝宝，找死！"方心怡一边骂，一边疯狂攻击沈半夏。

沈半夏正注意力高度集中地思索女婴的病情，忘记抱头保护自己。方心怡有几拳落在沈半夏的头上，打得沈半夏脑袋眩晕。

沈半夏脑袋里闪现出女婴可能患的几种病症，这些病症导致死亡的风险极高。

必须立刻抢救孩子！沈半夏憋足一股劲，推开方心怡："你没看见孩子屏气发绀吗？快抢救孩子。"

沈半夏的怒吼镇住方心怡，让方心怡的目光转向女儿。

脸色呈现紫青色的女婴像一盆冰水泼向方心怡："我们来的路上，她的呼吸就有点急促，脸色有些发绀，可没这么严重。我让老公陪我来，可他拒绝了。怎么办？"方心怡吓得瑟瑟发抖，慌了神。

"你也学过医。这种情况，先抢救，把呼吸和心率稳下来再说。抱着她直接去抢救室！"沈半夏确定患儿还有呼吸，不顾头晕和伤痛，带着方心怡快速地跑向抢救室。

"新生儿，女，屏气发绀，呼吸微弱……快准备抢救。"沈半夏让方心怡把患儿放在推床上，带着患儿进了抢救室。

方心怡也想进去，却被医护人员拦下。方心怡无助地看着抢救室大门，感觉自己就像溺水的人难以呼吸。

"怎么办？"方心怡首先想到的是陈建毅。她颤抖着拿出手机，拨打陈建毅的手机。

第一个电话，陈建毅没接。

"这么晚了，他肯定睡得比较沉。"方心怡又一次拨打陈建毅手机，依然没人接。

她接连拨打了十多次手机，陈建毅都没接。

"对了。婆婆睡得轻。我可以打她的。"方心怡仿佛看见一丝曙光，想也没想拨打了婆婆的电话。

"喂！"婆婆不耐烦地接听电话。

"妈，你让毅接听电话。"方心怡带着哭腔说。

"天都没亮闹什么闹。有脾气带着那个赔钱货出去，就别求着回来！"婆婆因睡眠被打扰，破口大骂。

"不是的妈。我带丫丫出来，是因为丫丫生病了。现在，她病重了。你快让毅接电话啊！"方心怡着急地哭号着。

"哭丧啊！赔钱货出事就出事了。我儿子待会儿还要上班，觉没睡够会影响工作的。"婆婆直接切断电话。

"妈——"方心怡知道婆婆嫌弃她生了个女儿，但没想到婆婆不顾丫丫的死活。

方心怡盯着手机好一会儿，自我安慰："或许，她不知道事情的严重性。"她再次拨通了婆婆的电话。

她还没来得及开口，婆婆就骂嚷道："作妖哦！从生娃开始没完没了地哭，抓着我们金宝闹，到处胡说八道连累金宝……现在又发疯地打电话。我看你真的疯了，难怪生不出儿子。我要让金宝和你离婚，带着那赔钱货滚。我们老陈家好不容易出了金宝这条龙，可不能被你毁了。你要知道，我们家金宝是留过洋的名医，以后是要当院长的!"

方心怡坐月子的时候，被婆婆骂过无数次。骂的内容无非是没生出儿子，拖累陈建毅，在家里吃闲饭……好像陈建毅是条龙，她就是路边朽木似的。

事实呢？她才是天上的凤凰，陈建毅不过是伪装成龙的蛇。

陈建毅能公派留学，靠的是谁？她爸!

国外那几年她和陈建毅花销，靠的是谁？她妈!

陈建毅归国能顺利进这家医院，靠的是谁？她爸!

……

现在陈家对她随意打骂，陈建毅对她各种冷暴力，无非就是见她爸最近被调查，落井下石。

离婚？陈建毅现在该拥有的都拥有了，也没办法靠她爸继续攀升了，就嫌弃她们家是累赘急于摆脱。呵呵，绝不可能!

"妈，我现在在陈建毅工作的医院。你要想我不去找他领导，就让他接电话!"老公和婆婆让她伤透了心，可丫丫不一样。

丫丫是这世界上唯一完全属于她的，她生命的全部。

婆婆一边用老家土话把方心怡骂了一通，一边迅速溜下床，到隔壁房间叫醒陈建毅。

"大清早的，你又发什么疯。"陈建毅看了一下时间抱怨。

"老公，丫丫屏气发绀进抢救室了。"方心怡着急地哭诉。

"既然在抢救室，就在医院，医院有医生护士。你发疯给我打电话，我有什么办法？我早上十点要参加一场非常重要的手术，别打扰我休息。"说完，陈建毅挂断电话。

方心怡听着手机传来的断线声，愣住了。她最需要他的时候，他拒绝了! 丫丫不是他亲生的吗？是。

可他为什么对丫丫这么冷漠？

沈半夏!

方心怡的脑海里浮现出陈建毅和沈半夏在医院拉扯的画面。

一定是她! 她当年不仅抢走了陈建毅，还反泼了沈半夏一身脏水。沈半夏肯定怀恨在心，想尽办法都会报复她。

现在，她爸没了权势地位，她又没工作，还生了一个女儿。可沈半夏的爸依然是全国知名教授，沈半夏成了儿科医生。沈半夏占尽优势，凭什么不报复她？

而报复她的最好手段，就是让她失去她所在乎的一切。

"难怪他对我越来越冷漠和暴力，难怪婆婆不断地逼我离开。这一定是她的要求。她想让我离婚，让我失去老公，失去家，失去医生太太的身份……失去——"方心怡盯着紧闭的抢救室大门愣住，"天，我都做了些什么啊！我怎么能把丫丫交给她？"

沈半夏那么恶毒。既然沈半夏要让她失去一切，那么失去的东西里面最重要的一项就是——丫丫。

"不行，丫丫不能交给她救治。"方心怡疯狂地拍打抢救室大门。

不一会儿，抢救室的医护人员出来，礼貌地恳求方心怡不要干扰里面救治患儿。

"沈半夏想杀了丫丫，不能让她医治丫丫。"方心怡推开医护人员，强闯抢救室。

抢救室内，沈半夏正在对丫丫进行专业而紧急的施救。

"准备肾上腺素注射，用量……"丫丫病情非常糟糕。沈半夏为了促进心肌收缩，让医护人员准备肾上腺素。

然而这一幕在方心怡崩溃的情绪中，变成沈半夏正在谋杀丫丫。

"放开我的丫丫！"方心怡推开沈半夏，想要拔掉丫丫身上的呼吸器。

沈半夏没站稳，撞在一旁的仪器上，撞得头昏眼花。

"你干什么？这里不是你能进来的地方。"协助急救的医护人员连忙阻止方心怡不理智行为。

事关一名新生儿的生命，医护人员特别上心，一拥而上想要阻止方心怡。

方心怡见寡不敌众，抓起一旁没拆封的注射器，迅速撕开，用针尖对准自己的颈动脉："谁敢上前，我就死给他看。"

大家面对疯狂的方心怡，一齐愣住。

"别冲动！"沈半夏顾不得伤痛，制止方心怡。

"滚开！我不会让你谋杀我的宝贝。"方心怡一边威胁大家，一边拆卸丫丫身上的急救设备。

"丫丫情况很危险，使用仪器都难以维持呼吸和心率。你这样做会害死她的！"沈半夏上前一步，想要阻止失去理智的方心怡。

"别过来！"方心怡狠狠地瞪向沈半夏，注射器的针尖戳破了皮肤，点点血珠渗了出来，"狐狸精，你那些手段能迷惑别人，迷惑不了我。你想夺走我的一切，做梦！"方心怡扯掉丫丫的氧气管。

丫丫失去氧气，抽搐两下，嘴唇变成紫黑色，面部铁青。

"方心怡！"沈半夏上前一步，抢夺方心怡手中的注射器。两人争抢间，针头插进了沈半夏的手臂。沈半夏忍痛给了方心怡一巴掌，拔出注射器："你要发疯出去发，要死出去死，别拖着孩子。她才刚出生22天，有生的权利。"

"胡说！我怎么可能害我的心肝宝贝？我闯进来是要阻止你害她！你想抢走我的一切，一定会谋害丫丫。"方心怡情绪失控地叫嚷，阻止沈半夏靠近丫丫。

"你看看丫丫现在的样子，到底是谁在害她？让开，别耽误抢救！"沈半夏突破方心怡的阻拦，对丫丫施行心肺复苏。

丫丫窒息的模样像一把刀刺进方心怡的心脏。她目光恍惚地念叨："丫丫，你睁开眼，看看妈妈。"

Chapter 62 疯子的疯狂认定 ///

方心怡看着生命体征虚弱的丫丫，数不清的记忆挤入她脑海，仿佛有成几百万只蚂蚁忽然涌入她的身体疯狂撕咬。

"丫丫。"方心怡无意识地低喃。

医护人员趁机冲上前。一部分医护人员冲上前，协助沈半夏急救，另一部分医护人员制服方心怡，准备把她强制性请出抢救室。

方心怡猛地回过神，打闹撒泼："我不出去。我要陪着丫丫，监督沈半夏，我哪里都不去！"

沈半夏全力施救，没有回头："不要打扰抢救。她想待，就待吧！"

医疗仪器的响声，沈半夏的施救声，医护人员走动声……诸多声音汇聚在一起形成一曲与死神抢夺生命的交响曲。

乐曲正在高潮，节奏紧迫、曲调激昂、千钧一发……每一位医护人员的神经都紧绷着，表情专注而紧张。

嘀嗒、嘀嗒、嘀嗒……时间沙漏流走的不仅是时间，还有生命。虽然医护人员们尽量地想维持乐曲高潮，但是时间把乐曲拖向结尾，还是低沉而悲伤的结尾。

"嘀——"丫丫的心率彻底归零。

沈半夏含着泪，取下口罩，面对方心怡："对不起，没能留下你的女儿。"

"什么意思？"方心怡脸色苍白如纸，"你继续做心肺复苏啊！不行，就用药，用仪器。"

"再按，她的骨头可能断裂，能用的药都用了，能用的仪器也上了。我们尽力了。"沈半夏向方心怡鞠躬，低头瞬间眼泪忍不住涌出。

"尽力？"方心怡看看失去生命的女儿，又看看方心怡，"你怎么可能尽力？是你，是你杀了我的女儿！"

"我没有。我一直都在竭尽全力抢救她，可她窒息时间太长，又是新生儿，生命脆弱……我能用的办法都用了，还是没能留住她。"沈半夏第一次面对死亡，双手不受控制地哆嗦着。

"你是为了报复我，故意让她死吧！"方心怡从牙缝里挤出。

沈半夏瞪大眼，用力摇头："怎么可能？我是医生。就算我不是医生，但凡是个有良心的人，又怎么可能忍心看着一条鲜活的生命逝去？我发誓，从我发现她屏气发绀开始，我就采取了一切我能想到和做到的医疗手段，对她进行抢救。"

方心怡眼球布满血丝，冷笑一声："我也学过医。医生杀人比救人更隐蔽。丫丫出生才22天，又在命悬一线的时候，你用药的剂量稍微重一点，插管的位置稍微偏一点，又或者心肺复苏的时候动点手脚……她都活不下来。你骗得了别人，骗不了我。你恨我夺走你的一切，现在你要报复我，夺走我的一切！"

"沈医生想你刚失去孩子，让着你。可你也不能这样胡说八道吧！患儿送进抢救室时，已经窒息了。可沈医生并没放弃，而是想办法让患儿尽快恢复心跳。经过她奋力抢救，患儿好不容易有了心跳。我们正准备进行下一步抢救时，你闯进来了。你不仅打断了我们的抢救，还摘掉了患儿身上的仪器，特别是她赖以生存的氧气管……你扪心自问，真要在抢救室里找出一个凶手。她是谁？"孙婷婷不顾沈半夏阻拦，脱口而出。

"我——"方心怡看着死去的丫丫，紧抱着脑袋。她无法接受，自己可能是害女儿失去生命的凶手。

她怎么可能是凶手呢？她是全世界最爱丫丫的人，绝不可能杀害丫丫。

自己、丫丫、沈半夏、陈建毅、婆婆、爸爸、妈妈……许许多多的人和事像马蜂似的冲进她的脑海，把她的灵魂蜇得千疮百孔。

她面对无法承受之痛，拼命地逃跑。可逃跑的路越变越窄，最后她只能缩在死胡同里等待死亡。

不！她怎么能独自死亡？方心怡瞪向沈半夏，仿佛看见了射入死胡同的一束光。

"你们都是她的同谋，我差点被你们联手欺骗！"方心怡抓起旁边的医用剪刀，刺向沈半夏的心脏。

"小心！"孙婷婷提醒距离方心怡最近，沉浸在丫丫去世的伤感中的沈半夏。

沈半夏愣了愣，急忙躲闪。医用剪刀没刺中沈半夏的胸腔，但从沈半夏的胳膊划了过去。

"快抢走她手上的剪刀，保护沈医生。"孙婷婷有对付医闹的经验，急忙想掩护沈半夏离开。

然而，精神崩溃的方心怡如同患有狂犬病的狗，毫无理智，攻击力翻倍。她见没机会刺杀沈半夏，就抓住拦在她和沈半夏之间的孙婷婷，剪刀尖对准孙婷婷的颈动脉。

"不要冲动！你想杀的是我，不是她。"沈半夏发现方心怡的精神不稳定，急忙劝阻。

"别以为我是傻瓜。我松开她，还有机会杀你吗？"方心怡坐月子期间，由于老公和婆婆对她施加的精神暴力，已经有些产后抑郁。现在，她在丫丫死亡的刺激下，抑郁加重，思维毫无逻辑，行事毫无理性。

"你想怎么样？"沈半夏结合心理学知识，判定方心怡心理异常。

"我就算死也要拖个垫背的。是你害我失去一切，是你让我无路可走的。我走不下去了，绝不会让你心想事成。丫丫，我苦命的女儿。爸爸不爱，奶奶不疼，还有妈妈爱你。不怕，妈妈带着杀你的凶手来陪你……"方心怡情绪激动，尖锐的剪刀尖划破了孙婷婷的皮肤，血珠瞬间溢了出来。

孙婷婷嚷疼，却不敢动弹。其他人紧绷着神经，企图制止方心怡："冷静！"

"你要找的凶手是我，不关孙护士的事。"沈半夏知道和心理异常的方心怡讲理没用，只能把火力引向自己，"不要滥杀无辜。我相信，丫丫也不希望看见你伤害无辜的人。你不是要拖着我一起死吗？我用我来和她交换。"

方心怡盯着沈半夏，脑海里浮现出沈半夏诱惑陈建毅、讨好婆婆、谋杀丫丫……不堪的画面。

这些画面明明是虚假的，偏在方心怡脑海里一点点实化起来，成了真实发生过的事，而且这些事她都亲眼看见过。

"狐狸精、坏女人、绿茶……"方心怡脑海里的骂人话语倾泻而出，锋利的剪刀不自觉地从孙婷婷脖子上挪开，对着沈半夏一阵乱挥。

沈半夏吸引了方心怡的火力。其他人趁机靠近方心怡想要阻止方心怡的疯狂举动。孙婷婷也伺机而动想摆脱方心怡的禁锢。

然而——

大家行动瞬间，方心怡猛地回神，左手勒住孙婷婷的脖子，右手握着剪刀刺向孙婷婷的大动脉。

伺机而动的沈半夏立刻冲上前，一只手挡在孙婷婷的脖子前，一只手抓住方心怡紧握剪刀的右手腕。陷入精神错乱的方心怡力气很大，沈半夏能减缓方心怡向下刺的速度，却不能减弱方心怡向下刺的力道。

沈半夏的手背被刺破，顿时涌出鲜红的血，疼得沈半夏想要抽离手掌。可她看着吓得只剩尖叫的孙婷婷只能强忍疼痛，咬牙和方心怡对抗："你这是杀人，放手！"

"丫丫没了，我也不想活了。"方心怡狠狠地盯着沈半夏，"是你害死了丫丫，破坏了我的婚姻。我不会放过你！"

方心怡放弃对付孙婷婷，同沈半夏扭打起来。方心怡手里有剪刀，边缘游走的精神把力量激发到极限。哪怕沈半夏奋力对抗，也依然被方心怡压着打。抢救室的医护人员想要上前帮忙，却又不知道该怎么样插手。

"你冷静一点，没有人伤害丫丫，也没有破坏你的婚姻。你放下剪刀，我们好好谈。"沈半夏努力躲闪方心怡的剪刀攻击。

"还有退路吗？我就算下地狱也要拉你一起。"方心怡变得支离破碎的思维，只剩下杀死沈半夏一个念头。

"半夏想办法逃。"孙婷婷干着急。

她也想逃啊，可方心怡完全不给她逃的机会。"镇静剂！"沈半夏急中生智。

"你害死了丫丫，还想把我当疯子关起来？蛇蝎心肠都不足以形容你的恶毒！"方心怡攻击得更加猛烈。

沈半夏躲闪不及被方心怡推倒，眼看锋利的剪刀即将刺入沈半夏的颈动脉。

"住手！"楚连翘和陈建毅的声音响起。

楚连翘拽着陈建毅的胳膊冲进抢救室。楚连翘担心地看着沈半夏。陈建毅面对方心怡的目光有些闪躲和不快。

"老公！"方心怡痴望着陈建毅，眼泪如同决堤的水，喷涌而出。

"瞎胡闹！老陈家的脸都被你丢光了！"今早，陈建毅如同往常一样到心外上班，也如同往常一样和出轨对象夏青禾调情。却不料楚连翘忽然出现，逼他立刻前往急诊儿科的抢救室。

方心怡怔住，眼泪掉得更厉害："老公，我不是故意找麻烦。你不要告诉妈，不要和我离婚。"

大家原本担心陈建毅的话语会刺激方心怡，让她更加疯狂地对待沈半夏。却不料，陈建毅一骂，方心怡反倒态度软了。

"你快叫她放下剪刀过来。态度坚决一点，但语言不能太凶狠。"楚连翘连忙出主意。

"我是好人，我……"

楚连翘使劲捏了下陈建毅的胳膊："媒体要到了，院长也在路上。"

媒体一来，指不定方心怡爆出什么劲爆新闻。光是他婚内出轨，他妈重男轻女，他明知女儿生病却没陪伴……每一条都是新闻热点，必定被人肉。

院长一到，他的职业前途就堪忧。最佳办法是在事件扩散前解决掉。那样，他还能用老婆痛失女儿，引发产后忧郁症搪塞过去。

陈建毅想明白后，思路清晰而活跃："你也知道妈不喜欢你瞎闹，赶紧放下剪刀，跟我回家。"

"好。"方心怡下意识点头，随即又摇头，"不行！她害死了丫丫，我要给丫丫报仇。"

方心怡紧握剪刀，逼近沈半夏的颈动脉。剪刀在灯光中透出清冷的亮光，让所有人的心脏都提到嗓子眼。

"你杀了她要偿命的，那样你永远都无法和陈建毅在一起了。"楚连翘想上前抢夺剪刀，却发现距离方心怡太远。他只能拖着陈建毅一边安抚方心怡，一边靠近方心怡。

"对，老婆，你得为我着想。"陈建毅连连点头。

方心怡在混乱而破碎的记忆中，想到他近期对她的冷暴力："我为你着想，你为我着想了吗？"晶莹的泪珠顺着脸颊流下。

"我，我是工作太忙了。你得理解。"陈建毅为了前程，思绪飞速运转，"最近是我不对。我工作压力太大，对你少了关怀。可我也是为了我们的未来。你得向前看，未来很长，也会越来越好。"

"可丫丫没有未来了。"方心怡看向丫丫，悲从心来。"全怪她，是她害死了丫丫。她对当年的事情怀恨在心。她嫉妒我们，想要破坏我们的幸福。"方心怡随后瞪着沈半夏说道。

"我没有。我……"

楚连翘一边高声打断沈半夏的申辩，一边给沈半夏递眼色示意她别吭声："因此，你不能让她如愿。报复仇人的最佳方式是过得比她更好。"

楚连翘掐了陈建毅一下，陈建毅连忙接话："对。为她赔上我们美好的未来不值得。丫丫只是暂时离开了我们，很快她就能回到你的肚子里。你快扔掉剪刀，千万别做傻事。"

"傻事？"方心怡看着冰冷的剪刀，一时难以取舍。

楚连翘趁着方心怡失神片刻，拖着陈建毅又向前几步，来到孙婷婷身边。他看了眼孙婷婷手里拿着的注射器，小声问："里面装的什么药？"

"镇静剂。"孙婷婷回答。

"给我。"楚连翘接过注射器后，偷偷地握在掌心。

"不行！我得让坏人得到应有的报应。"方心怡拒绝陈建毅的提议，拿着剪刀在沈半夏颈动脉附近晃悠。沈半夏纤细的脖子和锋利的剪刀相比是那么的脆弱。

楚连翘连忙拖着陈建毅，又上前几步："你认为她杀了你们的孩子，可以起诉她。"

"对，你快放下剪刀，我们去找律师告她。"陈建毅说得胆战心惊。

"没用的。她做得很隐蔽。"方心怡在精神错乱中自有一套理论，"回不去了，真的回不去了。丫丫，妈妈来陪你。"

方心怡的眼里充满绝望，手里的剪刀坚定地刺向沈半夏的颈动脉。

大部分人没想到方心怡情绪陡变，就连沈半夏也忘记挣扎。唯有楚连翘扑上前，握住距离沈半夏颈动脉不足一厘米的剪刀。

"骗子，都是骗子！"方心怡没到达目的，变得更加疯狂。

楚连翘一边要阻止方心怡攻击沈半夏，一边又要防止注射器掉落，略显难以应对。

"快来帮忙！"楚连翘喊道。

陈建毅看着疯狂的方心怡心生畏惧，连退几步。其他医护人员冲上前，帮助楚连翘控制方心怡。楚连翘趁机把镇静剂推进方心怡体内。

Chapter 63 仰望现在的幸福 ///

药物迅速地发挥作用。方心怡眼中的绝望蒙上一层迷离，紧握剪刀的手终于松开。

"还好吗？"楚连翘扶起沈半夏，紧紧地抱住她。

"还好。可你在发抖，冒冷汗。"沈半夏靠在楚连翘的肩上，感到踏实的温暖同时，也感觉到他的恐惧。

"跑热了。"即使楚连翘紧紧地抱住沈半夏，那份死别的恐惧还是没能彻底驱散。

沈半夏温顺地靠在楚连翘的肩上，目光落在陈建毅的身上。

陈建毅像尊雕塑似的，盯着软倒在地上的方心怡。太丢脸了！陈建毅恨不得掉头离开，可躺在地上的偏是他合法妻子。他的事业才起步，绝不能在同事面前留下话柄。

"老婆，你这是何苦。"陈建毅寻找医护人员帮忙，"我知道丫丫去世对你刺激太大，导致你精神失常，胡言乱语。不过，我会给你找最好的医生治好你的。你放心，孩子还会有的。"

"虚伪。"沈半夏忍不住吐槽。

陈建毅知道方心怡没有任何反抗能力，放心地抚摸她的脸颊，对沈半夏说："我很抱歉，我老婆失控伤害了你。不过，你不可以质疑我们夫妻的感情。"

"你要真对她好，怎么会让她独自带着孩子来看诊？怎么会在孩子去世，她最需要你的时候缺席？她和孩子估计都没你前途来得重要。"沈半夏对方心怡的讨厌，在丫丫去世那刻全化成可怜。而她对陈建毅只剩两个字——恶心。

"胡说八道。今天，我有项很重要的手术必须参加，才没陪她来。而且，孩子不是简单的感冒吗？我怎么知道会严重到死亡？"陈建毅声情并茂地为自己辩解，"我女儿因小小的感冒致死，我老婆因女儿死而疯了。我的心比谁都疼。我也比谁都想知道我女儿为什么会死于一场小小的感冒？我不是指责谁，我明白我是医生必须保持理智。可我内心的疼，又有谁知道？"

"丫丫有感冒的症状，可我怀疑她的死因并非感冒引起。"沈半夏没有确切证据，不敢随便断诊。

"可方……我老婆说孩子是感冒啊！"陈建毅愣住了。

"不是感冒，是百日咳。"白晓丹气喘吁吁地跑进来，对楚连翘挥动手里的化验单，"任务完成了。"

楚连翘听闻方心怡在抢救室闹事后，一边跑去心外找陈建毅，一边给白晓丹打电话，让他去检验科拿取丫丫的检验报告，确定丫丫致死原因。

"孩子在抢救室就死了。这是检验报告，孩子的死因是百日咳。"白晓丹拿出报告，丢给陈建毅，"其实百白破疫苗全国普遍推广后，百日咳的发生率已经大为减少。不过，孩子没满月，还没来得及注射疫苗。"

"我没听见她咳啊！"陈建毅接过检验报告，难以置信地咆哮。

"新生儿患上百日咳，常无典型痉咳，往往咳嗽数声以后，就出现屏气发绀，极容易诱发窒息、惊厥。它对新生儿而言，是一种极容易致死的疾病。"沈半夏瞟了眼陈建毅，"而且，你真关注过丫丫和方心怡吗？"

陈建毅愣了愣，撕毁手中的报告："虽然丫丫没打疫苗，可是百白破疫苗早在全国作为一类疫苗推广。就算她没打疫苗，可周围人都打了。而且她才出生不到一个月，出了院以后都待在家里，没有感染源怎么可能让她患上百日咳？"

"不，百日咳还存在，只是发病率不像使用疫苗之前那么高。目前百日咳的发病率已降至 1/10 万以下。你要知道，尽管百白破疫苗让百日咳不再常见，但引发百日咳的传染性病原体依然还在一些地方传播。虽然我们很不愿意面对丫丫被传染的事实，可它就是存在，不会因为我们的主观愿望改变。"沈半夏的语速较慢，却字字有力。

"孩子才出生，方心怡就带着孩子跑到病毒乱飞的急诊儿科来闹。那么多患病的小孩，谁知道哪个孩子的身上携带了百日咳杆菌。"白晓丹看见沈半夏受伤的右手，满肚子怒火。

陈建毅面对事实，无法辩解，只能冷着脸："我知道了。我会理智处理这件事。今天我失去了太多东西，太累了。我要带老婆去看病，辛苦你们先把丫丫送到停尸房。"陈建毅低着头，在医护人员帮助下带走方心怡。

沈半夏目送方心怡离开："真可怜。"

"有空担心别人，不如担心一下自己。"楚连翘把沈半夏打横抱起。

"我是手受伤，不是腿。"沈半夏老实提醒。

"闭嘴，我知道。"楚连翘嘴上抱怨沈半夏没有保护好自己，身体却稳稳地抱着沈半夏，把她放到抢救室的轮椅上。

"不是该抱去看诊吗？这就完事了。"白晓丹失望地说。

沈半夏羞红着脸，难掩内心的失落。

"电视看多了吧！公主抱，呵呵。90斤内可以考虑，你问她多少斤？"楚连翘保持惯有的毒舌。

沈半夏没急，白晓丹倒急了："体重是女生的秘密，知道吗？难怪到现在也没找到女朋友。"

楚连翘看了眼沈半夏，想到彼此之间的问题，情绪有些低落。

"先简单包扎一下，然后我们去急诊外科检查和治疗。"楚连翘蹲下身体，仔细地为沈半夏处理手伤。

处理完后，楚连翘和大家打过招呼后，推着轮椅离开抢救室。

接下来，挂号、看诊、检查、住院……沈半夏和楚连翘拿着住院观察一天的单子傻了眼。他们都以为看完病，拿了药，就可以回家休息。

"看我也没用。沈医生身上多处软组织受伤，又被戳伤了手……我让她住院观察一天，已经是考虑到儿科工作任务重了。要我说，她和患儿家属发生冲突时，头部也受到过撞击，可能有轻微脑震荡，应该检查一下核磁共振。"看诊医生颇有切肤之痛。

"如果出现恶心想吐的症状，我会及时告诉你的。"沈半夏微笑回答。

看诊医生迅速在电脑中为沈半夏开药："沈医生啊，什么都好，就是太善良，容易吃亏和受累。"

"我……"

沈半夏想申辩，话刚出口就被楚连翘打断："闭嘴。"

楚连翘和看诊医生交流几句，冷着脸推沈半夏离开，帮她办理相关手续，把她推进病房，抱上病床。

沈半夏实在无法忍受楚连翘身上环绕的低气压，怯生生地拉扯他的衣角："我又哪里惹到你了，干吗板着脸？"

"我又不是卖笑的。"楚连翘直接封死话题，让沈半夏无言以对。

两人彼此相望，沉默好一会儿。楚连翘打破寂静："沈老和张主任的要求我已经做好了。我先走了。"

"就这样走了？"沈半夏仿佛沉浸在海水中又苦又咸，看不见生机。

"不然呢？"楚连翘不敢凝视沈半夏，只能把目光落在抓着他衣角的手上。

秘密被揭穿那天，他为沈半夏偷翻他的《心理病历》感到失望和愤怒，但随即而来的是更多的自卑和伤心。

那天当他看见沈半夏给他的纸条，就发现他比想象中更爱沈半夏。他立刻想敲开沈家大门，告诉沈半夏，他爱她，愿意原谅她。

可当他准备敲门那刻，记忆如同潮水般涌来。无论他怎样伪装，他都是一个有病的人。

他理性地处理医患关系，却害得患儿奶奶跳楼；他发挥所长医治小儿心脏疾病，却不敢拿刀；他自律自强成为另一半的依靠，偏患有严重失眠症，导致夜不能寐……他配不上她。

楚连翘不舍地放下敲门的手，决定退出沈半夏的生命。因此，他刻意避开沈半夏出现的地方，申请和沈半夏上不一样的班次，甚至接受博士生导师的邀请，准备辞职到美国做科研。

他准备好一切，只等月底提出辞呈，谁想到今天刚到急诊儿科，就听见沈半夏出事了。那一刻，他脑海里只有一个想法——沈半夏绝不能死。

当他看见方心怡企图谋杀沈半夏时，他心如刀割，才真正明白对沈半夏早已爱入骨髓。既然无法放手，那么就留下她！楚连翘面无表情地思考该怎样表白。

沈半夏小心观察楚连翘的神情，误以为楚连翘还在生气，鼓起勇气抱住楚连翘："如果你还在为我偷看你的隐私而生气，我为此道歉。我知道我做错了，可我不是故意去找那份东西的。我是不小心打倒水，抢救书时发现它的。对不起，我在好奇心怂恿下，打开了它。哪怕我只看了不到一页，但是我的行为还是错的。对不起！你不要不理我，好吗？"

沈半夏越说越激动，眼泪哗哗落下，浸透楚连翘的衣服，浸入楚连翘的身体，滋润楚连翘荒芜的心田。

楚连翘的身体渐渐温暖起来，心田绽放出喜悦和疼惜的花朵。

他忍住转身抱住她的冲动，痛苦阐述："别哭。那事，我的确生气，可我已经被你气习惯，很快也就接受了。我刻意远离你的原因，不是我生气，而是我配不上你。你看了那样东西，应该知道，我有心理疾病。而这种病或许会纠缠我一生。"

"那又怎样？我知道你有严重的失眠症，因此才申请上夜班，对吗？这事，我在翻看那份东西之前，就已经猜到了。那份东西只是肯定了我的猜测。其他的……我也不知道你还有什么病症，但我不在乎。我想你陪在我身边，至少像以前那样。如果可以，我还想离你更近一点。"沈半夏生怕楚连翘会消失，双手抱得更紧了。

楚连翘颤抖着，双手缓缓地抬起，包裹住沈半夏的双手："傻瓜，你很优秀，不需要如此自卑。那个该感到自卑的人是我。"

楚连翘坐在床边，握着沈半夏没受伤的手，开始讲述以前高傲自恋的自己，以及那个让他患上心理疾病的医疗事件。

沈半夏听见楚连翘那些自律得近乎苛刻的过往，大呼难以接受，也明白楚连翘一路走来的艰辛。

当她听到楚连翘亲眼看见奶奶抱着死去的孙子跳楼时，泪珠再一次滚落。

果然无法接受。楚连翘自嘲地笑了笑，缓缓地抽离双手。

却不料，沈半夏忘记手伤，两只手抱住楚连翘的手："哎哟！疼。"

沈半夏疼得直咧嘴。楚连翘心疼地捧起沈半夏受伤的手，仔细检查一番，确定伤口没再度撕裂："虽然你是内科医生，但好歹也有外科常识。你就不能好好珍惜你的手，别乱动吗？"

"对不起，我一时激动，忘记自己受伤了。"沈半夏吐舌头，做鬼脸。

楚连翘心跳快了半拍："有什么好激动的。"

"担心你。我光面对丫丫的死亡都觉得难以呼吸。你却经历了那么可怕的事情。我在想，你当时该有多么痛苦啊！"沈半夏看着楚连翘，眼眶里的泪水越装越多，多到像珍珠似的滚落。

楚连翘眼眶红了，伸手轻揉沈半夏的脑袋："善良的小傻瓜。"

"这就是导致你失眠的原因？"沈半夏追问。

楚连翘点头："我不敢独自面对夜晚，我一闭上眼睛就看见孩子的奶奶找我索命。除此之外，我不敢再拿手术刀。外加，我对自己的医术产生了严重的质疑和自卑。我不敢面对任何生命再在我面前消失。偏偏我还是个懦夫，不仅没有自杀的勇气，还贪恋儿科的工作。"

沈半夏用力摇头："不对，不对。活着才更需要勇气，而且你可是我们心中的楚大神。急诊儿科的所有人都非常尊重你，佩服你。"

"他们看见的是外界的宣传，我以前的光辉事迹。外加，我在沈老的帮助下，伪装得好。你知道吗？我在这里只敢看一些对生命无威胁的常见疾病，遇见疑难杂症都是转诊给其他医生。"楚连翘敞开心扉地说。

"没有啊！我不止一次捅过娄子，全靠你力挽狂澜。豆豆、晨晨、暖暖、满满、小宇……每一个孩子都受过你的恩惠，没有你的准确断诊，他们都有可能失去生命。而我也是在你帮助下，才能从初级菜鸟变成资深菜鸟。如果没有你，我估计第一天上班的时候就已经被开除了。"沈半夏顿了顿，又说，"优秀的你都感到自卑，像我这种笨人岂不是早该撞墙了。"

楚连翘仔细回想，沈半夏刚到医院工作的时候真是只笨到他都看不下去的菜鸟，偏偏这只菜鸟还超级热血和善良，一副即使撞上南墙也绝不回头的模样。

刚开始，他是为报沈泽生的恩情帮她。后来，他是被她感染，被她逼迫，不得不帮她。她就像一束光照耀和滋养着他冰冷的灵魂，慢慢让他感到温暖，重新捡起一点勇气。

楚连翘轻咳两声："我承认我在你的影响下，被迫改变了那么一点点。"

"你想说我笨，又爱多管闲事，不得不帮我擦屁股对吧？想说，就直说。你这样委婉而文艺的表述，让我鸡皮疙瘩都起来了。"沈半夏吐槽。

Chapter 64 前尘往事再现 ///

一场苦涩的心灵坦白，怎么在沈半夏面前就变成了闲聊吐槽？

"认真点。"楚连翘轻弹一下沈半夏的额头。

"我超认真好吗？"沈半夏揉揉额头，认真分析，"看诊问题在我帮助下解决了。现在就剩下失眠和不敢动手术。没事，这两件事我都能接受。如果失眠问题实在难以治愈，你就长期上夜班，白天睡觉。不敢动手术又怎么呢？我还不会动手术呢。你像现在一样继续坚守急诊儿科门诊，问题就解决了。"

"这么简单？"沈半夏简单的思维方式让楚连翘震惊。

"那要多复杂？这又不是性命攸关的大病。"沈半夏瞪圆眼睛反问，"这和感冒有区别吗？嗯，有那么一点吧！我们暂且当它是过敏。当然，我和我爸会努力帮你治愈心理疾病的。实在无法治愈，我们就尝试接受它，为它做出一点让步和改变。"

楚连翘豁然开朗地笑开："好像是这样。因此，你可以接受我的感情了吗？"

"啊？"楚连翘突如其来的告白，惊得沈半夏愣住。

"没有大肉包和鲜花，就不答应吗？我现在就去医院外的小吃店买一屉包子，再去鲜花店买一束鲜花。"楚连翘做出离开的动作。

沈半夏忙拉住楚连翘，羞红着脸："这不是问题关键。关键是，明明是我先告白啊！"

"半个多月前，我就买了鲜花和大肉包告白了。"楚连翘一脸认真的傲气。

沈半夏嘟着嘴："可你没说，也没给啊！鲜花和大肉包，我一样也没收到。"

"说什么？"楚连翘反问。

"就是，就是，我喜欢你之类的。"沈半夏着急地说。

"为什么是喜欢？"楚连翘捧着沈半夏滚烫的脸颊，"明明是爱啊！"

楚连翘低头吻上沈半夏樱花般的唇瓣。

沉浸在二人世界的他们丝毫不知道，赶来看望沈半夏的沈泽生和张博正在病房外偷听。

"老人不宜。"沈泽生制止张博继续偷看。

"现在才说，也不嫌晚。"张博抱怨。

"我向来是开明和尊重孩子选择的长辈，才没偷听的习惯。我是担心他们错过这段良缘，而选择旁听。"沈泽生别扭解释。

"知道你这些年又当爸，又当妈，特别不容易。现在，半夏的感情有了着落，你可以稍微松口气了。百年以后也有脸去见半夏的妈了。"张博的手臂搭在沈泽生肩头。

沈泽生的笑容僵在脸上。

二十多年前，他是医院脑外科的骨干医师。他每天忙于病人、手术、课题……一心想成为该领域的专家，导致没察觉妻子患上产后抑郁。直到精神恍惚的妻子抱着生病的沈半夏，横穿马路被撞身亡。他才后悔不已，从此不敢再拿刀，辞职攻读心理学。

现在，他成了心理学领域的专家，然而却依然解不开自己的心结："当年是我功利心太重，忽略了她的感受，导致她产后严重抑郁，最终出了车祸。我对不起她，没做到结婚时的承诺，哪有脸见她？"

"当年的事真不怪你。医院的工作本来就忙。你又是年轻一辈的楷模，医院的骨干医生。半夏出生那年，你刚升为科室主任，自然是忙上加忙，难免会忽略家人。要怪就怪老天爷折磨人，谁能想到平时那么开朗的半夏妈，会患上产后抑郁。你也别太自责了，都是命。"张博安慰沈泽生。

"光会安慰我。你呢？你女儿死于白血病快二十年了，你们夫妇离婚也快二十年了。你和她都没再婚。你们还爱着彼此，为什么就不能放下，重新在一起？"沈泽生想为张博再牵红线。

"你以为我没尝试吗？可她不原谅我，认为我当年为了前途，拒绝医疗器材公司的帮助，导致女儿失去了生命。"张博叹气。

张博是沈泽生的学弟，从读书开始，就一直把沈泽生奉为自己的偶像，渴望着跟随偶像做一番大事。谁知道，他刚如愿分到沈泽生手下见习，就遇见沈泽生妻子死亡，经历沈泽生无法再上手术台，辞职离开最爱的医院的事情。

当年，他特别不理解沈泽生为什么会连拿刀的勇气都没有？他对偶像感到失望，对自己更加严格。而他的努力迎来了掌声，以及更多的上升空间。

可他没想到，年幼的女儿居然患上白血病。他和妻子的工资根本不够给女儿治病。这时候，某医疗器材公司伸出援手，让他利用职务之便换取治愈女儿白血病的机会。他为此陷入职业道德约束和救治女儿疾病的矛盾中。

他毅然拒绝了医疗器材公司给予的医疗支持，导致女儿未能等来配型成功的造血干细胞死亡。妻子不理解他的选择，认为他的拖延害死了女儿，提出离婚。他无奈接受离婚，申请调到急诊科，把余生都献给急诊事业，借此弥补心中的遗憾和愧疚。

"你哪里是为了前途，不过是守着医生的底线。你尝试对她解释吗？"医生治病，不自医。张博不止一次找他进行心理疏导，偏见效甚微。

张博摇头："女儿的确是被我的无能和犹豫害死的，我怎么解释？"

生活本就艰难，哪有那么多岁月静好，只不过都在负重前行。沈泽生苦笑安慰："活着就有希望。找个机会，我替你约她喝茶。你们慢慢聊聊过往，哪怕她继续不原谅你，你至少尝试过了。"

"再说吧！"张博想到丧女之痛，想到前妻脸上的绝望，再次胆怯了，"走，我请你到我办公室喝茶。我最新买了一种茶，味道甘甜，回味无穷。"

"胆小鬼。"沈泽生一边抱怨，一边和张博离开。

病房内，沈半夏已经睡着了。楚连翘握着她的手，居然没看见那位跳楼的老人，趴在病床边，也睡着了。

时间还是那个单线条流动的时间。医院还是那个忙碌地行走在生死间的医院。然而，人和事却不断地因命运而改变。

楚连翘和沈半夏正式交往，成为神医侠侣。由于沈半夏喜欢现在的工作，楚连翘放弃了博士生导师的邀请，依然待在急诊儿科。导师舍不下人才，除了给予极高的年薪和福利之外，还硬发来一堆研究资料让楚连翘多加考虑。

方心怡的父母听闻方心怡的事情后，不顾陈建毅全家反对，毅然把方心怡带到另一个城市，接受心理医生治疗。夏青禾见方心怡离开，逼迫陈建毅给自己名分。两人谈崩以后，夏青禾公开她和陈建毅的关系，并把陈建毅收受医疗红包的事爆出来。夏青禾辞职，陈建毅被开除。

时间过得很快，绿叶上出现秋的黄色，风中夹杂着冬的寒意，阳光脱掉夏的炙热……沈半夏的伤口逐渐愈合。

"我手伤好得差不多了，不需要你搀扶。"沈半夏跳下车，拒绝楚连翘靠近。

"我是医生好没好我说了算。"楚连翘快走几步，捧起沈半夏被戳伤的手。那张白色纱布下的伤口是多么凌厉，他想想都害怕。

"我也是医生。"沈半夏抗议。

"可你不是外科医生。"楚连翘威胁加诱惑，"乖乖的，今晚我带你出去吃火锅，免于你回家喝沈老的爱心猪蹄汤。"

"骗人是小狗。"沈半夏双眼发亮。

楚连翘宠溺地勾了一下沈半夏的鼻梁："你本来就是小狗。"

"别人家的男友喊女友都是宝贝、甜心、亲爱的、小心肝，等。你倒好，乌龟、小狗、肉包……不是动物，就是吃的，你敢不敢对我温柔点？"沈半夏吐槽。

"原来你喜欢这个调调，早说啊！"楚连翘靠在沈半夏耳边吹起，"宝贝、甜心、亲爱的、小心肝、小乖……"

楚连翘展开联想，说出一连串中英结合的昵称，听得沈半夏鸡皮疙瘩直冒："停！这话从你嘴巴说出来怎么特别扭了。你还是继续猪啊，狗啊，猫啊……的叫吧！反正你是我的男朋友，你喊我什么，你就是什么。"

"哟，反击手法越来越高了。我为了不把自己变成阿猫阿狗，还是继续叫你小心肝吧！"

楚连翘无视沈半夏的阻拦，在沈半夏耳边重复着肉麻的昵称，气得沈半夏抬起没受伤的手就打。

"我要告你爸，你谋杀亲夫。"楚连翘嬉皮笑脸地说。

"还没结婚呢。"沈半夏气呼呼地鼓着嘴。

"结婚还不容易？下午请假扯证。"楚连翘接住沈半夏挥落的手臂。

沈半夏愣住，咬咬嘴唇："你……"

她停留在"你"字上好一会儿，才鼓起勇气准备询问真假。

"楚医生！"谁想到话还没问出口，一道女声破坏了他们间的甜腻。

转眼，一位憔悴的女人拉着又黑又瘦的男人出现。

"楚医生，你还记得我们吗？我刚开始还不敢认了，看了好一会儿才确定真的是你。老天爷有眼，让我们在绝望的时候遇见了你。菩萨保佑！"女人眼眶里闪烁着泪花，双手合十，激动地祈福。

男人看着楚连翘尴尬地笑了笑："楚医生。"

楚连翘的脑海变成一片血红，跳楼的老太太抱着死去的患儿忽然从血海里钻了出来。

他怎么可能忘记他们？这对夫妇，女的叫黄秋霞，男的叫徐阳。他们的孩子就是黄疸转为胆红素脑病致死的患儿。徐阳的妈妈就是那个抱着患儿跳楼的老太太。

当年他们抬着老太太和患儿的遗体，拉着横幅，跪在医院门口，又哭又闹，向医院索赔。医院出于人道主义，也怕事情以讹传讹，损伤医院的名誉。他们大闹三天以后，医院和他们协商，给了他们六万元丧葬费，了结了这件事。

楚连翘以为换了医院和城市，一辈子都不会再见他们，却没想到茫茫十多亿人口，还能再次偶遇。

"抱歉，你们认错人了。"楚连翘冷着脸，拉着沈半夏，快步离开。

沈半夏惊讶于楚连翘的否认，却没当场揭穿，非常配合地跟上楚连翘的步伐。

"哎哟，我的手。"沈半夏见对方没跟来，假装手伤疼，唤醒楚连翘。

楚连翘恍然回神，捧起沈半夏受伤的手："怎么了？"

"没事。"沈半夏拥抱楚连翘，撒娇说，"他们认识你，你也认识他们？不想回答，你可以不回答。"

"小狐狸边卖萌边下套。"楚连翘捧着沈半夏的脸蛋，鼓起勇气说，"他们是我创伤后应激障碍的主要原因之一，患儿的父母。"

"那对不要脸的夫妇！可恶，还有脸找你，我去揍他们。"沈半夏气呼呼地嚷嚷。

"逗我了。连医药费都自掏腰包的小白兔，敢揍人？"楚连翘看了眼沈半夏受伤的地方。

"情况不同啊！更何况，你是我男友，欺负你就是欺负我。我要替你出气。"沈半夏紧握拳头。

"有你这份关心，我就开心了。过去的就当是不存在。我说了不认识他们，他们也没追上来。"楚连翘露出疲惫的笑容。

沈半夏正想安慰两句，手机忽然响了。她慌忙地接听手机。她还没来得及说话，电话那端就传来王泽宇的催促和抱怨声。

沈半夏连忙赔笑说："我已经到急诊科了。三分钟，不，一分钟，我马上到。"

说完，沈半夏切断电话，抓住楚连翘的胳膊："接班迟到了。快，我们跑。"

沈半夏拖着楚连翘狂奔。

Chapter 65 迟来的道歉 ///

一墙之隔，各自繁忙。

天气转凉，感冒患儿增多。急诊儿科承担着儿科之外的看诊压力，候诊室挤满了患儿和家长。即使沈半夏和楚连翘全神贯注看诊，也赶不上看诊人数增加的数量。

从十二点接班到下午六点，沈半夏就喝了半杯水，一次厕所也没去。当沈半夏感到筋疲力尽时，终于迎来换班时刻。

沈半夏和宋医生做好交接。楚连翘敲门出现，来接沈半夏。

"如胶似漆啊！什么时候结婚？"宋医生笑眯眯地问。

沈半夏想到楚连翘今天开玩笑似的求婚，顿时羞红了脸。

"随时，就看她什么时候点头。"他们交往以后，楚连翘的失眠困扰不药而愈。目前唯一困扰他的是进入手术室，拿起手术刀，手就会不受控制地发抖。

"小夏什么时候点头啊？"宋医生询问。

沈半夏睁大眼，紧张而矛盾，拒绝和答应同时涌上喉咙，不知道该说什么。

"不能进去！"门外忽然传来分诊护士的阻拦声。

"我们就进去看一眼。"黄秋霞声音传来的同时，房门被暴力推开，"楚医生，你果然在这里。"

楚连翘看着黄秋霞和徐阳愣住。沈半夏体贴地靠近楚连翘，握住他变得冰凉的手。

"宋医生，我们先走了。"楚连翘搀扶沈半夏，绕开黄秋霞和徐阳离开。

"你不能走！"黄秋霞和徐阳拦住楚连翘，"楚医生，我们错了。当年不该那样对你，我们夫妇跪下来给你道歉。"

黄秋霞拖着徐阳跪在楚连翘面前。

"你们认错人了。"楚连翘只想逃离徐阳夫妇，可又顾虑沈半夏的伤势，难以快速离开。

"你就是小儿心外的专家——楚连翘医生。我们调查过，不会认错。"黄秋霞抱住楚连翘的腿，阻止他离开，"楚医生求你救救我们的儿子。我们已经失去一个孩子，不能承受再失去第二个孩子。"

黄秋霞见楚连翘不吭声，继续哭诉："当年都是我们的错。我们不仅不理智地指责你害死了孩子，还为了获得医院赔偿带着婆婆和孩子的尸体大闹医院，给你带来名誉上的损伤，害你失去晋升主任的机会。我们错了，真的错了。老天爷已经惩罚我们了。失去第一个孩子后，我一直难以怀孕，好不容易怀了，生下第二个孩子，又患有心脏病。孩子才六个月，好多医生都不敢做手术，可是他的病情已经很严重了，不做手术就会死。求求你，帮帮我们！"

黄秋霞拖着徐阳一起哀求楚连翘。徐阳见楚连翘不答应帮他们，想了想说："楚医生，我们对不起你，你可以恨我们，甚至打我们……哪怕是你杀了我们，我们也绝无二话。可孩子是无辜的，时间紧迫，只有你能救他。"

沈半夏摇晃楚连翘的胳膊，楚连翘深吸一口气："必须要手术吗？"

"医生说是法洛氏四联症。孩子现在就在心外住院部，病情危急。你曾经为出生七天的新生儿成功做过开胸心脏手术。我们的孩子已经六个月了，你肯定能救他。"徐阳焦急地说。

黄秋霞生怕楚连翘拒绝，接着说："我们知道心脏手术风险大，我们也愿意承担风险。我们签责任书，找公证处公证，如果孩子在手术过程中死了，我们绝不追究你和医院的责任。我求你大人有大量，给他一个活下去的机会。"

楚连翘身体发抖，沉默好一会儿。沈半夏握着他的手，用眼神鼓励他。不管楚连翘做出什么选择，她都支持他。

"抱歉，我已经不做手术好几年了。我现在是急诊儿科的门诊医生，只看普通儿科。你们去找其他医生为孩子动手术吧！这个城市不行，就换个城市。"楚连翘表情凝重地拒绝。

徐阳夫妇愣住，压根儿不相信楚连翘不做手术，认定楚连翘不想为他们的孩子手术。

"他已经经不起转院折腾了。楚医生，救死扶伤是医生的职责啊！"黄秋霞咆哮。

"他不是故意不给你们孩子手术。他是没办法再……"沈半夏怕实话刺伤了楚连翘的心灵，只能含蓄表述，"你可以在这所医院向任何人打听。他从到这家医院后，没进行过一例手术。"

沈半夏不想楚连翘被误以为是冷血医生，焦急地拉扯楚连翘胳膊："你把话说清楚一点啊！"

"我不是针对你们。我可以协助心外看诊，给予患儿医疗上的建议。可我没办法拿起手术刀，为任何患儿动手术。"楚连翘感到锥心之疼。

"怎么可能？你是小儿心外的专家。你没办法动手术，那你待在医院还有什么意义？"徐阳不愿意面对希望落空的事实。

楚连翘的脸色变得惨白，身体也变得坚硬而冰冷。是啊！死皮赖脸地待在医院有什么意义？

沈半夏感到楚连翘的变化，生气地瞪着徐阳："胡说八道。需要动手术的病毕竟是少数，医院里面不动手术的医生多了。他们不待在医院里，难道让患者把小病拖成大病，强迫他们动手术吗？哼，我看了一下午患儿，里面最严重的也不过是肺炎需要输液，还没一例需要动手术的。楚医生放弃动手术，立志服务广大普通患儿，又哪里碍着你了？"

黄秋霞绝望地松开楚连翘的腿，自嘲地笑了："楚医生放弃手术是因为我们吧！不动手术就能少面对生死，就会降低行医风险。我就说了，当年我们冤枉好人，推卸责任，会有报应的。现在好了，孩子治愈的希望摆在眼前，却没法治。"

"呸，无良医生。现在和以前一样，治不好就怪家长。"徐阳不愿意承认过失，把黄秋霞从地上拉起来，"我就不信，只有他能给孩子动手术。走，我们找其他医生去。这家医院不行，我们就换一家。"

"楚医生是国内首屈一指的小儿先天性心脏病专家。我们的孩子唯有让他来动手术，存活率才最高。楚医生，求求你！"黄秋霞苦苦哀求。

"你耳聋了吗？他都说了，他不能动手术。你求他有什么用？走，儿子还在住院部等着我们。"徐阳强行拖走黄秋霞。

徐阳夫妇走后，围观的人群散开。楚连翘搂着沈半夏的肩膀，挤出笑容："别耽误宋医生看诊。我们也走吧！"

一路上，楚连翘陷入难以言表的痛苦沉默里。沈半夏陪在他身边，猜不透他心思，只能默默地陪在他身边。

来到停车场，楚连翘体贴地打开车门，把沈半夏扶上车。他坐在驾驶座，把钥匙插进钥匙孔，却没点火。

沈半夏见楚连翘情绪低落："我来开车吧！"

"不用。"楚连翘的手放在方向盘上，侧脸凝视沈半夏。

沈半夏不习惯楚连翘的沉默，捧着脸："我脸上有东西吗？"

楚连翘微笑，伸手摩挲沈半夏的脸庞："我们还是答应导师要求去美国吧！"

"啊？"沈半夏愣住。

"明天我们就去扯证，办好手续前往美国。"楚连翘略做停顿，"我在那边研究为主，不用当医生。"

沈半夏放在腿上的手猛地拽紧，沉默好一会儿，才缓缓开口："好，也不好。如果你是想学术提高，我愿意和你去。可如果你是为了逃避，恕我无法奉陪。我一直以为你很爱医生这个职业，哪怕当年患有那么严重的心理疾病，也依然坚守着它。"

"我主研方向是小儿先天性心脏病诊治。我连刀都不敢拿，算什么医生？"楚连翘很想抽根烟，却想起从读研开始已经戒了烟。

"你在急诊儿科不也干得好好的吗？你不敢拿刀，敢拿刀的人多着了。全世界不差一个敢拿刀的外科医生，可楚连翘却只有一个。更何况，我爸也说了，只要你能走出心理障碍，随时都可能拿稳手术刀。"沈半夏亮闪闪的眼睛盯着楚连翘。

"你不懂。"楚连翘盯着双手。这是双做手术的手，可它现在却不能动手术了。他失去手术的能力，就等于丧失实践研究的基础，怎么可能在小儿先天性心脏病道路上脚踏实地走远呢？

"我是菜鸟，你是大神。大神的世界，我只配仰望，无法理解。不过，我知道我爱儿科医生这份职业，我爱我脚下的土地，我爱这里的美食……我喜欢听见患儿们现在叫我沈阿姨，以后叫我沈奶奶。我要待在这里，哪里都不去。"沈半夏坚定地说。

"我都为你改变了，你就不能为我改变吗？"楚连翘期盼地看着沈半夏。

"改变不等于逃避。徐阳夫妇出现前，你理智地拒绝了导师，想要在国内再干几年门诊儿科，累积更多的经验，再考虑前往美国进修。"沈半夏顿了顿，又说，"我能做到的改变是你睡不着，我可以陪你上夜班；你无法走出心理困扰，我可以陪你一起努力；你不敢拿刀，我可以守在你身边……但我不能明知道你爱着这份职业和这片土地，却陪你逃离。你会后悔的！"

沈半夏的眼泪簌簌而下。她不能看着自己心爱的男人，去走一条让自己后悔的路。

"不拿刀和不敢拿刀，是两种截然不同的情况。能走教科书般的人生，就像能按照教科书生病一样，何尝不是一种幸福。可惜，通常事与愿违。"楚连翘伸出骨节分明的手指，拭擦沈半夏的眼泪，"我在看见徐阳夫妇那刻，就明白我不能自欺欺人了。你说，如果我的心理疾病被爆出来，我还能当医生吗？"

沈半夏瞪圆眼睛，嘟囔着说："这，这又不影响你的工作。"

"专家说，正常生活和工作环境，电磁辐射还无须通过防辐射的衣服来防护。可还有那么多孕妇购买防辐射服屏蔽辐射。我遇见你之前，我就在思考去美国的问题。最近，导师频繁地联系我，开出的条件也非常优越。我在想，换条路，换种人生方式，或许更轻松自在一些。主动一点，总比被迫离开好。"楚连翘的眼里装满苦涩和深情，停留在沈半夏脸上的手指轻微颤抖，"半夏，你懂我的意思吗？"

沈半夏想点头，抱住楚连翘，告诉他——你去哪里，我就在哪里。

可她心底偏有道声音在呐喊，这不是她想要的，也不是楚连翘想要的，不能冲动答应。

沈半夏侧身避开楚连翘的手指，低垂脑袋："我还是想留下。"就让她再当一次乌龟，再赌一次好运。

"我知道了。"楚连翘痛苦地收回手，开车离开。

徐阳夫妇的出现如同一把火，烧掉楚连翘即将痊愈的假象。他再次失眠，哪怕待在沈半夏身边，也难以在夜晚入睡。他面对患儿和家长时，总觉得他们看他的眼神充满不信任，似乎知道他患有心理疾病。

三天时间里，黄秋霞天天来求楚连翘，楚连翘精神状况直线下降。

沈半夏看着楚连翘时刻紧锁眉头，消瘦一大圈，格外心疼。沈半夏想让楚连翘请假，避开徐阳夫妇，休息几天。可沈泽生坚决不同意，认为逃避只会加重楚连翘的心理疾病。

沈半夏只能退而求其次。白天守着楚连翘，尽量让他多睡一会儿。晚上和楚连翘一起值夜班。

第四天，沈半夏和楚连翘到急诊儿科上夜班的时候，黄秋霞带着徐阳出现在急诊儿科候诊室。

"楚医生，我带着老公来向你道歉，求你为我们孩子动手术。我们找了许多专家，他们要么距离我们太远，要么觉得孩子不适合手术。可孩子再不动手术，很难活过这周。求求你救救他，我们夫妇给你磕头了。"黄秋霞拖着徐阳给楚连翘磕头。

候诊室的所有人目光都集中在楚连翘身上。他们或是听闻只言片语，或是压根儿不知道发生什么事情，但都在对楚连翘指指点点，议论纷纷。

楚连翘似乎看见徐阳的妈抱着婴儿，站在徐阳夫妇身后，盯着他冷笑。楚连翘吓得，慌张地后退一步。

沈半夏守在楚连翘身边，紧紧地握住他的手，用体温和微笑温暖他。

"谢谢。"楚连翘渐渐冷静下来，温情地看着沈半夏。

沈半夏松开楚连翘的手，一瘸一拐地走向徐阳夫妇："我们求求你们，不要再对我的男朋友进行道德绑架。那么多专家对你们孩子的病情都无能为力，你们为什么就觉得楚医生能够对他进行手术，还能救活他？你们是想为你们良心买单，还是想甩锅楚医生？"

沈半夏的话戳中徐阳夫妇内心深处的想法。他们望着沈半夏，无言以对。

"楚医生从来不欠你们什么，要欠也是你们欠他。大家都说不行的事，何必非要让他动手，把他拖进地狱？"沈半夏鼻头酸酸的，声音充满苦涩。

"不是的。楚医生是小儿心脏病的权威。他曾为一名出生仅七天的新生儿成功做过开胸心脏手术。我们孩子已经六个月，我不信楚医生没办法动……"

沈半夏打断黄秋霞的解释："够了！年龄大小不是手术风险的唯一指标。楚医生是急诊儿科的门诊医生，你们在心外住院，有诉求去找心外的医生，不要堵在这里强人所难。看病救人是医生的职责，能救楚医生肯定会救。没办法救，那就是命。医生不是神，没办法改命。"

沈半夏曾看见，楚连翘调出黄秋霞儿子的病历研究。那名男婴患有先天性心脏病中的法洛氏四联症，目前情况非常严重，随时可能有生命危险。哪怕是楚连翘最鼎盛的时期，面对这样复杂的病情，手术成功率也不超过 20%。

孩子的生命重要，楚连翘的人生就不重要吗？沈半夏看着憔悴的楚连翘，鼓起勇气又说："我们该上班了。请不要再来打扰我们的生活。"

黄秋霞看着拥挤的候诊室，摇摇晃晃地站起来："我知道打扰你们了。你没生过孩子，更没经历过失去孩子，不知道为人母亲的心情。哪怕只有千分之一活下来的机会，我也会选择不惜一切代价救他。现在希望就在面前，我不会放弃的。下次，我会带着病历来。"

黄秋霞流着痛苦的泪水，带着期许和歉意向楚连翘鞠躬。然后，她拖着一脸不悦的徐阳离开。

Chapter 66 深夜的病痛与希望 ///

哪怕天塌下来，坐在门诊室，也得全力以赴地认真看诊。楚连翘长期以来坚守着这个职责。他知道最近状态不好，看诊的时候更加仔细。

候诊室的患儿家长们经过徐阳夫妇闹腾后，纷纷拿出手机，查看楚连翘的来历。他们看见楚连翘的光辉行医经历，对十多元的挂号费，顿感物超所值。

小儿先天性心脏病的专家来看他们这些鸡毛蒜皮的小病，还不是手到擒来。患儿家长们带着他们想象的认知，揣着愉悦的心情，等待楚连翘看诊。甚至，有些家长拒绝沈半夏看诊，非要等楚连翘看诊，哪怕等待的时间拉长，也要坚定地等下去。

分诊护士面对这种情况哭笑不得，却只能尽力劝说。家长实在拒绝，也只能让他们耐心等待楚连翘看诊。

忙碌的时间过得总是很快，随着病患的减少，大家迎来深夜。没有病患的时候，沈半夏脑海里总是浮现出黄秋霞绝望的表情，耳边回荡着黄秋霞最后一句话。

她没生过孩子，但是她是见过生死的儿科医生。父母对孩子健康的渴望，孩子对生的向往，她感同身受。她怎么会不知道他们的痛苦呢？

她也想帮他们，可按照楚连翘的现状做手术，不是害人害己吗？

沈半夏冥思苦想的时候，手机响了，陌生来电。沈半夏想了想，接听电话。

"沈半夏，我是方心怡。"

沈半夏愣住，身体习惯性抖了一下："你还好吗？"

"说不上好与不好。我康复出院了。然后，我离婚了。"

沈半夏直爽地想说恭喜，话到嘴边却觉得不合适，清清嗓子："想开点。"

"你还是恭喜我吧！我终于想开了。其实，我和他一直不合适，都是勉强和伪装。不过，你得感谢我。当年如果不是我倒追渣男，最后掉进火坑的就是你。我遭遇的一切，将会变成你遭遇的一切。"手机那端传来嘶哑的哭声。

感谢她？沈半夏先是被方心怡的思维模式震惊了，但转念一想确实如此。虽然她可能不会像方心怡那样对陈建毅付出那么多，也不会把自己逼到绝路才离婚。

不过，她一定会和陈建毅结婚吧！然后，他们会合不来，她甚至会患上抑郁症，最终他们走向离婚。

"谢谢。"时间真是一种奇妙的东西。当年她和陈建毅分手后，仿佛到了世界末日。可现在她回想，真是塞翁失马焉知非福。

"你居然真对我说谢谢。"方心怡在手机那端又哭又笑，过了好一会儿才静下来，"我今天打电话给你，其实是说对不起的。外加，谢谢。我被复杂的感情冲昏了头，读书那会儿和前段时间都对你做出了很可怕的事情。真心对不起。最后，谢谢你尽力抢救丫丫，也最终救了我。"

沈半夏眼睛瞬间红了："没事，没事，我该做的。"

"你是个善良的人，会有好报的。不过，以后别联系我了。我怕你的幸福，衬得我太惨。"方心怡抽泣着说。

"你也会幸福的，离开渣男怎么都会比和他在一起好。"沈半夏脱口而出。

"对，离开渣男会好的。就这样吧，别再联系了。"

方心怡正要挂断电话，沈半夏想到楚连翘，忍不住开口："等等，我想问你个问题。如果有个人对你很好，你也很喜欢他。现在，很多都在逼他做一件他不想做的事情，很多人也认为只有做了那件事才能证明他是好人。可他不想做。你会怎么样？"

方心怡略做思考："我会站在他那边。他已经很惨了，我不能再做很多人之一。"

"我明白了。谢谢。"沈半夏回答。

"你和楚医生要幸福。"方心怡切断了电话。

沈半夏思考了一会儿，前往楚连翘的门诊室。她带着甜甜的笑容，推开门诊室的门："长夜漫漫，唯有美食能打发。我请你吃夜宵。"

"没胃口。"楚连翘右手支撑脑袋，显得疲惫而憔悴。

"我请客哦！"沈半夏强调。

"一直都是我敲诈你，给你个机会敲诈我。我请客，想吃什么随便点。"楚连翘故作轻松地笑笑，却不知道笑得比哭还难看。

"我不饿。"沈半夏眼圈红了，"我们惹不起，躲得起。从明天开始请长假吧！你不是在考虑去美国吗？趁着放假，你正好飞过去看看环境。"

楚连翘感动地走向沈半夏："你陪我？"

"好。"沈半夏坚定回答后，又尴尬地笑了笑，"不过能不能晚点急诊儿科人手一直紧张。最近，陈姐在休产假，你也准备请假。你先过去，等陈姐休完产假，或者等急诊儿科招到新人，我就来。"

楚连翘轻笑一声，握住沈半夏的手："手好凉。天冷了得多穿点，吃暖和点。明天，我请你吃四川火锅吧！"

无法面对和选择，就岔开话题吗？沈半夏靠着楚连翘的肩膀。她也没办法面对和选择啊！

"好。"暂时就让她和他一起当乌龟吧！

"楚医生！"孙婷婷的声音忽然出现。当她看见沈半夏依偎楚连翘时，尴尬地捂住眼，"不好意思，打扰一下。一对情侣送来一个身患重症的新生儿，需要你立刻去抢救室。"

"暂时没患儿，一起去吧！"楚连翘知道自己状态不佳，为了准确诊断，拖着沈半夏帮忙。

"好。"沈半夏心领神会地点头，跟随楚连翘前往抢救室。

浑身发紫的新生女婴躺在抢救室。楚连翘和沈半夏来之前，医护人员已经对她实施初步的抢救措施，患儿的生命体征有所好转，但是浑身发紫情况改变不大。

楚连翘示意下，沈半夏对患儿进行了基础的体征检查，通过看、听、摸发现患儿心脏有问题。沈半夏面色凝重地把检查结果告诉楚连翘。楚连翘接着诊断，确定患儿心脏有杂音，安排相关的心脏检查。

接着，楚连翘和沈半夏一起去见送女婴来医院的情侣。

"孩子是你们的?"楚连翘试探性问。

"绝对不是。我们才认识三个月。"身材像熊猫，戴着黑框眼镜的男人解释，并拿出手机，给楚连翘看他们捡到女婴的视频，证明孩子不是他们的。

他染着亚麻色头发的女友也帮忙解释。他们和朋友 K 歌到凌晨，男友担心她的安全，送她回家。结果，他们在路过一条小巷的时候，听见婴儿的哭声。出于好奇，他们跟着哭声找到被放在垃圾堆旁的女婴。女婴脸色发紫，哭声不大，生命垂危。出于同情，他们负责地把女婴送到了最近的医院。

"孩子怎么样呢?"女人问。如果是一般的病，他们愿意做好事，替孩子支付医疗费。

"经过我们初步检查，患儿出生不到一个月，患有心脏病。"沈半夏回答。

"心脏病治疗要花很多钱吧?"女人结结巴巴地问。

"正在检查。"对方并非孩子父母，沈半夏不知道该让谁缴纳孩子的医疗费。

男人拉扯女人的手腕:"我们当做善事，这笔检查费我们出了。不过，其他费用……估计你们得找到孩子的父母，问他们要。"

"他们都把孩子扔了，怎么可能还来认领孩子，甚至为她治病? 说不定，他们就看孩子是女孩，又有心脏病，才把孩子遗弃的。"女人心疼地说。

男人搂着女人的肩膀，低声说:"我知道你善良，想救她。可这种心脏病会花很多钱的。我们赚得不多，父母也不富裕。未来，我们还要存钱结婚，买房子，生孩子……我们能把她送到这里来，还愿意支付她抢救和检查费用，已经算尽力帮她了。未来她会怎么样，那就是命。我们都不得不认命，哪还能顾得上她? 你不要冲动，要为我们未来考虑。"

他们号称城市里的白领，但现状也仅仅是能养活自己，很难再负担一个生病的孩子。女人流下遗憾的眼泪。

男人把女人搂得更紧："你别伤心了。大不了，我们到平台为她发起众筹。只要她有救，办法总有的。"

女人感动地看着男人，点点头。这个男人称不上绩优股，也谈不上潜力股，但似乎可以托付终身。

"别担心，我愿意为她支付所有医药费。"楚连翘平静地说，"你们可以选择离开，也可以选择在这里等待检查结果。"

女人和男人难以置信地望着楚连翘。那么庞大的一笔医疗费用，他居然像买白菜似的答应了。他该不会是随口说说吧？

"你们放心吧！他说到做到。"沈半夏含笑凝视楚连翘。

"我们先忙，你们随意。"楚连翘没有多余的话语，转身离开。

沈半夏快步跟上。

"根据患儿刚才的体征检查，情况不太好。我们得提前联系心外的医生。"楚连翘忧心忡忡地说。

"我马上看看心外今晚哪些人值班。"沈半夏回答。

"患儿太小，今晚值班的人经验不足。"楚连翘想了想，拿出手机，"我联系邱庆，让他到医院来一趟吧！"

"这么严重？"沈半夏瞪圆眼。

"报告出来你就知道了。"楚连翘拨通邱庆的电话。

检查报告出来以后，楚连翘拿着报告犯难了。

左心发育不良综合征。它是一种以升主动脉、主动脉瓣、左心室、二尖瓣发育不良为特征的先天性心血管畸形。患有这种疾病的患儿如果选择不进行手术，死亡年龄平均4～5天，但多数死于出生后48小时之内。不过，部分动脉导管关闭较晚的患儿的可能存活数周甚至数月。手术治疗是唯一的挽救生命的措施。

楚连翘曾为一名出生仅七天的患儿动过这种手术，当时确定的治疗方案是分三次完成手术。第一次先将左心室出路建立起来，维持血压，搭桥到肺部把血液氧饱和度提高；第二次腔肺吻合，增加肺血，改善氧饱和度，减轻紫绀；第三次提高氧饱和度。

那次手术极为成功，也为楚连翘迎来了鲜花、掌声和荣誉。

"患儿拖太长时间了，必须尽快进行手术。"楚连翘看着检查结果，眉心紧锁，"所以我让邱庆来看看。"

"他能做吗？"沈半夏追问。

"如果是普通的先天性心血管畸形，在新生儿科配合下应该能完成，可这个患儿的情况有点复杂。"楚连翘说。

沈半夏本想继续追问手术难点的时候，邱庆裹着一件厚棉衣，胡子拉碴地出现了。

"很紧急吗？"邱庆问。

"你自己看吧！"楚连翘把检查报告递给邱庆。

邱庆随着翻看报告，眉心越皱越紧："这个患儿的父母怎么回事？患儿病情这么危急了才送到医院医治。"

"她是被遗弃的孤儿。"沈半夏回答。

"啊？"邱庆愣住。

"她的医疗费用，我出。你只管能不能做？"楚连翘问。

邱庆摇头："患儿拖的时间太长，又出现并发症，病情复杂……目前不适合微创，必须开刀。如果你愿意做，倒有一丝希望。你知道，小儿心外这块，我们医院一直维持着行业中等水平。"

"转院呢？"楚连翘问。

"你说适合吗？"邱庆反问楚连翘。

楚连翘沉默好一会儿，缓缓开口："她必须在 24 小时之内进行手术，越快越好。"

"我可以辅助你，但你是手术最合适的人选。"邱庆拍拍楚连翘的肩膀，"我不知道你一直不愿意做手术的原因，但是医院最初聘请你，是希望你能挑起小儿先天性心脏病的重担。我先去看看患儿，安排进一步的检查。你好好考虑一下！"

邱庆走了以后，楚连翘又重新看了一遍报告。他很想从报告中找到邱庆有能力担起这场手术的证据，可是他从专业角度分析，哪怕他站在旁边协助，由邱庆主刀这场手术的成功率也极低。

楚连翘痛苦地闭上眼睛，叹了口气。

"必须由你进行手术吗？"沈半夏握住楚连翘冰冷的手，仰望楚连翘。

楚连翘在沈半夏清澈的眼眸中看见了自己的倒影："如果我可以拿刀不抖，那么手术有一定成功率。可我……"

沈半夏垫脚，捂住楚连翘的嘴巴："那就试试。不试她一定会死，试还有可能活下来。她被父母遗弃已经够可怜了，我们再放弃她，她就真是没人要的孤儿了。"

"我也想帮她，可我——"楚连翘转身，一拳打在墙壁上，"我做不到。我一想到拿刀就害怕，我恐惧没办法挽救他们的生命，让他们的家人失望和痛苦……甚至像上一次，害得孩子的奶奶抱着孩子跳楼。"

沈半夏用力抱住楚连翘："你难道要背负这种痛苦，甚至叠加这种痛苦一辈子吗？我看见你遇见徐阳夫妇后，又开始失眠；我看见你研究徐阳的儿子病情，发出痛苦的叹息声；我看见你看着这个患儿检查报告，眼里溢满的伤心和矛盾……逃避只能让你痛苦加重，甚至把你逼向死亡。无论哪一种结果都不是我愿意看见和面对的。你的心会痛，我的也会。"

楚连翘颤抖地搂住沈半夏，亲吻她的头顶："抱歉，让你担心了。其实你……"

"不要说放弃的话，这不是我认识的楚连翘。"沈半夏泪眼婆娑地打断楚连翘，"你真要让我对你不管不问，当初就不该来招惹我。现在，我对你已经无法放手，你却想叫我放弃你。你还算男人吗？"

沈半夏对楚连翘拳打脚踢。楚连翘抱着沈半夏一个劲地道歉。好一会儿，沈半夏的情绪才算稳定下来。

"试一试好吗？被遗弃的女婴在等你，徐阳的儿子也在等你。你不试试，理论上与你无关，可你能说服自己吗？试一试，大不了失败。而你又不是故意失败。最重要的是，你尝试挽救他们，给了他们希望。"沈半夏依偎在楚连翘怀里，鼓励楚连翘，"我记得你给我的'死亡日记'说过，医生不是上帝，医学也不是万能的。谁也不能保证100%成功。医好了是命，医不好也是命。作为医生只要尽心尽责就好。"

"我开胸后，万一手忽然发抖怎么办？"楚连翘不止一次梦见，给患儿开刀后，手抖导致手术失败。

"交给邱医生。真要有万一，就去搏较低的成功率。可如果什么都不做，连较低的成功率都没有，我们只能面对死亡。那孩子好不容易用哭声吸引来一对好心的情侣，为自己争取了一次存活的机会。我们没权利替她放弃生的希望啊！"沈半夏眼里的泪光再现，"连翘，我求你。帮帮她，也帮帮自己。"

楚连翘眼里满是矛盾挣扎："你让我考虑一下。"

"好，我先出去。"沈半夏不舍地放开楚连翘，揣着颗担忧的心，关门离开。

沈半夏先去联系那对送女婴到医院的情侣，告诉他们女婴目前的情况，以及稍后的安排。那对情侣商量后，和沈半夏交换了联系方式，决定先回家，稍后沈半夏和他们联系，或者他们联系沈半夏。

沈半夏送走情侣后，返回门诊室继续看诊。直到邱庆带着大一堆检查报告来找沈半夏。

"连翘呢？女婴的情况非常危急，需要立刻手术。"邱庆急匆匆地说。

"他在闭门考虑，需要等一下。"沈半夏不安地回答。

邱庆略做思考："不能等。他在哪里？他没办法做，我就来做，他给我当一助。哪怕希望再渺茫，横竖有一丝希望。"

"他要是有你这样的勇气就好了。"沈半夏鼻头酸酸的，准备带邱庆去找楚连翘。

"报告给我，尽快安排手术。"楚连翘大步走进门诊室。

"好嘞！"邱庆把检查报告交给楚连翘，快步离开。

"想通了。"沈半夏喜极而泣。

楚连翘刮了下沈半夏的鼻头："再想不通，你就不要我了。"

"我哪敢。你可是楚大神。"沈半夏微嘟着嘴。

楚连翘抱住沈半夏："如果手术成功，你就嫁给我好吗？"

沈半夏的脸蛋猛地变得像苹果一样红："你，你这是求婚？"

"是的，非常认真地求婚。"楚连翘捧着沈半夏的脸蛋，"抱歉，没有鲜花，也没有戒指。这一切等手术完了，我就补。我只是担心，我……"

"不要提那两个字，你会成功的。不管结果如何，我都会陪在你身边。"沈半夏伸手，捂住楚连翘的嘴巴。

楚连翘挪开沈半夏的手，亲吻："这么想嫁啊？"

沈半夏红着脸，瞪圆眼，回应："对啊！只想嫁给你。"

"我也只想娶你。"楚连翘嬉皮笑脸地讨吻，"来，给我一个 good luck kiss。"

沈半夏想了想，羞涩地抬起脑袋，主动地靠近楚连翘。

很快，楚连翘离开，同邱庆一起准备手术。沈半夏继续坚守在急诊儿科门诊室，接诊深夜到来的患儿和家长。

当天空转亮，其他医生来接班以后，沈半夏顾不上吃早饭，直奔手术室。

直到，穿着绿色手术袍的楚连翘出现，"很幸运，手术成功了！"楚连翘展开双臂。

"太，太好了！"沈半夏激动地冲向楚连翘，紧紧地抱住了楚连翘。

"所以，你可以嫁给我了？"楚连翘亲吻沈半夏的额头。

激动和羞涩同时袭击沈半夏："哪，哪有这样求婚的。"

"一场手术不够那再加一场手术？邱庆已经去安排，明天就给黄秋霞的孩子动手术。"楚连翘微笑着说。

"把握大吗？"沈半夏追问。

"难度很大。所以，如果成功，你一定要嫁给我。"楚连翘捧着沈半夏的脸蛋，凝视沈半夏星辰般的眼瞳。

沈半夏心跳加速，被复杂情绪包裹："可是……万一失败。"

"我有幸运女神，绝不会失败。你会一直陪着我对吗？"楚连翘说。

"对。不管怎样我会一直陪在你身边，绝不放手。"沈半夏和楚连翘紧紧地拥抱在一起。

儿科不同于其他科室，他们大多数时候面对的不仅是一群"哑巴"病患，还有一群心急如焚的患者家属。而且儿童体质弱，系统发育不完善，发病急，情况变化快。一个发烧也许带不走健壮的青少年，却可以轻易夺去儿童的生命。

深夜更是儿童发病高峰时段，很多时候其他急诊科面临空荡荡的情况，儿科却患者和患者家属爆满。虽然急诊儿科是公认的工作压力大，收入低，责任重的科室，但始终都有像沈半夏、楚连翘、王泽宇等坚持医生责任和信仰，为了梦想而努力坚守岗位的白衣天使们。

天亮了，可急诊儿科的故事才刚刚开始。